U0126274

龔鵬程 著

中國小說史論

鵬程 龔

臺灣學生書局印行

自序

近赴北京，與中國作協合辦「兩岸歷史文學研討會」，逢金宏達先生，相與閒話別來舊事。他忽問我：「你還研究小說嗎？」我一愣，竟忡怔無法置答。

讀小說，是童時的樂趣。在大人無暇爲我們講故事的時候，歷史演義、章回小說就是最親切的玩伴了。讀著讀著，便掄起棍棒、紮上茅草，權充關大刀、楊家槍、方天畫戟，邀集了小朋友好好瘋鬧一陣。雨夜無俚，則綣曲燈下，相伴狐鬼花妖。更有些，乃是在街上閑逛時歪靠著書店角柱子邊捧讀至晡的。這些小說，或許此後我再也沒有複習，也再沒見著了，可是幼時匆匆一閱，卻幾乎可以說是終生不忘。而就算是忘了那些細節，又有什麼關係呢？我們對自已的親人朋友，有時也會不記得他們的年時履籍資料；但一想起他們，一種親密感、幸福感就自然會充溢胸中。對小說，我的感覺正是如此。

西洋小說，那時當然也雜著看。可是後來我染上了國粹癖，越來越「古貌古心」，西洋小說便不再措意了。漸讀與師友相講論，對中國小說之性質及其整體歷史漸有所理解，亦覺它與西方小說頗爲不同，我想對此略予說明，故亦開始有些論述。

一九八三年，承學生書局好意，由我與張火慶兄合作，刊行了《中國小說史論叢》一書。稿子一人一半，主要是通過天命論去看中國小說。對這本「少作」，我是很自喜自負的，自認爲替整個小說研究界開了條新路。而那些年，爲了開這樣一條路，在學界馳騁縱橫論辯，得罪人甚多，所以才會讓宏達兄這類舊友有我主要是治小說史的這個印象。

可惜我治學泛濫滂沛，喜歡游騎邀戰各路英雄，並不能長守著小說研究這個地盤。因此縱使仍然偶爾會回舊壘來整理整理兵械旌旗、仍會有零星論小說之文面世；但舊著早已絕版售罄，學界對我的印象也早已變換過多次，大家當然就越來越不曉得我到底在幹些什麼了。

吾聞金君語，而爲之怔忡者，正爲此也。非惜人之不我知，惜此舊時與小說相繾綣之一段舊事舊情也。

今茲爲免遺忘，乃商得書局同意，將舊作增益新篇，重新釐爲四卷。論武俠小說及《紅樓夢》者，篇幅較多，摘出另行，便成了現在這本書的樣子。卷一談方法、卷二論天人、卷三說文史、卷四觀流變。從客觀意義上看，或許仍對學界治小說史者不無參考價值，也請大雅君子們賜教。

壬午秋中，誌於佛光大學雲起樓。

中國小說史論 目次

卷二　究天人之際

卷三　通文史之郵

卷四　探古今之變

卷一 窮方法之賾

中國小說研究的方法問題

一

對中國小說的研究，在目前占著重要地位的方法與方法論中，實證主義仍是不可忽視的。所謂實證主義的方法，是指在小說研究中，以尋找材料、確定版本、考證作者、說明流傳沿革、討論寫作年代，兼及其與外部社會之關聯等爲主要之方法與研究旨趣者。這種方法，實際上也就是胡適所開創的那一套中國章回小說考證路數，遠紹清朝儒者詁經治史之術、近揭科學方法整理國故之說，波衍不絕，以迄於今。

這套方法，在現在還有市場嗎？當然有，而且恐怕仍居主流地位哩！以吾孤陋，所見大陸小說研究界之狀況，固然如此；在台灣，似乎也仍是如此。

我曾詳細統計一九八七至一九八九年所有台灣明清小說研究之會議、學位論文、期刊論文、出版專書、演講等等，發現小說研究雖然逐漸蓬勃，擺脫了「小道」的地位，成績頗爲可觀，但「有關小說理論及研究方法之探索，發展較不順暢。因爲實證研究蔚爲風氣，人人講版本考證。即或分析作品，亦以簡單之結構分析爲主，很少眞正進入理論層次。在面對『小說』『中國小說』時，我們該以什麼方法來進行理解？看一部中國小說與看一部西洋小說，能不能依同一方法及標準來看？這些都是非常基礎的方法論問題。但很遺憾的是：追問這些問題的人極少。現在一般只用實證方法，有濃厚的歷史客觀主義傾向。」❶

當時我對於這種現象的解釋，是認爲或許與鑽研文學理論的一批年輕學者只集中討論詩論文論而不太關切小說研究有關。現在想來，原因其實還有許多。例如「文學研究的傳統」，即爲一不可忽視的問題。一個研究傳統一旦建立，它就不容易輕易被毀棄，它包含著一些理念的東西，如基本預設、價值觀、世界觀、歷史觀；也包含一些操作技術，如論文寫作之格式與語言、證明的手段、題目的選定等；以及其他與此相關的師承、權力、位置、知識系統、社會網絡、發表情境、乃至師友情誼之類，錯綜複雜。要想形成典範之轉移，眞是談何容易！胡適等人發展其小說研究方法，至今雖約一甲子，但賢人之澤，五世不斷，流風餘沫，不僅尙存，且有新的發展與生機，殊不足怪。

新的發展與生機是什麼呢？主要是東西洋漢學研究傳統與這個五四以來老傳統的合流。在澳洲的柳存仁、在夏威夷的馬幼垣、在美國的韓南、在法國的陳慶浩、由英返台的王秋桂、自俄羅斯來台的李福清……都顯示了這個傾向，也都對台灣產生過巨大的影響，其爲主流，非無故也。

❶ 龔鵬程〈台灣的明清小說研究（一九八七—一九八九）〉，收入本書。

但實證研究基本上只是實證主義方法論之下的實踐活動。也就是說，它大抵均止於運用考據及實證之方法去談某書之版本、某一作者之生平、某小說之寫作年代、某故事之源流演變，而罕能反省其方法本身究竟係基於何種認識論而建立、此一方法之效能與局限又在何處。故通常此類研究者雖應用方法，實不甚思考方法，對方法論之探索反而無大興趣。小說理論及研究方法的探討較少，就是此種學風發展下很自然出現的狀況。

不只如此，這類學者還可能會出現排斥或鄙視理論及方法論的現象。許多人認爲鑽研理論，只是「務虛」，你講一套我講一套，遠不如考據實在。而且，理論變來變去，某些理論風行一時，但轉瞬便遭遺忘，彷彿流行服飾一樣，更讓人覺得還是老老實實考據，可以做出些扎實可靠的成績來。

這當然是偏見。站在文學理論研究的立場看，理論的推陳出新，本爲應有之義，這不代表理論就是空洞的、虛浮的，而恰好顯示了這一門學問的進展。我們能因哲學上流派蠭起、便因此覺得這門學問太不可靠而不去做嗎？覺得理論研究過於玄虛，其實只是迷信考證者的偏見。人生既不可能沒有哲學，文學研究中勢必也不能沒有理論研究。而且，任何研究，包括考證，恐怕都要受到理論的影響；考證工作，本身就是某一理論的實踐。

現在，我們因懼怕理論之變異而考證，爲尋求具體、穩定的學術成果而考證，這樣的考證，可能也是一種「迷思」。爲什麼？

首先，我們必須曉得：考證也不是確然穩定的。資料的追尋，永無止境。考證者事前既沒有一紙清單，告知你究竟要尋找的資料版本有哪些。蒐集到什麼地步才能安心地說：「夠了」，誰也沒把握。因此，考證所得，也隨時會被新發現的資料推翻。從前，關於《孫子兵法》的眞僞，從姚鼐到錢賓四，都認爲在理論和物證各方面，鐵案如山，乃孫臏所造，非孫武之書。可是臨沂銀雀山《孫臏兵法》出土，此一鐵案便立刻被推翻了。

其次，考證表面上是很客觀的，但實際上根據同一資料卻可能出現全然不同的論斷。迷信考證爲客觀徵實之學者，或許無法同意此說，然而《紅樓夢》就是現成的例子。紅學家用的材料沒什麼大差別，可是考出來的結果，幾乎沒有兩個人是一樣的。考證跟客觀、眞實、不可變之間，恐怕不能畫上等號。

不僅如此，考證的危險，在於它雖不掉入觀念的網套，卻會變成材料的奴僕，以追逐材料爲滿足。材料永遠是不能齊備的（請注意歷史知識的不完全性與不確定性），那我們就不要說話了嗎？不幸現在業已有些朋友是如此了。

第四，搞考證的朋友，相信沒有翔實可靠的資料做基礎，很難展開什麼研究。而他們努力搜集的各種材料，確實也爲小說研究提供了不少方便，令人感動。但是，考證要做到什麼程度，才能做爲一個恰當的「基礎」，而展開文學的研究？例如考證學家會說：「沒有一個完善的本子，怎麼研究？」或「必須有個完善的本子、確實可知的作者，研究才不會訛誤」，卻沒注意考證本身就是一門學問，而不只是基礎。考證的問題既可無限發展推進，怎麼能等考得完備了再來做文學探究？《紅樓夢》考到今天，依考證爲「基礎」的文學研究迄未展開，反倒是王國維的《紅樓夢評論》，大家承認它確有價值。可見考證與文學的研究不必是必然相關聯的。全然不管考證，依舊可以做很好的小說研究。「不考證清楚怎麼能討論」「訓詁明而後義理明」的簡單邏輯，並不符合學術研究的眞象！

第五，小說研究中，考證所能著力的，只有作者、作時、版本、故事源流與傳播之類問題。這樣，則小說研究基本上僅爲一小說史的研究而已；不，這小說史又只是小說編撰史而已。其他問題，殊難處理。此爲考證方法之侷限。即使突破這種侷限，把小說跟民間傳說、社會史結合起來研究，現在似乎也不免將小說做爲一種史料來運用，視爲研究民俗與社會文化的材料，而不是文學的研究。和文學的歷史論批評、社會文化論批評，距離實在非常遙遠。作品美感性質的闡釋、小說之所以爲小說者，居然在小說研究中消失了。

第六，版本與作者問題重要嗎？在我看，實在沒有那麼重要。已經有不少學者指出：小說與士大夫文學不同，不必如研究士大夫文學那樣討論作者問題。其說雖未引起考證學家廣泛之注意，實則從小說之傳播而言，不同的版本自有不同的閱讀功能和讀者群。讀者接受小說，亦並不以追尋作者創作時之原貌爲閱讀預期。這是小說跟知識性讀物、抒情作品不同處。現在的許多研究者，似乎並沒有考慮到傳播情境和研究對象的特殊性。把小說視爲一封閉的、自足的語言世界，斤斤於考辨其中一字一句，期復作者創作或刊印時之面目，這或許有比「追求原意」更大的謬誤吧！

第七，考證原作、原本、以及故事源流，在顧頡剛的運用中，其實含有「歷史是層累增飾」的預設。他相信有一個「歷史的眞象」是客觀而穩定不變的，只要揭開後人傳說層層增飾的面紗、排除後人「僞造」的成分，即能顯現出來。此說本身便是充滿科學想像的浪漫歷史觀。需知所謂歷史的眞象，並不是客觀穩定而唯一的，也不是一個超然的存在。它不斷流動於每個時代的詮釋者和敘述者之間，是不斷被「改寫」與「重組」的人文成就。其中充滿了「對話」的過程，捨離了這些詮釋與敘述，即無所謂歷史的眞象。而這些詮釋與傳述，並不僅僅是「層累」而已，語言在傳播的過程中，無可避免地會擴散、斷裂、衍異、流失。故基本上，它不是層累地「造成」，反而是解構（deconstruct），飽含分裂、變化、矛盾以及難以掌握的播散。傳說的語意內涵，遂因此而隨時變衍，永遠受制於閱讀或傳述者的閱讀經驗，不僅無法產生定點的指涉，「傳說」和「閱讀」根本就是互爲指涉或互補的。我們既不可能掌握並了解傳說所有的流傳狀況，則任何傳說或故事的母體或本源，就都是不定的、或不可能的存在。企圖以文件資料的堆積，外加堆積者心機上的附會，以建立或溯求傳說的原始型態，殊屬緣木求魚❷。

再依哈伯瑪斯所說來看，任何一個解釋，質實都是尋求被解釋者的「有效聲稱」（validity claim）；但這些有效聲稱之間，是可以互相批判的。這種批判，並不是說在客觀世界中有一個固定不變的實體，我們只要看看哪些有效聲稱「符應」（correspondence）了它就行了。眞理不在符應，而是需要通過各種不同論證形式（如理論的辯論、實踐的辯論、心理分析的判斷、語言辯論等）來獲得❸。小說考證的出現，正是爲了要替各種有效聲稱尋求一批判依據。但因它相信有一客觀固定的事實，且只能依某一有效聲稱是否符合該「事實證據」來論斷。因此雖耗盡力氣，卻可能

---

❷ 另詳龔鵬程〈我對當前小說研究的疑惑〉，收入一九八八年時報《文化文學與美學》。

❸ 參看Habermas. *The Communication Theory of Action.* Vol.I. pp.10-22。

依然是考而不能證。《紅樓夢》的考證即為其中一例❹。

凡此等等，考證之道，可批評之處顯然不少。此等批評與質疑，小說考證家未必首肯心服，但若仍以正宗自居，夷然不屑於理論之塗，不能與質疑者在方法論上交鋒，恐怕也非守成之道。

二

相較於這個五四以來的小說研究傳統，那些「運用西方文學理論以解析中國小說」的人，一般視為新派。

但這種對比，其實甚為籠統含糊，因為五四以降那個小說考證傳統，雖有乾嘉樸學的面貌，骨子裡仍是西方理論。科學研究的模型、客觀性的追求，乃至對於「何謂小說」、小說之審美評價判準如何等等，它們無不深受西方之影響。只不過此一傳統建立既久，又有考據的手段，故常遭另一些擬運用其他西方理論研究小說者目為舊派罷了。我們若把美國新批評對歷史批評的攻擊史，移來觀察中國小說考證學派遭到的挑戰，似乎也無不可。

其次，所謂運用西方文學理論以解析中國小說者，指涉甚為含混，包涉極廣。每位運用西

❹ 詳龔鵬程〈紅樓猜夢：紅樓夢的詮釋問題〉，收入一九八八年時報出版公司，《文化文學與美學》，頁一八九—二一六。紅學自傳派的歷史主義態度，則見龔鵬程〈紅樓情史〉，收入一九九七，南華管理學院，《一九九六龔鵬程年度學思報告》，頁三〇六—三一九。

方理論的人，所採擇的理論並不相同，所使用的情況也各異其趣，焉爲視爲一派？

此外，運用西方文學理論以解析中國小說的朋友，也大抵與從事小說考證者相似，基本上乃是依從著某一理論，以其觀點與方法來處理材料（小說），屬於方法之應用的層次。例如談藝術技巧者用新批評、分析情節單元與衝突結構者用結構主義、討論人物性格與意識狀態者用心理分析。其寫法大約也是先敘述理論之大要，再說明分析之方法，然後舉小說人物情節等以坐實之。故常被譏爲「套用」。能在套用之餘、應用之後，進一步發現某一理論與材料（亦即中國小說之現象）不盡相符，而對理論提出修正意見，或對方法之適用程度展開一些探討者，已稱罕睹。換言之，應用方法者多，能進行方法論思考者仍然甚少。

造成這種現象的原因，或許不是由於這些研究者慮不及此，而是因爲這些研究者有不同的關切。此話怎講？

在一九八〇年代，台灣學界提出「社會及行爲科學研究的中國化」命題時，即曾認爲中國化之途徑與方法可能包括：

(一)在研究中國社會與中國人時，如何選擇西方學者尚未研究過的問題與方向？

(二)在研究共同性的問題時，如何選擇不同於西方學者的角度？在共同的研究變項之外，如何選擇同類西方研究中所未曾用過的變項？

(三)如何有效進行文化比較研究（eross-cultual research），以驗證西方研究的重要發現是否適用中國社會與中國人？

(四)在研究中國社會與中國人時，如何修改西方學者所設計的工具與方法？如何自行發明適當的新工具與新方法？

㈤在研究中國社會與中國人時，如何檢討與修改西方學者所建立的有關理論，而不輕易全盤接受？❺

這些呼籲，同樣適用在運用西方文論以解析中國小說者身上。但目前這樣的做法卻較少出現於小說研究中。相反地，依目前的情況看，似乎運用西方文論以解析中國小說者的用心，仍重在「趨同」，甚於「別異」。是較重視西方文論也能有效地使用在中國小說的解析上，較想以其實際解析來說明此一方法運用如何豐富了中國小說的意涵。方法本身，則被視爲具普遍性的。例如佛洛依德、容格對人之潛意識所做的研究與發現，雖出現於西方，但中國人既也是人，自應可適用其理論。得此理論之「照明」，中國小說中諸多意涵（例如薛仁貴回家看見薛丁山的鞋子之類）乃得以重新被發覺。

小說研究者重視趨同甚於別異，主要原因在於小說內容的研究太過貧乏。早期文人及學術傳統不重小說，近代小說考證所做的，大抵又只是新批評所說的「外部研究」，故只要能發掘小說內部結構之奧秘、說明其人物性格之隱曲、剖析作品藝術技巧之奧秘者，論者均樂於使用。修改西方學者所設計之工具與方法，或驗證西方研究是否適用於中國小說，選擇同類西方研究中未曾使用過的變項等等，相較之下，自然非其措意所在。

❺ 見楊國樞、文崇一主編《社會及行爲科學研究的中國化》，一九八二年，中央研究民族學研究所出版。後來這個運動在香港有進一步的發展。

何況，知識權力關係，也使得他們不得不如此。小說考證仍居主流，它對三〇年代以後新知識環境之變動及理論之進展，是無動於衷的。它們仍固執其原子論式的認識心理學、歷史主義的知識論、實證主義的方法學。也根本不認爲在考證未明之際，高談闊論其內容有何意義。要對抗這種學界勢力，自須強調運用西方理論來解析中國小說是有效的。自我反省、區別中西小說之異、發現西方理論或許並不適用於中國小說之材料，則可能會變成授人以柄，故彼等不重視這一面，也不難理解。

三

但應用西方文學哲學理論，以其觀點及方法來處理中國小說材料，當然會有材料與方法適不適配的問題。割雞尚且不必牛刀，拿把刀子來，又豈便於炒菜？批評方法若是解析工具，工具或許也具有普遍意義，可是吃中餐畢竟是用筷子較爲方便，用刀叉則有時不對味兒、有時也確實不甚俐落。這就是批評方法在實際操作運用時必須要考慮的問題了，並不能漠然視之，完全不談。

文學理論界對此當然已探討甚多，從葉維廉反省東西「模子」之不同，而發展其道家美學的論述，到鄭樹森、周英雄編《結構主義的理論與實踐》，討論結構主義能否適用於中國文學作品之解析，都是足以稱道的成績❻。其中對於小說之研究，也有涉及。大家對這個問題的基本看法，大約是：運用各類理論及方法來解析作品，本爲應當之事，所以無論什麼方法均歡迎使用，且若能在方法意識清楚地自覺之下使用方法，則亦不致於出現生吞活剝，削足適履之現象。

但是，應用西方理論與方法來解析中國小說的正當性，縱使大家已可不太質疑，應用者仍不免會遭到「套用」之譏，這又是什麼緣故呢？

這主要是操作手法上出了些問題。首先是寫作風格。應用西方理論及方法者，如前文所云，必先敘述其所採據之理論大要，說明其批評方法，然後再舉小說人物情節等等實際說解之。此固中規中矩矣，然而從讀者的角度看，不正是「套用」嗎？

以劉燕萍《愛情與夢幻——唐朝傳奇中的悲劇意識》爲例，此書正文二五〇頁，六章。前面三章，一〇五頁，全部談的都是悲劇的問題，從希臘悲劇之起源、亞里士多德的悲劇理論，到悲劇的衝突及其元素，幾乎是悲劇理論的專論了。論畢之後，才舉了三篇唐人傳奇（步飛煙、霍小玉傳、枕中記），分析其悲劇意識❼。一位想了解唐人傳奇中愛情與夢幻的讀者，看到這裡，才曉得他並不能由此明白唐人傳奇中的什麼愛情與夢幻，只是重新讀了一遍悲劇理論，且知道唐人三篇文章中具有悲劇意識而已。請問：他對這樣的研究會有什麼樣的情緒反應？如果論文不是頭巾氣如此之重，一副學院中繳交研究方法報告的模樣，而是將西方理論消化了，直接用之於作品

❻ 周英雄、鄭樹森編《結構主義的理論與實踐》，台北黎明文化公司，一九八〇。

❼ 劉氏書，一九九六，香港，商務印書館。

之解析中，情況就可能會好一些。

且問題也不僅在於此。讀者會問：這三篇誠然可如你所分析，是具有悲劇意識，但爲何挑選這三篇來說？這三篇是因符合你的分析工具而被選來試刀，抑或此三篇具有示例的推概作用？唐人的愛情與夢幻觀，以悲劇意識一語即足以概括嗎？劉燕萍在分析這三篇文字時，或許並未設想這些問題，但讀者看這樣的解析，卻很自然地會對作者有這些論述上的疑問或期待。一旦有這類想法，即很自然地也就會不能饜足於此種研究方式了。

更進一層說。唐傳奇之研究，周樹人、陳寅恪、汪國垣等人導其先路，將傳奇的源起和內容歸諸科舉與古文運動；劉開榮承其說，兼及進士階層與藩鎮政治、佛教文學的解釋等，是爲傳奇研究的第一階段。這一階段中，社會的解釋固然多是外在的附會；起源及歷史的解釋，也有其基本困難。譬如：(1)古文運動因何而起？其思想內涵如何？(2)古文運動與傳奇又無嚴格必然的關係。(3)古文運動說和溫卷說，二者關係無法合一。(4)古文運動說和佛教文學影響說亦屬不相容的假設……。要解決這些困難，須另有一套解釋的方法才行，新理論之應用，即因此而深受吾人期待；以悲劇理論來解析唐傳奇，亦爲有意義之嘗試。但悲劇理論用在處理唐人小說這個題材上，固然如劉燕萍之分析，確能提供一種新穎的讀法，讓我們對這三篇小說有更深的理解。但這是否即是最恰當之理解呢？

喜歡以悲劇理論探討唐傳奇的，還有許多例子。如樂蘅軍〈唐傳奇中所表現的意志〉一文謂：「唐代，因受時代所孕育的浪漫精神的影響，當代人對生命充滿了肯定的自我堅信，人生既完全是意志的創造，命運就黯弱得幾乎根本不存在。這種特徵顯然和六朝神怪小說之徬徨命運意志之間、宋元話本明清平話之以命運來詮釋人生遭遇等情形不同，是在文化心靈上建立了一個充份的『意志的世界』。此所謂意志，包括潛在意志和自覺意志兩類，在唐傳奇中，它可表現爲：⑴自我的堅持，如〈謝小娥〉〈虯髯客〉〈霍小玉〉〈離魂記〉。⑵生命主體的自由抉擇，如〈杜子春〉〈馮燕傳〉。⑶人生隱願之自我實現，如〈柳毅傳〉。⑷超越死亡及人生熱情之投射，如〈薛偉〉〈張逢〉。」

以「命運」與「意志」爲主軸，架構中國小說史，乃樂先生之雄圖壯舉，詳其《意志與命運》一書。但把這套解析扣到歷史與材料上看，卻是講不通的。「唐代人對生命充滿了肯定的自我堅信，人生完全是意志的創造，命運黯弱得幾乎不存在」，是嗎？《太平廣記》所收六朝三唐筆記小說中，卷一四六至卷一六〇，是「定數類」，摘錄天命前定故事千餘條，共十五卷，多屬唐人事。其他如「讖應」「妖怪」之類，往往也與定數有關。這些都是以命運爲唯一表現內容的作品。其餘以天命爲背景或附帶提及、隱伏烘襯者，不計其數。專著如《定命錄》《前定錄》《續定命錄》《感定錄》之類，今所謂唐傳奇，多在其中。故唐人之傳奇，整體來說，不是顯其與命運對抗之悲劇意識，也不是自我意志之申張與創造而無視於命運。恰好相反，人是在天命定數之中成就其事的。定婚有店、生死有命，「命也如此，知復何言」（元稹・鶯鶯傳）「眞人之興，乃天授也」（杜光庭，虯髯客傳）「上天有配合兮，生死有途」（李朝威・柳毅傳）「崔子既來，皆是宿分」（裴鉶・傳奇・崔煒）「結褵之親，命固前定，不可苟而求之也」（同上・盧生）「事已前定，雖主遠地而棄于鬼神，終不能害，明矣」（牛僧孺・玄怪錄・郭元振）「命苟未合，雖降衣纓而來屠博，尚不可得，況郡佐乎？……此人命當食祿，因子而食邑，庸可殺乎？……乃知陰驚之定，不可變也」（同上・定婚店）。凡此等等，不勝枚舉。這種天命觀，與悲劇觀，在存有論及倫理態度上均可說是迥然不同的。因此，以悲劇觀解釋唐人小說，在整體解釋系統上乃是不相應的❽。

當然，我們也可以持誤讀亦自有意義、文學之解析原本就容許誤讀、文學史本為誤讀史等「誤讀有理」論。然而，不相應的解釋無論如何不能使人心服，就如以佛教義理來解釋《聖經》、以牛頓物理學來詮釋相對論，講得再多，終究令人覺得「隔」，如說他人夢。

換個方式說，文學作品固然可以任由評讀者從各個角度、用各種方法去讀它，遠近高低，所見各各不同，但並非所有方法與角度都具有同樣的價值。從某些角度看，是會把美人的形象扭曲了，未必值得鼓勵。故未來，我們除了談運用西方理論解析中國小說之外，更應深入討論是運用何種理論；其理論在應用於中國小說時，又能否發展出關於適用、修改等方法論的思考。

四

當年在討論「社會及行為科學研究的中國化」時，諸君子其實還談了最後一項：「如何以中國的資料與研究發現創立新的理論」。這個議題，在社會及行為科學領域，進展如何，我不敢妄斷。在中國小說之研究方面，則成果寥寥，可述者少。

❽ 詳見龔鵬程〈唐傳奇的性情與結構〉，收入本書。樂先生擇惡固執，其書，大安出版社一九九七年出版。

但幾十年來，也不能說是毫無進步，以《西遊記》的研究來說，胡適先生《西遊記考證》結論曾說：「《西遊記》被這三四百年來的無數道士和尚秀才弄壞了。道士說，這部書是一部金丹妙訣。和尚說，這部書是禪門心法。秀才說，這部書是一部正心誠意的理學書。這些解說都是《西遊記》的大仇敵。……幾百年來說《西遊記》的人都太聰明了，都不肯領略那極淺顯明白的滑稽意味和玩世精神，都要妄想透過紙背去尋那『微言大義』，遂把一部《西遊記》罩上了儒釋道三教的袍子；因此，我不能不用我的笨眼光，指出《西遊記》有了幾百年逐漸演化的歷史；指出這部書起於民間的傳說和神話，並無『微言大義』可說；指出現在的《西遊記》小說的作者是一位『放浪詩酒，復善諧謔』的大文豪作的。我們看他的詩，曉得他確有『斬鬼』的清興，而決無『金丹』的道心。指出這部《西遊記》至多不過是一部很有趣味的滑稽小說、神話小說。他並沒有什麼微妙的意思，他至多不過有一點愛罵人的玩世主義。這點玩世主義也是很明白的；他並不隱藏，我們也不用深求。」

胡適這篇考證，力翻古人成案，獨樹新解，與其「文學革命」「反傳統」的精神相符，把《西遊記》解釋成只具一點點玩世態度及趣味的作品。亦可顯示此時胡適所關切的，是「世俗的解放」而非「生命解脫」之問題，故痛斥傳統舊說講得太深曲穿鑿。

他們在指摘批評傳統時，對於整個傳統其實甚「隔」，完全進不到那個脈絡裡。所以他們自己造了一個新「傳統」（指出《西遊記》有幾百年逐漸演化的歷史、指出這部書起於民間的傳說和神話），以為用這種歷史主義方法，說明了它的經過，也就同時說明了它的意蘊（並無微言大義可說）。殊不知這個脈絡不是原有的脈絡，講了半天，畢竟沒有說明此種「遠遊求道」之性質為何。且僅考出《西遊記》元明清這幾百年間的演化過程，卻忘了我們從遠遊的脈絡上照樣可以指出它有幾千年的演化史，而且中國人之遠遊求道，向來談的就是生命之解脫問題。更有甚者，爲什麼故事起於神話和傳說、流行於民間，便無深義可說？此眞不知神話與傳說爲何物者之言也。

由於它淺、由於它偏枯，所以對於中西文學比較的問題也無法有效展開。依胡適陳寅恪看，孫悟空乃是從印度的猿猴故事演變而來。當時做比較文學，能力大抵僅只於此，揣測影響，而且一定是中國受到印度的影響。其實《西遊記》之可以做比較文學研究處，重點根本不在情節單元及故事的來源，而在於這種「遠遊以長生」的天路歷程形態（如班揚宣揚基督教義的《天路歷程》），以及像榮格（Carl G. Jung）所說，遊顯示了人類集體潛意識之問題，近來研究《西遊記》，如傅孝先、余國藩等，逐漸擺脫胡適等人的淺俗觀，改從近乎傳統的「五聖」關係、「意義的追尋」等角度去重讀，正是一大進步❾。

這種進步，其實是通過回歸而獲得的。明劉蓮台刊本稱西遊爲《釋厄傳》，清汪象旭評本稱爲《證道書》，釋厄證道的現代用語，正是意義的追尋或生命的解脫，用《楚辭·遠遊》的話來說則是「轉化以度性」。那些清朝的評點，一再用道教內丹學或易經理論來詮說《西遊》之原旨正旨，現在我們也從《西遊》各章之韻語詩賦中發現了不少端倪。故對比今昔之說，頗能鼓舞我人重新正視舊小說及其批點評論系統。

對傳統小說批點評論的重視，是近年小說研究界新的風潮。對《紅樓夢》脂批及其他批本、

---

❾ 另詳龔鵬程〈旅遊心理學：宗教解脫與世俗解放〉，收入南華管理學院出版《一九九六龔鵬程年度學思報告》。

毛宗崗批《三國》、金聖嘆批《水滸》等，均已有不少研究成果，整理傳統小說之序跋、收輯各家詩文集中論小說之語、甚或編寫小說批評史理論史，亦不乏業績。我自己則曾將評點與「新批評」方法進行比較，從方法論的角度，說明評點可稱爲一種「細部批評」。它源於經學之訓詁條例、章門科段，而成形於宋代以後。講求爲文之法，發掘文學之美，視文爲活物，故論法貴乎活法，起承轉合、抑揚頓挫、有往必復、無垂不縮，與講究「起、中、結」或情節與衝突的西方悲劇傳統頗不相同，與新批評也很不一樣。假若我的分析不謬，則運用這種方法，我們仍舊可以對古今小說進行圈點批注❿。

當然，對我來說，我更關心中國小說之結構原則與意義取向的問題，舊著《中國小說史論叢》，自序中曾說：

文學評估所考慮的，主要是兩個互爲關聯的層面：一是文字經營的層面、一是小說運用文字彰顯意義的層面。例如悲劇，其所以成爲悲劇文類，就是因爲它藉著文字層面的情節構造，表達了矛盾衝突的悲劇意義。西方小說，在發展中深受悲劇傳統的影響，因此，小說藝術的構成，主要便是以悲劇的敘述結構：「情節」（plot）爲主。情節中必須含有戲劇性的（dramatic）衝突。這些衝突（conflict）包括了人與自然、人與社會、人與人、

❿ 詳見〈細部批評導論〉，收入一九九〇，《文學批評的視野》，大安出版社。

人與自我的矛盾與爭抗等等。而其進行，則有賴於因果關係，因爲「敘述」與時間是相呼應的。唯有知道了西方小說這類結構原則和意義取向，我們要了解西方小說才有可能。就像我要理解一個社群中人的思想和彼此的關係時，必須知道這個社群的組織原理和意義取向一樣。既然如此，那麼，中國小說的結構原則和意義取向是什麼呢？小說研究已經蓬勃發展八十年了，誰能告訴我？如果這個問題至今尚未解決，則一切研究可說都是架空的。縱然我們有了版本流傳的知識、有了小說創作事件的綴連、有了小說內容與時代關係的考證，小說對我們來說，仍是不可解的（正如我們只知道一個社會中許多物質事實，而不知其制度與象徵系統，這些物質事實便無法串連起來，構成一個可知的意識對象）。因爲不可解，所以不是產生迷惑，就是強用已知者來類擬，以使其可知。早期許多研究者之所以慨嘆：「中國沒有小說」，就是在面對未知時所產生的迷惑。比方我們以從夫從父居大家族爲「家族」既久，驟見一妻多夫母系家族社會時，也常以爲他們沒有家族或人倫。雖然習處稍久，漸知兩種都是族，但仍不免以所習知的家族模式來認知或類推，並給予批評。近些年來，許多研究者喜歡用「情節」或「悲劇精神（意識）」來處理中國小說，即是一例。其中有些批評家甚至因爲中國小說缺乏情節的因果律（causalrecations），而斷言我國長篇小說使用的是所有情節中最糟的綴段性（episodie）結構，沒有藝術的統一性。

面對這些困惑，我當時曾提出「天命」來說明中國傳統小說的結構原則和意義取向，而這樣的說解，固然是歷史性的，用以解釋古代中國小說；卻也是方法論的，企圖以中國的資料來修正或創立新理論，尋找閱讀小說的另一種可能。可惜二十年歲月匆匆，至今尚少嗣音，令我這個方法的探求者頗有寂寞之感。故假公濟私，在此再次提出呼籲，也向大家請教。

（一九九九，香港，中國小說研究與方法論問題研究會，主題演講）

小說創作的美學基礎

關於小說的創作，一般討論者，可能比較集中於寫作的技巧、人物的塑造、情節的安排、故事的選取、編織與發展、對話方式、敘述觀點的運用、小說與社會文化的關係……等。但若站在美學的角度，則似乎更要追問一些小說之所以能夠成立、其美學型式之所以能夠產生的問題。

正如電影靠著具體的影像與音響來構成，小說仰賴著抽象的文字。電影裡面，演員的表演、服裝、化粧、攝影、燈光、音效、剪輯、佈景、道具等元素（Components），在小說中完全要以文字來展布。而這些情節與布局的安排，究竟架構在一個什麼樣的基礎上，而對讀者構成意義？小說家如何創作出小說，根據什麼原理和條件？其美學之規範又如何？另外，作品要獲得讀者的接受，也必須預設人類的心靈是可以互相感知的，有心性論或心理學上同一的基礎。這個基礎如何建立？又如小說不能不處理善與惡的問題，而這一問題即必然會牽涉到善與美究竟是矛盾還是同一……等。諸如此類，乃是小說之所以爲小說，一切美學價值之所以能成立的基礎問題。

這些基礎問題，一般人不太注意，甚至擅長討論文學的人，也未必能夠覺察到。但事實上卻是小說創作的基礎，作者即是由於對這些基礎問題，有不同的認定和處理，所以才會形成這麼多不同類型的小說和小說觀念。小說研究者之所以少談這些問題，原因也可能正是因爲他們據以探討小說的觀念，也正建設在這些基礎問題上。

本文因窘於篇幅，無法全面探討以上這些小說創作的美學基礎，只能撮要談談，為小說創作者和研究者提供一些參考。

一、小說與現實

歷來討論美時，有一重要的爭論，即：美存在於何處。由於對美存在於何處、美由何而來的看法不同，乃有所謂主觀論、客觀論、自然美、人為美之類區分。這在中國，「外師造化，中得心源」，自然不必有自然與人為的分別；但從希臘早期流行的摹仿說來看，後來柏拉圖《理想國》卷十就曾把客觀現實世界看作文藝的藍本，認為文學是摹倣現實世界的。亞里斯多德對於現實世界是否為虛幻，看法雖異於柏拉圖，然其主張摹仿現實則更甚於柏拉圖。他認為藝術不只摹仿現實世界的現象，更要摹仿它的內在本質和規律，所以藝術比現實世界更眞實❶。

從此以後，藝術與現實，一直是個重要的問題，十九世紀左右興起的寫實主義與自然主義，更是站在反映人生、模擬現實的基本認知上發展起來的。一些文藝工作者，如十九世紀法國現實主義畫家庫爾貝（Gustave Courbet, 1819-1889），就認為藝術應面向現實，美存在於自然之中，只

❶ 美與現實的關係，讀者若能參看朱光潛《西洋美學史》，自會發現它貫串了西方整個美學思潮與文藝活動。但在中國方面則不然。另詳顏崑陽《莊子藝術精神析論》（一九八五·華正）。

要找到它，就成爲藝術了。俄國庫爾尼雪夫斯基（1828-1889）也說藝術的作用和目的，即是充當現實的替代物，再現它，而非修正它、粉飾它。羅丹（Auguste Rodin, 1840-1917）更宣稱：「我服從自然，從來不想命令自然。我唯一的願望，就是如僕人般忠實於自然」（羅丹藝術論）。

風氣如此，小說之創作亦不例外。它們直接處理當時的社會問題，說出社會的眞相。從左拉到俄國的普希金（Pushkin）、果戈里（Gogol）、雷摩托夫（Lermontor）、屠格涅夫（Turgenev）、杜斯妥也夫斯基（Dostoevsky）、托爾斯泰（Tolstoy），使用越來越嚴謹的寫實主義與社會意識的批評尺度，要求小說或詩，能提供經驗性的眞實、歷史的使命、社會與國家的需求。進入廿世紀以後，一九二〇年代到一九三〇年代後期英美馬克斯批評家，也不斷重複並強調這個觀點，要求文學說出社會眞相，作爲社會資料的紀錄。

我國「現代」小說的發展，深受以上這一潮流的影響，以寫實主義爲主要發展脈絡和信念。一般而言，許多人至今所拳拳服膺的「寫實」觀，基本上即是源於十九世紀歐洲的寫實小說風潮。其最重要的特徵，是作家和讀者皆深信以文學形成的作品，可以一成不變地「反映人生」，紀錄現實社會的一切。

但這個信念是值得商榷的。小說畢竟不同於現實，文學畢竟不能追躡人生。傳統寫實小說家與讀者，一廂情願地把文學當成一種「透明」的抒寫符號，以爲透過文學可以「再現」事物的本來面目，殊不知語言陳述本身即已形成了種種障礙，不僅讓我們難以觸及「現實」，也爲我們留下了各種誤讀、曲解的機會。因此，寫實主義如果要持續下去，便不能不注意到文字表述功能和現實之間的辯證關係，體會到所謂的「寫實」本身只是一項文字的設計。小說所要「再現」的，不是社會或人生的現實。

一九六〇年以降，英美文學界，對以上問題的反省，已使得傳統的模仿論（Mimesis）和寫實主義（realism）之邊際效果遭到徹底的質疑。「小說到底能不能將現實再現呢？」大家都在問這個問題。

虛構主義（fictionalism）的興起，大底即起於這樣的情況。在新批評的實在論觀點以後興起的激進的虛構理論（radical fictionalism），認爲自我意識與認知對象都沒有客觀的實在可言，所以一切想像的創造都是虛構。至於保守的虛構理論（conservative fictionalism），則承認現實本身是實在的，人的心智可以就眞正的現實本身來演繹判斷，但一切創作行爲仍然是虛構的。

在近代美國小說家納博可夫《黯淡的光》（Pale Fire）一書中，作者以太陽代表創意，因爲它的光是本身放射出來的，代表創作接近現實；以月亮反射太陽的光，稱爲黯淡的光，暗示創作無法一成不變地抄襲現實，但又不能不承認創作的素材來自現實。他說：「所謂現實是一件很主觀的事……是無限的步驟、感知層面、虛幻感所連成的，因此，它是難解、無法獲致的」。

這種講法，顯示當代小說家對「現實」這個觀念的探索，已經超越了寫實與模擬的老窠臼。他們越是刻意把可怕的現實描寫得像夢一樣，越能顯出現實本身荒謬與恐怖的一面，加強其逼眞迫切感；越是把敘事結構打散，整部小說支離破碎，找不出統一的敘事原則，越能彰明語言會自行瓦解、以語言所描述的現實也會變形的事實。而這一些，也正是當代小說的特徵之一❷。

❷ 詳見蔡源煌〈當代美國小說對『現實』觀念的探討〉（美國文學與思想研討會論文集，一九八四，中研院美國文化研究所，頁三〇九—三一六），及王德威的評論（同上，頁三一七—三一八）。

回到歷史上看，浪漫主義與寫實主義之爭，由來已久。浪漫主義者，描述內心生活遠多於反映客觀現實世界，重視主觀情感與幻想的成分，比如馬佐尼在一五八七年〈爲喜劇申辯〉（On the defense the Comedy）中說：「幻想是製造文學故事的眞力量，因爲幻想力才能使我們捏造與編織虛構的故事」。但話雖如此，他又拋不開模擬論的陰影，因此他又說：「亞里斯多德說一切詩都是模倣的藝術，他說的模倣，是指起於人們所做的意象……柏拉圖於《詭辯家》（the Sophist）篇，謂模倣有兩種：一種稱爲眞實模倣，專事模倣既存的實際事物；另一種稱爲幻覺模倣，如藝術家隨興所至，別出心裁創造出來的畫面」。這樣的說法，就顯示了即使是浪漫主義者，也不能脫離對於現實的思考。

如上所述，我們曠觀整個小說史，就會發現小說家寫小說的方式、小說的型態、作者對小說的企圖和意見，無不奠基在他對現實的意見上。他創作小說，雖然不見得是意在抄襲、模擬或反映現實，其經驗人生及小說世界的底據，仍然脫離不了現實；對現實美與人爲美之間關係的認定，也必然影響了小說的型態和內容。所以，小說與現實的關係，乃是小說創作的美學基礎之一。

但在此必須特別提醒讀者的，是我們必須分清楚，小說畢竟不是現實，它只是構築在小說家對「現實」的了解上的一種文學創造。小說自成一個世界，而這個世界與現實到底是相互依存、從屬、抑或對立，正是小說家應該選擇的姿式，也是小說型態所以不同的原因。

二、時間與空間

小說世界的構成，一如現實世界，其原則與奧秘，在於時空。

在日常生活中，我們看到的每一件物品，都因爲有時間與空間的連貫，我們才能感覺到它的存在。因此，時空是先驗的原則，一切事物，都依據時空才能成立。康德在《純粹理性批判》的〈先驗感性論〉部份，曾詳細說明了這一點。

小說中一切事件與活動之所以能夠成立，也在於時空的安排與確定。但問題是：這種時空與我們在「現實」世界中所經驗的時空並不相同。例如，從結構上看，小說所提供的，只是一個不完全的片面事件，它的結構，是一種「開放結尾」(open-ending)的形式。它只呈現事件的片段，故事發展到某一階段，即必須停止——否則讀者便無法忍受了——構成一個獨立完整的單位。因此，故事雖然結束了，卻留下一個無法完成的開放結尾。像「灰姑娘」的故事那樣，灰姑娘一旦跟王子結婚，故事便得結束。至於灰姑娘結婚以後，是否發現王子晚上居然會打呼而無法入睡，小說是不會繼續寫下去的。讀者也不會追問。他們在閱讀小說時，已經默默地容忍或接受了這種開放的結局，並且甚爲滿意。現實的人生，則不可能如此。一件事既在時空之中展現，自然無法中止，而且事事牽扯攀緣，亦永無休止。沒有開放的結局，也不可能是一個個獨立完整的單位。

其次，我們也應該注意：此一片面開放結尾的事件，並非此時此地的事件，而是一樁具有「歷史性」的片面事件。而且也就是因爲它具有歷史性，所以才有永久性。小說可以重讀，人生則無法重複。這便是小說時空的特性，與現實時空截然不同。

再者，小說的形式，構成了它與現實時空不同的另一種特徵。小說的形式，猶如電影的銀幕、繪畫的畫布，會產生一種「框架效果」。據李察茲說：「格律正是藉其人爲面貌來產生至高的『框架』（frame）效果，將詩的經驗孤離於日常生活中偶然與無關的事件之外。」（*Priciples of Literary Criticism*, New York: Harcourt, Brace, 1942, P.145），這種效果，保障了文學作品之所以爲一文學作品，而不是事實的報告。形式猶如一道封鎖，將此一小說隔於日常生活之外。我們體會的，是另一個時空世界裡，經由這個框架而顯示出來的意義，不是這些事件在我們平常利害相關的生活中所含有的意義❸。

這一點很重要，因爲小說形式的一個特徵，就在於它可以隨作者之意伸縮變動時空。例如它可以倒敘、可以跳接、可以用意識流的手法等等，這些都會構成一種迥異於現實的時空。

換句話說，現實社會的時空，是自然世界的時空，是每個人所共有的公共、唯一的時空，不可替代或改變。小說則建構在一個特殊、人造的時空裡。這個時空僅存在於作品之中，與作品以外的時空無關，所以乃是獨立自存的，不像自然時空之連綿無盡。故其事件可以自爲因果與起訖，形成「開放結尾」的型態。

就此而言，小說作家的地位和性質，猶如上帝。他創造了時空，讓萬物得以在此生長。在他的設計之下，長的時間可以變短、短的可以變長。可以逆轉，可以切割、倒退、暫停、或分岔；

---

❸ 見博藍尼（Michael Polanyi）《意義》（一九八四，聯經，彭淮棟譯）第四章—第七章。

遙遠的空間可以縮短、咫尺之隔亦可以邈如山河，籠天地於形內，挫萬物於筆端。

因此，時空，乃是小說美學的基本架構，脫離了時空，一切都甭談了。

(一)、小說裡的時間

在小說裡的時間，基本上可分爲三種，一是表面時間（Physical Time），指小說本身的時間變化，如現在、過去、未來之穿插，現實與幻境的交叉呈現，倒敘等等。二是心理時間（Psychological Time），指讀者在觀賞小說時所感受到的主觀及情感的時間，像小說中懸疑的安排、韻律與節奏的設計，都會影響到讀者心理時間的構成。三是戲劇時間（Dramatic Time），指小說中故事情節整個前前後後所發生的時間及其篇幅，有些小說描述「一天」的事情，有些寫「廿年」，其戲劇時間便不相同。同時，早期小說與戲劇關係甚爲密切，而戲劇之演出必受時間的限制，說唱小說亦然。這種戲劇時間，自然也會影響到小說時間上的設計。

以上這三種時間，例如《西遊補》，全書的戲劇時間很短，篇幅也不長，只是敘述孫悟空在借得芭蕉扇，搧滅火焰山之火以後一次化緣途中的一場春夢罷了。一夢乍入，忽然而寤，其表面時間，則運用現實與幻境交錯、溶入的方法來展現。而讀者因這種迷離恍惚，陷在悟空無法衝出鯖（情）魚障的危機裡，乃感到心理時間特長。這就是一篇時間安排得非常妥善的小說。反觀金庸則不然，像他的《神鵰俠侶》，往往因爲在心理時間和戲劇時間方面，配合不佳而失敗。例如楊過在古墓中遭李莫愁師徒追殺，千鈞一髮，繫生死於俄頃，而作者寫來，竟不能有逼人窒息的緊張感。同時，小說敘述小龍女危急時，楊過牢牢抱住李莫愁後腰以防她殺害小龍女，而李莫愁一生未親近過男人，陡然間被抱住，「但覺一股男子熱氣從背脊傳到心裡，蕩心動魄，不由於全身酸軟，滿臉通紅，心神俱醉，快美難言，竟然不想掙扎」（第六回）。須知李莫愁初遇楊過時，「十多年前是個美貌溫柔的好女子」，則此時年已在三四十之間，會被一位十五六歲少年抱住而生綺念，已是匪夷所思。即使姑且承認有此可能，則楊過能讓一位三十多歲老女人感到有「男人」氣息，應該看起來不再像個小孩子了。卻又不然，十三回寫楊過力鬥金輪法王及其門徒，一直都以「孩子」稱呼楊過，甚至說他是「頑童」、頑皮的「小畜生」。但此頑童比在古墓抱著李莫愁時可又大了許多。這分明是作者在小說時間構成上的疎漏，無法取信於讀者。而更嚴重的，則是小說人物沒有成長。

Mannel Komroff《長篇小說作法研究》中曾提到：小說亦如人生，無法逃離時間之流，小說中每一個人，第二天早上醒來時，就都長大了一天。他稱這種時間為「小說鐘」，每個人物在說話時，時鐘都在滴答著。可惜這一點常被小說家們忘記，就像我們除非特別去留意，否則總是聽不到時鐘的滴答聲一樣。

(二)、獨特的小說鐘

話雖如此，每個小說家對時間的理解與處理並不相同，他們安裝在小說理的鐘形形色色，各異其趣。例如西方小說所注重的「情節」，就是根據直線式的時間觀念，構成事件的因果關係

（Causality）。因此，小說中情節的懸疑和進度，即來自對時間推移的懸宕，而形成美感。佛斯特（E. M. Forster, 1879–1970）《小說面面觀》說得好：「美感是小說家無心以求卻必須臻及的東西，小說家不能以追求『美』始，但不能以缺少『美』終。不美的小說就是失敗的小說。關於美……我們得先將它視爲情節的一部份」（第五章）。

反之，中國傳統的小說，在與西方小說對照之下，顯得幾乎沒有情節可言，或者只是一種「拼湊的、綴段性的情節」（Heterogeneous and episodic quality of polt）。它的結構方式不是有機的統一的，經常有偶然的狀況發生，也常有「此處暫且按下不表」「話分兩頭」及章回綴段的情形。這些情形，一向都被解釋爲宋元說書慣例所留下來的遺迹。但事實上，我國所有敘事文類，如史傳、傳奇、白話短篇小說，都和長篇一樣，有這樣的「綴段性」。因此，這應該與作家所習慣的觀物方式有關，而非僅屬說話遺習。

明方以智《物理小識》卷二曾經提到：「管子曰宙合，謂宙合宇也。灼然宙輪於宇，則宇中有宙、宙中有宇，春夏秋冬之旋輪即列於五方之旁羅盤」（藏智於物）。這充分顯示了重視時空綜合呈現、強調時空相互依存的特色，至於四季輪轉五方分列，更是把局限性的時空，伸展成無限的廣大相關性時空了。希臘歐氏幾何，是局限於有限時空的世界觀；文藝復興以後，座標幾何出現，歐洲才從「封閉世界進入無限宇宙」（一本科學史名著的書名）。但牛頓的物理學，依然是時空明確獨立的並舉，整個是機械式的，到了愛因斯坦，才注重時空的連續與交錯❹。換言之，因果律爲

❹ 參見劉君燦〈中國的時間與空間〉，國文天地，第七期。

傳統西方思想的特質之一。它視每一事物都是包含在一個以因果為環的機械鏈索中，而只有在這種觀念底下，緊密而集中的情節結構才有可能成立。因為在這既是直線式而基本上又是時間性的結構中，人物或事件被選為敘事中的「原動力」(prime mover)、或活動而含有順序性的要素。相反地，在中國傳統的觀念裡，由於注重時空綜合呈現、強調時空相互依存及交錯流轉的關係。因果關係中的時間秩序，便被空間化了。成為廣大、交織、網狀的關係，展現出並列的具體「偶發事件」(incidents)的有機形式。故在小說裡，小說家很少選擇一個人物或事件來統合整部作品。它們經常是東拉西扯，讓這一個或那一個人物、這一樁那一樁偶發事件浮現在敘事的主要脈絡上。小說人物的出場、相遇、退場、再出場幾乎都是隨意的，彷彿全為機遇和巧合所支配，但一切偶然，卻一定符合「時命」。這個「時」，就是中國小說中慣見的小說鐘。看不懂這個鐘，便解不開中國小說的奧秘，更無從體會其美感了❺。

㈢、小說的空間

小說並無如現實人生般實際的空間；一切空間及空間感，都是由文字在紙面上構成的。但是也正因為如此，所以小說的空間可以隨意變換，不像現實的空間那樣固定不可移。這是小說勝於實際人生的地方。

❺ 見林順夫〈儒林外史中的禮及其敘事結構〉（中外文學，十三卷六期，胡錦媛譯）及本書〈境界型態的美學〉。

可是相反地，由於敘述觀點的運用，小說中事實上只表現出一種空間及空間關係，與現實世界裡我們可以從不同角度獲得不同的空間不同。這又是小說不如現實人生的地方。但這也未嘗不是一種方便，便於小說情節的構成及敘事的集中。

這種空間，也不同於戲劇。小說與戲劇的關係雖然密切，可是看戲時，觀眾好像是站在窗子外面往裡頭看，只能看到舞台上限定空間內演員們的戲劇動作。小說就不然了，由於小說的敘事觀點自由，空間的伸縮性非常大，而且可以製造出景深；提供讀者想像性空間的幅度，一般說來要較戲劇爲大。

這是小說空間的基本性質。然而，什麼是小說的空間呢？在紙面上如何構築空間，並帶給讀者空間感？

首先我們應了解：空間感（space）不是地方感（place），也不是「背景」。光只有故事發生的年代與地點、歷史背景，構不成小說的空間。空間感是深入到小說本質的東西，小說中一切情節與人物，都因爲有了這個空間，所以才具有生命。例如《戰爭與和平》中，一切人物與事件得以發生的遼闊俄國領域，事實上是包含了橋樑、封冰的河川、森林、道路、花園及田野……等，而整個浮現在小說裡，帶給讀者一種特殊的氣氛，而小說裡的人物與事件就活在這個氛圍裡。其他，像《紅樓夢》的大觀園、《水滸傳》的梁山泊及北宋末年的社會、《三國演義》的分崩離析大時代等等，人物都是從這個空間裡「生長」出來的。我們不能想像脫離了這個空間其人物與事件還能發生，這才是成功的空間。

地方感則不然。作者藉其旁白來「描寫」一個地方，說明該事件發生在某地，但這個地方的地方色彩、語言、風俗習慣，雖然經過作者極力刻劃，卻無論如何不能給人一種「先驗的形式」的感覺。譬如金庸的《射鵰英雄傳》，寫大漠、寫江南、寫京城，雖然用了很多的筆墨去點染、塗飾該地域的特殊風物及景觀，但基本上它並不能讓讀者感覺到這兒是塞北絕漠、這兒是江南是江南煙景，其人物亦不一定要與那個空間緊緊抱在一塊兒，所以它就喪失了空間感。

背景感，則是交代時代地理背景，但小說本身的人物都可以自行活動，跟背後的佈景並無太大關係。如《神鵰俠侶》之類，時空場景不過是個幌子，與小說的關係不大，充其量也只是舞台上的布景；使小說看起來不全然是「虛構」的而已、使讀者產生一些「擬眞」的幻覺效果而已。

由此看來，空間雖然是小說先驗的形式，是小說的美學基礎。可是卻不是容易達到的。以金庸《天龍八部》來說，它的時間是北宋，空間則南起大理、北達遼金、西有西夏、東有姑蘇燕子塢（燕）、中間是大宋。這是一個大時代、大空間。彷彿《三國演義》的格局。書中分成三條主線來發展（段譽、蕭峯、虛竹），亦如三國之分爲魏、蜀、吳。但整部小說寫下來，卻只是段譽兒女情長、蕭峯英雄氣短，其空間功能完全不顯。這充分證明了小說空間處理之難。小說不能具體地去描寫空間，因爲，一旦我們把空間當做具體的事物去描摹、刻劃，空間就不是空間了。康德說過：「空間只是一切外感官之現象的形式，是感性的主觀條件。只有在感性這種主觀條件之下，外部直觀對我們才是可能的」。它是先驗的、直觀的，它規定了對象的關係，不能以經驗現象去規範它。有些小說家（例如古龍）懍於空間之難於表達，遂乾脆抽離了時空，意在偷機取巧。殊不知這麼一來，小說便整個垮了，情節不合理、人物不合理、事件不合理。

這並不是說小說一定要有一個時代背景。因爲那是背景的問題，而不是空間的問題。小說可以與任何歷史時代無關，不必有現實時間與之呼應，但其空間感自然存在，沒有這個空間，小說就不能架構起來。

四、有限時空與無限時空

不過，由於空間不能從外部現象的關係裡根據經驗獲得，剛好也顯示了經驗理解的現象，其本身，是在空間中所無法察知的。譬如一枝玫瑰，其本身就是「物自身」，而：「在空間中直觀到的全都不是物自身」；同理，「如果時間是附屬於事物自身的規定或秩序，那麼它就不能先於對象，作爲對象的條件，從而藉助於綜合命題先驗地被認識和直觀了」❻。

這就變成了小說世界與現實世界永不接頭的局面了。小說家即使描述了他的感覺與經驗，但在他自己的現實時空裡，既不可能察見物自身；小說的時空關係，又與現實時空不同，則小說中出現的玫瑰，離物自身當然就更遙遠了。這種距離，我們也可以說即是小說與「眞實」的距離。

而小說要怎樣才能逼進眞實呢？首先它必須將小說裡的時間空間瓦解掉，然後再經由這種時空的瓦解，暗示或象徵現實時空也是虛幻的，藉此「遮詮」地顯露人生的眞實。指出在有限時空之外，還有一無限時空的存在。

例如唐人小說〈南柯太守傳〉〈邯鄲記〉、及《紅樓夢》這樣的小說，其主旨本來就在揭示

❻ 以上均詳康德《純粹理性批判》的〈先驗感性論〉部份。

小說中時空場景裡所發生的種種事相都是虛幻的，甚至其時空也是詭譎不眞實的。黃粱夢醒，而老人之炊黃粱猶未熟也。經由這種揭明，讀者頓然驚寤：原來一切悲歡離合或生老病卒，都是「以上皆非」的。這不是人生若夢，而根本就是人生即夢。

換言之，小說中存在著二重時空關係，一是黃粱夢中的虛幻時空，一是邯鄲旅舍裡令人悟眞的時空。藉著這兩層時空的對照，讓人領悟到有限時空的虛妄性，而即在邯鄲旅舍那種現代人生的時空裡，知道了無限時空的奧妙與人生的眞實。小說中，夢與神話的展現，作用經常是如此。它猶如繪畫中的虛、空白，可以使人由有限起悟，接觸到無限的時空。我們應該要了解，中國畫的空白，不是「留白」而已，不是畫上山水實景而留下一角空白，讓人若有若無地去品味；而是——根本是在空白處，偶爾只畫一山一水。空白本爲無限，在此無限之中，惟畫一山一水，以使人由此有限通往無限。不畫滿，才能保有這種無限空間的性格。故書法中、篆刻中皆有「計白以當黑」的說法。因爲它眞正要處理的不是線條及圖象，而是空間。

這個無限時空，才是使有限時空可能的基礎，也是人生眞正的趨向所在。小說至此，已非純屬藝術，而逼進「道」的領域，能使讀者由此悟道。中國文學中此類傾向特別明顯，可能也是由於哲學上對此特別重視的緣故。

三、結構與圖式

小說創作的另一個美學基礎，是結構與圖式（pattern）。

小說的圖式，既表現在依時間順序敘述事件的故事上，也表現在有關人物因果關係的情節上，而形成小說的美感。在小說裡，情節訴諸我們的智慧，因爲它是小說的邏輯面；圖式則訴諸我們的美感，構成敘事脈動的線條，起伏有致。

這種圖式，跟作者所要創造之氣氛應該適當地配合，使小說中散亂的人物與事件，可以以一條他們自己血肉編織而成的線串聯起來。在佛斯特《小說面面觀》裡，這位小說家及評論者說道：

> 圖式是小說的美學面。雖然小說中任何東西（人物、語言、景物）都能有助於美感的呈現，但美感的主要滋養物還是情節，情節可以自生美感……此處所謂的圖式面與情節緊密相結，它生自情節——美感有時就是一篇小說的型式，一本書的整體觀，一種聯貫統一性❼。

事實上，圖式並不僅產生於情節，它是小說整個敘事架構所形成的一種圖式。佛斯特爲我們介紹了兩種圖式，一是鐘漏型（the shape of hour-glass），一種是長鏈型（the shape of a grand chain）。

---

❼ 見佛斯特《小說面面觀》（一九七六，志文，李文彬譯）第八章。

前者可以法郎士（Anatole France）的《泰絲》（Thais）爲例。小說中描述禁慾主義者伯福魯士要去拯救妓女泰絲，他們分居在不同的地方，逐漸地，碰頭了。碰頭以後，泰絲果然因此而進了修道院獲得救贖；但伯福魯士卻因與她見面，而掉進罪惡之中。這兩個人物互相接近，交會，然後再分開，剛好形成一個鐘漏的圖型（）。長鍊型，則可以路伯克（Percy Lubbock）的《羅馬假期》（Roman Pictures）爲例。該小說描述一位在羅馬遊歷的觀光客，遇到一位朋友，介紹他去參觀咖啡廳、畫廊、梵帝岡、義大利皇宮等，最後他又遇到這位朋友，才曉得此公原來是他女主人的姪兒。兩人兜了一大圈以後，又合到一起，故爲長鍊型。

另外，康洛甫（Komroff）也介紹了幾種圖式。第一種（圖一）是史坦貝克《人鼠之間》、康拉德《吉姆卿》、德萊塞《美國的悲劇》等小說所採用的：B代表覺察點（point of recognition）小說開始以後，進行到B點，讀者就會發現一張命運之網已經被編織起來了；到達B點以後，故事便順著命運的終局，一降而至結尾。

第二種（圖二）則恰恰相反，到達B點以後，讀者就發現命運是如此美好，這條途徑是向上的，代表一個灰姑娘（Cinderella）式的成功故事。

第三種（圖三）則是滴漏型．如泰絲故事那樣。第四（圖四）是圓形的故事型式，彎曲的線條，繞回開始的地點，凡指向「永恆的循環」（eternal recurrence）或兜回開始地點的故事，都常採用這種圖式。

第五（圖五）是類似橫8字的圖樣，小說中有兩個主題，每一個都有自己的行程，它們在E點

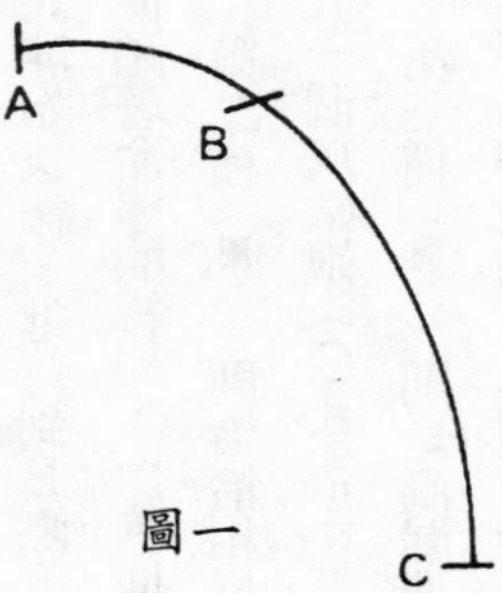

圖一

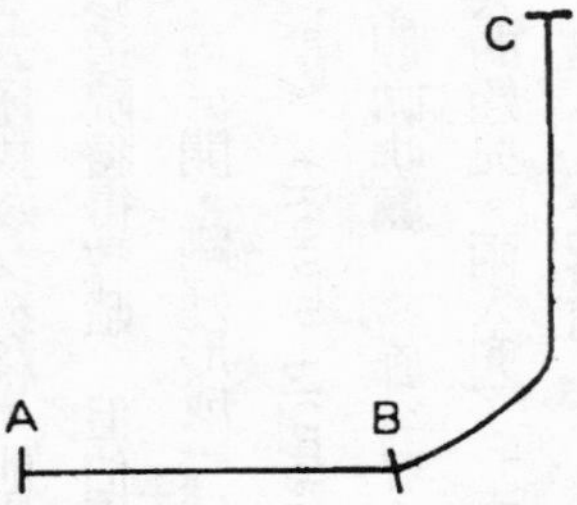

圖二

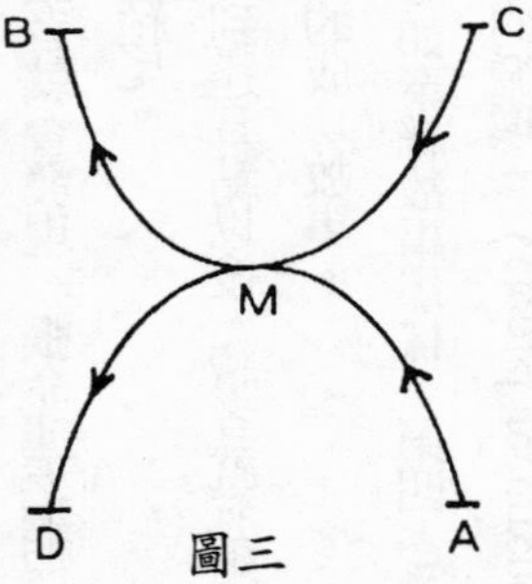

圖三

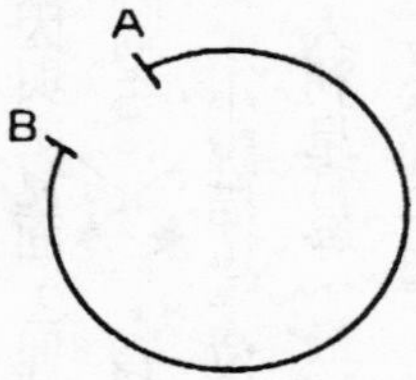

圖四

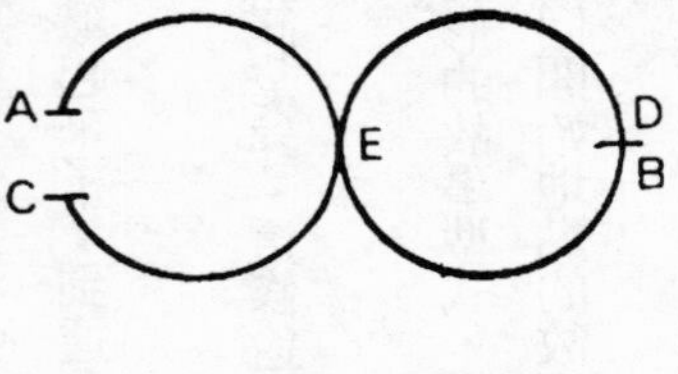

圖五

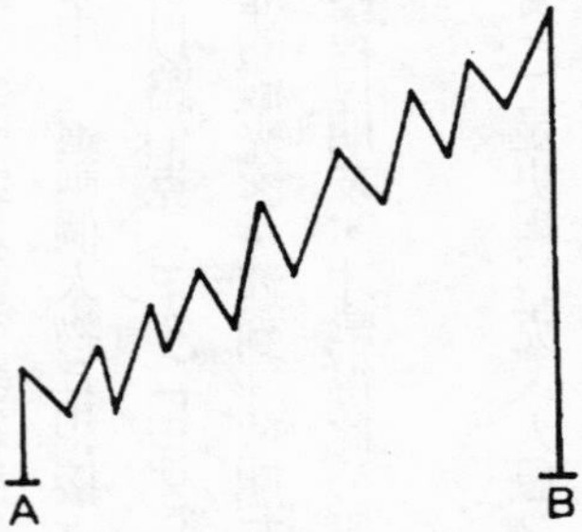

圖六

上相遇、分開，然後再連在一起，如《雪拉斯·麥納》（Silas Marner）就是這樣。第八（圖六）則是一種上昇的鋸齒型，類似《唐·吉訶德》一類插曲式的長篇小說屬之。在此類小說中，每一樁奇異的事件都會躍升到一個最高潮，而讀者逐頁翻閱時，故事全部力量及涵義也逐漸增強來，結尾才回到開頭的水平上❽。

像這些圖式，在中國小說中大體上都能找到例子。譬如《西遊記》就接近鋸齒型，而由悲劇轉爲喜劇的情況，則更多。這顯然與康洛甫所說不甚相同，而與我國特殊的哲學思想有關，不同於西方悲劇的傳統❾。另外，如《水滸傳》《儒林外史》《紅樓夢》一類小說，也都在天命的架構底下，形成了一種開頭放線，然後逐步收網的結構圖式。小說開始時，人物逐漸出場，小說即雜敘某人某事，但這些人與事慢慢地朝一中心點輻湊（如《水滸》的梁山泊、《紅樓》的大觀園、《儒林》的泰伯祠等），聚攏之後，再逐步流失、消散、死亡，以「空」爲結局，「落了片白茫茫大地眞乾淨」。

用畫的卷軸來說，畫家在一方空白的長卷子上，虛空落筆，一點一畫，一山一水，逐漸勾勒出一處大觀園、一泊梁山寨，然後風起雲湧、烟銷霧滅，長軸卷舒之後，畢竟仍只是一方白絹，一壁空無無限的虛與白。故《三國演義》寫如許風流英雄、如斯時代慷慨，而乃總歸爲一闋〈西江月〉，詞云：

---

❽ 見康洛甫《長篇小說作法》（一九七八，幼獅，陳森譯）第二章。

❾ 詳龔鵬程〈唐傳奇的性情與結構〉，收入本書。

滾滾長江東逝水，浪花淘盡英雄，是非成敗轉頭空，青山依舊在，幾度夕陽紅！

這是超越觀點下，瓦解有限時空的圖式，深刻而令人驚慄，以及領悟。

（一九八五年七月八日講於青年寫作協會·一九八五年九月十五日寫成初稿於淡江）

境界型態的美學

哲學是一切學術及文化的根本，展現在一個文化團體的各種表現上，諸如行爲、觀念、藝術及器物等，均可以發現哲學在其中發生的作用。因此，談論哲學，既可以系統性地陳述該哲學內部的結構及其所處理的問題，也可以「由用顯體」，說明該哲學的精神風貌。本文採取的是後一種方式，所以，我打算從金庸(查良鏞)的一篇小說談起。

在金庸的《神鵰俠侶》裏，敘述男主角楊過在襄陽危城中，爲了化解武氏兄弟對郭靖之女郭芙的癡戀，杜撰言語，打敗二武，卻不幸身受李莫愁的冰魄神針，中毒頗深。郭芙氣惱他口齒造謠，二人言語衝突，郭芙一怒之下，斬斷了他的左臂。楊過負痛，逃到一神鵰居住的谷中。那神鵰飼之以蛇膽靈藥，又導之上高峯、入激湍，勤習武技，復出江湖，遂博得神鵰大俠的尊號。這隻鵰，大有來歷，乃是昔年劍魔獨孤求敗的伙伴。那獨孤求敗，「縱橫江湖三十餘載，殺盡寇仇，敗盡英雄，天下更無抗手。無可奈何，惟隱居深谷，以鵰爲友」，所以號稱劍魔。神鵰曾引導楊過攀上他埋葬兵器的峯巖「劍塚」上觀看。但見這塚背向山谷，俯仰空闊，佔盡形勢；楊過在劍塚旁仰天長嘯，四下回聲不絕，把膝而坐，迎風呼吸，又只覺胸腹間清氣充塞，竟似欲乘風飛去。

那獨孤求敗所設的劍塚，有說明謂：「劍魔獨孤求敗既無敵於天下，乃埋劍於斯，嗚呼！羣雄束手，長劍空利，不亦悲夫！」塚中埋有四柄他平生所使用的兵器，一是利刃，凌厲剛猛，無堅不摧；二是軟劍，三十以前所用；三是玄鐵重劍，重劍無鋒，大巧不工，四十以前恃之橫行天下；第四柄是木劍，四十以後，不滯於物，草木竹石均可爲劍；自此精修，漸進於無劍勝有劍之境。後來楊過就是練習他的玄鐵重劍。這四柄劍，代表獨孤求敗五種境界，由爭鋒而漸至無鋒、無象。楊過雖然機智武功俱臻上乘，卻終究只能達到第三層境界，對於第四層以後的境界，終有「前輩神技，令人難以想像」的感慨❶。

這個奇特的人物表現，以及小說所流露的哲學意味，都很有可談之處。首先，我們應當注意：獨孤求敗，是位不爲人知的豪傑，他從未站到舞台上正式演出，可是舞台上的主角，卻往往是透過他，才能成爲眞正的技擊者。楊過如此，《笑傲江湖》裏的令狐沖也是如此。換言之，他雖不主演歷史，卻推動了歷史，這種人，才是眞正的歷史創造者。而他這種表現型態，也即是一種無表現的表現。正如他所開創「大巧不工」「無劍勝有劍」的境界一樣，莊子所謂：「天地有大美而不言，聖人原天地之美而達萬物之情，是故至人無爲」，無爲亦是無表現之表現，獨孤求敗的人與藝，均具體顯示了這個特徵。

其次，獨孤求敗，以一往無前之境，開令人難以想像之局，孤鵰爲侶，悵望天下，而獨寄情於求敗，也是非常奇特的。所謂求敗，是指他這個人生機悍恣，不可抑遏，但內在卻自存有一種克制的渴求。這種渴求，能夠止住自我的膨脹與奔馳，使自我的超越和成就，不致轉成虛妄之氣

❶見《神鵰俠侶》（一九八四・遠景）廿六回。

與驕矜之情。因此，他在形迹上固然未嘗眞的一敗，在意義上則仍是求敗。也唯有如此，故能永遠不敗。這種求敗意識，迥異於追求天下無敵或統馭武林的求勝意識。求勝意識，主要是在勝利中肯定自己，以虛妄的自尊，來換取、來遮掩對失敗內存的恐懼；所以這種人永遠不能失敗、不敢面對失敗、不能相信失敗，而必然遭到失敗。這種情形，在中國哲學裏說，就是「夫唯不居，是以不去」，而其所以能夠如此，則在於他能內在地有求敗的要求。這種求敗，即是克己的工夫之一。因克己始能復禮，使生命歸於正道，不致偏邪流蕩；而且人若能時時克己，自然可以愼獨、持敬，涵養也必能充實而成其大。

第三，獨孤求敗這種涵養充實的情況，具體表現在他那五層境界的開顯中。從用利器、軟劍、重劍、木劍，到無劍勝有劍的境地。其進步不是追尋到的，不是對上帝或外在理想的逼進。而根本即是自我的提昇，一層層不斷向上。而且，對於其他無此修養及體驗的人來說，這種境界與提昇，實在是不可想像的。因爲境界義，本身便含有濃厚的體驗性質，無此體證，便很難透過理智或想像揣摩去印證。這，當然也是中國哲學的特徵之一❷。

從一個小說人物身上，居然可以發現這麼多哲學理趣，自然很令人高興，以下我們便順著這幾點來稍做討論。這種討論，不是理論性的鋪陳，而只是觀看哲學的表現，以進窺中國哲學之美，稍稍藉以了解中國哲學之特質及其影響而已。

❷ 有關這一故事的哲學意涵，又詳龔鵬程〈論孤獨〉（收入一九八四·時報·少年遊）一文。

一、實存的自我

由求敗意識說，人何以內在地有一求敗的要求？

蓋因自我意識的成長，是從認識到有一個自我而開始的。人經由表現自我，來經驗自我的存在，並藉以肯定自我。例如一般人都喜歡尋求事業、愛情……的成就，以肯定自我，滿足並認識自我的存在。這也是人類一般意識成長方式，他藉擁有這些來顯示他自己，保障自己存在的安全性；若忽然間這些他所擁有的都喪失了，他恐怕也同時喪失了的生存意志，覺得活著沒有意義了。

爲什麼會這樣呢？

原來，人在存在的歷程中，一直有一種危機困惑著他：人會發現到人之所以異於其他動植物，以及他所自豪的，就是因爲他擁有其他動物所沒有的自覺與理性，但是：自覺與理性雖然替他帶來了幸福與知識，卻也瓦解了動物性生存的融合（Harmony）特徵。人似乎已經變成了宇宙間唯一的怪獸：他一方面生於自然、長於自然，是自然的一部份，但另一方面，他又凌駕於其他一切自然的其他部份之上，可以操縱或役使它們。他在極偶然的狀況下，來到了這個世界，卻又在極端偶然的情況中離去；他之所以活著，是因爲有這個軀體，可是，唉，只要他一息尚存，他還有一天活著，他也就一天無法擺脫這個軀殼的桎梏。

這種弗洛姆（Erick Fromm）說的人生存在的二分律，實在詭誕極了❸。一個人若眞無知無想，如動植物般地生長萎謝於春風秋月間，擁有白痴般的幸福倒也罷了。可惜的是他只要還有點靈明，他就無可避免地會陷入這困局中，徬徨疑惑，開始覺得他自己的存在是有問題的。

這個問題，也即是蘇東坡說的：「人生識字憂患始」。爲什麼識字即開始涉入憂患呢？主要就是因爲人生不只是動物性自然的存在，人文世界的開展，是要講意義、講價值的。文字，是人文的意義系統之一，代表了人的文化徵象與內容，人是因涉入了這個意義系統才有知識的。但人文意識的開啓、知識的形成，也必然會迫使人去追問一個問題：到底人存在的意義是什麼？他自己的存在，是否是個有價值、眞的存在？

換言之，人文世界的開啓，即始於憂患的意識；由於有憂患，才令人開始逼問存在的價值與意義。人世的許多活動，例如商人逐利、政客奪權、烈士殉名、情人求愛、俠客邀戰，活動形態雖或不同，但都來自這一種內在的焦灼，他必須藉著追求一個事物、經驗一個事物、擁有一個事物，來不斷證明自己還活著，經驗自己的存在並肯定自己，告訴自己說：我的存在是有價值的，是眞的，我擁有的（金錢、名位、武功、榮耀、愛情……），都證明了我的存在不是蒼白而無意義的。

然而，正如厄克哈（Eckhart）所云：

我是一個人，

---

❸ 參見弗洛姆《自我的追尋》（孫石譯・志文）第三章第一節，《理性的掙扎》（陳琍華譯・志文）第三章。又、另一角度而意見大致相同的思考，可參閱賀佛爾《人生反思錄》（君賀譯・時報）。

一如其他的人。

我能看、我能聽、我能吃、我能飲，

與一切動物並無分別。

然而我是我卻僅限於我本人。

我屬於我，

而非別人；

我不屬於別人，

也不屬於天使或上帝——

只有一點，那就是我與他並存。

通過上述那種途徑來肯定自我、追求自我，其最終的結果，就是我即一切。一切宇宙僅限於我本人，上帝其實就是我。這就像笛卡兒的哲學：「我思故我在」(je pense, donc je suis)。雖然笛卡兒也曉得整個包含宇宙之全體的存有，並不僅僅是這個我，所以他又同時肯定了另外兩個實體：物質世界和上帝❹。但是，恰如海德格所批評的，眞正經過考察後，我思故我在，只是個思維我；

❹ 因爲他雖主張我思故我在，但我不思時是否就不存在呢？生滅的我在，又如何串成一個恒定的我在呢？此即必須有一上帝來保證我是恒定地在。而上帝既是完美的，祂就不會欺騙我們；現在，祂令我們感受到有一個物質世界的存在，則這個物質世界也必然是眞實存在的。笛卡爾用這兩點來保障我之存在性。

整個存有凝縮成一個「獨我」❺。

在一個獨我的世界裏，人們愈是經驗自我以體驗、肯定自我，就愈容易使他的世界成爲獨我。「唯我獨尊」地膨脹滿整個宇宙，自認爲天下無敵，或自私自利，藉著踐踏別人的幸福、錢財……，來滿足自己，作爲肯定自我的手段，一將功成萬骨枯，形成嚴重的我執與我慢❻。

以個人主義（Individualism）哲學來說，就是如此。個人主義肯定每個人的人格，反對把人當做動物似的一羣或羣眾。因此它又認爲所謂社會只是許多個人的總合，而非眞正統一的整體；社會秩序只是人與人合理利害關係的和諧，而沒有個人與團體間的內在關係。由歷史所帶來的教訓顯示，這樣的個人主義，只是讓強者吞噬弱者，「自由」的社會不但沒有出現，反而是假冒表面上的自由平等之名，來遂行殘暴、濫用權力的狀況大爲肆虐。十九世紀時，這種個人主義統制了歐洲社會和經濟活動，結果卻因內在的不合理而崩潰；但現在它又以集體主義（Collectivism）的形式繼續存在，並且發展得更爲精密，達成了更爲駭人聽聞而卻使羣眾茫然不覺的罪惡❼。

因此，這種肯定絕不是眞肯定，因爲那只是情嗜欲好的合理化，不是從人存在的本質上、從生命主體上去肯定。我們必須知道，肯定與認識自我，不能仰賴任何外在的力量與經驗，而根本

---

❺ 參看蔡美麗《海德格哲學》（環宇・一九七二）第二章戊節。

❻ 這種情形，可詳見龔鵬程〈唐代的俠與劍俠〉（中國學術年刊第六期）第四節。

❼ 關於個人主義，解釋的寬度及對其性質之認定、價值之判斷，殊不一致。此處是根據布魯格（W Brugger）編著，項退結編譯《西洋哲學辭典》第五四、一七二條。

是一種內在理解自我、認識自我的歷程。人只有內在地理解他的生命，了解到人之所以爲人、己之所以爲己，才能眞正地去肯定自己、成就自己。而也唯有排除生命中的妄情，乃能切實理會到主體生命到底是什麼。

這就是爲什麼中國哲學會成爲「成己之學」的關鍵。

所謂「爲己之學」，首見於《論語・憲問》。淳熙二年朱熹與呂祖謙合編《近思錄》時，卷二〈問學〉中曾申述孔子這段言論說：「古之學者爲己，欲得之於己也；今之學者爲人，欲見知於人也」「古之學者爲己，其終至於成物；今之學者爲物，其終至於喪己」。爲己，實際上不僅是肯定了自我，同時也以修己爲開端，去完成自我；而且由於這種成全自我不是追求私人的滿足，所以它同時也成全了別人。反之，若我們不能眞實地修己以完成自己，則終究只能喪己❽！

這種修己，乃是指人經由自我的克制和修持，刮除生命中的妄情與執著，韓元吉《南澗甲乙稿》卷十六〈深省齋記〉說：

> 世之人，蓋有聞鐘磬之聲而自得其良心，以進於道者，非鐘磬使然也。……曾子曰：吾日三省吾身。夫識其遺忘，謂之省；審視其微，亦謂之省。人能內省其身如識其遺忘與審視其微，則所以存其心者蓋當如何？

---

❽ 另參狄百瑞（William Theodore de Bary）《中國的自由傳統》（李弘祺譯・聯經）第二講、第三講。

儒家講恭敬存養、克己復禮，即是這種透過內省的反省識察以存心的工夫。人若無此工夫，就無法眞正理解並成就自己，故黃山谷告訴洪龜父說：欲學作詩，「要須盡心於克己，全用輝光以照本心」（文集卷卅），朱子《語類》卷九也說：「持敬是窮理之本」。換句話說，無論知識或道德，都必須建基在敬的本體工夫上❾。

明白了這一點之後，對於中國哲學的特質，我們便較容易掌握了。因爲這不僅是儒家如此，整個中國哲學所開顯的人生境界，一直是「眾裏尋他千百度，回頭驀見，那人却在燈火闌珊處」的。要求我們反求本心，反身而求，一如佛家所說：「幾處尋春不見春，芒鞋踏遍嶺頭雲，歸來笑拈梅花嗅，春在枝頭已十分」，強調「自性圓明，不假外求」。這種哲學對於人之存在最有保障，不同於外求現實經驗或形上意理的哲學進路。由人之存在而言，使人生具有意義的，不是我們遭遇到什麼，而是我們做什麼；因此，倒過來說，人也只有自己，才能摧毀自己。每個人如果能夠成就自己，則他本身便是圓足無敵、至高無上的，此即稱爲聖人：

凡學之道，正其心養其性而已：中正而誠，則聖矣。君子之學，必先明諸心、知所養，然後力行以求至，所謂自明而誠也。故學必盡其心，盡其心則知其性，反而誠之，聖人也（伊川文集·卷四）。

❾ 致知格物、窮理居敬的理論中含有知識與道德的辯證，參看林安梧〈知識與道德之辯證性結構——對朱子學的一些檢討〉（《思與言》第廿三卷四期）。

聖人，只是個充分完足了自己的人，並非外在於人的權威者。只有外求現實經驗及形上意理的哲學系統，才會預設神或上帝的存在，以提供人能充分完足的依據。在中國哲學中則無此問題，亦無此必要。因爲如此必然無法使人充分成就自己，最多只能令人成爲一名喪失存在根源的疏離人❿。

這種喪失存在根源性的缺點，中國儒道釋各家都看得很清楚，所以儒家主張內在的修養，由道德意識來顯露自由無限心；道家則主張以虛靜心消除造作，而顯一切有；至於佛家，也有息妄修心、泯絕無寄、直顯心性的講法⓫。通過這些「降伏己心」的工夫，使得人生不斷超越提昇，而進入到一切存在的根源地位上去。所以中國哲學裏面，會一再強調這個心，不但是自己的心，也可以透見天地之心。《易經》上說：「復，其見天地之心乎？」所謂天地之心，就是一切價值與意義的根源，而人，就是這個根源，故《中庸》說：

人者，天地之心也，五行之德也，食味、別聲、被色而生者也，故聖人作則，必以天地爲本。

❿ 參觀方東美〈從比較哲學曠觀中國文化裡的人與自然〉〈中國形上學中之宇宙與個人〉〈從宗教、哲學、與哲學人性論看人的疏離〉（均收入《生生之德》，一九八二，黎明）三文。

⓫ 詳見龔鵬程〈釋學詩如參禪——兼論宋代詩學之理論結構〉（中國學術年刊，第五期）第參節。又收入《詩史本色與妙悟》（一九八六，學生）。

此與老子所講「天大、地大、人亦大」、墨子所講：「我爲天之所欲、天亦爲我所欲」，理論系統雖然不甚相同，但意義却都肯定了這種與天地合一的哲學特質。

二、生命的境界

(一)、主體價值的世界

由於肯定了人能與天地合一、肯定人能通過自身的修養而不斷超越提昇，因此中國哲學中認爲人生不是平面的進步或階進式的進步，而是立體地提昇；中國哲學亦同樣因此而不呈顯爲平面的分解系統，而多顯示一境界義。

「境界」一辭，最早用於佛家經典中，梵語爲Visaya，《俱舍論頌疏》：「若於彼法，此有功能，即說彼爲此法境界」（第二分別界品第一），指人內在意識中確實有所感受者而言，又同時也指自家勢力所及之境土⑫。近人最熟悉的境界說，是王國維在《人間詞話》中所說的：

古今之成大事業大學問者，必經過三種之境界：昨夜西風凋碧樹，獨上高樓，望盡天涯路，

⑫ 境界，參見葉嘉瑩〈對人間詞話境界一辭之義界的探討〉（收入何志韶編《人間詞話研究彙編》，六四，巨浪）。

此第一境也；衣帶漸寬終不悔，爲伊消得人憔悴，此第二境也；眾裏尋他千百度，回頭驀見，那人正在燈火闌珊處，此第三境也。此等語非大詞人不能道。

這幾種境界的分疏，固然膾炙人口，但却非獨一無二的。在此之前，如莊子〈應帝王〉中所說的壺子四示、禪宗所說的三關，乃至孔子自述爲學的階段，都是類似的例子⑬。

中國哲學爲什麼喜歡做這樣的分判呢？最主要的原因，可能就是在中國哲學裏對人生的看法，不是傾向平面的或直線式的世界觀與人生觀，而是立體的。唯其如此，人生才能有這樣不斷趨高的境界，而且人也才能與天相通相合。

在平面的人生觀與世界觀裏，才會有內外、主客、「能」「所」二元對立的問題，宇宙上下兩層不能相通。如何由平面變成立體呢？這就必須講價值了。由價值講存在，能（主體）與所（對象）便不是對立的存在，二者都由價值來提住。例如在中國哲學中的「道」，雖說是道法自然，人又法道，但我們却不能理解爲人生價值規範是依宇宙自然律而建立的，因爲假若宇宙自然律是支配萬物生成變化的根本原理，人當然也在此規律中活動，不能自作主宰，如此，則與中國哲學基本的認定不符。在中國哲學中，如果人確實能自作主宰，則價值之道的建立，只能來自主體的自由，自然律不可能爲人生價值規範提供基礎，不能從存有來講價值，僅能從價值來講存有。在人生實踐的過程中，至多只能說人可以「選擇」自然律爲其行動之典範。但自然律一經人的選擇，即以

⑬ 詳註⑪所引文。

價值的身份納入主體對行動的抉擇判斷中。換句話來說，中國哲學中，存有論其實就是價值論（A system of ontolgy is also a theory of value），依人在價值實踐歷程中所達到的境界，來講世界的存有。人的實踐路數不同，所達至的心靈狀態，亦復不同，於是世界遂也不只是客觀實然的既成事實經驗世界，而是依我們的實踐不斷昇進，而昇進、而異趣。這些不同的世界，顯然都屬於價值層，代表了實踐的心靈價值，呈現了多層而非平面的世界。這種世界，就具有不同層次的境界⑭。

由此來說，如王國維所講的人生三境界，並不是平列的，乃是立體的。中國藝術品鑒中，喜歡立品立格，如蘇轍〈汝洲龍興寺修吳畫殿記〉說：「畫格有四：曰能、妙、神、逸。蓋能不及妙、妙不及神、神不及逸」（欒城後集卷廿一）、張彥遠《歷代名畫記》卷二〈論畫體工用搨寫〉條

⑭ 另詳牟宗三《中國哲學十九講》（一九八三．學生）第五、六、七講及《現象與物自身》第七章（一九七五．學生）、《智的直覺與中國哲學》（一九八七一．商務）十九章、《才性與玄理》（一九六三．人生出版社），袁保新《老子形上思想之詮釋與重建》（一九八三．文化大學哲研所博士論文）、方東美《中國人的人生觀》（一九八〇．幼獅．馮滬祥譯）第二章。案，依牟先生說，境界型態的形上學，就是依觀看或知見之路講形上學（Metaphysics in the line of vision），而實有型態的形上學則是依實有之路講形上學（Metaphysics in the line of being）。老子是境界型態，儒家則是實有型態。只不過儒家不同於西方那種觀解的實有型態。因爲在觀解的實有型態中，只存有而不活動，不具創造性，是認識主體思索的對象，而不是存有與主體結合的。儒家則必須經由人之實踐來說，而人心又須以天道來規定，故成爲實踐的實有型態。這個講法當然不錯。但就中國哲學普遍肯定內在主體，講究反身、復、常心等主觀價值來說，中國哲學中的形上學，都是依實踐所達至的心靈狀態而呈現的世界，因此，境界型態應該是儒道釋形上學的一般性格。

說：「夫失於自然而後神，失於神而後妙，失於妙而後精，精之爲病也而成謹細」⑮，這種立品立格的優劣區分，最直接的淵源，形製上當然是本諸《漢書·古今人表》的九等人物區分，觀念上則來自價值與心靈的境界義，故況周頤《蕙風詞話》中判定詞品之高下，認爲最高的「穆」，即是來自性情之深靜眞誠⑯。這便顯示中國的藝文批評，純是價值論，而價值又定在主體的修養上。

如此，則中國哲學所認爲的宇宙，基本上既是個價值的主體世界，它便不需再從這個世界之外去尋找一個超越的世界，以作爲現實世界的價值基礎或根源。這就與西方哲學大不相同。自柏拉圖以下，西方哲學一直把宇宙截然二分，一層是現實、物質或罪惡的世界，一層是超越、價值、神性的世界；在下一層中是沒有價值根據的，超越領域才能使其價值有所依托。這種看法，深刻影響到他們的哲學、宗教與科學。即使像康德、黑格爾這樣偉大的思想家，也無法解決這個困難。

康德把知識劃分爲感性知識、悟性（理解）知識、和理性知識三種；其中感性知識是經驗科學所肯定的外在對象，理解的概念知識是人依感性經驗所建立的上層知識活動，再將此一悟性理解，統一化合理性，即成爲純粹理性的知識。而這整個活動之所以可能，在於人有一個先驗統覺的超越自我，人依其超越的自我不斷向上發展，可以把人類知識提到最高層。依康德這個講法，顯然有兩個問題，第一，超越的自我，只是知識的主體，不能變成知識的對象，這即與康德認爲一切

---

⑮ 參閱徐復觀《中國藝術精神》（一九七六·學生）第二章、第七章。

⑯ 況氏渾、厚、深、靜、穆的詞品說，詳見林玫儀《晚清詞論研究》（一九七九·台大中研所博士論文）第八章第五節。

知識皆可變爲知識研究對象之說不合。第三，超越自我所形成的知識系統，其最初來源，來自本體界，於是顯然在超越的自我之外，還有一個超越一切而自體存在的「物自身」（Ding-an-Sich）。故即使把超越的自我提至最高，也不能籠罩整個眞實世界之全體。其世界依然不是眞正立體的⓱。至於黑格爾，認爲東方古代乃受實體性自由所支配者，非由人民分工出發之主觀的自由，前者如小孩從屬於父母，沒有自己的主見，要等到主觀自由發生後，才能從外在現實性深入到自己的精神中，形成對立的反省，否定現實，而在內心趨向絕對精神。但黑格爾回到自己之絕對精神，乃關聯著上帝而說。人類精神的最高實現，即是神的精神。所以後來便形成右派有神論和左派泛神論。依然沒有解決問題。

在中國哲學中，則沒有這一類問題。如《華嚴經》說「上迴向」的精神，即是要人實踐地使精神一步步向上提昇，進入價值世界，而價值世界，又不在此一世界之外。這是因爲哲學之「理」，乃是關涉人存在之相互主體性眞理，不是客觀眞理。所以人內在至善，也就是人人相互主體性實存的肯認⓲。人通過其主體心靈的修養工夫，也就同時開顯了世界、成就了人生境界。

㈡、境界型態美學

這種境界型態的哲學傾向，自然也影響到我們對人生的看法和藝術的表現。例如上文所曾提

⓱ 詳方東美《中國大乘佛學》（一九八四．黎明）頁三二一、四四二。

⓲ 相互主體性的眞理與客觀眞理的差別，另參傅偉勳〈儒家心性論的現代化課題〉（鵝湖月刊，一一三期）。

及的「無鋒」「不工」「無劍勝有劍」之類，就跟我國哲學息息相關。

蘇東坡嘗說文與可畫竹，「遇物賦形，得於無心」，所謂無心，乃是由工夫轉化而出的境界。這種無，可以概括老子的無爲、無知、無欲、無身、虛其心，莊子的無己、無功、無名、吾喪我，甚至儒家所說的克己。都是指人能刮除生命中的虛妄與執著，眞正以本心來觀物賦物，所以它是指實踐的工夫。但經此工夫，當然也會造就出無的藝術和人生，如《禮記．樂記》所說：「樂由中出，故靜；禮由外作，故文。大樂必易，大禮必簡」，簡易，就是整個禮樂文化精神之所在。因爲樂之本質，是從天性湛寂之中自然感發流出的，不是情欲之恣動或發洩。故樂，必然是靜淡，如孔子所謂「無聲」（禮記．孔子閒居）及老子所說的「大音希聲」。而不可能是五音繁雜，令人耳聾的。這樣的分際，就像詩歌本來是語言的舞蹈，但若眞正知道詩歌不只是語言的藝術，更是「在心爲志，發言爲詩」的，則詩藝術便脫離了文字巧麗精工的層次，而進入了「大巧若拙」的境界。

黃庭堅〈大雅堂記〉說得好：

> 子美詩好處乃在無意於文，夫無意而意已至（文集卷十七）。

又、〈與王觀復書〉：

> 文章自建安以來，好作奇語，故其氣象衰薾，其病至今猶在。……所寄詩多佳句，猶恨雕琢功多耳。但熟觀杜子美到夔州後古律詩，便得句法：簡易而大巧出焉、平淡而山高水深，

似欲不可企及。

無意於文，是工夫，簡易平淡則是境界，代表詩藝術的最高極至。在這種平淡簡遠之中，其實蘊含了所有人生一切智慧與力量。所以它的平淡，並不是眞正的貧乏無味，而是含藏了一切滋味與內容，山高水深，可供人永遠含咀品賞，挹之無窮的。劉劭《人物志》說：「凡人質量，中和最貴矣。中和之質，必平淡無味，故能調成五材，變化應節」（九徵），即是這個意思。這就是我國含蓄的美學觀，溫柔敦厚的詩觀與人生觀。講究朱弦疏越的一唱三嘆、逸筆草草的簡遠高逸、太羹玄酒的滋味無窮、內家拳術的抱璞歸一，以及詩文的意餘言外，不著一字，盡得風流。

這所謂風流或氣韻生動，都不在文字表現處見之，反而常是無表現的表現。如戴復古論詩說：「欲參詩律似參禪，妙趣不由文字傳」，不就跟嚴羽所說不落言詮的詩學觀念相符嗎？徐瑞詩：「大雅久寂寥，落落爲誰語，我欲友古人，參到無言處」，也跟黃庭堅揭櫫無意於文的大雅風範相脗合。可見這是共法，其法亦可通之於書法繪畫等一切藝術表現，如李修易《小蓬萊閣畫鑒》說：「惲王叔云：今人用心在有筆墨處，古人用心在無筆墨處。可謂善言氣韻者矣」，即是一例。

只有在這個層面上，我們才能講無聲勝有聲。因爲如只在平面的世界上講，則文字與聲調旋律當然是愈繁複曲折、愈抑揚多姿，愈能讓人感到有興味；語木聲希的音調，必然會使人像魏文侯那樣，聞古樂則欲眠倦。但我國藝術不是這樣說的。由藝術之本質來看，藝術之創造若出自人類的創造性心靈，那麼，藝術便不能只是情欲生命虛妄的鼓盪，而應該也是透見宇宙眞理及價值的一種途徑。但是，文字表達，固然是眞理的表現（representation of truth），然而，太造作或執溺於文字，卻經常甚或必然形成對眞理的誤傳（misresentation of truth）或曲解（falsif-cation）。因此，藝術創作，就是要用最精簡樸素的語言形式，最有效地顯示眞理；用最不執著語言的方法，來使用語言。於是，在創作態度上，即形成忘言忘象忘畫無意於文的型態，而在藝術表現上則成爲簡淡樸拙的風格。

這樣的藝術創作，就顯示一種待徵，顯示它不只是一種技術，而是眞理（道）的呈現，是一種技進於道的歷程。從人間事相的描摹，跨越到超越的價値領域上去，而保證了文學的道德價値。如此，中國文學乃在評價上肯定了「繁華落盡見眞淳」是最高級的藝術表現型態或人生境界⑲。

除了風格上有這種特徵之外，在小說表現上尤其可以看出境界義的人生與小說形式之間的關係。以西方文化來說，由於整個西方文化中傳統的善惡對立兩極化傾向十分濃厚，所以小說形式與結構上最主要的表現方式，經常是以平面化的兩極對峙爲主，例如描寫善惡衝突、戰爭、警匪……等，淋漓酣暢，至爲精采，肯定正反雙方公開而嚴重的對摶。另有些小說並不直接處理對立衝突，不同時正面肯定雙方，而只凸顯一極，以這一極朝向另一極活動，描述一個人的行動、掙扎、衝突、追尋的歷程。故其小說與戲劇多有一主角或英雄，以此爲一主線，構成情節及追尋終始的結構。除這兩種之外，也有表現理想這一極的，致力描繪天堂、烏托邦、或愛情等。

這三種模式，在中國文學中皆甚罕見。我國文學不僅少有單純歌頌描述理想世界，以供人作

---

⑲ 以上請另詳龔鵬程《江西詩社宗派研究》（一九八三·文史哲）一書、〈技進於道的宋代詩學〉（古典文學第六集·學生。又收入《詩史本色與妙悟》）等文。

追尋或投入；將愛情、天堂、烏托邦等視爲人生之價值領域，對之俯心膜頌，認做崇高偉大若不可瀆褻者。也很少處理善惡對搏的問題，跟西方小說戲劇比起來，衝突性不高。再者，我國小說戲劇也不必以一主角來串連情節，形成事件的結構關係。

譬如《水滸傳》，一百零八名好漢，誰非主角？林冲夜奔時，林冲是主角；楊志賣刀時，楊志是主角；武松打虎時，則武松便是主角。這些主角，乃是隨機呈現的。換言之，整個小說的世界觀是開放而廣含的，彷彿一個具體的人世，在這個人世裡，本來就是人人皆爲主角的，不像以個人主義哲學爲基底的世界觀那樣，一切事件人物皆緣主角個人而聯結成一組有意義的關係。或許有人要以爲這種情形，只是緣自中國小說形成的歷史背景。因爲早期小說的構成，是由說話人說話，而章回小說再把故事連綴起來所致。但後期小說之寫作，早已脫離說話的背景，何以仍然保留並顯示這種特色呢？《紅樓夢》《儒林外史》《金瓶梅》都是如此，可見它之所以這樣，必有思想上的因素。因爲只有這樣，讀者才易於接受，否則即使是說話之聯綴亦不可能出現。何況，根據李商隱「或謔張飛胡，或笑鄧艾吃」（驕兒詩）的記載，說話在早期，根本就已經是多位主角的隨機呈現了。這正是我國哲學肯定每個人自爲主體的結果。因此希臘最早的史詩〈伊利亞德〉、〈奧迪賽〉，是英雄大追尋的故事，而我們的說書最早則是說三分鼎立的人世。

由於缺乏主角的情節統馭性，所以我國小說或戲劇，若據西方文學的標準來看，基本上多是不及格的。如《紅樓夢》《水滸傳》之類，一章一回，均可單獨看待，因此根本也無所謂「情節」或「結構」。蔣瑞藻《小說考證續編拾遺》頁六一謂：

《儒林外史》之佈局不免鬆懈，蓋作者初未決定寫至幾何人幾何事而止也，故其書處處可住，亦處處不可住。處處可住者，事因人起、人隨事滅故也；處處不可住者，滅之不盡、起之無端故也。……將謂其以人爲幹耶？則杜少卿一人，不能綰束全書人物；將謂其以事爲幹耶？則勢利二字，亦不足賅括全書事情。則無惑乎篇自爲篇、段自爲段矣。

就是以西方小說概念對中國小說的批評。這種批評觀點，又可在胡適的言論中看到，他說：「這一千年的小說裡，差不多都是沒有布局的。內中比較出色的，如金瓶梅、紅樓夢。雖然拿一家的歷史做佈局，不致十分散漫，但結構仍舊是很鬆的。今年偷一個潘玉兒、明年偷一個王六兒，這裡開一個菊花詩社、那裡開一個秋海棠詩社，今回老太太做生日、下回薛姑娘做生日……翻來覆去，實在有點討厭」（五十年來中國之文學）[20]。

以西方小說的概念來說，他們這種批評，一點也不錯。中國小說及戲劇普遍缺乏統一的結構。像《水滸》，武松打虎、殺嫂、打蔣門神等等，在整部書裡佔了十回。而全書只有七十回，要寫一百零八名好漢，居然爲了武松就耗去十回。而且這十回跟全書前後呼應的情節發展關係又很小，與智取生辰綱、林沖夜奔、三打扈家莊之類，可說全無關係。同理，這是極不符合小說敘事原則的寫法，顯示全書的結構性薄弱。同理，戲劇中如〈白蛇傳〉，固然有主角、有情節發展、有衝突的戲劇行動，但戲中一折一折，卻根本就可以拆開來，不必相聯屬。譬如遊湖借傘、水淹金山

[20] 這類批評及其誤解，另詳〈儒林外史中的禮及其敘事結構〉（中外文學月刊十三卷六期，林順夫著、胡錦媛譯）。

寺、祭塔、合鉢，在演出時，多半獨演其中一部份。而在這一部份之中，既無情節，亦無行動，可能只是如遊湖那樣，幾段唱腔和身段的表演，觀眾便快然已足。

爲什麼會這樣呢？我們必須知道，西方小說戲劇，在發展中深受悲劇傳統的影響，因此小說藝術的構成，主要就是以悲劇的敘述結構：「情節」（Plot）爲主。情節中必須含有戲劇性的（dramatic）衝突。這些衝突，包含了人與自然、人與社會、人與人、人與自我、現實界與理想界的矛盾與爭抗，而其進行，則有賴於因果關係。因爲「敘述」是與時間相呼應的㉑。中國小說完全不是這樣，既乏情節與結構，亦未必有戲劇性的行動。

它彷彿一幅中國繪畫，並無固定的透視焦點，而是多重透視的。在這個「世界」中，人人皆可自爲主客，每一部份也都完具圓足，自有主角。所以一幅山水，截下一角來，也不覺得是個殘缺的部份，而根本自成一幅山水；一齣戲，只演一折；一部小說，只看一回，亦皆是如此，自成佳趣。不必一定要鑲在一個固定的情節構成的結構中，才有意義。它可以交光互攝、隨機流動、以氣脈相通的方式，呼應綜攝爲一整體，展現不同的結構型態㉒。

在牟復禮（Frederick W. Mote）《中西宇宙觀的鴻溝》（*The Cosmological Gulf between China and the West*）及《中國文化的思想基礎》（*Intellectual Foundations of China*）之中，曾經解釋：中國人一向認爲宇宙及人，並不由宇宙之外的力量（external fore）或終極原理（ultimate Cause）所創

㉑ 詳見龔鵬程《中國小說史論叢》序（一九八四．學生）。

㉒ 參曾昭旭〈建構我們自己的文學理論〉（鵝湖月刊，一一五期）。

造，中國人視宇宙爲一自足（Self-contained）、自生（Self-generating）的活動歷程，宇宙各個組成部份也互相作用成一個和諧有機的整體。我們想，中國小說戲劇的這些特性，恰好顯示了中國這種獨特的宇宙觀。

正因爲具有這種廣大和諧的世界觀，使得小說戲劇在解說事件及其關係時，不可能採用因果律的直線式時間性結構，以致於習慣了西方小說戲劇型態的批評家，要誤以爲中國小說戲劇是沒有結構的了㉓。甚至有些批評者，認爲中國文學動作、衝突都太少，提供的人生經驗也很少，對現實世界很少刻劃摹倣，對特異的人生經驗更少予以關注，所以內容太過貧乏㉔。其實，這正是境界型態文學作品的特色。佛性大事，不過穿衣吃飯，中國文學，也正是在穿衣吃飯中顯其精采，初不必穴奇導幽，以鬼窟爲活計也。

三、理解中國哲學的態度與方法

如果以上所說，還不太錯的話，我們自然可以發現：由於中國哲學性質特殊，所以在理解上必須特別小心，否則很容易出現疑難。尤其是海通以還，中西文化交衝，學者在生活型態、思考方式、研究方法上，均已傾向於西方的分析模式時，這一點格外重要。從前馮友蘭寫《中國哲學

㉓ 中西宇宙觀及思考方式的差異問題，亦詳注廿所引文。
㉔ 參見龔鵬程《歷史中的一盏燈》（一九八四、漢光）頁六八，顏元叔對中國文學的批評。

史》，熊十力碰到他就質問他：「你說良知是個假定，良知怎麼可以是個假定？良知應該是個眞實的呈現！」這個講法很好。但更重要的，是馮友蘭爲什麼會認爲良知乃是假定？依西方學術傳統來說，不止是馮友蘭這種新實在論立場的哲學家，大概百分之九十的哲學家都不承認良知是眞實的呈現㉕；在西方哲學中，要不就是沒有良知這個問題，要不就視良知爲假定。因人實不能眞正具有良知，否則人即可爲上帝了。但人怎麼可以是上帝呢？相反地，中國哲學基本上就認爲人皆可以爲堯舜、眾生皆有佛性。心即理、盡性可以知天、人皆可以成佛。因此，假若通過西方哲學傳統來看中國哲學，在根源上就形成了隔膜，當然也就很容易發生類似馮友蘭的問題。

而這種問題，我們講過，不只是馮氏的個人問題，也是個一般性的問題。所以，底下我們想以勞思光《中國哲學史》爲例，說明在哲學認知上我們應該怎樣面對中西哲學的差異。

勞思光，一向對中西哲學的分際，掌握得十分清楚，而且態度明確。特別是他積極凸顯心性論在中國哲學中的地位和特色，而把存有論宇宙論傾向的哲學理論貶爲二流的哲學，用心就是希望能藉此分劃中西哲學的界域及特質，不使中國哲學跟從存有論開始的西洋哲學相混淆。但，饒是如此，他在處理中國哲學時，依然很難避免以西洋哲學爲模型，來思索哲學問題。以他論《易傳》爲例，他就理論層面思考所提出的「問題」以及他認爲《易傳》所能給予的「答案」㉖，第

㉕ 詳牟宗三《生命的學問》（一九七八・三民）頁一三六、傅偉勳〈儒家心性論的現代化課題〉（鵝湖月刊一一三期）。

㉖ 勞思光此處所處理的，雖然稱爲「易傳中之特殊論點」，但實際僅涉及〈繫辭傳〉而已。這在哲學上固然也不妨

一個是宇宙秩序與人生規律是否相應的問題，他說：

占卜……本意自然在於一方面以卦爻標示宇宙秩序及人生之各階段，另一方面對人在各階段應如何自處作一說明，此所謂卜以決疑也。但此處有一關鍵問題，即是：宇宙秩序是否與人事規律相應？占卜之書通常只假定此種相應關係而未能說明。〈繫辭〉之主要理論即在於說明此種相應關係。而其說明之方式，則是將自然事象與自覺活動兩個領域，看作受同一原理或規律支配者。

依勞思光的看法，顯然〈繫辭傳〉也假設了宇宙秩序與人事規律相應，而其所以相應又由於二者皆受同一原理所支配㉗。但是，宇宙秩序與人事規律相應，是占卜書的預設，而繫辭又說明了這個預設。那麼，〈繫辭傳〉若有假設，則其假設也必不與占卜書相同，而是在占書假設之前的預設，於理甚明。勞思光卻在這一點上弄錯了㉘。以他的哲學訓練，似乎不應該有這樣的錯失，而居然如

如此處理，可是這卻與他在談易傳的特殊論點之前，強調「易傳乃雜輯而成，各部份說法衝突或歧異」，形成處理上的矛盾。就理論內容說，此種雜亂資料雖不能表一系統思想，仍可有其特殊論點，故可論其特殊論點，但卻不能僅拈其中〈繫辭〉一部份而謂為全部《易傳》的特殊哲學論點。

㉗ 見勞著《中國哲學史》第二卷，頁九一。香港崇基書院印行。

㉘ 這即是《易傳》迥異於一般占卜書的地方。占卜是一種效用的知識，不能稱為哲學；〈繫辭〉及其他各篇，乃是對占卜有一理論原理的說明，成為一般占卜書的理論基礎，這才可以稱為是哲學。猶如占夢釋夢的書，早在古埃

此，實在是由於他把繫辭傳看成了西方宇宙論的模型，所以他說宇宙秩序與人事規律均受同一原理或規律（具有形上學規律之意味、有某種超越地位之原理）支配，這個原理就是「道」。於是，〈繫辭傳〉就是「以一存有義之天道爲價值標準，而以合乎天道爲德性及價值標準」㉙。

其實，以超越原理支配宇宙自然與人事，乃是基督教式的宇宙觀。但在《易傳》中，天道並非支配性的原理，例如〈文言傳〉說：「大人者，與天地合其德，先天而天弗違，後天而奉天時」，與天地合德的德指價值，以價值定存有，故先天而天弗違，而且人可以通天，所以才有「聖人」的觀念。換言之，這是以價值論解釋存有論，非以存有論解釋價值論。勞思光完全弄顚倒了，當然會因此而否定《易經》，輕視易傳㉚。

根據勞思光的理解，「道」並無價值意義，只代表一存有，因此他引〈繫辭傳〉「一陰一陽

及或商周之際即已出現，但直到佛洛伊德《夢的解析》才能被稱爲是哲學一樣。

但，這裡我們雖說〈繫傳〉是占卜書之理論說明，卻不代表它就如勞思光所講，是說明宇宙秩序與人事規律相應的關係。因爲占卜書的基本假定，是否即必然是宇宙秩序與人事規律相應，本身就是個很值得先予探討的問題。《易傳》所解說者，亦皆以聖人爲主詞，而聖人設象示辭，乃是個人類理解世界、創造意義世界、展開歷史的人與自然、及自然所呈現之超越的道之間的互動關係。

㉙ 見註廿七所引書，頁九四。

㉚ 勞思光書頁一一〇說：「凡一切訴諸存有以說價值之理論，無論如何複雜精巧，基本上必不能成立。《易傳》理論屬於此種通過存有以解釋價值之理論，故亦有根本困難。至於就特殊建構講，則《易傳》本身並無完整建構，甚至未提出『如何判斷價值』之說法，故亦不必多說」。

之謂道，繼之者善也，成之者性也」，說：「道顯然指一存有，而〈繫辭傳〉即欲直接由此存有界定善之意義，以此存有作爲德性價值之根源。此處涉及一十分嚴重之哲學問題……因道既是一最高存有，一切存在皆受此道決定，如不加一解釋，則頗難表明何以人或事可能違離道之方向。但《易·繫辭》中對此點並無明確解釋」㉛。

這即是勞思光所指出的第二個問題：德性之本體論解釋的問題。但是這個問題，太像底下這個問題了：上帝是全知、全能、全善的，是一最高的存有，世界是上帝所開創的，人事也由上帝所規定，人類是上帝的子民，可是爲什麼還會有惡的人和事呢？尤其是，何以還會有魔鬼㉜？

《易傳》「繼之者善、成之者性」，不能這樣來理解，而應該是說天道流行即是善，成於人者則謂之性，《中庸》所謂：「天命之謂性」、《孟子·離婁》所謂：「誠身有道，不明乎善，不誠其身矣。是故誠者天之道也，思誠者人之道也」、〈本命篇〉所謂：「分於道謂之命，形於一謂之性」，乃至船山所說「善大、性小」，都是這個意思。道以善爲內容，善性又是人內在的主體，而非存有論式地認定循著某種秩序即爲善。這個差別其實非常嚴重，所以勞思光所提的問題，對於《易繫辭》的作者來說，根本是Not arise的。他或者根本不知道有這樣的問題，或者雖是個問題，文中也透露了答案，不致於如勞氏所說，成爲一個有「根本困難」的問題。它之所以成爲有困難的問題，原因還在於勞先生提的是個Silly question。

㉛ 見註廿七所引書，頁九五—九六。

㉜ 關於這個問題，可參看約翰·希克《宗教哲學》（錢永祥譯·一九八三·三民）頁十九、七十一。

同理，勞先生提出的第三個問題，是關於占卜的意義，勞氏說：

凡占卜或類似占卜之理論，皆必涉及「決定論」與「自由意志」之問題，《易傳》亦不例外。《易傳》對此問題雖無明確解釋，但觀其內容，可知此兩面均被《易傳》理論所預認㉝。

勞思光的意思是說《易傳》一方面肯定「存在過程一切皆已決定」，指外界，是預認「決定論」的部份；另一方面，人之「知」多少則未決定，占卜可以助人之「知」，可以改變自己的行爲，是預認了「自由意志」的部份。但是，根據勞思光的講法，儘管人之「知」多少有未經決定者，可是透過占卜（即類比外界的方式），還是可以將之決定，因此這個決定不是來自主體的自由決定，不是自由意志的表現，反而是放棄自由意志（即使預認有自由意志），由已被決定的外界，透過類比關係來代爲決定。如此，《易傳》的理論，豈不僅是個決定論嗎？再者，勞先生又早已認定了〈繫辭傳〉的主要理論即是將「自然事象」與「自覺活動」兩個領域，看作受同一原理或規律所支配，如此，又怎能再說〈繫辭傳〉預認了自由意志？

爲什麼會出現這麼怪異的說法呢？基本上我們一眼就可以發現這乃是把西洋哲學傳統上「意志自由與決定論」的問題，套用在分析〈繫辭傳〉的討論中。但是把這樣的討論，用到《易傳》裡，乃是不相應的。何以故？意志自由與決定論的出現，尤其是把自然事象與自覺的人事活動視

㉝ 見註㉗所引書，頁一〇二。

爲受同一原理所支配的宇宙，才是它形成的關鍵：如果自然與人事皆受同一原理所支配，則自然之外界既受決定，人事之自覺意志部份遂亦不得不受決定。西方波潮洶湧、綿延深遠的各種不同面貌之決定論，實皆共同擁有這一類宇宙論的底子[34]。可是，《易傳》不是這樣的宇宙論傾向。在它的路數中，占卜，不是決定論與意志自由的問題，而是價值之自我抉擇的問題。因此，它不像在宇宙論型態中，占卜成爲函數的一對一對應關係，它有所謂的「斷占」。換言之，占卜卦辭的解釋，並不是固定的封閉對應系統，而是開放的價值系統；吉凶，皆爲價值意味的德性活動。《尚書·洪範》說：

作卜筮，三人占則從二人之言。汝則有大疑，謀及乃心、謀及卿士、謀及庶人、謀及卜筮。汝則從、龜從、筮從、卿士從、庶民從，是之謂大同，身其康彊、子孫其逢，吉。汝則從、龜從、筮從、卿士逆，庶民逆，吉。卿士從、龜從、筮從、汝則逆、庶民逆，吉。庶民從、龜從、筮從、汝則逆，卿士逆，吉。汝則從、龜從、筮逆、卿士逆，庶民逆，作內吉，作

---

[34] 這個古老難纏的問題，在西方曾有過各種不同方式的討論，詳凱，尼爾生《理性與實踐》（*Reason and Practice*）第一部份，鄭曉村中譯，一九七八，楓城出版社出版。另外，卡爾．巴柏對決定論傳統的批評，也很能幫助我們理解西方思想文化各種表現中，根深柢固的決定論傾向，如何體現在哲學、政治制度、歷史觀念、宗教……之中。詳《歷史定論主義之窮困》（一九八一，聯經，李豐斌譯）、《開放社會及其敵人》（一九八四，桂冠，莊文瑞等譯）、鵝湖月刊八五期卡爾．波柏爾專號。

外凶。龜筮共違，子不用靜吉，用作凶。

對於這個原理，講得很清楚，孔《疏》說得好：「四從之內雖龜筮相違，亦爲吉。龜筮雖靈，不至越於人也」。占卜怎麼會是決定論的呢㉟？勞先生在這兒，把決定論與意志自由的問題套進對《易傳》的討論中，顯然是忽略了中國這個哲學的傳統特質。因此，他所提出的這三個問題，雖然是西洋哲學中最重要最典型的問題，卻幾乎全與《易傳》無關。假如我們通過這幾個問題來理解《易傳》，反而會茫然迷惑，發現《易傳》充滿了無法解決的問題。民國以來，爲什麼會有許多學者認爲中國沒有哲學、沒有小說、沒有文學批評……，原因也正如通過西方哲學模型，很容易誤以爲《易傳》是不嚴謹的哲學一樣。這是我們在面對中國哲學及文化時，所必須特別注意的㊱。

㉟ 另參考龔鵬程〈唐傳奇的性情與結構〉又、本節論勞著《中國哲學史》多採友人陳明福之意見。

㊱ 一九八四年十二月十八日講於淡江大學·一九八五年二月廿四日寫定初稿於台北龍坡里。

附：問題與答案

問：如果說獨孤求敗這一類的人，沒有求勝之心，那麼勝對他而言，應該是沒有價值的，敗也是沒有價值的。因此，我們如果探究他爲什麼要求敗，則我們便會發現他雖說是求敗，但其目的還是在求勝。既然如此，若從求勝的觀點來看，他的求敗，與東方不敗這一類人的不敗（東方不敗，是金庸另一部小說《笑傲江湖》中日月神教的教主，天下無敵），在目的與價值上有什麼不同呢？

答：這個問題，可以從哲學及文學作品兩方面來談。我之所以舉獨孤求敗這個人作例子，來說明中國哲學的特質及它所展現的特殊美感內涵，只是方便的講法。通常哲學家在講述問題時，多半採取這種辦法，如佛陀說法，便是個著名的例子。但這種辦法，雖然在接引後學、啓迪哲學趣味的悅樂上，具有良好效果，可是卻很容易使聽話者誤解意旨、或發生沾滯執著於這種方便上的情況，所以禪宗才會教入要「因指見月，不可執指以爲是月」。此處也是如此。以金庸（查良鏞）這位作者來說，他只是個第二流的小說藝術家，因此，他只能在理念上趨近於方才我們所談的哲學內容與境界，而不能在實踐上把自己提起來，作這條的呈現（不必一定是道德及生命存在的實踐，重要的是藝術中的呈現），故他的解說頗有牽強之處。比如他描寫獨孤求敗的心理狀況，對孤獨感到悲愴難捱的情緒，就不是一個達到從心所欲不踰矩、無入而不自得境界的人所應有，而只是在第一層第二層境界中人的心態。這正是由於中國有這樣的哲學背景，所以他可以很容易地在理念上受影響受漬潤陶冶，而講出這樣一番話來。猶如在我們社會裡，即使一個毫無哲學修養與理解的人，也可以說些天人合一、大化流行，自然和諧……之類的話一樣。這些話在眞實生命存在的實踐歷程中如何艱難、在哲學問題上有何理論的疑難與複雜、在實踐中所開展的境界究竟是什麼風光，他們可並不見得會懂。其次，就作品來說，作者達不到這樣的高度，其中自然不可避免地會出現問題。

經過這樣的理解之後，我們再來看求敗是不是意在求勝。這是個有趣而深刻的問題。因爲求敗而不能敗，跟通過求敗而想要求勝，是不一樣的心。他的求敗，是要求得一個眞正的失敗。這樣的心態，必須是在人無限挺立其自我，而又深知自我之有限時，才會發生的。但人怎麼樣才會有眞正的失敗？一切外在的挫折，其實都不能算是眞正的失敗，人只有自己才能摧毀自己。假如他是一個不斷提昇自我，不斷誠惶誠恐、艱難地從事這種工夫的人，誰能擊敗他呢？就如王陽明被貶到龍場驛之後，「大死一回」，後來的學說中即常流露出一個觀念：其實人無時無刻不處在那個瀕臨死亡的境地，故應時時提住這個心，保住我們面對死亡的態度。這種面臨極限的處境，會逼使我們發出生命中最深沈的善性力量。但在平時，未遭遇到極限的處境，人便墮落了。人偶爾會有些善念，可是有時想想又覺得算了。王陽明就是要我們時時設身在這個極限處境上。求敗意識也是如此，想尋求一個眞正的失敗而不可得。這個時候，他就該理解到：他的問題其實在他自己身上，他必須知道他是無法失敗的。譬如曾子在臨死時，要學生「啓予手、啓予足」，然後很安詳的死去；朱子臨終時，也感嘆「艱難」，他不時有著不能護住本心的戒懼，故最終才能保持不敗。這跟標榜「不敗」、以「不敗」爲人生指標的意識是不同的。

問：宇宙秩序與人事規律，皆受同一原理之支配，與老子所說有無皆出於道，是否相同？

答：老子所說的有與無，是否受同一原理的支配與創造呢？依文義來看，顯然不是的。故曰：「無名天地之始，有名萬物之母」，這個有與無，其實都是道。因爲廿五章又說：「有物混成，先天地生，獨立而不改，周行而不殆，可以爲天下母，吾不知其名，字之曰道」，可見有無非道所創生所支配，它根本就是指道體道用，故又云：「常無，欲以觀其妙；常有，欲以觀其徼。此兩者同出而異名」。道體之發用，即顯示爲有、無。這是第一點。其次，若有無皆受道之支配，那麼，「有」與「無」能不能用來概括宇宙和人事呢？從這點來看，它與基督教式宇宙論的同異，也就很明顯了。

問：獨孤求敗的五層境界中，最後一層是無劍勝有劍。到底這是不是最高的境界呢？是否可以從無劍勝有劍，再提昇到心中無劍的境地？

答：此處我們必須注意：這裡的「劍」，並不是一個實物，只是形容一種表現。無劍勝有劍，是說他以無表現爲表現，因此在這兒，並無所謂劍存在不存在的問題。

問：假如眞如以上所說，中國哲學所開顯的世界，是立體的，而西方則是平面的。那麼，請問您認爲中國哲學在上，還是兩者屬於兩個不同的體系？

答：這是我們最不願談的問題，因爲每次談及，人們總要誤以爲我們是站在中國本位文化的立場來發言。但這實在不是本位不本位的態度問題，而是就哲學性質作一判斷的哲學知識問題。根據我們的判斷：以精采度來說，西洋哲學比較精采、豐富。西洋文學亦然，它裡面包含的經驗非常多，所顯示的人生面相非常繁複。中國文學則不，所謂「佛性大事，不過穿衣吃飯」，它所敘及的經驗、事件、題材、主題，都很簡單、平淡甚或狹窄，不離穿衣吃飯這類日常生活。如杜詩、如陶詩，不都是如此嗎？沒有瑰麗繁多的經驗、複雜激動的情緒，對題材的探索與開拓不甚關心，所展現的主題與理念也很平常，很少多方探究、詰問人生與宇宙的怪異和疑難，深入世界黑暗神秘的境地中。這種情形，也有點像音樂。如古琴，是我國最重視的樂器，聖賢君子無不鼓琴，但一般人卻不愛聽，劉禹錫不是說過：「古調雖自愛，今人多不彈」嗎？劉禹錫在唐朝，即有了這樣的感嘆，現在當然更不用說了。年輕人都喜歡激情狂歡的音樂，很少願意再花力氣把自己提起來，去聆賞那種朱弦疏越、淵穆靜肅的音樂。而在哲學方面，西方面目繁多、流派蠭起，且有嚴謹理則程序、辯論歷程的哲學，自然較中國哲學吸引人。精彩繁富，易於動人，西方的確較擅勝場。然而，若就其顯示的價值來說，西方哲學與文學便一直停留在佛家所說「識執」的層次。到康德、胡賽爾出來，想超越這個困局。講「物自身」、講「純粹經驗」，但也依然無法突破其理論傳統的困局。爲什麼說這是一種困局呢？以人生來說，生活愈不幸的人，他的人生經驗愈豐富、離奇。一個神經錯亂的人，他所看到的世界，也遠比一般人瑰麗奇異得多，充滿了各式各樣的靈思、秘想、冥覺、幻相。西方文學家哲學家發瘋的很多，像尼采等人，甚至進過瘋人院。在藝術表現上，不僅也頗有些是神經病式的幻想，精神病患者的繪畫，更可以拿出來展覽。因此，在藝術理論方面，便有許多理論支持這種創作方式及內容，如精神病心理分析的文學藝術理論，即是一個廣爲人所熟知的例子。反觀中國，文學家哲學家，積狂發瘋的，實在不多。何以如此之不同？依哲學之理解來講，西方哲學與文學多半顯示一人性執溺迷亂的狀態。故牟宗三先生就說西方自然科學與整個認識論所開展出來的知識，是一個執的知識，而中國哲學卻不願停留在這個執的領域中，它還要翻轉超越出來，形成一種無執的知識。譬如，我們爲什麼要說無劍勝有劍、無聲勝有聲呢？對用劍者來說。劍即是一種執著，不能無劍者，便是不能無所待。在音樂方面，音樂要藉聲音來表達，但聲音也就成爲一種執著；猶如文學藉文字來表達，而文字即成爲一種執著，使我們反而受到它的控制。可是中國文學就偏要脫離這種執著，形成如皎然《詩式》所說的：「但見情性，不覩文字」，或司空圖所說：「不著一字，盡得風流」的文學觀。在這種不著一字、不落言筌的表達方式中，一切文字的執著與賣弄、經營，當然都被解消了。解消以後，風格與內容自然也就非常地平淡。但在價值上，我們確信：這種平淡，正是西洋文學或哲學所難以達到的。因爲西洋文學與哲學誠然比中國哲學與文學更動人，但所謂動人者，往往也是人生最迷亂、最無奈、最偏激的地方。

然而，這也不能說中國哲學既然這麼好，我們就可以不必理會西洋哲學。就哲學本身來說，意志自由與決定論、罪惡起源、客觀知識等問題，畢竟不能不談。中國哲學一蹴而及地優入聖城，固然高妙玄遠，但將這些問題一筆擺落，未免不夠完整。我們既知中西哲學之特質與分際，便不難融通中西之長，以開創更完整充實的未來中國哲學。這種開創，乃是一種歷史的任務。因爲哲學，尤其是中國哲學，特別講究生生不已的創造性生機，它的生命要不僵化，除了必須使其實踐於每一時代人的具體生命中之外，更要對中國哲學本身不斷開展。在目前中西交衝的大局勢之中，表面上可能顯得晦黯不明，中國哲學之慧命岌岌可危，但事實上也可能正是一個歷史性的開創時期，我們在此，即當知所戮力！

問：在中國哲學中，《易經》是很奧妙高深的一門學問，但中國還有一門很高深的哲學，那就是紫薇斗數。請問《易經》與紫薇斗數之間，有什麼樣的異曲同工之妙？紫薇斗數的價值又如何？

答：這個問題，實在令我難以回答，因爲我們思考的基點不太一樣。老實說，《易經》本身，並無太大的哲學價值，一如紫薇斗數本身，亦無價值。《易經》之所以有價值，在於《易傳》；通過《易傳》，《易經》才顯示出它的價值。占卜，正如勞思光所說，基本上是一種決定論的，藉著對外界狀況的類比關係，來預測、類擬人的未來活動方向。《易經》之占，本也不例外。但《易經》或中國哲學精神，在此卻顯示了絕大的力量，他把占卜活動，轉化成一種德性的活動。早在《易傳》之前，如《論語》說南人有言，人而無恒不可以爲巫醫，即已有了這種傾向。易傳更是從來不談如何占卦才「算」得準，它只談道德與價值，這才是它被後人推崇的地方。否則，何只易占？又何只紫薇斗數？什麼麻衣、柳莊、子平、鐵板神數、梅花神算，乃至西洋占星術……，各式各樣的占卜法甚多，究竟誰高誰低，誰更靈驗呢？事實上也是無法判定的。而且這些占卜術數，固然常令人覺得神祕靈驗，但我們可曾追問過他們的原理、思考一下爲什麼會有這麼多套算法呢？其實，這些術數占卜的原理並不難理解，我們只要試著去想想：爲什麼我們科學知識系統（例如歐基里德幾何）會符合我們的現實社會？道理就在於它是一個自成系統的符號邏輯建構。我們給以幾個特殊確定的定理約定，然後再以符號組成一組邏輯關係，並制定符號與現實物之間的象徵關係，即能建構出一套一套的算命系統，它們都能跟外界事物相對應。這就好像除了歐氏幾何，我們還可以有非歐氏幾何一樣。

在這一套系統之內，只要沒有自身的矛盾性，必然非常圓滿靈驗。至於系統之外，則「尺有所長，寸有所短，此事非龜筮所能知也」。因此，總括地說來，占法乃是一組組符號邏輯的建構，雖不能說與哲學無關，但畢竟仍只是粗淺的哲學。至於占卜活動，則可能只有遊戲與心理的價值，我們若不能予以轉化，即談不上對占法的「認識」，稱不上是哲學。而若不能轉化成價值與德性的活動，則更不能稱爲是中國哲學。

這樣說，可能有些人會不滿意，因爲一般人對這類算命術數，都懷有些神秘的嚮往。可惜哲學一向不是爲了滿足神秘感而存在，它是爲了揭開神祕而存在的。

臺灣的明清小說研究（一九八七—一九八九）

會議

第八屆中國古典會議　一九八七、四、一一—一二

　魏子雲：〈水滸傳的「致語」與「三遂平妖傳」〉

清大·古典小說戲曲研討會　一九八七、五、一六

　禹東光：〈聊齋誌異中社會指向的變形母題：幾個成年禮故事的意義〉

明代戲曲小說國際研討會　一九八七、八、七—九

輔大·近代文史哲研討會　一九八八、六、二一—二二

　齊曉楓：〈雙漸、蘇卿故事的演變與發展〉

清大·古典小說戲曲研討會　一九八八、一二、三

　王三慶：〈今古奇聞和娛目醒心編之研究〉

清大·古典小說戲曲研討會

林明德：〈初探《醒世姻緣傳》〉

齊曉楓：〈雙漸、蘇卿故事的衍變與發展〉

清大·學術研討會

胡萬川：〈從朝代、地名用語談醒世姻緣的寫作年代〉

中山大學·清代思想與文學研討會　一九八九、一一、一一——一二

胡萬川：〈士之達，其困何如：明末清初通俗小說中未達之秀才〉

汪志勇：〈聊齋俗曲東坡外傳研究〉

淡江大學·晚清文學與文化變遷研討會　一九八九、一二、三——四

金泰範：〈從藏書閣本《紅樓夢》看十九世紀中韓的文化交流〉

學位論文

秦英燮　《紅樓夢的主線結構研究》　臺大中文一九八七六

朴河貞　《兒女英雄傳研究》　臺大中文一九八七

方哲恆　《老殘遊記析論》　臺大中文一九八七

吉田洋介　《破鏡重圓故事及其有關文學初探》　臺大中文一九八七

童宏民　《元明戲曲小說中之伍子胥》　政大中文一九八七

王華昌　《晚清小說與改革運動（一八九五——一九一一）》　政大歷史一九八七

邱茂生　《晚清小說理論發展試論》　文化中文一九八七
陳妙如　《啖蔗研究》　文化中文一九八七
禹東光　《聊齋誌異夢境與變形故事之研究》　東海中文一九八七
柳喜在　《三笑姻緣故事研究（以唐解元三笑姻緣爲主）》　東海中文一九八七
徐貞姬　《兩種「三遂平妖傳」研究》　臺大中文一九八八
施鐵民　《紅樓夢年月歲考》　臺大中文一九八八
王心玲　《諷刺之形態：兼談晚清之四大小說》　臺大外文一九八八
朴正道　《聊齋誌異研究》　師大中文一九八八
蘇義穠　《傳統小說中李逵類型人物研究》　政大中文一九八八
鄭東補　《二拍藝術技巧》　輔大中文一九八八
李壽菊　《三遂平妖傳研究》　東吳中文一九八八
王千宜　《金雲翹傳研究》　東海中文一九八八
金泰範　《韓文藏書閣本紅樓夢研究》　東海中文一九八八
黑島千代　《聊齋誌異與日本近代短篇小說的比較研究》　文化研究一九八八
李進益　《天花藏主人及其才子佳人小說之研究》　文化中文一九八八
陳益源　《剪燈新話與傳奇漫錄之比較研究》　文化中文一九八八
林艷枝　《嘉靖本荔鏡記研究》　文化中文一九八八
林佩慧　《晚清戲劇小說繫年目及統計分析》　臺大圖館一九八八

姜台芬　《追尋意義之旅：「天路歷程」與「鏡花緣」的寓言探索》
吳淳邦　《清代長篇諷刺小說研究》　臺大中文一九八九
林慧君　《晚清小說中所反映的中國商業界》　政大中文一九八九
張仁淑　《馮夢龍雙雄記之研究》　政大中文一九八九
陳葆文　《中國傳統短篇愛情小說的衝突結構》　師大中文一九八九
美　妹　《湯顯祖邯鄲夢記研究》　師大中文一九八九
柯玫文　《三俠五義研究》　東吳中文一九八九

期刊論文

曹仕邦　〈西遊記若干情節的本源八探〉　《書目季刊》20：4．10—19　一九八七、三
徐仁存　〈石頭記第六十四及六十七回的眞僞問題（上）〉　《中文文學》15：12．4—28　一九八七、五
徐有爲　〈石頭記第六十四及六十七回的眞僞問題（下）〉　《中文文學》16：—．63—80　一九八七、六
陳兆尚　〈水滸版本知見目〉　《書目季刊》21：2．80—91　一九八七、九
胡萬川　〈明代戲曲小說國際研討會記要〉　《漢學研究通訊》6：3．121—125　一九八七、九
王關仕　〈紅樓夢考鏡（續）（六）（七）〉　《中國學術年刊》9．209—215　七六、九

龔鵬程〈紅樓猜夢——紅樓夢的詮釋問題〉《中外文學》16：6・9—34 一九八七、一一

吳淳邦〈中國諷刺小說的諷刺技巧特點〉《中外文學》16：6・144—164 一九八七、一一

魏子安〈關於金瓶梅崇禎本的問題〉《書日季刊》21：3・124—126 一九八七、一二

徐貞姬〈平妖傳之主題研究〉《中外文學》16：8・61—68純 一九八八、一

余國藩〈西遊記的敘事結構與第九回的問題〉《中外文學》16：10・4—25 一九八八、三

曹仕邦〈西遊記若干情節的本源九探〉《書目季刊》21：4・46—59 一九八八、三

王關仕〈紅樓夢考鏡（八）〉《師大國文學報》17・223—230 一九八八、六

盧慶濱〈八股文與金聖嘆之小說戲曲批評〉《漢學研究》6：1・395—406 一九八八、六

小川陽〈明代小說與善書〉《漢學研究》6：1・331—340 一九八八、六

何谷理〈章回小說發展中涉及到的組濟技術因素〉《漢學研究》6：1・191—211 一九八八、六

陳慶浩〈瞿佑和剪燈新話〉《漢學研究》6：1・199—211 一九八八、六

大塚秀高〈二刻かひ三刻〈——幻影をめぐ〈〉《漢學研究》6：1・367—393 一九八八、六

張靜二〈從天意與人力的衝突論封神演義〉《漢學研究》6：1・689—703 一九八八、六

荒木猛〈「金瓶梅」十七回に投影された史實：宇文虛中の上泰文より見た〉《漢學研究》6：1・673—686 一九八八、六

馬幼垣〈嵌圖本水滸傳四種簡介〉《漢學研究》6：1・1—16 一九八八、六

柳存仁〈西遊記簡本・陽・朱二本之先後及簡繁本〉《漢學研究》6：1・511—528 一九八八、六

魏子雲〈馮夢龍與金瓶梅〉《漢學研究》6：1・269—296 一九八八、六

磯部彰　〈清代における西遊記の諸形態とその受容層について——戲曲・繪畫を中心に〉《漢學研究》6：1・487—510　一九八八、六

李殿魁　〈雙漸與蘇卿故事考〉《漢學研究》6：1・551—580　一九八八、六

李文彬　〈明代傳奇中的薛仁貴故事〉《漢學研究》6：1・581—594　一九八八、六

王安祈　〈明傳奇裏的關公〉《漢學研究》6：1・595—620　一九八八、六

王國良　〈韓國抄本漢文小說集《啖庶》考辨〉《漢學研究》6：1・243—248　一九八八、六

金泰範　〈韓國各圖書館所藏中國四大奇書古本書〉《書目季刊》22：1・92—100　一九八八、六

吳燕娜　〈醒世姻緣傳的版本問題〉《中外文學》17：2・97—107　一九八八、七

余國藩　〈朝聖行——論神曲與西遊記〉《中外文學》17：2・4—36　一九八八、七

余國藩　〈西遊記的源流・版本・史詩與寓言（上）〉《中外文學》17：6・4—45　一九八八、一一

阮廷焯　〈毛宗崗評三國演義初刻本考〉《大陸雜誌》77：3・36—38　一九八八、九

余國藩　〈西遊記的源流・版本・史詩與寓言（下）〉《中外文學》17：7・72—100　一九八八、一二

魏子雲　〈萬曆野獲編卷廿五金瓶梅解說〉《中國國學》16・181—188　一九八八　一〇

金榮華　〈啖蔗辨瑣〉《大陸雜誌》74：4・1—5　一九八七、四

金榮華　〈啖蔗續辨〉《漢學研究》6：2・353—368　一九八八、一二

張火慶〈三寶太監西洋記的人物角色與旅途反應〉《興大中文學報》2・133—155　一九八九、一
辜美高〈聊齋誌異與太平廣記的關係〉《書目季刊》22・4・12—40　一九八九、、三
余國藩〈英譯西遊記的問題——爲亞洲協會國際中英文翻譯會而作〉《中外文學》17・11・61—73　一九八九、、四
賴芳伶〈晚清女權小說的淵源及其影響〉《興大文史學報》19・55—72　一九八九、、三
王關仕〈紅樓夢考鏡（九）〉《師大國文學報》18・221—229　一九八九、、六

出版

《晚清小說理論研究》　康來新　大安
《金瓶梅研究資料彙編（上編）——序跋・論評・插圖》　魏子雲編　天一
《增補中國通俗小說書目》　大塚高秀編著　東京汲古書院
《晚明思潮與社會變動》　淡江中文　弘化
《小說戲曲研究專刊第一集》　清大中語　聯經
《小說戲曲研究專刊第二集》　清大中語　聯經
《晚清小說研究》　林明德編　聯經
《貪嗔痴愛——從古典小說看中國女性》　鄭明娳編　師大書苑

《雙漸蘇卿故事考》　李殿魁　文史哲
《紅樓夢創作探秘》　黃炳寅　采風
《域外漢文小說研究》　中國古典文學會編　學生

演講

陳萬益　〈脂批紅樓夢的方法與特色〉　政大中文
王三慶　〈紅樓夢研究的回顧與展望〉　高師院
李田意　〈金瓶梅的作者問題〉　東海中文
康來新　〈開不完的春柳春花——大觀園的詩曲重建〉　文化中文
林明德　〈醒世姻緣初探〉　輔大中文
王關仕　〈賈寶玉·林黛玉·薛寶釵姓名的隱義〉　師大國文
卜乃夫　〈紅樓夢的藝術技巧與思想境界〉　高師院

臺灣這三年明清小說研究概況，略如上表，然其中頗有可述者：

臺灣的文學研究人力，主要來自大學中文系。但整個中文研究，事實上沿續著早期所謂「國學」的傳統。綜攝經史子集，以發揚中華文化爲職志，既不專門研究文學，亦無「專業」之設置。此與大陸學制及中文系之發展，頗爲不同。故極少專門研究小說者，多兼治其他，較爲通博。如

《小說戲曲專刊》編委李豐楙先生，既論小說，又研究道教，也講傳統詩歌、現代文學。不像大陸學人，以古漢語爲專業的，便少涉足小說研究；以近代文學爲專業的，便不太管古典文學或現代文學。所以這是個基本的不同點。由這個不同點出發，我們即可發現：在小說研究領城中，大部分的學者都是兼差性質，較少專門對某一階段、某一書或某一作者專力研究的專刊、專書或學會。不比大陸有《聊齋誌異》、《儒林外史》、《水滸傳》、《西遊記》等書的學會及專刊、專門會議。對某一時段、某一書、某一作者的各項問題及資料，也不易如大陸同行道般，做得那麼細。但好處則是能博通其他學科，視野較寬。這在下文還會論及。

其次，因中文系基本上非專業取向，而且過去偏重於傳統國學，對文學、特別是小說，殊不重視。以致早期研究小說者極少。我曾統計至一九八四年爲止，凡一四九位中華民國國家文學博士論文，其中經學占二十一%、史學占五%、子學占二十二%、文學類占三十四%、語文考訂占十六%。但小說研究只有《魏晉南北朝志怪小說研究》、《太平廣記引書考》、《水滸傳研究》、《西遊記探源》、《紅樓夢版本考》五篇。其寂寥可知。

換言之，中文系的教育，並未培養小說研究的專門人才，基本上也不重視小說研究。但何以小說研究終能突破此種傳統學術之限制，而在最近幾年發展愈趨蓬勃呢？這便不能不談到傳播界、出版界與學術界複雜的互動關係。在臺灣，除了學校教育體系外，我們已經有了一個龐大的社會教育體系，由各種社教團體、大眾傳播體系、出版機構所推動。其力量足與學校教育分庭抗禮。小說研究，在校園及學術圈裏固然乏人問津，大眾傳播及出版界對它卻頗感興趣，且一直保持著關切。

出版方面，如天一出版社刊印了大批明清善本小說，不但刺激了學界，提供新的研究資料與論題，也培養了不少小說研究者。又如聯經出版公司，一方面聘學者點校考訂新刊小說，一方面發行《小說研究專刊》，影響亦極深遠。又如遠流出版社，於去年底編輯完成了《中國民間傳說故事全集》四十大冊，大概囊括了大陸及海外所有的民間傳說資料。參與此一工作的幾位先生，現又正爲金楓出版社編《中國豔情小說集》，搜羅史上禁毀散佚之豔情小說資料爲之。此外就是學生書局的《小說研究叢刊》，現已出版一百零四冊；域外漢文學的整理計畫，則除編出《越南漢文小說叢刊》三類七冊之外，第二期工作也大底告竣。除越南漢文小說外，包括了日本及韓國的資料搜集。學生書局還出版了《中國民間信仰資料彙編》，其中也有一部分小說資料，如《列仙傳》即是。現已出版三十一冊。

這些出版社約聘學人主持輯佚、考訂、校刊、編輯出版，實際上等於在推動一些研究項目。這對學界內部人力培養及整合當然會有極大的影響。其出版品出版後，能刺激學界更不待言。如古典文學研究會便曾針對域外漢文小說舉辦過一次討論會，論文結集出版爲《域外漢文小說論究》。在本文前表中，我們也會發現有關域外漢文小說，或戲曲與小說之關係、民間信仰與小說之關係等論文不少，這都是學界反受出版界刺激使然。

大衆傳播媒體與明清小說之關聯也極密切。報刊雜誌經常會企劃一些有關小說的座談會，或專題。一次專題，等於是一場小型的論文研討會；座談與演講，則在推動風氣、製造話題方面，卓有貢獻。對小說有研究的學者不怕會寂寞了，他永遠可在報刊雜誌及電臺廣播中講述他對小說的見解。也因爲如此，所以，在臺灣。專門的小說研究報告不一定只在學報上出現，報紙副刊或一般性雜誌中，經常有小說研究論著。加馬幼垣近年來有關《水滸傳》研究的文章，大概就都是在報端發表的。這些文章，因較難蒐集，故在前面表中，我並未列入，但不能不提醒讀者注意這一特點。

在這些出版界、傳播界與學界互動關係中，出力最多，影響臺灣近年小說戲曲研究較多的幾位先生是：朱傳譽、王秋桂、胡萬川、陳慶浩等。朱傳譽主持天一出版社，刊印善本小說資料。胡萬川創辦《小說研究專刊》及現在的《小說戲曲研究專刊》。王秋桂編《民間傳說故事集》、《善本戲曲叢刊》及《民間信仰資料彙編》等，把小說研究跟戲曲民俗研究結合起來。陳慶浩推動漢文化圈的文學史觀，其影響均甚大。

由於這幾位先生及其他學者的努力，出版傳播界之大力配合，方才使得臺灣的明清小說研究在最近這幾年比較蓬勃。

依前文列表統計，近三年間有關明清小說研究的博碩士論文即有三十一篇；專門學術期刊上發表的論文，則有四十二篇，其他還有十三種出版品（每種可能包含若干冊）。顯然比過去好得多，而且論文的分布狀況也很均勻。如討論《金瓶梅》、《紅樓夢》之作者及成書狀況、天花藏主人是誰、馮夢龍與《金瓶梅》的關係如何等，屬於作者問題。討論《啖蔗》、韓國藏書閣本《紅樓》、《水滸》版本、《西遊記》版本及《金瓶梅》資料彙編等，屬於版本資料問題。此外，由李殿魁先生提倡的研究故事源流之風氣，亦使近年此類論著數量顯著增加，如雙漸蘇卿故事、伍子胥故事、破鏡重圓故事、三笑姻緣故事等之研究，均屬此類。分析作品內容的論文，有〈紅樓夢的主線結構〉等十數篇。比較研究則如以《剪燈新話》來和越南漢文小說比較，可以看出在不同地域及文化環境中，小說之功能及對小說之評價均將產生變化。《剪燈新話》在中國地位不高，對越南韓國之影響卻極大。又如異文化間之比較，如《聊齋誌異》與日本近代短篇小說比較、《鏡花緣》與西洋小說《天路歷程》的比較等等，也頗有意思。除此之外，小說與社會之關聯，本爲近年之研究重點，如晚清小說與改革運動之關係、晚明小說與社會變動，皆爲論者所關心。

整體看來，我們會發現這些年的小說研究有幾個特色：

一、是由於出版界的推動以及主事者幾位先生的觀念，強調了資料在研究中的重要性。近年研究者在搜集及使用考訂資料上，均遠勝於過去的小說研究。

二、是把小說和民俗、民間文學、戲劇、宗教等結合爲一個整體的研究單位。小說和戲曲、宗教等，在大陸可能被分成幾個各不相干的專業，但臺灣近年來多傾向於將之整合成一體，並納入社會文化的領域中去觀察。

三、是考訂源流之法被廣泛運用。此雖係蔣瑞藻、顧頡剛等人所用之舊方法，但現在已能漸漸發展出方法上的自覺，形成一類似西方主題學型態的研究，故仍不失爲可喜之趨向。

四、專家正逐漸形成。過去因較少人從事小說研究，且無專業教育之傳統，故不易形成專家。但現在也有一部分學者，因興趣所鍾或其他因緣，長時間精力萃集某書，而逐漸成爲專家者，如魏子雲之於《金瓶梅》、康來新之於《紅樓夢》等。目前專家雖不太多，然此似將成爲氣候。

五、過去的研究只集中於幾部大書，現因材料增加，視野自然擴大。且因把小說與民俗及整個社會關聯在一起談，故又發現了許多過去未曾注意到的問題，比較研究做得也較多。

六、有關小說理論及研究方法之探索，發展較不順暢。因爲實證研究蔚爲風氣，人人講版本考證，即或分析作品，亦以簡單之結構分析爲主，很少眞正進入理論層次。在面對「小說」「中國小說」時，我們該以什麼方法來進行理解？看一部中國小說與看一部西洋小說，能不能依同一方法及標準來看？這些都是非常基礎的方法論問題，但很遺憾的是：追問這些問題的人極少。現在一般只用實證方法，有濃厚的歷史客觀主義傾向。這種趨向，可能與臺灣鑽研文學理論的一批年輕學者只集中討論詩論、文論，而不太關切小說研究有關。最近幾年，只有王德威在這方面表現得最好。

七、對於中國小說發展的規律問題，臺灣學者似乎不如大陸那麼關心。大陸學者現仍喜歡用「封建時代末期」、「資本主義萌芽」等一類概念；用馬克斯歷史分期去概括小說史，替小說發展尋出個規律。臺灣的研究者則一般認爲：明清間小說的作者、版本、年代、流傳狀況普遍搞不清楚，連這些都弄不清，奢談什麼小說發展之規律呢？這個想法固然不錯，但所謂歷史宏觀的研究，似乎也不能放棄，只要不那麼僵化，硬套框框，應該還是值得探討的。另外就是寫實主義的問題，過去很長一段時間我們是以寫實主義爲審美依據的。現在大陸仍是如此，臺灣則已逐漸擺脫此一框架，發展出更活潑豐富的評價系統了。

（一九九〇、一　南京明清小說研討會·專題報告）

（一九五○·一　南京國營小說刊行會·專題叢書）

中西情節論

情節，爲亞里斯多德在《詩學》中論戲劇時之重要術語。但這個詞，後來論者各有用法，漸成一爛熟之語，含義越來越模糊。晚清以降，國人用這個詞，也很隨意、寬泛。大抵指小說或戲劇中的一段故事，或一組事件。法律用語上，亦常說某人涉案情節重大。某些文學理論文學批評，更是喜歡討論情節安排，甚至把李維史陀的神話單元，也譯爲情節單元，做了好多研究、寫了好多文章。一些人，更直接用「所謂情節，指事件的安排」（汝信，亞里士多德的詩學，一九八三，上海人民出版社，西方美學史論叢續編，頁十六）之類話來解釋《詩學》，或用情節來討論中國的小說與戲劇。

本來，一個語詞，在各個時代必有其不同之涵義與用法，約定俗成，無庸驚詫。但日常用語固然不妨從俗從眾；若做文學批評用語使用，則不嚴謹些總是不妥。因此底下我想針對亞里斯多德的「情節」一詞，略做釋義，以免誤用與濫用。

亞里斯多德曾說：「戲劇之所以爲戲劇，是因爲它摹仿行動中的人物」（詩學·三章）。因此，情節才是戲劇主要的成分。

雖然在第六章中，他認爲悲劇必須包括六個成分：情節、性格、言語、思想、戲景、唱段。但這六者並非毫無軒輊。

他最不重視戲景，其次是唱段。他說：「唱段是最重要的裝飾」。裝飾，原意是調味品。菜中固然不能缺少調味品，卻沒有人炒菜時會把調料當成主菜。唱段在他的看法中，地位如何，也就可以想見了。戲景則比唱段更不重要。他說：「戲景雖能吸引人，卻最少藝術性，跟詩藝的關係也最疏。一部悲劇，即或不通過演出和演員之表演，也不會失去其潛力」（均見第六章）「靠助戲景來產生（令人感到悚然和憐憫之情）效果的做法，既缺少藝術性，更會造成糜費。那些用戲景展示……情景的詩人，只能是悲劇的門外漢」（十四章）。

亞里斯多德所說的「詩」，並不即等於戲劇，乃是泛指「製作藝術」而言。但在各類藝術中，他僅論以節奏、話語、音調構成者，那些以色彩和型態摹仿者則存而未論（一章），這就排除了繪畫與雕塑。然後，他又將音樂和舞蹈排開，謂音樂僅有音調和節奏、舞蹈只用節奏。因此他談的，只是以語言摹仿的藝術。此即文學。但在文學中，他又只論史詩和戲劇，沒有討論到抒情詩。他認爲史詩是格律文，以六音步格爲主；戲劇（悲劇與喜劇）是兼用節奏、無音樂伴奏之話語、有音樂伴奏之唱段、格律文的藝術。史詩的藝術地位比較低，故亞里斯多德討論的，主要是戲劇，尤其是悲劇。

依此區分，他論悲劇之六大成分，把言語與思想納入，便不足爲奇，戲劇畢竟是以語言摹仿的藝術嘛！同理，唱段不重要，也很可理解。音樂對亞里斯多來說並不重要，或者說，對他所說的詩來說，並不重要（在《政治學》中，他就認爲音樂是很有力的摹仿藝術）。可是，他論戲劇而輕視戲景布置和演員演出，實在就不太尋常了。

據他在《修辭學》中的描述，當時戲劇比賽中，演技甚爲重要，演員之重要性甚至已超過了詩人。因此，他貶抑演出的重要性，可視爲矯俗之舉。但此舉實有重大意義。

一般說來，戲劇的「戲劇性」表現在演出。一齣戲，若無法演出或未演出，通常會被認爲是不圓滿或未完成的。可是亞里斯多德卻區分「敘述」與「表演」。在第二章中，他說荷馬擅長以表演或扮演式摹仿進入角色，其他史詩詩人則以敘述。這兩種寫法，在第十四章中雖因他贊揚荷馬而顯得兩者有了高下。可是，兩種方法都是史詩與戲劇所容許的，都因摹仿行動中的人物而有戲劇性。換言之，戲劇的戲劇性並不建立在表演上，而建立在對動作的摹仿上。戲劇因此而不是表演藝術。對動作的摹仿，既可以用表演的方式或敘述的方式，則表演也就不是一定必須的。十四章說情節若組織得好，即使不看演出，僅聽敘述也能達到令人淨化之效果云云，即是由此推論出來的。

表演既不必然需要，戲景布置當然也就降低了重要性。不但如此，亞里斯多德還批評利用戲景徒然造成糜費，且只是庸劣詩人之本領。不強調戲景、只靠情節編織即能動人，才是他所心許的。

如此反對演出效果、貶抑表演性，可說是戲劇中劇本論之濫觴，也使他的戲劇理論接近小說或敘述文類理論。

在悲劇六大成分裡，做了這些區分處理之後，亞里斯多德還要繼續討論「性格」與「情節」，誰比較重要的問題。

那當然仍是情節。他認爲許多新手在尙未嫻熟編織情節前，大抵已能熟練地使用語言和塑造性格。但此種熟練，一方面，不重要。他說：「沒有行動，即沒有悲劇。沒有性格，悲劇卻仍可以成立」（均見第六章）。二方面，不可能。因爲他所謂性格，乃指：「言論或行動若能顯示人的抉擇，即能表現性格」（十五章）。性格須透過行動來表現。摹仿行動的，就是情節。所以，沒有行動即無性格可說。

六大成分，經如此處理後，悲劇大概就等於情節了（他也常把它們當同義詞互用）。情節不但是悲劇的成分，也是目的，他說：「情節是悲劇的目的，……是悲劇的根本。用形象的話來說，是悲劇的靈魂。性格的重要性占第二位。悲劇是對行動的摹仿」（六章）。

悲劇是對行動的摹仿，這同時也是他對情節的定義。但這樣的定義實在不易讓人明白，因此需要再做些解釋：

情節，是對一個單一而完整的行動的摹仿（八章）。單一，是說它是個單一的事，例如一個人一生中可能有許多事件可述，但一齣戲只能找出他一件單一行動來敘述，而不是這也要說那也要講，結果東拉西扯，所述之事就會多不相干，或無法形成整一性。完整，是說事件的各個部份必須是有機的整體，若任意挪動或刪減其中任何一部份，都會使整體鬆脫、斷裂。是故，不應有劇中可有可無的事物。

這「完整」，除了有機整體這個意義之外。還須有個結構：「一個完整的事物由起始、中間和結尾組成」（七章）。起始，又稱爲「結」，指由事件之始到人物即將變化，轉入順境或逆境的前一刻。由變化開始到劇終，則稱爲「解」（十八章）。結與解，事實上涉及命運之問題。結，指一人或一事逐漸在發展中形成，結成一個命運的困局；解則指這個困局的解決。悲劇所表現的，就是一個人命運的變化。

從起始、到中間，到結尾。從結到解。推動情節發展的成素有三：突轉、發現、苦難。

亞里斯多德把情節分成摹仿簡單行動與摹仿複雜的兩種。簡單行動，指人物命運無突變、發現及其伴隨之行動。複雜行動反是（十章）。悲劇情節當然以後者較勝。

突變，指行動的發展突然轉出原本進行或預期的方向。發現，指從不知到知。悲劇就是要通過這兩種狀況，反映人物的幸與不幸。苦難則指毀滅性或痛苦的行動（十一章）。

組織情節時，除了注意突變與發現之外，亞里斯多德又對情節之結構有一些提示：一、應是複雜型而非簡單型。亦即不應表現好人由順境落入逆敗、也不應表現壞人由逆敗轉爲成功，而應寫德行跟我們差不多，不十分壞，也不具十分美德，但卻因犯了某些錯誤而遭受不幸之人。受災並非他本身的罪或邪惡，才能引發恐懼與憐憫。二、情節須是單線而非雙線。應表現人物由順境轉入逆境，非由逆轉順，更非一個結局是好人得好報、一個結局是惡人受懲罰（十三章）。

接著，要再解釋何謂「行動」。前面一再說情節是對行動的摹仿。行動，不是「事件」，是指人通過思考與選擇，而進行的有目的之實踐活動。故無自主性的人或未成年人，無行動可言。行動所引起的後果，也必須由行動者承擔。

正因情節所摹仿的是這樣的行動，所以它才有倫理意涵，非一般所謂的故事、事件或動作。通過行動，也才能顯示人的抉擇、表現其性格。這個性格，也非一般意謂，而是具有倫理意義的。正如通過正義的行動，才能讓人表現為且成為有正義性格的人。性格與其道德實踐是直接相關的。

也就是說，平常的人吃喝拉撒睡、聊天閒扯打屁、嬉遊消磨時間，都稱不上是行動。看相論星座以說之性格，也並非性格。依我們的才性，隨順生活而發生的事件，也都不能算是情節。情節涉及理性化的抉擇、思考。

亞里斯多德如此主張，與其倫理學有關。他把人分成理性與非理性兩種成分。非理性指嗜好欲望等生命。人若想成為一個有道德的人，就必須遵循理性原則，不能隨順感官欲望度日。故道德實踐之內涵與能力，即是理性。而人又唯有如此，才能獲得幸福。過理性且有道德之生活，便是獲致幸福之先決條件。因此，亞里斯多德根本就把「幸福」定義為：「靈魂遵循完美德行的一種活動」（見《尼各馬科倫理學》）。在這種思想底下，他論行動，當然不指一切無意識或感官嗜欲之類，而要專就人理性化的行為來說之。

但是，依他的理論，遵循理性方為道德，遵循道德即可幸福，豈非有道德者必有福乎？亞里斯多德確實如此想。而悲劇，即被他視為足以佐證此一想法之物。

悲劇中的人物，之所以遭受不幸，看起來是命運，其實是因他犯了某些錯誤。他的理性行為、抉擇行動，使他蒙受不幸。這抉擇的行動，既表現了性格，則其悲劇，遂也可說是性格使然。而正由於是因為這個倫理實踐，造成了不幸，所以觀劇者才能由角色的遭遇上引發道德上的同體震動，興起切膚之痛，感受到悲懼與憐憫。因爲，那不是他人的命運，而是每個人在道德實踐活動時都會遭臨的狀況，跟自己的幸福息息相關。

以上是針對亞里斯多德的闡釋。跳開亞里斯多德，「情節」在中文語彙中，其實本有另外的用法。如《水滸傳》五十三回：「過賣道：『我店裡只賣酒，沒有素點心。廟口人家有棗糕賣』，李逵道：『我去買些來』」，李卓評本眉批道：「每於小小事上生出情節來，只是貴眞不貴造」；三七回：「宋江因見了這兩人，心中歡喜，吃了幾杯，忽然心裡想要魚辣湯吃」，眉批也說：「從極小極近處，生出情節，引出魚牙主人來，妙甚」。這些都是以情節論小說的例子。

但這種用法及其含義均與亞里斯多德不同。先說節。節是章法底下的概念，指一段。《水滸傳》三五回，金聖嘆評：「篇則無累於篇耳，節則無累於節耳，句則無累於句耳，字則無累於字耳」。篇、節、字、句，正是章法的問題。同書第二回李卓吾眉批另有兩段話說：「從往來常情上引出關目，便不是強生節節」「從碎小閑淡處生出節目來，情景逼現」。關目、節目，也是說文章要從小地方生出另一段來。前文所謂：「每於小小事上生出情節來」，就是這個意思。

情節一詞的含義，這就很清楚了。情節，只是說文章中的一個段落、一個關目、一節故事。節目關目，之所以又稱爲情節，是因爲中國文學強調情的緣故。

一般都曉得我國詩詞以抒情爲主，可是我國敘事文學一樣重視情。或者說我國文化本來就重情。因此我們很少說「事」，總是說「事情」。李卓吾講：「從碎小閑淡處生出節目來，情景逼現」，也是由情講節。李卓吾又批二十二回云：「情事都從絕處生出來」、所謂情事、所謂由絕處生出，殆與張竹坡評《金瓶梅》四十回所稱：「文字無非情理，情理便生出章法」相似。章法節目，事出於情，故云情事、情節。此外，如金聖嘆批《水滸傳》廿三回：「才子為文，必欲盡情極致」，王希廉《紅樓夢》評本六七回：「上回尤三姐公案已經了結，尤二姐如何結局自當接敘。但竟接直寫，文情便少波折」，馮鎮巒《聊齋志異》評本卷三：「文人之筆，無往不曲，直則少情，曲則有味」，韜叟《野叟曝言》評本百十四回：「使但欲出奇而不能貼合情理，便屬庸筆。妙在細按焦氏血誠，實有此情，即實有此理也」……等，大抵也是如此。為文要盡情，文情起伏則見諸情節。

亞里斯多德《詩學》傳入中國後，我們用了情節這個詞去譯他的muthos乃是不得已的。因為中國本無他所說的那些個概念，故亦無一相對之詞彙可供移譯。勉強譯為情節，自然也就引發了不少誤解。

例如情節之核心精神在於情，亞里斯多德卻是位絕對的理性論者。他所說的情節與情無關，反而強調理性的統一秩序。這個秩序既需完整，有開始、中間、結尾，又需長短適中，形成一個完美的結構，難怪他被視為美學理性論的創始人，重視秩序、大小、計算、完整等概念。可是，中國人說情節與結構，含意恰好相反。

《儒林外史》臥閑草堂本三十三回：「凡作一部大書，如匠石營宮室，必先具結構於胸中。孰為廳堂、孰為臥室、孰為書齋、灶廚，一布置停當，然後可以興工」，《水滸傳》金聖嘆評本十三回：「有有全書在胸而始下筆著書者」。中國小說戲曲論結構，大抵如此，會從「胸中丘壑」方面立論。這與亞里斯多德從劇本劇場去談結構長短等等，可說南轅北轍。

中國人講結構當然也有由文本上說的一面，但這屬於「法」的一面，中國人總喜歡說文無定法，不會像亞里斯多德那樣拘泥。如《青樓夢》鄒弢評本六二回：「隨事作文，不可固執。因文成事，不可板滯。若拘以一法，雖作器皿亦不能，況文章哉？」《水滸傳》金聖嘆評本四三回：「文無定格，隨手可造也」，都是例證。

因此，情節也者，乃因情而生出許多事情，形成許多節目來的。生出，是生命型態的類比。生命是活的，且能生出新的生命。故情節重在環環相扣，一節生出一節來，金聖嘆評《水滸》，屢用「生出」「行到水窮，坐看雲起」，即是如此。第五回：「此篇處處定要寫到急殺處，然後生出路來」、八回：「直要寫到只索去罷，險絕幾斷，然後生出下文」、三十回：「行到水窮，又看雲起，妙筆」，四八回：「眞是行到水窮，坐看雲起」。這樣的話語，在其他評書者手中也是非常常見的。

這種「生出」的觀念，導致我國小說情節不是整體統一的有機結構，而是一波未平一波又起、一節串生一節、環環相扣又奇峰突起的既連又斷形式，與亞里斯多德的想法完全相異。

這裡不同，我國講情節時，當然也就與亞里斯多德所欲關聯的一些東西，例如命運、悲劇、道德實踐、幸福與受難等毫無關係了。

若從戲劇的角度說，特重情節的亞里斯多德悲劇觀，也與我國戲劇迥異。亞里斯多德不重戲景、不重唱段。我國戲劇也可以不重戲景，但非常重視唱段。元雜劇就以唱爲主，所謂旦日本末本，即以正旦一人或正末一人獨唱到底。第一部曲論著作，則是燕南芝庵的《唱論》，其後《中原音韻》《太和正音譜》《曲律》以降，論戲，均稱爲曲。直到李漁《閑情偶寄》，才在〈詞曲部〉中，分結構、詞采、音律、賓白、科諢、格局六方面論戲劇創作。但繼響並不多，民初，吳梅才在〈論劇作法〉中，吸收了李漁的觀念，取結構、詞采、音律、賓白、科諢與〈演習部〉的選劇，形成一套劇作理論。但此所謂結構等等，仍與亞里斯多德有極大的差距。像李漁說的結構，凡七款，「戒諷刺」「立主腦」「脫窠臼」「密針線」「減頭緒」「戒荒唐」「審虛實」，此與吳梅所增的「均勞逸」，顯然均與亞里斯多德講的毫不相干。

爲什麼論劇者不會像亞里斯多德那樣去講情節呢？因爲中西之劇原即不同。亞里斯多德針對希臘悲劇立論，我國則至遲在宋代就不可能以「完整統一」「摹仿動作」的觀念去編戲。宋代演「目連救母」雜劇，連演八天以上，即已形成連台本戲之形式。到明鄭之珍的《目連救母勸善戲文》，則多達百齣左右。每地演出時，視情況演一天、三天、七天、十天、半個月不等，戲中除了目連救母外，尙穿插了許多小節目，如啞子背瘋、尼姑思凡、和尙下山、匠人爭席等，可以依演出之需而調整。在傳奇方面，南戲《張協狀元》以來，也類似如此，一場接一場。在生、旦戲進行過程中穿插不少淨、丑、末插科打諢的戲。這種連場的形式，明清傳奇也多如是。與西方戲劇大異。換言之，不同的戲，本於不同的思維；不同的思維，又影響著不同的戲劇演出形式。而戲劇的不同，遂使中西方在思考情節問題時，各自發展了不同的路。

我們希望能求同存異，故略述亞里斯多德情節之說，並與我國傳統之情節觀做點比較。以供參考。

卷二 究天人之際

神話與幻想的世界：人文創造與自然秩序

壹、幻想與神話在文學中的表現

孟夏草木長，繞屋樹扶疏；眾鳥欣有託，吾亦愛吾廬。既耕亦已種，時還讀我書。窮巷隔深轍，頗迴故人車；歡言酌春酒，摘我園中蔬。微雨從東來，好風與之俱。泛覽周王傳，流觀山海圖；俯仰終宇宙，不樂復何如？

——陶淵明〈讀山海經〉十三首之一

一、表現的性質

在陶淵明的世界裏，詩人自我，常與宇宙大化親切地融合在一起。透過和諧的體悟和觀照，這個世界充滿了秩序、情愛，有生命、有活力。單以本詩來看：初夏寧靜的氛圍中，和氣穆而扇物，草木蔚其條長。令人激撼震動的春天剛過，繁花都盡，夏蔭清深，人便在眾鳥歡鳴、萬物和泰之際，藏修悠息於其中，獲得了生命的安頓。而靜觀大地，也只見一片生機洋溢，物皆自得。

這種生活，必須建立在兩個條件之上：一是「既耕亦已種」，一是「時還讀我書」。前者說明了作者之所以能閑觀萬物，是因自食其力，對外界不必有任何營求、希冀與忮刻之心，後者則指出了詩人內在的憑藉，因為生命的安頓除了外在經濟生活供養之外，內在心靈的證悟似乎更具實感。這份證悟，陶淵明借兩本書來說明，指出他個人修養的境界和特質。

這兩本書，就是《穆天子傳》和《山海經》。

《穆天子傳》，是一本有關歷史的描述，記載了周穆王駕八駿、見王母，西遊崑崙的壯麗恢奇故事，但它同時也浸潤在神話的幻想中，散發出無比奇異的色彩。《山海經》亦不例外，它是宇宙內奇山異水、靈禽怪物的記述，卻也是神話幻想的寶庫。於是，歷史與神話，在此文揉為一，不僅展示了人類文化的全相，也能無偏枯地顯露出藝術心靈綺縠紛披的美麗風貌；既涵有理智的實感，也有了訴諸超感官的冥觀❶。這，其實就是陶淵明理想世界的特質，他由此洞悟到宇宙間流轉生運的秘妙，所以才能在人文思想上更有超人文精神的提升，透視整個宇宙的生命和本質。使我的情感跟物的姿態相互迴流，以物觀物，不知何者爲物、何者爲我：「俯仰終宇宙，不樂復何如？」

當然，陶淵明這種境界，也代表著中國文學的一種特質，譬如講史小說在傾訴人世之悲歡、細摩歷史之痕埃時，往往闌入荒誕不經的神怪敘述；戲劇在緊張危疑之際，也往往出現神怪的蹤迹。就詩歌來看，不但仙詩鬼詩堂而皇之地進入了文學史的殿堂，詩人的生命情境和表現也往往兼有人文和超人文的層面。人文與超人文二者相浹俱化，只有偏重的差異，而少根本之不同。例如李白較杜甫更具超越人間之精神，揮斥八極，釣鼇東海，但其本身卻仍具有強烈的人間創業精神。只不過，像陶淵明那樣和諧的境界，雖是中國文學所嚮往的，詩人詞客卻未必人人都能達到，因此在超人文精神的追求和人文世界的完成中間，便常出現一條裂縫，撼動出一片天人相盪的深悲隱痛❷。但是，無論是已完成的和諧也罷，未完成的悲苦也好，除了歷史眞實和人類現世的存在，

❶ 陶淵明〈讀山海經〉共十三首，本詩爲總序，以下十二篇則摘取《山海經》和《穆天子傳》中事迹，敷咏敘述而寄意。無論這些作品是否對當時世局有所譏刺感慨，其基本態度乃是合神話與歷史爲一的，故黃文煥《陶元亮詩析義》說：「於經外別作論史之感」「題只是讀山海經，結乃旁及於論史」。

❷ 參考李正治〈李白的釣鼇意識〉《中國古典文學論叢·詩歌之部》（臺北，中外文學月刊社，民國六十五年，頁二八五）。

神話與幻想的世界也確實存在於中國文學中，則是不爭之事實。

這一事實，告訴了我們：從周秦以後，雖然人文精神不斷拔升，卻沒有從歷史中將神話驅逐走，也不曾將幻想由心靈中拔根；神話與幻想經過若干變遷之後，依然和歷史的寫實精神緊緊結合著，成爲文學的基本結構❸。許多人惋惜「子不語怪、力、亂、神」，使我國的神話精神受到斲害；其實六經中就包含不少神話幻想的成份，漢晉以後的遊仙和志怪傳統，更是蔚爲大觀❹。這是因爲：幻想是人類根源性的心智活動之一，與道德或理性的追求，同樣是內在而不可割捨的創造活動。透過神話，詩人們甚至仍可追探宇宙與人類生命的意義，例如辛棄疾〈木蘭花慢·中秋夜飲酒將旦，客謂前人詩有賦待月，無送月者，因用天問體〉那首名作，就說：

> 可憐今夕月，向何處、去悠悠？是別有人間，那邊纔見，光景東頭？是天外、空汗漫，但長風、浩浩送中秋？飛鏡無根誰繫？姮娥不嫁誰留？謂經海底問無由，恍惚使人愁。怕萬里長鯨，縱橫角破，玉殿瓊樓。蝦蟆故堪浴水，問云何、玉兔解沈浮？若道都齊無恙，云何漸漸如鉤？

---

❸ 詳見樂蘅軍〈從荒謬到超越——論古典小說中神話情節的基本意涵〉（《古典小說散論》，臺北，純文學，民國六十五年，頁二二八）。

❹ 主張神話保存不良係受儒家排斥之說最力者，爲周樹人《中國小說史略》。日本森三樹三郎《中國古代神話》則謂中國神話不發達，是因受了知識份子合理主義的影響。二者皆非事實。

詞用《楚辭》〈天問〉體，不單是指其形式，內容也大量運用神話爲其素材（姮娥偷不死藥出自《淮南子》〈覽冥篇〉，月中有瓊樓玉宇出自《拾遺記》，月中有蟾蜍玉兔則見於《楚辭》〈天問〉及張衡《靈憲》），以構建一座神話之宮。全詞藉想像以連繫、組織各種意象，而非邏輯性的推理；怕長鯨忽起，撞破月宮，也是非理性推究的幻想。因此它其實只是一闋神話式的謳歌而已，王國維《人間詞話》卻強指它能「直悟月輪繞地之理，與科學家密合」，眞是冤枉它了。

不過，就神話之性質來看，它似乎可視爲對宇宙和人類生命的一種解釋，因此它有一部份即是一種原始科學，試圖解釋變幻無常的自然現象。所以王國維的話也不算太錯，但問題是：我們必須分判原始神話和文學中的神話運用，其關係和差異各如何。

二、表現的形態

神話的面貌和內涵，時隨不同學派的認知活動而扭曲，姿影模糊，以下這一定義較具涵蓋性：「神話是許多故事混雜而成」有的本之實事、有的出自幻想。但基於種種理由，人們素以神話爲宇宙與人類生命內在意義的表現❺。換言之，神話乃是一個奇異的故事，它可能是眞人實事的誇張，也可能是神仙遐想或寓言，更可能是對社會型態及自然現象的詮釋……。但是，這些故事在表現

❺ Myth and Ritual in Christianity, quoted in Wilfred Guerin at al., A Handbook of Critical Approaches to Literature (New York: Harper & Row, 1966), p.117.

上，常因宗教觀念，個人意識等各種原因，而有不同的型態：例如早期的神話敘述，多集中在精靈、動植物、咒術等型態中；到神人同性論（Anthropomorphism）的宗教文化期，神話才開始有人態的傾向，記敘性神話逐漸取代原先的解釋性神話，並開始劃定神話人物的從屬關係和血緣系譜等。由文學的觀點來看，它由說明文學漸漸步入敘述文學，神話的文學性即逐漸濃厚了。以《山海經》和六朝志怪、唐人傳奇互勘，這種差異自然非常明顯。同是狐狸，《名山記》只說是古代名叫阿紫的淫婦所變，所以牠善於迷人。干寶《搜神記》卷十八就敷演成一則男人被狐狸勾引的故事。前者是說明性的，後者則是敘述性的，但敘述故事中仍不脫說明之意。到了唐人小說《任氏傳》才完全以敘事小說姿態出現。比較〈東次二經〉及《封神演義》中的九尾狐，同樣可以得到這種結論。可見神話常隨宗教觀念、個人意識等因素而流動變化，而逐漸成爲「文學」。

所謂由神話變爲文學，意指本來探究自然本義、解釋歷史發展、或實用祭儀效果等性質，經解消作用而稀釋；藝術效果和文學之鑑賞意義，則經純化作用而增強。於是，神話便成爲文學中最具撞擊力及魅力的部份❻，而詩人有時也會因藝術或其他目的而添加、改變或創造神話。仍以陶淵明詩爲例，〈讀山海經〉之七說：「粲粲三珠樹，寄生赤水陰。亭亭凌風桂，八榦共成林。靈鳳撫雲舞，神鸞調玉音；雖非世上寶，爰得王母心」。珠樹出自《山海經》〈海外南經〉，桂林

❻ 參看王孝廉，《中國的神話與傳說》（臺北，聯經，民國六十六年），頁一—六。李達三，《比較文學研究之新方向》（臺北，聯經，民國六十七年），頁二三四。

見《海內南經》，鸞歌鳳舞的軒轅之丘則出自《海外西經》，都非王母山中故物，詩人卻爲了配合自己的創作意圖，而任情移易，所以黃文煥《陶元亮詩析義》就說：「三珠在赤水，八桂在番禺，不屬王母山中，卻拈來合詠，直欲將山川世界更移一番，以他處所有，添補仙神地方之所無，想頭奇絕。」陶淵明以後，如李賀、李義山也常有這類作品。與其說這是陶李諸人獨特的成就，毋寧說這只是神話在流動變化中一種普遍的現象。謂余不信，請看清朝李汝珍寫的《鏡花緣》吧！李汝珍借用《山海經》、《博物志》、《拾遺記》等書中的奇邦異域和怪禽野獸，增損變造，即成爲另一個更爲荒誕譎怪的世界，創造了新的意義。像伯慮國、無脅國、無腸國……都是如此。伯慮國的人：

> 雖不憂天，一生最怕睡覺。他恐睡去不醒，送了性命，因此日夜愁眠，……終年昏昏迷迷，勉強支持。……此地惟恐睡覺，偏偏作怪，每每有人睡去，竟會一睡不醒；因睡而死的，不計其數。因此更把睡覺一事，視爲畏途。

伯慮國在《山海經》裏，只有個名字，郭璞注中也未提到，但李汝珍在此卻借似表達一種人類潛存的恐懼，是對死亡永恆的不安、和對不可知世界無可名狀的憂惕。無脅國則剛好相反，《海外北經》郭璞注說該國人「穴居，食土，無男女，死即埋之，其心不朽，百廿歲乃復更生」，李汝珍就根據這一小段記述，重新塑造了一個毫無機心、死生泰然的世界，以人世爲春夢、以名利爲虛幻，死亡即是睡夢，活著也是在作夢。神話的意義遂因此而歪曲潤飾，成爲作者個人的幻造了❼。職是，我們大略可以說，除了素樸的原始神話世界之外，在後世文學作品中，神話或成爲詩人創作的素材（Mythic elements），或成爲詩中不可免除的意識基礎（所謂「原始類型」）。而更重要的是，文學家們也常假借或幻構出一套新的神話幻想世界，傳達他們對宇宙人生的看法。這種看法，較簡單的結構，可以李商隱〈嫦娥〉詩爲例；較複雜些，則可以《紅樓夢》、《封神演義》這類鉅著爲例了。

李商隱〈嫦娥〉詩說：「雲母屏風燭影深，長河漸落曉星沈；嫦娥應悔偷靈藥，碧海青天夜夜心。」——早期神話中說天帝夋的妻子常羲（又名羲和、常和）生了十二個月亮，她常替月亮洗澡。當時又另有月中蟾蜍的神話，所以馬王堆新近出土的西漢帛畫，就繪一蟾蜍、一白兔站在一鉤新月上，下有一女子乘翼龍飛翔。大概這就是後來訛爲帝羿妻嫦娥盜藥飛昇故事的張本，漢人不直嫦娥之所爲，遂說嫦娥入月，化爲蟾蜍。其實本是二物❽。李商隱一方面接受了這種神話解釋，感嘆：「浪乘畫舸憶蟾蜍，嫦娥未必嬋娟子」（〈燕臺冬詩〉）；一方面又借嫦娥之寂寞，以爲詩人之悲哀。其意與李白「欲斫月中桂，持爲寒者薪」的謳吟雖不相同，改造神話以表露個人的情志世

❼ 另詳夏志清〈文人小說家和中國文化——鏡花緣新論〉，《人的文學》（臺北，純文學，民國六十六年），頁二五。

❽ 另詳王孝廉《花與花神——中國的神話與人文》（臺北，洪範，民國六十九年），頁一七—二七。

界則相彷彿。透過他這首個人神話，他整個身世、心境之隱曲，即不難揣知❾。《紅樓夢》一書較此尤甚，神話在書中的地位異常重要，譬如寶玉口中啣的就是女媧補天石，林黛玉本人則是西方靈河岸上三生石畔一棵絳珠草。珠草，據《山海經》〈海中山經〉講，原是天帝之友所化❿；大荒山無稽厓，則顯然出自《山海經》的〈大荒經〉。這一切神話原材，經作者變造後，即成為一種全新的神話結構，作者對人生宇宙的體悟和他所欲傳達的全部意旨，均藉此神話結構來表現；敘述中又常夾入神話情節（如寶玉夢遊太虛幻境等），以達成神話結構所欲點出的題旨。觀我鑒齋《兒女英雄傳》序認為《紅樓》一書〈雖旨在誠正修齊平治，實託詞於怪力亂神〉〈顯托言情，隱欲彌蓋其怪力亂神〉，就是說《紅樓》真正的用意，乃藉怪力亂神予以表達；而假託男情女愛等事件來敘述的，則非本旨所在。徒見其言情，不能洞矚其神話結構所欲傳達的意義，真不免錯識《紅樓》了。

三、〈夢〉與〈媒材〉

李商隱和《紅樓夢》如此，其他作家作品當然可以循例類推。本文所指中國文學中幻想與神話的世界，除原始神話之外，較側重的也在這一類重新創構的神話宇宙上。主要原因有二：㈠神

❾ 有關義山個人神話之寄託與創造，可參考張淑香《李義山詩析論》（臺北，藝文，民國六十三年），頁一八二。

❿ 見李祁〈林黛玉神話的背景〉，《大陸雜誌》，三十卷十期，民國五十四年五月。

話若為人類心靈之基本架構、原始類型（archetype），則必不擇地而出，漫無限制，較難討論，

(二)神話若只是文學作品中的媒材，則與用典和咏物並無太大不同，亦可不論。這兩類本文所不討論的表現型態。分別說明如下：

就內容而言，典型的神話主題涉及了人類的價值觀、信念，與對死亡、再生的恐懼及希盼等，並反映在一切傳說、民俗和意識型態中。既然在一切人文活動及產物中，均能看到神話，文學又何能逃？但如此討論文學中的神話與幻想，則顯得漫無邊際，茫茫然若不知其涯涘。因為文學中一切情愛、靈魂、禁忌、死亡、歸鄉……無一而非神話所有啊！何況，除了共同潛意識的導引或支配之外，文學作家必然還有他個人意識的創造，他必不甘心僅作一個「集體人」，因此文學作品所表現的，必有不同於神話表現之處，譬如「夢」。

夢，據容格（Jupg）說，和神話一樣，是潛意識臻至意識層面表現的媒介，所以原始類型往往會在夢中顯示出來。可是文學作品裏的夢卻不然，它通常是個有條理和邏輯的世界，而非潛藏意願之扭曲變貌。夢的形成和表述，其實即是作者意識的直接構成，是有意的創造，以表達或象徵某一事實與意義，因此它的作用雖仍與神話相同，卻與原始類型無關。作者利用神話的暗示或夢境的展開來提示某種思想和情感時，這些象徵是可以依據主題而安排的，像劉鶚《老殘遊記》第一回夢到蓬萊閣觀日，遇見一艘橫流失楫、險遭吞噬的大船，就是作者對目前和未來命運的說明與擬想；這種擬想配合第八章桃花山、柏樹峪那段若仙若幻的經歷，便帶出所謂「三元甲子」、「北拳南革」的預言，完整地表達了劉鶚存在的感受。而申子平雪夜入山，進入一個奇幻的世界，也彷彿〈枕中記〉裏盧生鑽進青磁枕中。枕中之夢，使人嗜慾都消，桃花山一夕夜談，也點醒了

申子平許多迷妄。夢，其實正是作者安置他意識構想的框架呀⓫！——由此看來，文學中的夢境，並非潛意識之白晝現形；文學中之幻想，亦非只實現不可達成的欲望。探索文學中幻想與神話的世界，當然無法由這條路子進入了。

另外，文學中神話情節之出現，有時只是作者主觀情志的假託說明，神話在此並無決定性的作用，譬如人心思歸，則聞杜鵑啼血而哀戚；人情慮老，則見羲和催御而悲傷，像孫綽〈三月三日蘭亭詩序〉說：「耀靈縱轡，急景西邁，樂與時去，悲亦繫之」，運用太陽神駕馬西行的神話，只在說明光陰流逝之感，別無他意。阮籍〈咏懷〉：「壯年以時逝，朝露朝太陽。願攬羲和轡，白日不移光……」也是如此。同理，李商隱的「望帝春心託杜鵑」、賀鑄的「淚竹痕鮮，佩蘭香老，湘天濃暖」，作用都只在做文學典故或譬況說明之用。還有一些則是借用片斷神話作聯想、或在咏物紀遊中提到神話事件和現象，再不然就是對遠古神話事件的歌咏，例如唐吳融的〈子規〉詩：「舉國繁華委逝川，羽毛飄落一年年，他山叫處化成血，舊苑歸來草似烟。雨暗不離濃樹綠，月斜長弔欲明天；湘江日暮聲淒切，愁殺行人歸去船。」詩從望帝變成杜鵑寫起，但詩旨卻不在神話意義之抉發或再創；而望帝化鵑，在詩人心目中則是確實存在而可信的史實。若依馬林諾斯基（Malinowski）及福格森（Francis Fergusson）的分析，這正是一種運用神話以自娛娛人、求得

⓫ 參看樂蘅軍〈唐傳奇的意志世界〉，《臺靜農先生八十壽慶論文集》（臺北，聯經，民國七十年）；傅錫壬〈夢的解析〉，《淡江學報》，第十五期，民國六十六年；龔鵬程〈從夢幻與神話看老殘遊記的內在精神〉，《幼獅月刊》，四十八卷五期，民國六十七年十一月。收入本書。

心理之平穩與滿足的創作態度。作者不但不懷疑杜鵑變化之可能，還把他們自己的意欲投射或附著於神話之上。可是他們卻未嘗試用詩來表達神話主題，用神話來說教或傳達眞理，以激起讀者的情緒、以影響讀者的態度⑫。

以上兩類，是我們所不處理的。但是，有些文學作品與此兩類不同，以元雜劇來說，〈玉蕭友兩世姻緣〉、〈迷青瑣倩女離魂〉、〈薩眞人夜斷碧桃花〉、〈王月英元夜留鞋記〉、〈王文秀渭塘奇遇記〉等，都以一神話情節做爲主要的表達方式，神話情節即是作品意識本身的投影，具有濃厚的象徵意味，跟〈柳毅傳書〉、〈張生煑海〉一類故事之只以神話幻想爲塗飾者，迥然不同⑬。奇蹟與幻想，在這些劇本中具有決定性的作用，全劇的意義也涵蘊其中。這猶如陳鴻和白居易寫長恨歌事，沒有結尾那一段仙山縹緲、玉鈿寄意的敘述，便點不出「此恨緜緜無絕期」的意義；又如〈孔雀東南飛〉和敦煌變文〈韓朋賦〉，若無化禽變樹的神話表現，就逼顯不出情愛的永恆價值。這類文學作品雖不像《紅樓夢》那樣，把神話置於統馭全局的位勢上，但卻在神話

⑫ 有時我們也把這些作品稱爲神話詩，參看陳慧樺〈從神話的觀點看現代詩〉，收入《從比較神話到文學》（臺北，東大，民國六十六年）。陳氏主要的分析依據也是馬林諾斯基對神話的分類和福格森《神話與文學顧忌》的觀點。認爲詩人在創作時一種是以神話爲史實；一種是視神話爲民間或傳奇故事，述之以娛己娛人；三是將神話當作宗教、道德及社會結構的基本因素。

⑬ 參見張淑香〈愛情三部曲——試論元雜劇裏的愛情表現與社會（下）〉，《文學評論》（臺北，巨流，民國六十九年），第六集，頁一三五。

與其他現實情節浴合中，呈露出點化人間的創造性意義⑭！

我們要談的，正是原始神話和這類重新創構的幻想與神話世界。這個世界當然幽奇怪譎無比，我們暫時分成幾大類型予以探討罷！

貳、文學中幻想與神話的主題

所有幻想與神話，在文學中所觸及的，只有人與自然兩大主題。人如何在渾沌茫昧中識知到宇宙間秩序的運作，並依此建立起人類的文明，似乎是原始神話所注意的中心，因此我把它們稱爲「渾沌中秩序的建構」。人類文明不斷展開，人文創設的精神不斷朝前奔馳，人回歸自然的渴望也就愈發迫切；這種渴求，與嚮往未來美好理想社會的希冀相結合後，即成爲人類對樂土無盡的追尋。

由自然趨向人文的整個過程，即是歷史。而推動歷史的形上法則，就是天命，是一切秩序世界安排的原理，這即是第三類：「宇宙間天命的運作」。至於那些在歷史流動過程中，與人類發生各種關係的自然生命，則是第四類——有情世界的探索——，所要描述的。

⑭ 文學中的實事與幻設，詳馬幼垣〈唐人小說中的實事與幻設〉，《聯合報》副刊，民國七十年七月九日。認爲像〈長恨歌傳〉後半的敘述是企圖超越人生經驗的限界，以映托某種新觀點、新感受。文中對幻設文學的理論，敘述甚詳。

一、渾沌中秩序的建構

據《法苑珠林》記載，原始蒼莽的世界裏，洪水滔滔，有「巨靈大人秦洪海者，患水浩蕩，以左掌托太華，左足蹋中條，太一爲之裂，河通地出」⓯。太一就是宇宙，宇宙漫漫蒼蒼，從此才有了秩序，所以王維〈華嶽〉詩歌頌道：

……昔聞乾坤閉，造化生巨靈。左足踏方止，左手推削成；天地忽開坼，大海注東溟。遂爲西峙嶽，雄雄鎮秦京。……

其實不只天地山川的形成神話，代表了宇宙秩序的創構，春夏秋冬四季循環運轉、東西南北方位之遞嬗，也充滿了神話的精神。──《淮南子》〈天文篇〉說四季神之上，還有東西南北四方上帝，而統領四季與四方的則是中央的黃帝：

東方木，其帝太皞，其佐勾芒，執規而治春。

⓯ 見趙殿成《王摩詰全集箋注》卷二引。盤古開天地之事，世所習知；秦洪海擘太一以闢疆域者，則知者尚少，故爲錄出。

南方火，其帝炎帝，其佐朱明，執衡而治夏。
中央土，其帝黃帝，其佐后土，執繩而治四方。
西方金，其帝少昊，其佐蓐收，執矩而治秋。
北方水，其帝顓頊，其佐玄冥，執權而治冬。

春神勾芒，是個鳥身人面，穿白衣、駕兩條龍來往於天地之間的神；太皞即是龍族的祖先。夏神朱明，就是火神祝融。秋神蓐收，據說住在西方落日的崑崙流沙不死之野，那裏是幽冥之宮，蓐收則是人面虎爪一目的刑殺之神，《楚辭》〈招魂〉：「魂乎無西，西方流沙，漭洋洋只，豕有縱目，披髮鬤只，長爪踞牙，俟笑狂只」，講的就是他。冬神玄冥，人面鳥身，耳掛兩黃蛇，是北海之神。這些神與帝，持掌著繩衡規矩，以治理人間，不正代表神話的秩序性創構精神嗎？以北帝顓頊爲例，他曾隔斷了人與天神之間的通路，象徵人間之思考與關懷於焉開始；他又在北維建立星日之神，並命他的子孫噎掌管日月星辰運行的秩序；又「依鬼神以制禮法」；命飛龍作八風之音，……這些具體的事例，剛好胳合諸神執權衡以治掌宇宙秩序的意義⑯。

這種意義，我們可以從兩方面來談：

1.近世紀神話學史上，繼萬物有靈論（Animiswm）而興者，爲新自然學派，該派對「神話」

⑯ 有關四方位及四季的神和神話，以王孝廉〈夢與眞實——古代的神話〉，《中國文化新論·根源篇》（臺北，聯經，民國七十年），頁二三九—三〇〇，最簡明扼要，請參看。本節所引資料出處不贅注。

的定義即是：「順從一定秩序，以天體爲題目的一種聯配」。依此定義，他們更進一步以爲所有神話皆源於太陽和月亮⓱。這種荒誕無聊的研究法，自不足齒；但是，導致他們做這類推想的基本原因卻在於：神話本是人類對宇宙變化中秩序的追求與詮釋，天體是第一個包容的秩序結構，神話當然會對它密切關注，可是並非所有神話皆導源於太陽或太陰，在渾沌中企求秩序建構才是天體神話和其他神話創造的動力。

2.神話的世界豐袤富麗，包藏有無限奇情異色，譬如楓紅似血，則爲蚩尤被殺的血漬；竹點帶斑，便是湘妃啼泣的淚痕；忽而有塡海之精衛、忽而有奔月之嫦娥；帝女狂夫，層出不窮，令人目不暇接。但是，這一切紛紜奇變的〈現象〉，究竟是放在一個什麼樣的架構中，才能成爲「可能」呢？若依康德（Immanuel Kant）的講法，現象是一切感性範圍中呈現於自覺心的事類，現象的內容必須安排在一定的關係中，這個關係就是現象的形式。現象的形式，可離一切感覺內容而獨立，先驗地存在於心靈之中，那就是時間和空間。經由外感，我們察知外界對象的形狀、向度和彼此間的關係，而這些皆在空間中決定；經由內感，心靈察覺內在情感波動的情態，而這種察覺則須在時間中進行。因此，時間和空間，是一切感性直覺的基礎。神話本身既是非理性概念的存在，當然得在時空架設的感性場中才能表現其姿采，卡西勒不就說了嗎：「在神話思想裏，空間和時間決不是純粹或空洞的形式；它們被目爲重要的神秘勢力、統轄一切，不唯凡類的生命受

⓱ 王孝廉《中國的神話與傳說》，頁二九九—三〇四。

它們決定，諸神的生活亦不例外」⓲。準此，我們才能了解四方和四季神話的意義。原來四方位加上中央土即代表了空間，一種深植在具體實質之內、人神同形（anthro-pomorphic）的特質；四季變轉，即代表了時間，在時間裏，萬物和宇宙不斷變遷（passage），各種不同類型的神話，就是企圖將這些變遷的經過連綴起來，構成一個「系列的秩序」（Serial Order）。

這些系列的秩序構成一面網，將感覺所及一切經驗，透過創造性與建設性的揉合過程，予以重生（a rebirth），以致於瑤草是炎帝女兒瑤姬所化，而每年三月東海上漂盪著的小竹枝就是她妹妹精衛啣來填海的西山木石。……。因此，渾沌中秩序的建構，應可綜攝神話幻想的主要精神，除了上面所舉的創世神話、星辰及自然神話、方位神話、四季神話之外，其他各類神話也建立在宇宙秩序的感知上。人神相浹，共同建造出一個奇異卻可以理會的世界。

3.神話中的英雄，如禹、羿，都是維護天地秩序的人物；神話中的聖王，如女媧、顓頊、伏犧，也都是建立宇宙秩序的功臣。《山海經》〈海內經〉說天帝「帝夋賜羿彤弓素矰，以扶下國。羿是始去恤下地之百艱」，「誅鑿齒於疇華之野、殺九嬰於凶水之上、徼大風於青邱之澤、上射十日而下殺猰貐、斷修蛇於洞庭、禽封豨於桑林」（《淮南子》．〈本經篇〉），其功業簡直不遜於大禹。然而，這位英雄最後墮落了，他跟河神美麗的妻子宓妃相戀，又射瞎了阿伯一隻眼睛，終於

⓲ 參看勞思光《康德知識論要義》（臺北，河洛，民國六十三年），頁五二—七〇；及卡西勒（Ernst Cassirer）《論人》（杜若州譯，審美，民國六十五年），第一部第四節。卡西勒通常被視為新康德派哲學家，他也認為秩序性之追求是古人注意天體的主要原因。

死在臣子寒浞和學生逢蒙之手，妻子嫦娥也背叛了他，盜藥飛昇。后羿之戀奪宓妃、射瞎河伯，正表示他違逆了應有的秩序，所以《楚辭》〈天問〉質問道：「帝降夷羿，革孽下民，胡射夫河伯而妻彼洛嬪？」意思是說阿伯馮夷和后羿都是由上天降生以解除民困的，后羿怎麼可以強奪洛神而射傷馮夷呢？后羿背叛了宇宙的秩序與責任，所以他也必須死於學生和部下之手，連妻子也背叛了他：「羿請不死之藥於西王母，姮娥竊以奔月。（羿）悵然有喪，無以繼之」（《淮南子》〈覽冥篇〉）。古添洪曾比較后羿神話和希臘希拉克力斯（Heracles）神話，發現中國神話絕少情意的母題，佛洛伊德心理學很難派上用場⑲，事實上正是因為中國神話宇宙秩序建構之意多、自我追求實現之意少的緣故。我們如果把莊子之所謂「道」視為「宇宙人生基本的道路和規範」，則他有一大段話，恰可為我們的詮釋作證，〈大宗師〉：

> 夫道……可得而不可見，自本自根，未有天地，自古以固存；神鬼神帝，生天生地……狶韋氏得之，以挈天地；伏羲得之，以襲氣母；維斗得之，終古不忒（北斗星）；日月得之，終古不息；堪坏（神名）得之，以襲崑崙；馮夷得之，以遊大川；肩吾得之，以處大山（山神）；黃帝得之，以登雲天；顓頊得之，以處玄宮；禺強得之，立乎北極（北海神）；西王母得之，坐乎少廣（少廣，西極山名）。……彭祖得之，上及有虞，下及五伯；傅說得之，以

⑲ 陳慧樺《從比較神話到文學》，頁二七一。此文附會甚多（例如把后羿射日，看成是回歸子宮）。但其結論以為中國神話較乏宗教色彩，而傾向人間性，頗有見地。

相武丁、奄有天下，來東維、騎箕尾，而比於列星。

莊子以此統攝一切神話，後代也由此觀念去掌握古神話的精神，譬如王母娘娘，《集仙錄》就說她和東王公共理陰陽二氣，調成天地萬物，凡天上地下，女子之登仙者都歸她統領⑳。仙有籍、鬼有簿，正象徵著宇宙秩序森嚴遍布。

不單如此，後代的鏡劍傳說、精怪幻想，也常以宇宙天地之秩序為基幹。譬如妖精物怪，多是天地秩序乖戾所致（《搜神記》卷六論妖怪：「妖怪者，蓋精氣之依物者也，氣亂於中，物變於外」，王符《潛夫論》也說：「及其乖戾，旦有晝晦，宵有夜明，大風飛車拔樹，僨電為冰，溫泉成湯」㉑），而寶劍之所以能伏魔誅怪，則因為「劍面合陰陽、刻象法天地。乾以魁罡為杪，坤以雷電為鋒，而天罡所加，何物不伏？雷電所怒，何物不摧？」（《全唐文》卷九二四，司馬承禎〈景震劍序〉）。

類似寶劍誅妖、靈物厭怪的幻想與傳說，似乎可以視為人間秩序的重建。原始初建的自然秩序，偶因脫序而產生許多異狀，即不得不假借另一種力量予以祓服，如劍、鏡、符籙、官印之類辟除濁惡的接物，其實只象徵了人類重返秩序的意願。這些傳說當然也有其宗教背景，但事實上

⑳ 參見施芳雅〈西王母故事的演變〉，《中國古典小說研究專集1》（臺北，聯經，民國六十八年），頁四六。

㉑ 以氣來解釋天地之秩序結構，早於先秦已肇其機，王符和干寶整個推論系統也建立在宇宙氣化的哲學認知上。另詳李豐楙〈六朝精怪傳說與道教法術思想〉，《中國古典小說研究專集3》（臺北，聯經，民國六十八年），頁二二。

我國的宗教小說常以秩序之重建爲其主題，所以雖常發端於宗教觀念，卻常迴向人間，因爲秩序是自然世界和人文世界所共有的，《斬鬼傳》裏鍾馗啖鬼、《濟公全傳》裏濟公捉妖除惡，其對象皆不僅爲鬼神。至於寫實性小說如元明話本中的報應、復仇等，甚至根本不以爲那是種負面的秩序、規則或過程，作者和讀者都逕以此爲現實故事的一部份，超自然的神蹟，訴說著人類對宇宙及人生秩序性安排的渴望。戲劇中的〈六月雪〉、〈九更天〉亦復如此，天序失常，象徵著人世的不平和冤戾，唯有秩序重被建立，作者和讀者乃至戲中人才能安然適應，重新對世界充滿信心，因此清官、俠客、異僧、術士，便成爲神話傳說和人間奇蹟中不可缺少的要件。透過這些要件，人類理想中秩序而和諧的仙鄉樂園，即因此而產生。

二、仙鄉樂土的追尋

宇宙秩序的建構，有時會崩塌，所以須要重建。重整的依憑有時是宗教，有時則是賢人君子苦心思慮的理想模型，例如桃花源的故事，就代表了陶淵明觀念中理想世界的圖像。這一類作品極多，但也有些並不提供人類樂園的藍圖，只是將自我游離出「大道陵夷」的現實人世，翱翔太虛，以求得精神之和諧。更有一些作品除了精神之飛騰超越之外，還要求肉體的解脫，逃離壽夭災病的桎梏，逍遙於不死之鄉。這些，我們總稱爲「樂土的追尋」。

樂土是理想中的世界或境界，追尋則是過程。換言之，樂土的追尋，必借「遠遊」予以完成。

文學中的遠遊，始自屈原；屈原以後的賢人君子，每遭時俗之迫厄，皆願學屈原，輕舉而遠遊。《楚辭》中與遠遊關係最密切的是〈離騷〉、〈遠遊〉和〈悲回風〉。〈離騷〉在屈原佩帶完芳香繽紛的飾物之後，即開始觀乎四荒，進入充滿魅異、奇幻的神話世界。第一次雖受阻於帝閽，卻已歷遊玄圃、飲馬咸池；第二次則登閬風、遊春宮，見有娀之佚女、求宓妃之所在；第三次則由巫咸降告和靈氛吉卜開始，「靈氛既告余以吉占兮，歷吉日乎吾將行」，駕著飛龍瑤車，西渡流沙、遠赴崑崙。其結果則與李商隱〈華嶽下題西王母廟〉詩相同，遠遊之餘，洞悟了「神仙有分豈關情，八馬虛追落日情」，以致神仙世界的超舉仍然轉入人間的眷戀。離世而求淨土，詩人畢竟不忍。所以遠遊並非逃離，只是「泛容與而遐舉兮，聊抑志而自弭」（〈遠遊〉），是對自我情感超越地提昇，以追求完美的眞理。〈遠遊〉篇提出「道」、王逸認爲〈遠遊〉是「求道眞也」，都是這個緣故。〈離騷〉和〈九章．悲回風〉雖不以道爲依歸，卻仍以彭咸之遺則、彭咸之所居、彭咸之造思爲依歸，也同樣表現了詩人理想的追求。這種追求，悠遠而深刻，自「歔欷之嗟嗟，涕泣交而淒淒」始，以「寤從容以周流兮，聊逍遙以自恃」終。攄虹捫天，漱霜吸露，幻遊仙境的結果，則是一片「委蛻大難求淨土，傷心最是近高樓」（陳寶琛〈落花詩〉）的哭聲。

這看來似乎是個難堪的困局，士人因爲時俗迫阨及內在的渴望，才冀圖遐舉超越，躍離濁世，藉著幻遊仙境以求得精神的紓解和理想的託寄。可是理想和精神的眞正實現地仍是人間，仍是濁世，於是樂土的追尋最後必然常歸於幻滅，除非它包含了不死的企慕！

以郭璞〈遊仙詩〉來說，正有此二類。一方面詠嘆：「蘭生蓬芑間，榮曜常幽翳」，故而：

逸翮思拂霄，迅足羨遠遊。清源無增瀾，安得運吞舟？珪璋雖特達，明月難闇投；潛穎怨青陽，陵苕哀素秋。悲來惻丹心，零淚緣纓流！（其五）

六龍安可頓？運流有代謝。時變感人思，已秋復願夏。淮海變微禽，吾生獨不化。雖欲騰丹谿，雲螭非我駕。愧無魯陽德，迴日向三舍，臨川哀年邁，撫心獨悲咤。（其四）

形成「辭多慷慨，乖遠玄宗，乃是坎壈咏懷，非列仙之趣」的風格，憂生憤世之情深，遠遊遯隱之意淺㉒。另一方面，他又常將理想或精神置諸遐邈冥茫中，以神話和幻想點染出無限風情：

翡翠戲蘭苕，容色更相鮮。綠蘿結高林，蒙籠蓋一山。中有冥寂士，靜嘯撫清弦。放情凌霄外，嚼蕊挹飛泉。赤松臨上游，駕鴻乘紫烟。左挹浮丘袖，右拍洪崖肩。借問蜉蝣輩，寧知龜鶴年。（其三）

詩是對當時仙隱生活的美感觀照與精神嚮往的代表作。唐朝以後如曹唐〈大遊仙詩〉五十首及〈小遊仙詩〉等，雖承繼這個傳統，但以大遊仙客觀地咏歌一些仙道戀愛故事，以小遊仙敘述一些人間感情生活韻事，卻遺落了解脫生之苦悶的企想，與郭璞遊仙的精神不同。郭璞和阮籍等人，似

㉒參見李正治《六朝咏懷組詩研究》（師大國研所碩士論文，民國六十九年），第三章第五節及第四章第二節。

乎是由生命之孤絕寂寞感，激起對神仙世界的渴望，在那裏他們才能放情長嘯，左挹右拍，擺脫幽獨的情懷，逃離死亡的憂懼。因爲神仙性永恒和平的廣大世界，正以其永恒，解除生命本質的悲哀；正以其和平，化解現實存在的危機。享有這個世界的神仙人物，自然成爲詩人理想的典型，〈遊仙〉第五首說：「逸翮思拂霄，迅足羨遠遊」說明了神仙境域的翱遊，即是詩人辛勤追尋的樂土。

樂土當然也可能不在仙境，而在人間，但至少那應是個「擬仙境」，像桃花源那樣。桃花源，陶淵明自己尚且說是個「奇蹤隱五百，一朝敞神界」的世界，後人當然會以列仙之趣求之，譬如清惲恪〈題王石谷桃源圖〉就以海外三神山來比擬桃花源：「求桃源如蜃樓海市，在飄渺有無之間，又如三神山反居水底，舟至輒引去」，這種仙境非俗人可到，唯有胸襟心靈能上通造物奧秘者，方能窺見。換言之，桃源不在山巔水涯而在心中。這種解釋未必切合陶潛原意，卻頗得其趣。因爲桃花源只是個理想世界，漁人藉著〈遠遊〉而尋得，後來郡守及劉子驥的找尋則不得，關鍵實在理想世界不易獲致，漁人偶以無機心得之而已。樂土雖無法獲致，詩人並不因此放棄追求，陶潛〈桃花源〉詩最後宣言：「願言躡輕風，高舉尋吾契」，就代表了永不止盡的追尋。

總之，文學家所追尋的樂土，或屬仙鄉、或爲理想的人世建構。追尋仙鄉，不但可以游離於人世阢隉之外，超越翱翔，如仲長統〈述志〉詩所謂：「大道雖夷，見幾者寡……百慮何爲？主要在我……抗志山棲，遊心海左，元氣爲舟，微風爲柁，翱翔太清，縱意容冶」；還可以滿足不死的渴望，如曹植的〈平陵東行〉詩所說：「閶闔開，天衢通，披我羽衣乘飛龍。乘飛龍，與仙期，東上蓬萊採靈芝。靈芝採之可服食，年與王父無終極」。理想的人世建構，雖無此性格，但「追尋」本身卻常假神話與幻想而完成。

這種追尋和不死的渴望，實有其神話（及宗教）背景，非時局黑暗四字所能解釋。——遠遊本來就是崑崙昇天儀禮的一種儀式，不只是憑空想像的幻遊㉓；而昇天儀式又必與昇仙神話有關，所以追尋與求仙經常交纏不可分。以曹植爲例，他寫了〈遠遊篇〉、〈五遊咏〉之後，隨之又撰〈升天行〉、〈仙人篇〉；更早的秦始皇，命博士作仙眞人詩之後，也遊行天下。同理，穆王駕八駿西遊，既是一場動人心魄的神話之旅，自不能不西會西王母於瑤池，得到她「將子無死」的頌讚。職是，David Hawkes在〈求宓妃之所在〉（The Quest of Goddess）一文中所說：「巡遊即是含有禮制意味的旅程，在中國傳統中是常見的」，大致可信㉔。因爲這不只構成了我國文學綿亙的傳統，也與西方英雄追尋歷程的原始類型有所差異。西方神話及文學中英雄追尋的母題是敘述一位英雄如何迭經困阻，斬妖除怪，以拯救其國家。其結局多半是：娶得公主。這在中國文學中至爲罕見。中國的追尋，毋寧是以仙鄉不死的神話結合遠遊而帶來的永恒悸動，不僅在時局黑暗之際才會唱出！

㉓ 見李豐楙〈服飾、服食與巫俗傳說——從巫俗觀點對楚辭的考察之一〉，《古典文學》（臺北，學生，民國七十年），第三集。

㉔ 引自《英美學人論中國古典文學》（香港，中文大學，一九七三年），頁一八二。

小說中表現此一特色最爲明顯的是《鏡花緣》。此書基本上是個寓言性的傳奇故事（alle-goric romance），書中主角原是百花仙子，因偶動凡心，觸犯了天庭森嚴遍布的秩序，墮落塵凡，投胎爲唐敖之女唐小山。故事的主要間架就是敘說唐敖和小山海外遠遊的神話歷程。小山往小蓬萊島尋父，透過了無盡的追尋，終於回歸自然，還原成仙㉕。這種仙→凡→仙的變轉，固然包含在一個神諭不可踰越的神話性結構中，然而經由追尋而重返仙界，應可算樂土的追尋類型中極精采的個例㉖。

與《鏡花緣》和《桃花源記》相反的是《三寶太監西洋記》，因爲樂土的追尋基本上是超離現世，將意欲和精神投射到另一個曠邈不可掬握的世界去，《三寶太監下西洋記通俗演義》則恰好是把現世當作天堂，企圖透過巡行遠遊，將這個即理想即現實的世界模象推拓出去，於是殊方異域的幻想和神話，便充滿了征服的威榮，而沒有「安得不死藥，高飛向蓬瀛」（李白〈遊泰山〉之四）的想望。

雖然如此，神話的中心仍是有所追求，因爲下西洋的主要目的在於尋找傳國玉璽（一種人間秩序與權威的象徵）。他們駕著寶船在天地間追尋，經歷金蓮寶象國、爪哇國、女兒國……而來到酆都

㉕ 本節請參看夏志清《人的文學》；樂蘅軍〈蓬萊詭戲——論鏡花緣的世界觀〉，《古典小說散論》；林連祥〈鏡花緣結構探索〉，《中外文學》，九卷八期，民國七十年一月。

㉖ 類似的結構在元雜劇中早已成爲一種特定的類型，所謂〈度脫劇〉，基本上都是透過度人者和度脫的歷程，使主角歸入仙界。主角爲人或爲精物、鬼魅；人物入仙的歷程則可能是夢境，可能是親切眞實的經驗。另詳趙幼民〈元雜劇中的度脫劇〉，《文學評論》，第五、第六集。

鬼國。酆都，是人生終站的幽冥世界，玉璽終不可得、理想秩序亦失而不再重獲，但由生到死正是一番追尋的完整過程。人生的價值即表現在追尋理想秩序本身，所以這一趟遠遊仍是值得皇帝嘉勉的㉗。就此而言，此書寫的並非某一特定時空及事迹，而是普遍的人生意義，作者羅懋登把故事的發展敘述在「天開於子，地開於丑」之後，正是爲了表現這層意義。

追尋理想的樂園而進入鬼域，另一個著名的例子是李賀，他的形相也最奇特。在他看來，人生所追尋的固是一個不存在的天堂，但神仙美境並非永恆樂土：第一、宇宙和諧秩序的安排實不存在，〈苦晝行〉說：「飛光、飛光，勸爾一杯酒。吾不識青天高黃地厚，唯見月寒日煖來煎人壽。食能則肥，食蛙則瘦，神君何在？太乙安有？」是對天地秩序主神的懷疑和詰詢。〈神弦曲〉：「旋風吹馬馬踏雲，青狸哭血寒狐死」之類敘述，則具體描繪出狂暴不安的顚慄宇宙。天地既完全失序，淨土安在？第二、人類想像中永生的神仙世界，其實也充滿了死亡的陰影：「南風吹山作平地，帝遣天吳移海水。王母桃花千遍紅，彭祖巫咸幾回死」（〈浩歌〉）。神仙既不可求，即使成爲神仙亦不能免於凋瘁，因此對仙境的憧憬只是幻夢，唯有死亡才是永恆。緣此，他的追尋遂由仙鄉進入鬼域，魅影幢幢。博得鬼才之稱㉘。他和李白的不同，正因李白追尋美麗、歡樂、輕妙的天堂；而他則奔向黃泉！

㉗ 帝王並不只鑒管人間而已，在《西洋記》裏，陰府判官也須承認明朝的正統權威。所以基本上皇帝所觀照的世界包含了天府地衙和人世，此書最後由皇帝褒勉並決定各項命運，原因在此。

㉘ 另詳蔡英俊〈李賀詩的象徵結構試探〉，《中外文學》，四卷七期，民國六十四年十二月。

如果李賀可算是樂土追尋的一個變奏，〈蟑螂城〉也是。清洗起鳳《諧鐸》裏記載了這個荒謬的幻想寓言。據他說，有位荀生（按：即荀彧，習鑿齒的《襄陽記》說他到別人家中，衣香三日不散），遍體芳香。某次偶隨商船遠遊海外，誤至一島，島上惡氣薰人，有座蟑螂城，臭不可遏，荀生幾欲嘔死。不料城中人也以爲荀生帶來的是瘴氣，群以馬溲牛糞防禦之。荀生懼其惡臭，返身逃走，不慎墜一糞池中。城中人乃大喜，以爲化腐臭爲神奇。邀至富商馬通家飲宴，食物穢臭無比。飯後，銅臭翁來，贈以赤金數錠而別。歸回船上，舟人無不駭其臭惡；入市出金購物，人亦掩鼻大罵，以致於荀生「鬱鬱抱金以歿」。這篇洋溢著商業氣息的小說，雖屬遠遊異迹的記載，用意卻顯然在諷刺人生。佛家稱人間爲五濁惡世，荀生遠離五濁惡世而來此洞天福地，卻遭到價值錯謬的困境。蟑螂城不是樂土，而是人間一切穢惡的濃縮總聚，馬桶與金銀齊飛、運尿蟲與銅臭翁共舞，荒唐悠邈，幻構出一幅可令人哭可令人笑的荒謬劇。

參、自然秩序與人文創設的橋樑

若我們把原始神話看作自然秩序的初建，樂土的追尋就代表了人文知覺對宇宙秩序的追求：渾沌初開，由無相而至有相，一切生命皆涵育長養於其中，但自然總秩序的衡定，有時發生於自然（如老莊所說，其法則即是自然），有時則生於自然生命的萌動，蒼莽僨烈，形成邃初和諧廣大的秩序宇宙。等到人文精神發軔，透過意識的醒覺與創造，原始自然的秩序世界便一往不復。人類一面選擇性地重新配置整理秩序；一面又渴盼回歸自然，回到人神同形、與天地同壽的形態。遂因此而展開對樂土無盡的追尋與渴慕。

由性質上說，這是秩序之初建與重整；由表現上說，這是自然生命和文化生命的對照。以西王母神話為例，在原始神話中，她只是某一奇山異水中自然發生的半人獸，與天地同呼吸；在追尋形態中，則成為一位與帝王同位的人物，據《穆天子傳》所述，兩位王者在會面時酌酒交歡，不但包涵禮的儀節，更有樂的賞悅，互構成一種「美的姿態」。魏晉遊仙詩在描寫仙境時，也充滿了美感觀照所表現的禮樂精神，把原始雜亂的仙界，重新搭配成一種有職司、有音樂的樂土。因此自然秩序和人文創設兩者，實可統括中國文學中神話與幻想世界的內涵。

但是，有許多神話與幻想不隸於二者，而僅在兩者間形成關係，這種關係或屬理法界、或屬事法界，但其結局則都歸向理事無礙、事事無礙的和諧秩序之域。

屬理法界的，乃是種形上的實理，指出秩序世界安排的原理，這就是天命。屬事法界的，是指與人發生關係的自然生命，包括木魅、山鬼、物精、人怪等。這些生命，具存於天地冥渺之間，但唯有與人發生關係，它們才能進入文學，展布牠們的風姿。以下分別敘論之。

一、宇宙間天命的運作

誠如余國藩所說，《西遊記》是一次英雄性的追尋㉙，三藏與其徒弟西行取經，不但是他們

㉙ 見余國藩〈英雄行——西遊記的另一種考察〉，《中國時報》副刊。

個人獲得佛法的經歷，也為人類解開了冤結，因此西方淨土即代表追尋的目標——樂園。可是我們到最後終於曉得，原來每次三藏遇險時我們都白擔了心：三藏必須經過八十一難才能終止命中註定該有的考驗，那些沿途伏襲、或由天庭私逃的怪獸，都是天意安排來填補災難數目的。根據這種了解，我們可以作如下的討論：

1.由人性之自我實現和完成來看，此書展現了驚人的深度，在整個寓意結構中，它揭示了內在自我修持的過程。首先，孫悟空又名「心猿」，所以真假猴王大鬧乾坤那一回，題目就叫做「二心攪亂大乾坤」；悟空學道的地方則稱為「靈臺方寸山」。十四回又說：「佛即心兮心即佛」，處處都顯示了作者對「心」的強調。所謂：「佛在靈山莫遠求，靈山只在汝心頭」（八五回），只要掌握住這顆心，不要「縱放心猿」，自然平安吉祥。但是，掌握住心並非究竟義，第十三回說得很清楚：「心生，種種魔生；心滅，種種魔滅」，八十一難的許多妖魔，其實都是「心」所幻化出來的。例如真假猴王大鬧天地，就是二心混亂的結果；悟空和八戒大戰牛魔王時，悟空更高吟：「牛王本是心猿變」。即心即魔，要心滅魔滅，就必須「無心」（五十八回：「禪門須學無心訣，靜養嬰兒結聖胎」）。由護持此心到無心，也就是從修道而到證道的歷程。既已證道，則五行本是空寂、百怪都屬虛名了（見一百回）㉚。

2.由外在秩序之建立來看，樂土的追尋，必發軔於自我意識之醒覺。而所謂樂土，必是自我

㉚ 詳見龔鵬程，《取經的卡通——西遊記》（臺北，時報，《中國歷代經典寶庫》，民國七十年），〈後記〉，頁三三七。收入本書。

理想的投射，並安頓到某種新秩序中。若只自安於心，畢竟只能免於阮籍的痛哭窮途、而像陶潛自安吾廬，理想世界並未建立。所以悟空等人一面修持證道，一面還得爲人間秩序之重整努力。他們沿途爲居民行善事、興福利、復亡國、得失童、圓破鏡、利商旅、興農事，以致打敗妖魔不只代表神力的勝利、心性自我的護持，也有助於人間社會秩序的重建。甚至於整個取經的歷程，也是爲了替東土衆生消災解厄。

3.就天命的運作來看，孫悟空本是自然渾沌中迸現的原始生命，這生命力強恣奔騰之極致，甚至想顛動宇宙的秩序，登上玉皇大帝寶座。但是由自然生命斂才就範，到淨土證道的追尋，這整個運作過程的推動力量，卻是天命。象徵人世一切災難的九九八十一難，即是完就一個天命祭儀必備的儀式。

與《西遊記》相似的是《封神演義》。這本書的意義架構在我國所有小說中特具異彩，它不但建構了一個完整而條秩嚴密的諸神世界，也成爲後代傳說和民間故事的大寶庫。故事大致是說殷周之際，紂王無道，姬周代興，姜子牙和闡教門人輔佐周朝，截教門徒則幫助商紂，雙方殺戮甚爲慘烈。最後商紂覆亡，所有戰死的英雄與衆仙聚集在封神臺下，捐棄一切恩仇是非，同封爲八部諸神，共掌人間的秩序。

在這場氣氛詭異、佈局怪誕的戰爭中，紂王代表原始本然的世界，周朝則代表新人文精神發動所創設的世界，所以整個宇宙的秩序必須重做安排，所以要封神。代表原始本然世界的主宰者——紂王——觸怒了人類的始祖女媧，暗示「人」的意識萌發了，故事即不得不朝新人文宇宙的建立走去。幫助商周的截闡二教和老子，皆出自鴻鈞道人。鴻鈞，象徵道和天地；老子則是太極；

截教通天教主和闡教元始天尊，代表宇宙中二種對立而又互補的大力——陰陽二氣（「闡」有發揚生長之意，「截」則有斷絕之意，剛好表示陰陽之翕合；故其門下都是「鍊氣士」。闡教更曾批評截教門下的是些披毛帶角的非人類，正說明他們多是原始生命而非文化生命）。陰陽二氣互相鼓盪，構成一場又一場的宇宙大戰，牽引出一波又一波的無窮事物。這不就是無極而太極而陰陽而化生萬物的形象詮釋嗎？陰陽交搏之後，秩序底定，又混融成新的宇宙。因此整部《封神》所要表現的，就是由原始秩序過渡到人文新秩序的歷程，而這個歷程的推動原理則是天命。

天命在此書中是一切死生善惡及是非運行的原動力，不僅紂王失德是天命之必然，大如姜子牙封神、小如哪吒自戕，總是「天意已定，氣數使然」（第一回）。天數天意，在紛紜事象背後，規劃出一定的秩序，展示了無可抗禦的大力。猶如《精忠演義說本岳王全傳》第一回解釋金兀朮攪亂大宋江山、岳飛維護既存社會秩序這一正一反的運作時，也用天命來說明其必然性[31]。由這種必然，中國小說乃形成一種普遍的神話性結構。

這種結構習見的模式是：開頭以一個神話或寓言發端，結尾再以同樣的神話或寓言聯繫並收束，《水滸》、《紅樓》、《鏡花緣》、《儒林外史》莫不皆然。這場神話式傳說的起訖，主要在說明書中主人翁存在的根源，並指出他降生人世的主要目的。通常這些人物一點通靈之性仍可與天命遙契，所以他雖懵懂來往於天命所預設的情節中而不自知，卻能恪遵未生以前既定的使命，因爲他們本身通常即是天上的星座或神祇降臨人世（包公是奎星下降，薛仁貴、薛丁山、羅焜是

[31] 詳龔鵬程〈以哪吒爲定位看封神演義的天命世界〉，《中外文學》九卷四期，民國六十四年九月。收入本書。

白虎的下降，《儒林外史》和《三國演義》、《水滸傳》也都有星君降生的說法）。在天命的安排下，這些人物、命中註定要聚合的人物，不斷向一個中心點滙集，滙集後一齊朝某一目標或事件前進，又不斷流散，而漸歸於「空」，結束。

《水滸傳》一百零八位天命下降的魔君，遇洪而開以後，分散各地，齊奔梁山；《儒林外史》亦然。《外史》中所有良善有德的文人滙集南京，共祭泰伯祠。《鏡花緣》也讓所有女子在長安聚首。至於《紅樓夢》的大觀園更是如此。然而千絲萬縷湊攏一處之後，隨之而來的大抵即是散離與幻空，所謂「飛鳥各投林，落了片白茫茫大地眞乾淨」。不但梁山英雄最後銷散淨盡，泰伯祠也只塵封在廢墟中；群星歸位，各返其本然的秩序世界，莽莽塵寰，徒留後人憑弔而已。這種結局，非常符合《封神演義》所說：「許多功業成何用，俱是南柯夢一場」㉜！

事實上這些小說表現的都是人間活動場中的事物，與《封神》先乎人間秩序的型態不同，但天命似乎總藉儀式來展示：《封神》是眾仙不斷往封神臺會集，透過隆重的封神典禮，重構宇宙的秩序；《外史》中大祭泰伯祠的儀式也飽涵莊嚴的禮樂精神；聚義梁山、天降石碣那一段更是怵心動魄，令人為天命之森嚴奧妙而驚動。只是《封神》沒有既成人間秩序以後的敘述，所以也不會產生由天命看待人間時所激生的冷澈觀照（空）。

㉜ 詳龔鵬程，〈傳統天命觀念在中國小說裏的運用〉，《中韓文學會議論文集》（臺北，黎明，民國七十年），三三二頁。收入本書。據此觀點來看，則中國長篇小說的結構，頗與蒲安廸所論不同，參考《文學評論》第三集（臺北，巨流，民國六十五年）。

由於天命是整個事件背後推動的原理和力量，所以我們才試圖從結構來掌握；同時我們也發現：文學作品中天命的出現有時並不如此純粹，常含雜某些宗教對人生規範性的看法在內，如三世因果報應，便常在元雜劇或宋元話本中輔助天命，成就人間的秩序。而宗教性文學如變文、步虛詞尤不待論。可是宗教性神話與幻想，遠較天命架構的世界更著意於跟人發生關係的自然生命，不像天命所關切的，多集中在人間社會和天庭。元雜劇許多精物轉化的故事，就是最好的證明。

二、有情世界的探索

王利用所撰〈全眞第二代丹陽抱一無爲眞人馬宗師道行碑〉曾載全眞教主王重陽語云：「汝等欲作神仙，須積功累行，縱遇千魔萬難，愼勿退惰。」所謂神仙，意指回歸本來自然。由人而神，其間困難重重，是以仙鄉畢竟難到，凡人皆不免於死亡。就自然生命的萬物而言，其難尤甚，他們總在追尋的歷程中不斷趨向人形，發展人的意識，唯有修成人身之後，才具有跨入神界的可能。譬如元雜劇〈城南柳〉第一折，就藉呂洞賓之口說：

> 爭奈他土木之物，如何做得神仙？必然成精後方可成人，成人後方可入道。

物須先成精、成人，而後才能成仙，顯示了一種入凡再超凡的歷程。文學作品中那些花月之妖、狐魅之鬼，無論其可喜可惡，總不能踰此定限。

可是鬼魅妖精怎麼樣才能成「人」呢？一是轉世投胎，二是與人發生交通關係，試圖經由人的血氣潤澤，轉化爲人。轉世投胎不僅適用於鬼魅，也適用於妖精，雜劇〈昇天夢〉、〈岳陽樓〉都曾讓桃花老柳託化轉胎，徹底絕斷自身以獲得成人的機會。不過這種情形在元明以前極少，元明以後亦屬變例，最常見的情形應是精妖鬼物幻化爲人，與眞實人間發生各種程度的關係。但無論其是否有意成仙，求得人形和人的意識，大抵是他們共通的意願，故中野美代子《從中國小說看中國人的思考方式》說：「在中國的化身與怪談小說裏，極少有人類基於某種理由而化身爲其他形象的類型；只有鬼怪或其他動物才會化身人形並與人類交往。」㉝

《太平廣記》所載六朝隋唐故事中常見的一種情形是：女鬼與人交往，經一段時間後，偶爾被人識破，悲怨離去。這女鬼多半已漸成人形，例如腰以上已生肉等等㉞。這類故事說明了精物與人交往最常見的途徑是情感和性關係的牽繫。單純性方面的溝通可能含有某種目的，如狐之採補；但也有些只是生命本能的熱望，雖已化身異類，仍不免鞠意相求，《聊齋誌異》所載〈嘉平公子〉事是最好的例子：

……既暮，排去僮僕，女果至，自言小字溫姬，且云：「妾慕公子風流，遂背媼而至，區

㉝ 中野美代子著，劉禾山譯《從中國小說看中國人的思考方式》（臺北，成文，民國六十六年），頁四七。

㉞ 詳看葉慶炳〈談小說妖〉（臺北，洪範，民國六十九年）；〈魏晉南北朝的鬼小說與小說鬼〉，《中國古典文學論叢·神話與小說之部》，頁一一三。

區之意，深願奉以終身」……公子始知爲鬼，而心終愛好之。……女曰：「誠然。顧君欲得美女子，妾亦欲得美丈夫，各遂所願足矣，人鬼何論焉。」公子以爲然。

不滅的靈魂雖只能留存在另一個杳茫陰冷的世界，卻基於兩種理由進入人間，尋得性關係的媾合：一是內在本能的驅使，一則是傳統觀念中認爲唯有夫婦配合，才是完整的人，故有些早夭的精魂遂不得不尋覓人間佳侶以完成某一生命進程。這些發端於性慾衝動的結合，未必發展成愛情，因爲有些緣盡則逝，有些根本就只有採補的利用而已。

妖精化形爲人，藉精液及人氣的採挹，以加速、提高修仙的目的，乃是文學中精妖蠱惑類型的常態，此時女性多是主動的誘惑者，但也常見猴狗等精妖淫污女子或攝誘婦人的例子，唐人小說〈補江總白猿傳〉和唐宋以來許多猿猴故事，可爲佐證。無論是有夫之婦或閨中靜女，通常都會對他們的風采和性能力傾倒，以致精怪被識破行藏後，還埋怨人家爲什麼要殺害牠的「情郎」。殊不知這是慾而非情，因爲動植物化形爲人，在性質上是升格了，牠們自不能再像物一樣仍與本類配偶，牠們想嘗試做「人」的滋味，透過擬似愛情的行爲，能使牠產生「人類」的意識；性事又強化了牠們的肉體，所以與人類的接觸，會整個改變牠們的生理和心理結構。精怪們懷挾這種慾求而來，豐潤了自身，卻消尪了對方，經此而成仙的，幾乎沒有[35]。

[35] 參考張火慶〈聊齋誌異中的靈異與愛情〉，《中興文苑》（中興大學中文系），十一期，轉刊於《中外文學》九卷五期，民國六十九年十月。

幸而牠們與人的關係，並不僅限於這個層次，不少精怪都會在相處一陣子之後，「感君之意，不忍相害」，將慾求轉化爲愛情，由物性意識提升爲人性意識，展示中國文學幻想與神話世界中最珍貴的一面：有情的世界。

神話的世界本來就超乎現實之外，鬼狐的介入，不僅豐富了人間的關係面，也搭構了由現實擴展到超現實層面的橋梁。假如人類可以和非人溝通，而且非人是主動以「人」的形式出現，那麼，人類的世界即是開展的，向天地間一切「有情」綻放的。愛情，應是人類文化秩序的特徵之一，不但不滅的靈魂可以流轉於無窮世代，尋覓並完成愛情；一切動植物也都可以不受形體、物種的限制，以情相契，與人發生關係：「禮緣情制，情之所在，異族何殊焉」。那些山精、木魅、狐仙、女鬼等異類，最初所能肯定的「人際」關係只是肉體的接觸，慾海翻騰之後，卻可能發展出共命的愛情，不正顯示了由原始生命進入人類意識生命的歷程嗎？官能之刺激與滿足之後，隨之興起的乃是人文的世界。

然而，徜徉擁抱在人文愛悅中，即永遠不可能歸回仙鄉，因爲仙鄉樂土必須是無情的涅槃。

熟悉中國文學的讀者可能常會奇怪，所謂天庭，似乎是個只有秩序而沒有愛和情的世界。是的，沙和尚失手打碎一個琉璃盞，便得謫落流沙河中受劫；豬八戒酒後調戲嫦娥也須被罰輪廻，墮落人間。可見秩序和愛情都是不容觸犯的戒律㊱。《三戲白牡丹》裏，月宮嫦娥只因在蟠桃會

㊱ 薩孟武曾懷疑捲簾大將在蟠桃會上失手打碎玻璃盞，處罰比天蓬元帥帶酒戲弄嫦娥重得多，不知科刑之標準何在。見氏著《西遊記與中國古代政治》（臺北，三民，民國五十八年）。事實上秩序與愛情之戒律，量刑輕重似無太

上向群仙敬酒時，對呂洞賓微微一笑，引動了呂仙的情慾，西王母就將她貶下塵凡。必待呂洞賓下凡與她了結塵緣後，才能重返天庭。這一方面是維護天界的清淨與威嚴，一方面也是讓思凡的神仙們重新體驗人間的苦難，以斷除凡念。

偶一動情，即須遭譴，是文學中常見的天庭律則。稱爲「凡心」，足證愛與情欲都不屬仙鄉之事業，而是人間的纏繫。若要證道，先得「無情」。文學中表現此一觀念和過程最精采的，當數《西遊補》。

董說的《西遊補》是敘述悟空在三借芭蕉扇之後，化齋途中偶被鯖魚精所迷的故事。悟空在鯖魚幻化的世界裏顛顛倒倒、昏昏沈沈，最後經由虛空主人一聲頓喝，才豁然驚覺。鯖魚就是情慾，情慾是與宇宙萬物同時俱有的，所以「在天地初開時即生鯖魚」；它又是無所不在的，所以「頭枕崑崙山，腳踏幽迷國」。作者把火焰山看成人類慾望之火，悟空用芭蕉扇搧熄了它，只是以外力遏阻而已，並未根除；根本之計，仍在於「走入情內，見得世界情根之虛；然後走出情外，認得道根之實」（〈卷首答問〉）；爲此，悟空即不得不進入鯖魚幻化的乾坤，了悟情慾的虛幻，以脫離俗世情感的糾纏，探獲生命的眞理。

若以《西遊補》的意旨來解釋上文所說，將愈爲清晰：天地開闢以來情慾是普遍存在的衝動，因此一切精怪與人類接觸時也多以此爲基點，進行溝通。可是由生物層面跨入人文意識層面後，

大分別，二郎神之妹，因愛上凡人，竟被二郎神親自壓在華山底下，虧得天命其子陳香劈山救母，但畢竟已受了十幾年折磨，戲劇〈寶蓮燈〉就是演這個故事。

單純的情慾便附著了倫理等文化性格，不再是慾情，而是愛情。然而，就超越的觀點看來，一切情根俱屬虛假，就像在天命觀點下，一切功業與經營俱歸空幻一樣，只有無情才能入道[37]。

爲了配合這個觀點，女仙有時不得不變更她們的性別，以免在天庭引起不必要的糾紛，例如何仙姑，《西山群仙會眞記》就說她「本男子，姓徐，名望臣。嘗出走，家人斂其屍，乃返，適有何氏女新死，遂附焉」，觀世音菩薩也有男身女相的講法。男女之間情愛的處理如此，人倫間的愛亦然。唐人小說〈杜子春〉描述杜子春因爲痛惜愛子被殺，驚噫出聲，遂不能修道成仙，是最鮮明的宣示，所謂「恩愛害道，甚於毒藥」，正因恩愛生於心中，其破壞力遠勝於外鑠的一切力量。

這種由情慾激盎而步入寂滅無情的過程，似乎顯示了一樁事實：人類由原始生命中成長，經過秩序的追求與渴望，化自然之秩序爲人文之創設，成爲眞實的人間。這個人間，既非原始神話所代表的世界，亦非無情安淨的樂土，人類和那些同出於原始自然的生命（山魈精魅），事實上乃是漂泊歌哭於這兩者之間的。精怪們即使能成爲人類世界的一份子，仙道境地對牠們來說，仍然是遙不可企的「樂土」。牠們只能與人類像魚跟水草一樣，相拍擊濡沫於江湖之中；化鵬飛去，終究有所不能。有些精魅不甘如此，急於超越成仙，即不免於傷害到同一命運的人類，如〈城南柳〉中桃柳不欲久居山下，起意殺人：

---

[37] 這點可以解釋爲何文學作品中人妖相戀，總是有僧道出現揭穿或砍除。因爲僧道即代表超越的觀點和力量，《白蛇傳》之類故事的精采處，就在無情扳倒愛情：而精怪也須經過轉化的過程才能與人結合。

《柳云》師父不肯度脫俺去了也，我想師父說教俺老楊家成人，必是老楊在師父跟前唆說不肯度脫咱兩個，等老楊上樓來把他迷殺了！

因爲精魅與人同命，所以人在愛情無法圓定時，乾脆浪迹人世以自娛，結果卻總因破壞了人間秩序而遭到譴殺。進退兩難，其處境也眞是蹇困極了。

另外有些則根本絕望了，仙道境界既不可求，也可以經由物化轉形來完成。古詩〈孔雀東南飛〉、敦煌變文〈韓朋賦〉、宋以後的〈梁祝彈詞〉都是如此，象徵愛情的鴛鴦和蝴蝶，爲人間之至情做了美麗而淒艷的見證。不過，在宗教意識的發展下，物化轉形自宋以後愈來愈少，輪迴因果取而代之。譬如《聊齋誌異》褚遂良條記載：一美女自稱狐仙，因某書生前身是唐朝褚遂良，有恩於她，所以日相尋覓，薦枕報恩。這份尋覓並完成孽債，不理會歲月流轉、軀囊變異的心意，的確叫人感動。又如清朱彝尊有關〈高陽臺〉詞，敘述他的朋友葉元禮，某日偶過垂虹橋，有女子在樓頭，見而慕之，單思致死；死時葉才知道，往哭，女目始瞑，事極淒婉。後來張元賡的《張氏卮言》中則說這女子轉世化爲一俊童，與葉氏歡愛之篤，甚於伉儷；俊童死，葉亦卒於京城。「怨女怨男，冥緣相續，皆此愛心不忍割捨之所致也」。狐仙獻身，是前世之因果；女子轉形，是宿業之輪迴。或男或女、或人或物，無不以緣纏繫不斷。這些，都是化禽神話的替代，在茫茫人世中，訴說一種人類特有的堅持：愛情。

肆、結語

宗教意識介入神話與幻想的世界，其實亦非六朝隋唐以後才有，早期的神幻傳說和隨之產生的文學作品，也多受巫覡祭祀的影響。例如《詩經》〈國風．陳風〉的〈宛丘〉和〈東門之枌〉，據《漢書》〈地理志〉說，即是巫覡歌舞的歌謠。《楚辭》尤不待言，〈九歌〉既是祭祀降神的儀式劇，其本身更是虞夏九歌的遺迹，和原始神話的關係不言可喻。《山海經》〈大荒西經〉說禹的兒子啓，竊取天帝的樂曲九辯九歌至人間；《楚辭》〈天問〉則說啓執戟而舞，並以美女祭天帝才得到這套歌曲，其實質意義並無不同。由此，我們遂有兩點可談：

1.神話並不如某些學者所云，只是種前宗教的人類行爲，因爲它們產生自同一人類基本渴求，而在表現上亦息息相關。所以隨著宗教的不斷發展，神話也會產生許多內在的變化，以早期的精靈及轉形和隋唐以後的再世輪迴相比較，我們即會發現同一神話結構在不同宗教文化期中不同的表現（化爲異物和輪迴再世，表面上似有人物之殊，其實乃是展示了生命共同性和一體性的神話原理：原始宗教中即有祖先靈魂可藉轉世而再生於另一個生命個體上的觀念，圖騰植物和動物也擁有與人同質的生命，所以人才能藉此和同一生存時空的萬物、和先後異時的精靈相溝通）。既然神話與宗教是互浹相變的，那麼，中國文學中神話與幻想的世界究竟與仙道思想、宗教背景有何實際關係呢？

關係當然十分複雜，許多跟祭祀有關的文學作品，本身便可能純屬神話的構造，例如《詩經》〈大雅．生民〉，及六朝清商曲辭〈神弦歌〉之類，或屬朝廷宗廟郊祀之樂、或屬民間祠神之歌，再配合宗教集團特製的音樂辭謠（如上雲樂、步虛詞）等，即成爲文學作品中豐富的神話庫藏[38]。這些神話所述，有些仍屬原始神話的型態，有些則步入意識創構的層次了，像六朝上雲樂所描繪的仙鄉神境就是。它與遊仙詩的精神或有不同，但對神仙生活的認知、對神境仙鄉的摹述，實亦涵有樂園的嚮往，那種包含六朝道士對天地結構、仙眞類別、道教法術等觀念在內的神話世界，其實亦只是一種宗教文化中渴慕的理想世界。明代中葉以後，大量混雜三教的通俗戲劇和小說，亦可以作如是觀。《紅樓夢》整個神話結構，皆由茫茫大士、渺渺眞人那一僧一道領出，而結尾處又讓這一僧一道挾住寶玉，「渺渺茫茫兮，歸彼大荒」，不也是這樣嗎？空空道人在大荒山無稽崖下得到這塊頑石後，因空見色，由色生情，再傳情入色，由色悟空，遂改名爲「情僧」，更說明了僧即是道、道即是僧，小說之神話結構和宗教文化結構是不能分割的。

2.原始神話說夏啓自天帝處竊取樂歌以作於人間，而《楚辭》則說啓是透過祭祀才獲得樂曲的。二者對勘，恰可看出中國神話的特質及人類由原始矇昧逐漸跨入文化意識宇宙的軌迹。

希臘神話中，人間的光明是由天上竊來的；中國神話則說宇宙要保持光明十分不易，光明與黑暗之爭乃是無比艱鉅的事業。神話裏共工氏、相柳氏、夸父，都是住在幽冥黑暗之國，與地獄王爲伍的黑暗之神，他們不斷跟代表人間或宇宙秩序與光明的顓頊、禹、太陽戰鬥[39]。戰爭雖然一

---

[38] 詳李豐楙〈六朝樂府與仙道傳說〉，《古典文學》（臺北，學生，民國六十八年），第一集；古添洪〈論詩經中有神話背景的詩〉、《探索在古典的路上》（臺中，普天，民國六十六年），頁九五。

[39] 顓頊在《淮南子》中是幽冥之神，但在《山海經》裏卻具有天帝的地位，《國語》〈周語〉又說星辰和日都是顓

再顯示了光明必定戰勝黑暗的眞理，但每次總是慘烈異常。暗示著宇宙間盲動的力量，難以馴服。夸父死而鄧林存、蚩尤死而楓林在，這些遺迹點出反動的嗜慾之力，終不可能自人間消失，所以一次又一次的戰鬪即不可避免。共工與顓頊大戰失敗了，怒撞不周山，鬧得天柱折、地維絕之後，他的部下相柳氏又爲害天下，禹又殺了他；但相柳血漬所沾濡之處，仍不可以種五穀，禹遂不得不三仞三沮，堙以爲奉神之臺。這表示早先女媧造人，並鍊石補天、積灰止水，是由渾沌中初建宇宙的秩序，自顓頊以後，無不就此基礎再予經營，但其所成就，皆是宇宙的秩序。直到鯀禹才刻意衡定人間秩序的建立，布土除害，均定九州。因此由太陽、顓頊到禹，恰好代表從原始到人間秩序建創的過程。人間秩序大抵均定之後，啓才從天帝處竊來樂曲，作於人間。換言之，自然之秩序既已成型，人文之秩序於焉展開，什麼是人文之秩序？那就是禮與樂。

啓作樂，表示人間除了力與自然生命的活動之外，還開始有了精神的滋養。這不是原始生命型態中所有的，所以要說是竊自天上；《楚辭》更進而說啓透過祭儀而獲得，則在樂的精神之外，又有了禮的儀式。禮本身即是秩序的安排、樂本身則是秩序的和諧，二者相結合後，即開啓了我國文學中神話與幻想世界充滿和諧秩序的精神風貌。

除了禹啓這一系之外，其他譜系的神話，亦能表現這種特色，例如《山海經》、《淮南子》所載眾神之神的帝夋，就不是希臘神話中宙斯一型、也與希伯萊的耶和華迴異，乃是文明創造之

項所建。《淮南子》雖以顓頊爲黑帝，但顓頊的住所卻在空桑（太陽的故鄉）、帝號則爲〈高陽〉、其叔少昊又是太陽神，都有光明之意。因此《淮南子》又紀載和共工交戰的乃是火神祝融。

祖；其他如黃帝、后稷、有巢、燧人、神農、伏犧……無不如此[40]。在中國神話中罕有類似西方神話的矛盾與衝突，諸神亦非人類慾望和情感的向外擴大，反而多有創造音樂、敷布五穀的記載，這到底是因後代人文精神發達，反射到神話世界中，才產生的現象呢？還是後代人文秩序的禮樂精神係由神話影響所致？答案當是後者。因爲就整個神話與幻想的流程來看，原始神話還保存著從渾沌中開闢初級自然秩序的精神，其後才步步踏入人文創設的世界，屈原在〈天問〉中對原始神話和人物的疑問，即代表了人文意識發展下的心靈，對原始客觀秩序世界的疑惑。

屈原本人應是一個人文精神的代表，但他一生似乎總生活在上面所說的困惑中，在渾沌中秩序的建構和樂土的追尋中徬徨來往。原始初建的秩序，必不能讓人文精神發展後的心靈滿意，他必須重新配置，以建立更精緻、更完美的秩序，以合乎禮樂的要求，成爲人間的樂土。然而，弔詭的是：人總是內在地以爲這些努力即是「回歸自然」，或者。在進行人文創設時，歸返自然的渴望卻不斷在體內燃燒。於是或寄懷於太古、遙想伏犧葛天，如莊周陶潛；或嚮往君子之國、崑崙之鄉，願浮桴駕車遠遊，如孔子屈原。這是因爲人文意識一旦展開，人即游離出原始自然跟天地合同的境域，成爲生命的畸裂，所以樂土的追尋才會不斷湧現。小川環樹在《中國小說史之研究》中曾說明中國仙鄉故事的特點是：㈠到了山中，㈡通過洞穴，㈢仙藥和食物，㈣與美女戀愛或結婚，㈤道術與贈物，㈥懷鄉與勸歸，㈦時間變異之感，㈧再歸與失敗[41]。這一連串歷程，剛好

㊵ 參見尉天驄〈中國古代神話的精神〉，《中國古典文學論叢·神話與小說之部》，頁五六。

㊶ 王孝廉《花與花神——中國的神話與人文》，頁一〇六。

可以印證上文所說：原始自然的〈樂園〉必然是與人文世界隔離的，只有此微孔隙可以讓某些機緣湊合的人偶然進入（只有偶然、無意識才能進入）；進入後與女子交媾暗示了人文與自然一度結合，但這種結合必然得再分開㊷。歸來的人，既不再屬於人間，又不能再重返自然之仙鄉，只好「栖泊無所」地流離於宇宙之間。這些文學作品之所以每每強調時間變異之感和再歸的失敗，乃在暗示仙境和人間除了空間不同之外，時間亦不相同：一屬永恆，一屬變滅。而人既脫逸出自然的軌道，想再重返就很困難了。

話雖如此，人類終究是要由自然步向文明的，渾沌鑿破，人即不可避免地必須將他的生命投射向另一個不可知的未來，神話中早已暗示了這種不可逆的進程。在文學的神話與幻想世界裏，這種不可究詰的進程和宇宙秩序建構之原理，就稱爲天命。《山海經》〈海內經〉有則神話，很能說明此義：

> 洪水滔天，鯀竊帝之息壤以堙洪水，不待帝命。帝令祝融殺鯀於羽郊。鯀腹生禹，帝乃命禹卒布土以定九州。

據《山海經》描述，鯀是天神貴胄、黃帝之元孫，曾教人民播種黑黍野藿、建造城廓，又開始「布土均定九州」，這是一位由自然世界中開創人類文明的英雄。但在人文創設的過程中，他不經由

㊷ 經一洞穴，進入仙鄉，本身就與「女子」的象徵相脗合。女子代表自然母體的大地，交媾與進入洞穴即代表結合。

天命，擅自取息壤以堙洪水，便不免被殛死。鯀雖死，人文建構的過程卻是不可已的，所以他腹生禹，以完成未了的使命。反之，天帝雖殺鯀，卻非意在遏阻人類敷布文明，而僅在懲罰鯀之不遵循天命而已，所以也再命禹完成鯀未竟之功。這裏的命，除了係透過人格神來表達之外，與後代文學作品中的天命幾無二致，《詩經》〈商頌．殷武〉就說：「天命多辟，設都於禹之績，歲時來辟」（鄭箋：〈天命乃令天下眾君諸侯，立都於禹所治之功，以歲時來朝覲於我殷王〉），不但禹之建功是由天命，殷湯建國，亦屬天命所辟。同理，若歷史不斷流行、人類不斷創造，天命也會一直流行於天地，所謂：「命未流行，無物發起其美」（《易》〈姤卦〉象九五疏），只有天命不斷流行，人類才能創構更美好的文化生活，追求更理想的樂土。

不僅如此，天命的認知更可以讓人生除了現實世界之外，還與神話幻想世界緊緊啣合，提供超越的人生，不斤斤計較現實人生的得失，而透過天命，去捕捉一份超越觀照後的廣大和諧人生。這就是爲什麼我國小說戲劇喜歡以天命起、以天命終的緣故。人類一旦完成了天命的職責，即重歸於原始本狀的秩序，是石即還歸爲石，是仙即歸位爲仙，再無生命中無明的蠢動與生命和諧的裂痕，可以「無憾」。就人間而言，則又具體點出了「天地不仁、以萬物爲芻狗」的宇宙大情。

宇宙之大情即是無情。這種無情，和精魅鬼怪所表現的情愛牽繫，點染在充滿禮樂秩序的原始與人文世域中，交融滙聚成一片混聲大合唱，似乎就是我國文學中神話與幻想世界最動人的姿貌了。

（原載《中國文化新論》文學篇一）

天命思想在中國小說裡的運用

一

邃古而日新的故事，常讓我們咀嚼到無限深刻的意蘊。讓我們從一則諸子書中不斷重複出現著的題材開始學習：

△孔子遊於匡，宋人圍之數匝，而弦歌不輟。子路入見，曰：「何夫子之娛也？」孔子曰：「來！吾語汝：我諱窮久矣而不免，命也；求通久矣而不得，時也。……知窮之有命，知通之有時，臨大難而不懼者，聖人之勇也。由處矣！吾命有所制矣（郭注：命非己制，故無所用其心也；夫安於命者，無往而非逍遙矣）！」——《莊子．秋水篇》

△孔子南適楚，厄於陳蔡之間，七日不火食，藜羹不糂，弟子皆有飢色。子路進問之曰：「由聞之厄爲善者天報之以福，爲不善者天報之以禍。今夫子累德積義懷美，行之日久矣，奚居之隱也？」子曰：「夫遇不遇者時也，賢不肖者材也。君子博學深謀不遇時者

多矣！——《荀子·宥坐篇》❶

在凝重莊穆的氣氛裏，自有其趣味式的衝突與調合，逗顯出一個天命的主題：「樂天知命故不憂！」（易繫上）。天命，不可踰越的先驗存有，內在於人，而又況恍幽渺，藏於無端之紀。當人在他情感所浸潤或理智所了悟的世界裏，猛然瞥見這份原初存具於自我本質中的天命時，一切歌哭愉泣便如水銀瀉地似的傾瀉開來。那，或許正是我生原始的魔魘，不可掙脫的樊籠與定限，冥茫窈幻，不可測度。但所謂「死生有命，富貴在天」（《論語·顏淵篇》）。它恆在人們深沈的愴痌和澄澈的凝思裏，綻現一份莊嚴的喜悅和感動。

這份無法宣釋的情感認知，常是小說之所以建構的骨血。因爲小說所表達的總不外人性與思想，當人被提控懸引在天命的大舞臺上時，面對這引控著傀儡也似的弦索，他究竟該歌、該頌、該哭泣、還是該觀照地品味，並引以爲自我存在生命中無可逃逝的一份眞實存有？呵呵！漆園有語，語曰：「知其不可奈何而安之若命」（人間世）——命，人受命於天；命也，不可解於心，

❶ 厄於陳蔡之間，是孔子一生中最具戲劇性撞擊力的形相展現，諸子書中對此事迭有抒發與詮釋。我們不必爲遊於匡和厄陳蔡之間的不同致疑，畢竟那只是一事之誤傳，莊子〈山林篇〉不也有「孔子圍於陳蔡之間，七日不火食，大公任生往弔之」和「孔子窮於陳蔡之間，七日不火食，左據槁枝，右擊槁枝，而歌猋氏之風」的不同記載嗎？論語所謂：「在陳絕糧，從病者，莫能興」，表達了一種理想與現實的衝突，以及在天命意志下無可奈何而安之若命的情操：「古之得道者，窮亦樂，通亦樂。所樂非窮通也。道德於此，則窮通爲寒暑風雨之序矣」（《莊子·讓王》）！

天命原即是人命呀❷！橫跨過無垠蒼冥曠窈的歷史廣漠，那些血淚凝鑄的小說裏，有著幾句桴鼓通應的偈語，述說著這層無可奈何而似笑似哭、悲喜交集的生命實感：

「萬般皆是命，半點儘由天。」（《京本通俗小說》第十六卷．馮玉梅團圓）

「萬事不由人作主，一心難與命爭衡。」（《三國演義》第一〇三回）

「我命非你排，自有天公在。時來運來，人來還你債；時衰運衰，你被他人賣。」（《濟公全傳》第五十二回）

「嗚呼噫吁！時也命也！從古如斯，爲之奈何！」（童蒙四言雜字）

「看官聽說：雖然事有前定，無可奈何；但孽子孤臣，義夫節婦，這『不得已』三字也不是一概推諉得的。」（《紅樓夢》第一百二十回）

……

無奈？是的。既已著形爲人，即有此無可消釋的限定。一襲臭皮囊，在日月山川裏奔走來去，既已落入時空關係的考慮，又復徵逐於口腹寒煖色欲之需、人倫物我之間、理想實現之際……命之桎梏人也久矣。記得顏崑陽先生在《中國古典詩歌中的情緒——喜怒哀樂》一書中，覈論哀

❷ 人受命於天，見《莊子．德充符》。命也不可解於心，出人間世。

愁，劈頭即說：「命，我生之桎梏」❸！誠然，面對此不可須臾離遯的「天命」，若我無憂，則亦不復有懼；但縱浪大化，即或能逍遙旁皇於無何有之鄉，也仍在天命的範限中生養於不自知。人與天命，可以相與兩忘，但命之所加諸於人者，恆常具在。這種詭譎的發展，造成了人心最深幽隱微的內在結構，是人們一切恬達安適或狂顚嚎慟的根源。

如若我們把小說看成是人類內在情感世界的具象展示：那麼，以上我們所陳述的一切，在小說裏應該會有極鮮活誠懇的詮證。因爲，文學本身所處理的，不只是歷史的個別實際對象，而是希望從這些個別事件中表現出你我存在的具體通性（Concrete Universal即具有普遍性和永恒性的共相）。它所披露的那些意義的假相世界，雖非眞實事件的模擬，但它正如亞里斯多德所說：它遠較歷史更爲眞實、更具哲學性。聽聽西班牙哲人烏納穆諾（Miguel de Unamuno）的聲音：「哲學的地位比較接近於詩……小說和戲劇的主要任務就是賦予有血有肉的人有行動和意向」（《生命的悲劇意識·第一章》）。我們無意重蹈新人文主義或文學文化論者的窠臼，但歌德所說：「在小說和戲劇裏，我們可以看見人性和人的活動」，卻是不可否認的事實；《文化雕龍》不也說：「辭爲膚根，志實骨髓」（〈體性〉）「言以足志，文以足言」（〈徵聖〉）嗎？文學創作，本是因內符外的過程，而其社會功用，也即在於它能呈顯並影響整個民族的語言和感受性。就前一意義而言，小說所代表與具現的內在精神，必應與全民族的思想性格息息相關，小說所據以成長的基本

❸《中國文學小叢刊第一輯》，頁一九〇，故鄉出版社。

質素，即是那些深烙在人心幽微底處的記憶和情思；那是最眞的哲學，也是最好的素材：「最眞的哲學是最偉大的詩人之最好的素材；詩人最後的地位必須由他詩中所表現的哲學及其表現程度如何來評定」（歐立德，《詩與宣傳》*Poetry and Propaganda*）。就後一層意義而說：小說所表達的一切，既係從古老的記憶中紬繹提煉而出，則它所摹繪的具體事相，也必重與人們存在的生命感受相印證。《三國》、《水滸》以至《封神》、《紅樓》等書，爲什麼會造成令人癡狂顛魔的盛況，理應由此處看取。對於這些，新批評學派（The New Critics）所主張對作品做極孤立而細膩的分析研究法，顯然是無能爲力的。我們所需要的是：走入整個民族的歷史記憶和文化背景中，探索小說作品的精神血脈，並戮破文學上或思想上荒謬而了無意義的貴族平民之分。從傳統（此之所以爲傳統亦不過只是人之必然與應然罷了）天命觀念在小說中迸現的光芒裏，我們不難把握住中國那生機悍恣、充滿著悲憫與智慧的靈魂。它是小說裏至高無上的律令與主導理念，掀動著一幕又一幕的小說世界，換來了無窮的沈思和悸喟。正是：「遭逢坎坷皆天數，際會風雲豈偶然？」（《水滸傳》第三十一回）在一切由天造的小說世界裏，唯有勘明傳統天命思想的底蘊，才能瞭解它的性質與結構。當然，一切總是要從孔子說起的。

二

自尙書詩經以下，論性命者多家，義多歧互，性之與命，在觀念上或分或合，甚不一律，但卻都是爲人性論提供一個形上基礎而建立的❹。《周易正義》〈乾彖疏〉：「道體無形自然，使物開通之爲道，各能正定物之性命。性者天生之質，若剛柔遲速之別。命亦人所稟受，若貴賤壽夭之屬是。」❺性是天生之質，受之於天；命則是就此之氣之流行運化委順於人而言者（王船山《四書訓義》：「自天之與人者言之曰命，自人之受於天者言之則曰性」），所以姤卦象九五疏說：「命未流行，無物發起其美」。命有流行義，故可從時空展現處看出它的存在；就此性之發展終極處言之，所以稱之爲命，〈說卦傳疏〉：「一期所賦之命，莫不窮其短長、定其吉凶」又「命者，至極也。人所稟受，有其定分，從生至終，有長短之極，故曰命者生之極也」。命指生之極，極有止極之意，爲生之限制或限定，《論語》：

△五十而知天命。（〈爲政〉）

△孔子曰：君子有三畏：畏天命、畏大人、畏聖人之言。小人不知天命而不畏也。（〈季氏〉）

---

❹性本身的定義也隨人而異，通常是指人的內在本質。但當它與「命」對舉時，則多半是指才力，例如王充《論衡》〈命祿〉篇：「夫性與命異，或性善而命凶，或性惡而命吉」、「夫臨事智愚，操行清濁，性與才也。仕官貴賤，治產貧富，命與時也。」〈命義〉篇：「操行善惡者性也；禍福吉凶者命也。」其性與命異之說與孔子答子路問相同。

❺《論衡·氣壽》第四：「凡人稟命有二品：一曰所當觸值之命，二曰強弱壽夭之命。」又，〈命祿〉篇第三：「有死生壽夭之命，亦有貴賤貧富之命」。《白虎通義》〈壽命〉：「命者何謂也？人之壽也，天命已使生者也」……大抵均與此說同。

△子曰：道之將行也歟，命也；道之將廢也歟，命也。公伯寮其如命何？（〈憲問〉）

△子畏於匡，曰：文王既沒，文不在茲乎？天之將喪斯文也，後死者不得與於斯文也；天之未喪斯文也，匡人其如予何？（〈子罕〉）

△伯牛有疾，子問之，自牖執其手曰：命矣夫！斯人也而有斯疾也！（〈雍也〉）

△不知命，無以爲君子也。（〈堯曰〉）

《孟子．萬章篇》曾說：「孔子進以禮，退以義，得之不得，曰有命」。在孔子的體證中，天命是一種最眞實的存在，不可違拗的先驗制定，也是他自己以信以畏的泉源。天在此處絕不止是個由人在現實生命中所蘊藏的道德實體充實後所投射出去的虛位，它限定了道之行與不行、人之達與不達，匡人之強悍、伯牛之仁德，均不能脫逸出它的掌握，記得狄德羅（Diderot 1713—1784）《宿命論者傑克》（Jacques le fataliste）一書中的警語嗎？「一座廣大的城堡入口處寫著：『我不屬於任何人，而屬於全世界。你在來此之前、在此之際、離此之後，都在我的懷抱中！』」這座城堡即是廣袤奇幻的人世，人未生之前，已生之後以迄於死亡，都在命的樊籠裏。古代童蒙塾課所用的《名賢集》裏也有句與此雷同的話語：「萬般皆有命，半點不由人！」——這種被近代學者譏爲俗濫墮落的流俗命運觀，其實正是種莊嚴透澈的智慧展現。命，超越而又內在於人，不可須臾離；受命於天而不可解於心。《墨子．非儒》，以爲：「儒者以命爲有，貧富、壽夭、治亂、生危，有極矣，不可損益也」，即是指此而言❻，它也是小說中慣用的命定說，例如：

△功名自有定數：中與不中，倒也不在用功的遲早。（《紅樓夢》一一八回）

△凡事皆有先成的造化。（《七俠五義》第十四回）

△也是應該有禍。（《粉粧樓》第四回）

△正是禍從天降，災向地生。（《水滸傳》第四十四回）

……

它們所表現的，似乎只是將人壓扁而匍匐於天命的祭壇之前，剗去了人的自主性與尊嚴，而將生命奮鬥的歷程鋪攤在天命的巨網下。那是該詛咒的魔偈與墮落之源、是無可贖挽的迷信。因爲，在理性的檢視下它顯得飄浮、昏昧、茫無定向，它泯滅了人所努力的意義和方向，使道德與理智顯得疲輭無力；莫忘了一分耕耘一分收穫，禍福貴賤唯人自召啊！哦！是嗎？果眞是這樣嗎？子路和孔子的對答，消解了這層衝突與疑難：

子路：爲善者天報之以福，爲不善者天報之以禍。

❻ 墨子不言天命而說天志，所謂天志與天命不同之處，在於天命是種定限；而天志則是天監觀四方，視人之行爲合不合於天之志，而施賞罰。所以天志仍只是「天道無親，常與善人」「爲善報之以福，爲惡報之以禍」。

孔子：遇不遇者，時也；賢不肖也，才也。

萬般皆有命，是命與時的問題，遇或不遇，道行或不行，繫乎時空人我之湊泊，非有必然之應，其本身即非自我所能自主，君子只能居易以俟命，卻無法當然或必然地掌握它或改造它。其所能夠自主的，只是材德的問題，所謂「不患無位，患所以立」，只因前者非我們所能偵、能制。子路所說的天報禍福以貽善否，其實只是人在情感上一種希冀的信念，在實際的人生遭逢裏卻未必如此，它才是經不起理性檢驗的主觀認定，所以孔子在理論上提出「命」之存有並歷舉「命」所流行於人我之間的實例（君子博學深謀而不遇時者多矣）予以說明。王充《論衡》〈命義〉篇說：「傳曰：說命有三：一曰正命、二曰隨命、三曰遭命。正命謂本稟之自得吉也……隨命者，戮力操行而吉福至，縱情施遇而凶禍到，故曰隨命。遭命者，行善得惡，非所冀望；逢遭於外，而得凶禍，故曰遭命。」我在前面所說人受命從天之命即是此處所謂的正命；而材命之爭，則是隨命與遭命之間的衝突。隨命其實非命，《列子》〈力命〉篇稱它爲「力」，與孔子稱它爲「材」爲同一意義。若強欲以材論命，其本身即是種觀念的越位運用。因爲，在本質上「命」是種靡所不在的形上存有，唯有德智者能知之，而它卻不爲德智所函，所以孔子雖五十而知天命，卻終究只能知其不可爲而爲之。「爲」是自我不容已的追尋與努力，是謀事在人；「不可爲」卻是天命之限定與不可踰，是成事在天。兩者之間自應有不宜殽混的疆域，固執並堅信「爲善天報之以福，爲惡天報之以禍」的人們也常在悲憫與無奈中體察到天命存在的眞實。《史記》〈伯夷列傳〉：

> 或曰天道無親，常與善人。若伯夷叔齊可謂善人者非耶？積仁絜行如此而餓死！且七十子之徒，仲尼獨薦顏淵爲好學，然回也屢空，糟糠不厭而卒蚤夭。天之報施善人其何如哉？盜跖日殺不辜、肝人之肉，暴戾恣睢、聚黨數千人橫行天下，竟以壽終，是尊何德哉？……或擇地而蹈之，時然後出言、行不由徑，非公正不發憤而遇禍災者不可勝數也，余甚惑焉！所謂天道，是耶非耶？

魏晉人論命多從此處脫胎，舉例也相彷彿。只因爲那是不可解的疑團，也是一切悲涼憾恨的根源。這種爲有德而遭禍的君子而弔傷，即是孔子「君子博學深謀不遇時者多矣」的嗟嘆。而其舉出的疑惑，也唯有透過「命」的體證才能了悉。所以司馬貞的《史記索隱》將太史公這段深沈的懷疑解釋爲：「窮通數會，不由行事。所以行善未之福，行惡未之禍。」表面上看來若不相符，但卻是眞能知太史公之意者。因爲在史遷爲天道無良而致疑的同時，他也肯認了命的存在，是以他又爲我們的英雄塑造出一個天命意志下悲壯的形象：

> 項王乃西從蕭晨擊漢軍，東至彭城，日中大破漢軍……殺漢卒十餘萬人。漢卒皆南走山，楚又追擊至靈壁東、睢水之上。漢軍卻爲楚所擠，多殺漢卒十餘萬人，皆入睢水；睢水爲之不流。圍漢王三匝。於是大風從西北而起，折木發屋，揚砂石，窈冥晝晦，逢迎楚軍。楚軍大亂壞散；而漢王乃得與數十騎遁去。……項王謂其騎曰：「天亡我也，非戰之罪也！」（項羽本紀）

《史記》〈高祖本紀〉曾說：「吾以布衣持三尺劍取天下，此非天命乎？」是的，天命命劉邦爲帝，項羽雖人傑亦無可奈何。《三國演義》第一〇三回火燒上方谷，天降大雨以救司馬懿一段，與此波瀾莫二❼，諸葛亮所嘆：「謀事在人，成事在天，不可張也！」和項王在烏江邊的嘆息，同樣表達了天命的森嚴冷酷與人力之所無奈何。也唯有在天道善善惡惡和定命無渝的夾纏牽扯中，我們才能省視到人性的可貴。中國哲人偏好就這一點來集中他們的思維；小說家們也酷喜以此表達他們對此宇宙的同情與認知，從孔子知命、墨子非命、孟子立命、莊子安命、荀子制命、禮記本命、漢人受命以至魏晉人論運命和小說表現此運命，雖輻輳不一，義有千端，但其基本型態則仍不出兩大系統的穿錯交午：

甲、

△天祚明德，有所底止。成王定鼎於郟鄏，卜世三十，卜年七百，天所命也。周德雖衰，天命未改，鼎之輕重，未可問也。（《左傳》宣三年）

△晉侯賞從亡者，介之推不言祿，祿亦弗及。推曰：「獻公之子九人，唯君在矣。惠懷

---

❼《演義》一〇三回：「只聽得喊聲大震，山上一齊丟下火把來，燒斷谷口，魏兵逃奔無路，山上火箭射下，地雷一齊突出，草房內乾柴都著，刮刮雜雜，火勢冲天。司馬懿驚得手足無措，乃下馬抱二子大哭曰：「我父子三人皆死於此處矣』。正哭之間，忽然狂風大作，黑氣漫空，一聲霹靂響處，驟雨傾盆，滿谷之火，盡皆澆滅。……」

無親，內外棄之。天未絕晉，必將有主。主晉祀者，非君而誰？天實置之，而二三者以爲己力，不亦誣乎？」（《左傳僖廿四年》）

△范文子曰：「國之存亡，天命也。」（《晉語六》）

△天之所惡，孰知其故？（《老子》七十三章）

△子夏曰：死生有命，富貴在天。（《論語·顏淵》）

△死生，命也；其有旦夜之常，天也。（《莊子·大宗師》）

△禍福之所自來，眾人以爲命，安知其所？（《呂氏春秋·應同》）

……

乙：

△善之代不善，天命也。（《左傳襄廿九年》）

△天道無親，唯德是授。（《晉語六》）

△天道無親，常與善人。（《老子七十九章》）

△惟命不于常，道善則得之，不善則失之矣。（《中庸》）

△禮無不答，施無不報，天之數也。（《春秋繁露·楚莊王》）

……

古之所謂天道，有此二系，至孔子始分別以「命」「才」區分之，後代沿用靡絕。所謂善則得命，惡則失命，是「積善之家必有餘慶」（坤文言）式的因果推衍，在後世的小說裏和佛教緣業說輪迴說合流，爲人世之道提供一種保證，當這種因果的保證和天命不佑善人的情況衝突時，即以三世因緣果報輪迴彌縫之。所以前世的因果，並不可解釋爲今生之定命，因爲在歷史的鎔鑄過程中，它已成爲一種詮釋天命這種非理性的另一類樣式。當小說家在強調善惡報應時，其實正是在爲其不可理解的天命世界鋪路，所以《水滸傳》一面說「禍福無門，惟人自召」（廿回），但又一面謹守著天命的矩矱：「遭逢坎坷皆天數，際會風雲豈偶然？」（卅一回）。在基本上，以爲天道常與善人者，都認爲命是純德不已的，是至善至美之本體❽，人唯有修德與此純穆之天命相感通。但在小說裏卻不是這麼回事，他們固然也認爲天威靈赫赫，不可狎侮，但所考慮到的卻只是人世之業報，對天德純穆至善的一面絕少發揮。因爲其天命的主要基調早已不是這一系統的思想了，他們所承繼並予發揚的是「天之所惡，孰知其故」這一系列的觀念❾。這種命，是定命，

---

❽ 《易彖辭》：「動而健，剛中而應，大亨以正，天之命也。」《中庸》：『詩云：『維天之命，於穆不已』蓋曰：天之所以爲天也。『於乎丕顯，文王之德之純。』蓋曰：文王之所以爲文也，純亦不已。」熊十力《讀經示要》卷二：「天命者，本體之目，本體具萬善，至美者也。」等等，可代表這方面的看法。天命爲本體沒有問題，但是否必爲純德至美？如若是，孔子何以有道之不行爲命之說？可見天命的內容不可就此一偏來看。《中庸》所謂：「惟命不于常，道善則得之」云云，也是勸誡的意味重於實質的內容。

❾ 諸子論命已傾於定命一系，漢人和魏晉人考論運命也以此說爲主。《朱子語類．性理一》：「問：前日嘗說鄙夫富貴事，今云富貴貧賤是前定，如何？曰：恁地時節氣亦自別。後世氣運漸乖，如古封建，畢竟是好人在上，

是非道德理性之命，所謂「昊天有成命，二后受之」（《周頌》〈清廟〉）。無法逃脫的既定之命，原非道德與否所能改易，當天有所惡（這惡不來自人行爲或意志上的過錯），不再眷顧時，一切庇佑即隨之而逝，代之而起的只是無邊的災難。《封神演義》裏那位坐享太平，萬民樂業，國泰民安，卻無端因「天意已定，氣數使然」而失去了天眷的殷商紂王可爲典型之代表。《國語》〈周語〉敬王十年：

今萇劉欲支天之所壞，不亦難乎？自幽王而天奪之明，使迷亂棄德而即諂淫，以亡其百姓。其壞之久矣，而又將補之，殆不可矣。水火之所犯，猶不可救，而況天乎？

短短六十二字，可作爲封神一書的總綱。在天輔善人的系統裏，強調人有德然後天降王命，若王不敬厥德則天帝必降喪亂予以警告。但在此處卻不然，幽王紂王本身並未喪德，而是天命「該」終。所以上天汨亂迷惑他，使他淫亂以喪亡其天下。北歐神話「費爾森嘉·薩嘉」（Volsunga

---

到春秋乃生許多逆賊。今儒者多嘆息封建不行，然行著亦可慮。且如天子必是天生聖哲爲之（案：此種思想小說中表現甚多，所謂眞命天子，《海公大紅袍》中張居正抱萬歷登基一段可爲其典型），後世如秦始皇在上，乃大無之人，如漢高祖乃崛起田野，此豈不是氣運顚倒？問：此是天命否？曰：是！」也是沿順著此一系統而來。清儒戴東原、焦循等人以限於所分及不可轉移趨避者爲命，依然是此傳統。所以我稱它們爲中國天命思想的主要內容，不祗是小說中如此表現而已。

Saga）所載西格蒙王的故事與此相同。當命運註定他擁有主神峨丁的神劍時，峨丁將劍賜給了他；但當他不再為命運所眷顧時，峨丁卻親手毀去了他那柄無敵的寶刃，使他悲慘地喪身敵人矛下。天命何以如此，無法揣知，它正如老子所說：冥窈難測，孰如其故？天道之善善惡惡的因果推衍，其實也仍是奠基於此不可知的天命之上：「吾聞之：天道無親，唯德是授。吾庸知天之不授晉且以勸楚乎？」（《晉語六》）正因天道難猜，時而眷甲棄乙，時復眷丙捨甲，故人人期冀天命站在自己這一邊，修德即是為爭取天命的一種方法。小說裏因果業報恆是天命宿定之下的一個依屬系統，其原因正在於此。天命既定，則是千迴百轉，皆不出其必然的歸局；常與善人，卻是價值上主觀的渴慕或追認，作為自我行動的基礎。常而非必，賢者可以有福但非必能有福，君子可以居位卻又未必定能居住，小說在一些小因緣牽綰中，頻繁地使用著福善懲惡的規律，但在大筋大節處卻仍一貫嚴守著天命的定限，所謂：「上天垂象皆如此，徒令英雄嘆不平」（《封神演義》第一回）！這即是烏江渡口、上方谷側以及玉虛崑崙之間盈漫天地的一聲悲嘆，是天命意志下才力德智的侷限，英雄扼腕、壯士泣血。天在此處，絕不只是人內在道德所投射而出的虛位，也不是至高無外的人格神。它與西方之所謂上帝、宙斯等等並不相同，它只是一種法則，一種「先天而天弗違，天且弗違，而況於人乎？而況於鬼神乎？」的秩序，一般稱之為自然，即自然至此，非別有一主宰者之意：

△王充《論衡．偶會》篇：「命，吉凶之主也，自然之道，適偶之數，非有他氣旁物厭勝感動使之然也。」

△《列子・力命》篇：「命曰：既謂之命，奈何有制之者耶，朕直而推之，曲而任之，自壽自夭，自窮自達，自貴自賤，自富自貧，朕豈能識之哉？……召忽非能死，不得不死；鮑叔非能舉，不得不舉；小白非能用讎，不得不用。……故曰窈然無際，天道自會；漠然無分，天道自運。天地不能犯、聖智不能干、鬼魅不能欺。」

△劉峻〈辯命論〉：「命也者，自天之命也。定於冥兆，終然且變，神鬼莫能預，聖哲不能謀。……咸得之自然，不假道於才智。故曰死生有命，富貴在天。其斯之謂矣！」

命，非鬼神所能違，是以在小說裏神祇縱使貴爲玉帝釋迦也仍在命的籠罩圈有之中。例如《精忠演義說本岳王全傳》第一回說宋徽宗觸怒了玉帝，玉帝遂命赤鬚龍下界，降生爲金兀朮，擾亂宋世江山：「我佛如來恐赤鬚龍無人降伏，故遣大鵬下界，保全宋世江山，以滿一十八帝王數」。在這一連串的三世因果與三界因果推移中，仍舊歸入天命限定的框架裏：並非佛祖有好生之德，天數既定宋世十八代（猶如周之卜世三十），雖佛祖亦不能違拗。於是這些因因果果的循環報施，都只在成就一個天命的大主題。這個天數天命天意之「天」，在任何經籍或小說裏均不曾具象顯出，站到幕前來說話。它彷佛只是個冷眉低目的無上尊者，靜觀掌中無限生靈神鬼奔迎來去。縱爲神鬼，有時也無法測知其幽窈深密之究竟。《鏡花緣》第六回：

麻姑不覺嘆道：「這總怪我們道行淺薄，只能曉得已往，不得深知未來。當日所定罰約，那知數百年後卻有此事？……當日仙姑同嫦娥角口時，小仙曾見王母不住點頭，似有嗟嘆之意，彼時甚覺不解。及至今日才曉得王母當日嗟嘆，已料定有此一事。若論過去未來，我們雖亦略知一二，至數百年後之事，我們道行淺薄，何能深知？」玄女道：「此事固有定數⑩？」

若是命中宿定有此一劫，雖在神鬼，亦不能逃⑪。這種天數天命天意，何以如此是絕不可知的，但其將會如何却仍可以經由許多途徑察測而知，在仙恃道行，在人憑德智，在小說中則除了這兩項之外，更加上了術數家各種星象占驗等等。麻姑等仙靈尚有不能盡知其氣數之將至，可見知天甚難（孔子至五十始能知天命）。但無論知與不知，俱不能逃踰天命的限定與牢束，所以才總是無可

---

⑩ 所謂「天數」「定數」之數，乃是種天道天命的表現。大約戰國中期前後，先民對於數，尤其是數中的乘法，發生一種神祕的感覺；加上周易流行，更增添了數的神祕性，認爲數是天道運行的一種表現。漢儒董仲舒所謂「天數」及宋人邵雍以數解釋宇宙萬物，且以數推測世界的過去與未來等均是顯例。小說中更以天數定數爲天命的同義辭。

⑪ 天數天運中之災厄在小說裏一般稱之爲劫數或劫運。所謂運，是指氣運；劫，則小說裏所謂劫與佛家壞劫之說不同。佛家所謂劫是梵語劫簸的譯名，意謂大時、長時，《智度論》：「時中最小者，爲六十念中之一念，大時名劫。」劫有兩種，一指世界之成住壞空（《祖庭事苑》：「日月歲數謂之時，成住壞空謂之劫」）；一指計算晝夜日月之數量（《法華論》：「示現五種劫：一者夜，二者晝，三者月，四者時，五者年」）。至於「劫災」之說，則主要指壞劫之末，有水火風三災。小說中無用此類觀念者。中國小說從氣數言劫數，其所謂劫，觀念來自「劫煞」。劫煞，叢辰名，歲之陰氣，主有殺害，寅午戌歲在亥，亥卯未歲在巳，巳酉丑歲在寅，見《協紀辨方書》。劫煞周轉，正和五德運轉、氣數流轉相同，故小說中三者已融滙成一個整體的觀念。

奈何。君子因此而畏天命；小人不知天命，自然也就無忌憚了。

三

這種超理性或非理性之「命」，本質上是人存在的限定，落茵飄溷，人各不同，雖若冥冥中有一主宰之者，其實俱是自然之致，《孟子．萬章上》：「莫之爲而爲者，天也；莫之致而至者，命也」。人在主觀意志上誠然可以有若干衝抉網羅的豪情，但命這種客觀存在的限定卻無法否定，此非道德或理性所能解決，故也不能以道德或理性予以駁難，「古來才命兩相妨」，道德與理性的努力和天命之間往往存在著永恆的衝突，彼此均不讓步；人對天命的認識與信服，往往也並不經由理智的辯證過程。《易經》裏有元亨利貞四德之卦未必爲吉，無德之卦未必致凶，更表示了道德（Morality）或「道德之善」（Bounm morale）與吉凶並無必然的因果關係。郭象作〈致命由己論〉，以爲吉凶在人；徐復觀先生也認爲站在學術的立場上應主張命仍是理性的，否則人生即飄泊無根⑫。然而，失去了理性的根，人還有超理性或非理性的根，所謂站在學術立場上應採取理性與道德的觀點云云，不就是反面地承認了命之非理性道德存有嗎？劉孝標〈辯命論〉說：「或立教以進庸殆，或言命以窮性靈；積善慶餘，立教也；鳳鳥不至，言命也」，言命，在理論層次上是較高的，郭徐等人立教之心可佩，但此天命卻終不是道德與理性所能知測

⑫ 《兩漢思想史》卷二、頁二二七。

並予以否定的⓭。它存在的意義也不像一般譏評者所說，是將人悶死在命運的布袋裏。

提出天命的意義，在於使我們能毫無畏縮地面對此肉身所有先天後天的侷限⓮。塵世本是一場不能快速通過的磨難，對個體生命有限性的沈思，雖會引發我們極度痛苦的意識，但也唯有通過這種體認，人才能擺脫這些限制，達到精神或靈魂之不朽。徹知天意，所帶來的創痛，往往比那些撕裂扭曲我們生理上的苦難更深沈、更內在。孔子晚歲連續幾聲「命矣夫」的嗟嘆，和諸葛亮以七星燈祈禳北斗以求延壽不成而棄劍嘆曰：「死生有命，不可得而禳也！」同樣令人悚心戛魄。那是種浸潤在永恆苦痛處的苦難，是生命悲劇感的根源，它嘗試在永恆的最深處尋求安身立命的止息，而從其中閃躍出生命的慰解。它是小說中感人最深的動力，牽扯著人心永無歇憩

⓭《列子．力命篇》：「汝之言厚薄，不過言才德之差。吾之言厚薄，異於是矣。北宮子厚於德薄於命；汝厚於命薄於德。汝之達，非智得也，北宮子之窮，非愚失也，皆天也，非人也。」是以說明天命與才德智力無甚關係。又劉峻〈辯命論〉：「咸得之於自然，不假道於才智。」「君子居正體道，樂天知命，明其無可奈何，識其不由智力。」及張湛《列子注》：「明萬物皆有命，則智力無施。」「世皆冥中自相驅使，非人理所制。」「厚薄之去來，弗由我也，皆天理也。」「死生之理，既不可測，則死不由物，生不在我，豈智之所知？」「夫死生之分，脩短之期，咸定於無爲天理之所制矣」……將命和理性才德區分爲天理與人理，甚精采。

⓮《鄧析子．無厚篇》：「死生有命，貧富有時。怨夭折者，不知命也；怨貧賤者，不知時也。故臨難不懼，知天命也；貧窮無懾，達時序也。」馮友蘭《新原人》第九章：「人盡其才與力之所能，以盡倫盡職，事天贊化，既不特意營爲以求福，亦不特意不小心以致禍。既已盡其在己者，則不期然而然底遭遇，莫之至者，他都從天的觀點，以見其是無所謂順逆。此所謂順受其正。」

的怵惕與敬畏。本來一個敬畏天命者，即使在我們所謂最幸福時，也仍然常常感到痛苦觸摸著他，「畏天命」本是君子三畏之一：

△維此文王，小心翼翼，昭事上帝，聿懷多福。（《詩·大雅·大明》）

△先王有服，恪謹天命，茲猶不常寧。（《書·盤庚上》）

小心翼翼和《易·乾九三》所說：「君子乾乾夕惕若厲無咎」的憂患之思相同。那些把自己委頓於膚表的幸福、暫時的愉悅的快樂人，歷盡一生也終不能眞正地認識苦難和喜悅呀！這種恪謹天命的思想表現在小說裏即是順天、不逆天，例如《封神演義》第六十六回：「老臣不過應天順人，斷不敢逆天而誤主公也！」「殷郊違逆天命，大數如此，怎能脫逃？」《水滸傳》第五十二回：「羅眞人笑道：『貧道已知這人是上界天殺星之數，爲是下土眾生作業太重，故罰他下來殺戮。吾亦安肯逆天，壞了此人？』」……倘或果眞是眾生作業太重與天殺星何干？何以卻罰天殺星？可見這種對災難的解釋，其本身即爲一種謀求脫釋的慰解，以撫平苦難災禍中流離困躓的心靈創痕，《三國演義》說得好：「豈不聞『順天者逸，逆天者勞』；『數之所在，理不得而奪之；命之所在，人不得而張之』乎。」（第三十七回）治亂生殺一切正反相因而成者，皆爲天命所降，人在無所逃避地面對天命之机隍時，卻也能因此而消解理數、才命間嚴重的撕扯，而得到精神上的平靜。

當然，人在現實世界之牾逆中，徹悟到天命之莊嚴肅穆和它非道德才智所能制能慮時，敬畏天命只是在此情境中油然自生的一種基本心態。就小說而言，天命不單只是一組冰冷的教條或信念，而是通過人世歌哭愉泣諸形象架設而展布的生命的思想。這種思想，如神龍見首不見尾似地支配全局，在每一段內、每一節奏和意象中，都可隱約或具體地看到它的活動。人敬畏此不可揣度的天命，也同時表現了他對此人世不能拋捨的熱情和愛戀。由「敬畏天命」出發，中國小說傳達了諸般不同樣態的人生態度，而這許多不同的態度與作用，我們都把它看成是「天命」這個觀念對人世和小說的具體意義。

「天命」在中國思想及小說的表現上均有極根源的地位，是一切愛恨生死出發之始基。小說裏談到人物對天命的處理態度時，也即是說明了他們對生命的處理方式。在此，我嘗試在古典小說裏籀繹出三種基本型態的大系統：一是力與命永無休止的爭衡，而人即在此絕對敗亡的淒涼慘暗中迸現他強烈的生命力和偉大的情操。一種是在人與命、數與智、才與時之間求得一諧和的安頓地位，一切悲涼憤懣在天命的澄化下歸於恬淡。另一種則是利用我們對天命的沈思而消極地化解人世物象的追逐；名利榮辱的羈絆與牽制，在此都歸虛幻，所謂「萬事不由人作主，百般原來俱是空」即是此意。對人世有些詭譎的嘲弄和冷凝的觀照。

以上三類彼此間並無明顯的封域，有時在同一部書中也彼此參合交錯地出現著，但總以其中一類爲其基調或主導，變而不離其宗。又因爲它們都從敬畏天命這個基點上出發，是以無論恬淡或悲愴，對天命均無所疑，其抗衡命運之撥弄時，也非對「天命」本身的懷疑或反抗，而是爲了人世某種理想或人倫的牽繫，這是中國小說的一項特色，其與西方神話中悲劇英雄造型不同處也即在此。以下逐項作一簡略說明：

(一)頌曰：「一身難與命爭衡，萬事不由人做主！」

中國小說的想像力主要表現在它的神話性傳統上，習見的結構是：開頭一個神話或寓言發端，結尾再以同樣的神話或寓言聯繫煞尾，《水滸》、《紅樓》、《鏡花》、《儒林》等等，莫不皆然。這場神話式傳說的起訖，其主要目的均在說明書中主人翁存在的根源，並指出其降生人世的主要目的。通常這些人物都具有半人神的雙重格位，一點靈通之性，還可以直接和天命遙相感契，所以他們能知天。即或其本人瞳矇來往於天命預設的架構中而不自知，也必能恪遵未生以前既定的使命。他們大多是天上的星座降生或天神遭謫。例如包公是奎星下降，薛仁貴、薛丁山、羅焜是白虎星下降，《儒林外史》和《三國演義》、《水滸傳》等也各有星君降生的說法：

△王冕手持酒杯指著天上的星，向秦老道：「你看貫索犯文昌，一代文人有厄！」話猶未了，忽然起一陣怪風，刮得樹木都颼颼地響。水面的禽鳥，格格驚起了許多。王冕同秦老嚇得將衣袖蒙了臉。少頃，風聲略定，睜眼看時，只見天上紛紛有百十個小星都墜向東南角上去了。王冕道：「天可憐見，降下這一夥星君去維持文運，我們是不及見了！」

（《儒林外史》第一回）

△（劉）玄德曰：「何穎川之多賢乎？」（司馬）徽曰：「昔有殷馗善觀天文，嘗謂『群

星聚於穎分，其地必多賢士』。」（《三國演義》第三十七回）

△智眞長老對眾僧說道：「此人（指魯智深）上應天星，心地剛直。雖然時下兇頑，命中駁雜，久後卻得清淨。證果非凡，汝等皆不及他。」（《水滸傳》第三回）

不但武將應星、文士也屬星君，小說中所謂某人將星如何如何，可測吉凶，其意同此。這些星君本是天命意志下的籌碼，本身並無自主力。與諸葛亮同爲穎川羣星之一的司馬徽、崔州平等也都謹遵天命在魏之意而行，不能有所違拗，一則仰天大笑說：「臥龍雖得其主，不得其時，惜哉！」一則說：「將軍欲使孔明斡旋天地，補綴乾坤，恐不易爲，徒費心力耳！」即使諸葛亮本人也未嘗不知「生死有常，難逃定數」（《演義》一〇四回），但爲了報答劉備知遇之恩與託孤之重，終至知天而逆天、知命而卻不肯認命、知其不可爲而冒死爲之：「吾本欲竭忠盡力，恢復中原、重興漢室，奈天意如此，吾旦夕將死！」在這份怛惻沈重的嗟嘆裏，他那獨特的靈魂放散出一種動人的強烈光彩，含藏著深沈奇特的悲劇意境與莊嚴的生命情調，驅迫著我們作沈痛的敬意與深邃的追思。諸葛亮本身與其他星君相同，都能與天意相感通；他夜觀乾象，人世一舉一動，他都能從上天的預示中得到消息，所以看來幾乎已是半個神靈，然而恢復中原一事卻終不免「逆天而勞」。這是倫理的悲劇，無可奈何的人世，恆有此無可奈何的存在。其所以感人至深處正在於與命爭衡者所抱負理想所散射出的光與熱。它強烈地表現了道德使命感被命運天數壓倒的悲劇衝突，但人也即在這個矛盾中跳出，而翻離命定的牢鎖。這種翻轉並不同於周瑜那一聲淒美而哀厲的呼吶：「既生瑜，何生亮！」前者自有其道德理想的拔昇，而後者卻不免仍是詩人式才情遭厄後的怨嘆。他清醒而堅定地曉得他爲什麼奮鬥，在命之前他也認輸，但其所一貫秉執的理想依然還在，當我們披視他臨終所發的感嘆：「再不能臨陣討賊矣！悠悠蒼天，曷其有極！」時，除了驚怖於天命之偉大不可侮之外，更爲自我生命中還含有若干雜質而自覺慚穢。它的精神，恰可借《紅樓夢》所說：「雖然事有前定，無可奈何；但孽子孤臣，義夫節婦，這『不得已』三字，也不是一概推諉得的」來詮釋。在早期《三國志平話》中，將整個故事架構推入一個因緣果報的系統裏，認爲曹操、劉備、孫權是韓信、彭越和英布轉世報仇，書生司馬仲相因爲入陰間斷獄，糊里糊塗地也成爲司馬仲達。不但缺乏說服力且無如此感人的力量。從這個轉變，我們不特可欣賞到作者匠心所在，並足以說明天命觀念在我國小說中運用的價值。

㈡頌曰：「謀事在人，成事在天。安於命者，無往而非逍遙矣。」

天命觀念可解釋爲中國小說的形上學，它提示故事來源及衍變的脈絡，操縱著情節的發展，以及整體結構之預設；而其本身所欲表達的主題，往往也是天命。這種起訖一合的型態使得中國小說習於運用這一類人命天命相調合安頓的方式來處理一段故事。所謂知命而安於命，其本身應有兩種層次或樣態，一是哲人式由自我修持鍛鍊，窺透天命非人力所可增減改易，故能不擇地不擇事而安之，達到君子無入而不自得的境界。《莊子．德充符》引仲尼曰：「死生、存亡、窮達、貧富、賢與不肖、毀譽、饑渴、寒暑，是事之變，命之行也。……故不足以滑和，不可入於靈府。」既知天之所爲，知人之所爲，則在任何場合，死生呼吸無可奈何之際，都能以孝子對父母之心，承擔其在天地間之所遇⑮。《莊子．大宗師》裏子桑餓病垂死，鼓琴作歌，若歌若哭：「天無私覆，地無私載，天地豈私貧我哉，求其爲之者而不得也。然而至此極者，命也夫？」極感慨蒼涼之至。不怨天而又安於一切境遇，小說中表達此類思想甚多，但泰半以一種教訓式口脗出之，或作爲災難中人一種情感上的慰藉，例如《鏡花緣》第六回：

百花仙子道：「據仙姑所言，此事因由不能愼言而起，難道小仙此厄竟非天命造定麼？」玄女道：「仙姑豈不聞小不忍則亂大謀？又諺云：盡人事以聽天命。今仙姑既不能忍，又人事未盡，以致如此，何能言得天命？所謂人事已盡，方能委之於命，如下界俗語言天下無場外舉子。蓋未進場，如何言中？就如人事未盡，如何言得天命？……」

玄女是認定此事固有定數的，但在此處所說正是謀事在人成事在天之意，人事既盡之後，則安聽天命而已，莊子所謂：「達命之情者，不務知之所無奈何」（達生）「然而至此極者，命也夫」（大宗師）小說在做這種表達時因其須藉形象及故事來說明，故勸誡的意味特重。謀事在人成事在天這類表抒，在第一類型態裏本是淒厲的哀嘆；到此時卻因事先肯定了這一層，以求得人與天

⑮ 詳唐君毅先生《中國哲學原論》導論篇，第十六章：原命上。七、莊子之安命論。

之間協調之道，是以其氣氛卻顯得平和而溫靜。哲人藉此將人世一切逆境排開，自安於無可奈何之境；小說家也因此而達到勸諫的目的。這個目的也有兩類，一是勸人勿只聽委於命而不自我努力，一是勸人勿把現實世的挫傷看得太重⑯，得喪毀譽壹付之於命之所當然，自能平視人間一切苦難，而起拔自已的靈魂。

第二類知命安命的樣態則是徹底承認天命之超越能力，明顯地走入天命預設的架構中，去展示天意，成爲天命的執行者，作爲天命在人間的具體表現。例如《水滸傳》裏那一百零八位魔君，在降生數百年前既已註定「遇洪而開」；降生之後，雖散佈四方，各有不同的事業和際遇，卻因冥冥中一種不可洞悉的力量，而鞭策著他們攜手踏上通往梁山的道衢。他們原來所隸屬

⑯ 李蕭遠〈運命論〉：「治亂運世，窮達命也、貴賤時也。而後之君子，區區於一主，歎息於一朝，屈原以之沈湘，賈誼以之發憤，不亦過乎？然則聖人之所以爲聖者，蓋在乎樂天知命矣。」即是此類思想之正面表現。所謂勿區區於一主，是小說裏很突出的重要觀念，其基本理論來自《尚書》「天命靡常」之說和「治亂時也」這類五德更運說，人以氣數定吉凶，王朝也以氣數決興衰，所以《水滸後傳》說：「天下者，天下之天下，非一人之天下」（卅四回）「英雄自古無憑準，脫卻蓑衣換兗衣」（卅五回）。又、《封神演義》第九十八回：「須知世運無眞主」，《三國演義》第五回：「漢朝天數當桓靈，炎炎紅日將西傾」，第十四回：「天命有去就，五行不常勝。代火者土也，代漢而有天下者，當在魏」……。帝王及朝代的氣數運命直接受之於天，我們尊敬帝王只因爲他們奉天時而得位，是天子；並不是爲尊崇帝王個人而致敬。帝王也必須有此覺悟，其所以得位，並不因其個人之才能超過對方故能奪其政權，而是天畀之，董仲舒《春秋繁露·楚莊王第一》：「受命於天，易姓更王，非繼前王而王也」，《白虎通義》：「王者受命必改朔何？易姓示不相襲也，明受之於天，不受之於人」均是此義。世運無眞主，英雄趁時起，陳忱《水滸後傳》那一類思想的產生並非偶然的。

的羣體，無疑代表了廣衮的社會層面，這一百零八人只是選樣代表說明天命之不可違逆而已，書中那些透洩天機的詩句說：

△天上罡星來聚會，人間地煞得相逢（十二回）。

△義到盡頭原是命，反躬逃難必無憂（六十回）。

△天罡盡數投山寨，地煞空群聚水涯（六十七回）。

這些驅策，歸結到一個「天地之意，理數所定，誰敢違拗？」的主題。正是有分教：「三十六天罡符定數，七十二地煞合玄機」（六九回）。上應天數，提供了他們行爲的有效性，他們雖於人世也有生死愛嗔，但最後卻能返回清淨之身，因爲他們是天命的執行者，其本身即代表一種權威，一切人世的善惡標準對他們來說是無效的，宋江勾結匪人，殺死閻婆惜，不害其爲及時雨；爲了賺朱仝入寨，不惜劈死小孩兒，也仍是替天行道的英雄。自來論者只說《水滸》是官逼民反、是革命，其實都是皮相見。天命，才是他們一切行爲的根源與依據。這類小說爲數最多，而全書首尾啣貫不失，則以《水滸》《封神》二書爲最。其人物模式也極相同。在整體結構上，它們大多謹遵分久必合，合久必分的氣運周期，開頭總是個將分將亂的徵兆，於是情節才得以推展；在進行中，如珠走盤，歸於天命預定的終場，人人各得其應得的地位與身份。

《水滸》《封神》這類講述著一個廣大空間故事的小說，因爲添加了以天命爲主的內在精神基礎，使得它們不再是個迢遞逝去年代呆滯的紀錄，而是種鮮活的回春與重生。它使人們借著書中英雄的形像而認知杳渺不可測度的天命，並藉著對天命的擁抱而爲天命所籠罩。其生也天、其死也命，「凡人一飲一啄，莫非前定」（《水滸後傳》三十四回）人即在這種體認中，尋得了精神上的解脫⓱。

㈢頌曰：「許多功業成何用？俱是南柯夢一場。」

人世兩面，有進取者，亦有有所不爲者。對人間事業與秩序之建立和維護，也本有正反兩面的處理方式；當與命爭衡者正竭力爲他秉持的道德理想而努力搏抗時，也另有一輩堯舜事業如浮雲過眼的看法同時產生。那不是逃避，而是種冷徹的觀照，《三國演義》的西江月題詞：

滾滾長江東逝水，浪花淘盡英雄，是非成敗轉頭空，青山依舊在，幾度夕陽紅！

⓱ 小說裏單獨論前定時（不是整個人間世相全幅架開地呈現如《水滸》《封神》之類），大多就禍福前定、姻緣前定與爵位貴賤之前定而論，這三者實仍是一貫，但小說中有著意烘寫某一類者，例如唐李復言《續玄怪錄》裏定婚店一則專說姻緣前定，李衛公靖一則專說爵祿富貴爲天定；《儒林外史》第十八回也說：「有分教：婚姻就處，知爲夙世之因」；至於三者合併表現者，則如《粉粧樓》第七十一回：「揭開天書一看，上寫道：『沈謙惡貫已滿，氣數該絕。將爾同白虎星羅焜建立功業。爾二人本有姻緣之分，可連駕入城，面聖呈奏，誅賊平寇。』」

就像是月光下岑寂的舞臺，在所有的動作都停止以後，它自有一種嚴肅的悲涼與曠達⑱。它對「命」的體悟如此深沈，而又有著曠觀古今的氣概，在無可奈何中表現出充滿感傷情調的達觀：「白髮漁翁江渚上，慣看秋月春風；一壺濁酒喜相逢。古今多少事，都付笑談中！」人間的得失榮辱與是非恩怨，在這種徹悟之下，都可付諸笑談。這是以天命的觀點來照覽大地，天地不仁，以萬物爲芻狗。我在上文曾說「天」彷彿只是個冷眉低目靜觀掌中無限生靈奔迎來去的無上尊者，歌德也說：「人類一切吶喊，一切掙扎，在眾神眼中，都只是一片永恆的寧靜」。以天下視營營眾生，本無所謂休咎毀譽，它只是自然而運，非人之才德力智所能改易更制，是以也無視於人之才德力智在歷史長流裏到底發生了些什麼作用。小說家以此掃除了人世恩怨得失的羈絆，也消弭了寃業和懣憤。《羅通掃北》裏的詩：「人生何苦結寃仇？寃家相報幾時休？若然不解還要結，世世生生無盡休！」輪迴與業報，原是伴隨著福善禍惡這種觀念而衍生的一種人世之解釋。以天命的觀點看來，這是沒有必要的爭鬨，其將使之生者天，其將使之亡者亦天，人間的報施與道德評判，何足道哉？《說岳全傳》裏岳飛死後，牛皐等人欲殺進臨安，捉殺秦檜，替岳飛報仇。但岳飛的英靈出現了，強阻他們渡過長江：

只見岳爺怒容滿面，將袍袖一拂，登時白浪滔天，連翻三四隻船。餘船不能前進。余化龍大叫道：「大哥不許小弟們報仇，何顏立於人世？」大吼一聲，拔出寶劍自刎而亡。

⑱ 另詳羅龍治先生〈三國演義的文學特質及其悲劇藝術〉一文，收入《露泣蒼茫》一書，時報出版公司。

何元慶也大叫一聲：「余兄既去，小弟也來了！」舉起銀鎚，向自己頭上朴的一響，將頭顱打碎，歸天去了……。

這是天命與人間緣業恩仇最嚴重的撕扯，須用人命與鮮血來塗飾它，看來驚心動魄。作者意在說明人間的恩仇得喪竝屬虛幻，一切都是天意，勿須再予計較，爲了打破人間之「執」，不得不用這樣暴烈的手段與形象來說明。一如禪宗之破執而棒打刀殺，若不能透過棒打刀殺的手法而了悟其所欲表達的天命，即不免爲癡漢了。由此看來，這種天命思想在碰觸到人間道德性的問題時，反應應遠較其他幾種處理天命與人世糾葛的態度更激切，充滿著一種似嘲似諷似弔似傷的詭譎情態。因爲它一方面也承認人世的道德與恩仇，而一方面又倚據天命對人世一切得喪是非作一冷凝的觀照。它是無可奈何而安之若命之後，自居天道之無親，而以一份悲憫之情照覽人世。於是人間一切不快與驚詫危疑，俱歸虛空：

△據他們逞一時之勢，而今安在哉？（《水滸傳》卅五回）

△一點丹心成畫餅，怨魂空逐杜鵑啼。（《封神演義》八六回）

△許多功業成何用？幾度勳名亦枉然。留得兩行青史在，後來成敗總由天。（八七回）

△從來劫運皆天定，縱有奇謀亦墮塵。（九十回）

△孟津盡節身先喪，俱是南柯夢一場。（九一回）

△軍士有災皆在劫，元戎遇難更何尤？可惜英雄徒浪死，賢愚無辨喪荒丘。（同上）

△爭名樹葉隨流水，爲國孤忠若浪萍。（九四回）

從來刼運皆天定，縱有奇謀忠節亦不能挽回，所謂「癡心要想成棟梁，天意扶周怎奈何？」（九四回）部是俗諺所說的「時來鐵成金，運去金成鐵。」孔子說：「當堯舜而天下無窮人，非智得也；當桀紂而天下無通人，非智失也。時勢適然！」（《莊子．秋水》引）忠孝節義、奇謀壯勇，在天命之下只擠縮出一個「空」字。當人有了這種覺悟後，自然會從過眼雲烟的生活世相裏體驗出「色即是空」與「人生如夢」等意識。再經過佛教道教的薰染，《枕中記》、《南柯太守傳》、《紅樓夢》這一類作品還會少嗎？它一面運用歷史的智慧和凝肅不可侵凌的天命來貶抑或弔傷人間營營碌碌爭取的名利、功業以及道德理想，一方面又藉此消極地化解人世之阻礙，使人能悠然來去於歷史長流與山川日月之間，不爲得失榮辱縈心。這是一種超化人間的天命觀，通常只由說書人或作書人來宣達的。

四

我若拜讀十篇討論中國小說的文字，通常總有十篇在處理天命與人的關係時，顯得焦燥不屑而且缺乏同情；其主要的評語是一句帶有諷嘲、憐憫與感慨的：「迷信！」誠然，對天命這種難以深刻感知並善予形相表達的主題而言，很少作者能準恰地掌握。它很可能只是小說家詭設的幻影，藉以神道設教；也可能只是用來補足作者寫作技巧之不足，或美化其道德感；它更可能只是小說家的方便引用，對其本身並無深刻的洞見。由於壞作品永遠比佳作多，是以這些情形也當然大量存在於中國的小說裏。然而，我們是否能因此而漠視「天命」在小說裏根源性的地位？無論我們將小說到分為愛情、社會、戰爭以及其他種種類型，就中國小說而言，它們都很可能只是「天命的小說」。因為小說家處理天命的方式，即是他處理人性或生命的方式。哲人思考，而小說家卻借著你我的形象而作一番戲劇性的展示。他們彼此之間微妙錯綜的關係，原非此一短文所能盡。此處所論，僅涉及小說對傳統天命思想在觀念上的運用及其處理樣態，至於小說裏具體結構與人物模式、事件（包括預言、巧合、奇蹟、祥瑞、災異、託夢、占卜等形式）……之運用，則另吾短文揭舉之，不贅述[19]。

（原載第一屆《中韓文學會議論文集》）

---

[19] 原擬在本文之外，另撰一文，說明天命思想在小說形式上的運用。世事倥偬，迄未能就，甚以為憾。

唐傳奇的性情與結構

壹、楔說

人，一旦以人類的身份降生時，原始本然跟自然界合為一體的狀態即已消失；人必須睜開矇翳之眼，細查這個令他茫然的生命歷程和他所託身的芴漠寰宇。在永恒地追求「境的認識」及「情的濬發」中，他勢必經由理智的好奇，拓展理性，去找尋自我和自然新的和諧方式、去追探一套對人生究竟系統的解答，以解開「人生之謎」（Riddle of Life）。然而，相對地，因生存情境與認知發展之程序，各各不同，是以對人生的解釋也遂紛紜多變，形成了種種不同生命情調的表現，決定了人類社會與文化發展的指向。這些雜遝繁複的生命觀點，大概可以簡單化約為下列兩大類方式：一是剋就人生的內部去追求人生的意義，由人自身存在的價值肯定自我、發展自我。二是從「自我」超越出來，或匍伏於另一個精神泉源之前，或朝個人生命與宇宙生命合同的境界邁進。兩大類中自有無窮小類之差異，而這些不同的生命指標，事實上也顯示在實際的生活歷程中。就一個民族的文化心靈感知而言，任何一種人文活動，都必與這一生命指標息息相關、環此樞軸而迴旋相應，形塑出文化之特質。「小說」，是人文活動的具體成品之一，它在鋪陳整個人生存在處境的過程裏，應更容易看出深刻的「人生主題意識」在文內的運作；同時，小說對人性思考的深度和特質，也是我們所極爲關心的。

誠然，文學之價值決不附屬於文學作品以外的評準，但人類各種感知活動卻具體地存納於文學作品之中，故作者意識的活動，往往也成爲「文學的活動」（act of literature）。我們固無須在文學批評中預設人性的價值，可是文學所蘊涵的人類經驗，以及它們在作品藝術結構中所佔有的地位和作用，卻是實質上不容忽視的課題。其中，尤以上述根源性的生命指標爲然。那是作者與作品整個世界觀的中心基點，也是文學批評中可能產生歧異的認知關鍵❶。

以往的小說研究，對此中心基點較無感知，故所得僅在膚膜之間。近年研究此一題者寖多，樂衡軍先生尤具系統。去年冬天，樂先生更以〈唐傳奇中所表現的意志〉一文提交第二屆古典文學會議宣讀，希望藉此掌握小說中所呈現的民族心靈流變歷程❷。

---

❶ 參考鄭樹森所述希里斯·米勒「彰顯其小說繁富多面性裏持續不斷出現的獨特而又相同的世界觀」「通過所有片段的分析，在顯示某些迷惑、問題和態度之外，批評者更希望能窺看到創作心靈的原始統一性」的文學批評徑路（中外文學卷九第五期·現象學與當代美國文評）又、陳世驤提到中國式崇高悲劇情感時，也說：「我希望大家能由這次討論，對較大的文藝批評問題，像悲劇的定義、命運在中國西洋文藝創作裏不同的作用等等，發生興趣，繼續研究」（中國詩之分析鑑賞示例，六二年，志文出版社，陳世驤文存）。

❷ 樂先生另有〈宋話本裏的命運觀〉（臺大新潮卅七期）及〈無言的悲情——讀《臺靜農短篇小說集》中悲運故事〉（中外文學九卷二期）、〈水滸的成長與歷史使命〉（六七年、華岡出版公司、《文學論集》頁四八五）等文，論題與此文啣接。

樂先生的論文僅具大綱，但任何熟悉此一論題的讀者，均能發現它具有一種「典範」的作用，除了階級鬥爭觀點之外，它大抵能涵括歷來唐傳奇主題意識和生命型態的探討。然而，面對此一典範，沉思細勘中，彷彿若有不能已於言者，故不得不賡撰此文，討論一些研治唐傳奇及中國古典小說的方法和觀點，以求教於治小說史和思想史的朋友。

樂先生的看法，大致如此：

不同的時代生活和文化情境，自然會形成各個時代所共有的獨特體驗和生命情調，因此其詮釋人生究竟時，也各有不同的途徑，或以人類自己意志爲根本因由，或歸諸超越的命運。唐代，因受時代所孕育的浪漫精神的影響，當代人對生命充滿了肯定的自我堅信，人生既完全是意志的創造，命運就黯弱得幾乎根本不存在。這種特徵顯然和六朝神怪小說之徬徨命運意志之間、宋元話本明清平話之以命運來詮釋人生遭遇等情形不同，是在文化心靈上建立了一個充份的「意志的世界」。

此所謂意志，包括潛在意志和自覺意志兩類，在唐傳奇中，它可表現爲：

(1)自我的堅持，如謝小娥、虬髯客、霍小玉、離魂記。

(2)生命主體的自由抉擇，如杜子春、馮燕傳。

(3)人生隱願之自我實現，如柳毅傳。

(4)超越死亡及人性熱情之投射，如薛偉、張逢。

這種考察，不僅是企圖透過小說來檢視民族心靈成長變遷的過程，也希望從生命情調和意識型態的析探中，深刻體察小說之藝術價值：它一方面強化小說主題意識與藝術結構的探索，使得文學作品不再只是靜態的文辭樣式（Verbel Patterm）而已；一方面則提供思想史和文學研究雙方以更恢濶鮮活的視域，毋寧是非常可喜的。可是，恰如上文所說，發生在根源性地位上任何一點差異，都必將影響到整個民族心靈與文化情境的認識，一髮牽而周身動。因此我們願意就方法、觀點、例證事實等層面來考勘唐人傳奇所展示的世界，看看在那個令人神馳目眩的世界裏，到底人生的根本因由是意志呢、還是天命？

樂先生認爲是「意志」。理由：時代之浪漫精神使然；結果：使其境界愈爲高奇。這番論述，至少顯示了三項疑難：(1)小說境界是否因浪漫即能充實而高奇？(2)浪漫精神與意志發展是否有必然的關係？(3)唐代之時代精神爲浪漫，是如何釐定來的？

所謂浪漫，其主要特徵乃是想要打破理性的規範，強調想像、情感的探索，以追求一無限創造發展的自我，帶有濃厚理想主義之色彩，是個New Study of Individual Feelings。樂氏文中，未曾對唐傳奇之浪漫性質有所說明，亦未申言時代之浪漫與傳奇之浪漫有何關係，更對以下三事略無解說：(1)傳奇小說的浪漫精神何以能發展出自我意識之自覺，而從六朝神怪之意志茫昧中轉出？(2)浪漫精神之產生，基本上係針對古典精神（一種理性、技法、道德規範相結合的精神）而做的反動，魏晉六朝是否能代表古典精神呢？(3)傳奇之浪漫既爲時代所孕育，則唐代之時代生活和文化情境何以能產生此種生命情調及體驗？——以上這些難題，樂先生並無處理，她只是反覆地說：「時代所孕育的浪漫精神使唐人小說的人生全是意志之創造，而因為人生是意志之創造，所以小說有浪漫精神」，這種論證方式，彷彿在說：他是中國人，所以他很聰明；而他很聰明，所以他是中國人。這不單是個錯誤因果之謬誤（Non Causapro Cause），而且在迴環論證（Petitio Principi）中，我們什麼也未看到。

相反地，我們所看到的，是她純決定論的論述模式。她認為唐傳奇之所以能表現出異乎魏晉元明清的意志世界，是因不同的時代生活和文化情境使然；而宋元話本之所以又異於唐傳奇，則係「宋元話本描寫的是經歷患難的平庶之民」。如此，則人類整個心靈和他對人類生命的觀照，便跌入一個階級與時代的坑窪裏，受其決定與模塑。在這種決定論框架中，她認定時代浪漫精神與意志之發展具有因果關係，自無足詫。可是，這就與她所強調的自由意志形成了一種理論上適相矛盾的果局，使得她的「意志世界」淪入決定論中了。

由這一困局中的方法和觀點建構成的唐傳奇意志世界，事實上也相當可疑，姑舉十例，以供參驗：

△命也如此，知復何言。（元稹・鶯鶯傳）

△望氣者言太原有奇氣。……虬髮客招靖曰：眞天子也……眞人之興，乃天授也（杜光庭・虬鬚客傳）！

△錢塘君再拜而歌曰：「上天有配合兮，生死有途」！（李朝威・柳毅傳）

△娥私嘆曰：李君精悟玄鑒，皆符夢言，此乃天啓其心，（吾）志將就矣！（李公佐・謝小娥傳）

△崔子既來，皆是宿分！（裴鉶・傳奇——崔煒）

△事已前定，雖主遠地而棄于鬼神，終不能害，明矣！（牛僧孺・玄怪錄——郭元振）

△強爲吾一言之，言不從，即吾命也……此固命乎！（李復言・續玄怪錄——張老）

△命苟未合，雖降衣纓而求屠博，尚不可得，況郡佐乎？……此人命當食祿，因子而食邑，庯可殺乎？……乃知陰騭之定，不可變也！（同上・定婚店）

△結褵之親，命固前定，不可苟而求之也。（同上・盧生）

△世人之夢亦衆矣，亦未有此三夢，豈偶然耶？抑必前定耶？余不能知，今備記其事，以存錄焉。（白行簡・三夢記）

無論悲歡愉泣，在一連串讚嘆符號所標示出來的情節轉換中，俱可顯示唐人如何運用他們存在的感受力，去處理天命在人世所呈露的內容。據此而言，我們若還相信「唐人對生命充滿了肯定的自我堅信，命運在小說中黯弱得幾乎根本不存在」，寧非自欺自誑？

事實已經相當明顯，唐傳奇中「命運」確實存在著，而且不只是偶然的存在，更是思想情感發展的主線。何以知之？《太平廣記》所收六朝三唐筆記小說中，卷一四六至卷一六〇，是〈定數類〉，摘錄天命前定故事千餘條，共十五卷，多屬唐人事。其他如讖應妖怪之類，往往也與定數有關。這些都是以命運爲唯一表現內容的作品，其餘以天命爲背景或附帶提及、隱伏烘襯，如

《鶯鶯傳》、《虬髯客傳》之類，尚不計在內。唐人有關命運的專著，如《定命錄》《前定錄》《續定命錄》、《感定錄》等，也記載了大量虛構（所謂作意好奇）及非虛構的事例。這些，均足以證明命或天命在唐人思想情感中的地位。但這一地位，迄今尚未被墮入困局的唐傳奇研究者發覺。本文的目的，即在擺脫困境，重行思考唐傳奇的性情與結構，並試圖指出以往研究的偏限和失誤。

貳

「傳奇」這種文類、性質並不固定，要替「什麼是傳奇」下個妥洽的定義，恐怕甚難。陳振孫《直齋書錄解題》云尹師魯初見范文正《岳陽樓記》，指爲「傳奇體」，其辨體的標準不知如何。汪辟疆《唐人傳奇小說》一書所收，固屬今人公認的傳奇名著，但其中與魏晉宋明稗錄相似的也很多，據其序例所稱：「唐人說部專書，如段成式《酉陽雜俎》、張讀《宣室志》、蘇鶚《杜陽雜編》、范攄《云溪友議》之屬，本應酌錄數則，以備一種」，可見汪氏心目中的傳奇是包含雜俎野稗的。明刻《五朝小說大觀》又將《周秦行記》、《三夢記》、《幽怪錄》、《前定錄》、《長恨歌傳》、《劍俠傳》等收入偏錄家，與瑣記家、傳奇家鼎足而三。因此，綜合地看來，以乎也能得出下列三點深具關聯的概括性結論：

(1)《雲麓漫抄》所說，唐舉人溫卷那種「文備眾體，可以見史才、詩筆、議論」的傳奇文體，

只是所謂唐人傳奇中一小部份，大多數如裴鉶《傳奇》、牛僧孺《玄怪錄》之類，均不如此。❸

(2)既然傳奇不像詩詞有固定的體式，在分類時便與某些研究者所謂野稗雜俎類纏絞難分；二者內容，殆亦無甚差別。故本文稱呼唐傳奇時，採取較寬泛的辦法。

(3)這些傳奇述異的文字，有些固然是胡應麟所說「盡幻設語」「作意好奇」（少室山房筆叢卷卅六），但大部份仍都是傳錄舛訛、喧騰巷議，如《前定錄》序所云：「秩散多暇，時得從乎博聞君子，徵其異說；每及前定之事，未嘗不三復本末，提筆紀錄」。這兩種性質，駢存於唐傳奇中❹。凡作意好奇、爲有意識創造的小說，大抵皆能明顯地反照出作者的意識活動；非虛構的傳錄，則無論是承襲自官方檔案，或蒐集、轉引、修改較早的底本，及巷議街談的轉錄，都呈現了實際生活經驗中運命觀的運作情況。因此，唐人傳奇小說中對生命的感知，事實上係與當時之思考模式、觀念型態息息相關的。

那麼，當時普遍的思想意識狀況究竟如何呢？

通考唐傳奇作者，除寥寥數篇如王度〈古鏡記〉、佚名〈補江總白猿傳〉、張文成〈遊仙窟〉

❸ 這也意味着士人投卷風氣對唐傳奇的產生並無直接而必然的影響。將科舉溫卷說和古文運動影響說併論，尤屬不智。韓愈小說式的古文，當時人如裴度張籍俱以爲非，那能震動一時，成爲科舉衡文的準繩呢？參考梅爾〈唐代的投卷〉、王夢鷗〈東陽夜怪錄注〉（六九年、臺北聯經出版公司、中國古典小說研究專集２）及王夢鷗〈唐人小說概述〉（同上、專集３）。

❹ 胡應麟所謂幻設，應指作者虛構的創造而言，馬幼垣〈唐人小說中的實事與幻設〉（七十年七月九—十一日、聯合報）之所稱幻設，意與胡氏本意不同。

之外，餘多作於唐代宗大曆以後。這一現象，頗具有些不尋常的意義，可以看出唐傳奇興盛的原因和它的意識內容：

「說話」來源甚古，變文可能就是說話中的一類，而講史和說當時社會事件也是說話中極重要的部份。講史，如敦煌所見〈韓擒虎話本〉〈唐太宗入冥記〉及李義山〈驕兒詩〉所說：「或謔張飛胡，或笑鄧艾吃」之類，與變文平行，「各有淵源，初不相涉」❺；說當時社會事件，則以講李娃事爲最著名，《異聞錄》：「天寶中，常州刺史滎陽公子應舉，狎長安倡女李娃，娃後封汧國夫人。夫人舊名一枝花。元稹〈酬白樂天代書〉一百韻云：『翰墨題名盡，光陰聽話移』注云：『樂天每與余同遊，常題名於屋壁；顧復本說一枝花，自寅至巳』」可證。這說話中的〈一枝花話〉，和白行簡的傳奇〈李娃傳〉，剛好顯示了市井說話和文士傳奇是兩條駢行的系統，段成式《酉陽雜俎續集》〈四貶誤篇〉曾說：

> 余太和末，因弟生日觀雜戲，有市人小說，呼扁鵲作「褊鵲」，字上聲。

《唐會要卷四儲君》也說：

> 元和十年，皇太子侍讀諫議大夫韋綬……好諧戲，兼通人間小說……因此罷其職。

---

❺ 講史和變文的關係，詳張政烺〈講史與史詩〉（歷史語言研究所集刊第十本）。

〈一枝花話〉一類作品，殆即類似雜戲的市人小說，傳奇作者對於這類說話小說，基本上相當喜好，但他們畢竟不愜於此，「樂天之作新樂府，乃用毛詩、樂府古辭及杜少陵詩之體製，改正當時民間流行之歌謠。實與貞元時代古文運動鉅子如韓昌黎、元微之之流，以太史公書、左氏春秋之文體試作毛穎傳、石鼎聯句詩序、鶯鶯傳等小說傳奇者，其所持之旨意及所用之方法，適相符同」（陳寅恪．元白詩箋證稿．新樂府）。頗有人以爲宋灌園耐得翁《都城紀勝》述北宋說話人家數時，曾將傳奇歸入小說家的第一類「銀字兒」，便表示唐傳奇小說和當時的俗講屬於同類❻，殊不知它們原是不同的兩支。相對於市人小說，傳奇顯現了較市人小說更古雅的體貌和更深邃的思想層次。以下二例，可以見此特徵：

△太宗極康豫，太史令淳風見上，流淚無言。上問之，對曰：「陛下夕當宴駕」，太宗曰：「人生有命，亦何憂也？」留淳風宿。太宗至夜半，奄然入定，見一人云：「陛下暫合來，還既去」，帝問：「君是何人？」對曰：「臣是生人判冥事」。太宗入見冥官，問六月四日事。既令還，向見者又迎送引導出。淳風既觀天象，不許哭泣，須臾乃寤。至曙求昨所見者，令所司與一官送往蜀道一往丞。上怪問之，選司奏奉進止與此官，旁人悉聞，方知官皆由天也（張鷟．朝野僉載）。

△……催□□前，皇帝隨後，入得屏牆內東西，見有廿所已來，□□（皇帝）問從者，第六

---

❻ 見劉漫輕《唐代之傳奇小說》（收入〈中國古典小說研究〉，六六年．中華文化復興月刊社）頁卅。

曹司內有兩人哭爲何事，得爾許哀？崔子（玉）奏曰：「不是餘人，建成元吉二太子」，皇帝聞之，□□語崔子玉曰：「朕不因卿追來到此，憑何得見弟？……」（敦煌殘本唐太宗入冥記）

市井小說敷演紓徐，極作靡盡之勢，但純屬說故事性質，亦無甚主題意識；傳奇則文字較爲簡括，裁斷有序，其思想性也較濃，而且這種思想內涵在傳奇中具有相當的統一性，如《太平廣記》卷一四九引會昌解頤麴思明條所說：「人生死有命，富貴關天，一官一名，皆是定分」，《朝野僉載》便揭示了相同的智慧和寫作意圖。可見唐傳奇非僅承續了魏晉六朝志人志怪的傳統，更與中唐代宗以後的文學旨趣有關。我們所稱唐傳奇中的思想意識狀態，便是指這份不同於市井小說的特徵而說的。這並不意味着市人小說能自外於此一根源性的生命體認，而是說在比較中，傳奇更能以此爲特色，使它不同於六朝述異及當時的市人小說。譬如杜光庭的〈虬髯客傳〉：

乃知眞人之興也，非英雄所冀，況非英雄乎？人臣之謬思亂者，乃螳臂之拒走輪耳。我皇家垂福萬葉，豈虛然哉？

幾乎便是一篇形象化了的班彪〈王命論〉，儻或不了解當代文人學者曾對這一問題的關注和思考，自不能發覺天命意識在傳奇小說中構成特徵的價值，不是草率略過不談，就是將它外推到「社會腐敗」這一模套中去簡單化約，而造成「題旨的失落」！

這種失落，無疑已使傳奇研究岔入歧途。我們知道，藝術型式的遞邅起伏，係由不同的文化類型在藝術史上的體現使然；而文化型式之形成，則來自認識法則之不同。例如在認爲眞理屬於感官知覺世界的感覺型認識法則中，其文化多傾向於否定人類有左右自身命運的能力，以爲支配物質世界的因果關係，也同樣支配着人事；而在觀念型的認識法則中，則傾向於信賴精神實體（上帝、梵天、神意、道……）。前者在藝術上多顯示出其自身具有爲藝術而藝術的自足的審美價值，後者則兼顧某種理想的體現與傳達；前者視藝術創作爲個人的榮顯，故其表現是個人主義式的，後者則多展現某一時代集體的理想與價值；前者所表達的多屬日常世俗熟知的事物，後者則不止於現實形象的複製……❼。以唐傳奇描寫男女愛情與慕戀這種體裁爲例，其與宋元話本或明清某些言情小說性質迥異，實甚顯然。這種區分同樣也表現在傳奇與當時的俗講上，趙璘《因話錄·角部》：「有文淑僧者，公爲聚眾譚說，假託經論，所言無非淫穢鄙褻之事。不逞之徒，轉相鼓煽扶樹；愚夫冶婦，樂聞其說，聽者塡咽寺舍」❽，男女相慕，逐漸喪失了理想的性質，而代以俗塵現實肉

---

❼詳王德昭〈考威爾（F. R. COwell）著文化類型與思想方式〉（新思潮八一期）〈考威爾著文化類型與藝術型式〉（同上七九期），此二書係梭羅金（Sorokin）《社會文化動力學》（Social and Cultural Dynamics）之簡編。

❽孟郊〈教坊歌兒詩〉亦云：「十歲小小兒，能歌得朝天；六十孤老人，能詩獨臨川。去年西京寺，眾伶集講筵。能嘶竹枝詞，供養繩牀禪。能詩不能歌，悵望三百篇」，與此相似。竹枝詞，依劉禹錫的講法是「傖儜不可分，有淇澳之艷音」。劉氏採竹枝舊腔而改作歌詞，似乎也可視同白居易用毛詩古樂府改正民間流行歌謠之努力。張鷟《朝野僉載》又云：「周垂拱以來，苾挐兒歌詞，皆是邪曲，後張易之小名必挐」，不但表現了讖應的觀念，也說明了唐代民間歌謠淫穢鄙俚者極多。可以補趙璘孟郊和劉禹錫所述。

感的情慾描寫，即是從觀念型到感覺型的差距。

不寧惟是，唐傳奇作家隱約構成一個小說創作團體的情形、競用同一題材寫作的現象，也說明了它展現某一時代集體理想與價值的觀念型特質❾。而這一特質和他們「文以貫道」（韓愈）「詩以載義」（白居易）的表現也相脗合。——這些，共同點出一個極具啓發性的探索路徑，使我們得以細窺唐傳奇意識內容的奧秘。

這條路徑，我再簡單說明一下：因對人如何生、人性如何、天地如何創闢、存在所依據的基礎如何等根源性認識及觀念之不同，形成了不同的文化型態（如佛教和基督教），其藝術表現也自不同。由唐傳奇的性質、及其產生的時代和作者關係上，我們發現它似乎有意在展現某種共同理想與價值，以自別於一般市人小說或六朝唐初志怪。因此，下文我們將一面從傳奇的藝術表現面反溯逆探作者的根源性認識究竟如何，再一面由作者的思想意識面順下來說明傳奇何以會強烈展示出天命的思考。

爲了說明方便，我們從後者談起。

參

唐朝，在思想史上是個極燦爛而卻常遭忽視的時代。其思想表現以太宗至玄宗爲前期，德宗

❾ 這兩種現象均詳尉天聰〈唐代小說題材之演變與作家之派別〉（同❻）。

至穆宗爲後期。前期主要成就爲儒學統一、天臺華嚴法相禪宗及道教體系之完成❿；後期，則類似於一種「哲學突破」（Philosophic Breakthrough）的階段，群士爭鳴，是「天之於時也」，亦擇其善鳴者而使之鳴」的時代、是皮日休所說：「自開元至今……百家囂浮說，諸子率寓篇……各持天地維，率意東西牽；競抵元化首，爭扼眞宰咽……披猖覆載樞，捭闔神異鍵，力掀尾閭立，思軋大塊旋」的時代⓫。

所謂哲學的突破，是指某一時代的人對構成人類處境的宇宙本質激生了一種思考與認識，使得人們對人類處境的本身和它的基本意義都有了新的詮釋或肯定。譬如希臘由蘇格拉底等人所帶來的哲學突破，使希臘不再是傳統神話的世界，而對自然的秩序及其規範和經驗意義也產生了明確的哲學概念；印度的突破，則形成了知識階層中的宗教哲學，透過業報和靈魂轉世，以解決人世之「虛幻」；中國古代的突破，則以先秦最爲顯著。每一「突破」均有其特定的歷史淵源，故其表現方式與內涵也各不同，但一般說來，它也有幾項特徵，例如文化系統（Cultural System）常有與社會系統（Social System）分化而其相對獨立性的現象，會導致不同理論派別或正統異端的分歧和爭議；且這些知識份子又常爲新觀念的創建者和傳達者，而非官方宗教及意念的代表等等⓬。

---

❿ 道教體系之建立，詳孫克寬《寒原道論》頁一一五—一三二（六六年，聯經出版公司）。

⓫ 題名：「陸魯望昨以五百言見詒，過有褒美，內揣庸陋，彌增愧悚，因成一千言，上述吾唐文物之盛，次序相得之歡，亦迭和之微旨也」。

⓬ 哲學的突破，詳余英時《中國知識階層史論古代篇》頁卅—卅八。或譯爲「精神的突破」。

第一點上文已概略提到，對確認唐傳奇的產生和性質，頗為重要⓭，第二點韓柳元白及韓門弟子的表現實極明顯；第三點則從他們都不囿於官方「五德終始說的天命觀」可以看到，這也是他們主要的突破。突破的深度和廣度，誠然不能與先秦匹擬，但對天人關係及宇宙秩序性的思考，確曾熱烈地展開。任何事、物，都可能觸動他們對宇宙大化的沉思，譬如龍舟競渡，在元稹——〈鶯鶯傳〉中力言：「命也如此，如復何言」的元稹——筆下竟化為傍瞻曠宇宙、俯瞰卑崑崙的壯思：「吾觀競舟子，因測大競源。……數極鬬心息，太和蒸混元。一氣忽為二，矗然劃乾坤，日月復照耀，春秋遞寒溫；八荒坦以曠，萬物羅以繁……」。就詩而論，它和元稹〈象人詩〉：「被色空成象，觀空包異一，自悲人是假，那復假為人」一類作品，都顯示了對人類存在本身新的關切，不復為盛唐初唐面目，故「元和體」詩頗有以文為詩的傾向，論理性加濃。如元稹〈人道短〉詩，直是一篇人道與天命的論文，價值及作用與柳宗元劉禹錫〈天論〉相同。這一類呈現，就像傳奇充滿了天命的禮讚一樣，必非偶然。無論詩文，此時幾乎全指向同一主題：對存在所依據的基礎（天命、天道）的覺知——

⓭ 歷來只知科舉和進士階層與傳奇的關係很密切，卻不知知識階層的興起，乃係哲學突破的結果。哲學的突破之前，固有科舉與進士，卻無傳奇；突破期之後，科舉與進士依舊，但與傳奇的關係卻逐漸衰歇了。因此，哲學的突破——知識階層——傳奇，實是個連鎖的鏈，要了解傳奇，必須洞察當時知識階層的思想意識內容；要勘探傳奇和知識階層的思想，亦應明瞭其哲學突破的性質。

A△動植皆分命，毫芒亦是身！（元稹．游塵子三首之二）

△傷哉韓昌黎，焉得不迍邅？上帝本厚生，大君方建元，實將庇羣甿，庶此規崇軒！（歐陽詹．答韓十八駑馬吟）

B△我（唐）受之隋，隋得之周，周取之梁，推梁而上，以至堯舜，得天統矣。……王者受命於天，作主於人，必大一統。（皇甫湜．東晉元魏正閏論）

△唐既受命，李密自敗來歸……天厚黃德。（柳宗元．唐鐃歌鼓吹曲之二）

C△省躬審分何僥倖，值酒逢歌且歡喜，忘榮知足委天和，亦應得盡生生理。（白居易．吟四難）

△獨喜冥心無多慕，自憐知命不求榮。（牟融．寫意之二）

D△何言天道正，獨使地形斜？（孟郊．招文士飲）

△小大無由知天命，但怪守道不得寧。（孟廣仝，冬行）

E△天既職性命，道德人自強……天乾天人命，人使道無窮。（元稹．人道短）

△智乖時亦蹇，才大命爲通。（韋應物．答韓庫部協）

△命合終山水，才非不稱時。（朱慶餘．過孟浩然舊居）

以上五組選例，A組代表整個宇宙自然的基本看法，與朱熹〈太極圖解〉所云：「上天之載，無聲無臭，而沖漠无朕之中，萬象萬化，森然已具」相似，天爲最高的存在實理，萬物萬象素此天、道而生，成其性命，故天命內在於人，一切物象，皆具於此一理中，所以羨傲之情兩捐，小大之生俱適⑭。B組旨在說明天命在國家君王間的流轉。C組是針對以上這些了解而產生的人生態度，使人有着「莫道愁多因病酒，只緣命薄不辭貧」（牟融．春日山亭）的豁達與堅強。D組也是種人生態度，但卻是不平的怨天之鳴，詳後文。E則係D的延伸，從人生之困阨中思索才與命的關係，歸結於命的肯定和道德的自我建立。

當然，這五組概貌中亦自有其分歧與纏絞，但既是個繽紛的突破時代，這些頗具代表性的例子，自須各具面目，才能顯出當時對這一課題焦灼思慮的情形，以白行簡〈三夢記〉和宋元話本比較就可發現，宋元話本中人對天命實是毫無懷疑的奉行著，不識不知，順帝之則。〈三夢記〉則必詰問：「豈偶然耶？抑必前定耶？」大多數傳奇在闡述天命時，也常含有「證明」的意味。經過懷疑、試探，雖然最後仍歸入天命的矩範中澄然冥合，消除一切罪愆與憤懣。可是從才能、福咎壽夭、貧富的耽執逐步歸向天命的生命思考歷程，遠較宋元話本更爲明顯。詩文中此一現象較傳奇更甚，像元稹〈人道短詩〉力言天道福惡而禍善的顚倒現象，是天道短而人道長的表現，似乎有爲自我意志超勝天命之說張目之意，但最終仍歸依於天命：「當時客自適，運去誰能矯」（表夏十首之七）「處困方明命，遭時不在才」（程氏館餞杜十四歸京）。這就是當時對天命的覺知，由覺知而思探人類處困的本質，進而同歸於天命，委心任化，乃是貞元元和間知識階層思想的共同趨嚮，我們決不可以因它偶有不平激憤之音，遂以爲是對天命懷疑拒抗，更不能因他們彼此對「天」

---

⑭ 元稹〈放言之二〉也表現了這種思想：「莫將心事厭長沙，雲到何方不是家？……竹枝待鳳千莖直，柳樹迎風一向斜：總被天公霑雨露，等頭成長盡生涯」。

的解釋不同，而忽略了這種共同的趨向⑮，韓愈〈送孟東野序〉說得最好：

> 太凡物不得其平則鳴。……凡出乎口而爲聲者其皆有弗平乎！樂也者，鬱於中而泄於外者也，擇其善鳴者而假之鳴，金石絲竹匏土革木八者，物之善鳴者也。維天之於時也亦然，擇其善鳴者而假之鳴。……其於人也亦然……尤擇其善鳴者而假之鳴。……三子（孟郊張籍李翺）之鳴信善矣，抑不知天將和其聲而使鳴國家之盛耶？抑將窮餓其身、思愁其心腸，而使自鳴其不幸耶？三子者之命則懸乎天矣！其在上也奚以喜？其在下也奚以悲？東野之役於江南也，有若不釋然者，故吾道其命於天者以解之！

孟郊因遭逢困躓及個人性情幽黯，故有「正直神反欺」（亂離）「何言天道正，獨使地形斜」一類怨天之語，寖致「東野悲鳴死不休，高天厚地一詩囚」，所以韓愈才闡說天命以消弭其不平之氣。這種用天命來消除人對天命不滿的方法，自非「天命←→自由意志」對決這一模式所能理解。我

⑮ 林頓（Ralph Linton）在《文化人類學》（*The Cultural Background Of Personality*）書中曾指出：固然任何社會實體文化裏，沒有兩個人會對同一情境做出完全相同的反應，但儘管有此類內在差異，面對某一情境之一般反應，仍可視爲文化實體內的一種模式。由此模式，若續予發現其內部有限差異的眾數（Mode），即能成爲一文化建造體模式（Culture Construct Pattern），根據此建造體，不僅能研究文化實體之結構，亦能說明文化成員之思想行爲（六四年、三信出版社、蔡勇美譯、四三頁）。此處我使用的研究法大抵類似於此。

們若能細考從韓愈「今夫人，舉不能知天，故爲是呼且怨也」的呼籲，到白居易樂天不憂的自白，便可知道唐傳奇爲什麼多是天命世界，而無自我意志伸張或天人抗衡的蹤迹了。於此，我們遂肯定了第一點：在中唐哲學的突破中，人們對人類處境的思考，歸結於天命之覺知與肯認。

＊＊＊＊＊

可是，當時所說的天，究竟是什麼呢？與人之關係又如何？

唐傳奇中無法歸納，亦無總括的說明，只有劉禹錫〈天論〉上篇曾提到當時言天者有三種看法，若合併西漢以來傳統正德終始說，則共有四類，但事實上當不只此數，同一認知區域和思考路線中，仍有極多內部差異在，我們在此沿用四類的劃分，只是爲了說明方便而已！

一、五德終始說

這是傳統或唐代官方一貫的見解，在唐中葉仍具有相當社會勢力，如前舉皇甫湜文即是一例，柳宗元〈貞符〉序中提到永州流人吳武陵也主張董仲舒三代受命之符的說法。柳氏本人雖反對此說，論唐朝興起的原因時，偶爾也會襲用此一見解（如前舉唐鐃歌鼓吹曲），可見其影響之一斑。然而，相對於王啓五位圖、路惟衡唐帝王曆數圖、柳璨正閏位曆、曹玄圭五運圖、張治五運元紀、陳鴻大統紀而言，貞元元和間哲學的突破的知識份子實已不採此說了，唐傳奇中更少五德曆運之迹，柳宗元所說：「推古瑞物以配受命，其言類淫巫瞽史，誑亂後代，不足以知聖人至極之本，（在於）顯至德、揚大功，甚失厥趣」，大抵代表了他們共同的看法。唐傳奇固有許多感應、符讖、預言、謠言、謠辭……，五德轉運的架構卻很稀薄，一般非帝王的事迹描述，更無庸動用此一觀念架構。

二、自然定命說

東漢魏晉間，爲對抗傳統五德終始、災異符瑞之說，王充劉峻等人遂倡議自然定命，以爲：「偶適自然，非或使之也」（初稟）「天地，含氣之自然也」（談天）「用氣爲性，性成命定」（無形），用宇宙氣化的觀念來反對人格神。元稹柳宗元也有此類看法。元稹〈競渡〉詩就是以自然氣化宇宙觀推論到「帝命澤諸夏，不棄蟲與昆，隨時布膏露，稱物施厚恩」。既然上天一體布施，人自不必怨尤，一切均屬定分，寵辱自然不驚。柳宗元〈天說〉也認爲：「天地，大果蓏也；元氣，大癰痔也；陰陽，大草木也。其烏能賞功而罰禍乎？功者自功，禍者自禍。欲望其賞罰者大謬；呼而怨、欲望其哀且仁者，愈大謬矣」，以天道爲無親、以天地爲不仁，這就是劉禹錫所說：「世之言天者二道焉，泥於冥冥者，則曰天與人實剌異：霆震于畜木，未嘗在罪；春滋乎堇荼，未嘗擇善。跖蹻焉而遂，孔顏焉而厄，是茫乎無有宰者。故自然之說勝焉」。

此說在哲學上反對神意定命論（Theological Fatalism認爲人的命運無法更改，因爲神已恣意預定了誰得救、誰永遠受罰），也反對人的休咎可藉對神的禮敬或自我仁義的修持而由神或天來改變，其意殆與〈列子〉所云：「既謂之命，奈何有制之者耶？朕直而推之、曲而任之，自壽自夭、自窮自達、自貴自賤。

自當自貧……咸得之自然，不假道於才智，故曰死生有命，富貴在天」〈力命〉相似⑯。它強調命非自我意志所能掌握，人只要自我修淬道德，以遊於天地時命之間即可，死生禍福，非人所知，「天既職性命，道德人自強」。

這一面勸人勿以才干命，一面勉人努力自行，毋墮愒毋祈報，《呂向文選》〈辯命論注〉：「古人所謂積善必有餘慶，則有爲善而見殃者，此蓋是先聖立教，教人爲善，其實在命也」及《定命錄．裴光庭條》：「公所云才也，僕所述者命也，才與命固不同焉」均屬這類思想。傳奇中亦屢見不尠，如馮贄〈記事珠〉載沈攸之晚好讀書，嘗嘆曰：「早知窮達有命，恨不十年讀書」，闕名〈迷樓記〉亦云：「有迷樓宮人，抗聲夜歌云：『河南楊柳謝，河北李花榮；楊花飛去落何處？李花結果自然成』，帝聞其歌……默然久之，曰：『天啓之也！天啓之也！』」上天定命，肇乎自然，不正具體顯示了這類天命觀在人間世的運作狀況嗎？迷樓之夜曲、書窗之幽嘆，點出了多少悲情與澄澹！

---

⑯ 阮籍〈咏懷〉之廿六：「鸞鷖特栖宿，性命有自然。」黃侃箋曰：「言性命皆有自然，非能自主。鸞鷖之比飛鳥，建木之比葛藟，雖高下榮枯，不能無異，而受形大造，不能相爲，所以羨傲之情兩捐，大小之生俱適，莊生逍遙，此近之矣」，可以互參。

三、陰騭因果說

劉禹錫〈天論〉上篇所說：「拘於昭昭者，則曰天與人實影響，禍必以罪降，福必以善徠，窮厄而呼必可聞，隱痛而祈必可答，如有物的然以宰者，故陰騭之說騰焉」，指的就是此類。所謂如有物的然以宰，類似〈竇娥冤〉的唱詞：「有日月朝暮懸，有鬼神掌着生死權」，其來源應極久遠。古希臘以三個女神代表命運，用線索牽着每個人，就是很好的例子。但人格神式的命運觀在我國並不發達，即使中間透過鬼神為媒介，其基本主導力並不在鬼神本身，李復言《續玄怪錄》〈定婚店〉裏的月下老人即是如此，鬼神只是執行天意而已，具有決定力的仍是「天」（帝）。因此它也可以發展成無主宰者的理性天道禍福觀。這兩類福善懲惡的看法，滙合了佛教因果報應說，便成了唐代極普遍的思想，流佈於傳奇中。

我國本有報應說。〈中庸〉：「惟命不于常，道善則得之，不善則失之」及《易》繫辭「積善之家必有餘慶，積不善之家必有餘殃」均是。東漢以後，佛家始借之以說三世因果，但六朝小說談因果報應者雖多，卻多只是三世因果的循環報應而已，並未與天命連結。至唐，則因果報應始成為天命觀的一支，如李翺《卓異記》載西平王李晟收城之功皎如白日，大忠所庇，子弟四人皆任節度使，是聖神之報應；其序中曾倡言神仙鬼怪，不得諦言非有；則顯非佛家原旨，而係如有物的然以宰之的陰騭說了。唐人常以「定命」稱呼「陰騭」（如〈定婚店〉），其原因正在於此。

這種轉變，自有哲學上的依據，宗炳〈明佛論〉〈神不滅論〉中報應之理時就曾說：「萬化各隨因緣，隨因緣即不能越宿分」，宿分，佛說爲宿命，能知宿命者，謂之「宿命通」，爲六神通之一，又名宿命智通，別有《宿命智陀羅尼經》，云持此經者能得宿命智。可見宿命是佛家所堅持的，所謂諸法無我（Sabbe dhamma anatta），一切存在皆因緣生，不能自主，無獨立實在性。有因有緣則必得果，但就人本身而言，業卻未必得報，《南本大般涅槃經．獅子吼菩薩品》：「若言諸業定得報者，則不得有修習梵行、解脫涅槃；當知是人非我弟子，是魔眷屬。若言諸業有定、不定，定音：現報、生報、後報；不定音：緣合則受、不合不受。以是義故，應有梵行，解脫、涅槃，當知是人眞我弟子，非魔眷屬」，意思是說業有被決定者（決定重業）、也有不定之業（不定得果）。定，是宿分，無法逃避，修行只能使它減輕；陰騭既定，將來必定得報。不定，則屬於「偶然」，緣合則受，不合不受。這是唐代眞常心系教義盛行時的看法，彌漫於貞元元和間。故定命因果與偶然因果可以駢存於傳奇中，〈定婚店〉肯定了定命，〈三夢記〉則依違於定命偶然之間，只是無論偶然或前定，均隨因緣，故無自由意志之可能。因爲人既在因緣之流漂擺盪激，當然是「不能越宿分」的！所以，這種可視爲客觀的因果連繫（Connexions of Cause and effect）或能借修緣而改易的「偶然」，雖也顯示了不可逆的預設（Presuppositions），卻非唐傳奇的主要觀點。闕名〈迷樓記〉力陳：「方知世代興亡，非偶然也」、僧靈澈所撰〈大藏治病藥〉也說：「恬靜守分是一藥、樂天知命是一藥」，可見其一斑。這一現象在哲學上乃是必然的，何以言之？「偶然」主要是在說明諸業不定得報，報應說既不定，則人只能勤行，不應貪報，《維摩經》道生注：「貪報行禪，則有味於行矣。既於行有味，報必惑焉；大惑報者，縛在生矣」，猶如說人只管修德，不必怨命。足證因緣或因果是佛家的共命慧，不可改變的「四諦」之一，報應則只是一種權教，吉藏二諦義甚至說：「果報是變謝之場，生死是大夢之境，從生死至金剛心皆是夢」，非但不堅持善必得報，反而斥爲惑夢。在這種情況下，即使宣說三世報應輪迴，其歸結仍在宿分，唐傳奇中論報應者不少，俱應作如是觀，袁郊〈甘澤謠〉載圓觀故事可爲明證。

圓觀，是個描述靈魂流轉的故事，三生石上舊精魂，其身雖異性長存，身前身後，因緣茫茫，寫來異常感人。然而，圓觀投胎時曾說：「今既見（此婦人）矣，即命有所歸，釋氏所謂循環也」，將三世輪迴因緣，歸之於命，不正說明了當時並非在定命之外別有一相對的輪迴報應系統嗎？因果陰騭，作爲天道觀的一種，其內涵之曲折大抵可以如此掌握。

四、數勢觀

這一觀念主要是由劉禹錫所提出，他認爲所謂天命之天，實際上乃是一非理性的存在（「彼宜然而信者，理也；彼不當然而固然，豈理耶？天也！」），所以賞不一定是善，罰不一定是惡，或不辜而僇、或不肖而顯，凡以一己之窮通而質天之有無者，俱屬妄惑；天本身只是蒼蒼自然者而已。進而，劉氏又認爲天未嘗干預職司人事，天之非理性只是人世駁亂的心理反映罷了。那麼，天既不干司人事，人便能依自我意志以行動了嗎？不行！劉氏說萬物都被「數」「勢」所決定，凡有形者俱不能逃乎數，「數存，然後勢形乎其間」（〈天論〉中），勢就是物間的影響關係。天地轉運，尚不能逃乎數而越乎勢，其餘可知。這是一種類似宇宙定命論（Cosmic Fatalilism）的主張，數與勢構成了一種宇宙的規律，物皆在此規律中運動；其不能逃於數勢，在於它本身即由宇宙氣化而生：

「以理揆之，萬物一貫也……濁爲清母，重爲輕始，兩位既儀，還相爲庸，噓爲雨露，噫爲風雷，乘風而生，羣分彙從」（〈天論〉下）。

此說有幾項特點：⑴它也是宇宙自然氣化的理論架構，可視爲自然定命說的再延伸，故柳宗元寫信給劉禹錫說：「凡子所論，乃吾〈天說〉注疏耳」。⑵強調氣的觀念：宇宙氣化，物皆乘氣而生，是以觀察宇宙間氣的變化，便能測知命的流行，〈虬髯客傳〉：「望氣者言太原有奇氣」、《感定錄‧隋煬帝》：「隋末望氣者云：乾門有天子氣，連太原甚盛，故煬帝置離宮，數遊汾陽以厭之。後唐高祖起義兵汾陽，遂有天下」，都是實例。望氣知命，古固有之，但劉氏的哲學無疑可使它具備一理論基礎。⑶創新的數的觀念：所謂天數、定數，來源很早，西漢前期即已成型；認爲數是天道運行的一種表現，並由氣運之數以推論刼煞、稱爲氣數、刼數⑰。唐人仍保有此一觀念，談天命多以定數稱之，《王氏見聞錄‧潞王條》：「固知冥數前定，人力其能遏之乎？」可證⑱。劉禹錫的數勢說，是唐人論定數的一種，但看法頗與傳統觀念不同。他不認爲數是天道運行時的表現，而強調天地運行皆在數中籠罩圈有，爲什麼呢？「天形恆圓而色恆青，周回可以度得、晝夜可以表候，非數之存乎？」（〈天論〉中）可見他所謂的數，是用數學的觀念。何以會產生這種觀念呢？

---

⑰ 劉開榮《唐代小說研究》（五五年、商務印書館）論〈虬髯客傳〉時曾說眞人天數素來是道士的口頭禪（頁二一九），蓋不知此一說法的來源及它在社會上的作用。

⑱ 《太平廣記》也將一切論定數定分定命者合稱爲〈定數類〉。

就哲學系統內部看，劉禹錫所欲建構的是一自然氣化的宇宙，而數字是因果必然性的象徵。數學的數字，其本質中即蘊含有機械的區劃（mechanical demarcation）。這一意義，可以界定（delimit）自然，故伽利略說：「自然是用數學的語言寫出來的」（Nature is written in mathematical laugnage）；而自然界物體各部份的表面（surface）、量度（dimension）、及可感識到的對應關係（relations），又共同組合表現出宇宙秩序（cosmos），所以劉禹錫才會說數和勢合組了不可逃越的宇宙規律⑲。就哲學外部說，則劉禹錫提出此一觀念當與唐中葉天文數學大昌有關，以致在觀念上認為萬物無不可以數學推求測定之。一般人固無劉氏這套哲學建構，卻也認為精於曆算的人必能前知，能了解天命，唐代最著名的曆算家僧一行便因此經常出現於傳奇中，杜荀鶴《松窗雜記》李濬《摭異記》都載有玄宗西幸萬里橋的故事，相傳即與一行有關⑳。

＊　＊　＊　＊

以上簡略分疏當時思想大勢，其曲折繁複處固非本文所能盡，不過綜合地看，任何說法都指向一樁自我生命根源的肯定：「天所命也，不可去之」（李德裕・次柳氏舊聞）。肯定得那麼誠摯熱切，彷彿在人世的漂泊中搦握住了一線眞實，忍不住要藉塵寰世相的刻繪及概念的探討，細細點

⑲ 參考史賓格勒（Oswald Spengler）《西方之沒落》（六六年、臺北、桂冠圖書公司、陳曉林譯）第二章。

⑳ 玄宗幸東都……謂一行曰：「吾甲子得終無患乎？」一行進曰：「陛下行幸萬里，聖祚無疆」。西狩初至成都，前望大橋，上舉鞭問左右是何橋名，節度崔圓躍馬前進曰：「萬里橋」，上因追嘆曰：「一行之言，今果符之，吾無憂矣！」

引出天命的形態和它眞實的作用、宣訴「事無大小，皆前定矣」（聞奇錄）的道理。在這種思想態勢中，您說，發展自由意志以對抗命運的想法，可能產生嗎？

肆

縱觀上文所述唐代哲學突破的內容，我以爲此一突破與社會政治關係較小，主要是思想內部激生的突破。使得傳奇和古文運動等人文活動共同成爲這次突破的成果表現。

就時間上看，唐至玄宗朝，儒道釋三教均已建立完成，此後自須力尋突破以求得新的價値選取和解釋。大歷十三年四月，李淑明曾奏請澄汰佛道二教，似乎就是反省的先聲，韓愈等人的思想突破，殆即延續此一哲學活動而來，表現了對三教思想的反省與批判、選擇、澄清（這次澄汰，意不同於會昌法難，其目的乃在通過澄汰而使佛道二教更爲昌明）。如韓愈之攘斥佛老、柳宗元參取佛老、李翺復性書……等，都顯示了突破的精神和具體成績㉑。等到會昌法難之後，天臺華嚴遽爾凋瘁；宣宗大中以後，道教亦不振，整個基礎既崩塌了，突破運動自然隨之中止，以致本期哲學的突破並未形成一新的文化傳統，其成績只好留待宋人去接續、完成。在這場「哲學的突破」時代裏，他們以體系嚴飭的儒道釋三教義理爲基礎，重思人類處境之宇宙的本質、並考慮將選擇何種思想安

㉑ 由此看來，即知從佛儒對抗這一觀點來解釋中唐哲學文化活動，有多麼淺隘。但很可惜，歷來有關新儒家興起的解釋卻往往僅止於此。

頓自我生命。徬徨孤勤，細數我生之躅，冥想憂思，擬探欲往之塗，李翺〈拜禹歌〉裏有段哭聲可供我輩諦聽：

貞元十五年六月廿九日，隴西李翺敬拜於禹之堂下，自賓階升，北面立，弗敢嘆、弗敢祝、弗敢祈，退，降，復敬，再行，哭而歸，且歌曰：

惟天地之無窮兮，哀生人之常勤，往者吾弗及兮，來者吾弗聞，已而！已而！

人生有限性的沉思，令他戰慄狂歌，這是眞正內在的經驗，廣漠無垠的時間和空間，使得視界充滿一片未可知的昏昧和聲影俱無的空茫，於是在淚水中，他看到了自我的虛執與有限。大哀在懷，非常言所能喻，故痛哭窮途，一發之於詩歌㉒。《太平廣記》卷八三引《瀟湘錄》，也記載了一則類似的例子：

貞元末，有布衣於長安遊酒肆，吟咏以求酒飲。至夜，多酣醉而歸，旅舍人或以爲狂。寄寓半載，時當素秋，風肅氣爽，萬木凋落，長空寥廓，塞雁連聲，布衣忽慨然而四望，淚

㉒ 在儒道釋三教的反省中，必然會探觸到人性、人生這類根源性問題。以李翺所說「哀生人之常勤」爲例，其意不同於陳子昂「念天地之悠悠」，乃是十分明顯的，前者有一哲學的認知，可以配合佛家道家對人生的看法，陳子昂則僅爲時間空間的覺察。另參考錢鍾書《管錐編》論楚辭洪興祖補注之十三，該書第二冊，六二一頁。

下沾襟。一老叟怪而問之，布衣曰：「我來天地間一百三十之春秋也，每見春日煦、春風和，花卉芳菲，鸜歌蝶舞，則不覺喜且樂；及至此秋也，未嘗不傷而悲之也，非悲秋也，悲人之生也！韶年即宛若春，及老耄即如秋……」老叟……亦泣下沾襟。布衣又吟曰：「有形皆朽孰不知，休吟春景與秋時，爭如且醉長安酒，榮華零悴總奚為？」老叟乃歡笑，與布衣攜手同醉於肆。復數日，不知所在（貞元布衣）。

藝術作品是某一時期集體的夢，若我們有目能視，自能在此清楚地探求到這個時代的特徵。貞元李翱和貞元布衣，共同指陳了當時對人生本質及人類有限性已有了真實的認知，了解到人存在是短暫的，其能力也極薄脆，個人意志的膨脹擴張，面對宇宙之流，便像氣球被揉擠得粉碎。這種認知，當然是極痛苦的，它撕碎了人類自我欺矇的假面，喚起一陣失落無依的悲怛，令人狂歌慟哭，泣下沾襟㉓。然而，它也是深刻壯觀的，正如威廉·白瑞德（William Barrett）所說：「體會到人類的有限，將把我們帶入人的核心；若不了解人類的有限，便不能了解人性」㉔，唐代哲學的突破，激發了對人自身的存在醒覺，藉著人生有限之澈悟，而靜心滌慮回到人生最根源的問題上

㉓〈霍小玉傳〉描述小玉與李益枕幃歡愛之夕，玉忽流涕謂生曰：「妾本倡家，自知非匹……盟約之言，徒虛語耳」一段，寫的也是個人在社會條件中被限定的無力感，霍小玉洞澈此種命運，亦無悔地承擔了。後來所以冤恨轉深，乃是李益狠心負心之故。

㉔見白瑞德著〈非理性的人〉（Irrational Man 存在哲學研究，六八年、志文出版社、彭鏡禧譯）。

去思索，思索人性與人之處境等問題㉕。他們縱觀以往各種哲學，揣想尋得一種可以依遁恪遵的「道」，遂創立了新的哲學。此一新哲學包含一套宇宙論倫理學的體系，以宇宙論解釋宇宙創化生衍等問題，並界定人之價值，而構成倫理學，像韓愈〈原道〉〈原性〉〈原人〉、李翺〈復性書〉等，都充份顯示了這類思想走向，韓愈勸孟郊知命解憂、李翺諭人守道盡才以俟命（李文公文集卷四・命解），更表現了當代思想的特質，展示出「洞視萬古，愍惻當世」㉖的哲學氣魄與襟懷，這在前引元稹〈競渡詩〉及皮日休〈答陸魯望詩〉中亦可看到。

這種悲情與悲思，會因人生虛幻有限而徬徨徙倚，會因自渺於宇宙蒼茫而悲愴莫名，殷憂莫解，悚惕若驚，所以韓愈登華山而痛哭，白居易觀幻詩也說：「有起皆因滅，無暌不暫同；從歡終作感，轉苦又成空。次第花生眼，須臾竹過風，更無尋覓處，鳥迹印空中」。人生苦短，所能掌握的事實上也都虛妄不實，那麼，人生便只能如漂流浮木，擺盪於虛幻世相之中嗎？人亟須掌握一種眞實，以敲破這種「不確定性」（indefiniteness），以祛除這份無助與不安。於是，求仙者有之、卜命者有之、參禪者亦有之，像柳宗元那樣自信的人，尚且「詣卜者問命」（因話錄卷六羽部），像韓愈那樣橫鶩的人，亦勤服食，則唐大歷貞元以後祿命丹鼎之說大昌，實屬必然㉗。可是，丹鼎

㉕ 李翺徘徊思索於禪宗藥山惟儼、天臺梁肅、韓愈之間，可以代表當時「尋覓」的精神和途徑。

㉖ 見李漢〈昌黎先生集序〉。阮籍〈咏懷〉七十說：「有悲則有情，無悲亦無思，苟非嬰網罟，何必萬里畿」，描敍悲情與悲思創造出洞視萬里的哲學視域，與此相似。

㉗ 哲學突破的時代，人各思勘破人生眞理，以致有一部份傾向玄妙靈怪。傳奇語怪之風，蓋亦由此而來，柳宗元與呂溫論非國語書：「近世之言理、道者眾矣，率由大中而出者咸無焉：其言本儒術，則迂迴茫洋而不知其適；其

服食或求仙參禪，畢竟只是外在的，最深刻的仍是體證天命一途，白居易思舊詩，說得最眞切：

> 退之服硫黃，一病訖不痊；微之煉秋石，未老身溘然；杜子得丹訣，終日斷腥羶；崔君誇藥力，終冬不衣綿；或疾或暴夭，皆不過中年。唯余不服食，老命反遲延，……且盡一杯酒，其餘皆付天。

傳奇中煉丹依禪者不少，而其歸趨往往在於天命，亦可作如是觀。這是由認識到人生有限而激生的體證，使得自我能和超越的天命在命的流行中連結爲一體。如此，則命既超越而又內在於人，人便可一面敬畏天命，深懍其不可究詰的超越與偉大；一面因心靈與命結合而澄靜安詳，迴睨人世，亦能得到一份觀照和解脫的灑然。所以我們說從人生有限性的沉思到確信天命夙定，在中國應是種具有普遍性的自然發展途徑。這段心靈發展的路程，中間當然會有一番激盪翻騰，所謂「不平之鳴」，表現了自我（才）在天命面前如何經過懷疑、思考、而歸依。唐傳奇即具體傳達了這些生存情境，因此那裏面有著堅定的咏頌，也有整個肯定過程的具體描繪。前者如〈虬髯客傳〉、〈鄭德璘〉、《玄怪錄》〈郭元振〉、及無數「食物之微，冥路已定，況大者乎」的咏讚；後者則如《續玄怪錄》所載〈定婚店〉或〈杜子春〉之類故事。

或切於事，則苛峭刻覈，不能從容，率泥乎大道；甚者好怪而妄言，推天引神，以爲靈怪，恍忽若化，而終不可遂」，可以細參。

世或以爲〈定婚店〉和〈杜子春〉表現了人依其意志以抗衡天命或意志的自由抉擇㉘，此實大謬。李復言本人是個誠懇的天命信仰者，他固不可能寫出那樣的作品；當時的思想形勢也不會有伸張自我意志來搏鬪天命的想法。〈定婚店〉和李復言《續玄怪錄》中另幾篇盧生、張老、琴臺子一樣，旨在說明人類的婚姻，表面上似是自我追求所得，實爲天命的安排。他藉着描述命運在人物身上種種作用的情狀，來逼顯出：「乃知結褵之親，命固前定，不可苟而求之也」「乃知陰騭之定，不可變也」的肯定認知。於是命便不僅是個抽象的名詞或概念，而是具體可以感受到的人生情境。〈定婚店〉裏的主角韋固，固執地不肯相信老人「凡幽吏皆掌人生之事」「命苟未合，雖降衣纓而求屠博，尚不可得，況郡佐乎？」的講法，在盛怒中不惜以身試命，最後卻仍墮入天命的預設中，敬畏欽服，衷心頌嘆：「奇也！命也！」，而夫婦相欽愈極。這一聲讚嘆，點出了天命的奇妙大力，也說明了人的行爲若得到天命的依憑，則他的行爲也得到了保證。韋固那美麗的妻子起先還痛罵刺他一刀的人是「狂賊」，等到他先生承認「所刺者固也」，並將一切歸諸天命時，兩人竟慚怒俱消，一體同歡。這與《喻世明言》第一卷〈蔣興哥重會珍珠衫〉裏，蔣興哥將一切離合姻緣歸諸天理相似：「把舌頭一件，合掌對天道：『如此說來，天理昭彰，好怕人也！』……平氏聽罷，毛骨悚然，從此恩情愈篤！」㉙天命或天理，即是夫婦兩人的認同標誌

㉘ 如李元貞〈李復言小說中的點睛技巧〉（六八年、巨流圖書公司、中國古典文學研究叢刊小說之部二），樂蘅軍先生亦如此說。

㉙ 此處所謂天理，是指福善禍惡。另外參考《太平廣記》卷一六〇引《玉溪編事・朱顯條》。

（identificatoion mark）。唐人記載同一類事件的《玉堂閑話》灌園女嬰條也是如此，文末「信卜人之不給他」的嘆辭，正表示作者對它的肯定。換言之，依唐人的看法，愛憎之情自我，離合之理自天，不但最後的結局是宿命，中間曲折的游疑叛離過程，也是天假其手爲之，以使他澈底明瞭天命是眞實而內在於人的，《續定命錄》載崔玄亮事是最好的例子：「安知不是天與假吾手耳」㉚。這些，顯現了貞元元和間共同的心靈歷程。

杜子春故事也是如此，《太平廣記》卷四十四引《河東記》蕭洞玄條，描述蕭洞玄和終無爲兩人相約煉丹，而終無爲痛惜愛子被殺，不覺失聲驚駭，以致丹竈不成，「兩人相與慟哭，即更鍊心修行，後亦不知所終（暗示終於成仙）」，敘事與杜子春相似。其內容顯然是依據佛道兩教說法而來，指出「愛」是成仙成佛最大的魔障，《維摩經．問疾品》：「放諸眾生，若起愛見大悲，即應捨離」、《智度論．七》：「煩惱有二種：一屬愛、一屬見」，恩愛害道如毒藥，故王維詩說：「愛染日以薄，禪寂日以固」。杜子春「愛生於心，忽忘前約」，導致丹鼎遽裂，一切幻相亦隨之飄失，正是運用佛道兩家有關「愛假」的理論，他們認爲思慮情感之惑，以愛爲主，愛則自迷情而起，其體虛假；此惑不斷，不能見理，所以道士嘆曰：「吾子之心，喜怒哀懼惡慾皆忘矣，所未臻者，愛而已」（終無爲轉世投胎成王愼微，也因「愛念復常情」定敗道）！作者不但直接曝示愛爲煩惱之根，也彰顯了必須通過愛慾的澄化才能入道，這是全文重點所在㉛。不過，在以人世之形

㉚ 唐摭言包誼條亦云：「乃知得喪非人力也，蓋假手而已」。

㉛ 汪辟疆早在《唐人傳奇小說》續玄怪錄張老條就說過：「杜子春一篇，意在斷絕七情」。錢鍾書《管錐編．論太平廣記．之十》說明亦詳，見該書第二冊、六五五頁。我懷疑杜子春即是杜子蠡，以其不能斷愛慾也。

象具體刻劃此一理論內容時，它蘊涵了一套預存的肯定：成仙成佛都是上天所豫定的。《錄異記》載李生將死時託契貞先生李義範讓他的男孩爲僧，先生曰：「便可令人道乎？」生曰：「伊是僧材，不可爲道，非人力所能遣，此並陰騭品定」，及後此男果然爲僧，「《誦法華經》甚精熟焉，初先生以道經授之，經年不能記一紙。人之定分，信有之焉」㉜。這則故事告訴了我們，當時人把爲僧爲道成仙成佛也看成天命所定，所謂「與我佛有緣」或「仙才」等詞語均是此一觀念下的產物，義山詩：「自有仙才自不知，十年長夢採華芝」，說盡了那原始本存的眞實命詰，在生命中勃然興動的狀態。杜子春傳也是，老人在杜子春失敗後感嘆：「嗟乎！仙才之難得也」和蕭洞玄初識終無爲時的驚喜：「此豈非天佑我乎！」俱應如此理解。

伍

甲、結構

據此，我們發現：唐傳奇中，天命觀念可能是作者所欲表達的主要意念內容，是一篇之主題；也可能只是個預函的架構，用以數布情節、舖寫人物。而其寫法，或直接宣示，傳播天命不可違

㉜《續玄怪錄》張老條不但指述婚姻爲命定，人與神仙溝通也屬宿分：「此地神仙之府，非俗人得遊。以兄宿分，合得到此」。《傳奇》崔煒條記崔煒墜井入南越王趙佗墓也說：「崔子既來，皆是宿分」。又、李朝威〈柳毅傳〉：「兄爲神仙，弟爲枯骨，命也。」

逆的信念，如〈虬髯客傳〉；或借事喻義，千折百轉，終歸於天命的壇幡之前，如〈定婚店〉、〈鄭德璘〉之類。這也就是說哲學突破的歷程和歸趨，實與小說結構也息息相關。

像〈虬髯客傳〉，「重心不在寫主角，而是顯然有一個特殊的目的在」，遂成爲傳奇小說中寫作技巧最高的作品㉝。它意味著小說家內心深處飽含有一股驅使他前進的強烈情緒或意念，並藉故事材料搭成小說形式。觀念，攫住了他的想像力，以致他能像伏爾泰（Voltaire）寫《戇第德》（*Candide*）或托爾斯泰寫《戰爭與和平》（*War and Peace*）那樣，嘲弄愚蠢和描繪友情建構鼓舞了小說創作，使得這有限性的材料，逼顯出了具有普遍性的意義。然而，依西方的小說型式來看，傳奇的結構往往詭譎不明，甘如Manuel Komroff在《長篇小說作法研究》一書中，曾分析小說組織可依其敘事內容分成幾種圖示：讀者在小說開頭就能察覺小說已發出命運的訊號，是圖一，覺察點（point of recognition）和小說開端距離甚短。若故事進行甚久，才能發現一張命運之網已開始被編織起來，則是圖示二（那下降的曲線，表示命運一旦出現，人物生命情境便急遽下墜殞滅了）。若是人物居然從註定要倒楣的故事敘述中，由命運圈上昇，超脫出來，則它使將成爲一種不自然，畸形、悖乎所有一致法則（rules of consistency）的圖三㉞。

㉝ 詳劉開榮前揭書一一三頁、及葉慶炳先生〈虬髯客傳的寫作技巧〉（中國古典文學研究叢刊，小說之部二），二者意見不同。劉氏一九六四年版《唐代小說研究》刪去此一討論，而以階級鬬爭意識爲作品藝術裁判的標準，殊爲無聊。

㉞ 見該書第二章第四節（六四、臺北、幼獅文化么司、陳森譯）。

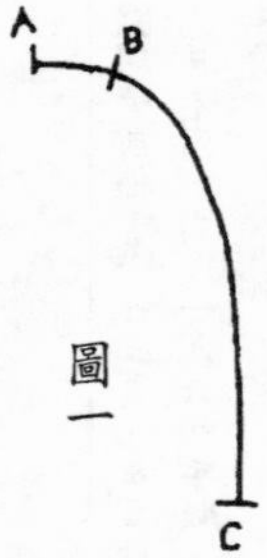

圖一

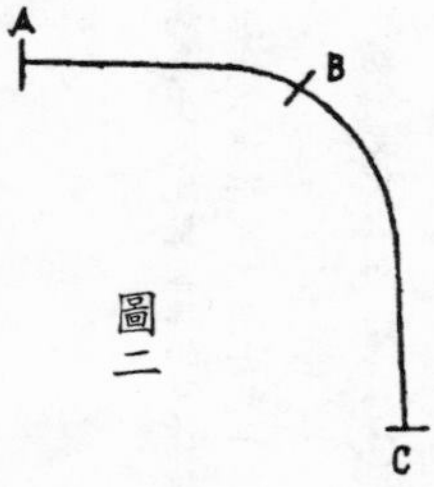

圖二

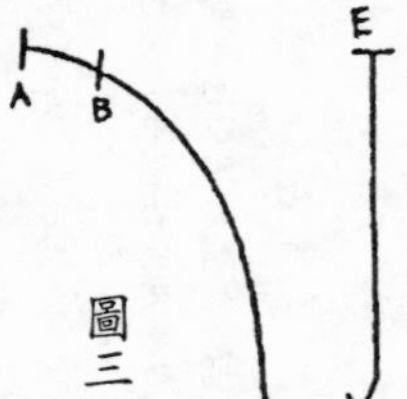

圖三

《虬髯客傳》顯然是第二類結構圖示，但生命情境似乎並未下降，《定婚店》更是在幾乎釀成悲劇後轉變爲天命之前的一體同歡，由Komroff看來，這就像灰姑娘（Cinderella）自殺一樣不可能，可是傳奇中卻所在多有，如《續玄怪錄》張老條，張老是六合縣一位灌園叟，鄰人韋恕則剛自揚州曹掾秩滿歸來，有長女欲擇佳婿，張老耄且貧賤，居然厚顏應徵，以致韋民和媒婆都冒火大罵，韋氏更要他日內拿出五百緡錢來，這是個絕佳的衝突題材，但傳奇作者卻不處理成矛盾衝突，他只讓張老說：「言不從，即吾命也」，又讓韋女應和說：「女亦不恨，乃曰：此固命乎！遂許焉」，筆勢如刀之兩刃，夾峙出一個天命的主題，再在張老韋女成婚後，盡力描寫二人遊恣神仙之樂，使得前半求婚一段形同楔子，這是傳奇常見的結構之一，卻與西方小說中命運發展的型式迥然不同。另外，像李朝威《柳毅傳》，前面描述柳毅應舉下第，遭逢龍女，入洞庭，娶龍女，撰造濃至靈妙，精彩無比，文末才藉柳毅表弟薛嘏之口說明柳毅所以能成爲神仙，是命之所定；《玄怪錄》郭元振條，也在文末說明郭氏替鄉人除妖怪，是因事已前定，妖不能害。這類小說主題意識都在最後才逼顯出來，戛然終止，逗人深省。更有一類，別有主題，卻在敘事映帶中。

偶然提起自我與天命結合的關係，如元稹〈鶯鶯傳〉、《三水小牘》綠翹條等。這些小說結構，KOmroff俱未提及。

不僅如此，西方小說的基本意念，多借情節中包含的「糾紛」（complication）來顯示，唐傳奇則多半不如此，這顯現了什麼意義呢？

若說哲學本身是對抽象概念的批評，則小說當是抽象概念的具體演出，以作爲人生之表述。一個時代，可以從宗教或社會形式中顯示出它自己，但最主要最清楚的表現仍在文學藝術。它不爲任何理念服務，卻表現了理念；因此，由其理念表現上，我們可以觀察到不同時代或文化中文學的特質。不管多麼虔誠的信徒，即令他具有但丁一樣的才情，在今天也不可能寫出『神曲』，因爲整個意識文化背景改變了；同樣的，「東方藝術有形式，卻是種異於西方的形式；這種藝術的差異，不只是偶發的事件，而是由一種不同的處世態度產生的」㉟。我們不僅要了解這類差異，更應察覺這種差異在藝術結構上造成的鉅大影響。而這些差異與影響，似乎均可從中唐「哲學的突破」的歷程和歸趨處，具體地看出。因爲，唐傳奇所處理的，幾乎全是「人之處境」的問題，其本身當屬哲學突破活動的表現體之一。

㉟ 同㉒。

乙、性情

以《廣記》卷三三二引《幽通記》唐晅條爲例，它即充份顯示了哲學突破活動與傳奇的關係，譬如唐晅篤守禮制，其女也嫻習詩書，可是後來唐晅和死去的妻魄相見時，卻問：「佛與道孰是？」妻答曰：「同源異派耳」，這便是以三教爲基礎的思想簡別選取活動。傳奇其他作品，如〈甘澤謠〉的紅線，一方面額上書太乙神名，一方面申言「此輩背違天理，當盡弭患」，一方面又認可佛家三世之說；《紀聞》中的牛應貞，更以「學窮三教，博涉多能」自負，諸如此類，莫不顯示了上文所說縱觀三教，以細睨人世的思想特質。因此，我們可以說：中唐哲學突破活動，至少在兼括三教、談述靈異、和勘探人生究竟等三方面㊱，對傳奇有着巨大的支配導引力量，尤以後者爲其核心。這一人生究竟和人之處境的探勘思考，已成爲傳奇創作的基本指向。

此一指向，既緣貞元元和間哲學的突破而來，所以它內在地探索到整個人生與宇宙生命的關係，點出人世虛幻靡常且短暫空洞、生命和意志也只是一種有限，於是便產生了〈櫻桃青衣〉、〈枕中記〉〈南柯記〉一類小說。外在，則它也思考到人在社會中的處境，對社會表面的穩定繁華，有虛幻被拋擲之感，〈東城父老傳〉可爲代表；至於〈霍小玉傳〉〈鶯鶯傳〉一類作品，則

㊱ 哲學的突破與靈異之關係，見註二七；與人生究竟探討之關係，唐晅也曾問其妻：「人生修短，固有定乎？」答曰：「必定矣」，是個具體的例子。

表現了人在社會中的處境和社會對人的要求與限制，人爲了勝任其社會功能，自我遂常不斷流失，李益、鶯鶯、霍小玉、張生，其榮悴死生不同，自我之流失則一。這一切，構成了一種極端情境，使人認識到人自身和社會的虛幻有限，而驚怵狂歌，如李翱和貞元布衣之類。然而，這層認識並非終結，必須超越此一虛幻有限之自我與社會，才能得到解脫大自在，《紀聞》牛應貞故事可爲明證——牛氏精通三教，卻罹患重病，有志不得伸，羸悴而死；這樣一個人竟不認爲應該怨天詬命，反而寫了篇〈魍魎問影賦〉，假借魍魎和自己影子的答問，來說明自己的人生觀：

以愚夫畏影，而蒙鄙之性以彰；智者視陰，而遲暮之心可見。……達人委性命之修短，君子任時運之通塞，悔吝不能纏，榮耀不能惑，喪之不以爲喪，得之不以爲得！

唯有正視人生的陰暗，了然其遲暮就斃，始能激發起委心任運的沉思，而不惑不喪，於眞空中見其妙有，完成一種縱浪大化的生命情調。換言之，他們視時命如框架，人之有限無法踰越，但生命像詩，非僅不因格律框架而僵化，反而因格律一定，所以才能表現，才能無礙自得，這是種藝術的人生，也是由自我擴透而出，上合於宇宙大化的解脫大自在。這種解脫，可分兩層來談：

一、就其了悟虛幻而言，其活動本身，就可視爲一種深刻的超悲劇意識，唐君毅《中國文化之精神價值》第十一章說：「中國之悲劇意識，主要者殆皆如《紅樓夢》式之人生無常感（包含人間社會之一切人物與其事業、及人間文化本身之無常感）。此悲劇意識，非如西洋人之先視人生世界爲無數主客力量衝擊之場合，人本其主觀之意志欲望以外向追求，復幻滅於客觀之力量前而生。中國之悲劇意識，唯是……直下悟得一切人間之人物與事業，在廣宇悠宙之下之『緣生性』『實中之虛幻性』而生。……是知中國最高之悲劇意識即超悲劇意識」「謂之由悲深而悲樂兩忘，悲樂兩皆解脫，庶幾近之」㊲。

二、就其解脫而言，唐先生認爲人間虛幻性的感慨，會轉出更高層的對人間之愛與人生責任感，極是。事實上唐傳奇便常因面對自我流失與生命虛幻的極端情境，而展現強烈追求自我實現的特質。但怎麼樣才能完成自我呢？依祈克果的講法，自我應是有限與無限兩者的結合，若人只顧無限擴張意志，則意志便成爲幻想，徒然閹割了自我，而墜入絕望症中；反之，若一味執着於人生的有限，而不能與一個「最高的意義」結合，使自己無限地脫離自我而伸向無限、又無限地回到自我而向着有限，則人生也是絕望空虛的㊳。唐傳奇中，那種極意強調的天命思想，就是在這種情況下巍然峙起於紛紜采幻之間的㊴。因此，言命不但不會貶低了他們思考的品質，更是追求自我實現以完成人間之關切不可或缺的力量。

也因爲如此，所以唐傳奇的世界幾乎顯得過度健康明朗，它總是在憂疑徬徨、纏綿困阨中，振翼突出，迴翔健舉於宇宙長流之間，不曾浸透着黯淡沉靜的悲哀、或血嘶氣顫的掙扎，縱有苦

㊲《中國文化之精神價值》（五十年、正中書局）。

㊳祁克果著《危機與絕望》（六五年、源成文化圖書供應社、林湘譯）第四章。

㊴唐代民族原具有一股強烈的衝創力，但最後也發覺此一力量有其極限，故終歸依於倫理天命中。這似乎也能解釋中唐「哲學突破」的產生原因。另詳註十二所引書。

難，也由人和天命的冥合而得到安撫消除。因此，它不再是原始生命的盲目歆動，不再是生命的嘲弄與處擲；人世固然因緣相繫，苦海茫茫，人卻非生而不幸，一念解脫，依然自在，於無可爲中見其無所不爲㊵。這，便形成了唐傳奇獨特而精采的性格。

丙、性情與結構

我想以李公佐撰〈謝小娥傳〉爲例，略說此一特徵。

謝小娥事，又見李復言《續玄怪錄》尼妙寂條。記謝小娥與父親丈夫同舟貿易，被盜所害，父與夫俱死，弟兄子姪及童僕皆沉於江。小娥負傷獲救後，夢其父與夫來告訴她仇人姓名，但夢中示徵是以隱語的方式表示的，小娥不能解；偶然在妙果寺遇到作者李公佐，替她詳夢，指出仇人姓名。小娥大喜，乃化粧成男子進入仇家幫傭，歷時數載，果然得以手殲仇姦，落髮爲尼以終。

這個故事一開始就充滿看一種強盜猛儐的力量，謝小娥嫁俠士段居貞，居貞負氣重義，交遊豪俊，來往江湖，表現出渾沌生命的氣勢；但此生命不旋踵而遭到更大力量的摧傷，猝然而猛烈，

㊵《太平廣記》卷四九〇引無名氏《東陽夜怪錄》：「但以十二因緣，皆從觴起。茫茫苦海，煩惱隨生，何地而可見菩提？何門而得離火宅？」、《續玄怪錄》張老：「人世勞苦，若在火中。身未清涼，慾焰又熾，而無斯須泰時。兄久客寄，何以自娛？」都表現了超離苦難的思考，其非緘默的悲傷或強忍苦惡之生命型態甚明。只是他們並不因認識上的超脫而使人生蕩空而已。

一切生命都被斬殺了。小娥偶然獲救，是個轉機，夢父夫示徵是另一轉機，逢李公佐又一轉，赴潯陽入仇家幫傭爲又一轉，而其事皆屬「偶然」，最後又剛好遇到賊人酣飲俱醉，才能報仇雪恨。這一連串情節遞換，以兩條主線貫串，一是謝小娥本身貞節的志行，一是天命，天命是掌握各個單體狀況及佈局的「頂層結構」（superstructure），它鏈結了人物之聚散及始末，小娥看到賊人喝酒時，私嘆曰：「李君精悟玄鑒，皆符夢言，此乃天啓其心，志將就矣！」說明了李公佐解夢和小娥報仇，看似偶然，實係天啓，這就是自我意志和天命浹合爲一的例子。在小說中，兩者互相綰合的接點，在於夢境。夢，便是這類小說中具有關鍵性的結構。

唐傳奇有許多和人生主題有關的意念，是透過夢來表達的，李公佐另一篇〈南柯太守傳〉，也是在「昏然忽忽，彷彿若夢」中，點出：「生感南柯之浮虛，悟人世之倏忽，遂棲心道門，絕棄酒色，後三年，亦終於家，時年四十七，將符宿契之限矣。後之君子，幸以南柯爲偶然，無以名位驕於天壤間」，這和沈既濟〈枕中記〉借枕中一夢，闡示「窮達之運、死生之情、得喪之理、寵辱之道」相似㊶。夢，是它們的主要結構，暗示着人生爲有限，名利爲偶然，唯有宿契命運方能逍遙。這種結構和它所欲表達的意念，當是傳奇最重要的特徵；傳奇中經常出現的卜人、異士、謠歌、隱語、神仙、錯誤、無知、預言、符讖……，都具有和「夢」一樣的功能。

卜人異人和神仙，多半擔任傳達訊息的中介者，由他們在紛紜世相中指明人生的眞實，暗示

㊶ 孫頠〈中宗傳〉與枕中南柯相似，而佈局尤奇，不但曾有夢和占夢事，文中更說：「肇分太素，國既有億；爾淪下土，賊卑萬品。韋臻於此，實由冥合」（據《太平廣記》卷八三引此文云出《玄怪錄》）。

天命的歸趨，《太平廣記》所載異僧類的〈嬾殘〉、精察類的〈魏先生〉，都是這類人物。二者均出袁郊《甘澤謠》而順逆不同。魏先生識天命，勸李密說：「吾嘗望氣汾晉，右聖人生，能往事之，富貴可取」，李密不聽，終於覆敗，表示了逆天的下場㊷。〈嬾殘〉則不如此，故事借李泌與嬾殘二人夾跌出主題來，李泌本人即能辨休戚，遇到嬾殘，更明指他可以做十年宰相，於是文末作者站出來說：「後李公果十年爲相」：以天意之前知，證異僧之所以爲異，扣合前文中「非凡物也」一辭，匠心緜密無匹。異人所宣示的預言，一如符讖，可以舒釋人間的憤懣，可以完成小說的目的，在此也能看到。

這一結構特徵，六朝無之，宋元話本雜劇才在逐漸演化中表現出來，這意味着傳奇本身是哲學突破中思考的產物，故其意念內涵帶有濃厚的創發性，小說結構爲彰顯此一共同理想和價值，自須研究嘗試做若干調整與配合，其形式本身類同性和獨創性都相當高，但其精神總是創發的。市人小說必須經過較長時期才能承繼它們所創發的意涵和結構，以形成自己的形式與內容。換言之，小說若作爲人生的一種「表述」，則它頗與語言相似，我們探究語言之特徵時，發現某一時期語法的基層結構，常與早一期語言的表面結構相關聯，並常影響到後一期的語言結構。唐傳奇透過對人生宇宙深沉焦慮的思索，徬徨冥探，才捫觸到樂天安命以相忘於天地江湖的智慧。宋元

㊷ 全唐詩卷八六三載嵩山女事所述逆天遣譴之理，與此相若：任生隱嵩山讀書，夜有一美女來，自云冥數合爲姻，寫詩兩首求偶；生疑爲妖，拒之再，女子冉冉飛去。數月後任生病，夢女子語曰：「嵩山薄命漢，汝數盡，更與三年」，已而果然。

話本承繼了樂天安命或委心任命這一表面結構，形成了它們的命運觀，成爲它們的基層結構，故主題反而不是寫天命，而是寫人在命運中興動的狀況，試比較〈碾玉觀音〉〈錯斬崔寧〉和傳奇〈牛應貞〉〈唐晅手記〉，這種差異至爲明顯。但無論二者差異如何：其不同於六朝只記載一些偶然突發性事件的小說，也是相當明顯的。這就是傳奇在小說史上獨特的形相和地位。我們若以小說表現的力量，來區劃小說的類型，則純形而上宇宙大化大力表現的神魔小說當居第一位；其次是講史，那些介乎人神之間的英雄，實以傳達天命意旨爲主題；最後才是「小說」，這些靈怪、煙粉、公案、妖術、神仙、朴刀等等，皆以人爲主，以神怪濟其窮，人可援引歸結於天命，其本身卻不具備天命化身之地位。傳奇的性格，就介於講史和小說之間，這在我國小說史上的地位自然是極爲重要的㊸。

＊　＊　＊　＊

這些極重要而特殊的傳奇作品，固然面目繁多。處理人之處境問題而歸結於人天歡應，卻貫串流布於不同作家作品之間。他們藉着無數塵寰細事，來證明說明人生的最高意義，勸誘人們以知命安命來解消人世的困躓、並完成其社會責任。因此，傳奇中的人物，一方面對命運皆能感能知，而另一方面卻也從未因此而隳棄了自我修持淬煉的努力。

㊸《都城紀勝》《夢梁錄》和《醉翁談錄》均將傳奇納入小說類。筆者曾與張火慶先生討論，彼此同意傳奇應在講史小說之間。另參考Patrick D. Hanan〈早期的中國短篇小說〉（一九七三年、香港中文大學、收在《英美學人論中國古典文學》）。

我們若對前者無所知，便很可能會誤以為〈杜子春〉〈謝小娥〉一類作品，是表現反抗天命、放棄天命㊹。之所以會造成這種錯覺，固是不明瞭唐人思想型態及作者意識所致，卻也顯示了西方傳統中命運與人間意志抗爭的思想模式套用在中國傳統小說上的危機。這匣模式，竟讓無數優秀的小說評論者溶入茫茫暗暗中，瞢然不曉佛道兩教的思想內容和孔子老聃的警語（君子有三畏，畏天命……小人不知天命而不畏也」「復命曰常，不如常，妄作，凶」㊺），而把唐傳奇視為自我意志和天命爭抗的表現體。如此，唐傳奇中就只剩一群不知妄作的小人，瘋狂地煽動着「無明」，以自陷於汨滅！

若對後者無所知，則更容易援引西方決定論以指控談天說命者會弛懈道德與責任。其實自儒家「君子修道以俟命」的講法以下，言命者無不強調道德自我之建立、與社會責任之不可卸；就是天命本身，也含有紓釋人間怨懟和完成人間事功等作用。〈謝小娥傳〉這類故事，說明了唐人在刻意追求自我實現的過程中，並未扭斷人與天意聯繫的臍帶，也不禁錮在有限而絕望的自我中倉皇痛憤。套用西方模式者，果何為哉！

陸

我們已慣於運用某些西方傳統來思考，因此也很自然地認為「冥數前定」這類話語就是決定論（Determinism），而決定論和意志自由（Free Will）基本上是不相容的（incompatible），這便

㊹ 見註二八所引文。

㊺ 見《論語·憲問》篇及《老子》第十六章。

產生二者間永無休止的對抗。然而，作此比附之前，我們曾否細思：中國的天、命、數、理，果眞就是西方的決定論嗎？

「決定論」基本上乃是從自然宇宙觀其發展出來的一套哲學，自然宇宙觀不同，則這套哲學亦隨之而異。中西自然宇宙觀根本不同，自不待言；就以西方自身的哲學發展來看，同屬決定論進路者，其內容亦常違異。（懷特海曾指出由希臘之必然的命運、羅馬之機械的法律……到近代西洋科學以自然定律爲絕對，其發展乃是必然的，但它們卻各有不同的面貌）。

宗教、歷史、社會、人生等各種不同範疇的決定論中，以早期的命定論（fatalism）、中期的神意決定說（Theological Fatalism）、及近代自休謨康德以下將決定論建立在宇宙因果關係上的學說，較爲重要。神意決定論認爲人之命運休咎全憑神恣意決定，歷史只是個前定的歷程，在上帝權力的完全籠罩下，最後構成一上帝之城，這跟我國天命觀念差異極大，故歷來較少混淆；易產生爭議的，是早近兩期決定論觀念與我國天命論之異同。我想先就它們的本質來談，然後再處理有關因果的問題，說明其內涵與小說藝術之關係——

西洋哲學史上，常把宿命論、豫定論、決定論等分開來指稱「決定論」各時期的內容差距，其是非異同亘數千年仍纏辯不休，但基本上它們都相對於人類意志的存在而提出，故法律、自然科學、經濟、命運、上帝都是外在於事物本身，而又具有超絕之必然的力量，這種力量貫注於宇宙人生，所以它與個人意志及道德建立的關係，就成了哲學史所欲探究的主題。這一主題涵括三個範疇：一是意志（自由）、一是決定論、一是意志自由與決定論。意志，相涵於人性論中；決定論相涵於自然宇宙觀中；意志自由與決定論，則相涵於天人關係裏。

由人性論看，西方自遠古希臘起，即流行奧菲派神秘宗教（Orphic Religion）的人性論，他們認為人是由善惡兩種神力揉合成的怪異組合，靈魂深陷在邪惡的軀骸裏，使得人世的生命形同牢獄。這就是希臘以下幾千年來先天性惡論的源頭，後來轉變為宗教上的性惡論，厭世出世，貶抑人性。希伯來對人性的看法，與此相似，都認為人性具有神魔同在（God-Lucifer）的大裂痕，所以人不只是一種矛盾，更是種內在的自我矛盾！含有罪愆與掙扎，自我撕裂於人世之間。表現在文學藝術中，當然也就視描寫矛盾掙扎為必然㊻。所謂「意志自由」其實就由此一矛盾情境中生出，因為它不斷地在作「選擇」的工作，選擇何種價值並肯定追求之，其過程即充滿了衝突矛盾與掙扎，其結果也與良心平安或不安、罪惡感、悔恨的經驗等緊擁交纏為一體，所以杜思妥也夫斯基遂不得不在《地下室手記》中狂呼：「意志是人整個生命的呈現，不僅包括理性，更包括所有內在的衝突」「一個人無拘無束地自由選擇，無論它可能如何野蠻、如何訴諸幻想而淪為狂亂，它都是件最有益的快事！」。

由自然宇宙觀看，在自然與人為（convention）相對立，永不休止的吞噬型態下，它們主要表現了一種超絕（transcendent）精神及純理的分析精神。懷特海《科學與近代世界》中曾謂近代西方自然科學源於希臘之命運觀、羅馬法及基督教上帝創造之世界必有秩序的觀念。其中，希臘的命運固然支配着人生社會，羅馬的法律，也是種剛性的宰制世界之規律，上帝尤不待言，即科學

㊻ 參考方東美《中國人的人生觀》（六九年、幼獅文化事業公司、馮滬祥譯）、李杜《中西哲學思想中的天道與上帝》（六七年、聯經出版公司）。

之理性主義精神，亦由相信萬物必受一客觀普遍之定律支配而來，這就是西方自然宇宙觀超絕精神的具體表現。在這種超絕性文化裏，從天文學上看，一切天體均是吸引力與推拒力、離心力與向心力互相爭衡推拒的結果；一切自然生物及人類，從生物學人類學上看，也是經歷永無休止的鬪爭衝突才生存下來；於是，宇宙萬物遂處在一種「力與力之爭衡恆突的緊張關係」裏，人世社會成爲矛盾力的大結合，黑格爾馬克斯的自然宇宙觀可爲代表㊼。換言之，在其超絕性精神中，這一超絕的力量本身即含有矛盾衝突的內質，人世間固然充滿了盲目意志，因自愛其個體而互爭；超絕力量也與人類意志格鬪，形成兩種力量間的拉扯，伊底帕斯所說：「不幸走近了我，屈服了我，但我毫不畏縮。除我之外，沒有任何人能忍受此種厄運」，即是人在面對命運時強悍掙扎的宣告。命運則穿着詭譎而凶險的袈裟，在冥冥中摧毀我們，帶來不安與災禍。它所虐殺的死屍，佈滿大地，抵抗者的鮮血也染紅了蒼穹。於是，在恐怖和憤怒中，慘陰的月亮，像漂成白色的骨骸般，掩映着墳塚似的人世。這，就是悲劇精神之下的天人關係㊽。

這種緊張衝突的人生與自然宇宙關係，之所以產生，主要是因爲超絕的命運或自然律以一種「超絕」的面目出現。超絕，故具有支配性，支配即造成彼此衝突無可化解的痛苦，因此，支配

㊼ 唐君毅、前揭書、第五章。

㊽ 參看卡爾・雅斯培（Karl Jaspers）《悲劇之超越》（六三年、巨流圖書公司、葉頌姿譯）第二章〈悲劇的基本特性〉。

實即預設了「受難」（pathos或suffering）的必然性㊾。因為命運所凌踐的不只是人類具體的生命，更是他所追求的完善形象，以致人類的心靈因其潛能之豐雋而逐漸萎蹶崩塌。每一潛能，當它要大放異采時，便將招徠災難，「支配」遂使生命落入無可挽贖的痛苦與罪難中。

與「受難」相連的觀念和生命情節，是罪與缺憾。這些西方文學的重要部份，在傳奇中卻是不易找到的，傳奇中的人物，在與天命交融孚會的過程中，沒有「受難」，原因是他們的天人關係是廣大和諧（Comprehensive harmony）的，天人交攝為一，天不僅是超越性（transcendental）而且是內在性（immonent）的存在。天命並不是外在於人而可與自我意志相對的事物，唐孔穎達《周易正義》乾卦象疏說：「道體無形自然，使物開通之為道，各能正定物之性命。性者，天生之質，若剛柔遲速之別；命亦人所稟受，若貴賤壽夭之屬是」，性是天生之質，受之於天，命則是就此氣之流行運化委順於人而言，「自天之與人者言之曰命，自人之受於天者言之則曰性」，所以姤卦〈象傳〉九五孔《疏》說：「命未流行，無物發起其美」。若非天命流行，人稟天命而成性，則物不能存在、不能完成其自我。如此，人固然與天地上下同流，無將逆、無內外；天也不是壓抑折磨人的存在，它只完成、成就人世之美，孫思邈說得好：「善言天者，必質於人；善言人者，必本於天」（《太平廣記》卷廿一引宣室志）。這與西方自希臘以降一系列決定論和意志自由問題，立足點的差異有多大呀！

㊾ 支配基本上是種強加自我意志於對方身上的行為表現，詳柯慶明〈論悲劇英雄〉（六六年、聯經出版公司、收入《境界的探求》一書。）

這樣的天地、這樣的人世，自然沒有「缺憾」的觀念，缺憾還諸天地，一切遂歸圓滿㊿。也沒有罪的觀念，西方視毀滅爲罪的贖償，罪並不只是某一特殊行爲，而是人存在的特質；存在是罪、行動也是罪，中國人焉有此等觀念[51]？從西方哲學藝術上看，其核心是鬪爭與衝突：個人與普遍（社會力量、法規、儀式）衝突、現在與過去的生活方式衝突、人與上帝衝突、衆神互相衝突（人成爲傀儡或犧牲）、人與自我衝突……，一切衝突與掙扎，結穴於「我的存在引起不幸」。這，使得中國人安謐而平靜的臉龐和西方人緊張而具自我意識的表情，渾然不同。

從人對待命的態度上，我們也能察覺這種不同。——悲劇的命運，認爲一件事若注定要發生，無論人類如何行動都不能改變。這與唐人看法固然相似，但在下列邏輯表述中即可看出它們的差異：邏輯上窮盡的關係「A或非A」，用符號表示是：A（－A），賦予內容之後，可能是：「你考試會及格或不及格」，宿命論就運用這種關係，重組成下列兩種人在面對命運時的態度：「如命定及格，無論你如何疏懶，你都會及格」、「若命定不及格，無論你如何努力，終不能及格」[52]。這兩組不同的命題假設，後者傳奇中頗爲常見，前者則非唐人所有。

㊿ 這也許可以解釋中國小說何以多以團圓或善惡報應爲結局。

[51] 悲劇通常以命運爲其特質，而命運又是罪惡本身內在運作的結果，詳雅斯培前揭書。

[52] 參看韋漢臣〈自由與決定論〉（師大崑崙雜誌廿七卷一期）、凱·尼爾生《自由與決定論》（六七年、楓城出版社、鄭曉村譯）。

唐人有依命和造命二說[53]，天命內在於人，性成命定，故只要是人，就得依命，得喪寵辱，不必強求。然而，天命是成就人的，倘或眞正肯努力，天亦無理由一定要扼殺你的發展，所以通過自已的奮鬪，天命亦得以完成，韋應物〈答韓庫部協詩〉：「智乖時亦蹇，才大命爲通」，正表現了這種天人交應的情形，李翺〈命解〉也說：「成曰：『富與貴在我而已，以智求之則得；不求則不得也，何命之爲哉？』或曰：『不然，求之有不得者，有不求而得之者，是皆命也』，二子出，或問曰：『二子之言，其孰是耶？』對曰：『是皆陷人於不善之言也！以智而求之者，盜耕人之田者也；皆以爲命者，弗耕而望收者也。吾無取焉！』」以智求之，類似意志擴張說；委諸宿命，則與西方命運決定論相似，俱非中唐哲學突破中人們肯定的認同價值。

至於因果關係的決定論，興起較晚，其觀念建築在宇宙因果律之恆常性及由此引申出來的可預測性（Predictability）上，人的意志與行動既受此因果原理之支配，一切自都是必然的（necessity）。但自從量子力學海森堡測不準原理（principle of indeterminacy）出現後，論者多半把因果分成強意義（Strong sense）和弱意義（Weak Sense）兩種，前者同於命運決定論，後者的因果律則等於「原因」，原因可以是外在的決定力、也可以是內在主體的決定力，故它可以和自由意志相容。

---

[53] 造命說，如尉遲樞《南楚新聞》：「德宗以播遷爲天命，李泌曰：天子造命，不可命」。

因果律決定論與唐人論命顯然不同，自不待言，它與佛家因果觀亦不相類[54]。而且據我所知，唐人小說在陳說因果業報時，因果只是用以解釋天命宿定的一個輔助系統，並未用十二因緣說搭構小說情節，若有，也只是略示戒律以說淨土罷了。

所謂律，指實行上的規律。守戒人可分七類，名為七眾，依其層級而寬嚴不一，但不殺生、不偷盜、不邪淫、不妄語、不飲酒、不香油塗身、不觀聽歌舞、不坐高廣大床、不非時食、不捉

---

[54] 休謨（David Hame）曾以恒常關聯（Constant Conjunction）及重覆次第關聯（repeating Sequence）來解釋因果關係，所以「因」應是指形成一個「果」的充份條件而言；凡果皆有因，所以它也是可以預測的。佛家論因果不採這條進路，其理論亦較複雜，目的更不相同。——所謂因，指決定性的條件，緣則指輔助性的條件，這一切條件的關係，可以概分為二類：一是同時互依的關係，《雜阿含經》常說：「如兩束蘆，互倚不倒」，即表示二者互為條件，無因果先後之分；這種關係，在因果律決定論中是沒有的，後者則必須有程序上的秩序關係（temporal precedence）才行。二是異時依生的關係，此即所謂因果，果依因而生，在人，則與「業」的觀念相聯，中譯《本事經》第五．辰六：「二法相隨，謂業與壽；有業有壽，無業無壽」，命既與業密切相關，業由何而生呢？佛家有十二因緣說，指出形成「業」是因為：無明、行、識、名色、六入、觸、受、愛、取、有、生、老死等十二因緣步步相生的結果。而這十二因緣流轉的人生，人生態度當如禪宗所說四行：(1)報怨行：如遭困苦，當思此為前世造孽，自能不怨天尤人。(2)隨緣行：當知世界本無我，榮辱禍福，緣盡俱歸於無，如此則必能不喜不憂。(3)無所求行：處心無為，順天安命，有求皆苦，無求乃樂。(4)稱法行：循法以離我執我垢。——據此，我們可以了解，佛家所謂因果，猶如《攝論》或《成唯識論》所說種子，有剎那滅義（種子永遠在變化中，業也恒轉不息）、俱有義（種子與果同時存在）、宿定義（種子雖運行不止，但各自的功能皆已宿定）、待眾緣義（種子生果，尚待其他條件）等，與西方因果律決定論的理論根據迥然不同，性質亦多違異。

金銀寶，是一切信男女都應遵守的。因爲這些戒律都表現在行爲上，所以最適合小說形象化的需要。偶借一二犯戒而墮入輪迴不得超生淨土的果報故事，來達到傳教勸善的目的，自是唐代常事㊺。但「傳奇」中這類作品絕少，亦與人性及人生處境的思考無關，不能與天命或意志說相系。

柒、結語

唐傳奇之研究，周樹人、陳寅恪、汪國垣等人導其先路，將傳奇的源起和內容歸諸科舉與古文運動；劉開榮承其說，兼及進士階層與藩鎮政治、佛教文學的解釋等，是爲傳奇研究的第一階段。這一階段中，社會的解釋固然多是外在的附會㊻；起源及歷史的解釋，也有其基本困難，譬如：(1)古文運動因何而起？其思想內涵如何？(2)古文運動與傳奇並無嚴格必然的關係。(3)古文運動說和溫卷說、二者關係無法合一。(4)古文運動說和佛教文學影響說亦屬不相容的假設。……。要解決這些困難，似乎須另有一套解釋的方法才行！

近數十年來，論傳奇者，除多半因襲第一階段見解外，王夢鷗先生在文獻的解釋上績業卓著；樂蘅軍先生等人則代表了文學的解釋之努力。這些努力已漸成爲一種新的典範，但他們似乎常在

㊺ 淨土宗流行於中唐民間，此宗早自梁曇鸞時已從道教人士乞得仙方，後來太宗高宗又遠聘胡僧煉藥，故修淨行者每雜以方術，除施用符咒祈禱外，也施行服藥、絕粒之風，傳奇中佛道每每相雜，此一風氣亦必有若干影響。

㊻ 劉氏《唐代小說研究》有兩本，乙本毫無學術價值，只是階級鬥爭的宣傳品，此處專指甲本而言，附會已經不少。

剖析文學藝術及其精神時，陷入歷史無知或思想越位的泥淖，而基礎認識上又囿於第一階段之了解，這樣的研究徑路，可說是困塞而黯淡極了。

我實在不敢菲薄前此諸家研究的辛勤和成果，但我深深覺得：傳奇若要繼續研究下去，現在是該尋求突破的時候了。

如何突破呢？周樹人曾引胡應麟語，說唐人才開始有意識地創作小說，那麼，我們爲什麼不問問：究竟爲何、如何有意識地創造？其意識內涵及創作指向又如何呢？除了社會緣生性的解釋之外，傳奇本身是否能提供另一種內在的解釋？古文運動和進士階層假若有關係，其關係因何而起？建立在何種條件上？而這一發生歷程到底跟傳奇的意涵、結構有啥關聯？傳奇本身在小說史上又表達了些什麼……？目前對這些問題，縱有解釋，也只是常識性或文獻的，但這類問題若不予處理，討論唐傳奇的精神和藝術，便有搦空捉幻之虞、模糊闇昧之弊。譬如大家都說傳奇內容曾受佛道思想之影響，究竟影響到什麼程度呢？表現在那些地方？其型態如何？如何構成這一型態的影響？至今我們的研究就還很貧乏。

因此，我才嘗試藉着樂蘅軍先生的論文，重新來探索這些問題[57]。

整個推論過程，非常簡單：

---

[57] 此處應向樂先生致歉，因爲我只看過她的大綱，所以本文對她的某些批評，也許並不十分公平。讀者若能將她一系列討論悲劇的論文合看，當有助於了解她對中國古典小說的看法（見純文學出版社《中國古典小說散論》及注二所引書）。

(1)先界定唐傳奇的性質，說明文學型態之不同，來自文化意識的差異。

(2)唐代貞元元和間的文化意識內容，則又與「哲學的突破」活動有關。而在這一哲學的突破中，人們對人類處境的思考，歸結於天命的覺知與肯認。

(3)剖析當時思想活動及思想內涵和傳奇的關係。

(4)並由此處理有關唐傳奇藝術結構的問題。

(5)說明這種意涵和結構表現，不能用西方模式硬套，因爲二者屬於不同的文化型態。

這一推論，意在指出唐傳奇不只是侈衒奇詭以新聞見、或雕刻雪月以趣恌巧而已，論者若相習於蹈部，徒辯荊蓬之妙，未知會通之義，恐不易得其眞象。然而，任何一種推概（generalization）總不免有過份單純化的危險，本文處理的是整個唐傳奇的性情與結構，自然不能太仔細於作家和作品的獨特聲音的追探，許多問題也須另以單篇論文來說明，因此希望讀者能善觀其大意58。我個人微薄的用心和力量，只是期望透過我們的努力，能更清晰安全地掌握傳奇的特質，並建立批評中國古典小說的方法和標準，在前人研究的成果上，跨得更高更遠。文中所論雖未必中肯，這份心意卻是非常誠懇的。

（原載《古典文學》第三集）

58 本文某些觀點請參看張火慶〈水滸傳的天命世界——非抗衡的〉（鵝湖月刊三卷六期）、龔鵬程〈傳統天命思想在中國小說裏的運用〉（第一屆中韓文學會議論文集）、〈以哪吒爲定位看封神演義的天命世界〉（中外文學·九卷四期。以上二文收入本書。）、〈知性的反省——宋詩的基本風貌〉（聯經出版公司中國文化新論·文學篇二）。

由哪吒看《封神演義》的天命世界

我國沒有譜系井然的神話系統，已爲學者所共知。但《封神演義》的作者，卻爲我們建構了一個完整而條秩嚴密的諸神世界，與我民族同呼吸❶。他利用邃古茫昧的歷史空間（殷周之際），塡補進了一個怪誕而多趣的圖像。在他小說藝術的運用下，創造了一種眞實感的幻覺，對我國整個社會意識與結構，影響至爲緜遠深邃❷。在這部書裏，神的來源與定義是：天命意志下，人的轉格

❶《封神演義》一書大約撰成於明隆慶萬曆之間，作者不可考。日本內閣文庫藏有明萬曆間蘇州舒載陽刻本，題作「鍾山逸叟許仲琳編輯」，因即以許氏爲本書作者。李光登〈封神演義考證〉斷定爲陸長庚（西星）所撰，亦無確證。衛聚賢《封神榜故事探源》一書則認爲此書以殷紂王影射清聖祖、周文王影射吳三桂、武王影射吳世璠、哪吒影射尚之信，是許仲琳在清初時撰，非明刻。換言之，彼因忖測《封神演義》是有「寓言」（allegory）的含意，而懷疑孫序本爲僞，持證尚疏，未可案據。故本文僅以作者稱，不能遽指爲誰。

❷《封神》一書，明清以來影響我國民間思想及估仰至深，梁章鉅《浪迹續談》卷六云此書乃明一名宿偶讀《尚書·武成》「唯爾有神，尚克相予」語，因衍爲此傳。其實並不如此簡單，《羣書類編故事》卷十一引《太公陰謀》：「武王伐紂，都洛邑，天大雨，靈甲子朔，五神車騎止王門之外，欲謁武王，王曰：『諸神各有名乎?』師尚父曰：『南海神名祝融、北海神名玄冥、東海神名勾芒，西海神名蓐收、河伯名馮脩』，使謁者以名召之，神皆驚

化。——情節的推移和封神的始末，都是依憑著天命之運化而進行；至於人之轉格爲神，則有一定的轉形過程（生→死→神）。如第九十九回：「憐爾等身受鋒刃，特命姜尚依刼運之輕重，循資格之上下，封爾等爲八部正神，分掌各司，按布周天，糾察人間善惡」，即是此意。刼運與轉格，是諸神世界的基本結構，如哪吒、李靖、楊戩等人，雖也是「奉師法旨下山，克襄刼運」，但因未受這一刀之割，便是肉身成聖，不納入八部諸神的系統（見一百回）❸。

就這種考察而言，《封神演義》一書的意義架構在我國所有小說裏，特具異彩，它雖然講述

而見武王，王曰：『何以教之？』神曰：『天伐殷立周，謹來受命！』各奉其使，武王曰：『予歲時無廢禮焉！』」伐紂之時諸神來助的傳說似很普遍，且《封神》一書的主要旨意也已見於此。但我們應注意：《封神》所展示的諸神系譜，乃係揉合佛道二教與民間傳說的重新組合，匠心獨運，故與原來佛道二教的諸神系統不同。以本書所述三教爲例：鴻鈞道人一道傳三友，老子、闡教元始天尊、截教通天教主，外加西方教主、接引道人、準提道人，此等系統架設，爲佛道二教歷來所無。不僅如此，它和當時同受佛、正一、太一、全眞諸教之影響的《西遊記》也不相同，《封神演義》稱楊戩爲玉泉山金霞洞玉鼎眞人門下，「清源妙道眞君」；《西遊》則謂楊爲玉帝外甥，「顯聖二郎眞君」，且無戩之名。因爲在《河南府志》、《龍城錄》、《獨醒雜志》、《朱子語錄》、《夷堅志》等書裏，二郎神或名昱、或名磨，並無一定；其姓亦有楊、鄧、趙、李之殊。故《西遊記》只取楊姓，不稱其名。《封神》直言楊戩，別有所本，實與《西遊》不同，而清源妙道眞君之號則沿自《三教搜神大全》、《神仙通鑑》。其他諸神祇亦皆類此。

❸ 在這一方面，原來的九天三界諸仙也須在刼運既了、封神已畢之後，重新修煉：八十四回：「元始與子牙曰：『今日來我等與十二代弟子將回洞府，俟你封過神，重新再修身命，方是眞仙！』」

著神祇的淵源，但它並不是很純粹的神話（myth），它的形態反而與傳說（legend）較爲類似❹。至少，我們得承認它是揉合了神話與傳說的小說結構。神話和傳說頗難區分，簡言之，則：

(1)神話的世界，不受任何特定的時空限制；而傳說則因其有相當的歷史性（不論其眞實度如何）故須有一特定的時空框架。

(2)神話中以神爲絕對的主導地位，人僅是與神對立的配角；傳說中雖未必定以人爲主導角色，但至少與神有著相等的地位。而且，傳說所具有的主觀性，使他一半屬於人類的世界；而它的客觀性又使它另一半隸屬於神話的世界。它雖亦模擬眞實世界，但卻在相當假設的條件下構成秩序。它雖非純粹的象徵世界，卻有相當的象徵性。它的主角不是人，也不是神，而是半人神的英雄。在《封神演義》裏，那些奇形怪狀、神通廣大的道人術士，一半具有眞實人生的血緣，另一半卻又飄浮在眞實人生之上，遠比我們一般人高超、偉大、嚴冷、殘酷。這，就是《封神演義》的眞相。在敘述過程裏，它也具備了希臘早期悲劇的幾個重要部份，例如死之報導（angelia）與神格

❹ 本書係架構在歷史事件之基礎上的戰爭神怪小說之一，但其本身並不受歷史標準的規範。有兩種主要材料可以說明這一特性：一是傳說的、一是幻想的材料，這兩種材料包圍並改造了史實。此處之所謂「傳說」意指來自口述或民間故事，非文學類型之謂，如《元史·輿服志》有東南西北天王旗，並繪神人，右手執戟、左手奉塔；神仙通鑑》卷十五亦有托塔天王及論道眞人李靖，其後民間傳說始合爲一人，且爲《封神演義》之作者採用。至於幻想，則如周商二軍交戰之實況描述、羣仙鬥法、列陣佈勢等等，皆其顯例。然而，作品本身爲一展示中心，其旨意（message）則須由讀者投入注意力去發現。若僅以本書幻想的部分不少，便詬以作者僅在假借史事，自逞幻想，如魯迅所述者，則不特不明此理，取貌遺實；亦於戰爭神怪小說必須以傳說和幻想撐起史實的特質亦未明瞭。

化（theophaneia）等等，但由於本質上即與希臘神話不同，是以其表現型態和它所欲彰顯的精神也終不相似。姚一葦說：「中國神話最重要的特質是人的神格化，其所建構的神的世界，實際上是人的世界的昇華，或由人化爲神、或由人的貢獻轉化爲神。是故此類神話係揉合了神話與傳說而成」❺，從《封神演義》這個中國諸神世界的淵藪裏，我們更能清晰地看到這種特質。

然而，半人神或雜揉人神的神話傳說世界人物，一旦進入藝術創作者的筆下，即已通過他心靈的作用而賦予新的生命與意義了❻。即使撇開作者所刻意強調、且視爲一切運行原動力的「天

---

❺ 詳姚一葦《藝術的奧祕》第六章論象徵（開明書店，頁一三三）及《美的範疇論》第四章論悲壯。

❻ 俞曲園《小浮梅閑話》以爲《封神》一書敷陳故事，均有所本：衛聚賢也撰有《封神榜故事探源》考其淵源祖禰。但我們就它處理材料的兩個層面來說，此書自能表現其獨特的經營與意義：(1)《水滸》的前身是《大宋宣和遺事》、《西遊記》的雛型是《大唐三藏取經詩話》，《封神演義》則是由《武王伐紂平話》（又名呂望興周）修潤增廣而成的。然其體段雖依舊本規模，而所表達的精神與意義卻迥然不同。例如《平話》以三分之二的篇幅敘述紂王的罪行，《演義》則重在封神的描述。且《演義》敘述姜子牙等人欺矇武王，假借觀政於商之名，行征戰之實。直到攻入朝歌，武王還不知姜尚等人眞意，以爲不可失去君臣禮分，應善意勸諫紂王；並傳令姜尚收兵。不料姜子牙卻違令欺騙，擂鼓進攻愈急；又在紂王死後，強行逼迫武王即位。這類事實與含意，全非《武王伐紂平話》裏所要表達的。在《平話》裏，紂王之子殷郊助周伐商。到了《封神演義》，卻在「這是天數已定」的前提下，殷洪喪生於太極圖中（六一回）。殷郊爲弟報仇、爲父親護江山，卻成了『逆天叛亂，殺害生靈』（六五回）慘遭鋤頭犁斃。六十六回殷郊斃命的一幕，作者再三強調：「殷郊違逆天命，大數如此，怎能逃脫？」「不可逆天行事」「老臣不過順天應人」「衆老師要順守天命」……意極明顯昭著。假借了一個武王伐紂的框架，具體敷陳了一個天命世界的諸神系統。(2)演義所布列的諸神系統，是否源採自中國民間古老的傳說，已無可考察。

命」不談，這種具有超人意志與能力的英雄：也有著鮮活潑刺的形相和生命力，第十二回記敘哪吒出世時：

> 滿屋異香，有一肉毬，滴溜溜圓轉如輪。李靖大驚，望肉毬上一劍砍去，劃然有聲。分開肉毬，跳出一個小孩兒來，遍體紅光，右手套一金鐲、肚皮上圍一塊紅綾，金光射目。
>
> ——這位神聖下世，出在陳塘關，乃姜子牙先行官是也。靈珠子化身。

這是《封神演義》裏第一位降生的尊者，來勢洶洶，怪異非常。那種鮮活噴湧的生命衝力，豈不是像極了《水滸傳》剛開始時，洪太尉掀開青石板，「刮喇喇一聲響亮過處，只見一道黑氣，從穴裏滾將起來，掀塌了半個殿角」？妖魔降生時，是這等駭人；而靈珠子初次踏入塵寰，也象徵

但我個人以爲它出自作者有意識的塑造的成分較大，即使取材自古籍或傳說，其面貌精神也必已改變。此義註二已有論及，茲更舉二例以資說明：a俞樾《小浮梅閒話》：「哪吒事疑出佛書，《夷堅志》程法師條云：『值黑物如鐘，從林間直出，知爲石精，遂持哪吒火毬咒，俄而見火毬自身出與黑塊相擊』，然則哪吒風火輪亦必有所本」，洪邁夷堅志裏的哪吒實與演義不同。b陶宏景《眞誥．協昌期篇》載建吉冢埋圓石文說：「天帝告土下冢中直氣五方諸神趙公明等。」趙公明的故事來自《左傳》成公十年：「晉侯夢大厲披髮及地，搏膺而踊曰：殺余孫不義，余得請於帝矣！」這個厲鬼，服虔以爲即是趙公明。俞樾《茶香室經說》卷十四：「六朝以來，相傳有趙公明之鬼，正以當時服注盛行，人人知晉侯列夢爲趙公明，故流傳而有此說。」這也和演義所極力摹寫的玄壇眞君趙公明不同。餘多類此。

著一場血腥的殺戮（劫運）即將展開。所以說哪吒是姜子牙的「先行官」，也是《封神》中第一位出場的尊者。雖因他是珍寶化身轉世，是以遍體紅光，和水滸諸魔君出降時的「一道黑氣」邪正不同，但其意義則是一樣的。《西遊記》裏孫悟空剛跳出石胎時，不也是兩眼金光，直衝霄漢嗎？不尋常的人物降生，理應有駭人的氣派，生機滂沛、鼓盪激越，因為，這即是他們的「天寵」！

哪吒，這個經由作者極意塑造的人物，從降生的一剎那開始，便已背負著殺伐的使命。作者運用了三回的篇幅來極力渲染舖敘他那不平凡的身世和任務。他之所以生，是「奉玉虛符命，應運而生」（十三回），是為了配合姜子牙下山伐紂封神而被太乙眞人送進李夫人懷裏的。他的生存，只是一個被決定了的點，一個被某種理念所支導的梭子，在他生存的世界裏，生命永不許超越天賦本存的使命與結構❼。換句話說，哪吒所代表的只是一個渾沌無意志的生命（九灣河洗澡及剝龍筋等處，可以看出他的駁雜），受著「天意」的播弄和指使，他就是「天意」這個理念的具體象徵。天意既然在「殺」，哪吒在奉行天意，屠殺敵人之前，就必須得先受刀刃的洗禮。請看他剛出世時李靖那一劍：一劍砍下，哪吒才能現出人形，踏入十丈軟塵。接受了這一劍，使他得以降生；而等到他闖下了滔天大禍之後，又必須領受那剜腸剔骨之痛，才能二次出世，以蓮花為骨骸。他既沒

❼ 這一點，哪吒與《水滸傳》之李逵實甚相同。李逵乃天罡星中的天殺星降生轉世，殺人如麻，但其本身的生命卻是渾沌無意志的，故在它的血腥中別有一種童稚的憨美。在他一雙板斧下，無數生靈砌成一個既定的結論：「天地之意，理數所定，誰敢違拗？」（水滸七十回）。讀《水滸》者無不知李逵經常代表著宋江意志的宣示者和執行者，但實質上李逵所代表的更是「天命」本身。

有人世的魂魄與七情六慾，所以才能恪遵天命、奉行不渝。《封神演義》寫到第十四回哪吒現蓮花化身之後：「從此開疆歸聖主，歧周事業藉匡襄」，才是《演義》的眞正開場。前面所敘述的女媧廟進香與妲己入宮等等，不過是個楔子罷了。我們只要細思：哪吒還有金吒、木吒兩位哥哥出生在前，何以演義只述「陳塘關哪吒出世」？又何以在歧周諸將裏，獨有哪吒耗去了三回的筆力和篇幅來記載他的淵源和生平史迹？若非作者別具深意，豈會創造出這種突兀的結構？

當然，演義裏一切行爲的集合，都只在顯示一個產生動機的本源：「天命」，但其中人物自身的動作與行爲，却都是配合著個人的身份而發展的。哪吒秉持著天命以渾沌之心落墜人世（以肉毬圓滾滾地降生可視爲以渾沌之心落墜人世的具體象徵），在九灣河洗澡時，憑恃著與生俱來的寶貝，打死了巡海夜叉，抽了龍王三太子的筋，又趕上南天門剝下了東海龍王脅下鱗甲、震天箭射死碧雲童子、乾坤圈磕死彩雲童兒、神火罩燒死石磯娘娘❽，上天的「刧運」具體地展現在他舉手投足之間，「殺」並不是他的固定理念（idea fixe），因爲他就是這個理念的本身，這種類型（types）人物，通常都是在最純粹的形式裏，依循著某一單純的理念或性質而被創造成的。於是他生命的眞實，便以碎裂的方式，攤陳在「天命」這個理性的巨網之下：第十三回太乙眞人向石磯娘娘說：

哪吒乃靈珠子下世，奉的是元始掌教符命，就傷了妳徒弟，乃是天數！

❽《封神演義》此段敘述大體上採自《三教搜神大全》哪吒太子傳，稍加修潤。但基本上《三教搜神大全》裏所顯示的，乃是一「權力的世界」，與封神不侔。

這就是哪吒全人格的展現，太乙眞人將哪吒一切罪愆與無心之過，歸諸上天所給予他的啓示和命令。使他在生存過程中，固然有著這許多因不自覺而引起的人我衝突，造成災難或破壞；但因他與命運並非對立爭抗的存在，是以也不可能產生人生的悲壯感（the tragic sense of life）。由於他的無心與穉沌，在殺戮的過程裏，反能帶給讀者一些愉快的反應，就像在《水滸傳》裏的李逵，不需任何價値意義的肯認，率眞而任性地作爲天命意志下刼差殺的實行者。只是哪吒遠較李逵更爲徹底——他殺死了他自己。

哪吒爲了配合刼運而降生人世，自身刼也終不能逃脫天命刼運的支配，他的一舉一動，雖都是「天數」，但也逼得他一步步走進自殺的死巷。抽下龍筋固然是因好玩，射死碧雲童子也是爲了貪玩。上天假哪吒之手，撥動了乾坤弓的弓弦，就哪吒來說，那原是件很悲哀的事；既而當龍王鬧上天庭，準備劾奏李靖縱子行兇時，他返回金光洞求教於太乙眞人：「赦弟子無知之罪，望所垂救」！無知，是哪吒的眞性，但這番求救之意卻被太乙眞人唆弄得愈爲糟糕，使他不得不剜骨肉以還父母，一命嗚呼。就本書而言，哪吒之死，是有意義的，但在這種敘述結構裏，除了代表天命這一理念之外，我們或許還能闚測到另一重結構意義：

我們在前面曾說過，《封神演義》裏所凸顯的，是屬於半人神式的英雄。在天命的意旨貫徹中，作者並未迷失這個原則。哪吒是靈珠子轉世，靈珠子既是通靈寶物，所以對他自己的淵源和使命，也瞭然於胸中，十三回，哪吒對龍王敖光說：

我一身非輕，乃靈珠子；是奉玉虛待命，應運下世❾。

這麼顯赫的身分，這麼堂皇的旗幟，使他在「人」這種身分上，仍具備著與天意上通的能力。然而，他却還不曾察覺：他生存的自身本來處，即是個陷阱，是個專制的挾持者。只是這種挾持已成了他生命裏永不衰竭的力量，和支持他對世界了解的泉源（多麼弔詭？）。靈珠子原是非人神的，既受了李靖胎血，降生爲人，仍保有原先的屬性；但那畢竟只是個不純粹的「人」，並不具有神的資格。必須經過一個死亡的階段，蛻去人的皮骨精血，二次出世，成就他一個半人神的屬性。

❾ 這點與《紅樓夢》相似却不盡全同，《紅樓夢》裏寶玉和黛玉原係通靈頑石和絳珠仙草降生所化，但他們對自己的過去和未來，僅有種朦朧的意識，不像哪吒如此清晰。例如第廿二回：「寶玉道：『什麼大家彼此：他們有大家彼此，我只是赤條條無牽掛的』，言及此句，不覺淚下……他占偈道：『是無有證，斯可去證，是立足境』。」卅一回：「寶玉聽了這話，氣得渾身亂顫，因說道：『你不用忙，將來橫豎有散的日子』！」卅六回：「這裏寶釵只剛做了兩三個花瓣，忽見寶玉在夢中喊罵，說：『和尚道士的話如何信得？什麼「金玉姻緣」？我偏說「木石姻緣」！』」「寶玉默默不對，自此深悟人生情緣，各有分定！」……在一個既有定數的條件下，紅樓之悲劇性格肇因於人事和天意的衝突上（即「金玉姻緣」和「木石姻緣」的糾纏和衝突），封神無此衝突，但其依緣一既定之天命而發展的情形却是一樣的。易言之，封神與紅樓雖都以天命爲其情節發展之主要理脈，但紅樓却是一方面建立在人間世對天命「事有前定，無可奈何」的悲感上（一百廿回）；一方面又從天命的立場點明人世之一切掙扎與運作，俱屬虛幻，紅樓一夢，等諸邯鄲黃梁，以此而「自色悟空」，所以又名《情僧錄》。封神則無此曲折，它只說明一個直貫的天命系統，書中的人物，都自覺地爲天命服務，執行其任務，這是我們比較哪吒和賈寶玉即能看出的事實。

這種由靈珠→人→化身的經驗過程，缺一不可，「他原是寶貝化現，借了精血，故有魂魄」（十三回），而這一點魂魄又是日後蓮花化身時的依據：

其人將花勒下瓣兒，鋪成三才；又將荷葉梗兒折成三百骨節，三個荷葉按上中下、按天地人將一粒金丹放於房中，法用先天、運氣九轉，分離九龍坎虎，綽住哪吒魂魄，望荷葉裏一推，喝道：「哪吒不成人形，待何如？」只聽響一聲，跳起一個人來（十四回）。

這就是哪吒復活的過程，若我們還未忘記哪吒在陳塘關剖腸剔骨、鮮血淋漓的那一幕慘劇，原是對「天命」的祭儀中必須具備的犧牲；則哪吒的復活，我們就可以將它看成是祭儀後純粹形相的重建。希臘戴盎里薩斯（Dionysus）的祭典是大家所熟知的，戴盎里薩斯是人神戀愛的產品，具有豐富的冒險事蹟，是一個愉快的作樂者，又是個殘忍的獵人。他是個不朽的神，但也是個受難者。他被撕裂成碎片，又終於復活。他的形相與經歷，和哪吒在某種程度上是極為類似的。哪吒既是應此劫運而降生人世，便首應用他自己的鮮血來塗飾這個劫運。第十三回太乙眞人說：「因吾輩一千五百年不曾斬劫三尸，犯了殺戒，故此降生人世，有征誅殺伐，以完此劫數」，這種天命劫運的內容，在哪吒復活後才開始展現（在此之前僅是凡人的攻戰誅殺，且俱不入封神榜）。所以必得有哪吒追殺李靖、大戰金吒、木吒的一番描述。畢竟，劫運的征誅殺伐，必須先在自家父子兄弟間行過一遍呀！在這次復活的過程裏，作者又穿插了一段哪吒、李靖所以反目成仇，及哪吒必須藉助於蓮花化身的原因敘述，這就是翠屏山事件——

亞里斯多德曾解釋悲劇的受難（suffering）是：「一種破壞或痛苦性質之動作，諸如舞臺上之謀殺，肉體之折磨、傷害等。」「英雄命運由幸到不幸的轉變」（詩學），苦難之極至不過死亡而已，哪吒在翠屏山被鞭碎金身，却是在死後才發生的，多麼詭誕?!十四回：

> 李靖指而罵曰：「畜生！你生前擾害父母、死後愚弄百姓！」罵罷，提六陳鞭一鞭把哪吒金身打得粉碎，復一腳蹬倒鬼判，傳令放火燒廟宇。

哪吒爲了營救父母，自願剖腸剔骨；但一點魂魄飄止無依，須再領受人間三年香火，才能回得人形。從哪吒祈求人間香火的情況看來，他仍然保持有一份執著與眞純。天命意志下，他依然不忘與生俱降的任務，一心一意想再成人身、立於人世。不料李靖一鞭打碎了他的泥塑金身，也打碎了他預期的希冀。然而，此一動作不但構成哪吒對父母由孝轉恨的情節遞換，也成就了他蓮花化身的形相，這是另一種詭誕，天數天意，在紛紜複雜的事象背後，規劃出一定的秩序，透過李靖揮鞭放火的動作，它展示了一種無可抗禦的大力。哪吒在此，受難成爲必須，復活也是應該。他將自己奉獻在劫運天命的祭儀之前，通過了祭禮或犧牲者之死（pathos）而神格化了。

這種神格化僅使他保有某一層次超人的性質，却未曾喪失了他「人」的資格，因爲復活之中，又雜屬了蓮花這個物件。使得他再生的過程，在復活和變形之間搖擺不定。

「變形」是神話中一個普遍含具的性格❿，從表現方式上說，大致可歸納成兩種類型：一是力動的、一是靜態的。前者指從某種形象蛻化成另一形象，包括人、動植物和無生物之間的互變，爲變形一詞所習指之意。古典小說和筆記裏所有土木猿狐等幻化爲人的記載，均爲其具體呈現（本書尤多此例，不勝縷擧）。有關它精密分析的理論雖然來自西方，但其樣態說明却見於《禮記・月令疏》：「易乾道變化，謂先有舊形，漸漸改者謂之變；雖有舊形，忽然改者謂之化；及本無舊形，非類而改者亦謂之化」，它是某一形體在生命的力動下，突然轉換成另一形體；它是生命的流動與波盪，超越了形體間的阻隔與障礙。但哪吒不同，他的生命已被自己戕殺了，一點魂魄，飄盪無所依止，固然那種執着與堅拗仍存在着（否則他也不會飄到乾元子求救於太乙眞人），但那並不來自他本身的意願與生命力的表現，而是天命的任務驅策着他。就蓮花化爲人身來看，他確是變形的一種形態，然而他本具人形，再化歸人身，似乎又只是形象的還原，與「變形」之變形不變質的普通原則不甚相似。略微相近的，是《山海經・大荒西經》裏的一則神話：

有互人之國（即人面魚身）：炎帝之孫，名曰靈恝，靈恝生互人，是能上下於天；有魚偏枯，

---

❿ 歐因斯特・卡西勒（Ernst Cassirer）《論人》（或譯《人的哲學》）〈神話與宗教〉一章說：「它（指初民心靈）的生命觀是一綜合的觀點。……不同的生命領域之間，並無種類之異。沒有任何事物具有一定的、不變的和固定的形狀。由一種突然的變形，一切事物可能轉化爲一切事物。如果神話世界有任何特色或突出的性格，有任何統治支配它的律則的話，那就是變形的律則了。」

名曰魚婦：顓頊死即復蘇。（郭璞注：淮南子曰后稷龍在建木西，其人死復蘇，其中有魚，蓋謂此也。）

郭注所指的是《淮南子‧地形篇》：「其人死復蘇其半，魚在其間」。這種半人魚的互人，是由人死而復活之後，一半變成了魚才形就的。《封神演義》對哪吒的塑造是否來自此一邃古神話的啓發不可知⓫，但從實質意義上說，哪吒也是個「互人」，只是他所秉具的那些荷花蓮葉，並不來自大自然的變與化，而是太乙眞人配合天地之數象而舖就的。它也使哪吒整個生命更內在於天命意志之中，因此，在這種再生的過程裏，我們也可以看出作者一貫而堅持的態度，他絕不會忘記天命的意旨在書中各階段的表現的。又，十四回，太乙眞人曰：

姜子牙下山已快，也罷，既爲你，就與你做件好事⓬。

⓫ 蓮花化身的故事在《三教搜神大全》哪吒太子傳裏已經有了，哪吒本是玉皇駕下大羅仙，割肉刳骨還償父母之後，求救於世尊，世尊「以其能降魔」，乃折荷花使其復生，靈山會上任命爲通天大師。不但出生與復活的理由均與封神不同，封神裏的哪吒和佛教也無瓜葛。

⓬ 此處因緣，見十一回：「因神仙一千五百年犯了殺戒，乃年積月累，天下大亂一場，然後復定。一則姜子牙該斬將封神，成湯天下該滅、周室將興。因此玉虛宮住講道教，太乙眞人閑坐洞中。只聽崑崙山玉虛宮白鶴童子持玉札到山……曰：『姜子牙不久下山，請師叔把靈珠子送下山去』」爲了成就哪吒爲姜子牙先行官的職責，逼使太乙眞人不得不採蓮花使哪吒復活。

這就是蓮花化身的動機。來自不可牾逆天命天時的怵惕，和原始變形神話從強固深邃的自然中蛻化而出的性質，迥然互異。或許我們可以這樣說，變形神話的意義是：掙脫形體的限梏，要從自然質性和命定的控制力中跳出。而哪吒藉蓮花以恢復他「人」的形貌，却只是一種還原，一種在天命支導下拉緊人神關係的一個步驟（希臘亞里士多芬的喜劇，常將英雄處理成一個復活的神性人God Man，與此頗爲相似。唯此種舊喜劇Old Comedy之形式今已死亡）。哪吒原是不諳法術武技的，他之所以能殺人打龍，只是仗恃着天賦的寶貝。必須要等到他以蓮花爲骨脈，二次出世以後，太乙眞人才肯教他火尖鎗法與風火輪、靈符祕訣等等，超人不凡的能力至此完具，《封神演義》裏一個合格的英雄人物才完整地塑造完成。

在英雄塑造完成的另一方面，我們也可以從燃燈道人逼迫哪吒認父的記載中，察悟到作者有意使他的英雄們在非人的形軀與能力之外，仍然保有人的倫常關係（總合實質與形式的關係）：

燃燈道人道：「哪吒！你既認李靖爲父，你與他叩頭！」哪吒不得已，只得忍氣吞聲、低頭下拜，尚有不平之色。道人道：「還要你口稱父親！」哪吒不肯答應，道人道：「哪吒！你既不叫父親，還是不服，再取金塔燒你！」（十四回）⑬。

⑬ 父子之孝的天性肯定，是爲書中一大特色，在人間世諸多事象中，作者於父子孝悌之道，著墨最多，例如第廿一回雷震子潼關救父，而廿回與廿二回描寫伯邑考被殺，剁成肉餅，文王忍痛吃下：返回西周時覩物思情，心中大

這是殺伐後的團圓，代表着作者不棄人間的觀念，也圓足了哪吒的性格。但詭異的是：即使是這個收束，哪吒也只是棋盤上不由自主的棋子，到陳塘關殺父，原是太乙眞人唆使的；殺父戰兄的神通，也是太乙眞人傳授的。然而，施放金塔燒逼哪吒認父的燃燈道人，却是太乙眞人請來的：「道人原是太乙眞人請到此間，磨哪吒之性。」——莫怪太乙眞人出爾反爾，性格詭異，他只是恪遵天命罷了，上天藉着他的雙手來捏塑一個它所需要的典型人物：哪吒。眞人奉了玉虛宮的旨命，送靈珠子投胎，又讓他蓮花化身，正是成就此一功業。《水滸傳》第七十回：「天地之意，理數所定，誰敢違拗？」《封神演義》也說：「乃是天數，俱不可逃！」（六五回）。天命既已普遍周在，又豈一哪吒與太乙眞人而已？請看：

△上天垂象皆如此……成湯氣運黯然，當失天下；鳳鳴岐山，西周已生聖主。天意已定，氣數使然（第一回）。

△豈是紂王求妲己，應如天意屬西周（第三回）

慟，掩面作歌而吐出肉羹，化成三雙白兔的故事，尤爲具體而傳神。肉餅化兔，不但是對伯邑考冤死的補償，也形象化地顯示了父子天性的堅韌。哪吒未死前，作者對此也極力點染，「哪吒聽得此言，滿眼垂淚，懇求眞人道：『望師父慈悲，弟子一雙父母，子作災殃，禍及父母，其心何安？』道罷放聲大哭」（十三回），十二回寫哪吒抽取龍筋也是：「孩兒想龍筋最貴重，因此上抽了他的筋來，在此打一條龍筋絛，與父親束甲！」……總合地看，全書所述的「孝」在天數天命之下可能被壓倒扭曲（如文王吃下肉餅、如哪吒不得不大戰父兄、如殷郊殷洪爲父守護江山而遭殺害等等），但在一定可能的範圍裏作者都會以圓足此孝爲一終結。

△此是天數，非人力所爲（第四回）

△也是合該這紂王江山欲失，周室將興，故此紂王終被她迷惑了（第五回）

△大數已定……一則是成湯合滅，二則是周室當興，三則是神仙遭逢大刼，四則是姜子牙合受人間富貴，五則有諸神欲討封號（第六回）

△上天垂象，定下興衰，二位殿下乃是封神榜上有名的，自是命不該絕（第九回）

△堪嘆興廢皆定數，周家八百已生成（第九回）

△姜子牙該斬將封侯，成湯天下該滅（第十一回）

這是哪吒出世之前，作者所鋪陳的天命既定論系統。在這種既定的天命價值觀裏，並不以是非善惡爲取捨的對象或標準。只因上天無緣無故地垂了一個「姜子牙該斬將封神、成湯該滅、姬周該興」的象與命，惹得紂王原本「萬民樂業，風調雨順，國泰民安，四夷拱手，八方賓服」（第一回）的清平世界、朗朗乾坤，無端地塗上了一層殺雲慘霧。在這個作者所鋪展的戲劇性的世界裏，有着種種互相傾軋殺伐的力量，勢力的衝突，普遍地存在於每一現象之中，它所給人的感受也因此而始終飽含着這些衝突情緒的品質。由此，作者蓄意將讀者的視線以小說情節引向另一具有深意的思想體系中，哪吒墮生，象徵着一場殺伐即將展開，而其後一切活動，也都是描寫一指向特定目標的歷程（goal-oriented journeys）。原因：天命如此；過程：天命如此；結局：天命如此。第九十八回：「昔日老臣奉師命下山，助陛下弔民伐罪，原是應運而與，凡人仙皆逢殺刼」這就是貫串全書的綱領，凡人仙皆逢殺刼，是以全書在充滿幻想和奇異的敘述過程中，透出一股濃重的殺機和濕黏黏的血漬。哪吒出生不過七歲，就在無意識的情況下，打死了巡海夜叉：「哪吒正赤身站立，見夜叉來得凶猛，將身躲過，把右手套的乾坤圈望空一舉，正落在夜叉頭上。只打得頭腦迸流。哪吒笑道：『把我的乾坤圈都弄污了』」，他與生俱來的任務只是殺人以成聖，何嘗有知？殺了人以後，只覺得好玩，又覺得晦氣：把圈子弄髒了。在他，並不曾感覺到人命的珍貴和生命的莊嚴，天眞的率性，憨態可掬，這天與所率之性，決定了他一切行爲舉止。在他戲水打龍，飛濺的水花、變幻的劇情裏，天命的冷肅與枯寂，却令我們悚怵震慄不已。當我們看《封神演義》時，常不自覺地會被這個純稚的孩子所吸引，又由於他的殺人與放任，都不來自他本身的暴戾，而存在於背後隱存、既定的大原則，所以只讓我們覺得他可愛。他的舌尖舔着鮮血，但他還始終不曾察覺；他能牢記看既定的使命，而表現時又是那麼激切自然。第六十二回大鵬金羽鵰已無意和姜子牙爭鬥，而姜子牙也正準備勒騎回營時，哪吒却搖鎗刺殺而來，掀起一場大戰，最可以看出哪吒一貫的性格和他在書裏的作用。第三十四回寫哪吒初次下山：

哪吒想：「平白地，怎麼殺起來？必定尋他個不是處，方可動手。」一時想起，乃作歌曰：「昨日老君從此過，也須送我一金磚！」

這是無事起事，故意挑釁以完遂他「殺起來」的目的。就這個事件而言，有罪者應是哪吒，如若作者眞能秉持「詩之正義」（poetic justice）這種原則，善惡各得其報，則該殺的應該是哪吒。但，作者的正義感並不表現在這兒，以天命爲既定不移的價值觀後，哪吒一切行爲都必保有他的有效性與絕對性。那是種超越的裁判標準，猶如《水滸傳》裏羅眞人所說：

貧道已知這人是上界天殺星之數，爲是下土眾生作業太重，故罰他下來殺戮。吾亦安肯逆天，壞了此人？（五十二回）⑭

這，說盡了這些星君們天賦秉予的任務和相配的性格。他們是毫無選擇的「天使」、天命的施行者。在他靈魂的深處，埋藏了玉虛宮賦予他的使命，使他無論付出或接納，都不必經由道德的解析或觀念的肯定；而是來自生命全然的擁抱和服從，是以他們活得振振有辭、神采奕奕。天命何以如此不可知，他們也不會詳予詰訊，因爲他的存在依據即是天意。所以哪吒剛下山時即勸韓榮說：「爾等爲何違背天命，而造此不測之禍哉?!」他就是天命的代言人與實行者，因此他的降生也代表着不平凡的意義⑮。雖然這種超越而絕對的行爲價值依據，在與現實事件相對應時，顯得那

⑭ 樂蘅軍〈梁山泊的締造與幻滅——論《水滸傳》的悲劇嘲弄〉（古典小說散論．純文學出版社）一文以史詩和寓言（allegory）的觀點透視水滸傳的悲劇嘲弄（tragic irony）。張火慶君曾有駁議：「《水滸傳》的天命觀念——非抗衡的」（鵝湖月刊第三卷第六期）所考察而得之《水滸傳》天命世界，頗有與本文相同；但他釐定水滸之性格爲「神聖的喜劇」，顯然不甚適於解說《封神演義》之精神。此爲二書同中之異。

⑮ 樂蘅軍〈宋話本裏的命運觀〉（新湖卅七期）以爲大部份話本故事都是用一種批判的語調來敍述，其目的即在指出人生一切作爲都只不過是種無自由意志和選擇的「身不由己」，此四字不但可以概括宋人話本的基本精神，也代表了宋話本拿來詮釋生命的唯一語言。此種批判的精神爲後來長篇小說所繼承。她這種解析，大體上我們都能

麼尷尬、那麼脆弱，但那確實是作者苦心建構的價值標準。他所要表現的，不是正義或公道，也絕無因果報應和輪迴的觀念。他所要做的，乃是透過天命這種意志的掌握，去創建中國泛神系統的宇宙觀⑯。——那是一次激烈的災劫，來去匆匆，卻在滿地瘡痍之外，留下了八部諸神：一些歷經了人世最大苦劫（死亡）的英雄。血與死的洗禮，使得他們得以進入天堂，掌理人世一切善惡。

接受。但第一、話本中的人物對自己的行爲並無所意識，其生存情境完全在黑暗中，不知道橫在他面前的是什麼命運。此點在《封神演義》中完全不存在，故其純粹性遠非宋話本可擬。例如哪吒，就清晰地知道他的命運及其生存的志義，其他人物亦然，凡不知命達者，謂之逆天，必歸敗亡。第二、她認爲話本裏以「因果論的命運觀」爲主，即一連串偶然決定了人的基本生存。這點似仍值得商榷，在一個「天命」的大原則下。中國所有的小說的命運觀其實都是相同的，所謂「神意說」「天道觀」均係認識失眞的誤說，因果論的命運觀更不存在，例如《封神演義》第一回所謂「漫江撇下鉤和線，從此釣出是非來」，紂王女媧廟進香，「忽一陣狂風，捲起帳幔，現出女媧至像」，又何嘗不是偶然？但作者卻清晰地點出：「只知祈福黎民樂，孰抖吟詩萬姓驚？上天垂象皆如此，徒令英雄歎不平！」最後一語表示了不必經由因果律的解釋，這種純粹的天命論也自然擔負起強烈批判的精神，故因果律命運觀的提出，在事與理上都無必要。

⑯ 如六十回馬元下山助殷洪，向姜子牙說：「殷洪乃紂王親子，彼何得反說他逆天行？終不然，轉助爾等叛逆其君父，方是順天應人？」這可明顯地看出天命與現實界道德標準之間的衝突。就全書看來，作者似乎認爲：紂是天命所背棄的，因此一切幫助商紂以抗拒姬周的，都是先驗的惡，即使是紂王本人，也因被天棄絕，乃至於一個「聰明智慧天子」，變得荒淫迷亂起來。第五回：「也是合該這紂王江山欲失，周室將興，故此紂王終被她（妲己）迷惑了……把紂王纏得顛倒錯亂，荒了朝政，人離天怒，白白將天下失於西伯」。人離天怒的天，和天命之天其實並不是同義的。截教諸道士即是碰觸到這個天命的厲禁才遭到劫難，詳下文。

善惡與道德價值之建立，是在這種天命世界全部完成之後才產生的另一個小系統；所以在封神以前，它僅以天命爲唯一之依據，不論其善惡。一切諸仙英雄，在封神台前，拋開了是非恩怨，洞悟了天命的大力，於是一一伏首跪懺；透過天意的眷顧和矜憫，他們因此成神。——作者在書中描寫仙道人物，養天地五行之氣，鍊成一元眞性，原是依準着王充《論衡》「用氣爲性，性成命定」之說，而以這些神怪人物作其形相化的表達。人秉天命以生，能順此命者爲福，若逆此命則有「不測之禍」，《列子・力命篇》：

> 力謂命曰：「若之功奚若我哉？」命曰：「汝奚功於物，而欲比朕？」力曰：「壽夭、窮達、貴賤、貧富，我力之所能也。」命曰：「彭祖之智不出堯舜之上而壽八百；顏淵之才不出眾人之下而壽十八。仲尼之德不出諸侯之下而困於陳蔡；殷紂之行不出三仁之上定居君位。季札無爵於吳；田桓專有齊國；夷齊餓死首陽；季氏富於展禽。若是汝力之所能，奈何壽彼而夭此？窮聖而達逆？賤賢而貴愚？貧善而忘惡耶？」

固然列子意在說明：「天命自然」，但，這種不以事實價值或道德呈顯爲準繩的裁判標準與結果（窮聖而達逆等），却正是「命」這種勢力的具體表現。它和因果報應之所謂「善有善報、惡有惡報」迥然不同。中世紀神學家忒滔良（Tertullianus）曾認爲天啓眞理與人的「自然知」相反，與人的理性矛盾；然正因它不合「理」，人才必須信仰它，這就是redo quia absurdum。齊克果則以爲宗教與神話（包括民間傳說），既有許多理論上的二律背反（antinomy，即兩前提均成立，惟彼此矛盾或兩判斷矛盾）、又有著許多倫理上的牾舛。就宗教之理論而言，人藉著它可以溝通自然與神祇；但事實上正好相反，就其具體現象而論，它實已成了人類最深分裂與狂熱鬥爭的原因。兩氏的理論在神話學或宗教學上，容或尚可爭議，但用以解釋《封神演義》的內涵，却是恰切無比。天命之本質如此，《封神演義》的作者既有意凸顯這個天命世界，則其泯除是非與公義也是必然的。當哪吒打死了龍王三太子敖丙時，龍王敖光怒上天庭，準備訴諸公義。却只因「哪吒無知，誤傷敖丙，這是天數」；於是哪吒便串通太乙眞人，偷上南天門，把敖光打個半死，還強迫他不准奏陳玉帝知道：這是天命意志下，公理與正義都將爲之匿迹的佳例。當然，天庭能夠直接管轄人間（陳塘關總兵）的觀念，也是十分奇特的。

我們已說過，《封神演義》所敘述的，並不只是商周的戰鬥或政權如何轉移，而是秉持天命的一方和逆天而行的一方的激烈爭抗，「逆天」是違背天命這一方敗亡的唯一理由，四十七回說：

> 昔日三教共議簽押封神榜，吾等俱在碧遊宮，又有兩句貼在宮外：「謹閉洞門，靜誦黃庭三兩卷；身投西土，封神榜上有名人！」

碧遊宮是截教所在地，截教諸道士仙靈都因犯此禁忌，而命喪西土。這個天命的禁忌，在全書前前後後出現了十餘次。犯禁，是他們最大且唯一的罪過。它是道德的先驗原理（apriori principle）與他們所知道和所能獲得的無上律令（categorical imperative）。他們之所以知道身投西土之不可，乃是純粹形式而然的，其中並無內容；而這兩句聯語，也是不徵諸經驗就先行宣佈了的。環繞着這條禁忌的，是一種可怕而危險的氣氛；這種危險可以說是超自然的，然而絕對和道德無關。它代表着一種「可以觸及的恐懼」（Nolime tangere），它是不應接觸的事類，至於接近它的情狀和意圖則無關宏旨。「犯忌的行爲始終是機械的：接觸到犯忌的事件，一定會感染禁忌，就如觸水沾溼和觸電受震，犯忌的意向不影響犯忌的行爲。他可能出於無知，也可能爲了一個犯忌者的利益去碰觸它。但是他一定因此而犯忌，一如他的動機是有心的、而他的行爲是敵意的。犯忌者的道德尤與此事無關。犯忌的懲罰就如降雨，義與不義都一樣遭殃」⑰。以這種理解來觀察封神演義的內涵與事件，自然豁若發蒙、通貫無礙。但這個禁忌的內容背後，又存在着一個更大的主宰者；也可以說禁忌的內容即是天命的內容，十三回太乙眞人對石磯娘娘所說的一番話可爲明證。劉大杰批評本書時說它：「文雖通暢，但思想幼稚，實不足稱」（中國文學發展史）；周樹人則以爲「似志在演史，而侈談神怪，什九虛造，實不過假商周之爭，自寫幻想」（中國小說史略）。前者並未察覺作者鋪陳的天命超越價值觀，仍從元人雜劇或一般小說所展示的善惡報應論去掌握，自然覺得扞格不通；後者則尚未觸及此書的內在思想性，也不曾察知作者的意圖並不在於演述史事，自逞幻想。所以對它的批評都屬隔靴搔癢，不著邊際⑱。第三十八回，金吒大戰王魔時，作者有詩爲證，

---

⑰ 卡西勒《論人》（An Essay on Man）引Jevons（杜若洲譯，審美出版社，頁一七三）。《封神演義》中，如聞太師、趙公明、雲霄、瓊霄、碧霄、張奎、錢保……等等，道德無虧，卻都因犯忌而亡，均須作如是觀。四十九回陸壓曰：「修道之士，皆從理悟，豈仗逆行（逆天而行）？」所謂悟理，即是知此一天命之歸趨，勿犯禁忌。

⑱ 夏志清所整理〈夏濟安對中國俗文學的看法〉云：「這些故事很難歸入小說的範疇，爲好奇看之則可，當文學來

也可爲我們的詮釋作證：「行深行淺皆由命，方知天意滅成湯」！

至此，我們願意爲以上冗長的敘述稍作結語。如若我們把小說看成人類內在情感世界的具象展示，那麼，我們自當瞭解：文學本身所處理的，不只是歷史的個別實際對象，而是希望從這些個別事件中表現出你我存在的具體通性（Concrete Universal即具有普遍性和永恒性的共同）。它所披露的那些意義的假相世界，雖非眞實世界的模擬，但正如亞里斯多德所說：它遠較歷史更爲眞實、更具哲學性。聽聽西班牙哲人烏納穆諾（Miguel de Unamuno）的聲音：「哲學的地位比較接近於詩……小說和戲劇的主要任務就是賦予有血有肉的人有行動和意向」（生命的悲劇意識・第一章），我們無意重蹈新人文主義或文學文化論者的窠臼，但歌德所說：「在小說和戲劇裏，我們可以看見人性和人的活動」，却是不可否認的事實；《文心雕龍》不也說：「辭爲膚根，志實骨髓」（體性）「言以足志，文以足言」（徵聖）嗎？文學創作，本是因內符外的過程；而其社會功用也即在於它能呈顯並影響整個民族的語言和感受性。就前一意義而言，小說所代表與具現的內在精神，必應與全

讀是要失望的，如《封神演義》，內容很有趣，但文章之糟，我去年想看亦看不下去（《金瓶梅》亦老看不下去），昔顧頡剛想替亞東書局的新式標點本《封神》寫篇序，研究十年，不能下筆。他所研究的，當然只是那些故事的來源；如果要批談其文章，那只好說：該書不值得重排流通」（《愛情、社會、小說》，純文學出版社）。這個見解很奇特，如單以文字論，已有《金瓶梅》和劉大杰的話作爲反證；如果兼論其小說藝術，則此書結構及人物塑造，情節推移，皆有可資深考之處，只因全書籠罩在作者所散佈的天命意旨中，不能認知此種意旨，則全書藝術性的結構當然鬱闇不彰，此所以研究中國傳統天命思想在小說中的運用，有助於小說藝術性的抉發也。至於顧頡剛的研究，並不能證明或說明什麼，我亦可能研究莎士比亞十年而不能下筆的。

民族的思想性格息息相關，因爲小說所據以成長的基本質素，即是那些深烙在人心幽微底處的記憶和情思；就後一層意義而說：小說所表達的一切，既係從古老的記憶中紬繹提煉而出，則它所摹繪的具體事相，也必重與人們存在的生命感受相印證。三國、水滸、封神以至紅樓等書，爲什麼會在傳統社會裏造成令人癡狂顚魔的盛況，理應由此看取。從天命觀念在小說中迸現的光芒裏，我們不難把握住那股生機悍恣、充滿着悲憫與智慧的精神。它是小說裏至高無上的律令與主導理念，掀動看一幕又一幕的小說世界，換來了無窮的沉思和悸喟。正是：「遭逢坎坷皆天數，際會風雷豈偶然?!」（水滸傳第卅一回）在一切由天造的小說世界裏，唯有勘明其思想底蘊，才能瞭解它的性質與結構，本文即係爲此而作，金吒、哪吒，均是肉身成聖，名不在封神榜裏，是以在記述封神事迹時，由他們來綰合全書，出現在諸神未出之前，結局在封神已終之後。哪吒尤爲作者特意創造的一個典型⑲。雖因本書體例上實際地需要，在分述諸人與各場戰役時，不能就哪吒的性格做再深一層的描寫，削弱了它的戲劇性效果，但他藉哪吒以通貫全書的意圖却是極顯豁而鮮明的。以哪吒爲定位看他所鋪展、傳達的天命世界與意義，也是極有效且極有趣的⑳。

（六十七年十二月初稿，六十九年三月修訂。原載《中外文學》第九卷第四期）

⑲ 李光璧〈封神演義考證〉：「哪吒故事，亦爲至治平話本所無，演義所添寫者。在全書中，最爲出色，如爲作者用力所在也。流麗生動，頗有文采。如陳塘關哪吒關海故事，久已膾炙人口。」（中和月刊論文選集第四輯）

⑳ 本文所論，偏重在小說具體結構與人物模式、事件上；對天命觀念在小說中思想性的處理，另詳拙撰〈傳統天命思想在中國小說裏的運用〉，該文曾於第一屆中韓文學會議中宣讀之。收入本書。

看《老殘遊記》的內在精神

一、

《紅樓夢》、《儒林外史》以及其他許多清代小說，與元明小說最大的不同點之一，可能是清朝小說中往往有當代人物的影子在。晚清小說尤其如此。但《老殘遊記》有著更多的影射。借著寓言、象徵或暗示等型態，做極深刻而又極眞實的表達。

第十一章，老殘借黃龍子之口說：「《西遊記》是部傳道的書，滿紙寓言！」這可說是劉鶚對小說這種文學型式一貫而且唯一的認識。遊記是一生屐齒踪迹與心路歷程的記錄，但劉鶚既將人生視同冥杳之夢幻，又以此夢諸於莊子的寓言，則他所撰寫的遊記，又焉得不爲寓言？《老殘遊記續集·自序》：「夫此如夢五十年間可驚、可喜、可歌、可泣之事，既不能忘；而此五十年間之夢，亦未嘗不有可驚、可喜、可歌、可泣之事，亦同此而不忘也。」兼記其痕與其夢，頗得莊子弔詭之意。而續集一書，更是第十一章論《西遊》那句話的延伸與再衍。

透過這種認識，我們應可察覺：無論在《老殘遊記》正集或續集裡，寓言常使它們形成一些有意的「曖昧性」（ambiguity）。劉鶚大抵是利用比喻（figuration）或象徵，與世事相比貫，然後透過非實指的表示來傳達其意蘊。即使是實指直陳的鋪說，劉鶚也常運用情節與人物的穿插予以展現。就清末民初的小說界來說，這已經是相當成功的作品了。也正因它滲雜了想像與寓言，它才能躋身於小說之列，而非僅僅是一篇類似日記的實錄。

或許我們可以和胡適一樣，認爲劉鶚在這本遊記裡，所極欲凸顯的，是治河的主張與清官之可怕❶、是一本做官教科書（見胡適〈老殘遊記考據〉一文）。但是，在第一回蓬萊閣上眺望天風海水時，忽然看見的那艘在洪波巨浪裡掙扎的帆船，卻終不免替我們帶來一些消息。並引出了第十一回的「三元甲子」與「北拳南革」的論調來。在這其中，包含著一個士人、知識份子，在西湖鼓盪、風雨飄搖之際，面對著自己所生處的古老帝國，所做的一種反省和瞻望。但很不幸的，這種澈悟後的醒覺，卻只令他感到無限深沈地悵惘和索漠。於是，他不得不把一切變局的興衍，諉諸「勢力尊者」（十一回）的力用。

「勢力尊者」的大力，是無所不包、無所不能的：「勢力尊者勢力之所至，雖上帝亦不能違

❶ 胡適之說：「遊記寫官吏的罪惡，始終認定一個中心主張，就是要指出所謂清官之可怕。」案：遊記十四回：「天下大事壞於奸臣者十之三四，壞於不通世故之君子者倒有十分之六七也。」劉鶚所記，官吏有賢有惡，並非全歸諸可怕二字。其中心思想亦在指出不通世故之君子，每能誤國；清官不過僅是君子中一類，胡適之說未碻。又案：劉鶚此說，爲晚清公論，亦非獨創之見，趙鳳昌（竹君）〈庚子拳禍東南互保紀實〉一文，斥李秉衡爲「誤國之忠臣」可與此比觀。黃秋岳《花隨人聖盦摭憶》也說：「國事至此，正坐有無限若干之誤國忠臣也。」（頁三九四）。

拗他。……上帝同阿修羅，都是勢力尊者的化身。」——但劉鶚在此卻表現得極爲無奈：他承認非變不足以救亡，卻又深恐「若攪入他的黨裡去，將來也是跟著潰爛，送了性命的」（十一回）。他直覺地把這些變動，歸入魔鬼阿修羅的作用。雖然不殺無以成天地之大化，但一切發動變局的人，不論北拳南革，雖「併都是聰明出眾的人才」，而卻都不過是魔鬼的部下，是「瞎搗亂」的「惡人」。這是極強烈的反諷（irony），因爲包括他自己在內，都是發動變局的人，劉鶚是新黨呢！這個反諷的形成，來自他對自然運行觀察的體認，是直接類比的結果，而並非對南革北拳在基本意識上有什麼嚴重歧異的厭惡或反對。所以他一方面覺得不論南北，都非正人；另一方面卻又不得不承認時局要變，而且也非有這北拳南革之變不可。第十章又說：「壞即是好，好即是壞，非壞不好，非好不壞！」這是另一層弔詭了。在這種自我理性判斷的矛盾裡，他看到了大清帝國日薄崦嵫的命運，也爲它付出了無限的哀感。

第一章，老殘與文章伯、德慧生兩人，原是受了杜甫「日出海抛球」的感動，要到蓬萊閣觀賞日出的奇景，看看東方已明，紅日即將躍出海面，忽然颳起一陣怪風，雲氣疊起，將日光壓住。日既已不能看見，這種象徵便開始迅速地轉移。於是那艘搖晃於洪波巨浪中的帆船就在望遠鏡裡出現了。——四個轉舵的是軍機大臣，六枝舊桅是舊有的六部，兩枝新桅是新設的兩部。而船長二十三四丈就是二十三四個行省和藩屬，東邊那三丈是東三省❷。——一個在暴風雨中胡亂航行，

❷ 此依胡適〈老殘遊記考據〉所述。胡適譏蔡元培論紅樓爲索隱猜謎，其實在此胡適亦不能避免用此方法。因舊日小說影射成份極大，索隱法亦自有其價值，此是一例。

受苦受難的中國。這種象徵的意義，與汪榮寶所說：「橫流失楫難為濟」（贈郭春榆宗伯）如出一轍。劉鶚透過望遠鏡來呈現這艘即將沈沒大船的險狀，也正有他深刻的用意：末日的危機，被那些眼光廣遠的人們，眞切地望見了。

這種橫流失楫、險遭呑噬的景象，是在大清帝國光焰完全消戢之後才自然出現的。日光被愈擠愈緊，「情狀甚為詭譎」的雲氣所障蔽而消失，與那寒日虞淵所指陳的意義，是完全相同的。請看張之洞最著名的一首〈讀宋史〉詩：

> 南人不相宋家傳，自詡津橋警杜鵑；
> 辛苦李虞文陸輩，追隨寒日到虞淵。

相傳虞淵（又作羽淵，據王孝廉氏云即舜殛鯀之地，未知然否）是太陽藏沒的地方。《淮南子・天文篇》：「日至于虞淵，是謂黃昏。」——津橋是指洛陽天津橋，趙宋興國，不用南方人為宰輔；等到王安石以臨川人入相時，邵雍在天津橋忽然聽見杜鵑啾鳴，乃嘆宋之氣數已銷。是以宋室南渡後，末年幾位宰相都是南方人。所謂李虞文陸，李綱閩人，虞允文蜀人、文天祥吉水人、陸秀夫楚州人。——張之洞這首詩寫於光緒三十三年入京以後，宣統幼帝岌岌可危之際。也是他奉命入軍機拜相後晚年極少數的作品之一。很明顯地運用比興，以諷時局❸。滿清入主中國二百多年，好不容

❸ 案：汪榮寶所撰《金薤琳琅齋集》中《思玄堂詩》第一集，有〈希馬出示先德文愼公詩集因題〉云：「十載長安

易才撤祛漢滿的界域，將朝政起死回生的重擔，交到張氏肩上。但是這個千瘡百孔，即將隕滅的古老帝國，一步步走向死亡的命運，卻總令他憂心忡忡，而又清晰地展現在眼前。張氏已經老邁了，盱衡時局，除了像文天祥、陸秀夫那樣，追隨寒日到虞淵之外，還能怎麼樣呢？這首咏史詩，透著如此沈重的蒼涼與無奈❹。寒日！寒日！鴉片戰爭以來，一連串的挫敗，像一大片無法穿透的濃雲，壓得中國喘不過氣來。舊日的光彩，漸次斂去；有的，只是維新的痛苦呼號。康有爲自編年譜（成於光緒二十四年戊戌）裡，有兩段觸目怵心的記載：

△（光緒十四年戊子）：久旅京師，日熟朝局，知其待亡而已。決然捨歸，專意著述，無復人間意也。既審中國之亡，救之不得，坐視不忍，大發浮海居夷之嘆，欲行教於美，又欲經營殖民地於巴西，以爲新中國。

△（光緒二十五年甲午）：在京師，有貴人問曰：「國朝可百年乎？」余答之以：「禍在眉睫，

看奕棋，津橋雨聽去鵑悲。上尊賜酒餘酣在，已是虞淵日盡時」，即用張之洞詩意。去鵑指戊戌四月翁同龢罷相及丁未五月汪文愼去位事。二氏均南方人。又〈過楊叔嶠故居〉云：「誰記津橋夜雨痕，秋風來弔楚鵑魂！」楊銳爲戊戌六君子之一，或許前詩所謂去鵑悲，也與此事有關吧！晚清民國間詩人詩中，杜鵑除了常用以擬譬遜清帝子之外，還每有這種意象運用的現象，却是今人所不曾察識到的。

❹ 晚清詩人每利用咏史：咏物、宮體、遊仙等方式來狀顯諷喻的特色，詳拙撰〈晚清詩人諷寓的傳統〉（學粹雜誌廿卷一二期合刊本）張之洞另有〈讀白樂天樂府句〉絕筆詩：「誠感人心心乃歸，君臣末世自乖離！豈知人感天方感？淚灑香山諷諭詩！」感痛激切，可與此詩相比觀。

何言百年？數年之後，四夷逼於外，亂民起於內，安能待我十年教訓乎？恐無及也！」

從魏源的《海國圖志》《聖武記》、到鄭觀應的《盛世危言》、康有為的《大同書》，改革的呼籲，越唱越劇。等到戊戌失敗以後，整個中國便像洩了氣的皮球，喪失了他所有的活力與新生的機能，靜待著革命運動的興起。這就是《老殘遊記》所說「南拳起於戊戌」的由來！這種命運，有遠見的知識份子，誰都能體察得出來。虞淵落日的哀感，也就很自然地成了一份共同的感情和象徵。錢萼孫在《海日樓詩注》序裡形容民國六年復辟之役是：「魯陽迴戈，虞淵仍墜」❺！而汪榮寶〈秋草和味雲四首〉，也以秋草衰零，描寫舊王朝淪滅的景象，他所謂衝雪王孫、平蕪落日、與那金臺夕照、寒日陳根等等，都不脫此意；次韻曹纕蘅〈移居〉詩又說：「故國遙看落日中」。情感的脈絡，不難按索而得❻。

在這裡，我們不難看見劉鶚處身的徬徨。清室的命運，固已如寒日墜淵；中國，卻終還須要

---

❺ 曾廣鈞《環天室續刊詩》，有〈紈千山歌〉，詠張勳復辟事亦云：「自矜白日可回中」（廣鈞詩無箋，此釋詳《花隨人聖盦摭憶》）。又陳曾壽〈落花〉十首之一：「天迴地轉愁飈泊，唯傍殘陽片影紅。」亦咏復辟事，而殘陽意象之運用，亦與錢萼孫同。

❻ 〈秋草〉之二：「江南風物轉淒淒，一望平蕪落日低。」之三：「極目金臺夕照蒼，青青千里盡經霜；上山非復蘼蕪路，通闕空殘薜荔牆。餘燼已憐螢火盡，寸心仍託卷葹長。閑堦徙倚尋啼碧，不為離人自斷腸。」之四：「共向疾風標勁節，終迴寒日照陳根」。此數詩也與陳蒼虬〈靈壁道中〉詩：「葦敗烟空釜底村，殘陽留夢浸餘痕；春風一樣穠桃李，靜倚門中半萩魂。」頗為相似。

生存下去。第一章：

文章伯氣得兩腳直跳，罵道：「好好一船人，無窮性命，無緣無故，斷送在幾個駕駛人手裡，豈不冤枉？」沈思了一回，又說道：「好在我們山腳下，有的是漁船，何不駕駛一隻去，將那幾個駕駛的人打死，換上幾個。豈不救了一船人的性命？何等功德！何等痛快！」

革命的意圖，他何嘗沒有？只是他又思忖：「他們船上駕駛的不下兩百多人，我們三個人要去殺他，恐怕只會送死，不會成功。」：這正是他看出革命之可行與必行，卻終只贊成「送他一個羅盤，他有了方向，就會走了。」這種維新途徑的緣故。一旦當他被船上嘈雜言亂的人們，用斷樁破板將老殘的漁船打得粉碎後，老殘便「只好閉著眼睛，聽他怎樣」(第二回)！這是徹底絕望後的聽天由命與無可奈何！劉鶚在光緒丙午(一九〇六)寫的《老殘遊記・自敘》，曾說：「棋局已殘，吾人將老，欲不哭泣也得乎？」❼此即劉鶚之所以化名老殘的緣故。面對著一個頑舊的社會，他維新的企圖，付出了太多的代價(充軍新疆)；換來的，卻是無限地疲憊與灰心。無可奈何，坐而哭泣之餘，除了一些甲骨印鈕，還有什麼能慰熨這位老人的心靈呢？

❼ 杜甫詩：「聞道長安似奕棋，百年世事不勝悲」，以棋奕喻國事，自古已然，錢牧齋有前後〈觀棋〉絕句若干首，皆隱喻時事可證。陳寶琛〈感春〉詩，咏甲午戰爭事也說：「輸却玉塵三萬斛，天公不語對枯棋。」

二、

面對著這樣一個動盪而畸笏的社會與時代，《老殘遊記》在敘述時，便不能如《紅樓夢》的作者，始終注意到神話的造景，作爲貫串聯繫全書的脈絡因素。但劉鶚卻仍能將中國社會變遷的時序，納入一個神話或夢幻的開展中進行。

在《老殘遊記》裡，故事的展開，興起自一個夢幻。夢的興滅，悠然來去，在故事進行的過程中，彷彿不含具任何波瀾與連繫。但這種託諸夢寐以帶起全篇的結構，正如同《老殘遊記續集》裡運用寓言的表用，來彰顯其內在意蘊。——其實，在《老殘遊記》第一回裡，劉鶚已兼用了寓言與夢幻的表達方式：前半段治黃大戶渾身潰爛，是黃河治水的寓言；後半段蓬萊閣觀日才是夢境。《老殘遊記》全書，總不脫這兩個指喻與象徵之意義的形象說明。這彷佛是《水滸傳》洪太尉誤走妖魔與《紅樓夢》賈寶玉夢遊太虛的結合手法了。

據佛洛依德（Freud）的觀察，夢的根本，在於潛藏意願之要求實現；而常以扭曲的變態型貌呈現著（這點關係著下意識的作用）。但是，在文學作品中，夢的形成與表述，其實是作者意識的直接構成物。換言之，即有意的創造，以表達或象徵某一事實與意義。所以它的作用，與文學作品中的神話頗爲相似。神話總是非理性的與直覺的。它的意義，恰如Warren和Wellek在《文學論》（Theory of Literature）一書中所說：

神話是一個社會給其後生幼民的一種解釋。是有關人類本性和命運之教育性的意象（p.287）。

當作家利用神話的暗示或比象來展現這些思想與情感時，這種象徵的呈演是可依據主題而安排的。我們對照一下《紅樓夢》青埂峯下的神話結構與《老殘遊記》中蓬萊閣觀日的象徵，必可了解其中的玄秘與關聯。

這種神話的成創，不但架構在目前的現實世界之上，也包含著對未來命運的說明及擬想（在此並無所謂「原始基型」產生，因爲那種初民意識或行爲模式的具體表徵、具有永恆的和普遍的人性，在此並不存在）。依準著Warren與Wellek所界定的意義，我們可以很清晰地看見「一個社會給其後生幼民的一種人類命運之解釋」的象徵意義，在第十一章裡得到了完滿的詮釋：那就是北拳南革與三元甲子的議論。

《老殘遊記》第二回開始時敘述：

話說老殘在漁船上，被眾人打得沈下海去，自知萬無生理，只好閉起眼睛，聽他怎樣。覺得如落葉一般，將身飄飄盪盪，頃刻工夫，沈到海底了。只聽得耳邊有人叫道：「先生起來吧！天已黑了，飯廳上飯已擺好多時了。」老殘慌忙睜開眼睛，楞了一楞道：「呀！原來是一夢！」

這是從夢幻導入人間實境的過渡，從第八章「桃花山月下遇虎，柏樹峪雪中訪賢」開始，《老殘遊記》的敘述，就又跳開了人世現實的糾葛與牽扯，從柏樹峪嶼姑、黃龍子等人的談話中，作者鋪陳了一個奇幻的世界與經驗：透露了一些奇特的思想和見解。劉鶚在這兒，耗去了三章的篇幅（加上第八回的進入柏樹峪，則共爲四章，爲全書五分之一），來安排這個場景，彷彿是件頗令人詫異的事。因爲它只是申子平尋訪劉仁甫途中所經歷的一樁插曲，與老殘「遊記」無關，而兩人的出現也僅止於此。換言之，柏樹峪的故事情節，與全書前前後後，毫無關聯；其推動此一情節的人物，也與前後文的發展一無連繫。這是個很奇特的結構。——且慢，面對這突兀聳異的情節，我們若能細心翫索，倒也不難發現它的根源：第一回所提出的一切，隨著夢境的打斷而消釋。倘若沒有這四章頂上，豈不是入手便造成一團迷夢，永不得解答了嗎？胡適之能發現《老殘遊記》第一回是劉鶚的自敘，卻誤信了錢玄同的議論，以爲桃花山夜遇嶼姑一段，滲雜了大量的「迷信」，是劉鶚頭腦不清的見解，未免察及秋毫而不見輿薪了。

胡適又說：「《老殘遊記》裡最可笑的是北拳南革的預言！」依我看來，這個預言懸揣，一點也不可笑；它的意義，至爲沈重而深刻。也許他的推論預算不盡準確，但預言之所以興起，豈會毫無原因？預言既已形成，又如何能不代表任何意義？

梁啓超在光緒二十八年發表了《新中國未來記》小說一篇，將自己的政治理想及對中國未來前途的展望，運用小說及寓言的體裁予以說明。其性質與《老殘遊記》中論北拳南革與三元甲子完全相同。民國元年梁氏蒞報會演講辭中追憶此事時曾說：

> 壬寅秋間，復辦一新小說報。猶記曾作一小說，名曰新中國未來記，連登於該報者十餘回。

> 其理想的國號曰大中華民主國，其理想的開國紀元即在今年（指民國元年），其理想的第一代大總統名曰羅在田，第二代大總統名曰黃克強。羅在田者，藏清德宗之名，言其遜位也。黃克強者，取黃帝子孫能自強立之意。今事實竟多相應，乃至與革命偉人姓字暗合，若符讖然，豈不異哉？

梁氏預推十年以後事，固然如他所自認是：竟與今之事實相應，若符讖然。但他也說：「編中預言頗費覃思，不敢草草。但此不過臆見所偶及，一人之私言耳。國家人羣，皆爲有機體之物，其現象日日變化，雖有管葛，亦不能以今年料明年之事，況如數十年後乎？」（新中國未來記緒言，新小說第一號頁五十二）劉鶚與梁啓超作同樣的預測，稍有不驗是必然的，也是應該的。他們是心懷熱血的知識份子，不是巫師，只能洞觀局勢，察覺世事變化之必然與應然，沒有理由要求他們成爲卜龜。今日氣象報告運用精密的儀器，以今日測明日，倘多舛誤，何況一個國家社會的變化？然而，即令如此，他們對中國未來大勢的掌握卻仍是極其敏銳、準確、而驚人的。

第十一章：

> 同治三年甲子，是上元甲子第一年。……同治十三年甲戌，爲第一變；光緒十年甲申，爲第二變；甲午爲第三變；甲辰爲第四變；甲寅爲第五變。五變以後，諸事俱定。……甲寅（民國三年）以後，爲文明華敷之世，雖燦爛可觀，尚不足與他國齊趨竝駕。直至甲子（民國十三年），爲文明結實之世，可以自立矣。然後由歐洲新文明，進而復我三皇五帝舊文明，

駸駸進於大同之世矣。然此事尚遠，非三五十年事也。

從同治三年甲子到民國十三年甲子之中，劉鶚估計中國將經歷一場前所未有的大變局。北拳南革以後，中國才有了自立的基礎與吸收歐美文明、重建中國舊文明的進程（此處所謂文明，含義略似史懷哲Albert Schweitzer所論，與文化一辭，在哲學與歷史上並無太大差別。❽）。身處在五千年專制政體下的文人，能有這種眼光和見識，能不令人感到驚詫嗎？此書成於丙午（光緒三十二年），是以北拳之變已爲實錄而非預估。但他預測革命將成於庚戌（宣統二年），竟比實際上還早了一年。換言之，他對清廷即將覆滅的形勢，已覺得是「不旋踵」的事了。這種觀念直接導源於第一章橫流失櫂與寒日無輝的意象展示；而身處滿人淫威尚存之世，自我理想與推斷的鋪陳，也必須假借類似神話的型式予以宣訴。錢玄同譏嘲它「神秘裡夾雜著不少舊迷信」，未免不懂得神話與象徵結構在文學中運用的情形了。至於劉鶚推料革命成功以後，直到甲寅，即是「文明大著，中外之猜疑，滿漢之疑嫌盡皆消滅」的時代，恰與革命後國父不排滿的主張相合，也不能不說是他的卓識。胡適之一筆抹殺，斥爲猜測錯誤，直是妄說，不足信據。

在此，我們須注意：劉鶚雖以爲北拳南革都是「瞎搗亂」，但他也說：「此二亂黨，皆所以釀刼運，亦皆所以開文明也。」國父曾說過，革命是破壞後之建設。就其破壞言，豈可謂爲非刼運？就其建設言，又寧非開文明？劉氏此說並無錯誤。在劉氏本人，只是害怕攪入革命黨要送掉

❽ 詳A. Schweitzer, *The philosophy Of Civilization*, Chap. 3,p. 46

性命；中國非革命不可的情況，他卻是看得極清楚的。第一回不贊成革命，是以為以寡擊眾，藐無勝算。但維新的企圖既已失敗，中國自然只有轉而趨於革命一途而已。所以他說南革是「起於戊戌」。胡適之以為劉鶚「根本不贊成革命」，不知何所見而云然。從第一章到第十一章，劉鶚的態度，一直是堅定而明顯的。

三、

「而翁中酒仰天時，數說崩離世未知！四百兆人原禍始，淚看成海夢成絲。」光緒廿八年，陳散原題夏伏雛《燕北紀難圖冊》時，寫下了這則哀傷的感慨與預言。——大清帝國廣廈將圮，日墜虞淵的景況，既已具體呈現在眼前（一般世人仍是懵然不覺的，散原第二句感慨極深）。緊隨著這個哀傷而來的，是清亡以後，中國未來所歷處的方向和命運。處在一個「稅重桑田少，民愚學術微；登陣攬千室，鵝鴨弄斜暉」（康有為〈遊三水城詩〉）場景中的才人志士，他所面對的，是另一個朝曦燦爛的明天。中國（清）必亡，而中國也必興。在此，展觀去蹤，瞻望前程，類似《老殘遊記》的預言還會少嗎？

雖然如此，劉鶚仍有他獨到之處，文學的展示，本即有其曲折與深邃的特質。時事和世局的推論，運用神話予以表現，也自有著窅幻的神采。何以桃花山嶼姑黃龍子一段是劉鶚佈置的神話景觀？第八章申子平山中遇虎後巧逢嶼姑住處，嶼姑說：『家父前日退值回來，告訴我們說：「今天有位遠客來此，路上受了點虛驚，吩咐我們遲點睡，預備此酒飯，以便款待。……」』子平聽了，驚訝之至，暗道：荒山中又無衙署，有什麼值日退值？何以前天就會知道呢？」文後又明言嶼姑等人爲「諸仙」，嶼姑之父爲碧霞宮值日功曹。足見劉鶚是先構建一神話世界，再將自我思想見解添補爲其材料。而這個神話形就的意義，又直接來自蓬萊閣觀日一夢的象徵。俄國哲學家貝得頁夫（Nicolas Berdyaev 1874-1948）曾指出文化的成就在其「象徵性」而非「實質性」（Symbolic rather than Bealistic），因一切文化的表現一旦落入現實化，則創造力必將隨之呆滯而緩怠❾。事實上，文學（尤其是小說）本身即非實指性的呈現，想像之運用，常使它們具有強烈的創造性與暗示作用。對文學作品中所含蘊的象徵世界來說，它並未排斥任何實物實事的模擬和宣述，然而它又可在一虛幻的假設條件下構成秩序，表達作者的意念。它雖具有一個非理性的外殼，超一般思想範疇及經驗概念之外，但它確實具備著一個可理解的意義。透過這種假象的表達，作者的心靈世界往往可以循是索觀。劉鶚的象徵世界其實尚不十分純粹，因爲在討論到三元甲子時，作者已直接站出來說話了；柏樹峪的夜談，中間也影射有太谷學派的人物。但是他畢竟是將這整個意義的表達，納入了一個神話的結構中進行著。這個神話與發端的夢境遙遙相應，扣住了全書。這，也許正是《老殘遊記》過人之處吧！

（原載《幼獅月刊》四八卷五期）

❾ 見P. A. Sorokin: *Social philosophies of an age of Crisis* p. 142

卷三

通文史之郵

傳記小說新思維：縱橫於歷史、文學、真實、虛構、言說、書寫之間

一

古稱傳記，本指口說：故記字從言從己，自己立言以爲記，所以稱爲記。傳，則是人與人間轉相傳述之意，後來不論書寫流傳或傳誦講說都稱爲傳，但早先應當是以口傳爲主的。

這有個證據，就是古代「經」和「傳」的分類和稱呼。經典，自然是指聖賢宗師之所撰作，是以絲革編織竹簡，再在竹簡上書寫而成的。傳則往往被稱爲傳說。例如《墨子》書有〈墨經〉上下篇，另外又有〈經說〉上下兩篇，即是爲了解釋經文而作。其意義正與當時另一種傳體相同。如《老子》在戰國時即有〈解老〉〈喻老〉及鄰氏、傅氏之傳那樣。傳、說、喻，乃至後來出現的訓、詁，都表明了它們屬於口說性質。

顧炎武〈述古詩〉有云：「六藝之所傳，訓詁為之祖」。經典得以流傳，全賴歷代學者替它做訓詁做解說，而訓詁也者，近代學人黃侃說得好：「訓詁者，以語言解釋語言之謂」（黃焯《文字聲韻訓詁筆記》）。訓，據《說文解字》說，乃是：「說教也」。詁，則是：「訓故言也」。訓詁，確實是以語言解釋語言，而此，亦即是傳。因此歷史上第一位把訓詁兩字放在一塊合用的，就是秦漢間人毛亨的《毛詩詁訓傳》，一般簡稱為《毛傳》。

由此即可見「傳」實以言說為主，經典中如《春秋經》的《公羊傳》就特別強調這一點。據何休《公羊解詁》云，孔子在世時，他寫《春秋》的用意，曾對其弟子有所講說。孔子卒後，「其說口授相傳」，至漢景帝時才寫成文字，也就是現在的《公羊傳》。但文字畢竟只記載了一部分口說，還有一些則仍在師弟間口授相傳，故所記者為大義，口說則多微言。公羊學者，向來較重視的是口說。這個特點，只要看過康有為《春秋董氏學・春秋口說篇》的人，一定都會有深刻的感受。

這種情形，當然與文字書寫仍不方便有關。文字的傳播，須仰賴簡帛，價格昂貴、書寫困難、傳授不便，故傳播活動，仍以口說為主，我們看當時行人振鐸採風、收輯歌謠；或誦詩三百、出使四方，可以專對。正是以口語傳播為職事。傳字從專，即與其屬於口語轉述有關。與使者「可以專對」的專心，也有意義的關聯。至今傳呼、傳喚、傳令等詞彙也都還保留著這種口語轉述傳遞之意，到了戰國時期，諸子遊走各地，講學、遊說諸侯，或聚在稷下等處談天、論辯，亦均以口說為主。鄒衍號稱「談天衍」，公孫龍子、惠施、鄧析等以辯論聞名，縱橫家遊說的資料則後來被輯成了《長短說》。凡此事例，皆足以證明當時是口語述說爲主，著作傳述，只是輔助性的。如孔老夫子遊說諸侯，講學四方，晚年才返回魯國去整理圖籍。但其講學記錄，依然被稱爲《論語》。

小說，就形成於這樣一種環境中。《漢書．藝文志》說小說家出於古代稗史之官，搜集巷議街談而成小說。巷議街談，即是流傳於民間的口說材料，古代稗史也是記言傳話之官。左史記言、右史記事，乃是中國史官的傳統。記錄下來的史書，有時就稱爲語，今存《國語》便是此類史書。稗官即小史官，所傳則爲巷議街談之野史，故《漢書．藝文志》所列的小說家中包含《青史子》一類作品。小說，顧名思義。正是小史傳述的各種口談言說。其性質殆近於後世之「講史」。

二

《漢書．藝文志》所載，周秦小說家九種，稱說者有《伊尹說》二十七篇、《鬻子說》十九篇、《黃帝說》四十篇；漢人小說五種，稱說者有《封禪方說》十八篇、《虞初周說》九百四十三篇。《隋書．經籍志》所錄小說家二十五部，名說成語者則有《雜語》五卷、《雜語對》三卷、《要用語對》四卷、《瑣語》一卷、《世說》八卷、《世說》十卷、《小說》十卷、《小說》五卷、《邇說》一卷，以及稱爲辯的《辯林》二十卷、《辯林》二卷。此外尚有記笑話的《笑林》三卷、《笑苑》四卷。

由這樣的目錄，可以發現在魏晉南北朝期間，小說仍然是以口說傳統爲主的。

辨明這一點有何意義呢？有的。一，上古口傳「文學」之傳統，可以被證明是由小說延續發展下來了。《隋書・經籍志》把小說的源頭上推至：「〈傳〉載輿人之誦，〈詩〉美詢於芻蕘。古者聖人在上，史有書，瞽爲詩，工誦箴諫，大夫規誨，士傳言，而庶人謗，孟春徇木鐸以求歌謠，……道聽塗說，靡不畢記」，亦即是把小說視爲誦、詩、歌、謠、傳話、謗誹、規誨、勸諫、道聽塗說這個大的口說傳統底下。這種解釋，甚爲確當，比班固將小說家歸諸稗官之記巷議街談，更要全面。

其次，也可說明中國小說中爲什麼會有「語林」類專門記言，而不重故事的類型。各種笑話書、世說新語，在中國小說中之所以都能自成一次級系統，相關作品甚多，正是因爲小說家收錄的範圍與性質，就是以話語爲單位的。美妙有趣的話語，有時也像曲折動人的故事一樣，值得傳述。

第三，小說既以口語言說爲主，相對於由文字系統發展而成的文學作品，自然別具體勢。什麼是文字系統發展來的文學呢？以寫成經典的《詩》《書》爲淵源及依據的文學、運用《倉頡篇》《爾雅》等文字學知識寫作的辭賦、乃至強調「事出於沈思，而義歸乎翰藻」（《昭明文選・序》）的文筆之辯，都屬於文字體系。因此，在漢魏南北朝，除了《文選》《詩品》《文心雕龍》〈文賦〉這一龐大系統外，其實還有一個也十分龐大的話語言說體系存在。認清這個事實，頗有益於我們對文學史之認知。

四、整個文字系統的發達，是漢魏南北朝文人階層主要的歷史貢獻所在。文字學、聲韻學、對偶構句法、駢儷體以至近體詩之形成，都是運用文字愈趨精密的結果。這種文字體系精密化且勢力增強的趨勢，自然也就影響到口說系統，因此小說傳統在唐代乃開始出現新的變化，在原有口說傳統之外，有了新的、講究文辭之美、取法於史書寫作方法的唐人「傳奇」。

謝無量《中國大文學史》說：「小說家者流，魏晉以後，作者不絕，大都文辭煩瑣」，郭希汾《中國小說史略》說：「小說與一般文章之發達，都至唐代而達於絢爛之境」，意思都是指魏晉南北朝間小說文字不如唐傳奇優雅。殊不知此正是一大變動。傳說的傳統，出現了文章記事的新典範，導致「小說」開始分化爲口說和文辭兩條路線發展。

元朝陶宗儀對此新變，曾慨乎言之，謂：「稗官廢而傳奇作」。其實稗官何嘗廢？話說口傳之體系，繼續發展出宋代的說話四大家數（小說、講史、說經，說參請或說諢話），出現了話本、詩話、平話等等。傳奇一系也不斷推出新的佳構。終至兩系相互競爭、相互揉合。明清小說，固可分爲白話小說與文言小說兩類，但兩系彼此影響的痕迹也是不可磨滅的。

好了，文章寫至此，才開始要談到第一個擬探討的問題。——在當前哲學界，語文之辨，乃是一熱門問題。如德希達（Jacques Derrida）的解構主義，有一大部分涉及於此，討論語言、邏各斯（Logos）、書寫之糾葛。而據我在上文的描述，「傳記」一詞，以及它所指的小說傳統，其中正含有語言與書寫之動態關係，很可與之對比討論。

另外，言說與書寫都是「敘述」，而敘述的歷史性、歷史敘述、以及敘述性歷史，不正是歷史學上極重要的問題嗎？小說出於史官，其稗官野史之身分，又爲這個敘述與歷史之關聯添加了更引人注目的元素。且小說「道聽塗說，靡不畢記」的性質，也一定會引發關於歷史敘述眞實抑或虛構的爭辯。這樣的情況，也是我所感興趣的。底下準備簡略分論之。

三、

古希臘哲學家赫拉克里特（Heracleitus）曾提出邏各斯之說，謂萬物芸芸，但其中自有永恆的規律存焉，人應知此規律，可以此規律來認識萬物。這個規律或理性法則，就稱爲邏各斯Logos。這個字的含義其實正是言說，其詞源爲Legein（說），其義也可兼指談論、說明、理性、公理、想法等。

早在德希達以前，即已有不少人批判「邏各斯中心主義」，德希達更是如此。他認爲整個西方文化傳統基本上是貶低書寫的，例如：柏拉圖責難書寫、盧梭對書寫不屑一顧。其間也有一些人做過建構實證的文字學（書寫學）的努力，但都未能擺脫邏各斯中心主義的陰影。只有到六十年代，結構主義與後結構主義才真正地提出了書寫問題。

邏各斯意指言談，意指說出的話語。由於說出的話語比寫出的話語更接近內心經驗、更接近實在和在場（Presence），它也因此得到信任並被賦予優先地位。故邏各斯中心主義實爲言語中心主義（Phonocentrism）。意指言語（聲音）對文字（書寫）的優先在場。言語是一級能指，書寫是二級能指，言語模寫實在，書寫模寫言語，後者因而是對模仿的模仿。

這種邏各斯中心主義，伴隨一種「在場」的形而上學：「意義是可以明確地呈現的、是可以在我們當下的對話中證明的」。在場者可以當場說話，不在場才須要書寫。因此理解、證明、理性都以在場爲主，書寫只能成爲邊緣、次要的範疇。依此在場與不在場的區分，便形成二元對立的格局，而西方哲學也根據二元對立分析了世界：心靈與肉體、善與惡、男人與女人、在場與不在場（Presence vs. Absence）。每一種二元對立都是等級制的，前者高於、好於後者。優先的一類屬於邏各斯，次要的一類屬於書寫。第一類是在先的、肯定的，第二類只不過是否定、補充。

語言與文字之間的這種關係，當然有一大部分肇因於西方的文字是拼音系統。西方人習以爲常的拼音文字（Phonctic Writing），的確是聲音的模仿，因此符合於傳統上所界說的一切二元對立關係。但中國不是，文字對語言，完全沒有從屬、模仿、次級的意合。且文字中就有聲音，但不是拼音，而是形聲，中國文字號稱象形文字，其實象形字極少，總共只有一百多個字，占十之八、九的倒是形聲。在字形上以一部分表示聲音，如前文談到的傳、記、談、論，都是形聲字。

形聲字之聲符，一方面顯得鬆散不穩定，如燈、聲符也可改，成爲灯。繡可作綉、證可作証、機可作机、橘可作桔、勳可作勛、據可作据、葯可作藥之類，幾乎只要是音近，便可能用來做爲聲符。但另一方面，聲符往往又很重要。影響到字的含義，以致文字學家一再強調「形聲字多兼會義」。例如勾是彎曲的意思，因此凡勾聲之字，類皆有曲意，像鈎、朐、苟、姁、笱都是。侖聲之輪、倫、論、綸等亦是如此。

這樣一種關係，使得文字對語言既不隔離排斥，又不致成爲語言的完全模擬，兩者的關係較爲親和。但如此也使得語文各成一系發展，各有各的原理和規律。文字並不能全然代替語言，語言也無法凌駕於文字之上。

但因文字系統與文人階層結合了，自漢代以後，事實上便逐漸形成了文字的優位性。口傳作品的「文學」之身分彷彿消失了，或僅成爲文字文學的一個次級系統，書寫的重要性越來越被文人階層強調。凡義皆歸乎翰藻，傳說口談乃不得不逐漸翰藻化，逐漸趨於文字化。小說漸漸出現傳奇，似乎即可如此理解。

傳奇這個詞，本身便很能顯示這種轉變。因爲「傳」與如前文所說，本爲口述傳說、轉相談論之意，《隋書·經籍志》引《左傳·襄公十四年》云：「士傳言，庶人謗」，即表明了傳說傳誦的口說性質。但是，《左傳》本身就並非師傅口授，如今文學家那樣。而是仰賴發現的文字傳本，所以名爲古文經。其得以流傳，正好是不經口授的。可見傳的意義此時已分化了，可以口傳，也可以藉由書寫而流傳。史書之傳記，亦復如是。書寫下來的「傳紀」，再也不是口說記述了。由記而又出現了紀，例如史書中帝王的傳，就都稱爲「本紀」，而不再稱爲記。

在小說方面，《漢書·藝文志》所載小說家，只有名爲說者，不曾見到稱爲記者。今傳所謂漢人小說，如東方朔《十洲記》、班固《漢武內傳》、郭憲《漢武洞冥記》、劉向《西京雜記》、伶玄《飛燕外傳》，已稱爲傳或記。但即此已可證明全屬僞作。因爲此刻小說仍是口說的體系，眞正在小說中出現文字傳統，應遲至六朝。張華《博物志》，以志名書，敘異物而仿史志也。同時並有干寶《搜神記》、陶潛《搜神後記》、劉義慶《幽明錄》等。稱爲記或錄。至唐，則更有名爲傳者，如《白猿傳》《李娃傳》《鶯鶯傳》《南柯太守傳》《謝小娥傳》之類。

由說而記而傳，且成爲史志傳書的類擬。正可以顯示傳記含意的演變，以及文字系統逐步擴張的事實，而且小說跟史書的書寫傳統越來關係越密切了。始將其作品稱爲記的干寶，曾作《晉紀》二十卷，時稱良史，撰《搜神記》乃用以「發明神道之不誣」。託名魏文帝撰的《列異傳》，也顯然是模仿史著的列傳，如列女傳、列仙傳之類。至唐，傳奇作者，多具史筆，作品如〈吳保安傳〉〈謝小娥傳〉也多被收入正史，甚至它的文體規格，都是由史書寫作來的。小說本出於稗官野史，巷議街談，它和史本來就有關係。但古者左史記言右史記事，史也有兩類，或偏於言說，或偏於書事。現在明顯地是由記言之史朝書事之史過渡了。

另一個值得注意的現象，是「記錄」的功能越來被被重視。某某記某某錄，文字書寫下來，是爲了做爲以後的記錄，爲了證明某些東西，爲了避免遺忘。這種記錄功能，一旦在小說文類中占居重要地位，自然就會越來越朝文字系統發展。因爲語言恰好是會隨時間空間轉變而消失的，語言的功能，是當下的溝通，而非異時空所依賴的記錄。不但如此，強調記錄，既用以爲「異日之券」，則所記必須眞實不虛妄，於是「記錄之眞」遂也越來越獲重視。

四

我國史書寫作傳統中本有所謂「實錄」之說，謂作史者應甄錄事實，據實而書。許多講史學的人，視此爲金科玉律。卻不知此僅爲一偏之見。怎麼說呢？史本有重口說與重文錄之別。謂史應記實事者，書寫文錄之史學傳統才會這麼說，如果是口說傳統，則根本無此要求，不但無此要求，甚且還會認爲歷史可以完全與事實無關，只是寓言。

這兩種區分，正是左傳家和公羊家的不同。

左傳家徵實，主張史就是據事直書。公羊家則說《春秋》或其他史書多是寓言，未必眞有其事。清章太炎〈讀太史公書〉曾力攻以史書爲寓言之說，云：「甚矣，曾國藩之妄也。其言曰：『司馬遷書，大半寓言』。史家之弊，愛憎過其情，與解覯失實者有之，未有作史而橫爲寓言者也。……若寓言者，可以爲實錄哉？」（《文錄續編》卷二之上）實則以史爲寓言者並不只曾國藩一人，康有爲《春秋董氏學》、崔適《史記探源》都曾闡發史爲寓言之義。因此我們只能說這是兩種史學觀的對諍。

前文已說過，《公羊》重口說，《左氏》重文錄。口說者旨在發明文外隱曲，文字本非所重，更不必執著。文錄者，謂史爲史事之記錄，必須確實不虛。因此二者分疆，頗不相侔。後世史書寫作傳統，較偏重於「以文字記錄事實」這一思路，則是理勢所必至的。

在小說中，也發生了這種差別和爭論。由於小說本爲口說傳統，稗官野史，雖或亦錄諸文字，但巷議街談、道聽塗說，本不以徵實爲其宗旨。文字記錄，也不被視爲「定本」，依據某一記述，可以再不斷講說談論演申傳述下去。宋元「話本」以及後世所謂「演義」，就很清楚地在名稱上揭示了這種性質。然而，文字系統也在小說中出現之後，便開始有人以記實的要求來檢視小說了。

晉隆和（西元三六二）中，有處士河東裴啓，撰漢魏以來迄於當時言語應對之可稱者爲《語林》。頗爲流行，然因記謝安語不實，爲安所詆，書遂廢。見《世說新語．輕詆篇》。又，晉王嘉《拾遺錄》十卷，有蕭綺序，言書本十九卷，二百二十篇，綺「刪繁存實」，合爲一部，凡十卷。這都是在小說中要求記實之例。後世講史盛行，更是在這一點上備受批評。站在書寫傳統立場上發言的學者文人及史家，一致抨擊小說敘述虛飾不實，添油加醋、捕風捉影，認爲史書寫作就應該是徵實求眞的。「歷史又不是小說」「歷史小說或傳記文學，可能太偏於文學而失眞，所以不能等同於歷史記載」，史學家們總是這麼說。

這樣的爭論，在現今史學界實在意義非凡。因爲歷史究竟是眞實抑或虛構的爭議，也正發生在當前史學界中，而其中也涉及了「敘述」的問題。

五

近百年來史學理論中占強勢地位的，當然是科學史學、實證史學這一路向，企圖把史學建立得像科學那樣客觀，而且所有的論證都是有根據、可檢證的。在運用理論去解釋歷史材料時，也時時擔心「尋求法則、模式、詮釋、體系、理論的欲望越強時，體系越完美、詮釋範圍愈擴大，與事實的對應成分便相對縮小」。

這種態度，首先在文學研究界開始提出質疑與反省。因爲文學上的寫實主義，也正是宣稱要寫社會眞實的。可是現代主義興起，質疑了這個觀念，也拋棄了以文學來表現歷史眞實的興趣。此種反抗，曾被惡意比擬爲法西斯：

> 十九世紀古典小說的現實主義是認識到「社會現實」的性質是「歷史的」這一發現的產物。發現社會現實的歷史性質，也就是發現「社會」不僅僅是——即使主要是——傳統、統一輿論和連續性，而且是衝突、變革和變化。現實主義小說是這一發現在文學中的必然表現，不僅僅是因爲它把「歷史的現實」作爲它的「內容」，而且因爲它發展了敘述形式

> 所固有的「辨證性」，能表現特別屬於「歷史的」性質的任何現實。因此，現代主義作家拋棄正常的敘述性，是內容層次中對「歷史現實」的拒斥在形式層次上的表現。既然法西斯主義的基礎是對歷史現實作類似的拒斥，並逃避到對「眞實的」社會矛盾作純粹「形式主義的」政治解決中去，那麼，現代主義也就可以看作政治上的法西斯主義在文學上的表現〔F．詹姆遜：《侵略的寓言：溫德姆．劉易斯，作爲法西斯主義者的現代主義者》（貝克萊、洛杉磯、倫敦，一九七九年）〕。

這種反對歷史眞實的態度，逐漸延申到後現代思潮。人們對蘭克（Leopold Von Romke, 1785-1886）史學以來，追求客觀歷史科學，已普遍感到厭倦，以致出現了人文學科中的歷史主義危機，對於能否達到「客觀的歷史科學」感到絕望。並在人文科學中出現了道德上的和認識論的相對主義、批評上的多元論和方法論上的折衷主義。

新實證主義和結構主義，就是這類設想中的新科學的兩種形式，它們被當作一般人文科學中過時的「歷史主義」、特別是傳統的歷史研究的替代物。

但爭論並未解決，歷史越來越離「眞實」的需要，而跟「敘述」「說故事」掛鈎。到八〇年代，因詮釋學、文化研究和文藝批評之發展，人們已不再盲從實證的、統計式的典範，了解到物理生化現象和社會文化體系畢竟屬不同的層次，人類文化行爲的意義問題，日益受到重視。故事（narrative，或譯「敘事體」）既是日常生活實踐中籍以理解事態的普遍模式，自然深受一些學者的關注。有人甚至將敘事結構比諸康德所云作爲先天的「直觀形式」的時空，認爲心靈必須透過敘事形式才可認識世界。新歷史主義者葛林布雷（Stephen Greenblatt）說故事跟主體認同感（sense of being a self）關係密切，範門（Joel Fineman）說軼事比春秋大業更能激發有意義的文史研究。專注後殖民主義之論述者，如巴巴（Homi K.Bhabha）等，認爲民族故事是了解國民的文化體認的重要資料。而歷史哲學家懷特（Hayden White）和里柯，則一再強調歷史學科總離不開故事的撰寫。

懷特的《後設歷史》（Metahistory, 1973），說明了歷史故事與文學在情節建構上的相通、情節和論理模式跟四種修辭法的契合，從而質疑客觀的歷史敘事的可能性。里柯的《時間與敘事體》第一、二冊（法文版一九八三、一九八四）則明晰地處理了時間與敘事的關係。論述了歷史故事和小說的異同。依據懷特的看法：

> 事件固然是在時間中發生，但把它們整理爲特定時間單位所使用的編年代碼（chronological Codes）卻不是自然形成的，而是具有特定的文化意義（culture-specific）。其次，把事件的編年記事轉化爲一個故事（或故事的集合體），需要在歷史學家的文化傳統所提供的許多種不同情節結構中進行選擇。……因此故事絕非「親歷」（lived）。本來就不存在「眞實的故事」這類東西，故事是講出來的或寫出來的，而不是找出來的。「眞實的故事」這種概念，實際上是一種矛盾的措詞。所有的故事都是虛構的。
>
> 第三，不論一個歷史研究者爲了說明編年記事中所包含的意義而明確地提出什麼「論證」，都不僅關係到事件本身，同樣關係到把編年記事塑造成一類特殊的故事所使用的情節。這意味著對一篇歷史敘述的論證從根本上說是第三級虛構物，是對虛構的虛構，或者

對虛構制作（fiction-making）的虛構。

這就不再是對歷史能否絕對客觀眞實有所懷疑，不再是企圖在論證及寫作手段上如何逼近眞實，而是根本認定歷史是虛構的。而歷史之所以爲虛構，則是由於它本質上就是講故事。

這乃是在理論上呼應了「講史」這個詞語及其意義。且因西方人的文字本從屬於語言（如德希達所指出的），故其所謂敘述，實乃話語式而非文字式的。歷史被還原到說故事的型態，更接近小說之巷議街談、稗官野史性質。

當然我們也不能立刻便慶幸現代史學理論已向古老小說回歸，傳記文學、歷史小說或小說是歷史作品的身分重新得到確認。因爲爭論仍在持續中，許多歷史學家仍然堅持敘述是「文學性」話語的一種形式，而文學處理的則是「想像的」而非「眞實的」事件，因此歷史研究必須清除掉敘述，或者只是爲了使歷史現實的「細節」對讀者顯得「有趣」以免分散其心思而使用敘述，許多文學批評家也把歷史當作一種不成問題的事實本體，求助它來解決文學理論上的問題。新的研究趨勢，尙未完全替代舊的思維，但無論如何，懷特說得好：

現代文學理論所提供的有關歷史寫作的觀點意義十分廣泛，已超出了關於敘述話語性質的爭論、和關於歷史知識性質的爭論這兩方面的參加者的想像範圍。歷史話語既是一般話語的一種特殊情況。因此，歷史話語的理論家們絕對不能忽視話語的一般理論，它們是由現代文學理論內部，在語言、言語和文本性的新概念基礎上發展起來的，而這些新概念允許我們重新闡述本義性、指稱性、作者地位、讀者和代碼等傳統觀念。

這些新觀念有助我們重新釐清一些問題，也有助於回頭審視我們自己的文學與歷史傳統。由言說、書寫、傳記、小說、歷史、文學、眞、假之間複雜的關聯中，也許可以替已經斷裂的文史關係再開發出一個新的討論空間。

（一九九七，中興大學，歷史文學研討會論文）

歷史小說的歷史與身分

一、尷尬的講史

在中國小說史的研究中，「歷史小說」的討論或許是較尷尬也較寂寥的。所謂「歷史小說」，其價値頗遭貶抑；它與一般所謂「小說」者，其分類界限何在，也甚爲模糊。

其中有一種很流行的觀點，即是把「歷史小說」視爲較不純粹的小說，或通俗小說。不但現代的小說寫作者不把南宮搏、高陽、章君穀等「歷史小說」寫作者視爲其同道；現代小說選本、史纂中不把這類作家列爲討論對象；對於古代小說史中的各種所謂歷史小說，評價也都很低。以孟瑤《中國小說史》爲例，它認爲元代刊行的《三國志平話》「在文學上的成就幾乎談不上」，又說《三國演義》：「以文學的觀點來討論它，那麼有許多人認爲這本書不足以躋身於第一流文學作品之林」。理由當然它舉了許多，但總括來說，便是「全書風格給人一種通俗甚至庸俗之感」，

「未將此書從通俗讀物提昇到文學的領域中去」❶

《三國演義》是孟瑤認為中國歷史小說中最出類拔萃的一部，其評價尚且如此，其他的就更不堪了。為何「歷史小說」難以寫得好，不能成為好小說呢？

孟瑤說：「歷史小說的寫作，不是一件易事，因誠如周氏在《史略》中所說『依史則死，背史則謬』，所以寫作時實在有左右為難之感。根據史實，則無法發揮創作過程中的想像；跳出史實的約束，所寫出來的又不是所謂歷史小說了。《三國志演義》歷來遭受到許多批評，就因為許多人站在文學創作立場看它，覺得它太受史實約束；站在歷史事實立場看它，又覺得它處處與史實不合」。

葉朗則認為：歷史小說仍是小說，故不必追求歷史真實性，可以容許虛構，所以章學誠的批評不合理。因為章氏覺得《三國演義》之缺點在於它還包含有三分虛構，沒貫徹「實則概從其實」的原則。而魯迅認為《三國演義》的缺點卻是由於它太拘泥於小說上的實事，虛構成分太多，「惟其實多虛少，所以人們或不免並信虛者為真」。比較起來，葉朗認定魯迅的看法更正確，他又引胡適的意見，說《三國演義》「全書的大部分都是嚴守傳說的歷史，最多不過能在穿插瑣事上表現一點小聰明，不敢盡量想像創造，所以只成一部通俗歷史，而沒有文學的價值。《水滸傳》全是想像，故能出奇出色；《三國演義》大部分是演述與穿插，故無法能出奇出色。」同時他還認為「《三國演義》最不會剪裁，他的本領在於搜羅一切竹頭木屑，破爛銅鐵，不肯遺漏一點。因

❶ 見孟瑤《中國小說史》第三冊，頁三〇四—三四三。民國五九年，傳記文學出版社。

爲不肯剪裁，故此書不成爲文學的作品」，據此，對於毛宗崗替《三國演義》喝采、辯護之言論，也一併受到他譏議了❷。

換言之，依孟瑤之見，歷史小說只是一種通俗乃至庸俗的文學。葉朗則進一步從本質上說明了歷史小說不可能寫得好的原因，因爲歷史小說仍是小說，小說就須仰賴想像力和創造力，可是歷史小說受限於史實，不便馳騁，故他引了鄭振鐸的見解，謂：「鄭振鐸認爲『據史而寫』給作家帶來了困難。在這一點上，他的看法和毛宗崗、謝鴻中等人似乎是相同的。但是毛宗崗、謝鴻中認爲有了這種困難就更能見出作家的匠心，使得作品的價値更高，而鄭振鐸則認爲這種困難限制了作家的想像和創造，因此就不可能產生上乘的作品。」❸

把小說和差一點的小說（所謂歷史小說）這種同質而分層之關係，改用歷史關係來描述的，則可以胡士瑩《話本小說概論》爲例。

胡士瑩說：自宋代說話起，即有「講史」和「小說」兩家分庭抗禮，但兩者在內容上並無絕對之界限，其後在歷史發展中，二者又漸漸合流。先是講史吸收了講金鼓士馬的「鐵騎兒」，再則因元朝嚴禁說唱詞話，故講說時事新聞的「小說」逐漸併入講史中，於是出現了保存小說之特點又是講史規模的長篇章回小說。依此，胡氏把《三國演義》界定爲講史之代表作，然此只是在說話基礎上創作成的作品，《水滸傳》則是小說、鐵騎兒、講史合流的第一個成果，其後如《金

❷ 見葉朗《中國小說美學》第四章。民國七十六年里仁書局本。

❸ 同❷。

瓶梅》等更是脫離講唱技藝的文學作品了❹。

這個講法，仍是把《三國演義》等講史之作，視爲較差、較粗糙，較原始的東西，不是好文學。與孟瑤惋惜該書「掙不脫說話傳統」「是使這本書不能成爲文學作品的最大原因」，實有異曲同工之妙。

我曾一再指出：「五四新文學運動，表面上推倒了文的傳統，白話取得了全面優勢，但實際上這個話乃是文中之話，故所建立的不是個語的傳統，而仍是文，是對文另一種形態的強化與鞏固。以小說爲例，五四以後的小說論者，所欣賞的都是文人小說家（Scholar-novelist）而非民間說話傳統，所偏愛的小說也仍以文采可觀者爲主。至於小說之寫作，亦復如此。陳平原《中國小說敘事模式的轉變》即曾指出：現代小說不是比古典小說更大眾化，而是更文人化；作家主體意識的強化、小說形式感的加強及小說人物的心理化傾向，全部指向文人文學傳統而非民間傳統；小說書面化的傾向，也轉變了古典小說的敘事模式。」「五四以後的小說評論者，雖然在理念上宣揚民間通俗文學，以打倒貴族山林文學；但他們做爲一高級文化人，在文學品味上卻很難認同平民文學。所以這其中事實上存在著一種矛盾。……至今爲止，那些職業編書人，如羅貫中、熊大木、馮夢龍、天花藏主人等，不但年齡爵履仍然不太弄得清楚，其小說史的地位更是遠不及吳承恩、董說、夏敬渠、吳敬梓、李汝珍和曹雪芹這些文人小說家。對於明清小說，我們的批評家們所喜愛的，乃是脫離民間說唱傳統，成爲作者個人表達屬於一文人或知識分子情操、趣味及理念

❹ 見胡士瑩《話本小說概論》第十七章〈關於講史〉。民國七二年，丹青出版社本。

的作品。這些作品，文字當然遠較民間說話傳統『文』，趨近書寫傳統而遠離說與唱的表演；其內容也當然遠較民間文學傳統『雅』，不那麼粗俗，較接近文人的世界觀。所以它們比較容易博得稱賞。」❺

也就是說，推崇純文學、貶仰通俗文學，推崇文學、貶低說唱之藝術位階，正是近代論小說者之通病，在有關歷史小說的評價問題上，顯然再一次讓我們看到了這個毛病。

其次，我們也可以看到，無論葉朗、孟瑤或胡士瑩，都是把歷史小說（講史）視爲小說之一類，或者設法去解釋講史如何與小說合流。然後再以小說的標準去衡量歷史小說，說歷史小說不如小說。這種批評若有效力，那麼倒過來講，也是一樣可以成立的。我們可以說：歷史小說與小說本爲一類或漸成一類，但小說不如歷史小說那樣能夠顯示人在歷史中的處境，「此小說之所以絕難有上乘的創作的原因也」。這樣講話，有何意義？

近七十年來，小說研究中，對於講史或所謂歷史小說，認識不清、義界不明、評價乖謬，都是由於上述這些魔障在作祟。要廓清迷霧，讓小說研究和講史的研究有些進展，勢必對於所謂歷史小說或講史有些新的解說，重新理解到講史不是小說，講史自有其性質與敘述特點。

爲了說明這些，且讓我們回到宋人說話時對小說和講史的分類關係上去考察。

---

❺ 分見龔鵬程〈傳統與反傳統〉，收入民國八十年東大圖書公司《近代思想史散論》；〈論清代的俠義小說〉，收入民國八十二年學生書局《俠與中國社會》。

二、講史非小說

宋人說話四大家數中，有所謂「講史」一類者，見《夢粱錄》卷二十。灌園耐得翁《都城紀勝》謂此爲「講史書」，其他三種則是小說、說經、說參請。

據孟元老《東京夢華錄》卷五，說話人有以下幾類：小說、合生、說諢話、說三分五代史。吳自牧《夢粱錄》二十則云說話四家數爲：小說、談經、講史書、說參請。談經中包括說參請、說諢經。說參請，「謂賓主參禪悟道等事」；說諢經，或許與說諢話類似。蓋其談經，乃是說佛經。唐人講經時已有媟褻謔戲者，故諢話之類，或即由此衍出。另外，周密《武林舊事》卷六說這四家是：演史、說經諢話，小說、說諢話。灌園耐得翁《都城紀勝》也說說話有四家：小說、說經說參、說史、合生。他們對於當時說話人的家數分類不盡相同。但小說、講史各爲一家數，是十分清楚的❻。

這類說史書的藝人，至遲在唐代便有了，李商隱〈驕兒詩〉所曾提到的：「或謔張飛胡，或笑鄧艾吃」即是。宋朝尤盛，《東京夢華錄》卷五所載京師瓦舍伎人，有霍究說三分、尹常賣五代史等；《事物紀原》卷九云仁宗時，市人有能談三國事者；《夢粱錄》亦謂南渡後有敷演中興

❻ 說話人的家數，究竟應如何認定，各人解讀文獻頗不相同，詳見胡士瑩書第四章。但不論如何認定，說話四家中有小說、說經、講史三家，是大夥一致同意的。

名將傳者。凡此皆屬於講史。把這些講史人歸爲一類，與談經、說合生、說諢話等區分開來，或許只是一種事實上的分類，可是爲什麼又把講史者和小說分開來呢？把講史稱爲說話人的一種「家數」，將它和講煙粉、靈怪、公案、鐵騎、傳奇、朴刀、桿棒、發迹變泰等事之小說分列，難道沒有特殊的意義嗎？

依據王國維在《宋元戲曲考．宋小說雜戲》中的考證，他認爲：⑴宋代小說，不以著述爲事，而以講演爲事，與同秦漢六朝乃至唐人小說均不相同。⑵演史與小說，應屬於同一類。因爲《都城紀勝》《夢粱錄》都說小說人能以一朝一代故事，頃刻間捏合，故凡說話無關於史事者，即謂之小說，其說講體例，當與演史大略相同。今所傳《五代平話》即演史之遺；《宣和遺事》恐怕就是小說之遺。⑶演史與小說，發源於宋。⑷此類話說，以敘事爲主，雖不同於滑稽戲，但後世戲劇之題目多取諸此，結構也常模仿小說。

以上云云，除第四點外，幾乎全錯。古代小說，來歷及體例不可知，而從《魏略》所言：「臨淄侯值，誦徘優小說數千言」來看，漢魏小說，未必全然以著述爲事。唐代的白居易等人聽講「一枝花話」，當然也已以演講說話爲之，其起源亦必在宋初之前。且段成式《酉陽雜俎》有云：「余太和末，因弟生日，觀雜戲，有市人小說，呼扁鵲作『編鵲』，字上聲……」。唐時已有說話人、已有小說，是非常明確的事，至於演史與小說，顯然也是不同的。

說話四家數，都是「說」。說經、說史、說參請、說合生、說諢話，以及小說。小說，究竟包含那些東西？《夢粱錄》說：「小說名銀字兒，如煙粉、靈怪、傳奇、公案、朴刀、桿棒、發迹變泰之事」、《都城紀勝》則分成三類：「一者銀字兒，如煙粉、靈怪、傳奇。說公案，皆是搏拳、提刀、趕棒及發迹變泰之事。說鐵騎兒，謂士馬金鼓之事」，其範圍、題材均甚明晰，其中稱爲銀字兒者，更有特殊的樂器或者音樂配合，特徵非常明顯。

這些煙粉傳奇等事，當然也必緣附於古史或時事故實，據之敷演講說。所以《夢粱錄》等書說這些小說人能以一朝一代故事頃刻間捏合。但此只是以故事爲材料，談煙粉、說靈怪、敘傳奇、道公案，言發迹變泰，並非旨在講史。其與講史之不同，實甚顯然。如果我們把小說和講史視爲同一樁事，像王國維那樣，事實上便模糊了兩者的區分，也不能了解宋人爲何要把它們分列成爲兩種家數了❼。

王國維的錯誤，其實根源於他的小說觀。依中國古代傳統的小說觀念，小說本出於稗官野史，因此小說原本就屬於史籍之一類，余嘉錫〈小說家出於稗官說〉、錢基博「小說家約爲採訪民間瑣聞雜話之類史官」等，均從來源上說明歷史紀敘與小說同類。而從目錄學上看，古人亦將《漢武故事》《西京雜記》《搜神記》《續齊諧記》等納入史部起居注及雜傳類中。唐人傳奇〈吳保安〉〈謝小娥〉等也都被採入唐史。由這個脈絡來理解宋人說話，便不免仍將演史與小說視爲一類，忽略了把它們分成兩種家數的意義。

這種分立，其意義，應該類比於「文學」從文章博學的含意與傳統中獨立出來，或史學從經學之春秋學中分立出來，都是同源而分流的發展，意義至爲重大。小說的性質與內容，獲得了新

❼ 胡士瑩雖承認宋代說話中講史與小說是兩個不同的家數，但他不明白兩者究竟有何實際的不同，其病與王國維類似。

的確認，不再是史部之一；說史也自有它獨特的內涵，與一般說煙粉靈怪公案傳奇者不同。

唯有如此理解，方能明瞭宋人說話家數之分類，在文學史上的重大意義與作用。但，只如此說，仍是不通透的。讀者恐不免還要追問，說史講史演史，若果有其獨特之內涵，與說煙粉靈怪等等不同，那麼，其分類之依據究竟何在？憑什麼可以把演史和小說分開？演史之獨特內涵，其自為一類的類型持徵又是什麼？宋人若眞是將講史與小說分立，其分類是否具有正當性？分類的原理為何？

三、分類的疑難

是呀！演述史事，怎麼能單獨構成一類呢？王國維沒想到這一層，所以他說敷演史事者為演史，其無關史事者，則謂之小說，卻沒考慮到那些傳奇、公案、朴刀、桿棒、煙粉、靈怪，也泰半是古人古事。即如他所舉「殆小說之遺也」的《宣和遺事》，便擺明了是記敘宣和時期宋江等三十六人橫行江淮的事蹟，此無關史事乎？當然相關。

因此，除了講時事新聞之外，無一不是講史。講史有何理由可以獨立成類？說到此，不禁讓我想起了早年我對羅錦堂先生的批評。

羅先生的博士論文《元雜劇本事考》第二章，將元雜劇分成八類：歷史劇、風情劇、社會劇、仕隱劇、家庭劇、道釋劇、戀愛劇、神怪劇。我覺得如此分類並不妥當，因為：⑴他的分類概念頗不正確。大多指涉質料對象。甚少指涉形式對象，故只籠統定出一「歷史劇」之名目，此類歷史劇究竟是否指純史實劇，或容許虛構？可以有多少虛構？均未界定，以致於所謂歷史劇中有直接採錄正史的、有改編自小說或流傳話本的、有隨意增損情節者、有變造史實者，而竟統稱爲歷史劇，殊嫌龐雜混亂。⑵對歷史劇的定義，並不精當。羅先生說：「元人雜劇之題材，往往以史傳爲本，然並非直接引據，而係間接改編」，這是就題材來源說，不涉及情節內容，屬於發生定義。可是元人雜劇不是大多以史傳爲本嗎？如羅先生定義社會劇時便說：「社會劇自前人遺留話本中擷取故事」。如此，則與歷史劇一樣，均是前有所本，據以改編。⑶實際分類紊亂。如〈秋胡戲妻〉既是歷史劇，又屬家庭劇；〈竇娥冤〉既入歷史劇，亦爲家庭劇；〈梧桐雨〉雖列在歷史劇中，可是更像一齣宮闈愛情戲。……❽

羅先生是我國第一位文學博士，治曲功力，不同凡響。但在分類方面，卻是如此左支右絀，豈不是更顯示了有關「歷史劇」乃至「歷史小說」「演史說話」等名稱之分類準則甚難判斷嗎？

難以劃分什麼屬於講史或「歷史劇」，而什麼不是。主要的原因在於以下兩點：一是各種靈怪傳奇愛情戰爭小說或戲劇，都可以安置在歷史場景中進行，長生殿、漢宮秋，人物爲歷史人物，事件是歷史事件，爲什麼應是愛情劇而非歷史戲？朴刀桿棒的宋江三十六人橫行江淮故事，爲何應屬於講史，而不是小說。

其次，任何一本小說或其他類型的文學作品，往往也可以因讀者之讀法不同，而成爲不同性質的東西。以《大宋宣和遺事》演化而成的《水滸傳》爲例。該書大型戰爭場面就很不少。在「一

❽ 龔鵬程〈關於元雜劇本事考〉，收入華正書局《讀詩隅記》中。

打祝家莊」以前，主要敘述個人搏殺和地方性攻戰，亦即朴刀桿棒之類。自秦明領兵攻打清風山之後，集體行動和大規模的戰役便日漸增多。排座次、接受招安以後，征遼、征田虎、征王慶、征方臘，都可稱爲說鐵騎了，這豈不是戰爭小說嗎？但該書所敘宋江等一百零八魔君，乃是嵌在一個道教架構及氣氛中生長敗滅的，張天師的鎮符被揭開了，天上降下石碣了，九天玄女賜書給宋江了，宋江擺出九宮八卦陣了，羅眞人公孫勝作法了，這不是宗教小說嗎？又，水滸結義、接受招安、替政府去剿平方臘，這究竟是農民起義、官逼民反？還是投降主義？抑或本爲誨盜之書？問這些問題，那就是視此爲政治小說了。至於小說寫綠林、說忠義，它若放在中國俠義小說的傳統中看，當然也沒什麼不可以。即或稱之爲歷史小說，不也有余嘉錫《宋江三十六人考實》、孫楷第〈水滸傳人物考〉、孫述宇《水滸傳的來歷心態與藝術》，王利器〈水滸傳的眞人實事〉，何心《水滸研究》等著作朝這個方面去探索，認爲小說所述即當日之一段史事嗎？一篇文本，可以把它看成這看成那，看成是講史、戰爭、傳奇、朴刀桿棒、發迹變泰或其他，本無定質，如何分類？

在宋朝說話人將小說和說經、說史、說參請分列之際，這個文學分類的疑難，必得先要解決，否則分類便無法進行，家數之說，亦無法博得世人的認同。

此外，胡士瑩對講史的界定也値得檢討。他一方面覺得：「講史和小說在內容上並無絕對的界限，小說話本中，當時可能已有某些篇屬於講史的性質」。一方面又想辦法替兩者做區分。他先說講史即是說歷史故事，本是簡單的一人一事，漸漸便成了長篇，講一個階段的歷史。而其內容則是反暴政反侵略，性質則是民間文藝，小說只著重描述一人一事，且多短篇，又多說時事新聞，故與講史不同。依他看，講史之特點有七：

1.取材歷史，作不同程度的虛構；

2.講說前代興廢之事，著重於政治軍事抗爭；

3.線條粗略，風格雄渾，長於鋪敘議論；

4.基本上採用正史的書面語言，但講說者也增飾一些當代口語，成爲半文半白的文體；

5.篇幅漫長，節目繁多，採取分回形式；

6.講史的基本政治傾向，在宋代是反對暴政、反對統治者好戰害民，希望全國統一與和平，反映了當時百姓改良政治的願望。與鐵騎兒合流以後，則大量增加了反抗民族壓迫的內容。

7.在藝術上「記問淵源甚廣，講得字眞不俗」爲勝。

這是典型缺乏思考訓練的文史工作者所弄的分類工作。各項分列，毫無邏輯關聯。謂講史以反暴政等爲政治傾向，不知何所見而云然；稱說話爲民間文藝，亦屬廢話。至於說講史係由諸如敦煌所存〈伍子胥〉〈李陵〉〈韓擒虎話本〉〈張義潮〉等一人一事的歷史故事發展而成，更是不知從何說起。敦煌所保存的這些材料，「和後來講史以斷代編年形式鋪述整個朝代史事頗不一樣」，胡氏自己也未嘗不知。爲何講史會由一人一事的講故事形態忽然轉變成一種斷代編年的體制呢？只用「說唱技藝本身發展的必然規律」便能解釋嗎？在唐朝，李商隱之子袞師喜歡去聽的說三國，就已經從張飛講到鄧艾了，這難道也是一人一事嗎？講整個三分又歸於一統，事實上在唐朝已然。講史不是從講一個個歷史故事拼湊擴大的，甚爲明顯。

再細看胡士瑩對講史與小說的研究，彼雖用心於分，其實仍是著意於合的。所以雖勉強說明二者之異，卻主張兩者內容並無差別、關係密切，且在歷史發展中終究合流成爲長篇章回小說。故講史雖或曾與小說有別，最後終於融入小說史的長流中去了。

這種態度很堪玩味。目前講中國小說史的人，有把講史視爲獨特的一類者。例如魯迅《中國小說史略》把講史歸併入現在我們所稱的小說中，成爲小說家族的一員，可是在分類上仍採用古代的稱號，仍稱此類作品爲「講史」。其書第十四、十五篇即名〈元明傳來之講史〉。范煙橋《中國小說史》也論到清朝〈講史書之盛行〉，可是大部份人已放棄講史自爲一類的想法，或把講史之名取消。如孟瑤《中國小說史》即將講史稱爲「歷史小說」。於是講史就成了小說中的一個次文類，使得名義上有些混淆。這種態度，和胡士瑩刻意將講史和小說合流，亦有異曲同工之妙。

殊不知名稱無論如何變，講史或歷史小說，與一般小說總是有所不同的，所謂：「說話者，謂之舌辯，雖有四家數，各有門庭」（見《夢粱錄》）。此種門庭之分，我認爲即是古小說和宋代以後新小說之別。古小說本是稗官野史、巷議街談。宋代說話人之所謂小說，則爲講傳奇說靈怪等，門庭既分，昔之稗官野史遂稱爲講史，以與新小說做區別，焉能再混然矇焉予以合一？

四、講史的性質

講史小說既然「各有門庭」，則其門庭究竟爲何？

據《夢粱錄》云，小說「談講古今，如水之流」：講史書「講說《通鑑》漢唐歷代書史文傳興廢戰爭之事」，則小說雖可說今，亦可道古。「其話本與講史書者頗同，大抵眞假相半」，顯然兩者話本也頗類似，講史未必多符史實，小說也未必就作意好奇、特多幻構。既然如此，說話人怎能區分得開彼此的門庭？

這其實也並不太困難。

小說家談講古今，可以說今，也可道古；講史家卻只能演述古事。便是兩者家數上的重要區分，依此區分，我們更可發現兩者在道古時也自有不同的立場。

小說是講煙粉靈怪傳奇公案之事。此類事例，可能是古代某人某時某地之事，但小說的敘述主體，是這樁煙粉靈怪公案傳奇之事，其他時地等等，不過屬於該事發生時之歷史場景。雖然每件事總有個歷史場景，但敘述的重點並不在那個場景，而在於事件本身。講史反是：重點倒是在史，是要以講述這段歷史中發生了什麼事，來說明這段歷史，因此小說家雖亦道古，此古不過如舞台上的背景布幕，有之，誠然足以為戲劇生色，卻不見得非有什麼樣的背景布幕不可。許多小說，只有一個模糊的古，或只說「很久很久以前」即可，原因在此。小說可以道古，也可以說今，原因亦在此。

這也就是說：歷史對小說沒有限制性。可是講史卻是以此限制做為其敘述甚礎的。它必須是講一古代之事。這個古，也不能模糊，不能違背公眾客觀的歷史認知架構。例如講史者縱然再同情蜀漢，也無法把歷史講成是蜀漢統一了中國，說是蜀漢將吳魏滅掉了。社會公眾，其實已集體繼承了過去的歷史負載。故在社會中存在著一種基本的歷史進程，為社會中人所共同認知。講史者的一切談說，均建立在這個認知基礎上。

所謂社會公眾性的客觀歷史，並不是說社會中人對歷史中諸人物與事件均有一致之判斷，而是說這個社會中人，對其羣體之歷史過程，有一基本認識。都知道中國史即是從黃帝以下，歷經堯舜禹湯周秦漢魏晉南北朝隋唐五代……直至民國。所有事件，都必須鑲入這個歷史的框架中，並通過歷史而得以了解。

依時間序列來建立史與事之聯結，並由此認識歷史，是一種「編年史」的態度；認爲所有事件或事物，都應由其歷史而理解之，則是「歷史主義」的態度。講史在這兩方面都表現得十分明顯。

《夢粱錄》曾說講史是「講說《通鑑》漢唐歷代書史文傳興廢戰爭之事」。《通鑑》正是編年史鉅著，它編成在宋神宗年間，沒幾個人讀完過，可是民間講史卻據以講說之，爲什麼？因爲民間說書人也並不是依據這本書講；而是他們的講說，與《通鑑》有著一樣的編年敘述型態，均是順著時間的序列來講談史事。如《新編五代史平話》，孟元老所謂「說五代史」者，其內容大概即近於此：

> 龍爭虎戰幾春秋，五代梁唐晉漢周。興廢風燈明滅裡，易君變國若傳郵。粤自鴻荒既判，風氣始開，伏羲畫八卦而文籍生，黃帝垂衣裳而天下治。……遂殺死炎帝，活捉蚩尤，萬國平定。……湯伐桀、武王伐紂。……後來周室衰微，諸侯強大。……劉季殺了項羽，立著國號曰「漢」。……❾

❾ 因此講史本身也構成了另一種完整的編年國史體系。馮夢龍《新列國志》可觀道人〈序〉說：「自羅貫中《三國

如此一直講到梁唐晉漢周。所述爲王朝之興廢，而其實就是一段段時間的聯綴，在每段時間中，講的則是一種統包的歷史。是以說王朝興亡、國君易位，來講那個時代公眾的處境與命運。因此，小說通常有單體個別性的主角。因爲它只講說一件煙粉靈怪傳奇故事，講其中牽涉到的幾個人物，事件自然要以這幾位主角爲主線展開敘述。講史則角色叢蝟，難以鑿指誰是主角，如《三國演義》那樣。講述大半，諸葛亮才登場；諸葛亮卒後，史事仍然繼續發展。歷史不是某一兩位英雄的傳記，或某一傳奇事迹之本末。歷史如長河，英雄與事迹，只是發生於歷史中，如長河大江激起的浪花、形成的迴瀾，引人注目，然皆僅爲歷史中的一部分而已。講史所要講的，就是這歷史本身，而不是替歷史某一波瀾作傳。講史所慣常表現出一種大江東去的意象，正顯現了這種特性，如《三

志》一書，以國史演爲通俗演義百餘回，爲世所尚。嗣是效顰者眾，因而有夏書、商書、列國、兩漢、唐書、殘唐、南北宋諸刻，其浩瀚與正史分籤並架」，便指出了這正史以外分籤並架之另一種史述系統。這一系統甚爲龐大，包括《盤古至唐虞傳》，鍾惺編；《有夏誌傳》，鍾惺編；《有商誌傳》，鍾惺編；《開闢衍繹通俗志傳》周游撰；《封神演義》，許仲琳編；《列國志傳》，余邵魚撰；《全漢志傳》，熊大木撰；《西漢通俗演義》甄偉撰；《東漢十二帝通俗演義》，謝詔撰；《三國志演義》，羅貫中撰；《續編三國志後傳》，無名氏撰；《後三國石珠演義》，無名氏撰：《東西晉演義》。無名氏撰；《南北史演義》《南史》《北史》，杜綱撰；《隋唐演義》，諸人穫撰；《唐書志傳通俗演義》，熊大木撰；《殘唐五代史演傳》，羅貫中編；《飛龍全傳》吳璿刪定；《大宋中興通俗演義》，熊大木撰；《皇明英列傳》，郭勳撰；《鐵冠圖全傳》，無名氏撰；《洪秀全演義》，董小配撰；《二十四史通俗演義》，呂撫撰；《萬國演義》，張茂炯等編；……形成廿五史以外另一套史述。正史以紀傳體爲主，而此講史則以編年講述爲主。

國演義》開卷〈臨江仙〉詞所謂：

滾滾長江東逝水，浪花淘盡英雄。是非成敗轉頭空，青山依舊在，幾度夕陽紅。
白髮漁樵江渚上，慣看秋月春風。一壺濁酒喜相逢，古今多少事，都付笑談中。

這闋詞，也被用在楊愼《歷代史略詞話·第三段說秦漢》。英雄成敗、古今事迹，都在春風秋月的歲序流轉之中變成了可講述之「古」。由此春秋變易之觀點去看，眞是「興廢風燈明滅裡，易君變國若傳郵」「浪花淘盡英雄」。講史所要講的，就是這樣的正史。屬於整體的、統包的、我們所有人都不能脫離的歷史命運，而不是個體的歷史或單一事件史。即使講史不是講一整體時代，而只講一人一事，其所敘述的仍然不是個體的對象，而仍是整體的歷史命運。由一人一事見整體。只有整個歷史的動向，才是講史的敘說主角。

五、時間的因素

小說與講史之基本區分，即是如此。在此一區分中，我們可以發現講史旨在講史，小說意在說事。講史必以一歷史事件爲題材，小說則未必，可說古事，可說時事，也可以說杜撰虛構之事。而縱使演說古事，以歷史事件爲題材，它的目的也與講史不同。它可能基於講說一樁奇聞佚事之興趣；可能主要在於敘述一種人格發展的過程，所謂發迹變泰；可能重點是要解釋愛情，講談煙粉;亦可能表現推理,演述公案。講史的作用卻非如是,它是以描述歷史、說明歷史爲何如此爲宗旨的。提供讀者與聽者歷史知識,讓他們獲得歷史感,得到歷史知識的滿足。

我在《文學散步・文學與歷史》中曾經說:文學與歷史最主要的不同,在於它們的時空觀念不一:

一切歷史,無論其建構如何運用想像,歷史形象都必須建立在時間空間的座標上。而這個時空,是一個公共的、自然的時空,而且,也是唯一的,不可改變亦不可替代。文學作品中的事實,則被安排在一個特殊的人造時空——作品——中。在這個時空裡,時間與空間是獨立自存的,與作品以外任何時空無關,不像自然公共的時空那樣綿延無盡。所以,它其中的事件,可以自爲因果、自爲起始與結束,歷史則必須追問「灰姑娘嫁給王子以後」。不但如此,文學作品的時間,來自作者的設計,因此它可以逆轉、可以切割、可以倒退、也可以不定,長者可變短、小者可以變大,歷史卻不能這樣胡搞。歷史家與文學家之間的衝突,也多半顯示在此。……文學作品本來就可以不吻合實際自然的年代、地理及在該時空條件下發生的事件。除非這種不吻合也跟作品本身所架構的時空關係發生了矛盾或抵觸,否則,並不會造成什麼審美的傷害。……而且,因爲文學的時空不必與實際公共時空吻合,所以,文學又可以寫並未發生、可能發生的事[10]。

[10]《文學散步》頁一六四——一七二〈文學與歷史〉。漢光文化公司,民國七四年出版。

講史的時空觀，是歷史性的。小說的時空觀則屬於文學性，是說話人自我創構的私有時空，這種私有時空，正所謂：「袖裡乾坤大，壺中日月長」，可對自然公共時空予以壓縮、擴大。也可以自我幻設，構築一個時空，讓事件在其中生長成形。它有時也會借用一段公共時空，做爲小說的歷史場景。但這些時間空間是借用來的，本身並無生命，也就是說，其時其地與其所敘之事並無邏輯的、必然的有機關係。

如《喻世明言》中〈陳從善梅嶺失渾家〉一篇。有人認爲應是宋人作品，它開頭就云：「話說大宋徽宗宣和三年上春，黃榜招賢，大開選場」，故陳從善應試得授廣東南雄巡檢，以致偕妻赴任時在梅嶺碰到猴精，把老婆偷失了。年代地點都言之鑿鑿。但實際上是翻用唐無名氏〈補江總白猿傳〉，把嘲歐陽詢的故事改編成陳從善梅嶺夫妻。可見這篇小說中的時地人名均只有符號意義，無實指功能，彷彿數學中的x。可以隨意指代的⓫。正如《醒世恒言》卷三三〈十五貫戲言成巧禍〉即本諸宋人〈錯斬崔寧〉。但〈錯斬崔寧〉把時間繫在「我朝元豐年間」，〈十五貫戲言成巧禍〉卻只說：「卻說故宋朝中」。卷十四〈鬧樊樓多情周勝仙〉，本諸宋洪邁《夷堅志》卷三一〈鄂州南市女〉事。但洪氏所述爲南宋乾道年間事，此則云：「且說那大宋徽宗朝年，東京金明池邊」。……在這些小說中，人名地名與時間都是可以挪移借用的。只是用來構造一個仿擬的歷史情境而已，小說本身不是要講那個時空，而是要講可在此時空亦可在彼時空中發生的事，

⓫ 認爲〈陳從善梅嶺失妻〉是宋人作品，可見嚴敦易〈古今小說四十篇的撰述時代〉一文。但周妙中〈和嚴敦易先生商榷古今小說四十篇的撰述時代問題〉謂此篇時代仍待考。

時空條件，對小說的故事情節發展，沒有約束力。

當時的小說，之所以習慣於借用一個公共時空來做爲小說之歷史場景，其實只是由於小說本出於稗史，故雖從歷史中分化出來，仍保留了相當程度的仿擬歷史之敘述風格。用人名地名年代來形塑出一種「似眞」的氣氛。而從小說本身來說，這些人名地名年代名，其實都是可以替換甚或可以根本不用的。

講史沒有這種自由。它必須爲那公共的、自然的時空服務，不能讓張飛大戰岳飛，也不能使赤壁之戰發生在黃河。它在講史之中也有虛構，但公共自然時空卻是它不能改變的敘述框架，因此它的時空不是作者個人私有的創造性時空。

公共的時間，不像小說的特殊人造時空那樣，可以獨立自存，在其中事件自爲因果、自爲起始與結束。公共時間是綿延無盡的。因此講史雖不可避免地常只能講一段時間中的歷史，如講三國或五代，然歷史並不因其所講史事結束而終止。講史雖只講一段落之史，但其時間卻永遠是綿延不盡的，厥故在此。講史所常表現出的大河意象，流水逝波，滾滾而去。即顯現了歷史的綿延意義。試看《東周列國志》開卷詞曰：

> 道德三皇五帝，功名夏后商周，英雄五霸鬧春秋，頃刻興亡過手。
> 青史幾行名姓，北邙無數荒邱，前人田地後人收，說甚龍爭虎鬥！

講述的雖是東周一代之事，敘述者的時間觀卻顯然是整個歷史，所謂「青史」，包含的即是三皇五帝夏周商周以來，乃至東周以後之「後人」的歷史。東周之龍爭虎鬥，只是這歷史長流中一個小浪花，雖然可觀，畢竟頃刻即過，歷史之流，仍將繼續奔騰而去，《儒林外史》第一回開端詞不也說了嗎？「百代興亡朝復暮，江風吹倒前朝樹」。講史之講興亡，正是在江水滾滾的基礎上說的。

講史，是「講說《通鑑》漢唐歷代書史文傳興廢戰爭之事」。說興廢，乃講史之重點。興亡也只有放在歷史長流中才能得見。所以說：綿延不盡的時間，是講史的敘事基礎。

但是，把歷史類比於江水，豈不是將空間時間化了嗎？講史對空間向來缺乏應有的關注。中國的講史，不曾考慮到歷史也可以用一種「共時性」的空間布列來展開、來說明，反而慣用一種以時間瓦解空間布列的方法來說明歷史⓬。例如講史最主要的，就是講三分、五代、東周七雄等在空間上分裂對峙相抗衡的時代，這些在空間上分庭抗禮、布列棋分的局面，在時間中被推倒，然後歷史之流再朝前滾滾流去。分立的空間，束成一條時間線。「話說天下大勢，合久必分，分久必合」（《三國演義》第一回），便彷彿如一條線，如順著線往下看，我們會看到這條線在某些地方絲縷鬆開了、分散了，但散開的絲縷不久後又合攏起來，線仍是一線。空間上的分散，到了講史中就成了這麼一種時間化的狀況。

這時，其時間自然是一種線性的、連續的時間。依此時間觀，講史者事實上進行著與正統史

⓬ 傅柯（Michel Foucault）曾說歷史學將時間空間化了，考古學則是將空間時間化。他企圖以考古學替代歷史學，建立新的不連續、斷裂、空間性之新史觀。在講史中，把空間時間化的現象卻十分明顯。

學家完全一樣的歷史敘述工作。波蘭史學家耶日・托波爾斯基《歷史學方法論》曾對歷史敘述做了這樣的界定：

單是描述和依據某一理論，還不能構成歷史記錄。什麼才是充分滿足於把某一記敘看成爲歷史記敘的條件呢？這個要素就是時間，它也是歷史記敘的必要條件。……它把每一件歷史的記敘都置於時間標度的適當位置上，並標明了這一記敘所遵循的時間流向。……時間流向賦予了上述記敘以定向性（第二十三章〈歷史敘述的性質和手段〉第二節）⑬

所謂時間流向，即意謂著這種時間也是連續的、線性的，依這種時間進行的歷史敘述，最基本的便是年表或編年史之類形式。講史，比以紀傳體爲主要敘述形式的正史，更嚴格地採用了編年敘述的方法，乃是顯而易見的。即使某些以人物爲中心之「類講史小說」，如《薛仁貴平西演傳》、《楊家通俗演義》、《五虎平西》前後傳、《海公大紅袍全傳》、《萬花樓楊包狄演義》等，也都是依公眾時間爲編年敘述，而不是以主角人物的個人時間爲軸線展開敘述的。

⑬《歷史學方法論》，一九九〇，華夏出版社出版。張家哲等譯。

六、歷史的解釋

但是，在托波爾斯基的理論中，他仍將編年史著作和歷史編撰學做了區分。他覺得，編年史家是依時間順序，記敘了他覺得有意義的事，然而編年史亦僅止於此，它對未來之事並不處理；反之，歷史編撰學的作者，卻是依他對於整個歷史之整體的了解來寫歷史的。因此，編年史的作者，是選擇性地記敘了一些事情，歷史編撰家則能說明這些事在歷史中的意義，能夠從整體上透視時間。而其所以能夠如此，則是來自他的識見、性情、博學所構成的歷史想像力。用中國史學術語來說，他講的就是章學誠所謂「史著」和「史識」的問題，編年史並不認爲即是「史著」，因爲作者欠缺洞觀歷史全局的識見，以及對歷史整體的掌握⑭。

這個論斷，在講史中恰好是說不通的。講史必須在兩個方面顯示出說話人的歷史識見：一、是他所講述的歷史，乃是一種有定向的歷史，大江東去，歷史亦向「東」去，這個東，豈不顯示了歷史的目的與意義？二、講史雖講一段史事，但此一段史事僅爲整體歷史長流中之一波瀾而已，講史者正好是基於他對歷史之整體了解，來講述這其中一段史事的。

感到時間只朝一個方向流動。是人的基本感覺之一，也是史學上常見的態度。若時間流動有定向，則歷史的進程便具有不可逆性，可是這種進程（亦即時間之流動）究竟是如何構成的呢？歷史

⑭見注九所引書，第二三章第三節。

之動力爲何？又，如果時間之流有一定的方向，那麼其方向爲何？誰決定這個方向？

這都是歷史哲學上的大問題。講史，不是只在茶餘飯後說一段古講一段史罷了。它要向一羣早已遠離歷史事件現場的人去講說一堆陳年往事，它是要向他們表明：所講者僅是一堆胡亂堆積到一起的事件和人物，互不相干，毫無章法；還是要向聽眾顯示這些事件與歷程可以構成一個統一的整體，而且它有意義、可理解，理解其意義更有助於讓我們獲得一些智慧（包括我們對歷史進展之原因、動力、目的更有認識，對人在歷史中的處境更有體會，對人生更有覺察……等）？史學家說史著必須「通古今之變，究天人之際」，以上這些，不正是旨在通貫古今，說明其變與所以變，窮究人與歷史整體動向的關係嗎？但史官可以僅只職司紀錄，不再追問或窮究這些歷史哲學的大問題，講史可不行。它若不談這些，誰願聽說此陳芝蔴爛穀子，與我們又沒什麼相干的事呢？

因此，我們可以發現講史有比一般正史更多的歷史解釋。把雜亂零散的事件，看成一個統一的整體，認爲其中存在著一些內在的聯繫；而其發展，又可以找到一種規律；只有通過對此規律之認識與體會，許多史事才能被理解。

這是歷史動向與意義的總體解釋。講史中常見的因果論和天命論等都屬於這種解釋。

如《新編五代史平話：梁史平話》把歷史發展分成三個階段，一是黃帝殺炎帝、捉蚩尤「做著個厮殺的頭腦，教天下後世習用干戈」；其次是「湯伐桀，武王伐紂，皆是以臣弑君，篡奪了夏殷的天下。湯武不合做了這個樣子，後來周室衰微，諸侯強大，春秋之世二百四十年之間，臣弑其君的也有，子弑其父的也有」；第三是「只有漢高祖姓劉字季，他取秦始皇天下不用篡弑之謀」。殺戮的歷史，本來至此應可有一轉折，不幸劉邦「只因疑忌功臣，如韓王信、彭越、陳豨之徒，皆不免族滅誅夷。這三個功臣抱屈啣冤，禱於天帝。天帝可憐，見三個功臣無辜被戮，命他們三個托生做三個豪傑出來：韓信去曹家托生做個曹操、彭越去孫家托生做著個孫權、陳豨去那宗室家托生做著個劉備」，以致於「這三個分了他的天下。……三國各有史，道是《三國志》是也」。

魯迅論此，但謂其「立論頗奇，而亦雜以誕妄之因果說」而已。嗚呼！此誠不能知何謂講史也⑮。這裡，是對歷史進行整體意義的說明：歷史是在殺伐中發展的，戰爭、弒逆與仇恨、報復，總之，是衝突造成了歷史的變動⑯。衝突有許多類型，三國這一段歷史，則是屬於因仇恨報復之因果所構成的。而且，由三國之分立，更須藉三位功臣之報復才能解釋爲同一個統一的歷史、統一的天下分裂了。天下三分，三國又各有史。但分立分裂的歷史，透過這個因果論的解釋，卻仍可以統合成一個整體，仍然表現爲「一個」歷史的進程。

這種衝突史觀，以及附屬於其中的因果論，不是正統儒家的觀點，也不是佛家的觀點，乃是眞正的歷史觀點。三國分漢，卻要從漢朝的源頭上說因果，可見它是從歷史的整體來掌握它所要敘述的那一段史事的。《全相三國志平話》採用此一解說（只是把陳豨換掉，說是英布轉生爲孫權、彭越轉生爲劉備），並不偶然。

---

⑮ 魯迅說，見《中國小說史略》第十二篇。

⑯ 以「衝突」來解釋社會變動和歷史進程者，在當代以戰爭說及馬克斯的階級鬥爭理論最爲重要，而其理論均有可與講史互參之處。

《三國演義》對三國的理解，甚至對整個歷史的解釋，則與《五代史平話》《全相三國志平話》迥異。

它以「話說天下大勢，分久必合，合久必分：周末七國分爭，并入於秦；及秦滅之後，楚漢分爭，又并入於漢」開端。天下如此分分合合，就是歷史的動態。但歷史爲何會如此？「推其致亂之由」，應該在於秉國者失德。所以漢之所以分裂，「殆始於桓靈二帝。桓帝禁錮善類，崇信宦官」。根據這個觀點，合理的推理，當然就是唯有有德者才能使歷史復歸於統一了。

《三國演義》尊劉抑曹，反覆形容劉備寬仁愛民而曹操奸邪權詐，便是基於這個觀點。書中周倉面告魯肅：「天下土地，唯有德者居之」，亦是此意。第六十回劉備自道：「操以急，吾以寬；操以暴，吾以仁；操以譎，吾以忠」。整部書，雖講三國，其實重點即在曹魏與蜀漢兩方，孫吳只是陪襯，所以藉曹操之口，同劉備說：「天下英雄，唯吾與使君耳」。而此二方之對比，則如劉備所說，是正邪之對比。

讀過《史記》的人都不難聯想起司馬遷在《伯夷列傳》中那段感嘆。歷史的發展，往往使人質疑我們所相信的歷史規律。「天道無親，常與善人」或「天下土地，唯有德者居之」只成爲人類一廂情願的希冀，歷史的發展似乎另有邏輯。什麼邏輯呢？司馬遷和羅貫中都不約而同地稱此爲「天命」或「天數」。《三國演義》一百二十回結尾有詩云：

……紛紛世事無窮盡，天數茫茫不可逃，鼎足三分已成夢，後人憑弔空牢騷。

書中顯現的是正與邪的衝突，整個三國歷史則顯示了主觀願望與歷史客觀存有的衝突。所謂天數，即是這種客觀的、歷史本身及其進展的理則。若用黑格爾的話來說，殆即「理性」：

理性在主宰著世界，以至於說世界歷史是個理性的發展過程。……理性就是本體，它是無限的力量，它自己就是所有自然生活及精神生活之無限內容，它是無限的形式，它是這些內容的啓動者。

歷史自有理性在其中，理性是本體，所以一切都不能脫離它，它也有無限的力量去創生一切事物，不必再靠什麼外在的力量（例如上帝）來啓動這歷史理性的實現過程。所以理性本身就有無限的內容，它所要實現的東西就在它自身裡面，不是由外面再找內容。一切事物或歷史發展之終極目的，也即是理性的實現。此所謂天數有定、天數不可逃。歷史，只有從這裡看，才能看到它不只有一些具體的事物，更有其內在目的性，有比自然生滅興亡更深一層的必然方向在⓱。

由這個角度看，「在面對德性、倫理、宗教虔誠在歷史上所遭逢的命運時，我們千萬不要沈溺在喋喋不休的悲嘆中。美好及有益的事物常遭到不測，醜惡及卑劣之事反倒平步青雲」，因爲：

我們可以把歷史當作一個無情的祭台。在這個祭台上，民族的幸福、國家的智慧、以及個

⓱ 詳李榮添《歷史之理性：黑格爾歷史哲學導論述析》，民國八二年，學生書局，第二節〈歷史自有理性在其中〉。

人的德行都要橫遭宰割。但吾人的思想必須同時去追問：到底這些駭人的犧牲是爲誰而設？是爲了什麼終極目的而生？……那不過是吾人所稱爲實體性的規定，要實現其絕對之終極目的所需之手段而已。或者說，亦僅是世界歷史之眞正結果而已⑱。

用《三國演義》的話來講，就是：「孔明六出祁山前，願以隻手將天補；何期歷數到此終，長星半夜落山塢。姜維獨憑氣力高，九伐中原空劬勞」，固然令「後人憑弔空牢騷」，但這些正是用以說明及完成歷史的終極目的，顯現歷史的理性：「天數茫茫不可逃」。

明清朝迄今許多小說評論者，斤斤計較《三國演義》與《三國志》在史事層面的眞妄，或指摘《演義》多虛構故不如正史，或批評其受限於史實而不能如小說那樣恣其想像，都是不懂什麼是歷史的胡扯⑲。從「通古今之變，究天人之際」的史學終極精神來說，從它由一時一地之史事敘述中逼顯出歷史之動向與意義、洞達歷史之理性詭譎、具有歷史哲學探索之意蘊等各方面說，

⑱ 同⑬，第九節。

⑲ 這些批評《三國演義》的言論和論點分析，葉朗《中國小說美學》第四章第四節均可找到。一般的小說論者認爲講史（或所謂歷史小說）缺乏想像力，指的其實只是對事件情節的想像，而未注意到講史所需要的，不是這種想像力，乃是歷史的想像。一般史家譏嘲講史中尚有不少虛構之情節物事，則是囿於「史記實事」之偏見，未能洞達歷史敘述中應具有歷史想像力的事實，亦未能理解「敘述」具有本質性的虛構。且因受近代實證史學影響太深，對歷史哲學問題心生厭嫌、也不能理解，故於講史頗致輕藐。實則以蠡測海者，輒謂海淺，其實非海水淺，乃蠡淺耳。

《三國志》怎能望《三國演義》之項背？

然此不獨《五代史評話》《全相三國志平話》《三國演義》諸書才能如此，對歷史進行其意義與動向的總體解釋，乃是講史的基本性質，如《東周列國志》敘述周秦變局，結論是：「卜世雖然八百年，半由人事半由天」；《封神演義》講武王伐紂，彷彿是因紂寵信妲己，無道而失天下，其實乃是：「豈是紂王求妲己，應知天意屬西周」「上天垂象皆如此，徒令英雄嘆不平」；《三遂平妖傳》云：「漢家天下分為三國，唐家天下變做梁朝，這也是兩家國運將終，天使其然，……詩曰：飲琢由來總是天，順將行素學前賢」……。無不是就著天人之際的問題發言。其言深淺純漓不一，然此一敘述傾向，允為講史之特色所在。

七、敘述的文本

歷史之動向與意義，必須從歷史發展之全程來看；說書人所要指出的意義，就存在於他所講述的整個歷史之中。他只有把這整段歷史講述出來，才能說明這段歷史的意義，這個行為，表明了歷史的意義就在歷史裡，一切事物也都須徑由歷史才能獲得了解。正如《三遂平妖傳》引首所云：

> 飲啄由來總是天，順將行素學前賢，飯蔬飲水眞各分，食祿乘車亦偶然，紙虎狗形實費筆，
> 井蛙龍勢豈安眠？請看三遂平妖傳，禍福分明在簡編。

整個《三遂平妖傳》說明了「人窮通有命，只宜分，不可強求」的意義。這個意義，不是孤言一理，以使人起信的型態，而是要求人在閱讀或聽講這一段歷史時獲得理解。說書人「紙虎狗形賣費筆」，努力講述此一史事，是為了使人獲知這個對人生有意義的道理，聽讀的人，讀此簡編，則是為了得到這個意義。

在這種結構關係中，認為理不孤懸，歷史之意義即在歷史之中，一切事物也唯有通過歷史才能獲致理解，正是一種歷史主義的態度。說話人以此態度講說歷史時，他便不可能是在歷史之外，以一種客觀的態度去描述史實，而是入乎其中的，充滿了主觀的感情、偏見以及他對歷史的解說，「設身處地」地敘說歷史。歷史與其合一，是通過說書人的生命演出，才使這段歷史重新存在，重新在這個世上上演，並為人所理解。故講史又稱「演史」，歷史在此重演。

此重演、重敘、重說之史，當然不同於歷史的「原貌」，因此其中必有增刪移易添換者。為何重演時要如此增刪改易呢？這既關聯著說話人本身主觀的生命條件，也關係著他對歷史意義的掌握。他講史並不是純屬娛樂好玩的，他總是希望所講的歷史能給人慰藉、寄託，給人以價值、意義。故其中滿含著價值判斷、意義說明，不是單純且客觀的敘述。

這是講史的傳統。不僅古之講史如此，今之講史亦然。例如高陽撰述「歷史小說」千萬言，並不只在說故事而已，他屢云其史論及歷史小說非常注意各朝代的中心勢力，所謂中心勢力，例如東漢的外戚與宦官、唐代的藩鎮、明代的宦官。中心勢力若在外戚宦官，必將導致亡國；若在藩鎮，則必形成割據。唯有高級知識份子成為中心勢力，方能導國步於正途。他所嚮往之政治，乃是一種文人或知識份子政治。但是，做為一位文人，他又深知文人知識份子之間最嚴重的問題，就是文人相輕，故如西漢文景之治，唐朝的貞觀、開元，北宋太宗末年至神宗朝，明代宣傳、弘治兩朝，清代的同光中興等，文人能獲用世，固皆能開一文治之局，然皆不旋踵而漸啓門戶之爭。知識份子可能因意見之不同，逐漸發展成政策之爭，權勢之爭，黨同伐異，而逐漸釀爲意氣之爭，馴致國本動搖，對於這種爭鬥，他悼焉傷懷，屢於其著述中言之。

據他的了解，明代東林與閹黨的鬥爭，原是以地域分的派系發展開來的，後亦仍歸於地域派系之對立，形成南北之爭。此爭不只把明朝爭亡了，入清以後仍在爭。丁酉科場案，即北派得八旗之助，痛擊南派之結果。接著是「奏銷案」、「哭廟案」，南士飽受打擊。直到辛酉政變時，南派始獲大勝。戊戌政變，則是南北之爭。兩敗俱傷，清朝也完蛋了。這個觀點，才是他寫作的主腦所在。倘或不能通過講史而彰明這類意義，那麼講李娃、講妲己，便只是愛情小說，講荊軻、講風塵三俠，也僅是傳奇俠義，都不能視爲講史。

這種以通過對歷史的講述而使人獲得歷史之意義的活動，在當代思潮中受到三方面的衝擊：一是史學界，逐漸走向客觀實證史學，講究史料之外部考訂與內部訓詁解析，想追究歷史的原貌，強調歷史認知時應該客觀，也相信史料及研究方法是客觀的，以致於歷史主義發生了變化，反而極力反對出歷史中探求意義，以及解釋者與歷史的互動。二是哲學界，現象學以後的思潮，如傅柯、德希達等人，或欲扭轉歷史學爲考古學，或宣稱哲學須挑戰歷史，要埋葬意義世界，歷史主義自然也被棄若敝屣⑳。三則是文學界，受到「新批評」的衝擊，反對把作品和其歷史關聯起來

⑳ 詳《葉秀山哲學論文集》頁二三—七二、九七—一三六。民國八三年五月，仰哲出版社。

說，視作品爲獨立之有機體，論文者就作品分析其肌理及文字構成即可，歷史批評遂成已陳之芻狗。這種悲慘的命運，自然也導致了講史（或所謂歷史小說）在文學及史學批評界都不獲青睞。

不料風水輪流轉，新歷史主義又悄悄地崛起了，這些新歷史主義者認爲歷史不是過去的事件，而是「被敘述的文本」。它在反對歷史進程有一因果連續之規律方面，與講史甚爲不同。但它強調歷史只是敘述的文本，故歷史和文學其實屬於同一個符號系統，歷史的虛構成分和敘述方式，與文學使用之方法甚爲相似，則正好可以用來說明講史的另一個特點㉑。

講史，不就是在瓦舍書會中敘述的文本嗎？在當代史學向敘述史學回歸之際，我們發現講史符合了歷史敘述的四項要求：⑴它是依時間而構成的敘述，這個時間，基本上是編年的。⑵它並非單純的編年史式敘述，而是「有含意的敘述」。是對有意義的事，予以敘述；且從這件事乃至歷史之整體意義上來展開敘述。⑶它對意義之掌握，不自史料來，而來自敘述者的歷史之想像。這包括了他敘述的語言、分類與編排的概念、生命氣質、歷史觀等等。⑷它也具有對歷史規律的探求。因此，它是一種眞正合格的歷史敘述，同時也是文學性文本。

它與小說的差別，則是小說雖亦能與其他非文學性文本相互流通往來，但卻無法構成一種完整的歷史敘述。其方法與目的，都與講史不同。

値今史學界不甚重視講史、文學研究界又重小說而輕講史之時代，對於講史，我們應有更多探討及理解才是。

㉑ 詳見張京媛編的《新歷史主義與文學批評》，一九九三，北京大學出版社，特別是〈做爲文學虛構的歷史文本〉。

商戰歷史演義的社會思想史解析

一、商戰小說新世紀

以統計數字與資料去觀察文學作品的銷售狀況、讀者羣的階級成分及閱讀反應，似乎已不是時髦的文學社會學研究方法了。但爲了認知某些現象，仍不妨藉助於一些數字：

八十一年度金石堂十大暢銷男作家，排名依序爲：林清玄、金庸、劉墉、吉川英治、倪匡、侯文詠、高陽、梁實秋、苦苓、山岡莊八。這份名單中，如金庸、倪匡、梁實秋等俱爲老將，某些則爲應注意的新聲音、新名字。若再就該年度暢銷新書來觀察。則華裔作者以林清玄居冠，陳舜臣次之；外國作家，以瓊·瑞妮絲（《金賽性學報告》）爲首，其次是吉川英治、柴田鍊三郎、司馬遼太郎等。吉川英治的《三國英雄傳》、柴田鍊三郎的《水滸英雄傳》、旅日作家陳舜臣的《諸葛孔明》均進入文學暢銷書前二十名榜內；司馬遼太郎的《楚漢雙雄爭霸史》則列入非文學類前二十名暢銷書中。

這些歷史傳記或小說，依此一數據來看，起碼在民國八十一年之出版史上是風起雲湧、銳不可當的。吉川英治十大冊《三國英雄傳》更被選爲該年度十本最具影響力書刊之一(見民國八十二年二月號《出版情報》月刊)。

而這種景象當然有些怪異。因爲一窩蜂出現了這麼多日本作家，所出版的又都屬於歷史通俗演義類的讀物。如果我們相信出版活動、出版品及讀者文化消費傾向等，仍能視爲觀察社會意識之指標，則此一現象殊堪留意。

當然，這些作者多屬外國人，不符合一般意義的「臺灣文學」之範圍。但請勿忘記，這些作家與作品，是在九〇年代的臺灣這一特殊社會情境中被譯寫的。如吉川英治生於一八九二年，卒於一九七二年，作品以《宮本武藏》最有名也最重要。然而，在九〇年代臺灣這一波出版大眾通俗歷史演義之活動中，我們並不選譯其《宮本武藏》、《新鷺》、《新書太閤記》、《新平家物語》等，而偏挑中了他的《三國英雄傳》，爲什麼？文學，特別是小說與社會的脈動關係正由此可見。

依我之見，是因爲臺灣在商業資本主義發展到某個階段以後，市場經營管理之思想亟待突破，而此類歷史通俗演義正好提供了社會大眾經營致勝的典範與經驗，故大受歡迎。

這類歷史通俗演義何以能提供九〇年代臺灣民眾經營獲利之需。下文正準備分析；爲何此類通俗演義多取汲於日本，下文也擬討論。但上文特別扣住日本作家之作品來談，倒不是說此類歷史通俗演義均係譯寫而來，事實上列入十大暢銷男作家榜的高陽，主要暢銷作品即是描述紅頂商人的《胡雪巖》。遠流出版公司出版陳文德的《曹操爭霸經營史》也蟬聯民國八十、八十一兩年之暢銷書。

這些書，延續著民國七十七年時報公司出版日本商戰小說系列、八〇年遠流出版五十三冊《德川家康》（山岡莊八著），以及《商用戚繼光兵法：提升企業全方位戰鬥力》、《三國演義與人才學》、《亂世經營術：齊宋晉秦楚吳越大變局中的興亡》、《秦公司興亡史》、《北宋危機管理：一個問題公司的經營對策剖析》，旁及大村出版社《謀略》、《世界大謀略》，書泉出版社十二冊《謀略庫》，商業周刊《臺灣諺語的管理智慧》，漢湘的《三國演義與經營藝術》、《三國演義與企業領導》，武陵的《三國志的智慧》，乃智的《讀三國識人才》，長河的《伊索寓言的管理智慧》等，構成一種混聲的合唱。文體徘徊於歷史、文學與企管論述之間，歸類也往往令人爲難，但它都帶有實用性格，都想從「歷史智慧」中尋求企業經營的奧祕，都希望由這些新的歷史敘述中，學到一些人生戰場上制勝的手段。

文學，如果不是將之由社會中、由書籍中孤立地分類出來觀察，那麼我們便須將《胡雪巖》及其他各式商戰、新歷史演義小說，放進這個社會集體的歷史謀略論述中去討論。

二、現代企管思想之發展

每個時代的人都曾經也必須向歷史學習，所謂「以古爲鑑，以知未來」。但在即將邁進二十一世紀的這個時代，在資本主義與社會主義均已放棄意識型態對抗的姿勢，而努力於全球市場化的時代，我們的社會中忽然瀰漫起從古代演義小說、歷史故事、教訓格言以及謀略兵法中汲取養分的風氣，原因並不單純。因爲從前的歷史通俗演義，主要是提供人們史事之認知以及道德之教誨，並不強調經營管理；而討論傳統、歷史與文化的人，也很少會注意到企管思想。爲經營企業、追求利潤、增進工作效率而服務的企管思想，似乎也確實與歷史文化無甚關聯。但這門學問近年來逐漸與傳統文化掛鈎，不但從歷史與哲學中汲吮養分，也如前文所述，出現了許多商戰小說。討論管理者，更是經常標舉儒、道、禪學爲說。市面上各種企管專業書刊、社會講座及商貿管理人員培訓班，都常會發現以下這一類題目：「古代帝王學」、「經典管理」、「企業禪」、「禪學與現代管理」、「儒道思想在現代管理學中的運用」、「韓非子的領導思想」、「管理哲學的中國文化基礎」等。這類書刊與論題，和前文所論及之歷史通俗實用演義、商戰小說一樣，顯示了現代管理思想一種新的發展。此種發展，因何而來？由其發展，又能讓我們思索到什麼傳統文化與社會變遷的問題？

現代管理思想之發展，至今不過八〇年，然與時俱進，日新其業，內容已漸複雜，其發展亦隱隱然可以看出幾個大的趨向❶。

趨向之一，是管理思想逐漸由「物性」趨於「人性」。早期只把工人（被管理者）視如機器一般，乃資本家之生產工具，如何有效管理便能增加工作效率、提高生產品質，爲管理思想之主要重心所在。其後乃逐漸注意到被管理者的心理因素，討論管理者與被管理者之間的人際關係，研究企業組織內部人員之合作動機。這些，都可顯示管理思想越來越注意人性問題。無論X理論、Y理論、Z理論、超Y理論，無不是基於對人性的理解而來，人性問題，寖假已成爲管理思想之

❶管理思想的發展，我另有〈由管理思想的發展看儒道思想在現代管理學的運用〉一稿，將另行發表。

核心。這種關切人性的傾向，當然也有兩類不同的思路，一是著眼於人性一般需求及善良面的考慮，例如如何激發員工的價值感、榮譽感、認同感，提高生活保障，鼓勵創意，促進工作環境的和諧狀態等；另一類思路則注意到人性黑暗面的了解與控制，例如如何利用人之軟弱、善嫉、貪小便宜等缺點，來增加管理效果，提高生產效率。這時所謂管理思想，便逐漸顯現爲一種領導統御之術。但無論如何，管理思想漸由物性之趨於人性，乃一明顯趨勢。「人性化的管理」也逐漸成爲大眾熟知的口號。

第二個趨向，是由「個體」到「整體」。早期的管理思想，只處理一個企業內部的問題，包括組織本身、員工、管理者；其後才注意到企業體與外界之關係。系統學派在這一方面貢獻卓著，而其他各派亦多少帶有類似的精神。近些年來，企業逐漸曉得「利潤分享」、「回饋社會」，以從事公益活動，來創造企業形象、塑立企業精神、博取員工的價值認同感，皆拜此一思想所賜。

第三個趨向，則是由工具理性的效率追求，日漸強調人之個體性（individuality）。管理思想本是西方資本主義現代社會之產物，現代化的工業社會發展，不但以科技改變或改善了我們的具體生活，也衝破了傳統社會的思維狀態。可是這種科技理性的發展，本身帶有韋伯（Max Weber）所說的「理性化的詭論」（paradox of rationalization），爲了追求效率，可能會扭曲人與社會。社會成爲激烈的效率競爭之冷酷戰場，嚴密的科層體制壓抑著人，使人不得不依規定的速度走下去。這就是現代社會中人與人日益疏離、生命的價值與意義日漸迷失、在企業中普遍感到迷惘無力而又有沈重壓力感之原因。這樣的困境，在西方已被普遍認識到，各式各樣的批判反省，甚爲複雜。其中有一種批評，認爲這種「現代性規畫」（the project of enlightenment）已應放棄，由於社會已進入後現代，後現代所強調的「人的個體性」，即爲使人由疏離異化情境中脫困出來的良方。不過，也有學者指出，凸顯個體性的個人主義傾向，必須具有能與他人及社會交感互通的性質，否則仍無法使人在人際與人倫關係中獲得滋潤與安頓。因此建議轉化企業之體質，認爲企業中的倫常關係應該是使人能在其中分享一種家族式的情感與聯繫，藉以消除企業的客觀冷漠感，爲傳統家族崩潰後的現代人，再度提供一個「家」的感覺❷。

這樣的批判，由於直指西方現代社會的精神核心，所以事實上非西方現代管理思想所能涉及。現代管理思想只是在逐步發展中漸漸浮現出這樣的思想癥結，而尚未及處理。後現代思潮雖提出了「個體性」來描述後現代社會之狀態，亦尚未能以此扭轉現代企業之體質。故欲將企業體內部倫常關係安頓於家族形態，仍有待東方之哲思。此即下文所欲論及之日本模式對現代管理思想之衝擊也。

三、日本式管理的衝擊

日本的資本主義現代化，起端甚早，且在二十世紀初即已燦然有成。第二次世界大戰時期之擴張侵略，殆爲此資本主義帝國主義對外掠奪之一種類型。戰敗之後，迅速復甦，資本主義之發

❷ 詳見李瑞全〈從現代到後現代社會之中國管理哲學初探〉，民國八十年六月中央大學主辦「管理與哲學研討會」論文。

達，又漸爲世人所矚目。

戰前的日本，大家不過視之爲亞洲模仿歐美，進行現代化改造而成功的例子。所以日本所能提供給世界的典範意義是：「亞洲東方國家也可以現代化。故現代化不僅是西化，更是世界化的道路。」東南亞各國則無不在苦思：「日本能，爲何我們不能？」

戰後的日本，則顯示另一種意義。因爲日本的資本主義，已與它的產品一樣，由仿擬逐漸進而創造爲一種特殊的日本品牌，日式產品、日式經營模式，因日本經濟之日趨發達，越來越引人注目。《日本第一》一書問世前後，日本資本主義的成功，不僅在商場上對歐美老前輩形成了挑戰，也刺激了企管思想的再反省。這個時候，日本所提供給世界的典範意義，就已經改成：「日本式的資本主義、企業經營與西方有何不同？何以其競爭力似乎較西方更爲強勁？」

探索這個問題，使管理思想有了極大的轉變或衝擊❸。

---

❸對於日本模式，觀察者通常有兩個角度，一是如伏格爾（Ezra F. Vogel）《日本第一》中文版李永熾的〈代譯序〉所描述的：日本人的成就與其傳統性格有關，「日本現代化的成功肇因於傳統因素的轉化。例如日本傳統（德川時代）的『家』意識轉化對『公司』的集團意識，有利於公司的經營。傳統武士道的精神，轉化爲對『公司』此一羣體的效忠，有利於成員對公司的向心力」等。一九七〇年代以後，如伏格爾等人又提出另一種看法，認爲日本人的成功不在於它的傳統性格，而在於日本人特殊的組織架構、政策綱領及有意識的計畫。本文不採用後者這個角度的意見，是因爲前者對西方世界的「傳統／現代」觀及管理思想，衝擊較爲直接且鉅大。其次，日本模式中政府的功能（相對於美國的自由市場理念）、文官系統、團體與共的心理狀態，事實上仍然顯示了東方或日本文化的特徵。文官制度源於中國，團體與共同態度即來自對家族效忠的集團意識，政府之功能與計畫大於市場自由運作，則是中央集權的政治遺風。故伏格爾的說法，其實只是側重點的強調不同，並無新意。

因爲西方研究者發現：日本式企業，有著迥異於西方企業組織形態的家族式企業結構；人與企業的關係，亦與西方不同。西方企業組織結構是在現代社會中發展起來的，以理性化的科層結構爲主，組織架構上非常注重階層化原則，內部之管理方式則強調效率的表現與客觀標準或評核。被管理者，宛如企業內部「有生命之機器」，員工在組織中依契約之權利義務關係活動，與組織僅有工作的關係，而缺乏親和力的感受性。日本式的企業，卻似乎不盡相同於這種契約論原則及科層結構，它以家族式企業爲特色，不但企業常屬於家族，企業體內部也瀰漫著「親族倫理」的氣氛。員工不以公司爲工作場所，而以之爲家族安固之處所。因此前文所述，人在現代科層結構中的壓力與疏離感得以降低，員工對企業體的忠誠度與親和性均大爲提高。長期工作於單一企業的情況，非常普遍；與西方企業中職工動輒跳槽的高流動率，適成鮮明之對比。這或許是日本武士道精神的遺存，人把對幕府府主的忠誠移爲對企業主之忠誠；或許是東方式家族勢力與傳統，尚未爲現代化所瓦解，故轉化出這麼一種新的形態；或者……。但無論其原因爲何，此一特色及其傳統與現代之關係，已爲西方管理思想界所注意，並正深入研究中。

其次，西方研究者也注意到日本非資本主義的資源背景，在企業管理中的作用。原先，依韋伯的看法，資本主義發生於歐洲，除了特殊的歷史機緣之外，尚有特殊的思想與社會條件。亞洲社會如中國，早先雖有高度之文明與科技，依然不能產生資本主義工業革命。因爲中國的道教只是巫術祕法，缺乏理性化；儒教雖具理性精神，其倫理態度卻與新教倫理相反，故不能如喀爾文教派之「入世苦行」有助於資本主義興起那樣，形成資本主義社會。照這種看法，儒家思想會被視爲現代化的障礙。許多人都說：不去除儒家思想，不可能發達資本主義。可是，日本的例子，使人迷惘了。日本的儒家思想、神道、佛教背景，與資本主義似乎都是背道而馳的。在這樣的思想下形成的日本式資本主義發展，雖不能直接說乃由此等思想促成，起碼不能不說此等思想無礙於資本主義之形成與發達。近些年來，哲學界及文化界熱烈討論「儒家倫理與東亞經濟」之問題，皆由此導出。而在管理思想方面，撞擊尤爲劇烈。因爲管理學是實用性甚強的學科，什麼樣的企業成功，它的管理就代表有效。日本企業，在商場上頻頻攻城掠地，擴張迅速，使美國佬喊出「日本第一」的口號，管理學界自然也不必保守地討論儒家究竟是否有礙於資本主義，而逕自以爲日本企業成功係得力於儒學，並用此來解釋「日本第一」的現象，也要求學習此種日本式管理了。

既稱爲日本式管理，當然十分看重這些非資本主義思想在企業體中的運用。據我的觀察，其運用狀況有二，一是日本式企業之管理思想中，有濃厚的歷史論述風格。

西方管理學，本是現代社會之產物，係傳統變遷、工業發達之後，爲因應現代企業形態而生者，迄今不過數十年。企業及產業結構更是日新月異，鮮少歷史成分，故企業管理在本質上是屬於「應付眼前問題」的學科。日本人論企管，卻極爲不同，他們喜歡引述格言、歷史故事，甚或講述古籍，構成一種強烈的歷史論述風格。早在一七二四年，大阪的醬油業、匯兌業、放貸業等各行業人士便設立「懷德堂」，聘請名師爲商人講解四書、五經，目的是培養商人的教養，將儒家思想應用於生活，並提高事業經營的境界。懷德堂後來成爲大阪的文教中心，也是商人尊重學術的象徵。其後，深受日本企業界崇拜的澀澤榮一（歷經江户、明治、大正、昭和四個朝代的企業界領袖），對日本企業界最大的影響即是倡導「道德與經濟合論」，揭櫫「論語與算盤」的經營理念。從一八七三年創立第一勸業銀行，到一九一六年他退休爲止，四十三年間，他定期爲員工講解《論語》，培養員工待人親切、做事踏實的風格。此外，日本企業界的經營者大都組成聯誼會，定期聘請名師教授君臣相處及經國濟世之道，日本人稱之爲帝王學，取材都以中國經典爲主。其中最突出的是目前擁有一萬多會員的「全國師友協會」。會長安岡正篤。他是戰後日本歷任首相的師友，吉田茂、岸信介、佐藤榮作、福田糾夫、大平正芳、鈴木善幸都曾不時向他請益。安岡氏經常爲企業界的各聯誼會講授四書、五經、十八史略，很多大企業的主持人都是聯誼會會員。風氣所被，在日本談企業經營與管理，往往從《孫子兵法》、《貞觀政要》中取鑑，日本本身的幕府戰國史也常成商場之借鏡，如德川家康之興衰史，即爲商界津津樂道。（遠流出版公司出版五十三冊的《德川家康》，何嘗不是著眼於此？）日本企業雜誌《President》附設之經營教育中心，開設的「從中國古典學習現代帝王學」課程，則更能夠揭示這種企管思想與經典結合的關聯。

另一種非西方式思想在企業體中之運用方式，則非取資於往古，而是透過企業主之創業史來表達企業主的經營理念與企業精神。例如松下企業講松下幸之助、佐川急便企業講佐川治，各賜以「經營之神」等封號，將他們的創業過程和人生觀、倫理觀、價値觀形塑出來，使員工們藉著熟知企業主之奮鬥歷程與人生觀而產生認同感，且以其人生觀爲自己行事之圭臬，奉行其「智慧」。這些人生觀，往往可以濃縮爲一兩句口號如「服務」、「和平」、「樂羣」、「互助」之類，通過講習、誦讀語錄等訓練方式，讓企業體之員工從精神狀態上與企業主結合爲一體。這種企管模式，具有一種意識型態控制之性質，與西方只講工作間之管理技術不同，因爲工作已經提升到人生觀、價値觀及行爲原則的地位，人對企業主的關係，成爲一種對精神領袖的嚮往，不僅是員工與老闆而已。人對企業之忠誠度亦因此而大爲提高。

四、現代企管與傳統政治文化

日本這樣的管理形態，根於歷史文化及社會條件，自非歐西各國所能移植。故討論雖多，實際影響尚未見有太大成效，但在亞洲就不同了。以臺灣來看，臺灣的企業原本即深受日本資金、日本技術、日本觀念之影響，援用日本管理模式，乃十分自然之事。亞洲其他地區也常與日本一樣，具有儒家等思想之文化環境，日本之模式對亞洲國家自然較具示範意義。故不獨知識分子熱烈討論東亞經濟與儒家思想，企業界也繼學習哈佛管理之後，紛紛效仿日本式管理。

而日本式管理思想最特殊處，即在於它與傳統文化的關係。因爲西方管理思想是「現代」的學問，生於現代社會之形態與需要，運用於現代企業組織中，它與「傳統」非特無關，且本身即起於對傳統世界之背反與揚棄。人在企業中的生活關係，絕對不同於人在鄉村社會的血緣族羣或地緣團體之中；企業中資本家和工人的生產關係，也絕不同於小農經濟及手工業生產。而管理學所要處理的，正是這種特殊的生產關係與生活關係。此一學門之所以仍在發展中各說各話，也正因它前無所承，只能在摸索中成長。可是日本的企業管理思想卻找到了人類管理學的大傳統：政治學，由政治思想中尋覓可供企業管理運用之處，「從中國古典學習現代帝王學」，而爲現代企業學開闢了一條新路。

於是「傳統」的角色與功能便顯得十分奇異。被「現代」在時間流程中拋在腦後的「傳統」，倒過來了。現代人回頭從古典中去尋找應付現代企業管理所需要的資源，古爲今用一番，不僅豐富了管理思想之思考面向，也使企業管理因歷史論述之氣氛，形成一種神祕深邃堂皇莊嚴的感覺（試比較「企業管理」和「現代帝王學」二詞，即可感受其差異）。不但管理學因此而得以發展，那些幾乎已要被拋進毛廁坑的傳統典籍，也重所被認可其爲「經典」之意義，重新被人用權謀、兵略、領導統御術、通俗商用、汲取人生智慧……等眼光予以解讀，且廣爲流通。「傳統」與「現代」兩得新生之機。

但是，政治雖爲「管理眾人之事」；企業管理也可以視爲政治學在現代的一個分支，但進行企業經營與政治學的類比論述，卻仍不免存在著一些問題。

政治學主要是討論政治團體（主要指國家）、政治制度、政治權力與政治行爲。在政治團體方面，對於國家的形態，有極複雜的爭論。因爲人類社會由古代的城邦，進至近代之民族國家，國家形態之變遷，使得人類的政治構思發生了極大的更易，甚至「國家」是否將會消亡，都是論者極關切之事。而此一基本問題，企管學中，大抵不甚追究的。因爲企業管理本係現代工業化企業組織出現後才發展出來的學門，它所面對的企業組織與形態，事實上只有一種。所有的管理思想，可說都是針對一種企業及組織形態在發言，而不會後設地思考企業組織之形態，如政治學那樣。例如我們很難想像有種管理思想會考慮現代企業體應該消亡，可是在政治學中，馬克斯卻對此大談特談。同理，企業組織中也不會討論企業應是貴族政體、民主政體還是寡頭政體之類的有關政治體制的問題。

「國家形態」及「政府體制」之類的問題，既爲企管思想所不甚討論，有關「權力」與「行爲」之問題又如何呢？

企業體中之決策行爲、分權、管理調度、命令……皆屬於權力之運作。但企業中管理者與被管理者之關係，與政治領域中治人者與被治者之關係，並不相同。在政治學中，我們常問：管理者之權力由何而得？歷來處理此一問題，或云由神賜予，所謂君權神授；或云由於高貴之血統；或云來自武力征服；或云因特殊領袖之魅力；或謂被管之民眾將自己的主權轉讓出來，以契約之方式交託給管理者。

可是在企業管理思想中，誰會追究企業主之管理權力由何而得呢？進入企業中工作的人，基本上都承認此一權力，而很少問管理者權力之來源。也因爲不問此一問題，故亦不會探討被治者是否有革命權（亦即被治者不願繼續被治，能否起而革命，取得經營管理之權）。一切企業管理思想中均未涉及於此，也隱隱然排除了這個思路。

不只如此，被治者是否所有行爲均屬於國家所統治（亦即個人自由與公共事務之分），久爲論者所關注。大部分人都承認國家不能管理民眾所有的行爲，某些個人行動、言論、思想之自由，不惟不應被管理，更應由國家來保障。這種國家內部公私領域的區分，甚爲重要；如何畫分，更有許多理論。可是企管思想中對此亦罕涉足。

至於行爲的部分，究竟政治行爲的目的何在，爭論也不少。主政者是以權力擴張、保障生存爲政治目的，還是以民眾幸福爲宗旨？這類的問題，現代管理思想均甚少考慮❹。

❹ 企業行爲的目的非常單純，就是要賺錢。政治行爲則複雜得多。例如政治中的管理者，便常成爲政治行爲中的目的。此話怎講？蓋不僅政治中被管理者常希望成爲管理者，故管理者這個身分與位子，常爲眾人追逐競爭的目標；

故現代管理思想雖然喜歡進行企業經營與政治學的類比論述，例如我們看到的《秦公司興亡史》、《北宋危機管理》、《曹操爭霸經營史》之類，但所論遠較政治學為窄，只關心「組織如何運作」及「管理者如何行使權力」以達成企業目標：賺錢。其關懷層面與面對之問題，均與政治學不同，故其類擬傳統政治形態，以政治思想及歷史故事中之言論來修飾、支持，或運用於企業管理時，自不免會發現某些傳統政治文化的管理之術，並不適用於企業體，君臣關係也不適用於老闆與工人。而且，傳統政治思想（例如儒道）之中，根本就都含有若干批判、反對資本主義精神的材料，非現代資本主義企管思想所能隨便借用。因此，這些類擬與借用，必須經過有意識地改寫過程。它不可能直接讓讀者去讀原典、讀史書、讀演義小說，它必須將之重新進行資本主義之改寫。為什麼我們市場上忽然出現了那麼多新的《三國志》、《水滸傳》，原因即在於此。

五、傳統文化與社會發展的辯證關係

這裡，讓我再舉個例子略做說明，以便下個簡單的結論。

更因政治團體中的大多數利益，均由這個管理者所支配，故即使被管理者無心取而代之，他們也必要用盡一切方法去偵伺應和其喜怒好惡，而由管理者手上獲得好處。企業就不然了。企業的成就，較屬於朝企業體之外去攫取，而非體系內之分配。如果被管理者不再願意被管，想當管理者，往往就會脫離原組織，自行創業。因此其組織內部的緊張關係，不如政治行為之甚。

繼日本人從經典中學習「帝王學」之後，西方的管理思想也逐漸藉助於傳統經典。美國紐約哈特威克學院（Hartwick College）首先把經典作品融入管理教育的課程中。該學院經濟管理系主任梅爾（Douglas F. Mayer）與克萊蒙（John K. Clemens）合寫了《經典管理：世界名著中的管理啓示》。他認爲現代管理思想可以從經典中學到很多東西，例如從柏拉圖的《理想國》（Republic）中我們可以發現：

- 他是提出運用現在所謂「走動式管理法」（managing by Wandering around）的第一人。柏拉圖與後來的逍遙學派（preipatetic）哲學家一樣，深知領導特質不會從獨踞一隅的豪華主管辦公室裡擴散出來產生影響。他經常在市場（agora）中與人辯論，這與涵養深厚的現代領袖所採用的公開領導（visible leadership）有異曲同工之妙。
- 他認爲領導應是提出正確的問題，而非提供解答。他和蘇格拉底發明了「辯證法」（dialectic），透過不斷地質疑以求得眞理。
- 他也發現革新只有在小而親密的環境裡才能蓬勃發展，因此根據這種想法，限定了「理想」機構的大小。
- 他認爲新興企業需要的領導風格，可能與守成的事業繼承者所需的風格不同。
- 他提出組織腐化的問題，並對如何刺激組織成長，緩和下坡頹勢等方面，提供愷切的忠告。
- 他發覺單靠資格不能保證工作崗位上的表現，於是首創評估中心的制度。

因此，很明顯地，「柏拉圖的思考方式一點也不古板」。他雖不生於現代，卻擁有與今天的領導人物相似的精神。同理，他又在莎士比亞戲劇中發現：「莎士比亞的作品同樣富於領導方法的啓示。以《李爾王》爲例：錯誤的交棒、中央權力過於分化、未經深思熟慮就分派責任等種種愚行，劇中都有入木三分的刻畫。再如《馬克白》（Macbeth），由於野心不加節制而使劇中角色付出昂貴的代價。」

他的這些分析，有兩種功能，一是表明了現代人可從經典中學習到一些東西，而這些東西又可直接應用於日常之領導問題；二則顯示經典應獲得新生命。他說：

或許有人會批評我們應用經典作品來解決日常的領導問題，未免有使它們「流俗化」（trivalizing）之嫌，那他們就錯了。這些作品本來就是供人閱讀、討論、了解與奉行。無論是國家、軍隊或企業，領導一直是歷史上一股無所不在的力量。我們的前提是文學英雄能反映人性的優點、弱點、以及我們的管理能力；所以領導術與經典名著相提並論，非但不會使這些作品變得庸俗，反而能使它們因啓發而獲得新生命。

他的話，基本上是對的，但可以再予補充並修正，以作爲本文暫時的結論：

1.向經典學習／賦古典以新義：歷史與當代的辯證

經典乃寫於古老世代之物，然其所謂「永恆」、「不朽」，意義非如木乃伊之不朽那樣，僵硬不動地擱在那兒，供人憑弔，以發思古之幽情。而是不斷與各個時代的人對話的。我們不斷拿我們這個時代的問題、困惑與需要去叩問它，它也提供了某些解答。正是基於這種關係，所以才會有人提出「要從經典中學習現代管理技巧」的辦法。

現代人從古代經典中學習，發現經典可以提供給我們甚多啓示，如蘇格拉底與柏拉圖之辯證法，即可提供吾人「領導應是提出正確問題而非解答」之啓示。此固甚善，但蘇格拉底所講的，事實上根本不是指「領導」，他也最討厭領導別人。故這種「向經典學習」，實際上是歪曲經典，僅圖以使經典獲得新生命、新意義之活動。經典是不朽的，現代人應向經典學習；但同時也是現代人使經典獲得新生。「不朽」與「新生」完全合一；「學習」與「賦予」也同在一塊兒。歷史傳統與現代解釋之間的神祕奧妙，竟至於此。

2.社會變遷／傳統再現：思想與現代的辯證

管理思想的歷史與當代對話，開展甚晚。因爲本質上企業管理思想乃二十世紀高度工業經營發展下的產物，與歷史無繼承關係，亦很難由歷史遺迹中直接獲得什麼教訓。商人及一般管理階級似乎也不必具有古典哲學、文學的修養。但隨著資本主義社會的發展，企業管理思想已逐漸走向人性化、走向社會整體共存的思維。且資本主義作爲一種生活方式，現代人已無法只把商務工作看成是生活中的一部分，企業本身成爲這個社會文化構成的重要文化體，人也需要一套符合現代生活的企業人生觀。現代管理思想爲了滿足這樣的需求，即不能不尋求突破。從古以來，社會需求與思想發展，夙有密切之關聯，眼前這也是一個有趣的例子。日本資本主義的形成與發展，乃在此時提供了一個思想突破的啓示，使管理思想注意到它與「傳統」的關係，重新從經典中去發展新的管理思想。

傳統文化(A)，常因社會變遷而日漸爲人所淡忘，爲應付新時代新問題而生之(B)思想，乃漸漸爲世所用。但又因社會繼續變遷，更新的現代與問題，使(B)思想又支絀難當。爲謀發展，上溯(A)思想，以復古、向古學習、與傳統再度連結的方式，來促進思想的新創、解決現代的問題，面向未來，而形成思想(C)，亦爲常見之模式。現代管理思想之發展歷程，即顯示了這個意義。

故「傳統」常因社會變遷而遭唾棄，亦常因社會變遷而重回人間。猶如現代社會剛進入現代化歷程時，常表現出一種反宗教、反迷信的態度，待現代化程度越深、社會越來越符合當初所追求的理性化狀況時，社會卻日益需要宗教，傳統宗教即以各種方式重返這個現代化社會。奈恩比《二〇〇〇年大趨勢》判斷西元二〇〇〇年是一個宗教復興的時代，就約略指述了這一種奇特景象。

對於這種「傳統再現」的現象，我們不能效法傳統主義者那樣雀躍歡欣。因爲在新現代所復現的傳統，正如「經典管理思想」那樣，乃是對傳統的曲折轉化。這種轉化，往往朝通俗化、淺易化、實用技術化、類比附會、取其偏義的方式與方向進行。我們若不能洞悉這一點，且深具警惕，則傳統再現，可能更會加速傳統的瓦解與死亡。

就像越來越多人讀《貞觀政要》、《壇經》、《老子》，卻並不是朝息妄修心、安止守辱、博施濟眾的方向去理解傳統，而是藉此擴大了權力爭奪的欲望與技巧，把《孫子兵法》、《貞觀政要》、《三國演義》等書解讀爲商戰統御之術。表面上看是古典與現代結合、是古典在現代的意義與功能、是普及先賢智慧，其實含有高度的危險性在。

社會上愛好這類書、喜歡談帝王術，往往是人對權力之渴慕、對金錢之貪婪的一種曲折表現而已。臺灣許多模仿日本式的經營企管教育，更顯示出其強烈非人性化的反智精神。進一步強化了資本主義社會價值錯倒的一面，把有錢的人等同於有智慧的人，而所謂有智慧的人又是指能運用權謀「統御」他人者❺。

這種發展，我以爲是扭曲了所謂兵學與戰略學術的精神，只落入一種法家術勢運用的層面。

---

❺又如日本商社企業，針對其幹部設計了許多經營教育的課程，強調領導者之企業經營管理理念對一個企業體的重要性。這些理念，不僅是一套技術而已，更需要提升到一種人生觀、倫理精神的層面，否則不能構成意識型態，統合企業體內部，建立「企業精神」。爲達到這種目的，一條路是奉企業主爲精神導師，學習其理念，奉行其智慧。一時之間，諸企業紛紛出版其老闆的語錄，標榜其奮鬥歷程，大搞個人崇拜，教員工效忠輸誠。另一條路，則是去古書中找智慧。沒讀過幾天書的老闆，因緣時會，窮兒暴富。既富之後，要說明他確是天縱英才，最好的辦法便是說他的行爲符合古代聖賢之道。他的經營管理理念，乃可以因有了聖賢理念的滋潤，而顯得更爲堂皇、更爲鞏固。

其實兵學韜略，固以其實用性作爲學說是否合理的試金石，其本身卻非實用性如識，乃是一套哲學、人生觀。戰略的設計涉及人對世界的看法、對人性的掌握。這種掌握，不是通俗「掌握人性弱點」之謂，而是從戰爭關係觀看人性、歷史與世界。其理論意義，與孟子論性善、耶穌論原罪、達爾文講物競天擇、克魯泡特金論互助、馬克斯言階級鬥爭，具有同一深度，乃是對人與歷史之獨特解釋。否則，若光是賣弄口舌、耍點手腕，蘇秦還需要「頭懸梁、錐刺股」的那樣苦讀嗎？

同況，大眾通俗企管書籍，通常只以一些神話式的浪漫英雄成功故事，告訴讀者「路是無限的寬廣」、「反敗爲勝」，把成功的神話簡化爲個人經營管理技術以及權謀之運用，完全無視於社會整體結構與歷史演變狀況。所以越看這類書，人就越不了解社會，對世界越無知。這些書所經常採取的「歷史論述風格」（即引證歷史故事、教訓、格言、譯寫改編古書）等，其實就是它脫離現實與歷史的表徵。其性質，一如歷史童話故事。商戰小說，這種新興的文類，也應在這個意義底下，視爲新的歷史演義。這種新形態的成人歷史童話書，怎麼可能讓人了解什麼叫歷史、什麼叫世界？

因此，在傳統再現的時代、在表面看來傳統又與現代結合了的社會，我們越需要深入理解傳統，藉傳統來對當代社會及當代社會中復甦的傳統進行批判。

3.向歷史學習／運用歷史：單向度的歷史與文學

這當然也代表了我對現下流行之新歷史演義類文學作品及閱讀現象的意見。

歷史本來是當代人豐富的資源，可以提供當代人豐饒的人文向度，使我們得以反省察照人類各種存在處境。然而，現下風行之商戰小說歷史演義，卻是從特定的角度去「運用」歷史；亦即採取單向度視角的方式去觀看歷史，選擷其中可供我們採用的「智慧」。這不僅將歷史所能展示的意義平面化、單調化，也把歷史做了純粹的工具性使用。人似乎不是在向歷史學習。更可能的情況，乃是這個社會中占主導勢力的階層，運用歷史故事、格言以及小說情節的鋪陳渲染，在向我們進行意識型態的宣傳，教育我們如何從事權力鬥爭、商業經營、市場占有，並以此種角度去觀看一切歷史事件與人物。聖、賢、帝、相、將，均被形塑成一位公司企業體的老闆。名臣言行錄，成了《大指導力》；曹操的橫槊賦詩、古直蒼涼，成了《爭霸經營史》。凡此種種，均可憂慮。

以民國八十二年六月《聯合文學》所辦「高陽小說作品研討會」來說，高陽小說約一百部，可是該研討會上唯有兩篇討論高陽個別作品之論文，談的都是《紅頂商人》。此不約而同之舉動，恰好顯示了對現代風潮感應極爲敏捷的年輕評論者都已模糊地感覺到了：高陽小說之受讀者垂青，其原因恐與十幾二十年前不同，也與高陽本人的創作用心頗有差距了。蔡詩萍寫道：「高陽的《慈禧全傳》和《胡雪巖三部曲》在小說的正文之外，被視爲是了解中國式權力運作與商戰經驗的必要參考，也許出乎高陽本人的意料。但無可否認，高陽突出的中國官場文化，以及商人在這種官場文化中如何發財致富的鑽營門道，的的確確獲得普遍的認同。」

是的，不管作者寫的是什麼，讀者認同的乃是如何致富成功。在高陽眾多小說中，胡雪巖系列獨獲垂青，也基於這個緣故。但對高陽這樣的作者來說，此甚殘忍。作者欲以此理解、想像、虛擬之意識去重塑一歷史情境，不斷以喻寄、託寓投射其理想，並進行他對歷史之評論與價值導引等複雜多層次的歷史與文學關係，事實上均已淡化消逝矣。歷史小說，成爲商業經與企業管理教科書啦。

這種情形，也發生在吉川英治身上。吉川英治譯寫《三國志》十四卷，又擬撰爲《江戶三國志》，絕筆於《水滸傳》。本非爲商業經營而設。現在卻因讀者有透過歷史故事以強化商業資本主義社會競爭活動之需，而我們又除了高陽外，缺乏可以供應的作家與作品，所以在經濟消費的供需原則下，被供出檯面，提供消費者進行歷史實用閱讀。

英國文評家R．霍迦特〈當代文化研究：文學與社會研究的一種途徑〉一文曾指出：文學──文化閱讀有兩種方式：一是品質閱讀，把握作品的肌質，如語言、意象、情節等；一是價值閱讀，從作品中發現它表述的價值。

以實用商戰的角度去選取作家、進行閱讀，重點當然不是審美的，故對作品主題之表現及其肌理殊不注重（即使非文學作品也能滿足其需求。這也是此類新歷史演義文體文學性低弱的原因）。讀者進行的多半是價值閱讀，但他們絕少從作品中發現歷史事件所描述之社會的價值、及作者所欲建構之價值領域，而是從其中印證了我們這個社會信奉以及他自我認同的東西。「以古爲鑑」，看到的卻永遠只是自己的臉，歷史遂不再能提供我們反省、借鑑和創造之資了。情況或許尚不致如此之糟，但我們不能不注意以上這些趨勢與問題。

導讀《三國韜略》

一

中國歷史上共有八個分裂或分立的時代：春秋戰國、楚漢之爭、三國、南北朝、隋唐之際、五代十國、宋金對峙，以及現在。

每個分裂或分立的時代，都是歷史論述的焦點，原因有三：

(1)政權由統一趨向分裂，再由分裂走向統一，其歷程起伏動盪，最具有歷史的動態發展意味，足以觀古今之變，了解國家分合興衰之故。

(2)分立的時代，自然會形成對抗的張力，具有政策、人才、資源、方略等各方面的對比性，形勢既足以動人，亦最便於比較研究。

(3)除了歷程充滿動態，內部又飽含張力之外，分裂的時代亦必充滿了各類衝突，軍事及非軍事之衝突，引生許多故事，遠非承平時代之平凡枯淡可比。

因此，不只正史對此類時代頗多著墨，演義講史更是酷喜講述它們，諸如《東周列國志》《楚漢春秋》《三國演義》《隋唐演義》《五代史平話》《殘唐五代》等，都屬此類。但在這其中，「春秋戰國的時代太古了，材料太少，況且頭緒太紛煩，不容易做得滿意。楚漢與隋唐又太短了，若不靠想像力來添材料，也不能做成熱鬧的故事。五代十國頭緒也太繁，況且人才並不高明，故關於這個時代的小說都不能做好」（胡適《中國章回小說考證．三國演義序》），南北朝及宋金分立則又屬於不同民族的對抗，情況頗有不同。因此，眞正具有分裂時代之典範意義，且具有充分講述價値者，厥唯三國。

二

講論三國，在三國才剛結束時就已成爲熱門話題了。晉人陳壽（他本是蜀漢人士，蜀被滅後入晉擔任著作郎）寫《三國志》之前，已有夏侯湛寫過《魏書》。其後孫盛有《魏氏春秋》《魏略》《魏武故事》《魏名臣奏》，王隱、虞預、干寶都有《晉書》，習鑿齒作《漢晉春秋》，都對漢晉之間三國分立這段史事頗有論敘。吳亡之後，吳人陸機也寫有〈辯亡論〉兩篇，討論吳國的興衰。

由於三國史事如此受到重視，民間說話講史遂也以此爲大宗。據唐人李商隱詩的記載，唐代已有專門「說三分」的說話人，這是我國「講史」類小說之始。到金朝，則有院本〈襄陽會〉，三國故事顯然延伸到戲曲中了。元人雜劇中，演三國事蹟者至少有十九種以上。待《三國演義》出現，三國故事更成爲中國人最熟悉的史事。三國人物如諸葛亮、關羽則被供奉爲神明。三國人物與史事所顯露的倫理精神價值，亦成為中國人處世之圭臬。

在這些講論三國的材料中，有許多屬於純粹史學意義的史實辨正及史料考訂。例如孫盛的《魏氏春秋異同評》，就是一部與司馬光修《通鑑》後作《通鑑考異》一樣的書，只是時代比司馬光早了七百年。其中對於各種史籍記載的矛盾、錯落、異同頗有考證。此後這類工作，迭有佳猷，重要著作甚多。因為三國鼎立，政治氣氛甚為微妙，記三國史的陳壽本身又是蜀人，史料的選取、記載之曲直、評騭之是非，當然有很多可以爭論之處，裴松之《三國志注》就引了幾百種史籍來對它予以補充、印證和商榷，因此，有關三國史事眞相的考辨和史料的釐析，早已成為史學界一個重要的領域。

相對於此種「史實的探索」，另一種著重「史事之傳述」的風氣，則流衍在上述說話及戲曲中。除了《三國志平話》《三國演義》這類通說三國分立史的作品外，單獨選講其中一部分故事者，如說呂布故事的，有〈虎牢關三戰呂布〉、〈連環計〉、〈斬呂布〉。說周瑜故事的，有〈謁魯肅〉、〈隔江鬥智〉、〈哭周瑜〉。說諸葛亮故事的，有〈臥龍岡〉、〈博望燒屯〉、〈燒樊城〉、〈襄陽會〉、〈祭風〉、〈五丈原〉。說關羽故事的，有〈單刀會〉、〈義勇辭金〉……。在傳述這些故事時，它們也可能有所辨正考訂（例如毛宗崗批本《三國演義》就批評：「俗本記事多訛，如昭烈聞雷失著，及馬騰入京遇害，關公封漢壽亭侯之類，皆與古本不合」），但其重點並不在於史實的探索，而是對史事本身有興趣，樂予傳述。

這當然是因為三國分立時代飽含張力，人物事蹟又富戲劇性，本身就是絕佳的講述對象，是以特受青睞。

探索史實與傳述史事者之間，因所關心之重點不同，所以頗有齟齬。歷史學家偏於前者，往往指摘傳述史事之戲文與小說悖離了史實。而傳述者則認爲史實考證煩瑣無當大體，未能體會歷史與其讀者的互動關係，史事唯有在不斷傳述中，方能帶給後世人重回歷史情境的感受與理解。這樣的爭論，相信還會繼續延伸發展下去。

另一種，則既非探索史實，亦無意傳述史事，而是對此史事史實施以「後設」的評論。評論歷史，主要對象有二：一是人物的評價褒貶，二是對歷史發展中成敗因素的分析。以袁準《袁子》中幾段評論來看，有論「諸葛亮是什麼樣的人」的，屬於第一類：有論蜀出兵伐魏與晉出兵滅蜀之事者，屬於第二類。後者在比較蜀晉用兵之道以後，說：「小國之慮，在於時立功以自存。大國之慮，在於既勝而力竭，成功之後，戒懼之時也」（見《全晉文》卷五五），則更是企圖在評論史實時，由歷史中尋找到對後世有所啓迪的教訓了。

三國人物，秀異者多，對之評價褒貶，在三國時期原本就存在著。如諸葛亮、龐統，雖未出仕，但臥龍鳳雛之名，已動天下。曹操對劉備也直說：「天下英雄，唯使君與操耳」。這是因爲在動盪的時代，英雄逐鹿，雄才者勝：三國分疆，得人者昌。故才性品評，特爲當時所見重。其後勝敗雖分，人物之優劣未定，史家評騭，頗爲參差。如張輔《名士優劣論》中即有論「樂毅諸葛亮之優劣」等文，更有一篇說：「世人見魏武皇帝處有中土，莫不謂勝劉玄德也。余以玄德爲勝。」這樣的評價便與陳壽《三國志》大異，遠啓後世《三國演義》之評價體系。《三國志》中謂諸葛亮「應變將略非其所長」，更是引發了後世無窮之爭論，《三國演義》顯然就是與它唱反調的。

至於對歷史中成敗因素的分析評論，則重點並不在於替歷史人物尋找到一個公平的地位。而是希望由其成敗等事跡中，替讀史者發掘到一些有意義的教訓。

探索史實、傳述史事，都是屬於一種客觀論史的型態。無論它們能否眞正客觀，傳述者與探索者都是爲那一段歷史服務的，旨在說明那一段史事的來龍去脈。但要在歷史事件中尋找教訓者，卻是主觀的。它論史之目的，不是想爲那一段歷史服務，而是想藉著論述剖析那一段史事，獲得對我們有益的啓發或教訓。故此乃爲己而非爲史的主觀論史型態，其論述常表現出一種「後設」的趣味，是針對三國史事這個對象，進行後設的批評及省察。

例如孫盛《魏氏春秋評》中對於蜀先主託孤、諸葛亮不裁抑法正、譙周勸後主降魏、郤正推崇姜維、孫權向魏稱臣、吳主拜神……等事蹟施以評論。這些評論，都企圖藉著論議歷史人物的功過，提出「禮賢舉德，爲邦之要道」「帝王之保，唯道與義」「仗道挾義，禮存信順，然後能匡主濟功，終定大業」等歷史教訓。

做爲中國分裂時代之典範的三國時期，由於內蘊豐富，故上述各種講述三國史事之面向與型態，都發展得非常暢旺精采，很值得注意。

三

討論三國時期各種衝突型態，分析其成敗優劣，明其戰略與韜謀，屬於評論史事一類。不但充滿了後設的分析性，更深含著要由其中鈎探出對吾人有意義之教訓的企圖。這種討論三國史事之方法，也是源遠流長的。

老子嘗云：「以正治國，以奇用兵」。論三國史事者，許多人著眼於「正」的部分，認爲漢末之衰亂，有其結構性的原因。蜀漢及東吳之所以終究無法統一中國，也有其客觀之限制。但同樣是孤弱無力的劉備，在請到諸葛亮輔佐之前和之後，截然不同。可見基本國力縱使不足，用兵之道若能出奇制勝，依然事可有爲。從這個角度看三國史，自然就會特別注意其中「以奇用兵」的部分。

何況，分裂時期最大的特點，就在於衝突。激烈的軍事衝突，或外交場合上的折衝，乃分裂史中最扣人心弦之處。政權之衰，雖然原因複雜，但無戰爭則甚不易造成分裂。形式分裂之後，對立格局的維持，亦必然以冷戰或熱戰貫穿之。一旦其中一方戰敗，分裂之局便告結束。故歷史發展的脈絡，主要是戰爭及換了一些形式的戰爭。討論分裂史而不著眼於其衝突面，幾乎是不可思議的。

看三國，尤其應注意這一點。

整個中國戰略思想史，先秦乃開創時期，基本經典及觀念、架構略備於此。進入秦漢以後，思想日益成熟，與匈奴和羌的對抗關係，爲先秦所無，也增進了戰略思考的層面。到了三國時期，戰略思想既已成熟，時代局勢又提供了馳騁用智的機會，人傑輩出，遂成爲中國戰略史上最炫爛的一段。

當時諸葛亮就曾贊嘆曹操說道：「曹操比於袁紹，則名微而眾寡。然操遂能克紹，以弱爲強者，非惟天時，抑亦人謀也」（〈隆中對〉），又說：「曹操智計，殊絕於人，其用兵也，彷彿孫武」（〈後出師表〉）。事實上，曹操正是歷史上第一位注解《孫子兵法》的人。據說他自己也寫了《兵書要略》九卷、《兵書摘要》十卷。今雖不傳，但陳壽謂其「博極群書，特好兵法」，殆無疑義。

相對於曹操，諸葛亮亦爲千古奇才，他的才華也同樣獲得敵對者由衷地敬仰。我們看蜀滅亡後，晉人張輔稱讚他足以比肩伊呂、遠勝樂毅；袁準推崇他用兵「止如山，進退如風，兵出之日，天下震動，而人心不憂」；陳壽更編輯了他的文集，送呈晉帝，說他的功業「自古以來，未有之倫也」，希望皇帝能多多參考他的言論。凡此，都是極爲罕見的例子。足以證明蜀魏對峙時，彼此都視對方爲「可敬的對手」，智力相埒，奇謀迭出，歷史乃因此而特見精采。

除了曹操、諸葛亮之外，陳壽曾說過，諸葛亮當時「所與對敵，或值人傑」。東吳諸帥，魏晉之司馬懿、曹眞等等，俱非庸手，因此才能構成一個總體高品質的衝突時代，讓人在其中汲挹到不少啓發和教訓。

四

一般所稱三國時代，起自漢獻帝初平元年（西元一九〇年），止於晉武帝太康元年（西元二八〇年），共九十年。這九十年可略分爲幾個階段。第一階段十年，爲漢末黃巾起事，天下土崩；黃巾雖平，而分裂之勢已成；再到分裂之諸侯逐漸歸聚到三股力的時期。這個時期，主要的戰爭包括平定黃巾之戰、群雄討董卓之戰、曹操打敗袁紹的官渡之戰等。這些戰役，都以維持帝國之統一爲目的。例如平定黃巾，是想防止漢政權滅亡。討伐董卓，是因董卓專權，廢少帝而遷都長安。曹操攻袁紹，是想維護中央之權威，所以他自認爲：「設使天下無有孤，不知幾人稱王幾人稱帝」。

但這種目的，卻很詭譎地造成了國家分裂的形勢，原因有三：(1)漢末政治腐敗，衰亂之勢，非強力所能控制。(2)曹操在北方收束已散之局，擊敗所有諸侯之際，孫堅、孫策父子已趁機在江東經略，襲皖城、破黃祖、兼併豫章，建立了獨立政權的雛型。(3)曹操雖以維持漢室自命，以統一爲目標，但在敵對者看來，卻認爲他只是「挾天子令諸侯」「名爲漢臣，實漢賊也」，加強了與之對抗的分離態度。因此，這一階段，可稱爲分裂局勢的形成期。

第二階段十年，是分裂形勢的確立期。曹操本其統一之志，南下荊州，擬擊破孫吳。赤壁鏖兵失敗以後，不但孫吳得以固守其江東基業，劉備也獲得機會開創其荊蜀事業。鼎足而立，三國正式對壘。

第三階段十年，是三國形勢的穩定期。三者都不再祈求統一，反而盡力穩固其勢力，例如劉備襲取益州，北併漢中；曹操轉而經營遼東、西涼。

第四階段十年，則是曹操死，其子曹丕自立爲帝，導致劉備也稱帝自立，形勢上已分立的三國，乃從名號上正式宣告漢統一政權的消失，三國時代正式確立，而且彼此穩定的關係再次衝突化。吳蜀爭荊州。魏吳交好，魏封孫權爲王，旋又交惡派兵襲吳。蜀則轉而與吳和好，連吳拒魏。

第五階段十年，諸葛亮歿，姜維繼其遺志，聯吳攻魏，但無甚進展。而三國內部逐漸發生問題，魏司馬昭弒其主曹髦；吳將相失和，互相殺害；蜀亦奸佞當朝，姜維屢遭謗毀而無功，所以說這是三國鼎峙之局即將改變的時期。「魏」已將消失，吳蜀又亂，三者之間的動態平衡關係即將瓦解了。

第六階段廿年，是三國復歸一統的階段。晉出奇兵滅蜀，繼而滅吳。

在這六個階段中，關鍵性的戰役，包括官渡之戰、赤壁之戰、吳蜀爭奪荊州的虢亭之戰等等，在戰史上都具有經典意義，後世各軍事機構講論戰史，都要由此問津。

五

但是，三國時代的重要，不只在軍事史、戰爭學層面，更存在於戰略範疇。

前文曾談到諸葛亮對曹操的稱許，謂操智計過人，善於用兵。但曹操不僅敗於赤壁，其所努力從事之統一大業亦終不能達成，歷史朝向他所反對的方向走去。爲什麼呢？以他和諸葛亮相比，諸葛亮可能「應變將略非所長」，戰術上比不過曹操，但戰略性思考便遠勝於曹操了。

試看諸葛亮在出山之際與劉備那一番被稱爲「隆中對」的見解，對基本形勢的分析、長程戰略的選擇，都顯示了他具有卓越的「大戰略」眼光。後來他去遊說孫權，預測赤壁之戰若勝，「則荊吳之勢強，鼎足之形成矣」，也表現了他凡事均由大格局大角度來思考的特色。其後幾十年，他一直堅守著他在隆中所提出的戰略原則和路線方向，聯吳制魏，以攻爲守。確立戰略目標的眼光，貫徹長程戰略計畫的毅力，均令人嘆爲觀止。

所謂大戰略，並不僅指軍事性的戰略。軍事性的戰略是將軍的事，大戰略則是政治家的事。所以大戰略或譯爲「治術」，指利用一切政治、經濟、軍事、心理力量以維護國家安全及利益的藝術，就像諸葛亮那樣，能洞燭歷史之進程，運用形勢，創造力量。此在古代中國，即稱爲「韜略」。

韜略之名，起於《太公六韜》及《黃石公三略》。古均著錄屬兵家，但《六韜》分為文、武、龍、虎、豹、犬六韜。〈文韜〉包含文師、盈虛、國務、大禮、明傳、六守、守土、守國、尚賢、舉賢、賞罰十一篇，講治國用人之道。〈武韜〉包含發啓、文啓、文伐、順啓、兵道、三疑六篇，講戰爭的準備和軍事戰略。〈龍韜〉包括王翼、論將、主將、將威、勵軍等十三篇，著重軍事組織人事等問題。〈虎韜〉有軍用、三陣、疾戰、軍略、動靜、火戰等十二篇，討論各種天候地形條件下的戰術。〈豹韜〉含林戰、分險、烏雲山兵、烏雲澤兵等八篇，論各種特殊戰術。〈犬韜〉有練士、教戰、武騎、戰車、戰騎、戰步等十篇，談部隊的訓練與指揮。可見其書包羅甚廣，後三韜屬於戰術層次，第一卷為國家大戰略，二、三卷則為軍事戰略。

《三略》分為上、中、下。自稱：「三略為衰世作，上略設禮賞、別奸雄、著成敗。中卷差德行、審權變。下略陳道德，察安危，明賊賢之咎。故人主深曉上略，則能任賢擒敵。深曉中略，則能御統眾。深曉下略，則能明盛衰之源，審治國之紀」。顯然也不只在軍事層面上立論。

為什麼這些兵學名著，反而不集中筆墨論兵呢？原因在於中國古代之所謂兵家，意義並不同於現代之所謂軍事家。兵家思想在中國古代九流十家之中，與儒、道、名、法、陰陽等並列，它當然不只是談軍事、講作戰練兵之道而已。所謂兵家，與法家、道家相同，是從一個特殊的角度去認識人生，說明社會運作之原理與法則，提供人行事的方向與原則。道家從自然來立論；法家希望通過法治以整飭社會人生；名家綜覈名實，謂凡事皆應循名責實；兵家則從「衝突」的角度來討論處世立國之道。

人存處於社會中，或一個國家建立在世界上，必然會遭遇生存的挑戰，與他人產生衝突。戰爭或兵戎，乃是此種衝突最明顯也最典型的狀態，故以「兵」概括之。《吳子·圖國篇》云：「凡兵之所以起者有五：一曰爭名，二曰爭利，三曰積德惡，四曰內亂，五曰因饑」，此即衝突之所以起。衝突既起，如何處理之？兵家對此，處理之方式各有偏重，所以自漢以來，即分爲權謀、形勢、陰陽、技巧四派。但不管哪一派，都不是純軍事作戰觀點。例如權謀，《孫子兵法》認爲太上伐謀，其次伐交，其次伐兵，攻城最下。又說：「善用兵者，屈人之兵而非戰也，此謀攻之法也。」以謀略應付衝突，或利用衝突以取得利益，遠比率兵攻城略地更爲重要。其非純軍事學說，甚爲明顯。由此亦可知《三略》《六韜》所談爲何也較偏重於非軍事部分了。

三國時期的政治人物，活在這樣一個傳統中，運用韜略，兼括戰略與戰術層面，伐謀伐交，配合著伐兵攻城。其形勢權謀之說，當然是極爲豐富的。

六

《孫子兵法》、《六韜》、《三略》都偏於國家韜略，以國家爲論述主體，因爲它們所擬進言的對象是國君。但韜略兵家之學，既不專屬於軍事戰爭層次，要是要處理衝突的問題，其所論述之謀略，當然也就可以運用於一般人生的生活情境中。

例如人與人的社會性衝突，也可能起於爭名、爭利、積德惡、內部不協調而對外攻擊，以及饑餓。對付這些人際間的衝突，也同樣須運用權謀、審度形勢、注意技巧，韜略學的基本原理自然也可運用於其間。

但是處理人際間的衝突，並非知識性的理解就夠了。既爲權謀，極其講究因機化權、因勢利導，其間陰陽變轉、技巧洞遠之處，必須相機而作，與境相生。這不是懂得一點兵學韜略的原理原則就辦得到的。所以趙括善讀兵書，帶兵作戰，卻一敗塗地，枉被坑殺了四十萬人。兵學韜略要能靈活運用，須有兩種途徑：一是經驗。人事歷練、江湖閱歷可以幫助我們了然人情世故之機微，使我們懂得如何運用韜略，以化紛解難，旋轉劣勢。古人所謂「世事洞明皆學問」者，即指此而言。二是利用一些具體的事例，來揣摩情境。如蘇秦遊說秦王失敗後，即返家下帷苦讀《太公六韜》，揣摩情境，後來方能遊說六國成功。這是藉著研究一些古人古事，觀察他們處在什麼情況下，做出什麼反應，運用什麼策略，揣摩其心境與手腕，以補救我們經驗上的不足。韜略乃處理人世衝突之學，當然需要放在這些具體事例中方易於了解。

古人喜歡討論三國人物之謀策，喜歡看「隔江鬥智」這類戲曲，嘲笑蔣幹盜書之愚、嘆賞孔明空城計之智，都是這個道理。藉著這個充滿智慧的時代，所顯示的那些具饋事例，讓我們獲得了韜略的知識與能力。

可是，過去這些知識畢竟仍是零碎的，並無專門一書，把三國人物之韜略運用整體表出。所以喜愛觀聽三國史書者，對三國的歷史發展、謀略機變，所知殊不全面。現在，徐兆仁先生把三國史事及人物，從韜略的觀點，整理成《韜略心法》、《韜略庫》、《韜略家》、《韜略史》四大部分，並附解說，後附世系表、官制表、地圖、歷史紀年表等。對於想認識三國歷史發展中「人謀」部分的讀者來說，自是一大福音；對於想從三國歷史中汲取一些有意義之教訓，學習到處世謀略的人來說，也是一個好機會。

海洋家族與海洋的身世

中國常被形容成一個大陸型國家：整個文化形成於大地陸塊的中間，黃土高原上。產業以農耕爲主，人民敦厚勤勞地從事稼穡，養成了人與土地深厚的感情。所以「安土重遷」，不喜歡經商及冒險，文化也因此而傾向於保守。

這種鄉土中國的意象，可說是一般人對中國的基本認知，且往往拿「鄉土中國」來和那發源於地中海愛琴海的西方「海洋型文化」來做對比。

但事實上中國人是善於航海的民族。孔子曾說：「道不行，乘桴於海」，可見出海航行不但在經驗中不陌生，甚至還會成爲某些特殊的嚮往。春秋戰國時期，燕齊一帶的航海活動想必已甚爲頻繁。當時已盛傳有海上三山。說仙山矗立海中，但船划近了，山就沈入海底，所以永遠無法到達；惹得秦始皇派遣徐福率五百童男童女出海去尋訪仙山。其後漢武帝造樓船，也是造船史上偉大的績業，這些都足以說明中國人並不只會固守其田宅耕稼而已，海上的世界，也是我們所樂於經營的。

中古以後，「海上絲路」出現了，中國與海外各國互通使節，貿易往來，十分頻繁，以致這條航道又被稱爲「香料之路」「白銀之路」「陶瓷之路」。從唐宋到元明朝，這條航線幾乎可以稱得上是全世界的黃金航線，人員、資金、器物及技術，通過此一航道而溝通者，難以計數。

但利之所在，爭端自然會逐漸發生，明朝中葉所發生的倭寇侵襲我國東南沿海之事件，除了政治因素外，與海上貿易利益的爭奪，實有密切之關切。而這種情況，到了明代末年，則愈趨複雜。

因爲歐洲的勢力已進入了中國東南沿海，一五五七年，葡萄牙佔領了澳門。一九七一年，西班牙占據了馬尼拉。

一六〇九年，荷蘭在日本平戶設立商館。這些歐洲國家在東海和南海的政治經濟活動，當然會直接衝擊到當時活躍於此一海域之中、日商團。

所謂「中日商團」，是個籠統的稱呼。明代南方海洋貿易的主要港口是福州和泉州，福建商人來往中國和日本之間極爲頻繁，日本的長崎一帶，華僑也甚多。這些商人及商船，爲了運載安全，多擁有武力以求自衛，偶逢狀況，也可能逕行劫掠。因此，商團不免也有海盜的模樣。

這些商團或海盜，往往是多棲的，在日本、福建及海上都同時擁有據點，而往來於其間。臺灣的雞籠港，便是他們常選擇的地點之一。從十六世紀初葉起，他們即由此地，將貿易或劫取得來的絹絲、瓷器、胡椒、白檀、香料等運往琉球或日本。又由此南至麻六甲海峽，把南洋的鹿皮等物輸往日本，鹿脯運至大陸。單是鹿皮，據稱每年即可達二十萬張，可見彼時貿易之盛。

其中最引人注目的商團，乃是顏思齊這一支。依齋藤正謙《海外異傳》描述，早在一六二一年，福建海澄人顏振泉（即顏思齊）便據有臺灣，橫行海上，且招日本浪人入其黨，自稱「日本甲螺」。甲螺即頭目之意。泉州人鄭芝龍，少年時流浪四方，也加入了這一夥。顏振泉死後，眾推鄭爲甲螺，雄視海上。

顏思齊，日人岩生成於一九三六年另著〈明末日本華僑甲必丹李旦考〉，認爲就是李旦。當時李旦不但據有臺灣，亦僑居日本平戶，勢力極大。鄭芝龍在其團體中成長並繼起，發展成明末雄視海上的兵商勢力，可說其來有自。

歐洲的勢力進入這個海域之後，當然立刻便與顏鄭及中日商武勢力發生了衝突。一六二二年，英荷聯合艦隊進攻澳門，其後荷蘭軍隊駐進澎湖，中國福建巡撫命荷蘭撤軍，並實施海禁。一六二四年守備王夢熊又率艦攻澎湖，荷蘭不得已撤離，但即進入臺灣安平港，建了熱蘭遮城，控制了臺灣南部。鄭芝龍曾擔任過荷蘭翻譯，可能此時與荷蘭即有些商業合作（早在荷蘭人自澎湖撤退時，即曾託李旦出面斡旋，希望到臺灣後，中國方面能開放海禁，准許雙方貿易）。因其勢力，中國海艦暫時無法對荷蘭之據臺行爲有進一步的動作。但鄭氏與荷蘭之間也是有矛盾衝突的，雙方海戰，荷人頗有挫折，貿易甚受影響。直到一六二八年鄭氏被明廷招撫後，鄭氏對臺的控制力才被荷蘭全面取代，和荷蘭在台長官彼德·諾易滋（Peter Nuyts）訂立生絲、胡椒之貿易契約。

故由整個海域開發史或海洋史的格局來看，早期的海上交通，意義重在「交通」，亦即人員來往、文化溝通，其後則以貿易活動爲主，所謂海上絲路，重在經濟利益的獲取。再其後則爲了保障其經濟利益，乃發展出武力爭霸的型態，各海域國家的政治力也被牽聯帶入。

但自鄭芝龍被明朝招撫，而明朝又迅速滅亡，鄭成功被封賜姓，並起義兵與清廷對抗之後，形勢又從各海域國的商武衝突狀況，轉變而成單一國家內部的民族對抗與對外矛盾。中國東南海域的身世，遂染上了漢民族悲憤復仇的色彩，一方面向滿清民族對抗，一方面要驅逐中國以外的「夷狄」例如荷蘭人之勢力。

因此，鄭芝龍和鄭成功，可說是海洋史上兩個足以代表其時代的人物，而且都是關鍵性人物。僅從民族大義及台灣開發史的角度來理解，甚爲可惜。

在這本《霸海家族》中，作者就是試圖從一個海洋史的觀點，談鄭芝龍、鄭成功、鄭經、鄭克塽這個海上家族的興衰。看看這個海洋世界如何被大陸所吸納及消化。鄭芝龍接受明廷招撫、鄭成功接受賜姓，正代表著海洋世界進入大陸，被大地陸塊所吸收的過程。鄭成功終於起兵與清廷對抗，是海與陸的再次對峙，擬以海洋力量再造乾坤。不幸這個壯志到了鄭經、鄭克塽時代即無法維持，海的威勢，終究被陸地上來的風暴壓伏了。

海洋家族終歸結束，事實上也結束了十五、十六世紀中國東海、南海騷動爭霸的歷史。要再拖到清朝末年，歐洲勢力與日本勢力，才再一次進入其中，再次掀起海洋爭霸的浪潮，再由海洋力量牽動整個大地陸塊內部的變動。

稱霸於海上的家族，正是如此牽繫著歷史的神經，令人緬念不已。

《南宮搏作品集》序

歷史小說的身世，頗為曲折，要從古代談起。

中國古代的所謂小說，本身就是一種史述，是一種史籍。小說家可能就是採集民間瑣聞雜話的史官，故《漢書·藝文志》說小說出於稗官野史、巷議街談。而《漢武故事》、《西京雜記》、《搜神記》、《續齊諧記》等小說也被納入史部起居注或雜傳類之中。

到了唐宋間，說書人講說故事，逐漸便改變了小說的涵義。據《東京夢華錄》等書記載，當時說話人可以分成幾類，當時稱為「家數」。其中之分類，各書記載有些差異，但大體有四大家數：講史、小說、說經、說諢話。說諢話，是講笑話、鬥趣，可能近於相聲、滑稽、插科打諢之類。說經，是講佛經。講史與小說，則是古代小說的分化。用以描述歷史事蹟、勾勒歷史大勢、演說歷史人物之行動及典型者，稱為講史；而那些僅借用某些歷史場景，或以歷史故事原材料，來講述人物發跡變泰，悲歡離合者，則稱為小說。所以《夢粱錄》說：「小說名《銀字兒》，如煙粉、靈怪、傳奇、公案、朴刀、桿棒、發跡變泰之事。」

用現代的話來講，就是：它可能寫古代事，也可能講當代。若寫古代，則雖借用歷史場景，但它本身自成傳奇，目的並不在述史。因此它並不以增加讀者之歷史知識、複現歷史現場、探討歷史演變規律爲宗旨，其虛構性也因此而較強。《夢粱錄》說小說人能以一朝一代故事「頃刻捏合」，就是說它具高度虛構之性質。

經過這樣分化之後，講史與小說分途，各領風騷，所以我們可以看到諸如《三國演義》、《武王伐紂平話》、《東周列國志》之類傑出的歷史演義。此類稗官野史，本出於巷議街談；其流傳，也深布於民間，中國人一部二十四史，不知從何講起。可是，講史也者，便一朝一代，一路講說彈唱下來。因此，若問我們社會上到底認知了什麼歷史，正史二十五史或《資治通鑑》一類史籍的影響，其實遠不如二十五史通俗演義等講史系統。

可是，講史的勢力，畢竟引起了文人學士的反彈。稗官野史，原本就相對於正史官史而說。文人學士，也非田夫野老，夙不以巷議街談爲然。故清朝考證學大興以後，鄙薄講史，以史籍史事眞僞之考訂爲職志，竟蔚爲風氣，像章學誠《文史通義》就說：著作之體，要就實，要就虛。不能像《三國演義》那樣，既不像正史那樣符合「史實」，又不像小說那般全憑虛構，反而造成了讀者的混淆。於是，講史的地位，不僅及不上正史，也不如小說了。

這是講史之命運的挫折。可是，它的惡夢並未停止。晚清以來，西力東漸，西方小說觀進入中土，論者持此以衡，遂越來越對講史看不順眼。

現代小說觀，第一就是要從創造性講起。小說既是作者之創造物，其人物、情節自必爲虛構的。因此，會覺得講史缺乏創造性，一切人、事、地、物均受限於史實，缺乏作者發揮想像力的空間。而一部缺乏想像力與創造性的東西，還能是好作品嗎？但若作者在講述史事之中，添加了太多想像，甚或改動了歷史結局，扭轉了史蹟之因果關係，其虛構性又不能令人忍受。非特不會被稱讚，反而會被指責，認爲那是不能容忍的缺陷。處在如此左右不討好的情況下，講史的命運，可謂蹇困極了。

這也就是民國以來，缺少歷史小說作家的緣故。

現代小說家也不擅長寫講史或歷史小說。因爲現代的特徵之一，就是與傳統的決裂。形式上，講史、歷史演義，都被視爲舊文體，不再被小說家採用。內容上，現代文學又有去歷史化的傾向，不再關懷歷史。因此，現代小說家既乏歷史知識、又無興趣處理歷史題材，就是想寫也寫不出來，畢竟，其關懷業已不同了。

現代文學兩大陣營，一是現代主義、一是現實主義。現代主義旨在反映現代社會中人的處境，現實主義則以反映社會爲目標，它們的關懷所在，都不在歷史而在現代。即或採用歷史題材，如魯迅之寫《故事新編》，或後來的姚雪垠寫《李自成》之類，目的也不在講史，而在自抒懷抱，改造時代。

可是，人類對歷史的情懷，仍是不可磨滅的。現代社會中，講史仍以巷議街談、稗官野史的型態在繼續發展。劉紹唐先生主持《傳記文學》月刊，自號「野史館館長」，其所謂「傳紀文學」，實即古之所謂講史也。

但傳記文學發展至今，在筆記、考證、述傳等方面，固然足以紹續古人；然而衍古事以敷說，足以爲古代《東周列國志》、《三國演義》一類作品之嗣響者，實不多見。

高陽、南宮搏這幾位先生的重要性就在這兒。

我們現在若把「小說」這個詞的涵義放大此看，把古代「小說」與「講史」兩類都納入現代的小說這個名義下，則現代小說是小說這一條脈絡的發展，歷史小說就是講史的延申。而前面說過，五四運動以後，現代小說蔚爲大宗，而歷史小說則較寂寥。高陽、南宮搏幾位，自張一甲，力撐半壁江山，讀者群之廣，一點也不遜於現代小說，確實可稱爲豪傑之士，難能而可貴。

南宮搏，本名馬彬，浙江餘姚人。從事歷史小說之寫作，比高陽還早。民國四十年代，在香港，即出版過《圓圓曲》、《風波亭》、《桃花扇》等書，其後陸續寫出《武則天》、《楊貴妃》等數十部。他與高陽一樣，都長期在報業供職，也能寫現代小說。但生面別開，爲文壇所重音，終究還是歷史小說這一方面。

在這方面，南宮搏衍講史之緒，既用小說形式，也仍保留了傳統稗史的型態，有《中國歷史故事》、《中國歷代名人軼事》等書。小說則除了少數寫奇男子，如《呂純陽》、《魯智深》、《韓信》、《李後主》；寫大時代，如《大漢春秋》、《玄武門》之外，比較集中寫歷史上的女人。

先後曾寫過的女人，包括嫦娥、妲己、西施、蔡文姬、江東二喬、劉蘭芝、甄妃、祝英台、樂昌公主、虢國夫人、楊貴妃、武則天、魚玄機、李香君、潘金蓮等，甚至還有一本《媽祖》。

高陽生前，我曾問過他對南宮搏小說的看法，他未正面回答我，只說南宮搏對《唐史》等是很熟的。我明白他如此說，是「不相菲薄不相師」之意。歷史小說作家原本就很少，故沒有文人相輕的本錢。稱許南宮搏史事精熟，則是肯定他做爲一位歷史小說家的資格。可是高陽與他，寫作歷史小說的心態、目的及寫法，互不相同，是以高陽不願正面討論評騭南宮搏。

事實上，南宮搏雖然著作在六十種以上，讀者遍及整個華人世界，卻並無正式研究文章討論過他，比高陽更不受現代文學界正視。高陽物傷其類，不願矜伐，不隨口批評同道，實在是他的好德行。但若從吾人讀者的角度看，拿他們兩位做個比較，其實正是必要的。

因爲，高陽與南宮搏，乃是台灣歷史小說寫作之兩型。

高陽的歷史小說，早期著重於講說傳奇，例如寫李娃、風塵三俠、楊乃武與小白菜、李師師與周邦彥等。後來則歷史意識越來越強，一方面結合他的史事考證，以考得者推擬模構，類似重建歷史現場，如寫李商隱、董小宛、曹雪芹、龔自珍等都是。對「歷史疑案」深感興趣，小說和考證交互爲用。另一方面，則企圖找尋歷史變遷的因素，以「通古今之變」。他反覆提到朝廷和士人的關係，認爲士人政治是否健全，乃國家是否康順的主因，故其小說，著墨於宮朝政局及士大夫生活者甚多。所以說，他的小說，是充滿歷史意識，著眼於歷史整體的。因此他的寫法，也就較少單一主線、單一主角，常會以「跑野馬」的方式，勾勒社會整體，對歷史場景中的典章制度，名物風俗、人際網絡，非常注意。

相較於高陽，南宮搏所關懷的，是個體化的歷史。

從題材上看，南宮搏寫的四分之三以上是女人。爲什麼專挑女人，寫些風流韻事呢？是作者意存挑撻、性好風流嗎？不然。女人的身世，跟宮朝政局、時代社會、人際網絡，基本上無甚關係。這些女人，是因與君王等特殊男人有關了，才間接與這個社會和歷史有關的。關聯起來以後，她們可能做指責爲禍國之妖姬，可能成爲時代滄桑的見證。但就她本身來說，她的生命、喜怒、情愛、遭際，其實自成脈絡、自成風景。南宮搏所要描繪的，就是這一段風景。因此，他不但關切歷史中的個人，還希望能檢索大的社會歷史之外的個人史。

他有時也寫對歷史有舉足輕重關係的人物，如韓信、光武帝、唐太宗。但重點並不在刻畫那個時代。說明這些偉大人物如何開創了大時代，如何成就其事功，反而去講諸如光武帝爲何一直爲了陰麗華而與嚴光在心底上較勁；李世民如何算計著要發動玄武門事變，而結交齊王元吉妃及玄武門守將常何的妹妹常婉之類的事。他寫太平天國，主線也不放在洪秀全、楊秀清、石達開等人身上，而放在洪宣嬌。

南宮搏本人甚少論及他如何寫作歷史小說，我僅見的一篇，是〈從紫鳳樓到韓信：兼談歷史小說與歷史書〉。據他說，他的歷史小說寫法，直接受德國作家勃魯諾·法蘭克（Bruro Frank）的影響，喜歡以一個人爲主線，而以其時代背景陪襯這一個人物，讓時代特點和社會風氣由一個人或幾個人身上反映出來。這也就是我所說的，他慣於把歷史個體化，去描繪個體化的歷史。歷史或時代，就是那個人的遭遇與感受。

要這樣寫，其實並不容易，因爲正史中個人的材料不足，正史大敘事又都是整體性的歷史觀，很少去注意歷史中的個人。故若欲寫歷史中的個人，或歷史社會之外的個人生命史，勢不能不大量仰賴傳說資料及小說家的想像。南宮搏自已非常明白這一點，也不忌諱，樂於質疑正史、懷疑其合理性，而建立自己的小說正當性。

高陽則相反，他的小說旁附著許多考證，故小說雖非史述，意亦不在證史，卻有史事求眞或擬眞的性質及姿態。因此，兩人的不同，乃是歷史小說兩個類型上的差異，台灣的歷史小說寫作史上，有此兩大典型，足堪珍視。

唯高陽故世之後，遺集整編或舉辦會議研討，尙不寂寞，南宮搏則比高陽更不受評論界重視，遺作也缺乏整輯重刊，許多恐怕已不再容易覓得。許多人從前常讀其作品，如今思之，殊不免於緬嘆，這實在是非常遺憾的事。如今麥田出版社訪得南宮搏舊作數種，校訂重刊，令人欣喜欽敬不已。歷史小說的命運，或許會因此而再起一次轉折，煥發出新的風采，也未可知。

卷四

探古今之變

改寫本《西遊記》跋

在中國，這古老的國家裡，有一則古老的故事，經過老祖父在豆棚瓜架下、說書人在瓦舍街市中，一年一年、一段一段地講述之後，竟講出了一冊曠世奇書來。這本奇書，寫的不是紛擾齷齪的人事，也不是纏綿排惻的愛情，那裡頭只有四個奇奇怪怪的和尚，和一連串奇奇怪怪的事物。這本書就是《西遊記》。它已經成爲這個古老國度裡最奇異的記憶來源，不管男女老少，人人喜歡它，有些人甚至還建了廟宇來供奉那些和尚。更有些人，在摩挲欣賞之餘，忍不住要寫些書來討論它、讚美它。在那些書上，他們這樣寫著：

「讀西遊記而能不笑出聲音來的，除非是神經有問題的人！」

這些寫書人，就像一個憨直的老農，偶爾吃到一口甜瓜，竟忍不住要抱著西瓜四處去請人也來嚐嚐。如今，我們把《西遊記》重新改寫過，呈獻給各位，也是抱著這樣的心情。

一、西遊記故事演化

《西遊記》和我國許多其他的小說名著一樣，是根據正史、傳說、民間故事……等，逐漸發展而成的。它敘述唐代一位偉大的留學生——玄奘和尚，出遊十七年，經過五十多個國家，遠赴印度，取回六百五十七部經典的故事；但又加上了許多趣味性的創造，所以它所表現的內容和意義，也就與原來的玄奘故事不太一樣了。

早在唐朝，玄奘的學生慧立就會替玄奘寫過一本《慈恩三藏法師傳》，敘述他的出身和取經經過十分詳細，其中如八百里沙河，「諸惡鬼奇狀異類繞人前後」等等，後來都成爲《西遊記》裏寫作的素材。可見玄奘當年西行求經，確實是歷盡艱辛，有翻過大沙漠、火山等奇異的經驗，所以後來民間對他的傳說也津津樂道，愈說愈神奇了。

這種情形，實在是一般口傳文學及民間故事共同的現象，例如古代傳說神農氏嚐百草，後人就說他爲什麼能知道各種草的藥性呢？因爲神農氏的肚皮是透明的；又如岳飛是一名忠勇愛國的猛將，金朝大將金兀朮那麼兇，可是碰到岳家軍就大敗，民間就傳說兀朮是赤鬚龍下凡，而岳飛却是大鵬鳥下降，所以才能剋制他。玄奘故事也是如此，一般人民看玄奘如此勇敢堅毅，經歷了那麼多、那麼遠，幾乎不是一般凡人所能經歷的苦和路，就想像他去的是「西天」（像天一樣那麼遠），路上也一定有超乎常人能力的勇士幫助他，否則以一個血肉之軀的單身和尚，哪能完成這麼艱鉅的任務呢？

就這樣，孫行者和《大唐三藏取經詩話》（又名：大唐三藏法師取經記）便被創造出來了。

《大唐三藏取經詩話》全書風格仍然與唐和五代時期的變文十分接近，文字非常古拙，詩歌也很像佛偈或經讚，但它雖然文學成就不高，却是我國第一本有回目的小說，孫行者也開始正式上場了。全書大致具備了後來《西遊記》的雛型。

這時的孫行者，是花果山紫雲洞八萬四千銅頭額彌猴王變化成的白衣秀才，具有無量神通，因此取經的行動也受到天庭的幫助，例如第十回經過女人國：「舉步如飛，前遇一溪，洪水茫茫。法師煩惱。猴行者曰：『但請前行，自有方便』，行者大叫：『天王！』一聲，溪水斷流、洪浪乾絕，師行過了，合掌擎拳。此是宿緣，天宮助力！」這個神通廣大的猴行者，無疑已成爲取經故事中消災化厄的主角了，因此全書也洋溢著一片浪漫的氣氛，有說故事般地活潑。

據胡適先生考證，這樣一個充滿機智和神通的猴王，不會是我們自己民族的產物，而是受到印度文學的影響，印度的猴王哈奴曼（Hanuman），即是孫悟空的化身。鄭振鐸氏〈西遊記的演化〉一文也有類似的看法。但我們認爲：固然印度那隻猴子的故事與孫行者在某些地方有些類似，可是武斷地說孫悟空是由哈奴曼演變來的，實在也還牽強了些。細看六朝到唐宋一系列猿猴故事的發展，我們就知道猴行者乃至孫悟空的產生，並不是偶然的。晉張華的《博物志》裡就描寫過一則彌猴能變成人形，娶女爲妻的故事；唐人的《補江總白猿傳》更是如此，白猿只要「一陣陰風」，就能把人攝走。《西遊記》裡孫悟空也常來這一招。到了宋朝，一方面有了《大唐三藏取經詩話》這樣的作品，另一方面也有一篇完整的短篇小說：《陳巡檢梅嶺失妻記》，敘述申陽洞的猴王，修煉千年，變化莫測，常到紅蓮寺去聽佛法；後來他看見陳巡檢的妻子貌美。就變一座客店，趁陳氏夫妻去投宿時，夜裡用一陣風攝走了陳妻。陳氏找到紅蓮寺去報仇，反而被他打敗，只好請來紫陽眞人，才把他活捉了。這個猴王，名字就叫做「齊天大聖」。——由這個故事我們可以知道：⑴猿猴與佛法扯上關係，至少在宋明之間十分流行，例如這個齊天大聖和明初無名氏雜劇〈龍濟山野猿聽經〉、元末楊景賢所作的《西遊記廿四折雜劇》都是如此。⑵把猴王稱做大聖，也是當時頗爲流行的稱呼，〈陳巡檢梅嶺失妻記〉裡齊天大聖申陽公的哥哥，名叫通天大聖；弟弟叫彌天大聖。明抄本雜劇〈時眞人四聖鎖白猿〉裡，那隻猴王也自稱是煙霞大聖。——在這種背景之下，玄奘故事裡加進一位神通廣大的猴行者，就不是一件十分突然的事了。

宋代以後，金院本中有〈唐三藏〉，可惜失傳了。元人吳昌齡另有一本雜劇〈唐三藏西天取經〉，也已失傳。這時候，《古本西遊記》出世了。

《古本西遊記》，當然也早已失傳，可是它還有一些保存在《永樂大典》殘卷及韓國漢語教科書《朴通事諺解》裡，根據這些殘存的文字，我們知道它已經把八十一難的輪廓大致勾勒完成了。和吳昌齡那本雜劇一樣，它裡面已有孫行者、豬八戒和沙和尚。

這本書流行以後，《西遊記》的故事大概已經完全定型了。人們顯然十分喜愛這樣的故事和人物，因爲它們能滿足大家沌穉的好奇和想像。所以緊接著又產生了《廿四折雜劇西遊記》《二郎神鎖齊天大聖》《百回本小說西遊記》等書。

當然，《百回本西遊記》是這裡面寫得最好的一本。早期的猴王及取經故事，多半把齊天大聖描寫成一個神通廣大又好色的猢猻，直到《廿四折雜劇西遊記》裡還是這樣。《百回本西遊記》則不同，它只保留了屬於猴王的靈敏、活潑、好動、頑皮和幽默感，却把好色這種習性交給豬八戒去發揮。所以我們今天在西遊記裡才會看到那隻有竹筒嘴、蒲扇耳的老豬，一見到女人就目瞪口呆、口水直流。這一點不能不說是《百回本西遊記》極高智慧創造的成就之一，因爲這樣一改，才容易凸顯出孫悟空和豬八戒兩人性格上的強烈對比，小說內在的張力也增強了許多。

不只如此，《百回本西遊記》在文字上、結構上，無不出色。所以書一上市，就風行一時，明清之間刪改、增加、批注、評解這本書的也不知有多少，以下是一些比較著名的版本：

萬曆	西遊釋厄傳（簡本）	十卷	劉蓮臺刊本	朱鼎臣撰
弘光	西遊唐三藏出身傳（簡本）	四卷	小蓬萊仙館	楊致和編
康熙	西遊證道書（繁本）	百回	懷德堂	汪象旭撰評
乾隆	西遊眞詮（繁本）	百回	芥子園	陳士斌撰評
乾隆	新說西遊記（繁本）	百回	味潛齋	張書紳撰評
嘉慶	西遊原旨（繁本）	百回	湖南	劉一明撰評
道光	通易西遊正旨（繁本）	百回	眉山德馨堂	張含章撰評

從書商紛紛翻印的情形看來，這一則經過長期醞釀而成的故事，的確已經在民間生根了。我們除了佩服《百回本西遊記》作者文字的魔力之外，更要知道，這本書其實還含有唐宋金元明將近一千年來的歲月磨鍊，以及歲月中人們無數心血和情感的投射在內！這也就是《西遊記》爲什麼能激發我們所有中國人的共鳴的緣故。每個人在閱讀它時，都能認同它，並在裡面找到自己的

影子。這點我們留在後面再談，先談有關作者的部份。

二、西遊記作者和影響

我國許多著名的小說，作者都不太能確定究竟是誰，例如《水滸傳》《紅樓夢》，我們現在一般雖說是施耐庵、曹雪芹寫的，其實也只是一種權宜的講法，專家學者還在不斷地爭論探討中。《西遊記》也是如此。

早期，因爲元初著名的道士邱處機曾隨元太祖西征，他的徒弟李志常又寫了一本《長春眞人西遊記》來記述這樁事，所以明清之間，常認爲《百回本西遊記》就是這本《長春眞人西遊記》。後來丁晏《石亭記事續編》和阮葵生《茶餘客語》才根據《淮安府志》，認定它的作者是吳承恩。近代學者如胡適、周樹人等，多半贊同這種看法，因此我們現在也暫且把吳承恩當作是《西遊記》的作者。

但問題並不如此簡單，第一、明代刊本和所有與刊印《西遊記》有關的人，都不知道本書作者究竟是誰。第二、所有主張吳承恩就是《西遊記》作者的人，所根據的都只是天啓年間編修成的《淮安府志》，府志裡淮賢文目上記載：「吳承恩：射陽集四冊□卷、春秋列傳序、西遊記」。不僅是單文孤證，而且中國書裡稱爲《西遊記》的也不曉得有多少，這裡又沒有註明書的性質和內容、卷帙，武斷地說這本西遊記就是《百回本西遊記》，實在是太大膽了。相反地，明人黃虞稷寫的《千頃堂書目》裡，反而把吳承恩《西遊記》，記載在史部輿地類中，當作一般遊記來處理，不放入小說家類。這足以說明：吳承恩到底是不是《百回本西遊記》的作者，仍是應該存疑的。

在這兒，我們無意做考據文章或翻案，我們的看法是：⑴《西遊記》的作者是誰，對這本書並沒有太大的關係；有關係的，是產生這個小說的社會和人羣。它本身既不是一冊自傳性或主觀的小說，即使我們認定吳承恩是本書的作者，對我們閱讀這本書時，又有什麼幫助呢？充其量不過附會一些「吳承恩個性詼諧，所以這本書寫得很有趣」這樣的無聊話頭罷了。不但對我們閱讀沒有什麼導引的作用，反而容易淺化和窄化它。⑵如果一定要談它的作者，不如說它是經過長期修改增刪兩完成的，萬曆二十年刊印的世德堂《百回本西遊記·序》就說：「唐光祿既購是書，奇之，益俾好事者爲之訂校，秩其卷目梓之……」，可見這本書原來編排並不完整，是由唐氏和其他人共同訂校，並重新安排其卷目以後，才印行的。像唐氏這樣的「好事者」，據我們推測，恐怕是唐宋以來一直存在著的，你添一段故事、我改一點文句，逐漸形成這樣一部兼包並蓄、剪裁勻稱的大書，《水滸傳》《紅樓夢》不也是這樣嗎？這種情形，只要看看從《大唐三藏取經詩記》以後，不斷流傳改寫的《西遊記》和猿猴故事，就可以知道了。也許，確實曾有一位天才作家（如吳承恩這種人）把唐宋金元明許許多多猿猴及取經的故事，重新瀏覽整理過，集其大成，並加上許多天才的創造，寫成《西遊記》。但我們也不能忽略了唐光祿等人校訂編排的功勞。因此，我們認爲《西遊記》一書，事實上包含有許許多多人的心血，應該是比較合理而公平的。它像海，汪洋浩瀚之中，匯雜了千流百川，演出一段驚心動魄、令人目移神駭的景觀。

事實上，我們所講的這種增刪修改，仍在繼續著（包括本書在內），市面上流行的《西遊記》，早已和《百回本西遊記》很不相同了。但有些人並不滿足於增刪修改，他們忍不住也想再寫一段西遊故事，表達一下自己的文采和思想，於是模仿或續《西遊記》的書就大量出籠了。以下我們分別說明一下：

《西遊記》的刪節本，以明朱鼎臣改編、劉蓮臺印行的《鼎鍥全像唐三藏西遊釋厄傳》十卷，楊致和改編、小蓬萊仙館印行的《西遊唐三藏出身傳》四卷四十一回爲最著名。楊氏書和東遊（寫八仙故事）、南遊（五顯靈官大帝華光天王傳）、北遊（眞武玄天上帝出身志傳）合起來，又稱做《四遊記》。《西遊記》的繁本很多，詳見上文所附的表，這裡不多敘述了。這些繁本，有些是添加修改原書的，有些是在原書之外附加許多批注。

模仿《西遊記》的續書，較著名的是《後西遊記》四十回及《西遊補》十六回。兩書寫法不同，《後西遊記》結構上模仿《西遊》，寫花菓山又生了一個石猴，名叫小聖，輔佐大顚和尚去西天求取經典的眞解，路上又收一個豬一戒，歷盡艱苦，才取得眞經而回。《西遊補》則不同，他不像其他的續書人那樣笨，呆板地抄襲模仿原來的結構和佈局，他只是「補」，替《西遊記》補一個情節。寫孫悟空三借芭蕉扇以後，出去化齋，被鯖魚精迷惑，漸入夢境，顚顚倒倒，後來被虛空主人喚醒，才回到現實，打死鯖魚精。所謂鯖魚，就是「情」，全書的意思是說，在情之內，即使是像孫悟空這樣的神通，也會被迷惑，必須看出情根世界只是一片虛空，才能走出情的籠罩，不受情所羈絆。全書文學價值也很高，是所有模仿改續的書裏，寫得最好的。

三、西遊記內涵的爭論

我們說過，《西遊記》這本奇書融進了無數人的心血和情感，所以它也常能激發起我們的共鳴。不同的讀者，就有各種不同的感受和啓發，每個人總能在這裏頭找到他自己思想與情感的投影，因此，在中國許多小說名著裏，從沒有另一本書能像它這樣，具有各式各樣的「讀法」。——有些人說它是在講金丹大道；有些人說它是宣揚佛法；有些人說它講的是「收其放心」的儒家道理，也有人說它是在反抗或諷刺現實社會和政治；更有人說：你們都猜錯了，這本書頂多不過是一部有趣的滑稽小說或神話小說，什麼意思也沒有，只不過有點愛罵人的玩世主義而已……。近代學者也企圖從各個角度去探討它，有些人把書裏的人物拿來和佛洛依德心理學相比較；有些人研究它的神話內涵；有些人探討其結構象徵；有些人注意它所表現出來的社會意識；有些人則說它是個智慧的喜劇……。

當然，這許多說法，各有其依據，也多半能言之成理，雖然各有著十分歧異的論點，但並不妨礙它們之間理論上的並存性。我們這樣說，並不意味著我們將採取一種顢頇不負責任的態度：「甲好，乙也不錯，丙嘛，也可以」。相反地，我們也有我們自己的看法，可是我們仍然希望讀者能具有一份開放的胸襟，能夠從以上各種角度去看這冊奇書，去領略各種不同的蘊含。

在以上各類看法中，應該稍微提一下的，是有關佛道的部份。由書裏對佛經內容經常弄錯的情形看來，本書不太可能是一本單純爲宣揚佛法而寫的書。它裏面雖曾敘述佛道鬪法的經過（如車遲國悟空和虎鹿羊鬪法），但那其實是採自敦煌舍利佛與外道六師鬪法變相圖這一類民間傳說，而予以改編創造的。有些人認爲它就是影射明世宗崇道滅僧，已不甚站得穩，何況說它是宏揚佛法呢？在《西遊記》那些章節題目、詩詞、回末對句裏，我們反而可以看到各種陰陽五行、丹鼎爐火等名詞，例如孫悟空是金公、豬八戒是木母、沙和尚是黃婆（代表土）、唐僧則是「一頭水」。又如盤絲洞七個女妖捉住唐僧，題目就叫做「盤絲洞七情迷本」；悟空用芭蕉扇搧滅了火燄山，就說是「坎離既濟眞元合，水火均平大道成」「水火調停無損處，五行聯絡如鈎」；豬八戒幫助孫悟空大戰牛魔王，則高吟「木生在亥配爲豬，牽轉牛兒歸土類，申下生金本是猴，無刑無剋多和氣」……。這一類情形，遍布全書。但我們如果根據這些現象，就又認定它是本道教徒鍊丹的書，也未免太天眞了。事實上，陰陽五行的基本概念幾乎遍佈於中國所有經典中，也是宋明以來哲學思想背後一個極其重要的概念體系。《西遊記》的作者，則有意運用這樣一個完整而緜密的體系架構，來傳達他的思想和對人生的看法。

這些看法，展示了人性由束縛到解脫，一連串修持的過程。

首先，孫悟空又名「心猿」，所以眞假猴王大鬧天地那一回，題目就叫做「二心攪亂大乾坤」；悟空學道的地方則稱爲「靈臺方寸山」。十四回又說：「佛即心兮心即佛」，處處都顯示了作者對「心」的強調，所謂：「佛在靈山莫遠求，靈山只在汝心頭」（八十五回），只要掌握住這顆心，不要「縱放心猿」，自然平安吉祥。可是，您如果以爲作者只是要人掌握住這顆心，那又錯了。第十三回說得很清楚：「心生，種種魔生；心滅，種種魔滅！」八十一難的許多妖魔惡怪，其實都是「心」所幻化出來的，例如眞假猴王大鬧乾坤，即是二心混亂的結果；悟空和八戒大戰牛魔王時，悟空更高吟：「牛王本是心猿變！」即心即魔，要心滅魔滅，就必須「無心」（第五十八回：「禪門須學無心訣，靜養嬰兒結聖胎」）；由護持此心而到無心，也就是由修道而到證道的歷程，既已證道，則五行本是空寂，百怪都屬虛名了（見一百回）。

經由這種歷程，本書主要在點出一個「空」字，所謂四大皆空，五行空寂。美猴王迸出石胎，遠赴靈臺方寸山學道時，那位開門的道童是「心與相俱空」，菩提祖師是「空寂自然隨變化」，又替猴王取了一個名字，叫悟空：「鴻濛初闢原無姓，打破頑空須悟空」！換言之，孫悟空這個角色和《西遊記》這本書，就是在教人如何悟空，並打破頑空，所以六十一回又說：「打破頑空參佛面」。大乘空宗佛學，主張一切世間物象都沒有獨立的實質自體，一切心的作用也是這樣，《西遊記》可能就是運用這種理論，套進他自己那個概念體系去的。經由打破一切世相頑空（剿殺幻象妖魔）來悟「空」，也是一段心性修持的歷程，所以本書開宗明義第一章標題就是「心性修持大道生」。

這種歷經萬有假相而證道悟空的過程，揭示了一個人性由束縛到解脫的主題，孫悟空（心猿）頭上的緊箍兒象徵一個具體的束縛，等到他成佛了，束縛也消失了。所以我認爲《西遊記》主要的意義就表現在這兒。

當然啦，我們在提供以上這種對「西遊記」的解釋時，必須附帶說明三點：⑴這種詮釋，寫得十分簡略，其中有許多曲折，非千言萬語不能細談。⑵我們這項解釋，是針對全書主要結構來說明，並不排斥其他各種解釋的可能。因爲，我們說過，《西遊記》的產生，源於眾多人的創造，所以它的內容包含十分複雜，雖然有以上我們所說的主要結構，但其他零星散佈的各種思想也都兼容並蓄著。⑶以上我們所說的這層意義，既然是透過《西遊記》整本書來表現，運用它的整體架構來展示：那麼，它當然不可能用另外一種結構來復現，想要改寫《西遊記》，而又保存原來那種意義，實在是不可能的。因此，我們改寫的工作勢必一方面告訴讀者它原書說的是些什麼，而另一方面再把我們改弦更張的經過稍做說明。

四、我們改寫的重點與寫作的角度

我們深知：改寫一本傑出的小說，其意義不一定能夠重現，但它的風味，却多半能予以保留。所以我們在寫作時大抵以下列幾項線索爲原則，重新組合貫串它：《西遊記》全書大致可以分成三個部份：①孫悟空的來歷。②取經的因緣和唐三藏的身世。③災難的磨煉。其中唐僧的身世，原書花費了許多篇幅來容納正史和民間傳說中有關玄奘的材料，與全書其他部份，並沒有太多的關聯，我們儘量省去。所以現在所寫的只是花果山那隻美猴王如何出世以及他如何隨唐僧西行，獲得眞經正果的故事。

取經的歷程，向來號稱八十一難，其實是從唐僧降生人間開始算起的。有時同一件事，却分成好幾難，例如流沙河收伏沙僧，就分成兩難；火燄山借扇收妖，也分成三難；因此我們在處理時，以事件爲主，不以難的數目做依據。在這些事件中，可以看出三條明顯的線索來：①悟空具有無限神通，而被壓在五行山下，遇到唐僧，第一次解脫；戴上緊箍兒，受剋頭痛，直到成佛去箍，是第二次解脫。這兩次解脫，成爲貫串全書的主線。②觀音菩薩東尋取經人，並替三藏找來悟空、八戒、沙僧和龍馬，是綰合全書的重要人物，所以悟空遇到不可解決的問題時，觀音便要出場，有些妖怪甚至還是觀音派下來造難的。③妖魔羣中，主要以兩條線索爲主：一是牛魔王、羅刹女、如意眞仙、紅孩兒等家族親戚關係；一是與太上老君有關的人物，如金角、銀角、獨角兕大王等。——這三條線索聚攏起來，就構成我們現在改寫這本書的骨幹了。

由於《西遊記》原書多達七八十萬字，所以它的情節也必須濃縮調整一番，才能重新搭在我們這個骨架上。這些調整包括刪節和剪裁兩部份。

所謂刪節，是把書裡一些處理手法重覆或類似的部份刪去或歸併。例如已有了流沙河，則黑水河與通天河就可省略；已有了車遲國，則烏鷄國、朱紫國也都略去；另外，黃眉大王可以裝人的寶貝金鐃和白布搭包兒，與金角、銀角的葫蘆淨瓶、獅駝洞的陰陽二氣瓶、鎭元大仙的袖裡乾坤相似；黃風怪的狂風和芭蕉扇的風、紅孩兒的火雷同，……等等，一律刪去，所以凡是寫在本書裡，都是些最具代表性的。

所謂剪裁，有兩種目的，一是爲了使情節發展儘量緊湊而節奏明快，必須把某些主敘述之外的枝葉刪去；與全書整體架構有關的詩詞聯語，也因結構改變，失去了作用，一律省略；詩詞中有些描寫風景、衣著的文字，改寫時也不保留。第二、爲了使其一事件本身較具完整性，並容納原書中精采的片斷，勢必拆散原書結構，重新組合。例如寫金角、銀角時，把黃風嶺豬八戒的嘴臉常嚇壞鄉人一段插入；又把屍魔三戲唐三藏、聖僧恨逐美猴王、豬八戒義激猴王等情節融入紅孩兒那一部份去；碧波潭與祭賽國金光寺一段雖然省略，却把碧波潭九頭蟲和朱紫國金毛犼脖子下的三個金鈴子寫進比丘國中。

經過這樣改動後，全書的脈絡和情節，雖與原書相去不遠，篇幅却大大縮減了。篇幅縮簡，則它所能容納的意義必相對減少，所以在人物刻畫上，我們不可能像原書那樣周到圓滿，只能把改寫的重心放在敘述故事和悟空八戒兩人的性格對比上。

孫悟空和豬八戒，是種永恒的對比，一個聰明伶俐，一個粗夯好吃，偏偏儒怯妄信的唐僧又偏愛八戒（象徵人性總是欲望勝於理智）。所以從頭至尾，悟空和八戒兩人總是不斷地在鬪嘴、捉弄、衝突或共同合作，他們的情感非常奇特，形象則非常鮮明。悟空的神通和幽默，使得這個尖嘴猴腮的精靈，成為雅俗共賞、老少咸宜的卡通英雄。八戒的饞懶與好色，也能帶來讀者的歡笑及同情，任何讀西遊記的人，都會喜歡他們。在改寫時，我們儘量保留它在這一方面的情趣，直接刻劃出兩人的性格，並間接反襯出唐僧與沙僧的性格。

另外有幾項有關細節的處理：

1.難字難詞難句改成容易懂的辭彙：

例如素袋改成嗉袋兒、孏牙改成乳牙、磁器改成瓷器、金擊子改成金鑿子、啄木蟲改成啄木鳥，隔板猜枚改成隔板猜物、雲梯顯聖改成雲梯坐禪、羊風兒改成羊癲風、饢糠的夯貨改成吃糠的獃貨……等等。

2.人稱改為現代用法，以活潑運用為原則：

例如把「你」分出你、您、妳，「他」分出他、她。猢猻、潑猴、猴王、大聖、行者、弼馬溫都是悟空的稱謂，書中配合原書的趣味，穿插使用。

3.原文有些傳神的文字或專門用語，無法替換，均予保留：

例如弼馬溫（天庭的馬官）、蟭蟟蟲兒（一種小飛蟲）、唱個大喏（抱拳問好之意）、獃子（悟空對八戒的暱稱）、嘓啅嘓啅地吃（吞嚥食物的狀聲詞）、孤拐面（悟空臉部的造型）、兜率天宮（太上老君的住處）……等等。

4.對話部份，因篇幅關係，以一個場景爲一段落。

5.因結構變更，回目和內容也重新設計了；所以，本書並不是一本翻譯。

改寫的重點和取捨的角度，大致如此。在實際進行時，我們曾經參考了坊間許多改寫的版本，發現大部份改寫本都限於篇幅，只能交代故事大綱，原書韻味盡失。因此我們在寫作前，先集體商討章節之取捨，希望能在有限的篇幅中，儘量表達出原書的風味。也許我們還不能達成預期的目標，但我們願朝這個方向來努力。

寫作期間，黃慶萱先生提供了許多指導，他的細心和負責，才能使這冊書如期完成。另外，圖片部份則應感謝陳文華及鄭明娳兩先生的協助。總之，這是一次集體合作的嘗試，並希望能藉此引發讀者的興趣，早日進入原書奇幻的世界！

黃傲成《施耐庵與水滸》序

論小說對社會的影響，舊有「男不讀《水滸》，女不讀《紅樓》」之說。不准讀，正是由於它影響太大。故此語雖出於保守的勢力與心態，實則反而證明了《水滸》在社會上的影響力。

而論影響，《紅樓夢》其實是不能與《水滸傳》相比的。因爲《紅樓夢》畢竟寫成流通甚晚。影響中國社會的時間少了幾百年。且《紅樓夢》續書雖多，均不精彩，《水滸傳》則大開俠義文學傳統。不僅有《後水滸傳》《盪寇志》等續書，更有無數寫山澤樵夫事迹之綠林幫會俠武技擊小說，衍其緒餘，蔚爲俠義文學之巨觀，迄今未已。可以說，現在的武俠文學仍與《水滸傳》有複雜的關係，而現今世情愛情小說跟《紅樓夢》的關係就疏遠得多了。再者，《水滸傳》對社會的影響不只是幫派黑社會盜匪造反者受其誨教，正常社會也推崇它所提倡的義氣，以及反抗貪官污吏的價值觀。我們在讀中學時教育部國立編譯館所編課文中就選有〈武松打虎〉〈林沖夜奔〉等段落，顯然對《水滸傳》塑造的英雄人格，中國人的社會基本上都是認同的。相對來說，賈寶玉這樣的多情公子、混世魔王，評價就分歧極大。中國人社會中某些階層某些年齡層可能對之頗爲欣賞，但他終究不是我們社會上對一個男子的人格期待。從這幾方面看，說《水滸傳》比《紅樓夢》影響更爲深遠，應非妄言。

但《水滸》與《紅樓》一樣，都存在作者難明、版本難考的境況。這本書到底是不是施耐庵所作，到底有幾回，目前尚眾說紛紜中；對施耐庵（或其他哪位作者）到底為何寫此大書之題旨宗趣，那就更難於考索了。

本書作者黃俶成先生對於這些問題的基本看法是：⑴《水滸傳》為施耐庵所作。⑵施耐庵之前，也有若干水滸故事、水滸戲流傳，施耐庵將之整理消化，撰成《江湖豪客傳》，也就是後來的《水滸傳》。⑶《水滸傳》以宋江等人聚嘯梁山之事為敘述主體，但也有抗金義軍張榮等人的影子。⑷施耐庵之所以寫此故事，除了他生長興化，習見水泊陽山之景，熟知張榮等義軍事迹，又久居杭州，書會生涯與仕途遭履，又使之慣見水滸故事、水滸戲曲之外，尚與元末所謂「農民大起義」有關。張士誠起事及其部將諸事，大約也對施耐庵的創作有此影響。

作者對這些問題的研究，耗時近二十年。追踪調查，鍥而不舍，其精神是令人佩服的。我拜讀其稿，感其勤懇，亦願略贅數語。

施耐庵究竟何許人也，舊日是個謎團，對於傳統上施耐庵作《水滸傳》之說產生懷疑，原先即由此而來。一九五二年公布《施氏族譜》、一九六二年發現施讓地照磚，一九八二年發現施廷佐墓志銘，問題本應可藉之澄清，但因種種因素，在《水滸》研究界，對此仍無共識。就像在《紅樓夢》研究中，近年所出各項曹雪芹文物，多有僞造之嫌，施耐庵文物亦有僞造處，故研究者多持謹慎。黃俶成先生則在這個部分用力最多，考辨也最清晰，可以令我們相信文物非僞、施耐庵這個家族確實世居興化、甚至施耐庵也葬在興化。

不過歷來關於《水滸傳》作者之爭，並不如此單純，它牽涉到許多其他問題。一是作者談到的版本問題。據今存《水滸》的版本來看，確如馬幼垣先生所說，明乾嘉靖以前並無《水滸》刊本。若《水滸》刊本即成於明代嘉靖以後，元末明初的施耐庵當然不可能寫作這部書。黃俶成先生認爲許多明朝文獻都記載過施氏作《水滸》之事，故不能以目前未見嘉靖以前刊本即否定其爲作者。這話當然有道理。但傳說某書爲某人作，而後世辨僞，把創作時間拉下了幾百年的例子，起碼《僞書通考》中便有數百例，故話雖有道理，不相信的人也依然大有不相信的理由。

不相信的另一個原因，是《水滸》版本狀況復雜。有繁本，有簡本，有繁簡合並本，繁本且無征田虎、征王慶兩段。因此有些人主張簡本在前，有些人認爲繁本較早，有的則說繁簡爲平行獨立發展的兩個系統，或者覺得今存繁本之前更有另一繁本，或繁簡交織擴充而成。這些複雜的狀況，使人不敢輕易相信《水滸傳》是一人一時所作。因爲同一情節，例如征方臘，繁本與簡本也不相同；書中前後觀點、立場、敘述又均有不盡相同之處。黃俶成先生相信施耐庵作書，對此版本問題也有解釋，但在這方面顯然他還會碰到強硬的論敵。

《水滸》作者之爭，涉及的另一問題，是這本小說與宋金戰爭的關聯。傳統的說法，認爲此書是根據北宋宣和年間淮南盜宋江及其弟兄之事迹而寫成的。但王利器、張政烺、嚴敦易等人提出了另外一種看法，說此書與宋金戰爭有關，《水滸》作者把金滅北宋後各地方忠義軍忠義人與金相抗衡的經過，組織編寫而成這樣一本書。此說在港台以孫述宇《水滸傳的來歷與心態》爲集大成之作。依這一派觀點，宋江未必駐據過梁山泊，而是山東河北一帶的忠義人藉這個地方象徵忠義人之聚合，而《水滸傳》就是流傳在這些忠義人之間的故事，是強人講給強人聽的故事。如此說，不見得要否定施耐庵作《水滸》之說，但施耐庵的地位不同了，他只是一位編者。

黃先生對這個問題的處理非常巧妙。他一方面延續傳統的說法，謂《水滸》所述是宋江等人之事，但並不說死，只云施耐庵曾取材於宋江之事，依之進行藝術形象創造。另一方面，就把抗金忠義人的講法也吸收了進來，說梁山後勁張榮抗金之事亦被施耐庵取爲素材。此外再加上元末張士誠起兵的事迹。《水滸》事實上是把這些材料綜合起來的創造。而梁山有水泊，張榮等人與金兵戰於鼉潭湖及得勝湖，也是水泊；施耐庵自己所居興化之水泊陽山亦爲水泊，故他能以水泊這個意象來組織整個小說。這麼說，糅合了幾派意見且又能與他所考證的施耐庵籍貫事迹相結合，是很值得注意的。但也正因爲糅合幾派主張，所以其中還有些細部的問題需要跟其他各路講法再做討論。例如抗金義軍說認爲《水滸》故事主要流行於山東，講說者亦以山東爲主，黃俶成先生則反對此說，他所談的抗金義軍事集中在張榮身上，這是明顯的差異。而抗金義軍說在解釋時又涉及了極多小說情節及意識內容的認定，如《水滸》一些人的來歷。《水滸》爲何特別寫上曾頭市晁天王喪命、忠義堂爲何建在梁山上、小說爲何祖道仇僧、爲何敵視女人、其所謂義氣究竟是怎麼回事等等，這些在黃先生的解釋系統中尚未處理，未能提出相對的解說來，所以說未來還有很大的討論空間。

黃先生的研究精神值得欽佩，他的考證及議論，對於揭開《水滸》之謎也確實具有價值，相信關心《水滸》的朋友都不會忽視這本書。西元二千年七月三日於台灣佛光大學。

文人的世俗生活：以《聊齋誌異》來觀察

一、文人階層與市井生活

蒲松齡《聊齋誌異》所載諸奇聞異事，若細爲分類，大概可區別爲兩種：一是屬於蒲松齡自己這個階層，也就是文人階層間的事跡，例如參與科舉體系的生徒士子、教書坐館的先生、縉紳文人之類。另一種，則是市井中一般百姓的遭遇。

這兩種，分量各半。但歷來讀《聊齋》者，注意較多的，乃是前者。這是因《聊齋》的寫作本來就可歸屬於文人筆記這個傳統。它的文筆、觀點、選材，均與這個傳統中其他的作品有交光互攝的關聯，易於讓人感受到它與文人間的關係。

這樣的關聯性，從世界書局刊印的本子上附錄了各則與蒲松齡所記相類似的文人筆記資料就不難看到。蒲氏的誌異，除了跟唐人傳奇如許堯佐〈柳氏傳〉、薛調〈無雙傳〉、李成威〈龍女傳〉等有直接關聯外，與林雲銘〈林四娘記〉、《觚賸》等同時代文人之筆記也頗多牽涉；尤其與同屬山東、又曾有交情的王漁洋《池北偶談》雷同更甚。

同時，蒲氏所記謏聞異事，事實上也有極大篇幅是在談「文人運蹇」這個主題的。蒲松齡自己落拓不偶，對於科舉考試，味同雞肋，食之固已無味，棄之卻又感到可惜，故談起來不免又嗟又怨又羨又妒，既高自期許，又灰心看破，所謂文人間的故事，甘苦誠非局外人所能道。這是其他仕途順利的文士所無法寫的題材，也是紀曉嵐王漁洋所沒有的感觸，是以寫來自具特色，即使在文人筆記小說這個傳統中亦別具風味，令人低迴嗟咨不已。全書最後以自己夢入仙界爲花神草擬檄文作結，寓意殆如劉勰自謂夢仲尼而撰《文心雕龍》。不少人認爲《聊齋》與《儒林外史》足資比觀，也是著眼於此。

再者，《聊齋》裡記述鬼狐事，有一個常見的敘述模式，且這個敘述模式只用在文士身上，那就是「某書生，方夜讀。有麗人來，扣戶自薦，遂相繾綣」。這個模式反覆使用，令人印象深刻，已成爲《聊齋》的商標。而且，不僅與鬼狐繾綣者是文士，鬼狐本身，也是文人。故他們輒與文人吟詩作詞、詩酒唱和，有時還會爲文士批改文章，指斥利病。

如此這般，當然會使讀者感到《聊齋》是一部充滿文人氣息，所記亦多文人階層事跡的小說了。

可是，蒲松齡因久居民間，其處境實與王漁洋紀曉嵐這樣的文人頗不相同。那些人，科舉得雋，仕途通顯，往來無白丁、談笑有鴻儒。他們所屬的，是一種官、紳、士結合的階層。蒲松齡所屬，也是這個階層，但只是這個階層中最下一階的士。無位，故非官；無財，故亦非紳。靠文筆及生館教書糊口，往來者，固然仍然多屬官紳人士，但與士以下各社會流品的接觸卻更多、更親切，因爲市井生活正是他實際的生活空間。

在這個空間中，蒲松齡寫下了賣梨的、傭書的、賣筆的、耕耨的、販氈裘的、種花的、牧豬的、捕獵的、海上經商的、無賴游手的……等各色人等之奇特遭遇。這些遭遇，有不少，蒲松齡會記錄他獲知這些故事的來源，指明講述這些故事者與當事人，以及跟他這個記錄者的關係。

由這些記錄中，我們便不難發現蒲氏的生活史，知道他與此類市井人士來往的狀況。例如卷十〈馬介甫〉記楊萬石怕妻事，楊雖是諸生，但後來淪爲乞丐，其妻改嫁屠夫，嫁後反受屠夫虐待。這些經過，蒲松齡都記錄了，唯有屠夫死後，楊與其婦又相來往事，蒲說：「此事余不知究竟，後數行，乃畢公權撰成之」。可見楊氏夫婦與屠夫的糾葛，他是知道的。〈蕙芳〉記青州賣麵的馬二混遇仙事，結尾說：「今馬六十餘矣，其人但樸訥無他長」，可見馬氏這個人他也是見過的。卷十一〈布商〉記另一青州人爲布商，入廟遇劫事，結尾說：「趙孝廉豐原言之最悉」，表示這是一個雖非他親自聞見，卻在當地流傳甚廣的故事。此即古代小說專記「巷議街談」之遺意。要能如此，非走入民間，熟悉其生活、聽他們說故事不可。而也正因爲他對民間如此熟悉，所以《聊齋》中除了記奇聞異事之外，也記了不少民間的奇風異俗，如〈布商〉後面一則〈跳神〉就說：「濟俗，民間有病者，閨中以神卜，倩老巫擊鐵環、單面鼓，婆娑作態，名曰『跳神』」。

布商、屠夫、賣麵人，就是蒲松齡日常生活上與相往來的人等；夫婦相處、遇仙、遭盜，則是一般民氓日常生活中的經歷。對於商貿贏虧、屠夫與被屠物間的關係、夫妻相處與遇合之狀況，民間通常也會有一套對應的方法和用以解釋事況的觀念，那就是《聊齋》所經常談及的因果業報觀、命數觀、鬼狐作祟觀等。由於有這些觀念，民間有病者，閨中會請老巫來擊鼓跳神。但跳神爲什麼不在廳堂上，由男人來主持，而要在閨中？且，山東民俗，跳神是找女巫來跳；都城裡，乾脆就「良家少婦，時自爲之」。這難道不是因爲民間普遍相信婦女較易與神靈通感，她們較男性更接近神異領域界嗎？

蒲松齡雖然是個文人，寫的是文人筆記小說，但《聊齋誌異》呈現的其實就是這樣一個世界。這個世界，固然不是民間生活的眞相，但它代表了當時文人所理解或接觸到的「小傳統」。此一理解，受時空之限，並不全面。對理解當時的民間生活、觀念，及其與文人階層之互動關係，卻仍是非常有用的。

順著前文的舉例，底下我準備談的，有三個相互關聯的部分：一、布商、屠夫、賣麪人等《聊齋》中出現的社會諸色流品職事。二、這些人對女性的看法，基本上視爲「妖麗的異類」；由於女性是妖麗的異類，故所述以悍婦及鬼狐爲主。這是敘述題材與意識上的關聯。三、布商入廟遇劫、楊萬石家有悍婦、逢狐仙禳解，這些故事中，都顯示了僧人與道士等方外人士在民眾日常生活中扮演著重要的角色，在蒲松齡這樣的文人階層心目中，其形象似乎也很特殊。以下分別言之。

二、文人棄文業商的境遇

(一)《聊齋》所記各種行業人

《聊齋》計十六卷，各卷所載異事之主角，除了士人官紳之外，流類甚雜，今略鉤稽其職事，列如下表：

鄉人貨梨於市（種梨）

破落故家子，做小生意、鬥鶉（王成）

楚某翁行賈（賈兒）　以上卷一

金陵顧生爲人書畫，受贄以自給（俠女）

魚台任某，販氈裘爲業（任秀）

豫人，樵（張誠）

一人作劇於市（蛙曲）

一人在長安市上賣鼠戲（鼠戲）

趙城隸（趙城虎）

術人（小人）　以上卷二

士而商（大男）

牧牛人子（姐妹易嫁）

農叟（水災）

邑人某，佻撻無賴（戲縊）　以上卷三

高密人，貿販爲業（阿纖）

典商（五通）

花販（黃英）

兗人賈於閩（齊天大聖）

學賈（白秋練）

還俗僧爲雜負販（金和尚）

居民趙某，市葯至金陵（金陵女子）

以上卷四

泛海爲賈（夜叉國）

綠林之傑（老饕）

乞兒（大力將軍）

以上卷五

父子善蹴鞠（汪士秀）

開琉璃廠（小二）

農子（毛狐）

業獵者（田七郎）

賈人子（羅剎海市）

以上卷六

養鬥蟋蟀者（促織）

養鴿者（鴿異）

江西之布商（牛成章）

以上卷七

商（二商）

雜貨肆中女子（阿繡）

卷八

貨殖（回柳）

戍邊丁（羅祖）

弄偶戲者（木雕美人）

貿販（金永年）

以上卷九

小負販（雲翠仙）

貨麵爲業（蕙芳）

業儒未成，去而爲吏（蕭七）

醫（役鬼）

賈客（夜明）

以上卷十

布商（布商）

諸商（美人首）

武舉（庫將軍）

以上卷十一

居積爲業（紉針）

傭爲造齒錄者繕寫（房文淑）

賈人（張不量）

樵人赴市（負尸）

盜（盜尸）

術人作劇（偷桃）

以上卷十二

口技（口技）

游俠（丁前溪）

開旅店（尸變）

農（莜中怪）

業漁（王六郎）

以弄蛇爲業（蛇人）

主計僕（四十千）

邑之博徒（王大）

負鹽者（王十）

醫（二班）

富賈（募緣）

農業（蹇償債）

以上卷十三

業牛醫（臙脂）

養八哥者（雊鵒）

作戲人（戲術二則）

賣油者（拆樓人）

車夫（車夫）

以上卷十四

布客（布客）

農人（農人）
醫（醫術）
農婦（農婦）
僮僕（郭安）
賈某，貿易蕪湖（義犬）
醫（丐仙）
採樵（斫蟒）
農（于江）

以上卷十五

業酒人（王貨郎）
操業不雅，暮歲還鄉，大爲士類所口（餓鬼）
賣酒人（金陵乙）
賈者（折獄二則）
弋人（鴻）
獵獸者（象）
梁上君子（詩讞）
瘍醫（毛大福）
牛醫（劉全）
農民（韓方）

以上卷十六

全書所記，除此，便是僧、道、秀才、官員、世族、閥閱、兵將、書生。若拿《閱微草堂筆記》來比較，記僧、道、秀才、書生、官員、世族、閥閱、兵將、書生者同，記農人、樵子、醫生也不罕見。可是紀曉嵐特別愛講「老儒」的故事，蒲松齡所喜歡談的商人事跡，則在紀氏書中絕少。正如蒲松齡喜歡說文士下第不偶、考試甄選不分之類事，在紀曉嵐書中亦絕少那樣。

上面列的，有幾類看起來好像不應視爲市井職人。如金陵顧生爲人作書畫，受贄以自給；或傭爲造鹵錄者繕寫等，都仍是士，其業與坐館授讀相似，爲什麼也併入上表呢？這是因坐館屬於聘任性質，名義上是西席，不失士居四民之首的位階；爲人作書取値或抄繕鹵錄，職同雇傭，跟替大戶做主計，其實已無區別。而且，文人爲了謀生，去從事這種工作，也才更足以凸顯文人的處境。

㈡文人的處境及其與商人階層的互動

文人以能文，居四民之首，其才藝可令神鬼狐妓均生歆羨，固然是其榮耀之處，但若考試終究考不上，榮耀就會慢慢變成恥辱，然後再形成飢寒。這就是文人爲什麼把科考看得如此嚴重的緣故。蒲松齡說：

> 秀才入闈，有七似焉。初入時，白足提籃，似丐。唱名時，官呵隸罵，似囚。其歸號舍也，孔孔伸頭，房房露腳，似秋末之冷蜂。其出闈場也，神情惝怳，天地異色，似出籠之病鳥。

追望報也，草木皆驚，夢想亦幻，時作一得志想，則頃刻而樓閣俱成；作一失意想，則瞬息而骸骨已朽。此際行坐難安，則似被縶之猱。忽然而飛騎傳入，報條無我，此時神情猝變，嗒然若死，則似拔毒之蛇，弄之亦不覺也。初失志，心灰意敗，大罵司衡無目，筆墨無靈，勢必舉案頭物而盡炬之；炬之不已，而碎踏之；踏之不已，而投之濁流。從此披髮入山，面向石壁，再有以「且夫」「嘗謂」之文進我者，定當操戈逐之。無何，日漸遠，氣漸平，技又漸癢，遂似破卵鳩，只得銜木營巢，從新另抱矣。如此情況，當局者痛哭欲死，而自旁觀者視之，其可笑甚焉。

一旦考上，得意了，便從此拾青紫，飛皇騰達；若落榜、失意，那就慘了。家道倘若素封，尚可繼續攻讀，準備再考。若無貲產，便須覓個工作糊口。而文人能做什麼呢？無非前面談到的，境遇好些，可謀到個教童蒙的教席；境遇差的，就只好替人抄抄寫寫；再差些，則竟可能淪爲餓殍。黃仲則詩所謂：「九月衣裳未剪裁，全家都在秋風裡」，洵實錄也。捱不下去，絕望了，便將如上表所云，有「業儒未成，去而爲吏」或「士而商」者矣。

業儒未成，去而爲吏之外，更多的，其實是去經商。卷四〈白秋練〉云：「直隸有慕生，小字蟾宮，商人慕小寰之子。聰慧喜讀，年十六，翁以文業迂，使去而學賈」。卷六〈羅剎海市〉云：「馬駿，字龍媒，賈人子。……十四歲入郡庠，即知名。父衰老，罷賈而居，謂生曰：『數卷書，飢不可煮，寒不可衣，吾兒可仍繼父賈』，馬由是稍稍權子母，從人浮海」。卷七〈促織〉云：「邑有成名者，操童子業，久不售。……轉側床頭，唯思自盡」，遂去養促織，終於大富。

卷八〈胡四娘〉云：「程孝思，劍南人，少甚慧，能文。……赤貧，無衣食業，求傭為胡銀台同筆札」。卷九〈細柳〉云：「毋令棄卷而農，…農工既畢，因出貲，便學負販」。卷十一〈紉針〉云：「王心齋，亦宦裔也，家衰落無衣食業，浼中保貸富室黃氏金，學作賈」。這些，講的都是棄文從商，但情況互不相同。一種是如上文所說，業儒不成而改行學賈。其次，為無才華，不能文，遂去業賈者。還有，則是已貧窮了，更難學文。此外，另有商人家庭早已看出文事不足恃，早早就教小孩去學商的。學商之原因不一，然其棄文事而業商賈，均為不得已之舉，亦皆因當時文人之處境不良所致。

清乾嘉時期，寫《浮生六記》的沈三白，就是在這樣的處境中，文戰不捷，出而游幕，為某某官員司筆札；又遭裁員，乃轉而跟他姑丈去做生意，釀酒賣。不料又碰上台灣林爽文事變，海道阻隔，虧蝕了老本，弄得貧病交迫。故《聊齋》所描繪的，是當時文人普遍的困境，也是文人階層與商人階層逐漸在這個情境中發展出較緊密的關係的原因。

或曰：士農工商，業儒不成，為何不業農業工而多業商？又或者，宋代以來便常有儒業未就，出而行醫者，不也很好嗎？何以要改行去學貿易？

從《聊齋》來看，蒲松齡並無「儒醫」之觀念，對醫生也未必有好感。因此，卷十四〈岳神〉說：「或言閻羅與東岳天子日遣使者男女十萬八千眾，分布天下，作巫醫，名勾魂使者」。把醫生形容成勾魂使者，謂醫生經常「出為方劑，暮服之，中夜而卒」，顯然謔而且虐。卷十五〈醫術〉更舉兩位名醫故事，說一人根本不識字，道士善相者卻說他能成為名醫，他懷疑道怎麼可能，道士笑曰：「迂哉！名醫何必多識字？」後終於糊里糊塗、誤打誤撞而成了名醫。另一人不會治病，把自己身上的汗垢搓下來給病人吃，也莫名其妙好了，遂爲名醫。這也都是挖苦醫者的話。可見在他那一輩文人社群中，醫生評價並不高，文人也很少從事於此。

至於農工商，農工的傳統位階雖高，實質上卻較清苦。文人轉業，本爲脫貧之故，自然以趨商爲主要選擇，否則便入山隱遁去了，何必再去計晴雨於隴畝、操技工於廛里呢？況且，農勞辛苦，工匠需要技術，也非文人所易爲；商人在這個時代，又已經是最接近文人的階層，文人業儒不成而從商者才會如此普遍。

清史研究者，很早便注意到社會階層與社會流動的問題，如一九六二年何炳棣《明清社會史論》（哥倫比亞大學出版社）即指出：官民之界限並非不可踰越，四民之間，分際亦不如字面清楚，頗有交集與流動。一九八四年來新夏〈清代前期的商人和社會風尙〉（《中國文化》一輯）也指出：商人中還可以再分成若干類型：壟斷性商人、大商人、一般鋪戶商人、小商販。而除了小商販外，其他商人之地位均較從前提高了。且表現出官僚、士子與商人相互結合的現象，社會上對商人的看法也反映了商人地位變化這個現象。

這些研究，用來解釋《聊齋》中爲何有那麼多商人、蒲松齡爲何那麼了解商賈之事、爲何對業商之態度毫無批評……等，都非常有用。但《聊齋》所描述的狀況，並不只是印證了從前的研究而已。因爲，像何炳棣研究「士」的流動，是把士分成入仕與未入仕者（舉人進士貢士則爲入仕候選者，生員則爲尚未入仕者），然後討論他們向上與向下流動的現象。其中向下流動的部分，只談到幾個家族逐漸式微的過程，並未使用到《聊齋》提供的資料，也未討論文人朝商人流動的事例。文人朝商人流動，既是職業間的橫向轉移，也是社會地位的縱向流動。可是，何先生只談到軍籍、鹽漕、商家、匠人家庭中有人晉身士林、出了進士。反過來看，如《聊齋》所述，大量文人棄儒業而從商者，他便未及論列了。

而在清朝前期商人活動的研究方面，史學界成果雖豐，但較集中於徽州、山西兩大商業集團，以及江南市鎮經濟之研究。山東區域商人之研究甚少。《聊齋》所述商務，雖不限於山東，但山東佔主要部分，而且具有山東區域經濟之特色，例如它談海上貿易的地方就特別多，談婦女持家，也具有經營管理意識。論者未於此取資，均不免遺憾。

余英時〈中國近世宗教倫理與商人精神〉一文，曾舉了許多事例來說明十六世紀至乾嘉期之間有棄儒就賈之現象，且可由此了解士商關係之變化。《聊齋》的情況，恰好符合他的分析。例如他引沈垚〈費席山先生七十雙壽序〉中「非父兄先營事業於前，子弟即無由讀書以致身通顯。是故古者四民分，後世四民不分。古者士之子恆為士，後世商之子方能士」等語，說當時儒者有「治生」的觀念（見該文第三節，收入一九八七，聯經公司，中國思想傳統的現代詮釋）。《聊齋》卷九〈劉夫人〉載劉夫人告廉生曰：「讀書之計，先於謀生」，即與之若會符節。劉夫人交兌八百餘兩給廉生，讓他去荊襄做生意，再往淮上，進身為鹽商。廉生「嗜讀，操籌不忘書卷，所與游皆文士」。這不就是先商而後為士嗎？余先生另引一些文獻，證明明清之際頗有「其俗不儒則賈」之風，尤足以說明《聊齋》所記確為一時通例。

但余先生談這些問題，是從儒商關係上立論的，強調儒家倫理與商人倫理在這個時期有相融合的現象。可是，實際上當時所謂之「士」，除了儒學內涵及儒士之外，還有眾多與儒未必相關的文章之士。這類文章之士，固然認同商人倫理（例如卷九〈金永年〉條云金氏「本應絕嗣，念汝貿販平準，賜予一子」），但文章之士所遵循的倫理，有時並不同於儒士之倫理，也未必適用於商人。例如儒者要修辭立其誠；做生意，誠信也很重要；可是寫文章，卻以把文章寫好為最要的品格。文章寫得狗屁不通，《聊齋》備致譏誚，詆為「金盆銀碗裝狗屎」。反之，義理縱或有疵漏，若文章好，仍堪稱許：「題目雖差，文字卻佳，怎肯放在他人下？」（卷十四，臙脂）此等倫理狀況以及文人與商人的關係，均非余先生該文所能囿，故依然有很大的討論空間。

三、在市井間的方外人士

㈠方外人的神聖性

在蒲松齡筆下，商賈多於農工，乃其一大特點，已如上述。可是活動在這些商賈與文士之間，還另有一大批方外之士。這些方外人士，雖具有「方外」的身分，可是卻經常出現在市井中，跟士農工商各色人等相往來，成為《聊齋誌異》中非常顯目的一群人。

這些僧道，相對於一般世俗人，多代表「異人」。異人每有奇術，非常人所能及，亦非常人所能測度。如卷一〈畫壁〉云一生入寺院，院中壁上畫甚精妙，士見其中畫女子甚美，意動，遂幻入畫中；後來再出畫回到現實世界，恍然若有所悟，寺僧才點化他。〈種梨〉說鄉人賣梨，吝嗇，又捨不得送一顆給道士，遂為道士所戲弄。〈勞山道士〉說一生入勞山求道，但不耐勞苦，

僅學得穿牆術，但撞得額頭腫起，像個雞蛋。〈長清傳〉說一僧死後靈魂不昧，雖轉生奢華之家

仍不退道心。〈成仙〉說醫生灰心世情，入勞山成仙事。〈畫皮〉載一生遇鬼物，蒙麗女之皮，幻化爲倩姝。後遇道士，替他禳解。這僅是卷一所記，便有這麼多僧道，其他各卷，情況可以類推。

而僧道在此中，最主要的角色功能，顯然也就是藉由他們來顯示一個非現實、非日常性生活的世界。因此人進入寺院，或上勞山，均可以開悟，可以登仙。僧人道士，代表著一種超越世俗的人與力量，所以他們或可歷經輪迴仍不退道心，或可指點人們看破世相，或能幫助迷溺中的人獲得解脫。

《聊齋》各卷，所載僧道故事，均可見此基本模型，此亦方外人士在小說中的基本角色功能。《聊齋》在這方面，其實與我國的敘述文學大傳統是合拍的，在許多其他小說中也都可以看到這類故事，以及這類僧道人物的角色功能。

(二)方外人的妖異性

《聊齋》比較特別的地方不在這兒，而在於它所描述的僧道方外人世既顯神聖性超越性，又顯現了它妖異、世俗的一面。

所謂妖異，是說僧道方外人士可能並不具有神仙或開悟者的心靈超越性質，而僅僅是具有異術；甚或他本身就不是讓解妖溺的清正力量，而是邪妄的。

卷三〈番僧〉載西域來的兩位番僧，人問：「西域多異人，羅漢得無有奇術否？」於是一僧表演通臂術，一僧手掌上小塔放光。卷六〈賭符〉云：「韓道士，居邑中之天齊廟，多幻術，共名之仙」。卷十四〈寒月芙蕖〉云濟南道人冬夏均只著一單袷衣、赤腳行市上、夜臥街頭，「初來，輒對人做幻劇，人爭貽之」。後來官府「執以爲妖」，準備刑罰，他即遁走。同卷〈單道士〉，也是「工作劇，公子愛其術，以爲座上客」。同卷另有一位僧人，能替人醫異疾，把體內的酒蟲引出來，裝到甕裡去，見〈酒蟲〉條。卷十五〈癲道人〉則說該道士歌哭不常，能煮石爲飯，後因赤足破衲在路上行走，擋了邑中貴人的路，貴人使僕隸逐罵他，而施展了法術作弄了這些人。〈醫術〉又載一道士「善風鑑」。

這些例子，所紀錄的僧道均以術法顯。有些顯露術法者，可感覺他既有些異術，必有不凡的修養，但大部分只是有術用術罷了。像西域兩番僧，我們就只曉得他們有那種異能奇術。〈醫術〉中之道士也只是善於看臉相。其他〈賭符〉〈寒夜芙蕖〉〈單道士〉等，道士也均以善幻術、表演戲法見稱。此類藝技，其實與走江湖變戲法者差不多。而戲法幻術，本身是不能認爲它就具有神聖性的。例如〈酒蟲〉那個故事中，僧人能引出酒蟲，這種技術，不但蒲松齡不以爲即能顯示該僧爲高僧，更懷疑他根本就是個騙子，說：「或言蟲是劉之福，非劉之病，僧愚之以成其術，然歟否歟？」在〈寒夜芙蕖〉中，官府也把善作幻劇的道人「執以爲妖」。可見幻戲術法只是術法，其術不具神聖性，反而常被認爲它具有妖異性。

〈寒夜芙蕖〉中的道士，被挾嫌報復，執爲妖人，固然屬於誣指。但另有一部份，則蒲松齡卻是明確說它是妖異或不正經的。

如卷十五〈長治女子〉載一女美慧，被行乞道士瞧見，他就打聽出這位女孩的生辰八字，再施術，惑住女孩，且將她殺了，把魂魄安在木人上，派去替他偵查事情。後來事情敗露，道士才被捉了。同卷〈耳中人〉則說某生練導引之術，勤練數月，若有所得，後來耳中有聲音，他還以爲大丹將成，誰知乃是一小人。後來大病一場，得了顚疾。後面這個故事，頗有挖苦導引煉丹術之意味；前面那個故事就直指邪妄道人用術法去害人了。此外，卷六〈賭符〉尙記「天佛寺來一僧，專事摴蒱，賭甚豪」。其所挾術，非幻術，而是賭技。利用賭來賺錢，害人傾家蕩產，此亦邪人也。

《聊齋》所記宗教邪人，如上述者均爲個案；整個宗教都被它視爲邪妄者，只有白蓮教。卷五〈白蓮教〉記：「白蓮教某者，山西人，忘其姓名，大約徐鴻儒之徒，左道惑眾，慕其術者多師之」。又，卷六〈小二〉說：「滕邑趙旺，夫妻奉佛，不茹葷血。……未幾，趙惑於白蓮教，徐鴻儒既反，一家俱陷爲賊。小二知書善解，凡紙兵豆馬之術，一見輒精。小女子師事徐者三人，唯二稱最，因得盡傳其術」。卷十一〈邢子儀〉又記：「滕有楊某，從白蓮教黨，得左道之術。徐鴻儒誅後，楊幸漏逃，遂挾術以遨。……至泗上某紳家，幻法爲戲，婦女出窺。楊睨其女美，既歸，謀攝取之」，他又能做木鳥，讓人飛騰。

這些記載，凡白蓮教均稱「左道」，定義爲邪教。但這可能是因白蓮教已遭政府正式誅剿，故不得不如此稱，實際上白蓮教中也有好人，如小二就是。他記小二之美慧，與楊某之妖妄，恰好成一對比。

白蓮教淵源甚早，或上推於南宋茅子元建立白蓮懺堂，成立白蓮宗始。元明期間，白蓮教亦有長足的發展。但蒲松齡所記，則是清初以山東為主的白蓮教。考《明史》卷二五七〈趙彥傳〉云：「萬曆四十二年，薊州人王森，得妖狐異香，倡白蓮教，自稱聞香教主。……（王森）復為有司所攝，越五年，斃於獄。其子好賢，與鉅鹿徐鴻儒等踵其教，其徒愈眾。……會謀洩，鴻儒遂先期發兵，蹂躪山東者二十年，徒眾不下二百萬」。蒲氏所記即此事，與古白蓮教未必有關。

另據《大清會典》記，康熙十二年「無為、白蓮、焚香、混元、龍元、洪陽、圓通、大乘等邪教，或聚眾念經，執旗鳴鑼，聚眾拈香者，通行八旗直省，嚴行禁飭，違者照例鞭責枷號」。此即蒲松齡同時代事。而事實上在此前後，山東地區的「邪教」活動也一直非常活絡。如創立羅教的羅祖羅夢鴻，就是山東即墨人。其教義後來影響到明末清初許多民間宗教教派。順治三年，林起詔奏請查禁各教門，謂：「近日風俗大壞，異端蔚起，有白蓮、大成、混元、無為等教，種種名色，以燒香禮懺，煽惑人心」，而這些教大部分在山東都有活動。如紅陽教所傳十八枝，六輩、八輩、九輩都在山東德州（見嘉慶二十二年十二月二十一日直隸總督方受疇奏摺）。依年輩推算，其年世亦與蒲松齡為同一時期。康熙初年，河南人劉佐臣又到山東創立了八卦教。到乾隆三十九年，清水教王倫在山東舉事，甚至還連克陽穀、壽張、堂邑諸縣，圍攻臨清。

凡此，均可見山東宗教氣氛之盛，蒲松齡所記「邪教」雖僅涉及白蓮，但他活在這樣一種氣氛中則是不難體會的。在他之後，俞蛟寫《夢庵雜著》，還專門用一卷來記清水教王倫之事蹟，用兩卷來記異人奇術，稱為「齊東妄語」。其書深柳讀書堂本籍將之與《聊齋》合刻，名《新增聊齋誌異夢庵雜著》。該書以「齊東妄語」來稱呼這些怪事異跡，豈不也顯示了齊東野語，雜於妖妄，確實是乾隆道光年間人對山東一種觀感嗎？後人將俞著與《聊齋》合刊，蓋亦以兩者均有齊東妄言之故。《聊齋》中記許多僧道方外士，但因爲在這個氣氛中，所以不免會談到他們一些邪妄的事例與術法性質。

㈢方外人的世俗性

蒲松齡所記僧道，除了可能具妖異性之外，還有一部份則是它的世俗化。世俗化，是說僧道等方外人士本來就屬於方外，故應不染塵俗才是。講經、說法、修煉、悟道等才是他們的本分。然而不然，他們不乏介入世俗生活，或以世俗情欲之滿足爲其職事者。在這方面，他們表現得像世俗人，甚且比世俗人還要世俗。

卷四〈金和尚〉後面，有蒲松齡以異史氏名義發表的一段議論曰：

抑聞之：五蘊皆空，六塵不染，是爲和尚。口中說法，座上參禪，視爲和樣。鞋香楚地、笠重吳天，是爲和撞。鼓鉦鍠聒，笙管敖曹，是爲和唱。狗苟鑽緣，蠅營淫賭，是爲和障。金者也，尚耶？撞耶？唱耶？抑地獄之障耶？

金和尚，就是一個僧人世俗化的代表。平生不奉一經、不持一咒、不管佛事，以雜負販起家，數年累暴富，弟子千數、甲第數十棟、田地千百畝，其中富貴豪奢，莫可名狀。又畜狡童數輩，皆慧黠能媚人，會唱艷曲。他又廣爲結交社會賢達，互通聲氣。且買小孩做兒子，送教讀書考試登第。卒時喪禮之豪奢，亦世所罕見。如此僧家，非世俗化而爲何？

僧家之世俗化，不僅有如金和尚之富貴者，也有肆於色者。如卷十五〈藥僧〉說一遊方僧人賣春藥，自誇：「弱者可強，微者可鉅，立刻而效，不俟經宿」。一書生買了他的藥，又貪心多吃了幾顆，不料陽具暴長，增大不已。僧人發現後，急忙給他解藥，但已來不及了，陽物大得幾乎像腿一樣，「縮頸蹣跚而歸，父母皆不能識，從此爲廢物，日臥街上」。卷十四另有一位女尼，也對男女之事頗有研究，能行媚術，讓男戀女、女戀男。其法以春宮畫爲之，剪下畫中人，以針三枚、灰一撮，裹而咒之，縫入枕頭中。這與賣春藥的僧人一樣，雖非自己肆於色、縱於慾，但出家人清靜爲本，何庸預人性事？售販壯陽藥、教人合媚法，皆爲媚俗之舉。

此類故事，有趣之處，還在於它不是講道士賣壯陽藥或教人房中術。因爲道教中本有此相關術法與藥物，若由道士來擔任這些故事的主角就不稀奇，也就無所謂世俗化之問題。正因爲這些人是和尚尼姑，所以才值得重視。

小說中刻畫出家眾涉淫穢事，乃明代末期的新風氣，《僧尼孽海》《歡喜冤家》等書，影響深遠。前者是專門從僧尼肆淫這方面去批判佛教的，後者則在第十一回發議論道：「自古不禿不毒、不毒不禿。爲其頭禿，一發淫毒。可笑四民，偏不近俗，叫禿爲師，遇俗反目，吾不知其意云何！」其言與《僧尼孽海．西天僧西番僧》相似，均從「聖／俗」角度來批評。認爲一般人偏偏要把自己貶視爲俗人，而把僧尼視爲師，神聖化，而崇敬之。可是實際上僧尼非但不超凡脫俗，他們更猥俗、更淫毒。

清代艷情小說《諧佳麗》《換夫妻》《巧緣艷史》《艷婚野史》《百花野史》《風流和尚》

《兩肉緣》《芍藥榻》都抄襲或拼湊自《歡喜冤家》。足證這種僧尼形象和對僧尼的看法，在明末清初已形成一套逐漸定型的傳統。徐志平〈從《三言》看明代的僧尼〉（一九八八，嘉義農專學報，十七期）、陳益源〈《歡喜冤家》裡的和尚形象及其影響〉（一九九六，遼寧古籍出版社，《從嬌紅記到紅樓夢》）等文，對此均有所探討。這種形象以及小說中的描寫，並非人們有意謗佛，實乃當時佛教不爭氣，確有不少此類事蹟，遂予人以口實。蒲松齡的記異，也從許多角度透露了這個社會現象，並呼應了他同時代一些小說中對僧尼形象的描繪。

在道教方面，蒲松齡也有類似的刻畫，如卷三〈陳雲棲〉載夷陵呂祖庵中有四位女道士，皆美貌，而實際上是做著類似妓女的勾當，以美色餌人。如此行徑，與僧尼肆淫可謂一丘之貉。

這些僧道妖異和世俗化的現象，都顯示在方外士活動於市井中時。佛道教在明初雖經立法禁止僧俗相混，但中葉以後，世俗化傾向越來越盛，僧道與市井生活關係越來越密切。方外僧道之超越塵俗的形象與性質，逐漸為其世俗性甚至妖異性所取代或侵蝕。《聊齋》雖然在描述中仍常以方外士來顯其超越追求，但蒲松齡本人畢竟不信人間之外尚有淨土（卷十〈席方平〉後自發議論云：「人人言淨土，而不知生死隔世，意念都迷，且不知其所以來，又焉知其所以去？而況死而又死，生而復生者乎？」），因此，其書喜歡紀錄僧道等在市井間的活動，也是很自然的。

四妖異的方外之士

在這些方外之士中，我們可以看到不少僧道具有妖異性，可是倒過來說，妖異的方外士，確可能並非僧道白蓮教各色人等。他們是「方外士」，但不是「方外人士」，例如「狐仙」就是其中一類。

狐狸，既名之爲仙，自然是承認了牠的神聖性，其居所，往往在深山洞府或異境秘窟，亦具有超越塵世的意味。他們雖是狐，可是往往能以其異能，爲人紓困濟危，故又具有神聖性。如前文提到的〈馬介甫〉，馬氏就是一位狐仙，他極力協助怕老婆的楊萬石，行爲不失爲俠義。卷十四〈狐懲淫〉更說狐會懲罰家畜春藥者。其他記狐能助人懲惡者甚多，不贅一一舉例。

但我要說的是：狐仙無論如何仙如何俠，他畢竟是狐。蒲松齡寫這麼多的狐仙故事，正是用狐仙這個形象來講妖異性與神聖性合一的道理，仙而妖、妖而仙，狐仙一身兼之。

四、世俗生活裡的悍婦

《聊齋》本以記鬼狐見稱，狐仙中則多女狐。狐仙若代表了神聖性與妖異性結合的意緼，則其女性觀也就可想而知了。

在蒲松齡筆下，女性多美艷。但女性的美，他用什麼形容詞來描述呢？卷二〈巧娘說〉：「女一回首，妖麗無比」；卷三〈林四娘〉：「夫人窺見其容，疑人世無此妖麗，非鬼必狐」。巧娘林四娘固然都是鬼，但以妖麗形容女人，卻顯示了他對女性的一種看法。

卷四〈葛巾〉又載洛人常大用遊牡丹園，逢一女郎，「宮妝艷絕。眩迷之中，忽轉一想：此必仙人，世上豈有此女子乎？』」遂跑去長跽於女郎前說：「娘子必是神仙」。這女郎實非眞仙，而是花妖。然而常大用看見這麼美的女人，第一個念頭就是忖想她應該不是人。這種想法與「夫人窺其容」而疑林四娘非鬼即狐，正相彷彿。他們都把美看成非人間所能有的一種價值，非妖即神。

美麗的女仙、美麗的鬼狐、木魅、山精、花妖、怪物，遂在蒲松齡書中承擔了審美對象這個角色，令人對之生美感、起愛欲、滋情戀。

《聊齋》所述故事雖多，但主角基本上是男人，縱使主角是女子，敘述者也是男人的觀點與聲音。故事中那些仙鬼狐怪，以男人之審美對象出現，並不奇怪。《聊齋》在這方面，跟唐傳奇以降之文人小說傳統，也是合轍的。文人小說，不論是傳奇、筆記，或長篇如《紅樓夢》《鏡花緣》，女性總是以男性之理想對象的形式出現，其美非俗世所能有，飄飄乎若仙、冰清玉潔、不染纖塵。《聊齋》裡，女人的超俗離塵，既是神、也是妖。它比一般文人小說更強調妖的這一方面，才使得它在文人小說傳統中特別以擅狀鬼狐之情狀著稱。

可是，即或如此，《聊齋》的女性觀跟一般文人亦無太大不同。眞正足以顯示其特點者，恐怕不在美麗脫俗的神鬼妖狐，而在悍婦。

悍婦，是人間生活的常態。在理想世界中，女人是男人心目中美麗脫俗的女神；可是，在實際現實生活裡，女人並不是脫俗離塵、不染俗務的。一本小說，如果只寄想於理想世界，則其所寫的女人就會像大觀園中女子，水靈水秀，令鬚眉濁物愛煞，也自慚形穢煞。可是大觀園裡的女孩不能老，尤其是不能嫁，因爲一旦嫁人，便「入世」了。嫁人後的女子，不再只是男人的審美對象、愛欲對象。她與男人要一塊兒經營世俗現實生活。故她再也不能生存在一個離俗絕塵的世俗世界之外的空間。她的空間，換成了家。在這個空間裡，她仍是神。因為她主宰之、支配之，所謂「主中饋」、「秉家政」。擔任這個空間的王者，男人事實上乃是她的臣子，因為她管理這個家、這個男人，以及家中的兒女僕隸等。以致男人仰此天威，當然要驚懼莫名。這就是世俗生活中婦女由超塵絕俗逐漸變成悍婦的邏輯。

蒲松齡與其他文人筆記小說不盡相同之處，正在於他對市井生活是有體會有參與的，對女人在家中主政的狀況，他也不憚其煩，屢有描繪：

> ……女靦然出，竟登北堂，王使婢為設席南向，王先拜，女亦答拜，下而長幼卑賤，以次伏叩，女莊容坐受，惟妾至則挽之。自夫人臥病，婢惰奴偷，家道替，眾參已，肅肅列待，女曰：「我感夫人誠意，羈留人間，又以大事相委，汝輩宜各洗心，為主效力，從前愆尤，悉不較計，不然，莫謂室無人也。」共視座上，眞如懸觀音圖像，時被微風吹動者，聞者悚惕，閧然並諾。女乃排撥喪務，一切井井，由是大小無敢懈者。女終日經紀內外，王將有作，亦稟白而行。……以此百廢俱舉，數年中田地連阡，食廩萬石矣（卷十一．小梅）。

> 女為人靈巧，善居積，經紀過於男子。嘗開琉璃廠，每進工人而指點之。……以故值昂得速售。居數年，財益稱雄，而女督課婢僕嚴，食指數百，無冗口。暇輒與丁烹茗著棋，或觀書史為樂。錢穀出入，以及婢僕，凡五日一課。而自持籌，丁為之點籍，唱名數焉。勤者賞罰有差，惰者鞭撻罰膝立。是日給假不夜作，夫妻設肴酒，呼諸婢度俚曲為笑。女明

察若神，人無敢欺，而賞輒浮於勞，故事易辨。村中二百餘家，凡貧者俱量給資，本鄉以此無游惰。（卷六．小二）

……居久，見家政廢弛，謂孫曰：「妾此來，本欲置他事於不問，今見如此用度，恐子孫有餓莩者矣，無已，再腆顏一經紀之。」乃集婢媪，按日擇其績織。家人以其自投也，慢之，無人時竊相誚訕，而婦若不聞知。既而課工，惰者鞭撻不貸，眾始懼之。又垂簾課主計僕，綜理微密。孫乃大喜，使兒及妾，皆朝見之。（卷十一．呂無病）

女持家逾於男子。擇醇篤者，授以資本，而均其息。年諸商會計於簷下，女垂簾聽之，盤中誤下一珠，輒指其訛，內外無敢欺。數年，夥商盈百，家數十巨萬矣。（卷八．柳生）

婦尤驕倨，常庸奴其夫。自享饈饌，生至，則脫粟瓢飲，折稀為匕，置其前，王悉隱忍之。年十九，往應童子科，被黜。自郡中歸，婦適不在室，釜中烹羊胛熟，就啖之。婦入不語，移釜去。生大慚，抵箸地上曰：「所遭如此，不如死」。婦恚，問死期，即授索為自經之具。（卷十二．錦瑟）

第一則講「女主」升座，全家長幼卑賤依序叩伏，由其全權管理的情況。家中男主人也在叩伏之列，也受其管理，故他若準備幹什麼事也得「稟白而行」。第二則一樣講女主人主持家政。「女自持籌，丁爲之點籍」，說明了男主人只是女主的助手。第三、四則亦女主垂簾親政，「課主計僕」之實錄。這些記載，表明家中的政治地位與權力關係，乃是女主男從的，所以主婦在家中往往極爲跋扈，如第五則說：「婦尤驕倨，常傭奴其夫」，就是發生在這種情況下的。

這種生活實況，形成的夫妻關係，絕不再是書生美麗浪漫之想像，或儒家道德理想主義式的倫理模式。本來儒家對政治的想法，即源於對家政之理解，故云：君子齊家，「是亦爲政，奚其爲爲政？」但春秋戰國時期的儒者怎麼會料到後世眞正主持家政者其實乃是女人呢？在主婦的管理統治下，「一切井井，由是大小無敢懈者」「惰者鞭撻罰膝立」。這些不敢懈怠、否則就會被鞭撻的人，也即包括著她的丈夫在內。

男人處此，幸而尚能獲得老婆歡心，日子當然可以過得好些；不幸遇上暴君，苛政猛於虎，便每天得活得提心吊膽了。蒲松齡所描述的悍婦現象，即本於這個現實。

現實上，固然婦不盡悍，但治於人者恒畏其長上，老婆不是莊嚴如觀音（如上舉第一則），就是老醜恐怖如夜叉，焉得不懼？

卷五〈夜叉國〉記交州人徐某，泛海爲賈，被大風吹至一島，島上均是夜叉。二牙森戟，目閃雙燈，爪劈生鹿而食。本來也要吃他，因他能生火燒食奉養夜叉而罷。後遂與一母夜叉交配，生二子。若干年後，徐某偶得機緣返中土，又將母子三人接來。家人見其醜怪形狀「無不戰慄」。其子後從軍，母夜叉隨之征戰，「每臨巨敵，輒環甲執銳，爲之接應，見者莫不辟易」，封爲夫人。這個離奇的故事講完後，蒲松齡用異史氏名義說一句非常耐人尋味的話：

夜叉夫人，今所罕聞。然細思之而不罕也。家家床頭，有個夜叉在。

此眞妙批也。家家有個夜叉在。可知其記悍婦事，非志怪搜奇，乃是藉一些具體事例來說這個他認爲的普遍現象。

其所舉之例甚多。如卷四〈珊瑚〉說某人母「悍謬不仁」，把媳婦虐待幾死，又休出。有二子，小兒子娶了個老婆更凶，「驕悍戾沓，尤倍於母。母或怒以色，則臧姑怒以聲。二子又懦，不敢爲左右袒，於是母威頓減，反望色笑而承迎之，猶不能得臧姑歡。臧姑役母若婢。生不敢言，唯身代母操作，滌器灑掃之事皆與焉。母子恆於無人處相對飲泣」。後來兩兄弟分居，「兄弟隔院居，臧姑時有凌虐，一家盡掩其耳。臧姑無所用虐，虐夫及婢」。

卷五〈續黃粱〉說某人夢轉世爲一女子，爲人姬妾，「而家室悍甚，日以鞭箠從事，輒以赤鐵烙胸乳」。同卷〈辛十四娘〉云「公子妻阮氏最悍妒，婢妾不敢施脂澤。日前，婢入齋中，爲阮氏掩執，以杖擊首，腦裂立斃」。卷七〈江城〉記兩女「姊妹相逢無他語，唯各以閫威自鳴得意」。兩人的先生偶與朋友聊天，女即以巴豆投湯水中，結果大家上吐下瀉，「從此同人相戒，莫敢飲於其家」。又一次，一先生「與婢語，女疑與私，以酒罈囊婢首而撻之。已而縛生及婢以繡剪剪腹間肉，互補之。……女每以白足踏餅，拋塵土中，叱生摭食之」。

卷十〈馬介甫〉說楊萬石「妻尹氏奇悍，少忤之，輒以鞭撻從事。楊父年六十餘而鰥，尹以齒奴隸數」。其家人告訴狐仙馬介甫說：「家門不吉，蹇遭悍嫂，尊長細弱，橫被摧殘」。楊有妾，妊五月，尹氏知之，「褫衣慘掠。已乃喚萬石跪受巾幗，操鞭逐出」，馬介甫替楊萬石解去巾幗，楊居然驚恐到「聳身定息，如恐脫落。馬強脫之，而坐立不寧，猶懼以私刑加罪」。其餘種種酷毒，難以殫述。卷十二〈崔猛〉載崔氏「比鄰有悍婦，日虐其姑。姑餓瀕死，子竊啖之。婦知，詬厲萬端，聲聞四院」。卷十四〈妾擊賊〉又記一女為某富室妾，「而冢室凌折之，鞭撻橫施，妾奉事之惟謹」。

凡此等等，都是婦悍汙辱人、傷害人的例子。動輒詬罵、鞭撻、凌虐、甚至殺人，家中長幼老小均遭荼毒。此家中之女暴君、胭脂虎也。

蒲松齡對於這類悍婦，只能寄望於神仙異人來救死紓困，拯民於水火。如〈馬介甫〉說狐仙來搭救；卷十三〈王大〉說有鬼見某著名悍婦落單，把她捉進山谷裡，掬土塞其口，以長石條插入其陰戶中以懲罰之；卷十五〈邵臨淄〉說一女悍虐，其夫不堪，後鳴於官，由官府代其申冤，杖責其妻。這些，無論是神仙、是鬼、是好官來拯救，其實都是沒辦法中的辦法。蒲松齡對此，非常感嘆，所以他說：「邑有賢宰，里無悍婦矣。誌之，以補循吏傳之所不及」。古來本有句俗語說：「清官難斷家務事」，現在他卻不能不寄望於清官循吏，冀其能稍紓民困，其情蓋亦甚為可哀。在〈馬介甫〉故事後面，蒲松齡寫了一篇長跋，具體表達了這種哀感，他說：

〈懼內者〉，天下之通病也，然不意天壤之間，乃有楊郎，寧非變異！余嘗作《妙音經》之續言，謹附錄以博一噱。竊以天道化生萬物，重賴坤成；男兒志在四方，尤須內助。同甘獨苦，勞爾十月呻吟；就溼推乾，苦矣三年嚬笑。此顧宗祧而動念，君子所以有伉儷之求；瞻井臼而懷思，古人所以有魚水之愛也。始而不遜之聲，或大施而小報；繼則如賓之敬，竟有往而無來。祇緣兒女深情，遂使英雄短氣。床上夜叉坐，任金剛亦須低眉；釜底毒煙生，即鐵漢無能強項。秋砧之杵可掬，不擣月夜之衣；麻姑之爪能搔，輕試蓮花之面。小受大走，直將代孟母投梭；婦唱夫隨，翻欲起周婆制禮。婆娑跳擲，停觀滿道行人；嘲哳鳴嘶，撲落一群嬌鳥。惡乎哉！呼天籲地，忽爾披髮向銀床；醜矣夫！轉目搖頭，猥欲投繯延玉頸。當是時也，地下已多碎膽，天外更有驚魂。北宮黝未必不逃，孟施舍焉能無懼？將軍氣同雷電，一入中庭，頓歸無何有之鄉；大人面若冰霜，比到寢門，遂有不可問之處。豈果脂粉之氣，不勢而威？胡乃骯髒之身，不寒而慄？猶可解者，魔女翹鬟來月下，何妨俯伏皈依；最冤枉者，鳩盤蓬首到人間，也要香花供養。聞怒獅之吼，則雙孔撩天；聽牝雞之鳴，則五體投地。登徒子淫而忘醜，迴波詞憐而成嘲。設為汾陽之子婿，立致尊榮，媚卿卿良有故；若贅外黃之家，不免奴役，拜僕僕將何求？彼窮鬼自覺無顏，任其斫樹摧花，止求包荒於怨婦；如錢神可云有勢，乃亦攖鱗犯制，不能借助於方兄。豈縛游子之心，惟茲鳥道；抑消霸王之氣，恃此鴻溝？然死同穴，生同衾，何嘗教吟白首？而朝行雲，暮行雨，輒欲獨占巫山。恨煞池水清，空按紅牙玉板；憐爾妾命薄，獨支永夜寒更。蟬殼鷺灘，喜驪龍之方睡；犢車麈尾，恨駑馬之不奔。榻上共臥之人，撻去方知為舅；床前久繫之客，牽來已化為羊。需之殷者僅俄頃，毒之流者無盡藏。買笑纏頭，而成自作之孽，太甲必曰難違；俯首帖耳，而受無妄之刑，李陽亦謂不可。酸風凜冽，吹殘綺閣之春；醋海汪洋，淹斷藍橋之月。又或盛會忽逢，良朋即坐。斗酒藏而不設，且由房出逐客之書；故人止踈不來，遂自我廣絕交之論。甚而雁影分飛，涕空沾於荊樹；鸞膠再覓，變遂起於蘆花。故飲酒陽城，一堂中惟有兄弟；吹竽商子，七旬餘並無室家。古人爲此有隱痛矣。嗚呼！百年鴛偶，竟成附骨之疽；五兩鹿皮，或買剝床之痛。髯如戟者如是，膽似斗者何人？固不敢於馬棧下，斷絕禍胎；又誰能向蠶室中，斬除孽本？娘子軍肆其橫暴，苦療妒之無方；胭脂虎噉盡生靈，幸渡迷之有楫。天香夜墜，全澄湯鑊之波；花雨晨飛，盡滅劍輪之火。極樂之境，彩翼雙棲；長舌之端，青蓮並蒂。拔苦惱於優婆之國，立道場於愛河之濱。咦！願此幾章貝葉文，灑爲一滴楊枝水！

這是一篇妙文。妙在它長歌以當哭，無可奈何而安之若命，是所謂「哭不得，只好笑也」。處在胭脂虎瞰盡生靈的時代，英雄氣短，金剛低眉，驚河東之獅吼，故婦唱而夫隨，謹遵妻教矣。

老婆對待先生，也常用做生意的態度來經營，如同卷同則後面附錄兩個故事，便可以看出現實世界中女人持家、經紀家政時，是如何把老公也納入其經營項目中去的：

△章邱李孝廉。……夫人閒置一室，投書滿案，以長繩縶榻足，引其端自櫺內出，貫以巨鈴，繫諸廚下。凡有需，則躡繩，繩動鈴響則應之。夫人躬設典肆，垂簾納物而估其值，左持籌，右握管，老僕供奔走而已。由此居積致富。每恥不及諸姒貴，錮閉三年，而孝廉捷，乃喜曰：「三卵兩成，吾以汝爲毈矣，今亦爾耶？」

△耿進士崧生，亦章邱人。夫人每以績火佐讀，績者不輟，讀者不敢息也。或朋舊相詣，輒竊聽之。論文，則瀹茗作黍；若恣諧謔，則惡聲逐客矣。每試得平等，不敢入室門。超

等，始笑逆之。設帳得金，悉納獻絲毫不敢隱匿。故東主餽遺，恆面較錙銖。人或非笑之，而不知銷算良難也。

卵未孵成鳥叫做蝦。這位夫人不但居積致富，顯然也經營其夫以致貴。第二則這位情況也一樣。此即市井生活之實相，一般文人詩文中固無此類，文人筆記中要看到這類實況也並不多，故《聊齋》所記，彌足珍貴。其價值豈僅在談狐說鬼耶？

五、三重宰制下的世俗生活

在描述市井生活及妻子肆虐方面，與《聊齋》關係最爲密切的文獻，是另一部小說《醒世姻緣傳》。

《醒世姻緣傳》跟《聊齋》不同之處，在於一是長篇章回小說，凡一百回；一是短篇筆記小說。其次，《聊齋》談玄說怪、志狐敘鬼，內容較廣；《醒世姻緣傳》則專講夫妻相處之事。

據刊刻《醒世姻緣傳》的東嶺學道人說，原書本名《惡姻緣》，因刊印者認爲其旨足以醒世，故易爲今名。但書前〈引起〉，只稱爲〈姻緣傳引起〉，似乎本書並不只針對世間不好的姻緣說這番故事，而是普遍性地說姻緣大抵都是惡苦的。故其序詩云：

婦去夫無家，夫去婦無主。本是赤繩牽，至逑相守聚。異體合形骸，兩心連肺腑。夜則鴛

> 鴦眠，晝效鸞鳳舞。有等薄倖夫，情乖連理樹。終朝起暴風，逐雞愛野鶩。婦鬱處中閨，生嫌逢彼怒。或作〈白頭吟〉，或買〈長門賦〉。又有不賢妻，單慕陳門柳。司晨發吼聲，行動掣夫肘。惡語侵祖宗，詬訐凌姑舅。夫如癭附身，留則言恐醜。名雖伉儷緣，實是冤家到。前生懷宿仇，撮合成顯報。同床睡大蟲，共枕棲強盜。……漫道姻緣皆夙契，內多伉儷是仇讎。

這個意思，文中也說得明白：「人只知道夫妻是前生註定，月下老將赤繩把男女的腳暗中牽住。……依了這等說起來，人間夫妻都該搭配均勻，情諧意美纔是，如何十個人中倒有八九個不甚相宜？或是巧拙不同，或是媸妍不一；或做丈夫的憎嫌妻子，或是妻子凌虐丈夫；或是丈夫棄妻包妓，或是妻子背婿淫人，種種乖離，各難枚舉」。夫妻道苦，依其所見，乃是十中有九的。所以此雖非定理，卻是普遍的現象，也是實際的夫妻生活實況。

談姻緣的小說，只敘男女如何好逑、如何相愛以至結合、如何有情人終成眷屬、如何姻緣天定、千折百轉終歸聚首，皆只講到上半截。也就是「理應如此」「都該」「本是」的部分。結爲夫妻之後，到底如何？乃是「公主與王子從此過著幸福快樂的日子」之類小說所不問的。這類小說，其實均屬於理想型的。故男必才、女必貌、愛必堅、情必貞、緣也必定匪淺。才子佳人之章回小說、文人筆記所載情愛傳奇，概爲此等。

但從現實型的小說作家觀點看，此即忽略了：「漫道姻緣皆夙契，內多伉儷是仇讎」，是不通人情世故之談。《醒世姻緣傳》第五回有葛受之評語，謂其書描寫人情世故，讀之，「只覺湯若士《牡丹亭記》便同嚼蠟」。表現的，就是這樣的觀點。《醒世姻緣傳》要講的，也即是此一觀點，說說姻緣中「種種乖離」之實況。

這本小說，題名西周生撰，歷來均以為西周生可能就是蒲松齡，見於乾隆時期楊復吉的《夢闌瑣筆》。清末凫道人《舊學庵筆記》則云：「小說中有《醒世姻緣》者，可為快書第一」，「惜不知作者為誰。署名西周生，或是陝人耶？其語氣則似山左人。或謂是蒲留仙先生則非，以文氣太不相類也」。所謂文氣太不相類，是因兩書文體不同，一為典雅的筆記小說，一為夾雜市井俚俗的章回體。

但一人為何不能同時從事兩種文體寫作呢？胡適之先生的考證，便支持西周生即蒲松齡說（見胡適〈醒世姻緣傳考證〉，首載《醒世姻緣傳》卷首，亞東圖書館，一九二三年，上海，後收入《胡適論學近著》，商務印書館，一九三七年，上海）。其後孫楷第〈一封考證醒世姻緣的信〉，也主張小說所寫地域「確為章丘」，「所敘人事，實是章丘淄川事」「謂小說為蒲留仙作，乃極近情理極可能之事」（收入《滄洲後集》，中華書局）。支持沿用其說者，包括趙狂茗〈醒世姻緣考〉，載世界書局《足本醒世姻緣傳》卷首；劉大杰《中國文學發展史》；徐北文〈醒世姻緣傳簡論〉，載齊魯書社，一九八〇年出版《醒世姻緣傳卷首》；朱燕靜《醒世姻緣傳研究》，撰者自印，一九七八年，台北；李永祥〈蒲松齡與醒世姻緣傳〉，《中華文史論叢》一九八四年第一輯，上海。

而反對的，則有劉階平《蒲留仙遺著考略及誌異遺稿》，台北正中書局出版；路大荒〈聊齋全集中的《醒世姻緣》與《鼓詞集》的作者問題〉，收入齊魯書社出版《蒲松齡年譜》；金性堯〈醒世姻緣傳作者非蒲松齡說〉，載上海《中華文史論叢》一九八〇年第四輯；曹正義〈近代文獻與力言研究》，《文史哲》一九八四年第三期；劉鈞杰〈從語言特徵看蒲松齡跟醒世姻緣傳的關係〉，《語文研究》一九八八年第四期；徐復嶺《醒世姻緣傳作者和語言考論》，齊魯書社，一九九三年八月，濟南；袁世碩〈醒世姻緣傳考證〉、鄒世良〈醒世姻緣傳的歷史地位與寫作年代上下限的推考〉，收入二〇〇〇，三民書局版《醒世姻緣傳》。王素存〈醒世姻緣作者西周生考〉，台北《大陸雜誌》第十七卷第三期；田璞〈醒世姻緣傳作者新探〉，《河南大學學報》一九八五年第六期；張清吉《醒世姻緣傳新考》，中州古籍出版社等。其書之作者也有丁耀亢、李粹然、賈應寵、章丘文士等各種推斷。可見爭論仍在持續中，一時亦尚未能有定論。

然而，這部小說之所以歷來認爲即是蒲松齡所撰，除了它使用山東方言、所載多山東事跡、寫作時間又與蒲松齡極爲接近等形式條件外，最主要的，還是它所描寫的正是一種與《聊齋》若合符契的文人市井生活。

書中描寫書生晁大舍，因父親晁秀才得美缺，養成揮霍情性，買妾射獵無所不爲，氣死了老婆計氏，又射死了狐仙。遂致這兩人轉世成爲他的妻妾來報仇。晁大舍轉生成爲不才書生狄希陳，狐轉爲素姐，計氏轉爲寄姐，對狄希陳施展種種酷毒手段，整得他死去活來，幾乎家破人亡。

這因果循環的敘述模套，當然只是一種對夫妻本應和愛而卻勢同水火，勝似冤家苦毒的解釋，是「無可奈何而安之若命」。蒲松齡對夫妻關係亦作如是觀。

爲了解除夙世之冤孽，西周生教人勿殺生、誠心懺悔，這也是與蒲松齡反對殺生相同的。也就是說，它與《聊齋》有內在的一致性。

這種一致性，又表現在對兩位主人公身分及遭際的描述上。晁大舍及狄希陳都是讀書人，但頂著個文士之名，實乏文采，夤緣仕宦，其生涯，蓋足以爲一般文士之寫照。他們在社會上如何生活與生存，看其他小說不易明白，要看《醒世姻緣傳》這樣的作品，才能瞭然。

特別是書中主線故事之外，作者會跳出來，夾敘夾議，討論文人生活的處況。例如第三十三回至四十回，藉著敘述狄希陳少小讀書就學時之頑劣嬉遊，「唾手遊庠」，寫文士謀生之拙，以至漸無廉恥起來，繼而強調：古人雖說「君子固窮」，但窮是難捱的，因此，「倒還是後來的人說的平易，道是『學必先於治生』」。

學必先於治生，是明末新思潮，前文已有述及。可是《醒世姻緣》不只是從理論上談這個問題，它還要接下來問：「但這窮秀才有甚麼治生的方法？」

它提了幾種營生之法，一是開書舖，二是拾大糞，三是作棺材，四是結交官府（起頭且先與他作賀序、作祭文、作四文啓，漸漸與他賀節令、慶生辰，成了熟識。或遇觀風、或遇歲考、或遇類考，都可以仗他的力量考在前邊，瞞了鄉人的耳目，浪得虛名。或遇考童生，或遇有公事，乘機囑托，可以僥倖厚利，且可以誇耀閭里、鎮壓鄉民）。但這些辦法都有其困難度。像要結交官府，就得先同府吏衙役混得相熟，「打選一派市井的言談、熬鍊一副涎皮頑鈍的嘴臉」。凡此等等，都顯得「這等經營又不是秀才的長策」。無可奈何，「千回萬轉，總然只是一個教書，這便是秀才治生之本」。

教書當然也不是好營生，也有種種難處，故而「小人窮斯濫矣」竟成爲書生秀才們普遍的情況。

也就是說，秀才讀書人，在此已完全沒有道德理想、價值追求、文采才華等任何神聖性意涵，它只是世俗之業、治生之事。其生活亦與世俗市井無絲毫之不同。一般論《醒世姻緣傳》者，大多會強調它與《金瓶梅》的相似性及血緣關係。兩書在描述世俗社會生活方面確實非常近似，但《金瓶梅》講的主要是商人奢淫之故事，《醒世姻緣》談的卻是文士。然而，文士之生活，居然同於商人，適可以見其世俗化嚴重的程度。

晁家的治生之業是結交官府，晁思孝以歲貢身分受到人情照顧，考選了江南大縣的肥缺。期滿後又通過戲子行賄太監，買得知州之官，並收得私贓十數萬。狄家情況也差不多。這些家庭，男人只有兩種類型，一是有本事治生，經營各類社會關係，撈到錢或做上官的；二是浮浪子，仗著家中的錢與勢而胡天胡地的。因爲其中並無道義可以世守，亦無詩禮足以傳家。

而這些家庭中的女人，由於男人或出外營生交結，或出外浮浪去了，家中大小用度、人事派任，遂當然落在她的身上。故家中「主母」的權威大於一切。例如狄家：

> 狄希陳是個不知世務的頑童，這當家理紀、隨人待客、做莊農、把家事都靠定了這狄婆子是個泰山，狄員外倒做了個上八洞的純陽仙子。這狄婆子睡在床上動彈不得，就如塌了天的一般（五六回）。

狄家老的不管事，小的不知事，家政全賴狄老婆子主持。待她被媳婦氣癱了半邊身體後，家裡就一團亂。

而媳婦爲何氣她呢？原來，中國社會裡的婆媳問題中，有一個絕大的關鍵所在，那就是權力。主母是主政者，媳婦則是接班人。可是掌權者對於將來即將取她而代之的這個接班人是愛恨交加的。一方面她要教導她，使她懂得將來如何持家；一方面她又懼惱她時時準備接位。媳婦對婆婆，則既不服其管教，又思量著如何儘快接手掌起權來。這種緊張關係，只要看看宮廷鬥爭中父子相殘的景況，便不難索解。唐肅宗即位於靈武，唐明皇便成了宮中伴著寂寞秋燈的老人。武則天即位，兒子們也殺的殺、貶的貶。家政國政，在此實爲同一原理。故素姐罵她老公給婆婆聽道：「拿著你就當個兒？拿著我就當個媳婦？爲什麼倒把家事不交給你？」（五六回）這不是擺明了來是要奪權的嗎？難怪「狄員外和狄婆子，一個氣得說不出話來，一個氣得抬不起頭來」。

待素姐將婆婆氣死，順利掌權之後，才漸漸感到持家原來並不容易：

一個女人當家，況且又不曉得當家事務，該進十個，不得五個到家；該出五個，出了十個不夠。入的既是有限，莫說別處的漏罅種種皆是，只這侯、張兩個師傅，各家都有十來口人，都要喫飽飯，穿暖衣，用錢買菜，還要飲杯酒兒，打斤肉喫。這宗錢糧，都是派在薛素姐名下催征。當時狄員外在日，凡事都是自己上前，田中都是自家照管，分外也還有營運。以一家之所入，供一家之所用，所以就覺有餘。如今素姐管家，所入的不足往年之數，要供備許多人家的喫用。常言「大海不禁漏罅」，一個中等之產，怎能供她的揮灑？所以甚是掣襟露肘。娘家的兄弟都是守家法的人，不肯依她出頭露面，遊蕩無依。雖然有個布鋪，還不足自己的攪纏，那有供素姐的浪費？於是甚有支持不住之意（九四回）。

素姐信奉侯、張兩位道婆，所以在家中供養著兩人及其徒眾，家貲益發不得寬饒；何況她又不會理家，自然漸感不支。這時狄老員外已死，狄希陳又遠赴四川任官。她便捨了家，尋丈夫去了。不料，狄希陳之所以要離家謀官，正是爲了逃避閫威，途中且與童寄姐結了婚，意欲來個「兩頭大」。而且躲在外頭，瞞住了素姐。素姐不知情況，冒冒失失闖進去，仍以爲可以像往常一樣發發她主母的威風。誰知此刻狄希陳宅中已另有「主母」了。結果被新主母及其底下人圍起來痛毆了一頓，只好低聲下氣，不再撒潑，讓寄姐對她說：

> 家仍是我當，不許妳亂插槓子。事還是我管，不許妳亂管閑事。媳婦子、丫頭都歸我教誨，不許輕打輕罵的。

這就確定了家裡的權力位階。對這位主母，胭脂虎素姐只能陪笑臉，「寄姐凡有生活，爭奪著要與寄姐去做。寄姐手上偶然生了瘡，死塞著要爭與寄姐梳頭。寄姐或是頭疼發熱，一日腳不停留地進房看望，……寄姐的便盆馬桶，爭著要與她端」（九五回）。

看官要知：主母的權威如此，連素姐都要由意奉承，陪小心、伺顏色到這個地步，丈夫又何敢不然？蓋其勢足以劫之、其威足以懼之、其號令足以使喚之，可以讓底下人爭著去獻殷勤、套近乎。情況跟專制王權底下的政治生態是一模一樣的。

九十一回〈狄經司受制嬖妾，吳推府考察屬官〉載吳推官詢考僚屬，竟然全都怕老婆，而感嘆說：「世上但是男子，沒有不懼內的人，風土不一、言語不同，唯有這懼內的道理到處無異」。男人爲何懼內呢？若說因果報應，難不成人人均欠了老婆的前生債？那當然不可能，而是這種家中權力結構使之如此，故人人若是。

《醒世姻緣傳》開頭即曾以專制王權下臣子的處境來形容男子與主母的關係，謂：「你做那勤勤懇懇的逢干，她做那暴虐狼愎的桀紂，你做那順條順綹的良民，她做那至貪至酷的歪吏」。對家庭中夫妻關係之實況，做了清楚的喻示。

然而，暴政雖猛於虎，母老虎實又更虐於暴君。就是專制帝王也不能跟老婆比。所以〈姻緣傳引起〉云：

> 人世間和好的莫過於夫妻，又人事仇恨的也莫過於夫妻。君臣之中，萬一有桀紂的皇帝，我不出去做官，他也難爲我不著。……寃家相聚，無論哪稠人中報復得不暢快，即是那君臣父子、兄弟朋友之際，也還報復得他不太快人。唯有那夫妻之中，就如脖項上癭袋一樣，去了愈要傷命，留著大是苦人。日間無處可逃，夜間更是難受。官府之法莫加、父母之威不濟、兄弟不能相幫、鄉里徒操月旦。……豈不勝如那閻王的刀山、劍樹、磑搗、磨挨、十八重阿鼻地獄？

晁大舍射死仙狐，又讓妻子生氣上吊，二姝含恨，便轉生成爲他的妻妾。期間曾託夢給晁大舍他娘，晁老夫人問：爲何被射殺了，反而要給他做妻妾呢？鬼魂答道：「做了他的妻妾，纔好下手報仇，叫他沒處逃，沒處躲，言語不得，哭笑不得，經不得官，動不得府，白日黑夜風流活受，這仇纔報的茁實！」這句話，便是前面〈引起〉的注腳，這才叫做「無所逃於天地」。

晁大舍轉世爲狄希陳，果然受兩妻酷虐悍撻、荼毒萬般、無所不至。這種對悍婦的描寫，無疑與《聊齋》極爲肖似，狄希陳尤似楊萬石。

雖然素姐與寄姐之悍惡，或許可視爲特例，但無論《聊齋》或《醒世姻緣傳》，都是把「懼內」視爲普遍現象的。天下之爲妻者，未必均如素姐寄姐般悍惡，未必均挾了冤來報仇，但「世上但是男子，沒有不懼內的」。亦如君王亦有仁政愛民者、亦有溫善者，然臣民仰其天威，依然無不畏懼。

家庭中，做妻子的誠然也不乏怨懟。但那是統治者的煩惱。米穀不登、計用不足、夫不服管、子不服教、僮僕不勤、鄰里戚族多囉唆之類。斯乃君王感嘆刁民、盜寇、劣吏、頑梗、庸臣、儒將、以及四鄰未能賓服一類的抱怨，而不是「懼」。天下只有懼內一辭，只有怨婦一辭，就因爲婦只是怨，怨夫不乖、怨子不好、怨事太勞、怨命不夠好等等，而先生才是懼。懼其威，故伏其教；懼其怒，故承其歡，哄著讓她高興。對妻子的關懷憐愛、奉承體貼，實也是懼的一部份。

何況，臣民對君王，不會有內在自發的愛，夫對妻卻不然。因對之有愛，故又不能捨去，不能像對其他人那樣，要求平恕以待我。以致因愛妻而受制於妻，終於形成愛懼共生的情況。

一般市井小民固然也如此愛懼交迸，但虐妻者亦不乏人，這又是爲什麼呢？此殆如政治上亦有盜寇起事、困民揭竿，甚或強臣劫迫君王之事，本不足爲奇。可是書生文士此種揭竿而起、鋌而走險的勇氣一向較少；又受聖賢言論之制約，不喜歡也不擅長訴諸武力；受了專制壓迫，更慣於逆來順受。他們在面對君上時的順從態度，跟他們在家庭中面對老婆時「俯首貼耳，而受無妄之刑」（聊齋・卷十・馬介甫），是完全符應的。書生文士，在我國社會上，向來不是暴動或起事的主要階層，至多只是個別地在有人揭竿或落草時去依附之，從旁出謀畫策而已。這種現象的原因，正可以從其家庭生活中去理解。

因此，總體地看，《醒世姻緣傳》在輕視醫生、批評邪教、提倡放生、描寫市井生活、主張「學必先於治生」、講說世俗生活中的文人生涯、刻繪悍婦嘴臉……等等方面，都與《聊齋》非常符契。兩書縱非均為蒲松齡作，也可視為同一組作品。它們寫成於同一時期，反映了同一階層的社會及家庭生活狀況。透過《醒世姻緣傳》，更能讓我們理解《聊齋》所描述的文士處境。

在蒲松齡所身處的十七世紀末期，歐洲社會形成了一種迥異於中世紀的風貌，其上層社會的家庭結構，據勞倫斯·史東（Lawrence Stone）《英國十六至十八世紀的家庭、性與婚姻》的描述，有核心家庭重要性增強、夫妻情感關係、父權均增強之勢。原因有三，一是親族關係、扈從關係在社會上不再成為組織原則，所以家越來越是夫妻家庭的核心的事；二是國家權力接收了從前一些由家庭、親屬及扈從所執行的社經功能；三是新教將基督教道德帶入紳士階級及都市中產階級家庭中，既神聖化了婚姻，也使家庭成為教區的一部份。而這一點，配合著第二點，又使核心家庭比較不受親族（尤其是妻方的親屬）的干涉，宗教、法律、政治變遷則促進了戶長權力的現象。

此種現象，一方面強調婚姻中情感的因素，一方面卻又強化了父權。故史東寫道：「妻子對丈夫的順從，在上層及上層中產階級裡，是確然無疑的事。但在工匠、店老闆、小農、非技術勞工中則沒那麼明顯」「國家和法律將妻子對戶長的順從，認為家庭對其首領的臣服，是與臣民對君主的臣服類似，且前者是後者的直接肇因」（詳見該書第四、五章）。

十六至十八世紀，也是我國國家權力增強的時段，但國家對家庭結構的影響並不明顯，因為即便在中古世族社會，親屬、扈從都已不是組織原則，也無法干預家庭核心，亦即夫妻之關係。可是早期夫妻結合，並不太強調情愛之地位，明末清初一大批才子佳人遇合小說，才對此極力刻畫。故可說因情愛而結合的婚姻關係，是十七世紀末期文人階層所提倡的新倫理觀新理想，這點與英國倒有些類似。

但強調婚姻中的感情因素，所形成的家庭內部關係，卻與英國截然異趣。文人階層從聖賢經傳及理念層次上獲得的是父權式的家庭觀念，可是，若套用史東的話來說，則是「丈夫對妻子的順從，在上層及文人階層中，是確然無疑的事」。也就是說，在文人的世俗生活領域，他除了受王權之宰制、經濟市場之宰制外，同時也受到妻子的宰制。

蒲松齡所描述的不第秀才，奔波於科舉體制中，事實上屬於第一類。甘心帖耳於鑽帝王之彀。而且在這個體制中，毫無掙脫的辦法，悲其境遇而莫能逃亦莫能離卻。他所敘述的文人業賈現象，則凸顯了文人受到經濟市場之宰制，不能不去治生。至於那些悍婦對丈夫慘無人道的管束虐待，或丈夫叩服於女主座前之現象，就是文人受妻子宰制的寫照了。

文人的市井生活或世俗生活，就是深陷在這三重宰制中的。

六、文人的世俗生活之研究

文人生活的研究，以往甚少，而且頗爲偏狹。因爲視域大抵集中在文人的文壇交遊、文藝活動、詩詞歌賦、琴棋書畫，以及詩酒酬唱、煙霞寄傲的部分。這是文人的文學生活，乃其本業，猶如商人從事其貿易、農人操其農事一般。當然是值得注意的。

其次，就是文人的日常生活。明清時期，文人的日常生活早已藝術化。就像我在〈生活的藝術化〉一文中所描述的，對於生命的每個階段、生活的每個領域、季節時令每一段時間的安排，都有所經營，兼顧養生及人文情趣。例如賞花、品茗、焚香、藝蘭、集古、飲酒、奕棋等等，形成一種優雅閑適的美感生活。對這種文人之美感生活狀態，以及它逐漸浸潤到社會各個階層去的狀況，邇來研究者也開始漸漸有所論析。

但文人的生活，除了藝術化的這一面和其文學職業生活之外，尚有其世俗面。也就是他們與社會上其他各流品、各人等、農工商傭一樣的衣食日用生活起居。

這種文人的世俗生活狀態，爲向來討論文人生活者所忽略。大家忘記了文人也是人，也有其世俗生活的一面。而且正因爲文人所從事的文學職業及其所追求之藝術生活品味，須要在世俗生活領域中取得支持，否則根本不能進行，故文人的世俗生活其實比起其他行業人更爲重要。可惜論者對此，殊乏關注。

以前文所舉乾嘉文人沈三白的《浮生六記》爲例。評述者清一色只注意到沈三白與芸娘的愛情、兩夫婦的美好藝術生活，間則批評中國大家庭中的婆媳關係而已。實情豈僅是如此？

事實上，三白夫婦的閨房之樂，其實是一種文化品味所烘托所培養出來的樂趣，其中充滿了對美的追求與對韻趣的欣賞。故在其閨房之樂中，我們看到的不只是兩人膩在一塊兒卿卿我我你儂我儂，而是看到類似〈醉翁亭記〉所謂「樂乎山水之間」的遊賞之樂，看到園林生活之樂、詩文賞析之樂、友朋讌聚之樂、飲食料理之樂等等。他們夫妻蒔花養草、飲酒食蒜、刻印章、禱神祠、和詩、行令，一舉一動，皆充分顯示了文明潤澤的美感。正是這樣優雅而有情趣的文化生活，陶鑄滋養了夫妻的感情，使它能相悅以守、莫逆於心。我們看書的人，之所以艷羨其夫婦，也即是因爲我們都對那樣文明韻趣之生活倍感嚮往。

但是，這樣的生活，本身乃是充滿危機的。沈三白是清朝乾嘉時期生活在蘇州的文人。蘇州的文化氣氛，養成了他的文化品味，也提供他遂行此種生活的條件。例如他們可以住在景觀秀絕的滄浪亭，家中可以經常召伶演戲，他們精於花藝，能製作盆栽，又擅長疊石，對於居室佈置，如怎樣製作屏風、怎樣焚香，均有若干講究。這種生活，雖未必定須饒於貲業者方能備辦、未必即屬於資產階級之生活品味，但必須是對生活本身費力經營、用心打理。故沈三白自稱：「貧士起居服食，以及器皿房舍，宜省儉而雅潔。」身雖貧士，在文化生活上卻要求精緻而富裕。此其爲理想。然生活若過度貧困，衣食尚需張羅，則豈能再論其雅潔與否？生活的重擔，有時是會壓彎了人的脊樑，使人只能蜷曲苟活於時代的角落中，對器皿房舍服食，無暇講究的。

不幸沈三白正是個拙於生計的文人，所學只是如何替人辦文書當幕僚。其游幕生涯，頗不順利；而且浪跡四方，俯仰由人。故夫妻相處，離居時多。有時無故遭到裁員，心緒及經濟也大受影響。後來一度想從商做生意，跟他姑丈去釀酒。不料又碰上林爽文事變，海盜阻隔，虧蝕老本。種種不如意，弄得貧病交迫，依親友接濟，勉強支持。到芸娘死時，沈三白要「盡室中所有，變賣一空」，且得友人濟助，方能將之成殮。其生活境況之慘，可以想見了。

因此，所謂〈坎坷記愁〉，並不單指芸娘與三白在「舊式大家庭禮教下遭到摧折」或婆媳不和的問題。他們的坎坷，是因其文化生活本身即是有條件的。漂泊動盪、奔走衣食，會使這種閒情逸趣根本無法滋長。

由此看來，三白夫妻的坎坷，是同時來自幾個方面。一是人事上的困絀艱辛，貧弱無依。這種貧困，自然影響到他們在家庭中的處境，例如財務債務的糾紛。加上芸娘代司筆札所引起的筆墨口舌糾紛，以及處事方式，不得姑舅歡心，釀成了家庭中的坎坷。在個人情感方面，又受憨園背信、阿雙捲逃的刺激，無法承擔。

個人情感上深受打擊，家庭中糾紛不斷，外向世界又使他們處處碰壁。以致妻死、父喪、子夭、弟逼、女遣，人生的痛苦，集中到這一卷小書裏。若說〈閨房記趣〉極夫婦之樂，那麼，〈坎坷記愁〉就是盡生人之悲、窮人倫之變的痛苦悲號了。以三白與芸娘的死別爲主線，勾勒出這一幅茫茫大悲的景象：「當是時，孤燈一盞，舉目無親，兩手空拳，寸心欲碎，綿綿此恨，曷其有極！」

《浮生六記》正是在這裏顯示了它的經典意義：極夫婦之樂，盡生人之悲。其悲，本於文人世俗生活之拙困，而其樂，遂愈形可悲也。

《聊齋誌異》敘文士之悲，同樣具有經典意義。蒲松齡場屋科考不順利，落拓江湖載酒行，以談狐說鬼寓其悲慨，其自序云：「集腋成裘，妄續幽冥之錄；浮白載筆，僅成孤憤之書。寄託如此，亦足悲矣」，洵爲實錄。

蒲松齡的父親蒲國鼎，就是個落拓文人，「操童子業，苦不售。家貧甚，遂去而學賈」。因此他非常期待蒲松齡能考上科名，不幸蒲松齡又屢考不上，「五十餘，猶不忘進取」。結果是屢敗屢戰，終致家貧如洗。幸而有賢妻劉氏經營持家，才免於餓死。

劉氏在蒲家，本來也與家中幾位女人相處不來。蒲松齡說她：「入門最溫謹，樸訥寡言，不及諸宛若慧黠，亦不似他者與姑齟齬也。姑董謂其有赤子之心，頗加憐愛，到處逢人稱道之。冢婦益恚，率娣姒若爲黨，疑姑有偏私，頻偵察之；而姑素坦白，即庶子亦撫愛如一，無瑕可蹈也。然時以虛舟之觸爲姑罪，呶呶者竟長舌無已時」。由於實在處不來，所以就兄弟們分了家。分家以後，「紡績勞，垂老苦臂痛，猶績不輟。衣屨浣，或小有補綴。非燕賓則庖無肉。松齡遠出，得甘旨不以自嘗，緘藏待之，每至腐敗。兄弟皆赤貧，假貸爲常」(劉氏行實，聊齋文集，卷八)。

蒲松齡有一女四男，「大男食餼，三男四男皆掇芹。長孫立德，亦井童科」。但都非蒲氏的功勞，因爲他外遊到七十歲才停止，孩子都賴劉氏教誨養大。

這樣的生平，使得《聊齋》中對文士不第有深刻的體認，文士之窮、以及文人轉而業賈，他是有親身體驗的，且與沈三白頗有相同之處。可是他比沈三白幸運，老婆非但能如芸娘般理解他支持他，而且比芸娘能幹。芸娘對沈三白，只能提供愛以及藝術化的生活。然而，對世俗生活，芸娘是笨拙沒有能力處理的。劉氏在這方面，遠比芸娘強。她處在大家庭中，能以溫謹獲得婆婆的喜愛。雖因此導致娣姒失和，且析家產時分得極少極差，但分家之後，一肩挑起家計重任。治生持家之能，非芸娘所能及。

在未分家前，蒲家固然還有蒲老先生及夫人在，然而家中之「主母」卻非蒲老夫人，而是「冢婦」。冢婦率娣姒若爲黨，不但「偵查」蒲老夫人之言行、與劉氏的關係，更「時以虛舟之觸爲姑罪」。這種情況，適足以說明當時家庭內部權力狀況之眞相。「冢婦」之稱，猶如「冢宰」，正是眞正秉持家政國政者。

分家以後，劉氏自己擔任家中之冢宰，「食貧衣儉，甕中頗有餘蓄」。蒲松齡之所以能不淪落如沈三白，全靠了她。我們唯有從蒲松齡沈三白這樣的生活經歷中，才能了解文人的世俗生活，也才能明白《聊齋》中所記的一些事。

看他這樣的經歷，也有助於說明《聊齋》中有關女性描寫的問題。

據蒲松齡兒子蒲箬所寫的〈清故顯考歲進士候選儒學訓導柳泉公行述〉言蒲松齡所撰之書、所編之曲，「直將男之雅者俗者，女之悍者妒者，盡舉而匋於一編之中」。可見蒲箬也認為他父親所寫的女子以悍妒為主。《聊齋》中的女人，在談戀愛階段，都是可憐可愛、不悍不妒的，悍與妒都表現在婚後家庭生活中。可能是蒲松齡所著的《醒世姻緣傳》，更是針對這點極力刻繪。

居家是人類主要的日常生活。在這種生活中，中國向來被指摘是個父權社會，父權的主要行使領域也就是家庭。可是，為什麼父權制的社會竟然出現這麼多悍婦呢？為什麼懼內現象如此普遍呢？

過去的研究者對此均乏究心。不是反覆說女人如何受虐受壓迫，就是仍把婦悍歸罪於男人，說因為男人花心，所以婦妒；由於長期受壓抑而形成心理不健全故婦悍。這些解釋，都是因不明白中國父權制之實況使然。

目前一般人（包括女性主義人士）慣常用「父權制」來描述歷史上男性對女性的壓迫。但這是這個辭意在現代的借用，原先政治學社會學或法學中，父權制主要並不指這個意思。

父權制，要遲到一八六一年才由Henry Maine《古代法》中提出，後來漸漸普及。研究者用這個術語及概念去分析古代社會，大體認為希臘、羅馬、以色列等處均具有父權制的特徵。

那麼，父權制之內涵爲何呢？一、這是指一種父系宗族的權威關係。二、這種父系宗族系譜必須與財富及土地聯結，因爲父親的權威之一，就是分配財產。貧無立錐之地者，事實上即無法建立這種宗族，只能依附爲貴族之「客」。三、家族中的家戶長同時又是與神聯結的，因爲要由他代表宗族主祭祀。他也因與神聯結而具有「克里斯瑪」奇魅的領袖地位及權威能力。四、父親對財產、土地、奴隸，均有其處分權力；也可指定繼承順序；可收養子女、離棄妻子；命令家族成員。家族成員則須順從他。五、在法律上，只有他能擁有市民權；家族成員若有不法行爲，也只有他可以處罰，甚至有權殺掉兒女或奴隸。

這種體制，在中國有沒有呢？早期的研究認爲是有的，不但有，而且跟羅馬一樣，非常典型。但近期的研究則覺得中國情況特殊，宜另做分析。

怎麼說呢？一、羅馬法允許被認養者納入父系團體中，給予被收養人跟血親相同的權利，中國則否。二、中國沒有「家父長」（Patria Polestars）這個概念，勉強說，只有「孝」與它類似。但孝意指順從於家族或社會中的角色；家父長一詞，卻意味權力關係。羅馬法強調父親對兒子的所有權。三、西方歷史的發展，是國家權力逐漸取代宗族、地主權力，故父權制逐漸脫離世襲制而削弱而改變。中國很難如此類比。例如希臘早期，父親有權殺其子女，後來就不可以。古羅馬時也可以，後來國家法律便不允許如此了。中國則只有明清時期才有此可能。四、但國家力量的介入，又規範了父親許多權力。父親在家庭中喪失了世襲制權威，以及隨意處分其財產、婚姻、繼承關係的權力。比西方社會中的父親更不具有父權制的支配地位。

而更重要的是，「父親」這個角色，在中國常是由母親扮演的。也就是父系而母權。母親實際上主持家計、管教子女、分配財產、指揮傭僕、命令家族成員。因此中國的父權制之實況，並不能做它字面意思去理解。我們看《醒世姻緣傳》或同樣寫於康熙乾隆間的《紅樓夢》，就都可以發現那些家庭中發號司令的權威支配者，都不是老爺而是奶奶，如賈母、王熙鳳、探春等。

陳翠英《世情小說之價値觀探論：以婚姻爲定位的考察》把這些在家中掌權的女人稱爲「婦女形象的男性化」，認爲它代表了傳統男尊女卑社會的鬆動跡象。也就是說，男尊女卑、父權制並不能完全宰制女性，女性可藉由男性化來顚覆傳統體制（一九九六，台大文史叢刊）。

這個講法只說對了一半，眞相是：男尊女卑的理論在實際生活中有非常多樣的轉變（即實踐）方式，而實踐的結果，恰好常與理論所說不同。猶如理論上都說「民爲邦本」，人民是國家的主體或根本，民爲貴君爲輕；但實際政治實踐卻是君貴民賤，君凌駕於民之上。

爲什麼男尊女卑之實際運作能反過來呢？政治上，民貴君輕，而終至君貴民輕，原因在於君代表了人民、代表了政權。人民被他所代表了之後，人民實際上就不存在了，只剩下代表而已（亦如人民選出民意代表之後，政治上就只由代表去玩，人民沒份。代表也從此不再代表人民，只遂行他自己的意志）。而且相反地，人民還必須供養這個代表、維護這位代表，因爲這個代表已代表了他及整個政權。家庭中，情況類似：本來男尊女卑，父親在家中是家長，有其權威地位，但因父親經常出游（游學、游幕）如蒲松齡那樣，家長這個位置遂由母親取代了，形成了父系而母權的局面。文人又不善治生，家計需賴妻子經營，經濟權因此也歸了主母。

阿瑟．科爾曼《父親：神話與角色的轉變》一書曾分析父親與小孩的關係，在其第二章〈貫穿生命周期的天父意象〉中說早期父子關係趨於理想化，成年時期變得疏遠和情感矛盾，最後才形成和解（一九九八，劉文成譯，東方出版社）。

這樣的父子關係，事實上也不發生在中國傳統家庭中，因爲父親只以理想型存在於兒子心中。兒子成長後並不需要掙脫父親之籠罩，並不必拋棄兒童時期的父親意象，才能成就自我。在他成長期間，父親基本上都是不在場的，養之教之者，乃是母親而非父親。反之，媳婦與婆婆的關係才比較接近西方意義的父子關係。媳婦是「父親自己對兒子的恐懼的繼承人」，故「父親必須處理好自己壓服或毀掉孩子的強烈慾望，必須接受兒子將要取代他的必然性」；媳婦則彷彿有弒父情結的伊底帕斯。兩者在家中形成難以避免的緊張關係。

對於父權制在社會生活中的這些實際狀況，蒲松齡及其同時代的小說，提供了我們許多視角，足以澄清歷來之誤解。過去對此缺乏論究，實在是頗爲可惜的事。

《重編笑林廣記》序

無論就笑話本身或民俗學的立場來看，《笑林廣記》都是本值得細閱的書；在中國眾多笑話書中，它的地位也非常重要。基於事實上的需要，這次重印時，我們給予適度的處理。經過了重編與校訂後，我們願對這本書及我們的工作，略做說明。

一、俳優與笑話

傳統的書籍分類法，將「笑話」劃歸爲小說的一種。但，中國人對小說的觀念，一向較爲含混。《漢書．藝文志》裡，只大略地把「小說」定義爲街談巷語。對笑話而言，這種定義是不夠的。明人胡應麟在《少室山房筆叢》卷廿八中，曾將這些內容龐雜的小說綜核爲六類，其中有一類是志怪。所謂志怪就是記載一些稀奇古怪的事物或經驗。《莊子．逍遙遊》說：「齊諧者，志怪者也。」《齊諧》這本書，既然是莊子以前的作品，則中國志怪小說的來源當然更早。書名叫《齊諧》，大概是寫些燕齊一帶滑稽有趣的事吧，可惜這書已失傳了。宋人東陽無疑雖然也補寫了一冊《齊諧記》，但純粹是些怪事的記錄，與笑話無關。倒是比東陽無疑稍早的邯鄲淳，寫了三卷《笑林》，是中國第一本笑話書。邯鄲淳，又名竺，字子叔，東漢穎川人。《笑林》一書，亡佚已久，僅存遺文二三十則，散見於《藝文類聚》、《太平廣記》等書中。調侃戲謔，爲中國一切笑話文學的開山之作。例如：

魯有執長竿入城門者，初，豎執之不可入，橫執之亦不可入，計無所出。俄有老父至曰：「吾非里人，但見事多矣，何不鋸中截而入？」遂依而截之。

這是大家耳熟能詳的笑話，也是宋明以來，許多笑話書的典範。執竿者固然愚態可掬，自以爲是的老人，尤笨得無以復加。但我們注意，那個笨老者在提出他那套令人發噱的辦法時，說話的語態和自負多聞却正愚不可及的神味，造成了中國笑話文學中獨特的一種「冷雋」的筆法。利用對比與反襯，烘托出一個惹人發笑的場面：文字表面很溫和，不慍不火，却是運筆如刀、深刻萬分。正因《笑林》文學簡潔，敘述精采，詼諧而不傷溫厚，所以在當時即有許多仿作相繼問世。如楊松玢的《解頤》、侯白的《啓顏錄》等，都很著名。《啓顏錄》十卷，內容豐富，但事較淺浮，也較喜歡用鄙俚言語謔人。詼諧太過，有時不免流於輕薄。中國笑話書中，有很大一部份猥褻或尖刻的手病，是承繼這個傳統而來的。

《啓顏錄》之後，唐何自然的《笑林》、宋呂居仁的《軒渠錄》、沈徵的《諧史》、周文玘的《開顏錄》、天和子的《善謔集》等書，都很著名。其中仁興書堂彙刻的《笑苑千金》三卷和《笑海叢珠》三卷，尤能說明除了文人的努力之外，書商在這方面的貢獻。尤其是明清以來，因爲笑話書受到廣大群眾的喜愛，雅俗共賞，書商除了翻刻增訂之外，也有許多拼湊割裂，以應付市場需求的刊本出現。俗字、別字、錯字、奪文、衍文甚多，造成後人閱讀的障礙。但就整體來說，對笑話的推廣與延續，書商的地位極爲重要。我們可以想像：當讀者在茶邊燈下，蜷縮著翻動一頁頁笑話書時，那份喜悅與暢快，是可以消弭對這些俗文誤字的不滿的。《笑海叢珠》的扉頁上，有仁興書堂的說明，大致可以代表一些笑話書的意義及這類書籍印行的原因與目的：

> 樂然後笑，人不厭其笑。優旃、方朔、東坡、佛印之徒，莫不以此遊戲人間。則亦人生樂事也。書市舊有笑林，陳腐鄙俚，使人聽厭。本堂自新收拾江湖新奇名話，自新刻梓，流布四方。雖木石心腸，聽之亦當莞爾❶。

事實上，每一本新的笑話書問世，都是聽厭了舊材料，重新摭拾江湖新奇名話而加以採編的。所

---

❶ 笑話書之盛行於明代，並非明人特別幽默，而是社會結構相與配合的結果。當時書坊中應時的出版品約有三種：一是八股制藝、二是時務書籍、三是小說笑話這類消遣娛樂品。制藝就是八股文，當時有社稿、房書、課藝、文選、會議等名稱，《儒林外史》寫馬二先生湖上選文，選的就是這類。明萬曆天啓年間最著名的選文家是艾南英、陳際泰等。時務書籍的代表人物是許重熙《嘉靖以來五朝注略》、金日昇《頌天臚筆》、馮夢龍《甲申紀事》《中興偉略》等。譬如崇禎初年魏忠賢垮台，書店裡立刻就印出許多罵魏忠賢的書，像《玉鏡新譚》《皇明忠列傳》等，其性質一如今天的《美麗島暴力事件專輯》《吳春發匪諜案始末》等。至於小說和笑話，最著名的當然是馮夢龍、空觀主人、蘭陵笑笑生等人了。翻刻流行極廣。

以每書重複雷同的情形十分嚴重，有許多笑話竟因此而不能確知原出於某書。——當然，對讀者而言，源出於某書並不重要，他們所專注而關切的，只是笑話本身。和《笑海叢珠》上所提到的那些人物（東坡、佛印、東方朔等）一樣，人們在笑話的諧謔中，獲得了許多生活的閑趣與智慧。

以上這些說明，是就「笑話書」的起源與流變而說的。若論起中國的笑話，當然不僅限於此。笑，是人類這種無毛直立脊椎動物的特徵之一，所以它的來源也和人一樣古老。笑話的前身是人們彼此間「開開玩笑」，《論語》裡孔老夫子所謂「前言戲之耳」即是此類。當人們自覺地運用這些有趣的事件做為談話的材料時，笑話即已成型。韓非子孟子等書所記載的一些宋人故事，嘲笑的意味很重，也帶著不少諷勸，成為中國笑話的典型。只不過沒有輯錄成專書而已。為什麼中國笑話起源很早，却一直要到漢末才有這方面的專書出現呢？要考察這種情形，我們不得不溯源於古代的「優人」。

據《列女傳》所說，夏桀時已有優人了，這種記載可不可信，我們不管，目前確實可考的優人是春秋時代晉國的優施、楚國的優孟和秦國的優旃。優人善長歌舞與調謔，因為他們都是些侏儒，所以動作滑稽，言辭靈活。相傳有名的晏嬰也是個優人，但已不可考了。這些優伶，本都是王公巨室所豢養的一批開心果，遇到節日慶典，就找他們出來歌舞調謔一番，供人哈哈一笑。

但優人雖是賤業，却有個很可貴的傳統與職業道德。那就是他們的諷刺或戲謔，往往在笑話本身之外，涵有更深一層的意義，大部份是譏諷時事、勸諫帝王，少部份是講示人生道理。他們有急智，也有瞻識，往往對國家政策有決定性的影響力，例如秦始皇要造廣大的園囿，不准群臣反對，揚言誰敢反對就殺誰。文武大臣無不驚慄，只有優旃十分高興地拍手迎合秦始皇，並且建議園子愈大愈好，如果造好了，希望能多養些鹿。秦始皇當然很高興，連忙問他養鹿幹什麼？優旃說以後六國的軍隊如果來攻，可以派鹿用角觸死他們。秦始皇這才默默地打消原來的念頭。因爲很明顯的，國家要富強、要抵抗外侮、要發展拓植，須要人力與物力，如果開闢廣大的園囿供帝王個人賞樂打獵，對人力財力的損失多麼嚴重！優人慣用以退爲進、正言若反的方式，達到勸諫的效果，漢朝的東方朔也是個很著名的例子：漢武帝想遣散他的奶媽出宮、回家啃老米飯，乳娘不願意，只好去求東方朔。東方朔告訴她，明天去向皇帝辭行時，要不斷回過頭來看皇帝。第二天，老奶娘向皇帝告辭，退出大殿時，照著東方朔的囑附，頻頻回頭看漢武帝，武帝正覺得奇怪時，東方朔却大喝：「妳這蠢老太婆！還不快走！妳以爲皇帝還記得妳從前抱著他餵奶的事嗎？」——聰明的讀者，您應該可以想到這個故事的結局如何了。東方朔與優旃，是許許多多優人中的一份子，只因他們的故事，被後代笑話書借用得很多，《笑海叢珠》也明白地揭示了他們的名字，所以我才提出討論。其實這類精采的故事，不勝枚舉，元人王曄，曾收集這些優人著名的謔諫，著成「優諫錄」一書，可惜原書今已亡佚。王國維另外輯成了《優語錄》一書，僅僅唐宋二朝，就有五十條之多，其中有許多都被明清笑話書收錄爲笑話了。洪邁《夷堅志》說：

> 徘優侏儒，周伎之最下且賤者，然亦能因戲語而箴諫時政。

這種特質，影響了我國滑稽文學很深，甚至可以說，中國的滑稽與笑話，自始就是在供人賞樂之外，別有寓寄。從來也不曾脫離這個傳統而發展。

那麼，徘優和笑話書籍的興起又有什麼關係呢？優人戲謔與一般的笑話不同處，在於他們通常都與歌舞配合演出。《穀梁傳》：「頰谷之會，齊人使優施舞於魯君之幕下。」《魏書》裴注也載司馬師廢帝奏說：「使不優郭懷袁信於廣望觀下，作遼東妖婦（狀），嬉褻過度，道路行人掩目。」……依據這些記載，優人的謔誹表演雖已不能知其詳情，但其配合歌舞則是可以確定的。他們的表演雖配合著歌舞動作，但其基本型態，仍是以言辭的戲謔爲主，與純以歌舞爲主的巫人不同。正因爲他們是當時製造笑話和一般人民聽取笑話的來源，所以優人的存在，代替了文學與書籍的傳播。中國在秦漢時，有笑話而沒有笑話書籍的編輯，這，無寧是個重要且基本的原因。

然而，恰如王國維《宋元戲曲考》所說的：「古之徘優，但以歌舞及戲謔爲事。自漢以後，則間演故事」。歌舞戲謔和演播故事，截然不同（雖然後者是由前者直接演變而來），前者仍是笑話或小說的品類；後者則屬於戲劇的範疇。綜合歌舞以演播故事，漢代的參軍戲即是此類。《樂府雜錄》：「參軍始自後漢館陶令石躭。」——從參考軍戲開始，優人又替中國的戲劇開拓新路了。參軍戲，直到唐宋還很盛行，有許多笑話書採錄了戲裡的對白，即成爲精彩的笑話，可見它雖然型態已改，但和笑話的血緣關係還是很密切的。然而正因徘優在後漢時將諧謔轉成戲劇，以往利用徘優以口語傳達者，遂也一轉而須藉文字的記載來傳播，笑話書——如《笑林》之類——於焉興起。

當然，戲劇和笑話，既都與優人關係密切，中國傳統戲劇中也必有專以調諧爲主的戲。又因爲「參軍戲」原是諧謔和歌舞故事的混合體，所以日後戲劇的發展也各伸展其一面，成爲兩種系統，一是滑稽戲，以言語爲主，諷譏時事或諧謔。一是歌舞戲，以歌舞爲主，搬演故事。唐、五代與宋皆是如此。在這種情況下，滑稽戲實質上已與笑話無異了。例如鄭文寶《江南餘載》卷上：

徐知訓在宣州，聚斂苛暴，百姓苦之。入覲侍宴，伶人戲作綠衣大面若鬼神者。傍一人問：「誰？」對曰：「我宣州土地神也，吾主人入覲，和地皮掘來，故得至此！」❷

這則笑話在《笑林廣記》中也曾記載著，只不過省略了人名罷了。我們可以猜想伶人針對這個主題（貪官）應如何諷刺，一定構思甚久，才會有如此新奇的譏嘲，可令這位貪官在皇帝座前戰悸難安了。伶人不但譏刺貪官，也諷勸皇帝，劉績《霏雪錄》：

宋高宗時，饔人瀹餛飩不熟，下大理寺（相當於現在的司法行政部）。優人扮兩士人，相貌各異。問其年，一曰甲子生、一曰丙子生。優人告曰：「此二人皆合下大理。」高宗問故。優人曰：「鋏子餅子皆生，與餛飩不熟者同罪。」上大笑，赦原饔人。

僅因餛飩沒煮熟就要坐牢，可眞是「天威不可測」了。但優人們却不懼皇帝老爺的威風，有了過

❷ 宋洪咨夔狐鼠詩：「不論天有眼，但管地無皮」、唐盧仝〈蕭宅二三子贈答〉第十四首：「揚州惡百姓，疑我捲地皮」、明人小說〈醉醒石〉第七回：「共嘆天無眼，群驚地少皮」等，都是同一意思。另參錢鍾書《宋詩選註》頁二六五。

失，還是照樣諷刺你。又《唐史・卷二五三・僖宗本紀》：

上好騎射、劍槊、法算，至於音律蒲博，無不精妙。好蹴鞠鬥雞，與諸王賭鵝，鵝一頭至五十緡。尤善於擊毬，嘗謂優人石野豬曰：「朕若應擊毬進士舉，須考狀元。」對曰：「若遇堯舜作禮部侍郎，恐陛下不免駁放！」

是一則十分典型的例子。可惜措辭太嚴峻了，所以後代無法轉化成笑話。其他許多事例則多半成爲笑話書中極好的材料，如張端義《貴耳集》卷一：

何自然中丞，上疏乞朝廷併庫。壽皇從之。方且講究未定。御前有燕，雜劇。伶人妝一賣故衣者，持褌一腰，只有一隻褌口。買者得之，問如何著之？賣者曰：「兩腳併做一褌口。」買者曰：「褌（庫音）却併了，只恐行不得。」壽皇即寢此議❸。

多麼新穎有趣而不著痕迹的勸阻呀，這一則故事在後代笑話書裡又變成了夫婦吝嗇譏嘲，也是很傳神的。像這類典型的滑稽戲，見於各家筆記中甚多，不一一摘錄，但它確實是中國笑話裡頭一項很珍貴的資產。正因爲中國笑話和優人的諧謔及滑稽戲關係如此密切，所以日人清水榮吉在《笑

❸ 曾敏行《獨醒雜志》卷九亦有一事與此相同。

苑千金》編後記裡便說：「從中國笑話對話形成和內容來研究，似乎以稱呼爲滑稽故事比較適切些。」

爲了說明笑話和滑稽戲的關係，我們願舉出宋金時代雜劇院本中稱爲「雜砌」的滑稽戲來證明。《笑苑千金》又稱《新編古今砌話笑苑千金》，而《笑海叢珠》也題名作《集南北諢砌笑海叢珠》。關於砌話或諢砌，據李嘯倉說：「諢有暴露與諷刺的意味；砌只是單純的滑稽。」另外，據陶宗儀《輟耕錄》卷二十五所載，金元院本名目中，共分十二類，其中一類就是「諸雜砌」，這一類的院本，多達三十帙。可見滑稽戲和笑話之間，確實是有一層血緣的關係了❹。

二、笑話書的編纂

在五四的反傳統浪潮裡，周作人爲他的《苦茶庵笑話選》作序時，因爲對笑話這種源流的考察不夠縝密，所以才寫下了「查笑話古已有之，後來不知怎地，忽爲士大夫所看不起，不復見著

❹ 諢砌、使砌、打砌、雜砌等，均爲宋元俳優及說話人慣用語，而在唐代已有。《新唐書・卷一四六・李栖筠傳》載：「賜百官宴曲江，教坊倡優顚雜侍」的顚，就是諢。至於金元明院本及宋代雜劇跟諢砌的關聯之所以如此密切，主要也受雜劇院本的性質使然，故《夢梁錄》卷廿說雜劇「全用故事務在滑稽」。後來的南戲北雜劇雖不純是詼諧調謔，而滑稽的成份仍很不少，至今猶然。這當然也是我國俳優的傳統。笑話書之編輯，有些便出自這些愛好滑稽的戲曲家之手，元鍾嗣成《錄鬼簿》卷下，記載當時的戲曲家施惠，撰有《古今砌話》，即是明證。

錄，意者其在道學與八股興起之時乎！」這種謬論。笑話受宋金滑稽戲的影響已如上述，如果士大夫知識份子都看不起這些調諧，會將它錄爲文字記載嗎？如果士大夫帝王君臣都不在意它，它的譏諷會有效嗎？它還有存在的意義嗎？退一萬步說，寫《軒渠錄》的呂居仁，不就是著名的學者兼道學家嗎？把文化遺產強分爲平民大眾和士大夫貴族的論調，是毫無意義的。笑話中固然有許多口白俗語，但除了知識份子，平民會將它編成書嗎？何況，笑話會有什麼疆界呢？如果連笑話都有階級欣賞的疆限，那還叫做什麼笑話？別忘了，笑話所描述的對象是人性，平民有人性，士大夫就不是人嗎？坦白說：眞能體會笑話的是知識份子，眞正爲笑話出力的也是知識份子。平民、勞苦大眾，喔，如果眞有這麼個奇怪的階級存在，那麼，他們就是不勞而獲的聽眾。用他們混沌而企盼的眼神，諦聽著知識份子向他們吐露一些人生世相的滑稽、喜悅、和智慧。

這類知識份子普遍地存在於每一個朝代，馮夢龍是其中較傑出（或著名）的一位。

馮夢龍（一五七四～一六四六），字猶龍，又字子猶。因爲他唸書處稱爲「墨憨齋」，所以又自稱墨憨子。一生對民間藝術的提倡與傳播不遺餘力。他曾刊布民間情歌集《馮生掛枝曲》，又重訂明人傳奇爲《墨憨齋定本傳奇十種》，增補《三遂平妖傳》，勸沈德符刊行《金瓶梅》等等，尤其重要的是三冊白話小說選集：《喻世明言》《警世通言》《醒世恆言》——合稱三言。是我國白話短篇小說界的瑰寶。朱彝尊在《明詩綜》卷七十一中評論他說：「善爲啓顏之辭，間入打油之調。」像這樣一個喜歡戲謔開玩笑的民俗學者，在一些小說歌曲之外，如果沒有對笑話也進行過一番努力的話，是難以令人置信的。果然，《笑府》十三卷便在他的手中問世了。

《笑府》原本十三卷。題墨憨齋主人撰。馮夢龍原編有《古今談概》，集史書傳記中笑話之大成。至清初被人刪改爲《古今笑》或《古笑史》。惟有《笑府》並不以史書爲依據，純係創作或搜錄舊有笑話而重編。《笑府》就是《笑林廣記》的原本，因爲《笑林廣記》已問世，《笑府》也隨之湮滅不傳。今傳者唯有日本風來山人選譯的本子。風來山人是日本十八世紀的天才作家，刪譯選刻的僅有二卷，比起原書是少得多了。書前有序文說：

古今來莫非話也，話莫非笑也。兩儀之混沌開闢，列聖之揖讓征誅，見者其繼耶？夫亦話之而已耳。後之話今，亦猶今之話昔，話之而疑之，可笑也；話之而信之，尤可笑也。經書子史，鬼話也，而爭傳焉。詩賦文章，淡話也，而爭工焉。褒譏伸抑，亂話也，而爭趨避焉。或笑人、或笑於人。笑人者亦復笑於人，笑於人老亦復笑人，人之相笑寧有已時？笑府，集笑話也，十三篇猶云薄乎云爾。或閱之而喜，請勿喜；或閱之而嗔，請勿嗔。古今世界一大笑府，我與若皆在其中供話柄。不話不成人，不笑不成話，不笑不話不成世界。

布袋和尚，吾師乎！吾師乎！

文章不甚好，但嘻笑怒罵，頗有些趣味。文中所說的布袋和尚即梁代契比，《開卷一笑》卷七也有首布袋和尚的「呵呵令」，把神農伏羲周公孔子以至道士和尚玉帝閻王都譏嘲了一番，頗有些玩世的味道，算是笑的理論基礎吧❺。《開卷一笑》有日本寶曆五年（一七五五）翻刻的第二卷本。

❺ 布袋和尚，世傳爲彌勒菩薩應世，五代梁時，居明州奉化縣，自稱契比，號長汀子。而狀猥瑣，蹋額大腹，語言滑稽怪異；常以杖荷一布袋行乞，故人稱布袋和尚。宋元明民間可能頗流傳他一些玩世的言行。

巢庵主人小序中說：《開卷一笑》是明人李卓吾所輯，屠赤水參閱。原書今已不見，只存有後人刪補成的《山中一夕話》。這種情形倒頗與《笑府》相似。從這些序文裡，我們約略可以看出當時文壇的一種諧謔的風氣❻。

除了《笑府》以外，馮夢龍又編有《雅謔》一書，內容多與《笑府》重複。又有《廣笑府》，可惜我未見此書，不知今傳《笑林廣記》是否即據二本笑府「廣」成的。但據今存的史料看來，收錄在《笑府》或《笑林》裡的笑話，不論其文字或意蘊，可能經過一番整理或改寫，例如吝嗇，是很好的諷刺題材，但要如何表現這種特殊的材料呢？《笑苑千金》裡諷刺「一毛不拔」的故事：

有一官人到杭州，在梳頭鋪裡坐。剃頭人曰：「官人莫是要梳頭否？」官人曰：「你不見古人詩云：百年渾是醉，一月不梳頭。」剃頭人曰：「便是看見官人鼻毛摘下來縛得三管筆了。」官人曰：「若還教你梳頭時，摘了鼻毛，便被你縛筆賣錢了。」剃頭人曰：「看你一貌堂堂，眞個一毫不拔。」

❻ 明中葉以後文壇的諧謔風氣極盛。《太平清話》卷下說「唐伯虎有《風流遁》數千言，皆青樓中遊戲語也」，實開風氣之先。其後則有李卓吾《山中一夕話》《開卷一笑》、屠田叔《艾子外語》《憨子雜俎》、陸灼《艾子後語》、江盈科《雪濤小說》、章晦叔《憨話》、劉元卿《應諧錄》、余渭《諧史》、鍾惺《諧叢》……等。對晚明小品文及世情小說之興趣，影響很大。小品文寫得最好的王思任，便自號謔庵。另詳龔鵬程《采采流水——古典小品精選》（六九·蓬萊出版）頁一九五——一九八。

這是個不很成功的笑話，剃頭者怏怏不悅的憤語，並不能惹觸讀者的共鳴。但在《笑林廣記》裡，作者將它改寫成：

> 一猴死見冥王，求轉人身。王曰：「既欲做人，須將毛盡拔去！」即喚夜叉拔之。方拔一根，猴不勝痛叫。王笑曰：「看你一毛不拔，如何做人？」

多麼新穎鮮活的取材與敘述呀，指桑罵槐，不著一絲痕迹，直到篇末才一筆點出全文主旨，筆法清峭而冷雋。勝過《笑苑千金》太多。又如《笑苑千金》裡嘲諷人重財輕命說：

> 汴京孟良家巨富，一毫不拔，父病不肯求醫：父曰：「病體淹延，何日可瘥。欲往醴泉觀禱祝平安。我不能行，你可頂載同往。」翌早，良載父而行。過汴橋，值舟繩所挽，拋父入水。時有水手在旁，謂良曰：「倘賜一兩錢，顧躍波而救父。」良酬以三錢而不允，良再添四錢，又不允。父於水中呼兒曰：「孩兒，只是五錢以上，一錢也不得添！」

從這個故事裡，我們可以看出：宋人對笑話的觀念還不很明晰。笑話，是從故事、經驗、或創造性想像中紬繹出來的概念化表達，傳遞一種令人發噱的意念。一般笑話，如日本的《江戶小咄》一樣，它的表現形式極簡潔，採取伶俐而鋒銳的對話形式，構造不冗長，因此省略了冗長的說明與敘述。內容的說明遠不如置重點於言外的暗示。它和一則簡短的故事或佚事是迥然異趣的，《笑苑千金》這則笑話，其實只是說個故事，馮夢龍在《笑府》裡將它改寫成：

一人溺水，其子呼人急救。父於水中探首曰：「是三分銀子便救，若要多，莫睬！」

多麼乾淨俐落，採取了「慳吝」這個主題，却把場地、人物、理由等說明全都刪去了。簡明而爽利。我們懷疑中國笑話中對一些呆子、吝嗇鬼、醫生、秀才、官吏等的諷刺，是汲挹自日常生活中活生生的經驗，從這一則笑話的變遷過程中，也應該能提供我們強有力的佐證。而且，更重要的是，我們也因此確知馮夢龍對笑話文學化的努力與貢獻；曉得《笑府》與《笑林廣記》和其他笑話書比較時，所顯示出的優越和卓異。

本書據《笑林廣記》重編，不是沒有理由的。

馮夢龍《古今談概》分爲三十六類；《笑府》分爲十三類；《廣笑府》則分爲十四類。這些分類，全是依笑話本身的性質（亦即主題）來分的。《笑林廣記》則分爲十二類，分別是：

一古艷（官職科名等）　七世諱（幫閑娼優等）
二腐流　八僧道
三術業　九貪吝
四形體　十貧窶
五殊稟（癡呆善忘近視等）　十一譏刺

六閨風　　十二謬誤

就今天來看，這些分類不但不敷使用，亦且不符實際：如果譏刺可以單獨成爲一類，那麼嘲諷癡呆殘疾等等又是什麼呢？如僧道可以獨自爲類，那其他各類中出現頻繁的和尙又是怎麼回事呢？……何況、這些古豔、世諱等名目，現代人實在也看不懂它究竟是什麼意思，用它來做標目，不是徒擾耳目嗎？因此，在這次校訂重編的過程中，我們把它刪去了。讀笑話、聽笑話的人，所注意的是笑話，而不是它屬於什麼類。

就話言話，我們覺得周作人在《苦茶庵笑話選》裡，將笑話的性質簡單地釐分爲挖苦與猥褻兩種，已很夠我們認清笑話的內容和性質了。挖苦就是譏嘲；猥褻則是含帶著某種色情的成份，這在《笑林廣記》裡所佔的份量不輕，我們想把它提出來單獨討論。

三、《笑林廣記》是淫書嗎？

《笑林廣記》是不是一本淫書（現代名稱是：黃色書刊）？

據同治七年江蘇巡撫丁日昌禁書目錄來看，清人的確認爲《笑林廣記》是淫書。但是請注意，清代是個什麼樣的時代？所謂淫書的標準如何？根據這次的禁書目錄我們可以知道，與《笑林廣記》同時遭禁的，還有《紅樓夢》、《今古奇觀》、《牡丹亭》、《白蛇傳》、《龍圖公案》等名著。《紅樓夢》尚且遭禁，《廣記》之禁自然更不成問題。我們今天不但大量翻印《紅樓夢》，形成「紅學」，甚至連淫穢猥褻更甚於《廣記》的李漁《十二樓》、《肉蒲團》等等，也已公開銷售。外國的《查泰萊夫人的情人》自然不必再說；許多通俗小說裡淫穢的場景描寫，也依然存在。這些描寫，有渲染、有鋪陳、有人物、有動作，細膩而傳神，讀者總被挑逗得心突氣喘，血脈僨張。其猥褻如《金瓶梅》、《燈草和尚》、《如意郎君》、《濃情快意》、《王妃媚史》、《繡榻野史》、《呼春稗史》、《脂粉春秋》、《溫柔珠玉》、《風流豔史》、《妖狐媚史》……等等，固多不堪入目處，一般通俗演義如《薛剛反唐》中敘述起這些事件來，也無不處理得春情盪漾。太露骨的描繪我們不錄，只摘選一則《紅樓夢》裡記賈璉和多姑娘偷情的一段，並將脂硯齋的評語附在括號裡，供大家參考，第二十一回：

二鼓人定，賈璉便溜進來相會。一見面，早已神魂失據，也不及情談款敘，便寬衣動作起來。誰知這媳婦有天生的奇趣，一經男子挨身，便覺遍體筋骨癱軟（淫極，虧想得出），使男子如臥綿上（如此境界自勝西方蓬萊等處）；更兼淫態浪言，壓倒娼妓。諸男子至此豈有惜命者哉（涼水灌頂一句）？賈璉此時恨不得化在她身上（親極之語、趣極之語）。那媳婦子故作浪語，在下說道：「你們姐兒出花子，供養著娘娘，你也該忌兩日，倒為我腌臢了身子（淫婦勾人慣加反語，看官著眼），快離了我這裡吧！」賈璉一面大動，一面喘呼呼答道：「你就是娘娘（亂語不倫，的是有之），那裡還管什麼娘娘呢？」那媳婦子越浪起來，賈璉亦醜態畢露……。

這一段筆法，在坊間暗巷裡黃色小冊中，頗為流行。但在眾多小說的猥褻描述中，還算是比較含蓄的了。我們已說過，笑話所表達的，僅是個意念，所以它的人物抽象性很濃，它和一般小說故事間的關係，恰如數學和實際事物。數學能夠加、減、乘、除；但是它並不是眞實的與實際的事物。因爲它是一種形式的抽象概念，誰能替榫木開立方根呢？同樣的道理，笑話，固然有許多是以兩性間的動作或器官做爲題材，博人一笑。但其目的與原因，皆僅止於博人一笑而已。由於它本身所表狀的僅是令人發噱的意念，所以無論如何猥褻，也不夠成爲色情文學。它之所以格外刺目，正因爲它是在現實世相中將男女關係抽繹出來了的緣故。赤裸裸地、毫無掩飾和渲染。它與小說場景中的性愛描寫，完全是不同一層級與範疇的。軍隊中閱讀黃色書刊是不被准許的，但黃色笑話卻公開而流行；直至今日，一些女歌星影星勞軍表演時，仍雜有許多猥褻的話語，從她們口中流出。足見「笑話」是不能與淫書同量等觀的。

我們不能否認《笑林廣記》中猥褻的成份很多，但除了以上對笑話本質的認識外，還有兩點值得注意：一是民間文學的特色，一是它產生的時代背景。

先談前者，一切（包括古今中外）俗文學，多少都與猥褻有關，或者說猥褻是俗文學中一項重要的內容。不但重要，而且份量特多。續者倘若不信，只要翻一翻北京大學所採輯的民俗叢刊便可知道此言不虛。著名的《金瓶梅》一書，其原本（即金瓶梅詞話）也是講唱給大眾聽的。一般「平話」或「話本」是說書人講述的；而「詞話」則是「亂彈」的彈詞。雖然它仍是說書人的底本，但除了講述之外，還配合弦樂器的彈唱，猶如今天的陳達那樣。我們固然很難想像那些有關性愛的描寫，講唱者如何在大庭廣眾，婆娘閨女面前坦然宣述；但，元人雜劇、散曲，明人的南戲、民歌裏，多少總會有些性愛的大膽表現則是事實。——文藝作品的本質，原本即來自人類意識的組合，而民間表達較爲逕直且眞率而已（一般正式文學作品或因美善合一的倫理要求，或因創作藝術上的考慮，所以才顯得比較含蓄而溫厚）何況笑話本來即講究直接明快，性的嘲弄，最能達到這種要求；而一般人民對它也永不會聽膩。這就是笑話書裏有關猥褻的部份特多的緣故❼。

這種猥褻的特徵，明代以來尤熾，明人所刊刻的《三言》《二拍》淫穢處實在不少。凌濛初《初刻拍案驚奇》序裏說：「承平日久，民佚志淫，一二輕薄惡少，初學拈筆，便思污衊世界，廣摭誣造，非荒誕不足道，則褻穢不忍聞」。可見明代風氣之劣。但即使以凌氏這種深戒淫褻的態度來寫書，拍案驚奇竟然還保留了大量的猥褻，以致禁刊而失傳；其他以穢褻爲目的的書籍只怕更令人咋舌了。大概明代的風氣即是：君王淫於上、臣民亂於下，徒有幾個講道學的王陽明、高攀龍等，又怎能扭轉風氣？

明代君王荒淫成性，史冊及諸家所載，頗多匪夷所思的事，神宗因爲好色，竟然三十年不登朝，有同性戀的小太監十人；武宗造豹房日夜肆淫，以致暴斃……等等，書不勝書。皇帝如此，臣子當然效法，據傳說，嚴嵩當宰相時，用黃金鑄成夜壺，並製成美女形狀，化妝塗彩，十分美麗，當他小便時，就好像在性交一樣。他又豢養許多美女，當他咳嗽吐痰時，侍女即迎上前去，

❼ 這裡所謂「說書人的底本」，必須稍做說明：民間說書、評彈，大多有師承授受的脚本，但這些脚本，多只記錄故事大綱、主角名號、兵器人物描述語及相關詩詞而已。完整成形的「底本」，實不存在，亦無必要。今存話本，更不是當時說話人的底本。這些在曾田涉〈關於話本的定義〉（中國古典小說專刊3．七十．聯經出版公司．頁四九——六八）一文中已有說明。

用嘴巴接下這口痰並嚥下去，稱之爲「香唾盂」，這是標準的性虐狂。從這兒，我們可以看出那時官吏淫逸的風氣了。

民間呢？秦淮金陵、青樓楚館不必細述。我們只須看看當時春宮繪畫的流行，就可曉得一二。唐伯虎、仇十州兩位大畫家是此道高手，所畫的春冊，至今流傳還很多。但畫家寫畫賣畫，尚不稀奇，稀奇的是當時大家閨秀也喜歡春畫。徐樹丕《識小錄》：

> 虞山一詞林，官至大司成矣。子娶婦於郡城，婦美而才，眷一少年。事露，司成必欲致少年於死，而其子反左右之。司成以憤成疾。其子婦能畫，人物絕佳，春宮尤精絕。

自己戴了綠頭巾，還袒護着姘頭，的確會令人爲之氣結。但這還不稀奇，大家官宦婦女，無視畫春宮爲恥，倒是令人訝異萬分。當時不但富家婦女如此，甚至一般婦女還把它當作女紅能力的標準，每年春節前，把這些春畫，當做年畫的一種，普遍銷售。這就是有名的「女兒春」。這種「女兒春」是一般閨女出嫁時的嫁粧珍品之一。茅玉昇〈閨情九首〉詩中說：「宛轉花陰解繡襦，柔情一片未能無；小姑漸長應防覺，潛勸郎收素女圖」。所謂素女圖，即是這種春宮秘戲，以供助興之用的。女子尚且如此，風氣如何，不難想像。

在這種風氣下的產物——《笑林廣記》，具有若干猥褻是必然的。但它比《金瓶梅》、《品花寶鑑》、《綠野仙踪》、《野叟曝言》、《濃情快意》等書如何？何況它的用意並不在導淫呀！有許多是以性愛來做譬喻的，例如本書所收的〈送行〉等例。其眞正的用意與含蘊，常是譏嘲的，例如人家強迫你說個笑話，而你又恰好沒興趣說時，不妨照《廣記》裏的辦法，講那兩個睾丸聽笑話的故事，反戲弄對方一番。這些性愛的笑話原本的意義即是如此。

四、結語

現在重編這冊書，我們的辦法是：

(1)採用《笑府》及民國二十七年上海石印本《笑林廣記》、民國五十六年大東書局《笑林廣記》排印本等，重新輯校，附加若干識語。說明它與其他笑話書的關係。

(2)《笑林廣記》因歷代書賈不斷割裂重印，錯字俗言別字極多，這些我們都重加校訂，改訛正譌。

(3)原書因時代關係，許多方言俗語，今已完全不能了解其意義。我們參稽各種文獻及類書，將它翻譯過。如有改動字句將損及原文完整性者，附加按語說明。

(4)原書中有關同性戀者甚多，這是古代風氣如此。現在重編時，大量刪除，只保留一兩則較典型的例子。

(5)笑話所描繪的對象是「人」、但因它必須含有大量諷嘲的意味，所以它所指向的目標，偏重於人性醜陋的一面，貪、鄙、殘、吝、酒、色、財、氣等等，即成爲笑話的主要內容(甚或是全部)，赤裸裸地暴露出來。其中又以「色」爲取笑對象者最多，此爲笑話本質上的需要與必然結果。不須諱言也無可諱言。但是，我們仔細審量了我們的國情，深恐對青少年有不良的影響，覺得這些猥褻的笑話，仍不宜在現階段公開且大量地流播。因此，我們在這次重編過程中，將「黃色」的部份刪除了。刪除的結果，並不意味著它們即將被埋葬，而是說：現階段仍是不宜流播的。它們在民俗學上的價值，我們可以提供給學者去研究。如若有一天民眾的智識程度提高了；也能像研究學者那樣，不爲其猥褻而心促氣喘了。我們才考慮將它們再編彙整理一番。

(6)有意義非今人所能瞭解或發笑者，譬如老年、屁頌、某某銘之類，一併刪除。考古的工作，本來就不是一般讀者所應做或願做的。願考古者，自有原本在。

(7)編前附寫序文。非敢故作道學狀，實是希望讀者在拈書微笑時，能對中國笑話及本書的來龍去脈有一概括性的認識，並深入地從「諷寓」這個本質去賞玩它、瞭解它，莫要被笑話浮面的男來女往搞亂了視線啊。如果您們能更從民俗學、社會學、或文化歷史的眼光來透視它，探尋它存在的價值與意義，當然最好，但那不是每位讀者都能辦得到的，我們也就不再苛求了。⑲

（一九八〇年聯亞版《新編笑林廣記》序。一九八四年補釋）

⑲ 中國笑話書的整理，從前有傅惜華的《中國古代笑話集》及世界書局的《中國笑話書》等。但我們希望將來能有收集、整編、注釋、校勘，每書撰一提要，並對每則笑話的溯源與流傳作一說明的笑話總集出現。

鴛鴦蝴蝶派：民初的大衆通俗文學

一、面貌模糊的鴛鴦蝴蝶派

鴛鴦蝴蝶派，是極難歸類的一個文學系統。它所代表的，主要當然是清末民初小說發展史上的一種特殊現象，但其內涵的門類極爲複雜，包括言情、社會、歷史、武俠、偵探……等，不能單純視爲才子佳人小說傳統的延續❶。而在文學體製方面，或將此派稱之爲「舊派小說」，因爲它們在形式上多沿襲了章回小說的結構。然而，該派中沿襲章回小說結構者雖多，突破舊小說傳統者尤夥，例如信函體和日記體，便是值得注意的新形式❷。至於語言，鴛鴦蝴蝶派，固然不乏以

❶ 胡萬川認爲：「所謂鴛鴦蝴蝶派小說，其實也就是才子佳人小說的轉型。其中的分別，只不過以前的人，愛看大團圓的收場，後來的人願意接納有眼淚的作品而已」（〈談才子佳人小說〉，臺灣日報副刊，七〇年十二月三—六日）。其實才子佳人小說與鴛鴦蝴蝶派作品，無論在意識內容、組織形式、社會背景、讀者結構方面均不相同，既非一脈相承，亦無轉型可說，乃根本爲兩類東西，不可以徒求貌似，混爲一談。

❷ 函札箋啓大量插入小說敘事結構中，始於《花月痕》，任鴛鴦蝴蝶派中頗爲普遍行，徐枕亞《玉梨魂》即有大量

古文、甚至駢文創作小說的私家，可是以老式白話（諸如傳統章回小說的筆調）和新文藝白話腔來寫作的也不在少數，自不能一概目爲舊派小說，並從文體上討論其是非興衰❸。

換句話說，所謂鴛鴦蝴蝶派，在小說體製、語言形式和題材上，乃是複雜而無統一辨識之標籤的，要辨識並判斷它，多半還得從意識內容上去找。

鴛鴦蝴蝶派作家的意識內容，通常被界定爲「封建餘孽及部份小市民層的代言人」，尤其是左聯系統的論者，包括鄭振鐸、茅盾、錢杏村等，都曾對此加以指摘；當時也有些人稱他們爲「舊文化小說」，謂其思想仍在保留或宣揚「舊」文化傳統中的殘渣：提倡與民國絕不相容的三綱五倫，提倡嫖賭、納妾、畫臉譜的戲劇、殺人不眨眼的什麼大俠客、女人纏腳，反對女人剪髮、生

駢四儷六的詩詞箋札。徐氏另著有《花月尺牘》四卷，鄭學弢等所編《鴛鴦蝴蝶派文學資料》（一九八四，福建人民出版社）未收，可能是並不承認它是小說；但廣文書局民國六九年編輯中國近代小說史料彙編時，却予收錄。日記體，最著名的仍是徐枕亞的《雪鴻淚史》，作者自言「書非小說體裁」，然又說：「小說家言，多半空中樓閣，此書情節較奇，著者即以寓言自解，閱者未必肯信」，則仍以此書爲小說，但不同於歷來小說所慣用的敘事成規而已。這種形式及它與《玉梨魂》之間的辯證關係——兩書事迹相類，人物相同，而《淚史》「情節較《玉梨魂》增加十之三四；詩詞書札較《玉梨魂》增加十之五六。兩書牴牾處，附註評語」——都是饒富趣味、且值得探究的地方。

❸ 西諦〈血和淚的文學〉：「滿口的純藝術、剽竊幾個新名詞，不斷的作白話的鴛鴦蝴蝶式的情詩情文」（民十年六月卅日「文學旬刊」六號）、子麗〈讀《紅雜誌》〉：「這班舊文化的小說家，做的都是白話文，間或有以國學自豪的朋友，其國學却又欠亨」（民十一年十月八日晨報副刊），可見在當時所謂鴛鴦蝴蝶派舊文化小說陣營中，語言形式是很複雜的，新與舊、文言與白話幾乎同時存在着。

育節制、自由戀愛、文學，自命爲國學家而做虛字欠通的文章，在時間的軌道上開倒車❹。

這樣的認定，放在五四之後新文化運動的歷史框架中去理解，是有意義的。但在今天看來，便覺得其中充滿了激情，飽含意識型態上的偏見，以致於不能發掘鴛鴦蝴蝶派裏也有「進步開明」的一面，且對其中作者的判斷模糊不定。——

先說前者：鴛鴦蝴蝶派文學作品，多的是沿續晚清社會譴責小說傳統的黑幕小說，致力於暴露社會黑暗、譴責不義。這類照幕小說，自民國四年上海《時事新報》徵求「中國黑幕」之後，大行其道，諸如《中國黑幕大觀》《上海黑幕》《上海婦女孽鏡臺》之類，數十百種。衛道諸人，或憂其誨淫誨盜；論小說者，亦輒病其浮薄無聊❺。但若從反傳統精神來看，則這類小說特具的鬧劇（farce）式寫作型態，實開中國未有之局。在這些小說中，刻意誇大的人生荒謬情節和光怪陸離的社會現狀，不僅充滿了驚世駭俗的內涵，也一再攻擊試探讀者的閱讀尺度；它表現出一種罕見的自嘲嘲人的雙重標準，更強烈地引導我們採取一種解構（deconstruction）的看法。五四以後，此一寫作型態，影響至爲深遠，我們能一筆抹煞了事嗎❻？其次，在哀情小說方面，鴛鴦蝴蝶派固

---

❹ 見疑古〈出人意表之外的事〉（民十二年一月十日晨報副刊）、魯迅〈關於小說世界〉（同上十二日）。

❺ 詳見（羅）志希〈今日中國之小說界〉（民國八年一月《新潮》一卷一期）。本文認爲黑幕小說萌芽於清末，《孽海花》、《官場現形記》、《留東外史》等概屬此類。其後民十三年魯迅撰《中國小說史略》，才把《孽海花》《官場現形記》《廿年目睹之怪現象》等稱爲「譴責小說」，並謂「譴責小說」墮落了便成爲謗書及黑幕小說。

❻ 詳見王德威〈「譴責」以外的喧囂——試探晚清小說的鬧劇意義〉（收入七五年時報公司《從劉鶚到王禎和——中國現代寫實小說散論》）。

然以「卅六鴛鴦同命鳥，一雙蝴蝶可憐蟲」之風格爲世詬病，但同命鴛鴦，多半是自由戀愛卻格於專制家庭或婚姻制度不能結合的可憐蟲，雖云曲終奏雅，總喜歡發乎情止乎禮義，不想顛覆背叛傳統，但對傳統並不是沒有反省沒有掙扎的。至於說完全脫離傳統，不再以哀情爲滿足，而要「開明進步」到情慾奔放、發乎情而勿止於禮義的奇情艷情畸情小說，猜想「年青的姑娘內衣到底是淡紅色？白色？有花邊？紅的紐扣？還是白的紐扣？」歌頌「非凡肉感的軀體；鮮紅的、潤澤的、適合於給人接吻的嘴唇；靈活的、深黑的、勾魂懾魄的眼睛；還有配給人擁抱的胸腰」，你能說它是保守的嗎？此又何嘗爲舊文化中所有❼？

可見鴛鴦蝴蝶派的功過是非，不是套在一個意識型態框框裏就能了解的。它的形成，不全是舊社會舊文化的反動或滓存，它與新文化運動新文學一樣，有積極優美值得稱道的一面、也有由新文化運動所帶來的弊害，而「新」「舊」之間，界限有時候更是難以釐判。像張舍我就曾對使用新式標點符號的「新文化小說家」們反唇相稽，指責他們專門描寫男女間情事，甚至提倡獸性主義：「然則到底誰是做黑幕小說的？」（《最小》報第14號）。這一問，即可以顯示這中間的複雜性。

而這種複雜性，加入了民初意識型態和政治立場的鬭爭之後，顯得愈發曖昧難明。如吳宓批

---

❼ 詳見佐思〈禮拜六派新舊小說家的比較〉（民卅年十二月五日「橫眉」奔流新集之三，收入《鴛鴦蝴蝶派資料》頁八八五）。又，沈雁冰在〈眞有代表舊文化舊文藝的作品麼？〉一文中也認爲鴛鴦蝴蝶派所代表的並不是什麼舊文化舊文學，而是現代的惡趣味，是污毀一切的玩世與縱慾的人生觀（同上，頁七七五）。

評黑幕小說與禮拜六派，謂其與「俄國之短篇小說，專寫勞工貧民之苦況，愁慘黑暗，抑鬱憤激，若將推翻社會中一切制度而為快者」同調❽。沈雁冰鄭振鐸等則痛斥其消閒文藝觀，希望能代之以血和淚的文學，推翻資產階級與統治階級。到底鴛鴦蝴蝶會不會或能不能提槍戰鬪、迸出血淚呢？誰也不曉得。這裏最有趣的一個例子，就是張恨水。

張恨水是鴛鴦蝴蝶派一代宗師，但《啼笑因緣》一向被視為缺乏社會意識，充滿官僚貴族享樂氣氛，是帶有有產者的基調與觀點，而又投合小市民口味的作品。屬於「封建餘孽」。在一二八上海事變期間，張氏跟其他鴛鴦蝴蝶派作家一樣，都有針對時局、呼喚國魂的作品，「以小說之文，寫國難時之事物，而供獻於社會」（《彎弓集》自序）。這些作品，被固執意識型態偏見的批評者，如錢杏村等，貶得一文不值。認為這些國難小說，是「在強固的封建餘孽意識中，滲雜了部份的資產階級的意識在，充分說明了封建餘孽以及部分的小市民層的沒落、悲哀」，只是鴛鴦蝴蝶披上了國難的外衣❾。但是，由於張恨水參加了全國文藝協會，名列文協第一屆執行委員名單中。所以，同樣是一部《彎弓集》，竟搖身一變。從封建餘孽的沒落悲哀，變成「充滿民族解放

---

❽ 見C.P.（鄭振鐸）在《文學旬刊》上對吳宓的評論（《資料》頁七四一、七三七）。當時或稱黑幕小說為寫實主義，故吳宓有此看法。這類爭辯，可見〈再論黑幕〉（仲密，民八年二月十五日《新青年》六卷二號）。

❾ 錢杏村〈上海事變與鴛鴦蝴蝶派文藝〉（民廿二年六月《現代中國文學論》，合眾書店。收入《阿英文集》）。又參見夏征農〈讀啼笑因緣〉（民廿四年十月《文學問答集》，生活書店）。

思想」；《啼笑因緣》，也忽然有了「細膩的觀察力、活潑的描寫手腕、嚴肅的寫作態度」❿。

遭遇跟張恨水相仿的，還有包天笑。蓋鴛鴦蝴蝶派在上海的主要批判者，是左翼作家聯盟。但民國廿四年八月第三國際由莫斯科發表〈中共為抗日救國告全體同胞書〉，提出國防政府的十項要求後。中共為配合此一轉變，在文藝政策上也取消了「普羅文學」，先提出「民族自衛文學」，後配合「國防政府」的口號，改為「國防文學」。為執行「黨」的新路線，周揚等乃於民國廿五年初解散左聯，籌備召開中國文藝家協會。凡不賣國、不為帝國主義作倀的，都要拉歸此一國防文藝麾下。在這種情況下，「文藝工作上對禮拜六派的文人，也已不是要打擊他們，而是要爭取他們」，「只要他不是漢奸，願意或贊成抗日，則不論叫哥哥妹妹、之乎者也、或鴛鴦蝴蝶都無妨」；而長期被貶斥嘲諷的鴛鴦蝴蝶派「舊文藝工作者」，遂也開始「值得我們尊視」，「熱望禮拜六派在今日民族的共同責任下重新振奮起來，勇敢的投身到戰鬥中來」。該年十月，文協終於結束了它內部的爭論，提出「文藝界同人為團結禦侮與言論自由宣言」，把劍鋒指向國民政府。包天笑就參加了這個宣言，被拉到他們的戰線裏去了。從此，包老先生就「更勇猛、更熱情，越老越勇，毫沒有一點衰敗的氣色」啦⓫！

---

❿ 見注七所引佐思文。又葉素〈禮拜六派的重振〉（上海周報二卷廿六期）

⓫ 參見注十引葉素文，瞿秋白〈學閥萬歲〉（文集二，頁六〇三—六一九），魯迅〈答徐懋庸並關於抗日統一戰線問題〉（民廿五年八月〈作家〉月刊一卷五期）。關於文協成立的原因與內部的爭論，另詳鄭學稼《魯迅正傳》第廿章〈關於國防文學的論爭〉（七四·時報）。包天笑的評價問題，詳注七引佐思文。

這樣的評論，除了可笑之外，毫無意義。因此，我們準備跳開這些有關「新」「舊」和意識型態的爭執，重新解說鴛鴦蝴蝶派小說的性質。

二、晚清小說與鴛鴦蝴蝶派

民國三年六月六日《禮拜六》雜誌創刊，有出版贅言：

或問：「子爲小說周刊，何以不名禮拜一、禮拜二、禮拜三、禮拜四、禮拜五，而必名禮拜六也？」余曰：「禮拜一禮拜二禮拜三禮拜四禮拜五，人皆從事於職業，帷禮拜六與禮拜日乃得休暇而讀小說也。」「然則何不名禮拜日，而必名禮拜六耶？」余曰：「禮拜日多停業交易，故以禮拜六下午發行之，使人先覩爲快也。」或又曰：「禮拜六下午之樂事多矣，人豈不欲往戲園顧曲、往酒樓覓醉、往平康買笑，而獨寂寞寡歡，踽踽然來購讀汝之小說耶？」余曰：「不然，買笑耗金錢、覓醉礙養生、顧曲苦喧囂，不若讀小說之省儉而安樂也。……一編在手，萬慮都忘，勞瘁一周，安閒此日，不亦快哉！故人有不愛買笑、不愛覓醉、不愛顧曲，而未有不愛讀小說者。況小說之輕便有趣如《禮拜六》者乎？」⑫

⑫ 把讀小說的樂趣拿來和嫖妓、飲酒、聽戲相比，是鴛鴦蝴蝶派向來受人詬病的原因之一，當時他們的廣告辭有：

把小說視為輕便有趣的人生休閒品，提供給從事職業者作為消遣之用，是鴛鴦蝴蝶派文學的基本態度。在《禮拜六》之前，已有《游戲雜誌》《消閒鐘》等刊物，揭櫫此義。《禮拜六》之後，如《眉語》創刊宣言、《小說大觀》例言、《游戲新報》發刊詞、《快活》創刊號……等，無不對此迭有申述。有些直言他們所提供的，是供人排悶消愁的一條玫瑰之路、游戲世界，「吾國之社會，沉悶極矣，宜有以愉快之；黯淡極矣，宜有以鮮美之」；有些則「把文化救國做幌子」，謂卑言易入，可以讓讀者潛移默化；有些更自稱是隱詞譎諫，冀藉淳于之諷，呼醒當世。但也有些很清楚地曉得小說本質上即是「瓜架豆棚，供野老閒談之料；茶餘酒後，備個人消遣之資，聊寄閒情，無關宏旨」，一切所謂教育或政治功能，都是附帶衍生的，故其效果也不可預期：「艷情本以醒世，而戀愛益深；神怪本屬寓言，而迷信增劇」，因此小說畢竟仍只是娛樂品⑬。

如果我們熟悉嚴復梁啓超以來人對小說的見解，熟悉晚清及民初小說中那種感時憂國的氣息，驟聆此論，尙不免大吃一驚。因為他們很明確地宣稱：「堂皇厥旨，是為游戲；誠亦雅言，不與政事」（《游戲新報》發刊詞）「鼓吹文化、發揚國光，茲事體大，非吾人所敢吹此牛也」（《紅》發刊詞）。這種態度及創作風氣，與嚴梁等人所鼓吹、譴責小說所表現者，大相逕庭。但，值得注意的是：

「寧可不娶小老婆，不可不讀《禮拜六》」，頗引起非議。然其本意，殆如《消閑鐘》發刊詞所云：「花國徵歌，何如文酒行樂？梨園顧曲，不若琴書養和」，旨趣未嘗不好。

⑬ 以上俱詳《資料》第一編，頁四—卅二，第二編頁四一。

首先，在時間上，這些雜誌興起於民國二、三年間，這時正逢辛亥革命成功、袁世凱竊國，政治的氣氛正熾，而這些小說雜誌卻「莫論國事，多談風月」。在最能繼承晚清小說強烈時代性現實性的時機，反而完全避開了。這一反常現象，實有助於我們重新思考晚清小說的本質問題⑭。因爲我們一向認爲晚清小說的蓬勃發展，是由於知識階層面臨時代困局所滋生的強烈憂患危機意識使然，故表現在小說中，使充滿了指責提醒與教育改革意義，用以改良政治、破除迷信、啓迪民智。所以，我們把《老殘遊記》這一類與時代社會結合、批判社會文化的小說，跟後來五四新文化運動發生後的小說如〈狂人日記〉等，聯成一條縱貫的線，視爲近代中國小說發展的主流⑮。這如果是主流，那麼鴛鴦蝴蝶派就應該是夾在中間的逆流或反動了⑯。

---

⑭ 許多人都企圖以政治環境來解釋這個現象，例如王聿均說這是因爲民國成立以後，政局日亂，一般人對政治失望，故轉而追求精神之享樂與麻醉；是遺老頓失憑藉，沈緬聲色之娛；洋場少年喜歡頹廢作品；是上海風氣奢靡，充滿殖民地意識，小市民缺乏理想使然（七四．中研究近史所．中華民國初期歷史研討會論文集）。但上海之爲口岸、之爲殖民地，並不自民國始，洋場少年喜歡頹廢作品也不自民國始。鴛鴦蝴蝶派文家，全無遺老，有的反而多屬革命黨人。這些黨人在清代並不失望，何以革命方一成功，便立刻失望了？要用這些理由來解釋爲什麼「辛亥革命後，口岸文學迅速轉於消閑遣興之功能，實已遠離如晚清十年間憂國傷時之嚴肅氣氛」（王爾敏，同上），不覺得太牽強了嗎？是不是有可能它並未「迅速轉變」呢？

⑮ 因爲這是一般性的看法，所以可參看的文獻很多，但最主要的是阿英《晚清小說史》（一九六六，香港太平書局）、夏志清〈現代中國文學感時憂國的精神〉（收入《愛情．社會．小說》五九年，純文學。同時收入《中國現代小說史》）。

⑯ 逆流、反動之說，早在鴛鴦蝴蝶派與新文藝論爭時即已有了，目前仍被廣泛採用，參看注十四所引文。

但實情是否如此呢？鴛鴦蝴蝶，興起於〈狂人日記〉未出之前，若云反動，到底是誰反誰？何況，感時憂國的精神和消閒游戲的態度，均可溯源於晚清，以讀者量和閱讀層面來說，二者亦不易遽分軒輊。因此，以感時憂國爲清末民初小說發展主軸的觀念，必須放棄。它無法塡補這中間爲鴛鴦蝴蝶所佔據的空隙，亦無從解釋晚清民初小說的複雜面⑰。

事實上，整個晚清小說量的急速膨脹，固然深受嚴梁等智識階層推波助瀾的影響，具有強烈批判改良社會的意圖。但我們不要忘了：在光緒廿三年嚴復夏曾佑爲天津《國聞報》撰寫〈本館附印小說緣起〉，廿九年梁啓超辦《新小說》，發表〈論小說與羣治之關係〉以前，吳語狹邪小說《海上花列傳》、俠義公案小說《彭公案》、《七劍十三俠》、《英雄大八義》……等，也都早已大爲流行。而就在諸志士借小說反華工禁約、反買辦、反迷信、暴露社會黑暗、推動政治改良及革命的同時，嫖界指南式的小說、粗製濫造的講古小說、翻譯的愛情小說和偵探小說、劍俠

⑰ 這裏牽涉一個有關鴛鴦蝴蝶派認定的年代問題，所謂晚清小說，一般採用阿英《晚清小說史》的時代區分，即辛亥革命前後十年左右，但它的上下限很難確定，阿英《晚清文學叢鈔——小說戲曲研究卷》（一九六〇·中華）所收集的資料就是始於同治十一年（一八七三）前後，下抵民初。而鴛鴦蝴蝶派究竟應從何時爲斷限，也同樣惱人，王韋均認爲此派始於一九〇八光宣前後，夏志清認爲此派只介於一九一二——一九一八，而一般人則把一九一二——一九四九年間所有舊派小說，統稱爲鴛鴦蝴蝶派。這即意味着：不論如何，鴛鴦蝴蝶跟所謂晚清小說的界限，很難劃開，因此，本文視兩者爲同一脈絡的發展。至於它的下限，並不明確，我們只能說它在抗戰期間逐漸消失，但後來又有所謂新鴛鴦蝴蝶派出現，代表此派新的發展。夏志清把鴛鴦蝴蝶界限在七八年之間，不僅太過短促，亦忽略了文學動態發展的事實。

式小說……等也正大行其道；其市場佔有率，更是遠超過具有嚴正主題或政治企圖的作品。即使是梁啓超的《新民叢報》上，也有譯載的《福爾摩斯探案》。且據估計，整個清末小說，創作量遠少於翻譯，而翻譯小說裏，偵探小說又佔了半數以上⑱。同時，寫《廿年目覩之怪現狀》《痛史》的吳沃堯，也寫愛情小說《恨海》《刼餘灰》、寫嫖界小說《胡寶玉》、寫無聊的《無理取鬧之西遊記》。他辦的《月月小說》，亦曾刊載天虛我生的《淚珠緣》、綺痕的《愛苓小傳》等後來被視爲鴛鴦蝴蝶系統的作品。刊載過《孽海花》的《小說林》，也同時出版過李涵秋《瑤瑟夫人》《雙花記》、小白《鴛鴦碑》……等。

這些現象，逼使我們認清一個事實：晚清小說本質上乃是一大眾通俗文學，那些小說之所以能風行一時，往往不是因爲它文學價值高、思想偉大動人，而是由於「它們沒有文學的價值、沒有深沈的見解與深刻的描寫。這些書都只是一般讀者消遣的書，讀時無所用心，讀過毫無餘味」⑲。換句話說，消遣是它的本質，至於在消遣之餘，獲得一些思想上的改造或心靈的洗滌，則是額外的收穫。

這種大眾通俗文學，在清朝最後十幾年間，忽然如此蓬勃興起，當然是有原因的。研究晚清

⑱ 參看阿英《晚清小說史》第十四章〈翻譯小說〉、中村忠行〈清末偵探小就史稿——翻譯を中心として（三）〉（清末小說研究．第四號）

⑲ 見阿英《晚清小說史》第十三章引胡適語。

民初以及鴛鴦蝴蝶派的先生們，都曾注意到小說與報紙雜誌的關係⑳。整個清末民初，報紙雜誌對小說的推廣、刊載，是小說得以蓬勃發展的主要原因。晚清小說與報章雜誌的關聯，尚無確切統計；然單以鴛鴦蝴蝶派來說，《鴛鴦蝴蝶派文學資料》所蒐集的，就包含了大報副刊十種、小報五十一種、雜誌一三一種，而其中當然有些是與所謂「晚清」重疊的㉑。

此一強而有力的傳播優勢，是清末以前所不能夢見的。我國印刷術發明雖早，但要遲到咸豐八年美國長老會姜別利（William Camble）才以較經濟的手法製造了中文字模，並改革中文排字架；道光廿七年倫敦佈道會傳教士麥都思（Walter Henry Medhurst）才攜帶中文鉛字與印報機來上海，開辦了第一個中文印刷機構：墨海書館；同治十一年，《申報》採用了英製印刷機出版報紙；光緒廿四年日人開始向我運銷印報機，印價更爲低廉㉒。而就在這次「媒體革命」（誇張點說）之際，小說隨之大量膨脹了。它的質，也隨着傳播情境的改變而有了變化㉓。

---

⑳ 見張玉法〈晚清的歷史動向及其小說發展的關係〉（收入《晚清小說討論會專號》。七三．文史哲）、康來新《晚清小說理論研究》（七五．大安）頁七——八。

㉑ 魏紹昌《鴛鴦蝴蝶派研究資料》所收較少，含雜誌一一三種、大報副刊四種、小報四十六種。

㉒ 參看林友蘭《中國報學導論》（六三．學生）、戈公報《中國報學史》（學生）。

㉓ 傳播革命（Communication Revolution）起於傳播工具的發展，帶動整個傳播型態和情境的改變。例如傳播的快速化、複雜化、大量化，傳播直接介入生活、傳播商品化等，都不再是從前有限書籍的流通方式（因社會多爲文盲，書籍只供少數人享閱）或間接由說話人口述可以比擬的。這樣的傳播革命，迄今不過百年左右歷史。近三十年來，電話、電報、電視、電影、廣播、錄音帶相繼出現，當然更強化了這一革命形勢，但報紙無疑在早期傳播革命中扮演了最重要的角色，而這種重要性至今也還未消失。

二、大眾通俗文學的興起

報紙的快速化和大量化，一方面使得它的內容必須急速增加，包含的東西，逐漸從早期邸報傳統專門記載邦國大事，而延申到社會瑣聞；所記載的內容，也趨向既有嚴辭莊論，亦不排斥軟性文字的複雜化；同時，需求量大，文字品質及內容水準，皆可能降低。另一方面，報紙的讀者，也因其快速化大量化，而隨之擴張，逐漸散佈到精英份子以外羣眾中去。這也刺激了報紙本身，使其質變。以一八六一年創刊於上海的第一份中文報紙《上海新報》來看，報上所登，僅新聞與廣告而已，不但沒有副刊，一篇文藝性文字也看不到。到了一八七二年，上海《申報》創刊，便開始公開徵文：「如有騷人韻士，願以短什長篇惠教者，如天下各省區竹枝詞及長歌記事之類，概不取値」。這時的藝文，仍屬廣告性質，但同一時期的小報，卻以全力來注意文藝方面的事。它不刊登國家大事，專以揭露街談巷語、隱私秘聞爲快，此外兼及戲詞、游戲文、笑林、劇評、燈謎、小說等，以趣味爲中心。這種報紙的創始者，就是寓滬甚久的李伯元。李一方面寫了廣受小說史家青睞的《文明小史》、《官場現形記》，一方面也替《世界繁華報》寫妓家生活的《海天鴻雪記》，而在此之前，則創辦了《游戲報》，首開小報風氣。後來大報摹仿此一辦法，闢一專版，擴充文藝性文字的數量，隨正張附送，便成了正式的副刊。這種副刊，始見於光緒廿三年（一八九七）十一月上海《字林滬報》附出的《消閒報》。該報創刊號上登有〈滬報附送消閒報說〉一文，謂其所刊，爲：

有因小見大者，亦有以莊雜諧者，語必新奇，事多幽渺。譬如《南華》名經，汪洋恣肆；《北里》作志，倜儻風流。

是「資美談而暢懷抱」的游戲筆墨㉔。

從這一段媒體性質及內容轉變發展的歷程看，游戲消閒，乃清末小說及報刊藝文之大宗正統。研究歐洲史的學者曾經發現：一八九〇年以後，報紙的商業革命，曾使其報導及內容著重於犯罪、運動、煽情小說以迎合大眾口味。而且十九世紀末期，工人把休閒視爲正當人權的新觀念也普遍開始形成了，這種大眾的消閒和他們在社會與經濟上的勢力，也形成了新的大眾文化㉕。在報紙方面，我們的情形確實與之相尚。而報紙是編給大眾看的，報紙的大眾游戲消閒傾向，當然也跟上海的消閒大眾特性有關。

儘管報紙雜誌是文人集團所編或稿件麕集之處，然而，這些文人卻不是以社會精英份子的角色發言的，他們的角色，乃是「小市民」。而上海的小市民，多半是工人。光緒廿年，全中國的

㉔ 詳見秦賢次〈中國報紙副刊的起源與發展〉（文訊月刊廿一期）、魏紹昌《李伯元研究資料卷》頁四五一—四五九。

㉕ 詳見Robert O. Paxton《二十世紀歐洲史》（王曾才等譯．七三．黎明）第十章。這一章裏所引用的幾本研究大眾傳播與大眾文化的書，都很重要。另參龔鵬程《文化．文學美學》，一九八八，時報公司，〈消費社會中的文化問題〉一文。

工人還不滿十萬，其中上海即佔百分之四十六左右。從光緒廿一年到民國二年，二十年間，上海的工人數又增加到四倍。其中女工和童工佔了絕大多數。雜誌和報刊的主要消費者，就是這些人㉖。《禮拜六》發刊詞所說每天大家都要從事職業，只有禮拜六才能有休暇讀小說，應由此處去理解。《眉語》創刊宣言亦云他們的游戲文章是供「璇閨姐妹以職業之暇，聚釵光鬢影之能及時行樂者」閱讀。《小說畫報》凡例更指明：「小說以白話爲正宗，本雜誌全用白話稱，取其雅俗共賞。凡閨秀、學生、商界、工人，無不咸宜」。諸如此類，顯示了晚清以迄民初通俗文型的讀者結構。而這個結構，又是相當畸型的，因爲上海環境特殊，風氣浮侈，同治十年，陳其元《庸閒齋筆記》中已經慨嘆上海：「夷夏揉雜，人眾猥多，富商大賈及五方游手之人，羣聚雜處，娼寮妓館，趁風騈集」。到了光緒末年，租界內的華人女性人口中，妓女所佔此例，竟已高達百分之十二點五。報刊雜誌在這種情況下，有關香艷色情的東西，自是無法避免了㉗。何況，媒體本身是一商業物，報館及雜誌社老闆的商業本質，似乎也注定了它所披露的小說內容。

在討論晚清小說和鴛鴦蝴蝶派時，必須隨時注意這個傳播情境的問題。例如《小說月報》，本是鴛鴦蝴蝶派大本營之一，但到了十二卷一號起，由於「商務印書館老板不知受了什麼鬼使神差的驅使」，居然全面改變成爲「新文化」作家作品，這一來當然大博新文化論者的歡心。可是，

㉖ 上海的人口與工人數，詳吳圳義《清末上海租界社會》（六七．文史哲）第三章。

㉗ 這應分成兩方面看，一是通俗文學本身對於「性」就深感興趣，一切民間歌謠、俚語、笑話、戲劇……等，都有此傾向；而上海常時的社會環境和大眾傳播，又強化了這種傾向。上海的妓女問題，詳註㉖所引書第四章。

第一件是年來小書坊中隨便雇上幾個「斯文流氓」，大出其《禮拜六》《星期》《半月》《紅》《笑》《快活》，居然大賺其錢。第二件是風聞該館又接到十一卷《小說月報》讀者的來信數千起，都責備《小說月報》不應改良，弄得商務印書館不得不又再出一種《小說世界》，仍走鴛鴦蝴蝶的風格㉘。又如《申報》副刊，自創刊起，即由鴛鴦蝴蝶派巨子王鈍根主編，後來陸續由吳覺迷、姚鵷雛、陳蝶仙、周瘦鵑接編。到了民廿一年十二月起，始由留法歸來的新文學家黎烈文主編，左翼作家全部上場，鴛鴦蝴蝶大感吃癟。可是到次年五月廿五日，黎氏就受不了各方壓力，而發表啓事：「吁請海內文豪，從茲多談風月，少發牢騷」，一任鴛鴦蝴蝶游泳和飛舞了㉙。在這兒，媒體擁有者（老闆）、媒體運用者、媒體本身和讀者，構成了一組互動的有機關係㉚。

從晚清到鴛鴦蝴蝶派後期，基本傳播情境並無變動，因此，鴛鴦蝴蝶其實是向上聯貫着晚清大眾通俗文學而發展的。反倒是新文化運動以後興起的文學，以新的勢力、新的姿態，插進到這個脈絡裏來，一面批判此一大眾通俗文化、一面篩取選擇此一大眾通俗文化中某一些作品，引爲同調、或推爲前驅㉛。

㉘ 見東枝〈小說世界〉（民十二年一月十一日晨報副刊）。當時也有人認爲《小說月報》改革並攻擊鴛鴦蝴蝶派，是準備出版《小說世界》的生意手段。

㉙ 此事之始末，詳註⑪引鄭學稼第十四。

㉚ 攻擊鴛鴦蝴蝶的人，也曾試圖改變讀者的結構，見鄭振鐸〈讀者社會的改造〉（「資料」頁七三九）。

㉛ 這種選擇篩取，是歷史詮釋與行動者之間常見的關係，詳龔鵬程〈論俠客崇拜〉（七五・中國學術年刊八期）第三節。

只有把鴛鴦蝴蝶做這樣的認定，否則無法解釋前面所說它體製龐雜、門類繁多、語言形式極不統一，以致無從辨識的問題。——試問你怎麼能把體製不同、題材不同、或文言或白話、思想又不相同的東西當作同一類？難道不是因爲它本質上皆屬大眾通俗文學，而與標榜嚴肅、改革、寫實的新文化小說壁壘分明嗎？

四、鴛鴦蝴蝶派的發展與論爭

新文化運動新文學運動初起時，是擎著「平民大眾文學」來攻擊「貴族的山林文學」的。以選學妖孽和桐城謬種爲敵人，以晚清勢態蓬勃的通俗文學爲基礎，當然很快就擊倒了所謂的貴族山林文學。但到了民國十年左右，新文學運動者又對他所憑託的整個通俗文學環境不滿了，認爲這些通俗文學，無論其形式爲何，它們在藝術上不擅描寫，只是報導或記賬；又不曉得客觀觀察，只會主觀虛構；在思想上更有遊戲、消遣的金錢主義文學觀，故必須撲滅。他們稱這些通俗文學是「封建小市民文藝」，指責它不嚴肅[32]。

㉜ 見沈雁冰〈自然主義與中國現代小說〉（十一．小說月報．十三卷七號）、〈封建的小市民文藝〉（廿三．東方雜誌．卅卷三號）。稱鴛鴦蝴蝶派是封建小市民文藝、該派作家是封建餘孽，乃當時流行的語詞。但這所謂封建，是二〇年代受共產國際指示而來的。當時斯大林認爲半殖民地中國，是封建殘餘占優勢，中共的理論家遂重覆此一觀點。詳鄭學稼《中共興亡史》第一卷附錄〈論封建和封建社會〉。

攻擊時的詆譭，正如戀愛中的誓言，多半是造謠。當時他們罵鴛鴦蝴蝶派作家是文丐、洋場才子、文學流氓、文娼、無恥文人、遺老遺少、封建餘孽。這些名號，究竟有多少眞實性呢？上海鴛鴦蝴蝶派中著名作家，與南社頗有淵源，人格不當卑鄙齷齪至此，其間亦無遺老。他們之痛詆，有許多是罔顧事實的。例如魯迅說《眉語》是製造牙粉的天虛我生（陳蝶衣）所編，其實該雜誌乃許嘯天夫婦編。如此明顯事實尙且不察，其所抨擊者多屬誣枉，亦可想而知了㉝。

這樣的攻擊，始於「文學研究會」，其後則有左聯，他們人數遠少於鴛鴦蝴蝶派文家，但火力猛烈。鴛鴦蝴蝶派卻由於人數龐雜、意見紛歧、組織鬆散，除了憤懣之外，只能報以相對的謾罵，理論上又無以自立，竟鬧得手忙腳亂。民國廿二年說話人回憶這段鬪爭史時說：

> 民十一，海上小說作者的集團，始自「靑社」。……後來因《快活雜誌》稿費問題，引起軒然大波，連靑社也無形渙散。隔了兩年，袁寒雲又發起組織「文藝協會」，似乎也開過幾次籌備會，沒有正式成立。小說作者的沒有團結力，於此可見。但另一方面卻壁壘森嚴，很有組織、很有主義，像以前的「文學研究會」和現在的「左翼聯盟」，隱然成了文藝界的政黨。這點也可以象徵中國現社會各階級裡的新舊勢力的消長。㉞

㉝ 見魯迅〈上海文藝之一瞥〉及說話人〈說話〉（《資料》頁一一一、七八七）。

㉞ 同註㉝引文。

不過，畢竟通俗文學勢力龐大、源遠流長，並不那麼容易被摧毀。它的沒落，與其說是遭到攻擊，倒不如說是受了攏絡。「國防文學」既起，一方面鴛鴦蝴蝶派被爭取加入文協，一方面鴛鴦蝴蝶派文家也有感於國勢蜩螗，大戰將興，故其意識上也在變，如張恨水《彎弓集》自序云：「夫小說者，消遣文字也，亦通俗文字也。……今國難臨頭，必以語言文字，喚醒國人，更又何待於引申……吾不文，然吾固以作小說爲業，深知小說之不以國難而停，更於其間，略盡一點鼓勵民氣之意，則亦可稍稍自慰矣」，原先托遊戲消閒以諷世勸俗者，現在一變而成爲正面地鼓舞民氣、共赴國難，小說的基本型態既改，鴛鴦蝴蝶事實上便無形消失了。

在鴛鴦蝴蝶派與「文學研究會」、「創造社」及「左翼作家聯盟」長期對抗的十多年間，眞正的問題中心，在「通俗／嚴肅」的對立，環繞著這個中心，衍生出許多複雜的問題。

最先，鴛鴦蝴蝶派之所謂消閒、遊戲，是沿襲晚清通行的辦法：「語涉詼諧，意存勸懲」，仍有梁啓超式改良社會的意圖㉟。不論這些意圖，是發自作者本意，抑或套用成規，只具有修辭學上的意義，批評者皆從根本上予以反對。如「創造社」成仿吾認爲他們並無勸懲或改良的用心，其小說是對罪惡社會的描繪與讚美。而「文學研究會」的鄭振鐸、沈雁冰等則揭出另一文學信念來批判它，鄭氏說：「文學就是文學，不是爲娛樂的目的而作之而讀之，也不是爲宣傳爲教訓的

㉟ 此即所謂寓教於樂，不僅遊戲消閑之報紙雜誌作此聲明，也有比較正面地揭示改革社會之意者，特別值得注意的是《中國黑幕大觀》序，《資料》頁七七。讀者試一比較即知鴛鴦蝴蝶派與晚清小說的基本立場並無不同，非晚清小說之墮落、末流或轉變。文長不具引。

目的而作之而讀之。作者不過把自己的觀察的感覺的情緒自然的寫了出來，讀者自然的會受他的同化、受他的感動。不必也不能故意在文學中去灌輸什麼教訓，更不能故意做作以娛悅讀者。如果以娛樂讀者爲文學的目的，則文學的高尚使命與文學的天眞，必掃地以盡」，沈氏說：「舊派把文學看成消遣品、看作遊戲之事、看作載道之器，或竟看作倖利的商品。新派以爲文學是表現人生的，訴諸人與人間的情感，擴大人們的同情的。凡抱了這種嚴正的觀念而作出來的小說，無論好壞，我以爲總比那些以遊戲消閒爲目的的作品要正派得多」，「無論樂觀也罷、悲觀也罷、革命文學也罷、頹廢派也罷，總之要使人把人生看得極嚴肅」㊱。

後來「革命文學」的主張興起，以文藝爲階級鬪爭的武器。「左翼作家聯盟」成立後，輸入蒲力汗諾夫等的理論，提倡無產階級文學，瞿秋白等遂又以此反對「禮拜六派運用舊式大眾文藝的體裁，慢慢的『改良一下』，灌輸維新的封建道德、資產階級民族主義內容，寫成《火燒紅蓮寺》的大眾文藝」。這在本質上是要超越五四，是要在文學革命之後的再革命，所以認爲：「就算這些小說再現著五四以來舊家庭的崩潰，也不過繼續《玉梨魂》的步調」㊲。

㊱ 成仿吾〈歧路〉（十一年十月創造季刊一卷三期）〈編輯餘談〉（同上）。鄭振鐸〈新文學觀的建設〉（十一年五月文學旬刊卅八號）、沈雁冰〈眞有代表舊文化舊文藝的作品麼？〉（十一年十一月小說月報十三卷十一號）及註㉜所引文。又，華秉丞也說鴛鴦蝴蝶派「根本的毛病在於態度不嚴肅」（十二年一月文學旬刊六二號）。

㊲ 見瞿秋白〈論大眾文藝〉（文集二，頁八六二——八六三）、〈學閥萬歲〉（同上。頁六〇三——六一九）。按：此亦代表中國思想的演變，大約在一九一九年底一九二〇年初，瞿秋白等成立了「馬克斯主義研究會」、「俄羅斯研究會」，認爲中國應實施社會主義，「覺得過去的羣眾運動方式有些不夠了，正在那裏摸索新的途徑」（張國燾回憶錄）。鄭振鐸並與瞿等合辦《新社會》，討論社會改造和勞動問題。

面對這一波波攻勢，鴛鴦蝴蝶派開始時是莫名其妙，胡寄塵說：「專供他人消遣，除消遣之外，毫無他意存其間，甚且導人爲惡，固然不可。然所謂消遣，是不是作安慰解，以此去安慰他人的苦惱，是不是應該？且有趣味的文學之中，寓著很好的意思，是不是應該？這樣，便近於消遣了。倘若完全不要消遣，只做很呆板的文學便是，何必作含有興趣的小說？」最能顯示他們的困惑與懷疑㊳。但長期鬪爭下來，他們也覷破了批評者的伎倆，發現新文學運動本身亦是一平民大眾文學運動，如茅盾、鄭振鐸即一方面撰文批判眼前的通俗文學，謂其不嚴肅；一方面又努力整理宣揚歷史上的民俗與俗文學，稱贊它們的不嚴肅。因此，他們上接中國民間俗文學的大流，吸收了批判者所云反封建的精神，宣稱要進行一場「通俗文學運動」。

民國卅一年十月陳蝶衣的〈通俗文學運動〉，和民卅六年朱自清的〈論嚴肅〉，就代表了這兩派最後的對抗。

五、研究鴛鴦蝴蝶派的意義

今天我們重新觀看這一段爭抗的歷史、思索嚴肅與通俗的辯難，並研究鴛鴦蝴蝶派，有什麼意義嗎？

長期以來，我們對於晚清小說和中國現代文學，都只侷限在一個僵化固定而又狹窄的區域裏，

㊳ 見《最小》第三號。

以西方十九世紀寫實傳統爲參考規範、以愛國感時爲基本情懷。一談到晚清，腦子裏浮現的就是《老殘遊記》《孽海花》之類，而對狹邪風月小說、俠義小說等着墨甚少；一談到中國現代小說，更是逕從魯迅或二〇年代三〇年代談起，而這二〇年代三〇年代又是不曾包括徐枕亞、張恨水、還珠樓主……的。

對於從晚清緜延到抗戰以後，作品繁多、時間長久、而又擁有廣大讀者的鴛鴦蝴蝶派而言，這當然是不公平的。但吃虧的是我們自己。因爲晚清以來的小說，其實是極爲豐富的，如風月小說直指社會中下層，將恩客倡伎的關係美化爲才子佳人的來往，假戲眞作、顚倒夾纏，顯現出複雜而曖昧的世俗感情面貌，基本上也是寫實的。而黑幕小說裏喧鬧戲謔的成分，往往積累了荒謬放肆的故事、恣意詆毀的人物與時事，以及特殊鬆散的結構，這一笑謔式寫實的鬧劇（farce）特質，在中國也是極罕見，且值得注意的。這些，都可以豐富我們之所謂「寫實」的傳統，促使我們對寫實主義這個觀念的歷史淵源、美學形式導向、乃至文化政治因素，重新思考❸❾。

除此之外，鴛鴦蝴蝶派跟浪漫主義文學有沒有關係呢？他們對於拜倫的崇拜、對感情的誇張與耽溺、熱心批評或嘲弄社會的不義以謀改革等等，似乎都與浪漫主義有關。這跟那時林紓等人翻譯法小仲馬《巴黎茶花女遺事》、英司各德《撒克遜刼後英雄略》之類，兩相結合，曾經造成中國小說史上特殊的光采❹⓿。包括第一人稱敘述觀點的使用和言情小說之流行，都是現今值得再予

---

❸❾ 參看註❻所引王德威書。

❹⓿ 林譯小說與浪漫主義的關係，見註❶❽引康來新書，頁二七四。

深論的問題[41]。鴛鴦蝴蝶派中，如姚民哀、周瘦鵑等，對浪漫主義文學，似乎都很注意，周並有翻譯甚多。在偵探小說方面，鴛鴦蝴蝶派更是獨攬開拓之功，早期譯述者以林紓、包天笑最著名，其後如嚴獨鶴、周瘦鵑、張碧梧、陳冷血、陸澹盦……等亦皆知名。今天推理小說復甦，而多取徑日本，正是由於我們對這一偵探小說傳統不甚熟悉的緣故。

更進一步說，研究鴛鴦蝴蝶派，可以讓我們更深入去思考文學與通俗文學的問題。例如我們通常總有一根深蒂固的信仰，認爲通俗文學既要通俗，文字定須淺白，乃能動人。但是像《玉梨魂》這樣的小說又怎麼解釋呢？《玉梨魂》以駢文出之，又收有大量文藻繁麗的詩詞函札，可是它轟動一時，極受歡迎。類似《玉梨魂》這樣的例子，所在多有，夏濟安曾將這些小說比爲基督教中古時期的通俗文學romance，而romance的特色，是它的人物與故事能夠抓住老百姓想像力，形式並不重要，因此中國的才子佳人故事，可能成爲戲劇、彈詞、大鼓等，也可能成爲小說的形式；中世紀的romance也是忽詩忽散文，並無一定。夏先生的解釋，未必即爲定論，但起碼鴛鴦蝴蝶派作品提供了我們一個很好的反省機會[42]。

至於通俗與嚴肅，不僅是文學批評上長存的爭論，也是探討鴛鴦蝴蝶派必須深究的大問題。林培瑞（Perry Link）是第一位以英文研究鴛鴦蝴蝶派的學人，他就把它們視爲通俗小說，缺乏五

[41] 第一人稱敘述觀點小說，在當時翻譯小說中甚多，中國則以《廿年目睹怪現象》爲首；而譴責小說以外，則推徐枕亞《雪鴻淚史》。其他鴛鴦蝴蝶派中日記式、自傳體小說甚多，皆可合併討論。

[42] 見夏志清《愛情·社會·小說》頁二一七——二四六：〈夏濟安對中國俗文學的看法〉。

四以及後來新小說所具有的藝術嚴肅性。但所謂藝術的嚴肅性，其實是極複雜的問題：創作動機方面，嚴肅與否，甚難徵驗；作品的讀者層面，亦往往無法據以界定其性質；何況，鴛鴦蝴蝶派之爲大眾通俗文學，與都市工業型態社會未成形以前的通俗文化不同，它與大眾媒介及商業消費之間的關係，是從前的通俗文學所沒有的，細緻而深入的探討，可能也有助於釐清我們今天面對當代通俗文學通俗文化的概念和策略㊸。

從作品本身來說，鴛鴦蝴蝶派在文學藝術上的貢獻，是不容抹煞的。不僅在偵探、武俠等次文類方面，成就超越往古，哀情及黑幕小說，亦有驚人的成就。

王德威曾指出譴責與黑幕小說的笑謔式鬧劇，是晚清以降值得注意的一大特色。夏志清則認爲《玉梨魂》這樣的小說，代表了中國舊文學中一貫的「感傷——言情」（Sentimental-erotic）傳統之最終發展㊹。夏濟安更有意思，他說：

最近看了幾本張恨水的小說，此人是個genius。他能把一個scene寫活，這一點臺灣的作家就

㊸ 大眾文學與大眾媒介的關係，遠比過去複雜。《火燒紅蓮寺》是電影媒介與大眾通俗文學《江湖奇俠傳》的結合；《玉梨魂》也在民國十三年搬上銀幕。直到今日，大眾通俗文學跟電影電視的關係，仍比所謂嚴肅的文學作品密切，古龍瓊瑤等人配合電視電影作業的寫作方式，即是這一型態下的產物。又，通俗文學的問題，在此可能要跟民國十幾年開始展開的民俗研究、近代通俗文化與上層文化之比較等合併討論。註㉕所引書及Herbert J. Gans《通俗文化與上層文化》（七三．韓玉蘭等譯．允晨）均可供我們參考。

㊹ 見氏著〈玉梨魂新論〉（聯合文學十二期．歐陽子譯）。

無人能及。……最近看《歇浦潮》，認為美不勝收；又看包天笑的《上海春秋》，更是佩服得五體投地。……我希望你能一讀《海上花列傳》，是書實有苦心造詣之處。清末及民國的章回小說，頗有佳作，超過《儒林外史》和《金瓶梅》者，可惜不受人注意，惜哉！㊺

他當然也不諱言鴛鴦蝴蝶派的缺點，可是類似這樣的評價，是頗值得今日研究小說者警惕的。

即使不論小說寫作藝術之成就，鴛鴦蝴蝶派在形式上的開闊與複雜，不但跟五四以降所謂新派小說比起來毫不遜色，對傳統小說來說更是一大突破期。五四以後新文學對白話和寫實的迷信，事實上乃是一種語言運用及寫作型態的窄化，而鴛鴦蝴蝶派文家卻擅於操作古代韻文散文的每一種形式，並旁採蘇州方言，融鑄傳統白話、參酌西方小說語言（他們許多人都有外國學問的背景，動筆譯過外國小說，不然也讀過晚清的大量外國小說譯作），故其語言的豐富性，不僅非傳統小說可比，也非五四時期新作家所能及。

而在形式上特別有趣的。可能是它們常吸收了傳統的圈點批注方式來寫作。本來批點只代表讀者對小說的評釋和閱讀成果，有時也供作其他讀者閱讀時的參考與指導。晚清張之洞和五四的胡適，都曾反對過它，嫌它見解主觀機械。但晚清卻開始有一種新的趨勢：在自己新創寫的小說中自我評點，肇端者是梁啓超《新中國未來記》和吳沃堯《兩晉演義》。從此以後，評點的性質

㊺ 同註㊷所引文。

與功能改變了，傳統的批點式微，不再有人從事，新的趨勢卻被鴛鴦蝴蝶派擴大推行㊻。

他們的小說，通常在一出版時，即具備了凡例、讀法、題詞、本文、圈點、眉批、評注、回末評語及書末總批等部份，這許多部份是有機地構成一個整體，不能拆開，甚至有時批注即爲小說本文的一章。這樣的方式，如果用現今流行的解構批評（deconstruction）來閱讀，無疑也是極爲迷人的㊼。

假如以上所說，我們統統沒興趣，那麼，至少鴛鴦蝴蝶派與「文學研究會」、「創造社」、「左翼作家聯盟」、「文協」緜亘數十年的複雜關係，也是討論現代文學發展的人所不能假裝不曾看到的。

（一九八六，文訊月刊，廿六期）

㊻ 吳沃堯《兩晉演義》共廿三回，僅前三回有簡單的回末批，故康來新認爲小說評點在辛亥革命前即已式微了（同註⑳）。但若以本文的觀點來看，評點乃是轉變並開拓了新的領域。

㊼ 參見註❻。

論夏志清《中國現代小說史》

現代小說的出現，是我國小說體制及性質之一大變革，但注意這種變遷之軌跡，並予以系統化地表述，卻爲時甚晚。夏志清《中國現代小說史》於一九六一年出版後，中國現代小說史這個論域才算正式建立。

夏先生這本書，不但是這個領域的拓荒之作，它致力於優美作品之發現與評審，對文學史之寫作及具體作品之研究，也都有極大的影響，文學史的寫作，因此脫離了黨派史、革命史、社會史，而成爲眞正的文學史，對具體作家與作品的研究，亦因此而脫離人云亦云，概括籠統的狀況，發現了許多值得注意的作家（如錢鍾書、張愛玲、姜貴等等），許多值得重視的作品（如許地山的〈玉官〉之類）。這些都是夏志清這本書主要的貢獻，它對現代小說史發展軌跡的勾勒，則亦成爲現今吾人理解小說之基本架構或線索。

相較於夏志清這本書，同時期之現代文學史者，在資料收集、考核、鑑別，乃至寫作形式上都不如它嚴謹；在對作家作品之評價與分析方面，亦不如它精到，故此書出版後，聲譽迄今弗衰。但因其持論與當時大陸學界之主流看法迥異，是以批評者也從未間斷，甚至謂其充滿了反共偏見。

不過，從八〇年代中期以後，大陸學界出現「重寫文學史」之醒覺之後，我們已可發現：許多現代小說史的看法，正逐漸朝夏先生所曾堅持的方向與內容回歸，文學史不再從屬於革命史與社會史，對個別作家的地位與評價也將調整。夏志清這本書的價值，也正在重新估量當中。

由這些地方看，夏著均無愧爲現代文學之經典。但經典往往不是提供最終的答案，而是因爲它能提示我們許多值得深思的問題。夏先生此書即具有這類特點，例如他以西方基督教文學傳統及現代小說爲參照體系，來觀察評價中國現代小說，固然使他發現了錢鍾書、張愛玲等人的獨特價值，但此一觀點是否也有其問題呢？五四以來新文學的人道主義傳統，在小說創作上功過是非又如何？宗教意識與人道主義，在小說評價時該如何取捨？這些問題，夏著粗發其凡，略見其端，正宜讀其書者進一步探討。

一

夏志清先生《中國現代小說史》被選爲文學經典、不僅當之無愧，而且別具意義。因爲其他入選之作家創作，恐怕都有見仁見智之處，未必能夠盡饜眾望。另外入選的文學評論史著，如葉石濤先生的《臺灣文學史綱》，則以歷史開創性的價值取勝，做爲經典，它提供了一個基礎，供後人開展、事實上也供後人超越而揚棄之。夏先生此書則不然。

它在同類著作之中，誠然也具開創的地位——此書寫成於一九五九年、一九六一年出版，一九七九年出版了中譯本。在臺灣、香港、美國，甚至大陸，都是拓荒鉅著，前此並無所承——可是，從許多地方看，它不只是研讀現代文學的指南與基礎，也常是歸向。許多後出的研究，事實上正朝它揭櫫的方向與內容回歸。

這是一種非常特殊的現象。讓我舉大陸上八〇年代末、九〇年代初引發熱烈爭議的「重寫文學史運動」來做個說明。

夏先生這本書對現代小說史的見解，雖然卓著聲譽，但也曾飽受譏評。直到一九八六年陳福康一篇評論還非常不服氣地說：「第一本《中國現代小說史》又讓一個美國人（雖然是華裔）著了先鞭，並在西方世界廣爲銷行。雖然該書的不少論述，在我們看來十分可笑，但無論如何這又是一件值得我國學界深省的事」❶。他悻悻然地說夏先生此書非常可笑。但不知究竟是誰比較可笑，因爲過不了兩年，整個評論界視角卻有了極大的改變，重寫文學史的呼聲，形成了具體的行動。

所謂重寫文學史，是說中共「建國以來，在文學史研究中出現了一種固定的思維模式」，所以必須改寫重寫。怎麼改寫呢？可分兩方面說，一是整個文學史研究要改變性質，「使之從屬於整個革命史傳統教育的狀態下擺脫出來，成爲一門獨立的、審美的文學史學科」❷。二，是對個別作家作品評價之調整。例如久遭歌頌的趙樹理、柳青，是否仍應繼續贊揚？丁玲早期作品《莎菲女士的日記》曾被貶抑，認爲不如她後來的《太陽照在桑乾河上》，這種評價是否允當？茅盾的《子夜》，是否仍爲值得推崇的創作方式？中共建國後，老舍、何其芳是否表現了思想進步而創

---

❶ 見陳福康〈博而能約，體大思精：讀楊義《現代小說史》第一卷〉，中國社會科學院研究生學報，一九八六年二期。

❷ 見陳思和〈關於重寫文學史〉，一九八九年第二期，《文學家評論》。

作退步之現象？對周作人、郁達夫、沈從文、錢鍾書的評價是否又太低❸？

這個論戰或運動，乃是大陸學界調整其現代文學史視域及研析方法的重要指標，而這次運動，簡單描述，也就是從黨性的現代文學史，轉向夏志清先生所開創的那個典範之歷史。

從性質上說，夏先生有他自己的政治立場與判斷，他當然不會使其著作從屬於中共之革命史，也不會使它成爲中共革命傳統教育之材料。但作者雖自有其政治觀點，夏先生卻深切地明白：「身爲文學史家，我的首要工作，是優美作品之發現和評審」，所以他這本書才能成爲獨立的、審美的文學史❹。

挑剔的文學理論家當然會辯駁道：實際上根本沒有什麼叫做獨立的、審美的文學史，一切文學之審美判斷，都同時也是道德與價值的判斷，我們根本不可能脫離意識型態來論文學。但我們現在不是在討論理論的問題，而是在談歷史。從中共革命史的角度論現代文學，和從文學審美的角度談作家與作品，事實上是差異極大的。當大陸文壇希望能擺脫舊的框架、恢復文學之主體性、不再讓文學研究從屬於政治時，他們考慮到的，正是夏志清所走過的路。

而這樣一個轉向，也證明了早年夏志清在「優美作品之發現和評審」方面確實功力不凡。

劉紹銘曾在香港友聯版中譯本序中談到：比較夏著與王瑤、丁易、劉綬松之書，「給人最大的驚異，是夏志清對張愛玲和錢鍾書的重視」。實則夏志清對於作家的評騭，值得重視者還不僅

❸ 詳見蕭向東〈關於重寫文學史的論爭〉，一九九三，社會科學文獻出版社，《1991-1992中國文學年鑑》。

❹ 夏志清語，見其中文版序言。

僅如此，像他對茅盾《子夜》的批評、對老舍後期作品的看法、對郁達夫沈從文的評價、對丁玲早晚期作品的褒貶、對趙樹理方向的質疑……，都可說是大陸上「重寫文學史」時一些倡議的先聲。在個別作家作品之評價方面，我們也看得到後學者朝夏志清這本著作回歸的徵象。

此一徵象，恰好亦可以解釋夏志清此書早期一直被人詬病的問題：大家都知道此書有「強烈的偏見」，亦即反共。劉紹銘曾引用劉若愚「一位批評家如果沒有偏見，就等於沒有文學上的趣味」來替他解釋，並強調夏志清之政治立場殊未影響其文學評價態度。但這種辯護，從左派的角度說，是無效力的。因爲只要把魯迅、郭沫若等人評低了，那就是表現了政治立場的偏差。說政治立場不會影響評價工作的公正性，那是不可能的事。幸而此類爭辯現在已無意義，因爲大陸學界之所以有感於現代文學史須要重寫，正是由於不再依從中共革命史的文學詮釋體系，亦即是文學上反共或非共的結果。故而夏先生當年這本著作，在與大陸文學史家文學評論家比較時，會呈現出一種反共的氣息。以這幾十年後來的歷史發展相對照，豈不正好說明了夏著在當時既彰顯了不盲從的勇氣與見識，現今又足以啓迪於後學？

二

在夏志清寫作本書時，曾感到「中國現代文學史竟沒有一部像樣的書，我當時覺得非常詫異」。王瑤《中國新文學史稿》、劉綬松《中國新文學史初稿》雖成書在他之前，他顯然並不滿意（從大陸青年學者倡議重寫文學史來看，大陸新一代學人對於此類史著之成績亦不滿意）。

夏志清《中國現代小說史》出版後，同類的史著日漸多了起來。雖然中間二十年，大陸雖未再出現過一種現代文學史，港台則有十本左右相關著作。至八○年代中期以後，大陸編寫各類文學史成風，迄今究有多少現代小說史，已難統計。雖然如此，黃修己《中國新文學編纂史》第十三章對港台林莽《中國新文學廿年》、李輝英《中國現代文學史》、司馬長風《中國新文學史》、尹雪曼《中華民國文藝史》、李牧《三十年代文藝論》、周錦《中國現代文學研究叢刊》、蘇雪林《中國二三十年代作家》、劉心皇《現代中國文學史話》都有評述，獨獨對夏先生此書視如不見，似乎根本不願承認其地位（一九九五，北大出版社）。趙遐秋、曾慶瑞《中國現代小說史》則對夏著貶抑甚力，謂：

夏志清批評別人強調社會歷史觀念是把文學當成了歷史的婢女。他說他「不容許事先形成的歷史觀決定自己對文學美的審查」「文學史家必須獨立審查研究文學史料，在這基礎上形成完全是自己的對某一時期的文學的看法。對文學史家說來，一位向時代風尚挑戰的、獨行其是的天才，比起大批亦步亦趨跟著時代風尚跑的次要作家，對概括整個時代有更重要的意義。」從這一觀點出發，夏志清把別人所說的「文學的社會功能」、「文學的歷史使命」、「作家的意圖」等等，一概斥之爲「意圖性的錯誤」。

夏志清顯示的是一種特殊的價值觀念。他的文學史觀是不正確的。事實上，他有他自己的特定的功能、使命和意圖，據此，他對中國現代小說史上眾多的作家和作品作了錯誤的評價，並且堅持認爲「中國現代小說的水平一般來說是平庸的」。這是他的偏見（一九八四，中國人民大學）。

文學史之寫作，後出轉精，益加邃密，本爲情理之常，但夏先生此書眞能如此視若無睹、貶抑打倒了事嗎？本文前一節，我們已從歷史面來說明夏著不廢江河之價值，故趙遐秋、曾慶瑞之惡評，反而成了對夏著批評特點的贊美。而由其說，亦可見夏先生之後，現代小說史之寫作並無太大進步。

夏著而後，新出版的一些現代文學史，看來夏先生也並不滿意。由〈現代中國文學史四種合評〉一文，即可看到他對針對劉心皇、尹雪曼、周錦、司馬長風，以及侯健、李牧等人作品之針砭❺。

檢查一本書的品質，有很多方法，其中之一，就是看看作者在議論別人時所提出來的那些標準，自己是否能自踐其所言。同時，觀察他如何評論別人，也可以知道他所著重的地方是什麼。

夏先生評文學史著，首先在材料上求其翔實，人時地物，基本上應該考核正確。所以他指出：像學衡派這麼重要的團體，「近代中國文學史家如王瑤、曹聚仁、劉綬松等人卻都把這本雜誌的出版年份弄錯了，《學衡》的創刊號出版於一九二二年元月，不是一九二一年」。他又指出：《中華民國文藝史》連蕭紅眞名究竟是張迺瑩還是張婉貞，她的作品到底標題是《呼蘭河傳》還是《呼蘭河畔》，其性質是敘事詩還是長篇小說都沒弄清楚。對端木蕻良姓名、地籍、作品名稱，也都

❺ 見夏志清〈中國現代文學史四種合評〉，收入一九七九，時報出版公司《新文學的傳統》。

寫錯了。相較之下，夏著在材料及基本資料的掌握上，顯然嚴謹得多。

但掌握資料，只是基本功，夏先生認爲：「文學史的書寫應有別於文學史參考資料的編纂。一部文學史不應該是流水賬式的報導。一部嚴正的文學史不僅是爲當代人寫的，也給後代讀者作了最嚴謹的鑑別」。這段話很精采，區別了文學資料書與史著之性質，但眞要達成夏先生所揭示之目標，其工作又可分爲兩部分，一是對作家作品要能眞正充分閱讀，其次才是在廣泛之閱覽參較之下，做出鑑別。

夏先生曾說：「眞正嚴肅的文學史家論評一個作家時，雖然也只對幾篇作品討論，此人別的作品也必然讀了不少」。所以，對於欲評論之作家作品應全讀或多讀。而且，一本史著，如果只談些別人已談過的作品，「總不免給人貪省力、不求精深的感覺」。

夏著最被人稱道之處即在這裡。所以他不但能發現未被他人重視的作家作品，在曾被討論的作家中，他所談的，也一定不僅限於其他人討論過的東西（劉紹銘嘗舉他論許地山爲例，說明過這一點）。

在鑑別方面，多讀自然有助於鑑別，但某些狀況卻可能形成鑑審者的障礙，出現偏見。例如時代的偏見：「一般現代中國文學史上不談舊詩、舊小說，實在受縛於當年文學革命時期的偏見」。政治的偏見，如「劉著偏重於不太出名的共產作家，把好多重要的作家省略了。王瑤雖然不贊同沈從文、周作人、林語堂及師陀諸作家，但在他這部書中還討論到他們的著作」。周錦則對抗戰時期敵僞作家十分厭惡，以致不談張愛玲，令夏先生感嘆：「過分的愛國熱誠，也可以使一個文學史家把自己蒙蔽起來」。此外，尚有情誼形成偏見，如周錦對孫陵之推崇；或文學品味上的偏見，偏愛戰鬥的、民族的文學者，對其他風格類型之作家作品即可能出現嫌惡，夏先生認爲這些都宜避免。

關於時代的偏見，夏先生可能是所有現代文學史家中情況最少的，因爲他是極少數兼治古今小說史之論者，除了《中國現代小說史》以外，另有同等分量的《中國古典小說》。對新文學之傳統雖較爲認同，但對古典小說研究既深，亦不廢其優點。在情誼的偏見方面，他特別揄揚者亦與他本無特殊交誼。文學品味，他亦甚寬，不止獨沽一味。至於政治偏見，則從他論王瑤與劉綬松之處，即可明白他的態度了。

三

在寫這本書時，夏先生認爲我國固有文學，比不上發揚基督教精神之西方文學；廿世紀中國文學也不如仍繼承基督教文化緒餘的現代西洋文學。那時他其實是拿著西洋文學在衡量中國文學，所以覺得五四以來的小說往往技巧幼稚、看人看事也不深入。同時視野只在社會這個層次，或可稱爲揭露黑暗、諷刺社會的人道主義文學，但卻缺乏宗教的向度。既無宗教感情、意識，也無法透見人世永恒的矛盾與衝突，更不能從事「道德問題之探討」，處理人世道德問題及心理狀態比較粗魯淺陋。

因此，夏先生雖對整個現代小說史做了很好的綜述，但他不像一般論者、與其論述對象因有情感及認知上的貼合，而深情款款，賣瓜的說瓜甜。他對現代小說之評價並不太高，這一點，可視爲評論者難得的好品格，然而也因此引來了不少質疑。

不過，據夏先生事後描述：「本書一九六一年出版後，中國新舊文學讀得愈多，我自己也愈向文學革命以來的這個中國現代文學傳統認同」，甚至後來他一本評論集即名為《新文學的傳統》。人道主義的文學路向，不但是他所認為的新文學以來的歷史之路，也是他所認為的未來應走之路，所以他又有另一本評論集稱為《人的文學》。

雖然夏先生已不再堅持其早年之文學觀念，我也不同意夏先生對中國文學缺乏宗教意識以致不如西洋文學之論斷，但我認為夏先生《中國現代小說史》一些精彩的論析，其實正得力於他那特殊的視角。

例如對張愛玲小說的闡揚，即由於他未僅由人道主義來觀察，所以才能看出張愛玲的「大悲」。了解張愛玲作品具有「對於人生熱情的荒謬與無聊的一種非個人的深刻悲哀」。並說張氏小說敘事方法和文章風格雖深受中國舊小說之影響，但道德問題的處理及心理描寫卻極為深刻，其諷刺亦與其他人不同，故能顯出人生的蒼涼意味，提煉出悲劇性來。

他首先討論錢鍾書，也是頗受稱道的。他說錢氏「對人類行為抱有一種心理研究的態度。這是現代精神的一種特徵，一種悲劇性的特徵。創作的中心目的，其實並非去揶揄知識分子及作家，而是要表現陷於絕境下的普通人，徒勞於找尋解脫或依附的永恆戲劇」。因此他認為錢氏之《圍城》，象徵的是整體人間的處境。錢鍾書這位作家，正是因為具有這種正視人類心理衝突及存在處境之能力，而深受他青睞的。

這些，不都證明了夏先生早年的許多創獲即來自於那個人道主義之外的視角嗎？但由於夏先生文學觀的轉變，現代小說史到底應由什麼角度來視察，顯然成了一個極為複雜的問題。對這個問題重做思考，或許是以夏著爲經典，進行經典閱讀者所必須展開的。未來小說的道路，又該如何走下去，也是我們可以思索的好題目。

發現蘇雪林

前年，安徽文藝出版社編選出刊了《蘇雪林選集》，這是四十年來大陸第一次出版她的專集。其後蘇先生早年的散文集小說集也都在大陸發行了。對大陸的讀者與研究者來說，這也是「出土文物」之一類，得拜政治氣候寬鬆之賜。

此即爲文學批評上的一大問題。蓋一文學家與作品之重新被發現、復活其生機，未必便代表了它的文學價值受到肯定，因爲發現的邏輯是極複雜的，政治氣氛只是其中之一端。像編選蘇氏文集的作者沈暉，是安徽人；蘇氏文集編入《現代皖籍名作家叢書》中；標榜蘇氏是「五四新文化運動後第一位皖籍女作家」。均顯示了蘇雪林之能重見天日，老鄉們捧場，至少是原因之一。此與近些年臺灣頗有人編「出土人物誌」的理由是一樣的。搜羅鄉邦文獻，以闡潛德之幽光耳。

又如許多少年時期讀過蘇先生文章的人，現在願意再把舊文章找出來看。事實上是出於一種懷舊的心情，重見舊識，眉目依稀，眷念中別有悵觸，往往勾起許多少年情事的回憶。近年臺灣興起許多懷舊茶館，販賣的正是這種心情。從這個角度說，重印蘇先生文集，與重印諸葛四郎的漫畫，道理是一樣的。

如此說，並無對蘇雪林不敬之意。我只是說：從文學批評的立場看，作品之重新做發掘，可能是它的文學價值被重新認識了；但也可能有其他許多原因。這些原因，通常都不會是孤立的，往往疊合在一起，共同塑造一位作家的新生。因此，假若評論者試圖藉由「一位作家重新獲得肯定」這個現象，來論證其作品之文學價值，即必須非常謹愼。必須說明除了政治、鄉土、特殊讀者心理、做爲史料或古董等因素之外，該作家與作品，確有從文學上說得過去的理由，不應該令其湮滅。

這時，發現者的眼光便十分重要了。「折戟沈沙鐵未消，自將磨洗認前朝」。他必是對過往的那一段歷史特有感懷，必是要對那一篇作品發出迥不猶人的見解、替久已沈霾的作者去承擔一切罪愆與垢恥，並藉以扭轉批評史上的「偏執」。

試圖「復活」蘇雪林之諸先生，在此，實是力有未逮。故蘇雪林雖重被發現，其價値如何，卻尙待論定也。

蘇雪林先生，是位不容易了解，也尙未被人仔細研究的作家。

蘇雪林先生的文學創作活動，主要表現於《綠天》、《棘心》兩書，且均爲早年所作。這兩部書，文體不同，然皆具自傳性質。論者也習慣於通過這兩部書去了解蘇雪林的身世與感情。

但這種所謂自敘傳小說，或被作者稱爲「我全部婚姻史」的散文集，其實並不足以做爲史料看。

其中《棘心》曾於民國四十四年增訂，由十二萬字擴充到十八萬字，自謂如此乃能「充分表現時代氣息」。它增入了二、七、十二、十四全章，以及一、五、十七、十八幾章中幾大段，而刪者甚少。這種增補，可能出現的問題是：作者在長達三十年的時距間，對自我生命歷程，可能存在著不同的理解；故原先未必旨在表現時代氣息，而後來大量增入篇幅以表現時代氣息，以致原本跟增訂本事實上是兩本不同的小說，自敘傳遂顯示了不同的敘述方式與敘述重點。同理，《綠天》從四萬餘字，增訂成了十三萬一千八百字，等於也是新著。舊作與新撰，間差二十幾年，可能表現的是同一種心境與想法嗎？

何況，一切自敘都具有謊言的氣質。猶如我們而對鏡子時，彷彿眞能看清自己了，其實沒有一個人在照鏡子時，不裝模作樣、扭捏作態的。由於蘇雪林後來之增補，我們可以確知原作本有缺漏避諱處。但新增訂的本子又何嘗便足以信據？會不會是追憶者對前塵往事的另一種解釋呢？《綠天》自序中又曾自承其中所寫一半屬實，一半則爲美麗的謊言，可見蘇雪林對她自己的創作並非沒有自覺。這些作品，顯然是只能視爲文學創作，而不必目若史乘的。

可是，以文學觀點來看她的創作，也並不容易。例如《棘心》。書名係用《詩經》：「棘心夭夭，母氏劬勞」之意，似乎小說旨在紀念她的母親了。但編選《蘇雪林選集》的沈暉先生卻認爲它可能也含有「對祖國眷眷之繫念」，因爲「海外遊子心目中的祖國，就是養育自己成長的母親」。這樣的理解，似乎是別具心裁的。起碼有很多人並不如此看待《棘心》。像天主教內人士，就不會有此看法。

蘇先生的文學創作，主要讀者羣是天主教人士。如《棘心》增訂本係光啓出版社所出版。《綠天》亦然。天主教人士印這些書，是把它當宣教品來看待的。因爲書中描述了一位早年女知識青年毅然皈依公教的歷程。《棘心》新增的第十三章，也稱天主教爲「愛的宗教」，並大力稱揚雷鳴遠神父的事蹟。這樣濃厚的宗教氣氛與關係，很難跟書名「棘心」的含意連貫起來，但也很難視若未睹。某些批評者以為女主角杜醒秋之皈依公教，只是為了彌補愛情缺憾的創傷。實在是太輕忽蘇雪林與宗教的關係了。

那麼，像《棘心》這樣的小說，到底是寫愛情經驗，還是寫戀眷母親，抑或它是寫宗教情操？它與作者心態和遭際之間的關係，又應如何理解？

創作那些作品時，蘇雪林當然仍處在戀愛過程中。愛情與婚姻，為人生之大事，蘇雪林對此自不能無所謳咏、無所感觸。愛情做為她早期創作中的主要題材，是必然的。但是，我們若仔細觀察她的作品，我們便會發現她對愛情的處理，甚為特殊。

她在寫《綠天》和《棘心》的同時，即發表了《李商隱戀愛事蹟考》。稍後又寫了〈九歌中人神戀愛問題〉〈清代男女兩大詞人戀史的研究〉等文。她論李商隱，認為李商隱那些無題詩，乃與宮女及女道士戀愛之事蹟。談《楚辭．九歌》，認為其中多男信徒向女神獻身、女信徒向男神獻身之詞。講納蘭性德，則說他跟表妹有戀情，後來該女入宮抑鬱而死，故納蘭頗多傷悼之詞。又說女詞人顧太清跟名士龔自珍有一段羅曼史。太清是奕繪貝勒的側室，所以龔氏被毒殺了。

這些文章，所談的愛情事蹟，都是異常的，有神秘浪漫的氣質，且又不可能圓滿實現。蘇雪林為何偏愛這樣的題材？

我們要曉得：一個人怎麼看歷史，往往便顯示了他如何看人生。解釋李商隱和〈九歌〉，在她之前，很少人持此觀點；對顧龔戀情和納蘭情史，一般也視為疑案。她卻在這些不同類型與不同時代的題材中，鈎勒出一種共同性。這就可以看出她的性格以及她對愛情的看法了。

由此來看她的文學創作，便格外有趣。例如她當時寫了一齣三幕劇〈鳩那羅的眼睛〉。說印度阿育王之子，眼睛極美，似雪山鳩那羅鳥。王之繼后愛上了太子這雙眼睛，逼與私通。太子不肯，王后慚怒，發誓一定得得到這雙眼睛。後竟因此而害死了太子，自己也被阿育王焚死了。這也是一則不道德的、爲了愛而如襲自珍被毒殺那樣的故事。愛上了不該愛的人，愛之中有阻隔，得到的只是虛幻的滿足或永遠的失落。自稱「善於晝夢，渴於求愛」（《綠天・自序》）的蘇雪林，會不會是因爲擁有這樣的愛情觀，所以才造就了她「失敗」的婚姻呢？所以才有《棘心》與《綠天》那樣對愛情與婚姻的處理呢？

我不知道。但若眞正要評論蘇先生之文學創作，理應從處理這些問題開始，方能拂開歷史的塵埃，重探文學作品的義蘊。

現代與反現代：幾篇早期女作家的小說

德國柏林大學東亞研究中心負責人郭恒鈺教授主編的《源流——臺灣短篇小說選》，最近已由慕尼黑的Minerva出版社印行了。

該書收有十四家作品：林海音〈金鯉魚的百襇裙〉、潘人木〈寧爲瓦碎〉、朱西甯〈鐵漿〉、司馬中原〈山〉、彭歌〈蠟臺兒〉、孟瑤〈孤雁〉、白先勇〈冬夜〉、鄭清文〈最後的紳士〉、林懷民〈辭鄉〉、黃春明〈兒子的大玩偶〉、張系國〈笛〉、袁瓊瓊〈自已的天空〉、蕭颯〈郭老太太的困擾〉、黃凡〈雨夜〉。

書前有導言，介紹當代臺灣小說的發展脈絡。大體上郭氏把當代臺灣小說的成長分成三個階段：五十年代是第一階段，代表人物多年來自大陸，如潘人木、彭歌、朱西甯等；六十年代是第二階段，西方現代主義的譯介，觸發了作家對形式和技巧的自省與探索；至於六十年代後期《文學季刊》的墾拓，則爲七十年代第三階段舖路，崛起於《文季》的作家（如黃春明），多取材於社會現實，尤重中下階層的生活；而袁瓊瓊、蕭颯、黃凡的作品，則反映了近年來臺灣社會的變遷和青年作家的成就。

這本書，是今日文壇一件小小的喜訊。而且，這些小說是譯出去後，我們再反向推介回來，故構成了特殊的傳播趣味。我們大可藉此審視現今向外人譯介中國時，我們選擇和推銷的，是什麼樣的意識、反映的是什麼樣的姿容。

事實上，這本選集脫胎於齊邦媛先生等編譯的《中國現代文學選集》小說部份（中文版曾先後由書評書目社和爾雅出版社出版）。《源流》所選十四家，有七篇出自該選集，潘人木與朱西甯二篇，選文雖異，亦可算是該選集中的作者。據齊先生說，其選稿原則，是作品主題和文字語彙受西方的影響越少越好，以便呈現我們自已的思想面貌，並且不選過度消極頹喪的作品。這一編選態度，大概也與《源流》脗合。但是，該選集編於民國六十二年，十多年的距離，可能也會使得今天我們再看這些作品時，讀出一些與原編選者不同的詮釋。

例如，齊先生認爲林海音〈金鯉魚的百襉裙〉、孟瑤〈孤雁〉等小說，是渡海來臺、喘息未定的青年，充滿了割捨的哀痛與鄉愁之作，藉小人物寫新舊制度間的衝突，對故鄉的懷念和毅然接受現實的心情。現今看來，便彷彿不全是如此。

林海音〈金鯉魚的百襉裙〉，選材特殊，描述一女子金鯉魚六歲就賣到許家丫頭，許太太無出，她遂做了塡房；十八年後，她的兒子長大成婚，她希望能在他婚禮時，穿上大紅百襉裙。依規矩，這當然不成，但這是民國了，兒子又是他生的，誰說她不能穿？沒料到婚禮時，許太太規定家裏婦女一律穿旗袍，徹底粉碎了她的夢，也逼得她的兒子遠去日本，一住十年，以避開這尷尬和痛苦的空氣。十年後，她死了，兒子返國奔喪，出殯時，依規矩，金鯉魚是妾，棺木不能由大門抬出去，兒子大哭大鬧，終於讓棺柩堂堂正正從大門出去了。三十年以後，她的孫女兒從老樟木箱裏，翻出了這條漂亮的百襇裙，高興地要穿去參加第二天學校歡送畢業同學晚會的服裝表演。

金鯉魚顯然是一尾未躍龍門的鯉魚，不管她多受寵愛，既是金「鯉魚」，就永遠是鯉魚，她的渴望，她想用自己的意志和計畫，藉着兒子，躍一下，讓自己創造自己的命運，竟是永遠不可能達成的目標。「她像被一條條鐵鍊鍊住，想掙脫一下，都不可能」；她的計畫，只成爲傳遍全家的笑話。而百襇裙呢？這條無人穿過的百襇裙，代表了一則「簡直沒有人知道」的故事，但由它，却可以顯示一個時代的變動。

因爲，一切不可能，在時間裏，統統瓦解了。從前那麼劇烈的衝擊，從前懷着「爲人子的痛苦」而遠遁異國、且曾趴在棺木上捶打痛哭的金鯉魚兒子，現在都淡了，都不太記得了，「好像什麼事都忘了」，對一條百襇裙對女人地位的重要性他也覺得不可理解了。當年，代表身分的大紅百襇裙，現在更是人人可穿的了。

這就是時間，時間才是這個小說的主題與主角。因此小說中不斷出現十年、十年、四十年……的時間紀錄，用以刻劃時間（或者說是時代）對人的限制、對人的冷酷。幾十年的人事變遷，清朝到民國的朝代更替，滄桑滿紙，初不僅僅爲女性喟嘆，爲金鯉魚憑弔而已。

然而，社會階層的秩序與榮耀，眞的只是一條繡滿喜鵲和梅花的大紅百襇裙嗎？對「榮耀」概念的攻擊與這個觀念之式微，正是「現代」的特徵，它認爲榮耀僅如武士的盾牌，是社會階層秩序的符號，必須除去這些社會所加予的角色或規範，使人屬於他自己，而不屬於他這個人在社會上的地位，展現每個人的尊嚴（Dignity）。小說裏，清朝覆亡，即代表「先現代的」（Pre-

Modern）世界崩潰，不但使榮耀成爲逐漸喪失意義的觀念，也提供了金鯉魚一個適當的時機，重新界定和認清身分及其內心的尊嚴，並抗拒制度上的角色，而在社會上表現她自己。從前，個人和社會之間，主觀身分和以角色來做客觀認同間的相輔相成關係，現在却成了一種鬭爭：制度不再是本我的「家」，反而成了對本我的壓迫性眞實（Oppressive Reality）。金鯉魚要反抗它，可是得不到那些仍處在榮耀世界中人的認同，他們只感覺她背叛了她的角色，以致不安、嘲笑，並努力「壓制她應得的驕傲」。

這就構成了一種緊張的關係，這種緊張的氣氛，逼得金鯉魚抑鬱而終，也逼得她的兒子遠走異邦。作者雖然沒有撻伐、沒有批判性的價值判斷，但却深刻地展現了舊有制度解體時，社會和心理混亂的一場尖銳衝突；而她把這樣的衝突，描繪成「躍入自由」之前所經過的一個階段，也無形中顯示了她質疑現代意識的寫作立場。

此一立場，明顯表示在小說對時間的處理上。古老的榮耀世界與現代的尊嚴概念，它們跟歷史的關係並不相同。前者是要透過執行制度，以令個人參與歷史，不僅參與某一制度的歷史，也參與了他整個社會的歷史；而現代意識，在基本我的概念中，却如Peter Berger等《飄泊的心靈——現代化過程中的意識變遷》一書所云，想要奇妙地消除史蹟。小說中，金鯉魚之子和「在這裏的人」，都奇妙地遺忘了歷史，不再能理解百襇裙所象徵的身分意義了；作者却一再呼喚歷史、披陳往事，於是敘述者與劇中人之間，便形成了一場奇異的對話。縱然作者略存偏袒，並未由此帶出有關「秩序」（Order）的強調，和現代人身分不穩定的危機之描述，但整個作者講述故事的行動，正是「爸爸却有些不耐煩地責備媽媽說：『你跟小孩子講這些沒有意思的事情幹什麼呢？』」的反諷，充滿了解構（Deconstruct）的趣味，蘊涵著作者對現代意識詭譎的辯難。

態度比〈金鯉魚的百襉裙〉強烈些的，是潘人木的〈寧爲瓦碎〉。這篇寫於民國四十九年的小鄉民悲劇，不僅未曾毅然接受現實，它對這個新而進步的時代，毋寧是疑懼和嫌厭的。

全文有兩個主要演出者：我未和拉馬車的鄭大海。在我這一方面，滿是我希望的失落與心靈的感傷。例如她一直想坐飛機離開新疆，結果飛機撞了山；一直想乘馬車離開故鄉，結果馬車撞上了火車，均未成行。而現在，叙述者一直想搭火車到臺北以外的地方，雖然實現了，却因念及往事，鬱鬱不寧。這是一連串「離開」的行動，離新疆、離故鄉、離臺北，離開一固定情境，即象徵要跨出舊時代舊傳統。但這種跨出，其實就充滿了危險。這種危險，具體顯示在鄭大海的遭遇或「撞毀」的毀滅性事件上。

火車，代表一種不可抗拒的勢力。而鄭大海，就是企圖以個人意志來跟時代趨勢爭抗、競賽，以致被火車徹底輾碎的小人物。——他，一向不贊成新營子人的生活，認爲火車把人都變壞了，所以只是專心地趕馬車，並替辦喪事的人家紮些殉葬的紙活兒。直到整個村裏人都去築鐵路、搭火車、賣牲口改行之後，他仍堅持趕他的車。可是，「因爲他是人堆裏的石頭，上天就來試試他結實不結實了」。沒人再來坐他的車，他仍每天出門趕車；老婆被修鐵路的監工拐跑，他仍每天出門趕車。他不斷努力挺着，因爲他相信：只要辛勤，老天就會給飯吃，那些貪大利趕時髦的人，早晚要遭天報的。可惜，一切都不如他的信仰，在競爭中，他喪失了一切，最後乃不得不選擇撞毀，用生命來塗寫這一幕悲劇。

他是個與太陽競走的夸父，他什麼都沒有了，陪他一塊參加葬禮的只是幾個紙紮的客人，但是他却在猛力撞向火車時，顯現了他的尊嚴，表達了他的執着與價值選擇：寧爲瓦碎。

他不是玉，因爲他太卑微了。但他無疑是個英雄，作者以高度的同情來敍說這位悲劇英雄，並不出於鄉愁；而對悲劇英雄的刻劃，更是深受西方影響使然。可是在這麼強烈的西方意識底下，却浮動着一股不安，一點排拒。這種不安，乃是基於傳統世界對新時代的不了解。一如她故鄉玉屯人對新營子人的生活不太理解也不能認同。而新時代所顯示的醜陋面，也使人無法接納擁抱，唱「當家的成年在鐵路上，抛下了奴家守空房，咳呀呀，奴家眼淚一雙雙」的人，居然拐跑了別人的妻子。上天的報應，不報在貪戀財色的這幫人身上，却報在鄭大海頭上。價值的逆轉所帶來的迷惑，使得敍述者走下火車，三輪車夫推薦她住時代大旅社時，她鬱鬱地說：「換一家吧，我不要住時代旅社」。這句話，即是對進步概念的質疑與排拒。敍述者是想坐馬車的——雖然她現在也希望坐火車到臺北以外的地方去看看。

孟瑤的〈孤雁〉對新時代，又不只是疑懼而已，她用力描繪這個時代的社會問題，以一個老人的夜晚（如孤雁，無家可栖的孤雁），來點出人生的茫然無依。這個老人獨自攜子跨海來臺，撫兒成長；兒自成家，他則窩在一機關中靜靜等待即將面臨退休的命運。因孫子過生日，他買了毛線和奶粉，擠公車去兒子家聚聚，却感到陌生，成爲被失落的孤雁。他溜了出來，又找不到歸途；在匆忙與空虛中，乃去看了一場電影，勾起的一片鄉愁，令他無法承受，遂又不得不中途逃走，「夜街響着小雨，他有些暈眩，幾乎找不到公車站的方向」。

是的，在這個時代裏，確實不易找到方向，大盜竊國，鄉土與親情的割離，必然形成內在最深沉的失落和痛楚。而文化轉型，一方面步入「後塑期文化」，老人成爲社會的負擔，只有少年或小孩才是家庭跟社會的關心對象（在小說中有兩幕有趣的景象：一是搭公車時，學生們端坐着嘻嘻哈哈，頭髮花白的老人則被擠得東倒西歪；一是他伸出雙手接待他的第三代，孫子却轉過身去，「不曉得站在眼前的老人就是他所應該尊敬的祖父」），一方面中西文化交衝，舊風俗舊倫理，均已如小孩抓周的儀式一樣，爲人所遺忘，即使勉強施行，也非原貌了。家庭型態改變，一切均已變異，令人無法適應。

這正是一種困境。因爲現代社會龐大森嚴的科層體制，對人已構成一種壓迫，在科層體制之外的私人領域，就很自然地成爲一平衡的機構，可提供意義和有意義的活動，來彌補現代社會龐大結構所造成的不滿。這種私人領域，最重要的就是家庭。可是，現代社會的特徵之一，便是家庭型態的變革和家庭結構的不穩定。一旦人在面臨科層體制之壓迫（例如強迫退休），而又無家庭可以退守時，他對那一個需要安排的世界，就會不知道應如何去做。現代人空前無比的自由和焦慮，於焉而生。小說中的老人，正是這麼一個倒楣鬼，他受苦於「無家」的淪落狀況，除了懷念他在大陸上曾經擁有過的家庭之外，只能發思古之幽情，背誦《孟子》。

「五畝之宅，樹之以桑，五十者可以衣帛矣；鷄豚狗彘之畜之無失其時，七十者可以食肉矣；謹庠序之教，申之以教悌之義，頒白者不負戴於道路矣……」，這空虛而匆忙的世界，與孟子所揭櫫的理想相對照，愈顯得滑稽而蒼涼。這個理想，在這個時代，如何實現？有可能實現嗎？他雖然會背誦、雖然能藉此驅散現實的悲哀，但他依然找不到方向。

換言之，這本選集中前幾篇的女作家，在民國五十年左右所寫的這幾篇小說，並無迎接偉大時代的喜悅。而對故鄉和傳統，亦非割捨與懷念所能解釋。其中沒有積極奮鬥與毅然肯定，有的只是在臺灣現代主義未大流行之前，便對現代透露了她們敏銳的責難、疑懼和批判。這些質疑與批判，不宜視爲往日情懷的牽繫，而應注意它們對時代的社會問題所做的抉發。相較之下，後期女性作家那種感性的、注意女性自身感情與角色問題的寫作傾向，似乎又代表了一種變異。我們欣賞這幾篇近三十年的古物時，歷史湍動的聲音，不知不覺地便流過耳廂。但我們不能用歷史背景來套住它們，便說那是「回顧式的作品，內容相當質樸」，有深入骨髓的憂患意識。因爲從另一個批判角度來看，它們都是時代問題的探詢者，不論她們的故事發生在從前還是現在、在大陸還是臺灣，其問題均指向「現代」。這是現代而又反現代的小說。——在我們跨入「後現代」的這個時候，重讀這批老樟木箱裏的百襉裙，自是別有一番滋味的。

我願意用這個例子，來說明我們對臺灣小說的發展與解釋，可能是必須重作估量了。

論〈我兒漢生〉

〈我兒漢生〉之所以廣受注意，並不只因得過獎、改編過電影，而是因爲說出了大多數家長的感受與焦慮，也反映了現今大多數青年成長的歷程。蕭颯在《我兒漢生》短篇小說集自序中提到：「有好幾次，在完全陌生的場合，無意間聽見別人談起，稍微留意一下談論的人，多半是些三十歲上下的年輕人，語氣相當激動」，可見，特別是後者，是本篇小說受到廣泛重視的主要原因。

不過，由於大家都較注意〈我兒漢生〉反映青少年成長問題的一面，以至於對這篇小說的理解，都僅止於拿來跟自己作對照，彷彿有著看舊照片般的心情，有反省、有憐恤、也有感嘆；否則，則如心理學家社會學家，把漢生的成長問題，看成一個實際存在的社會問題來分析、來抒解。但像〈我兒漢生〉這樣一篇好小說，其內涵之豐富，恐怕不是上述觀點所能窮盡的，例如張系國，就認爲這是藉浪漫理想跟現實環境的衝突，來處理中產階級的教育問題，諷刺中產階級的生活方式和人生觀。蕭颯本人則對漢生的媽沒有得到如期的同情，而大惑不解。

蕭颯的遺憾，有她先生張毅的電影，替她做了部份的補償。可是，這仍然顯示〈我兒漢生〉具有十分豐富的延展性，漢生這樣一位家世清白、教育完整、無不良嗜好、非心理異常的青年，似乎透露了某些問題與答案。

開始時，漢生對人充滿了懷疑或不屑，開始交筆友、練習開鎖、偷書、戳傷同學；然後，他為了正義，印行攻擊師長的傳單，批評社會與家庭，參加社會服務隊，準備效法史懷哲。小說發展到這裏，潘漢生幾乎要成為浪子回頭的模範青年表率了。但問題才眞正開始：他進入社會教育協進機構，不滿，轉入傷殘服務中心；不滿，又轉入礦業人員福利機構；不滿，再轉入保險公司；又不滿，再轉廣告公司；繼續不滿，只好自己去開計程車，準備自食其力，賺了錢以後，搞文化事業，「講我們要講的話，供給這個社會眞正需要的知識」。結果卻是與舞女同居，錢被朋友倒掉，自己承認是天字第一號大笨蛋，後悔不在廣告公司待下去。

從攻擊沒有品德的師長起，潘漢生一直扮演著正義與道德的守護神，但跨入社會以後，他的理想就逐漸幻滅，愛情也失落了。他媽媽要他振作起來，做番眞正的事業，正所以見他從事的根本是假事業；同住的舞女，更是不動眞感情的，所以那也是不會有結果的假感情。而在這段失落與幻滅的過程中。他從一個反剝削者，變成了榨取者、剝削者；從一個理想主義者，變成寧願待在廣告公司，好歹每個月領七千元，結婚總沒有問題的現實妥協者；更從一個堅持獨立自主人格，拒絕接受任何家庭協助的青年，走進接受家庭幫助開個書店或繼續浮游漂蕩的矛盾處境中。

這個矛盾處境，究竟如何解決？漢生的媽不知道，我們大概也不知道，因為這不是漢生個人的問題，而是近代中國知識青年普遍的問題。

在小說中，漢生把練習開鎖視為心智訓練，把偷書解釋成「打賭看誰拿得多」，為了一根香煙和一句玩笑而動手殺人，充份顯示了這個小孩對道德的無知。但這個對道德無知的孩子，居然立刻又扮演了道德的裁判者角色，批判導師貪污、攻擊收養童工的姨媽、看不慣社會人的勢利，而要拯救的是整個世界，像史懷哲深入蠻荒一樣，奉獻自我，救贖社會的罪愆。一個大學畢業，無意深造，小說中又不曾提及他多有學問的知識幼童，居然立刻想提供知識的營養給社會，宣示眞理之所在——這根本就是荒謬的。

這種荒謬，註定了漢生理想的幻滅與失落，但又何嘗不是當代知識青年的理想幻滅與失落？當代知識青年的痛苦，固然常來自現實的環境殘酷的壓力，可是青年的生命，其實都存在著這一內在的危機。他們生活在社會風雨之外，一個特定的受保護的區域（家庭或校園），但自覺對社會有責任，對社會的不義也極爲不滿，因此，他要批判、要服務，以高姿態下鄉，去挽救社會的沈淪、洗刷社會的罪惡，甚至，導引國家民族的走向。

然而，他們對社會本質上乃是無知的。越世高談，誠足快意，可是一旦離開校園，正式踏入社會以後，主客高下之勢，頓然改觀。他從一個居高臨下的批判者、救贖者，迅速變成了一個站在社會基層往上爬的腳色。他不再是史懷哲，只是一名小職員，俯仰由人。他當然不能適應，當然充滿了憤懣。而不幸的是，他對道德的無知與知識的幼稚，又在人生問題上，使他定不住方向，使他要不是服從社會的律則，也去鑽營剝削；就是浮遊茲世，漂泊以終。這時候再回過頭來看少年時的激情與理想，便覺得是莫大的人生反諷了。

這樣的反諷，讓我們想起了白先勇的〈冬夜〉。

在臺北溫州街巷口，一位老教授冒著寒風冷雨，撐著破油紙傘，一瘸一瘸地丟迎接另一位歸國名教授。從他們的談話中，我們才曉得，原來他們都是五四運動時期的健將、學生領袖。不但曾合組「勵志社」，誓言救國救民、廿年不做官，還領頭打趙家樓，遊行、放火。但是，幾十年下來，領頭宣誓不做官的成了大紅官員；打倒孔家店的，因爲孔教作倀而被逼跳樓；一直想做一番事業的，則一本《中國思想史》也潦草不能終卷，最後爲了兼課摔死在陰溝裏；其他，有的成了被槍斃的大漢奸；有的遊走海外，以理想的流失和自我放逐，來免除良知的自讀；有的與現實妥協，將浪漫的拜倫精神束諸高閣，一心只想弄筆錢出國。

歐陽子曾經指出：這是一種小說技巧上的對比手法。但這眞的只是一種技巧嗎？白先勇認爲五四時期的中國知識青年，昧於中國國情、崇拜西方文化，既沒有獨立的思想體系，又沒有堅定的意志力，當孔教一旦被打倒後，他們同時也失去了精神上的依賴，徬徨迷失，如同一群弒父的逆子，以致形成上述那樣可笑可痛的結局。但歷史卻不斷地重演，「窗外的冷雨，卻仍舊綿綿不絕的下著」。漢生；就是延續此一困境的一個新典型。

很少人注意到漢生跟他爸爸的關係，但漢生事實上正是父親的影子。一開始，小說就說漢生要搬出去，是父親同意的；後來，作者又說他父親是個有夢想的男人，「漢生是不是像他父親呢？」表面上看，漢生是不太像，可是漢生也是有夢想的男人，而父親也不斷「由他去」：先是贊成他玩鎖是心智訓練的說法；然後，漢生什麼都看不慣時，他說「由他去」；漢生要丟開計程車，他說隨他；漢生要開書店，他又準備抵押房子，隨他意思裝潢成家庭式的風格。其中最有趣的，是漢生用他父親的獵刀把人殺傷了，「他居然面色興奮，神采激昂的」告訴他媽：「誰都經歷過」，並且手上不停玩弄著那柄老舊的獵刀，以一種彷彿讚美的語氣，追述獵刀的歷史。原來，獵刀是一位好打抱不平，差點爲管閒事送了命的叔叔送他的紀念品，現在漢生拿它殺了人，然後又爲打抱不平而遭學校開除。叔叔、他、漢生，構成一條綿綿相繼的線，〈我兒漢生〉也因而有了歷史的縱深。

小說的張力，就在這個歷史問題上。漢生不曉得他的命運根本即是父母歷史的延續，他要自立、要反抗，拒絕父母替他安排人生的道路。他攻擊家，就像五四時期的狂熱青年攻擊傳統中國，但是一旦家不再成為生存的依據或支援時，他也迷失了。他忘了他的銳利和批判，其實是家庭與社會驕縱的結果（在這兒，我們必須特別注意漢琳，漢琳就是漢生，她是漢生的代言人和行為解釋者），而他又藉這驕縱所獲得的權力來攻擊整個社會。以致家庭、社會和他，兩方面都同時受傷。

這就是人與歷史疏離的結果。漢生的媽媽曾自許：「我也不是一個守舊的母親，我一直努力使自己跟得上時代，希望自己仍是個心智活躍的女人。」為的是要消除與子女間的代溝並避免遭丈夫遺棄。這不正是歷史在「現代」的尷尬處境嗎？傳統本來正是以其為傳統而給予人生存的依據和生命的支持，現在卻必須跟上時代，以免因其為舊傳統而遭唾棄。這是對歷史、對傳統的性格扭曲，現代人方以此沾沾自喜；可是，當「所有認識漢生的人也都不相信我是他母親」時，漢生也同樣不再認得「母親」了，她和漢生間的母子關係當然也愈來愈趨於稀疏冷淡了。漢生拒絕與父母一道出門、要搬離家庭、遺忘了他的幼年生活，即是這種疏遠的自然結果。因為，當傳統不再像傳統時，傳統跟人的聯繫，傳統對人的意義也就鬆弛了，尤有甚者，傳統更成了人急欲甩脫的對象，成為被攻擊的目標。唯有傳統又成為傳統，媽媽又「像對待初生嬰兒」一樣對待漢生時，這種疏離與敵意才有可能溶解。

漢生的媽，是文化母體的象徵，小說透過她的觀點來看，看到的正是近代中國知識青年與歷史傳統一步步疏離，而又一步步踏向虛無的景象。她想幫助他，卻使不上力，只好眼睜睜看著無意出國深造，要搞文化事業的漢生，逐漸變成「很多搞文化的在美國發揚中國吃的文化」。

五四時期領頭火燒趙家樓的小伙子，現在抓住他美國友人的手，用顫抖的聲音，懇求他幫忙想辦法讓他去美國教中文。現在，漢生的女朋友出國了，同學出國了，叔伯阿姨出國了，父親也準備退休以後到紐約開中國餐館。可以想見，漢生現在要開的書店，即是通往未來紐約餐館的道路。

「漢生」，我們都是漢生，我們要怎樣處理我們跟歷史的關係？

試讀王幼華

王幼華不是個很可口的作家，他的作品當然也不很容易讀。根據葉石濤先生的分析，由六〇年代到八〇年代，只有王幼華才表現出深厚的思考能力，反映複雜繁忙的工商社會，才有透視中國和臺灣未來動向的意圖。他認爲王幼華具有「可怕的才華」與「偉大的資質」。

葉先生向來不輕易許人，他的話應該是可信的。然而，試讀王幼華的小說，確實又感到十分迷惑。他的小說，幾乎具有一切壞小說的特色，諸如結構鬆懈，人物性格模糊，形象曖昧，語言粗糙，敘述凌亂，理念濃厚等等，如烏雲堆積，如冰雹散落，又如暗夜裏竄動的閃電，千蛇萬縷，爆發在驚駭的空氣中。似乎帶來了一些神秘的啓示，但又茫然不知端緒。

可是，這樣的小說，除了令人不快樂以外，究竟有什麼好呢？

這個問題，老實說，我也不知道。因爲傳統對小說的理解與批評模式，歷經近代社會文化大變動以及小說本身不斷變異性發展之後，早已瓦解了。批評家與創作者，彼此都還在理解與誤解之間摸索，嘗試找到一條新的通路，來建立對小說的認識。但是，至今爲止，我們只能對某一特殊思考方式、特殊表達方式的文學，例如象徵主義派、印象主義派、未來派、亞克美派……之類，發展出一套相應的理解及批評方法去探索，而還不能有效地形成一種評估文學的普遍方法。換句話說，如果王幼華是某一派或某一主義的小說家，那麼，問題就容易解決了，我們只要套上理解該派的小說理論及批評方式，就很容易找到理解的進路，以及評價的準則。可惜王幼華並不是這樣的作家，反而是許多批評者在討論他時，各有其本身理論上的限制，硬是把他看成了某一派某一風格的作家。

其次，就藝術的原理來說，情節、人物、語言等等，其實都是描述語句，而不是規範語句。一篇人物刻畫生動、語言流暢華美、情節緊湊的小說，也可能只是一塊鬆軟可口的蛋糕，因此也不能拿這些做爲評斷的標準。王幼華的小說，可能有點像鄭海藏的字。海藏書學工夫雖深，但用筆結體，卻極古怪，幾乎無一筆不是敗筆，然而也未嘗不好看，未嘗不讓人震動。

碰到這種情形，作爲一位批評家，幾乎是要言語道斷了。而這二點，或許也就是王幼華小說較少被討論的原因。

雖然如此，王幼華的小說世界，也並不是封閉的。他特異的性格、特異的語言運作、特異的人生觀世界觀，都逼使讀者感到一陣強烈的震眩。那裏面的人物，據批評家說，大半是病態的。這個我十分同意，但是，我想換個方式來說：

根據Rollo May的研究，在近代「意志混亂的時代」裏，一般人已經從空虛走進了絕望感與無助感的世界，因此，他們普遍在「無感覺」的狀態，對一切都感到冷漠無所謂。整個社會，健康的匿名羣眾們，心理狀態即是如此。他們內在也有痛楚，也有焦慮，也有疏離與虛無的衝突，但是他們已經習慣地用冷漠來自衛了。他們稱這種無感覺的狀態，叫做「適應」。

而王幼華小說中的人物和事件。就大多是適應不良的結果。一般適應良好的冷漠者，乍然驚見這些人物和事件，當然就會像〈愛與罪〉裏的那位柯刑警，感到自我的尊嚴和傲慢，受到了挑釁與侵蝕，雖然彷彿也察覺到了「若知道他是誰，也可以知道自己是誰」，但仍不免要高聲罵他是「瘋子」！

由這個意義上說，瘋子反而比所謂的正常人正常，而且高貴。他們敏感地覺知了人的災難、愚昧與墮落，意識性地經驗到大多數人暫時無法意識到的事態，因此，他們也能對未來有所預感。最明顯的例子，就是〈愛與罪〉裏的黃老頭。他在樓房起火的前夕，警告大家：「一切都會毀滅，有罪的人趕快懺悔，明天你們就會受到教訓。」起火後他成了眞正的瘋子。而楊傑，被斥爲瘋子的楊傑，也是第一個逃離罪惡之火的人；但後來他卻以他清白的心，透過死亡，救贖了地獄的刼難。

王幼華這樣給予瘋子的地位與尊重，可能是來自他對世界和生命特殊的看法。他知道這個我們所生存的世界，充滿了混亂、爭鬪、矛盾、歡樂、愛恨、愚昧，但是它是無可替代的，他不能改變它，也不願意去改變它。救贖固然必須，可是不可能以消弭人類之屠殺與殘害來達成。在〈救贖島〉和〈東魚國戰記〉之中，他指出：人類互相殘害，乃是人性無可逃避無可制止的罪惡，人只有死亡才能獲得洗禮與救贖；違反人性的罪惡，便要忍受永生的處罰，讓你永遠看著不斷重複出現的殺戮。

這是種特異的人生觀，與一般哲學家宗教家所說，大相逕庭。因此，他對死亡有很深刻的喜好與讚誦。他認爲毀滅即是開始，爭鬪的瘋狂即是歷史。而死亡，則是一種洗禮，是生命無限奧秘中最神聖的祭場。在死亡的儀式裏，人在劇烈的心靈敖煉與領悟中，獲得恐怖、驚慄的啓示（見〈生活筆記〉：死之迴旋）——

你要知道死亡的秘密。
但是，除非你到生活裏去找。否則怎能發現？
貓頭鷹的眼睛可以透視黑夜，但到白天就盲了，不能揭示光的神秘。
你若眞想看看死亡的精神，就得敞開心房，進入生命的當中。
因爲生與死是一，正如河與海不二。

（紀伯倫 Gibran・先知 The Prophet）

在這樣的觀點之下，死亡與愛、與性妄戀，遂成爲他小說中經常觸痛人們眼光的部分；而茫亂與悲苦的生命，也因此而顯得似乎不再那麼難以理解。一切扭曲、蒼白、卑微的小人物，似乎也有了不可抹煞的存在意義。

如此，王幼華小說便應該是以人及其存在爲主題的小說。整個關切的焦點，是人，而不是事件、不是什麼社會。他彷彿只想逼問人在存在的絕望或焦慮不安之中，應該如何自處。而不是要刻畫臺灣的現實生活，描寫時代與社會變遷的脈絡。

當然，他也不是沒有反映社會的作品，如〈一九八四的一場市民秀〉，即曾以客觀敘述的方式，縷說一夜挑逗與反社會道德的美。但就小說來說，我以爲那是個失敗的企圖。王幼華擅長的，其實不是寫實——描寫社會現實——而是剖解人類內在的世界。即使是寫實，也會變成寫心理之實。因此，若就寫實的角度來看，他小說裏的說明就太多了。人物與事件，乃至情節之推移，「呈現」的表達方式中，往往夾入許多作者的敘說與詮釋，破壞了整個小說的完整性。反過來說，如果作者不是意在呈現，而是表達他對人生存在處境的理解，那麼這些類似旁白的地方，反而卻提供了我們許多訊息，而且也提昇了小說的層次。

譬如〈東魚國戰記〉，以東魚國影射臺灣，以福克蘭、中東戰況假擬未來的混戰局面，層次並不很高。整個描述，讓人有滑稽之感；但結局處加上了王幼華與自己的哲學：相對存在。小說便產生了奇異的深度，出現了人存在的普遍意義。

換言之，如果把王幼華界定爲社會現象的反映者、現代人生活困境的批判者，都是可悲的。因爲他所探詢的，本不是，或不只是這個時代的問題。誠然，他之所以會如此問、會如此想，是拜時代之賜，然而他思索的內容卻並不被時代所局限。否則他也不會將最後的洞悉者變成一個眼中發出平靜光輝的悲天憫人宗教家了。

同時，也正因爲如此，王幼華才不至於陷落到社會性問題以及正義感的抒發上，避開了近些年來我國小說常見的毛病，而能更寬廣、更詭譎地審視道德的複雜性。更嘲弄、更冷冰地觀看世界與人生，使他的小說，不成爲某種教條式工具。這自然是很可喜的事。

（七四年六月十八日《自立晚報》副刊）

附錄：

本文曾收入陳幸蕙編《七十四年文學批評選》，陳氏並加按語云：

龔鵬程曾說：「文學批評是文學的眼睛；從事文學批評，猶如在寒夜中鑄造陽光。藉著文學批評，照見了文學領域中，一切幽微細緻和動人心魄的質素。」那麼，這篇論王幼華小說的短文，也許可視爲是龔鵬程在文學的寒夜中鑄造陽光的一點努力吧？

這篇批評文字一開始，龔鵬程便開門見山地指出，傳統批評模式的狹隘與有限，因此，在遇上像王幼華這樣，小說的路數與招式都奇詭怪異的情況下，傳統的批評理論和方法，便似乎顯得無力而不知如何應對了；但在此無力感之外，龔鵬程仍不放棄地試圖從不同的立場、不同的見解出發，希望能爲王幼華的小說世界，開啓一扇了解的窗子。

基本上，龔鵬程認爲王幼華的小說，乃是向人的深邃無比的內在世界去發掘探索的，「關切的焦點是人。而不是事件，不是什麼社會」，因此，他對人及其存在問題的關心，遠超過了對現實生活和時代社會背景變遷的注意。由於小說家呈現其理念，必是通過其自身的觀點和處境，因此王幼華作品所以不易爲一般人理解、接受，而顯得似乎有些虛無神秘的原因，乃在於個人特殊的價值觀與世界觀。換言之，乃在於他對個體的存在、死亡、愛與原罪等人生哲學的課題，有迥異於一般人看法的緣故。然而，也正由於有著如此向內探索逼視的主題內容、與眾殊異的人生道德理念，以及紛雜倒錯的文字特性，倒反而爲他的小說，在現有的種種可被識別歸類的作品族羣之外，另樹了一面鮮明而風格獨特的旗幟。

龔鵬程此文發表於《自立晚報》後，葉石濤先生在二十一期的《文訊》月刊（七十四年十二月出版）上，曾提及此文的某些論點：彷彿鏡子一樣地。照亮了「浸淫於浪漫派文學批評的批評家的缺點之一」。而王幼華亦曾私下表示，龔文是他所見對他比較適切的評論，並將之收進其最新的小說集《狂者的自白》中爲附錄。如此，則龔鵬程此評，果然是照見了王幼華小說中「幽微細緻和動人心魄的質素」，而開啓了一扇明亮的天窗了。

上帝無言百鬼獰

話說西京四大名人之一的阮知非，被換上了狗眼之後，道逢另一名人莊之蝶，立刻覺得莊之蝶變矮了。莊之蝶尙未領悟到這是因他換了狗眼的緣故，遂以爲他是從上海回來，所以對西京的一切都瞧著不順眼。阮知非說：「這也是的，人家上海……」莊之蝶說：「得了得了，說你腳小，別扶了牆走。我每次去上海，一回到西京，也覺得西京街道窄了、髒了，人都是土里土氣的。過三五天，這感覺就沒有了……」。

莊之蝶的故事，後來被人渲染成了當代的《紅樓夢》與《金瓶梅》，載入廢都記事中，流傳到了南方。上海的名評論家吳亮讀後也同樣覺得西京這幫人土里土氣的，甚至西京本身就構不上稱爲一座「城市」，那頂多只是一個衰敗且缺乏現代性的大「城鎮」，對當代也不具文化影響力的城鎮。鎮裡的什麼名人文士，也不是知識分子，而只是全身散發著霉舊氣味的老式文人。因此他們的故事，僅是內陸文化區域編狹的封閉世界中一點點狎妓情事而已（見〈城鎮、文人和舊小說：關於賈平凹的《廢都》〉）。

吳亮的譏評，又是否將爲莊之蝶所笑呢？

在《廢都》所引發的爭論中，注目於其中之性描寫者多矣。在作者「□□□□」（作者刪去一百廿六字）」的寫作技術上大發議論，或褒或貶。但我覺得從書中延伸出來的這個區域文化衝突的問題，實在要更有趣些。

由作者賈平凹的角度說，他是努力誠懇地在寫一個城的小說的，故後記謂：「一晃盪，我在城裡已經住罷了二十年，但還未寫出過一部關於城的小說。越是有一種內疚，越是不敢貿然下筆。……要在這部書裡寫這個城了。」然而在上海人吳亮的眼裡看，這哪是城？「《廢都》當然不是一部城市小說。在那兒我們看不到城市景觀」。因此他批評西京只是一座舊城鎮，裡頭活動著的甚至只是些鄉村式的文人。

《廢都》誠然以描述西京文人生活爲主，但其文士既是「內靠官僚外靠洋人」，作者自也必須將筆鋒不斷涉及其社會政經層面。作者甚且藉由城中撿破爛老人唱的謠辭，來直指公僕高高在上享清福、官倒投機倒把、承包吃喝嫖賭全報銷，以及一等作家政界靠、二等作家幫企業編廣告、三等作家入黑道……等社會現象。然而此類社會描寫及批判，仍不爲上海文家所認同，吳亮不僅覺得《廢都》對時代背景的描述都是拼貼挪用而來，無關痛癢，更譏諷它「在對政經一竅不通的批評家那兒贏得讚譽」。

此非吳亮獨持苛論，上海的論者多是如此，像許紀霖即說：「倘若書中沒有那些民謠、高跟鞋、法院、人大等道具包裝成一個當代社會，讀者還眞以爲是在讀一本描寫古代文人的作品。……作者常常不經意地錯把西京當商州，以至於他的第一部城的小說仍然缺乏城的氣息，時常散發出令人可疑的鄉土味。」（見〈廢都：虛妄的都市批判〉）

換言之，他們認爲《廢都》不能反映時代文化，或者是只反映了褊狹與故步自封的內陸文化妄想，與當代大陸之文化情境有極大的距離乃至疏離。廢都，畢竟只是一個頹廢且落伍的舊城，不能代表大陸當前的城市與文化。

這樣激烈的抨擊，是否顯示了「南／北」「內陸／沿海」「現代化城市／古老文化城市」之間的差異衝突呢？

但是小說閱讀把社會內部都蘊涵的衝突投射進去，是不是也會造成偏差？老實說，從現代性的都市標準看，西安是城鎮，北京上海何嘗不是在許多地方仍像城鎮？如那裡面一個個的「單位」，活脫便是古老村莊的現代版。何況，大陸幅員如此遼闊，區域差別如此之鉅大。《廢都》所寫的只是其中一片剪影，所反映的也只能是一部分的時代社會與人情。有西安那樣的城，便可以有《廢都》這樣的描述。怎能說在其中看不到上海那樣的城，就說我們瞧不見《廢都》裡有城市景觀？

若說《廢都》中的城市事物都是拼貼湊和的，也似乎讀書有欠用心。需知西京四大文化名人乃是「文化閒人」，而文化閒人本身就與社會閒人一樣，都是近年大陸社會經濟改革的產物。社會閒人「有力氣、有精力、有能耐，搞販運、當說客，吃喝嫖賭，坑蒙騙拐。起事又滅事。紅道由他們周旋，黑道也受他們控制。西京的經濟發展靠他們刺激」。文化閒人則從原有的社會文化體制中半游離出來，如阮知非離開了組織，另組民辦歌舞團、開歌舞廳；汪希眠造假畫出售；龔靖元替賓館餐廳寫招牌；莊之蝶也開了一片書店。這些人均是「新時期」生出的新人類，怎麼還會是舊社會的文人？不錯，他們畫畫、寫書法、玩骨董、耍秦腔、舞文弄墨。但作畫是因爲西京古城以發展文化旅遊爲發展經濟之道，故製作假畫以欺哄觀光客；玩骨董寫文章等亦是新時代的生利之法。

古都之所以頹廢沈淪，就是爲著這個緣故。大陸傳統的文聯與作協體制，在這會兒處在極尷尬矛盾的位置。一方面這批人仍多依附於文聯作協之中，受著單位組織的管理與豢養。因此景雲蔭一個文化廳的處長，便能壓得周敏在雜誌社裡幾乎待不下去，整得鍾主編焦頭爛額；所以鍾主編臨死也要爭一個批審高職稱的紅本本。但另一方面，文史館、文聯、曲協等組織對他們又幾乎沒什麼意義，各自花精神本事在外頭搞關係、掙錢、尋快活，文化閒人之閒，即生於此種人與組織鬆開的關係所造成之空間中。

藉著這個閒，他們都是墮落了的。周敏本是一社會閒人，不消說得。西京四大名人，汪希眠作假畫、好女人；龔靖元身邊一樣有趕不走的一堆女人，逢場作戲，好過就忘；阮知非與老婆各覓野食。這些都是已經頹廢的。唯獨一莊之蝶，較爲清高清白。而小說要寫的，就是他沈淪廢滅的歷程。

莊之蝶替黃廠長撰文吹噓其農藥；爲了自己開畫廊，趁火打劫搜刮了老友龔靖元的珍藏害得龔氏瘋狂自戕；又爲著自己的官司，把下女兼情婦送嫁市長殘疾的兒子，還誣指是她嫌貧愛富。而貫串這一切的，是他與唐宛兒相見以迄離分的過程。「正是認識了唐宛兒，和唐宛兒有了這些靈與肉的糾葛，使他一步步越發陷入了泥淖之中」。

因此，這位文化名人淪落的經過，事實上象徵著一座夙負令名的文化城市正逐漸淪爲廢都。故事起首時，安排之時空是新市長全力發展觀光旅遊，剝削古城以爲資本，以致西京開始墮落爲賊城、煙城、娼城。市民也滋生了另一種不滿的情緒，出現了許多閒漢。故事結尾處，古都文化節正式登場，牛皮鼓在如鬼叫、如狼嗥的風聲中嗚嗚自鳴，而莊之蝶也癱廢了，「雙目翻白，嘴歪在一邊」。

這是廢人廢都的哀歎，何嘗「過分自戀地沈溺於一己的虛無主義；以狎妓心態對待女人；把窺視鏡伸進文人圈層，指涉他們的軼事、醜聞、隱私乃至床幃秘戲」（吳亮語）？何嘗「自我陶醉或自我把玩」「浮現一種凌駕眾生之上的沾沾自喜，絮絮叨叨地自哀自憐自歎自怨」（蔡翔〈關於《廢都》〉）？作者賈平凹要寫的，應該是大陸某些原本自具文化內涵及地位的領域，在獲得新的感覺新的衝動的時代，猶如莊之蝶遇上了唐宛兒，明知面前是一杯鴆酒，但那美豔的色澤、濃烈的香味，卻誘使他不得不去渴飲，遂令故我盡喪，漸近顛狂。

所以整部書的調子，不是自戀或沾沾自喜，而是哀傷。莊之蝶墮落了淪廢了，孟雲房迷失了，牛月清也轉變了，開始去墊鼻樑、扯皺紋、抽脂肪、紋眉、清臉斑。一切都在沈淪，一切都在頹廢。

面對這一切，莊之蝶最愛聽的就是哀樂。那是死了人的哀歌，莊之蝶特地去買了一卷錄音帶，隨時放來聽。這一盤哀樂流洩貫布於書中每個角落。與之相應的，則是周敏的塤樂。周敏動不動就跑到城牆上頭吹塤。這塤，本是種上古樂器，周敏吹時也無曲譜，只是瞧著一首詩胡亂地吹，表達他靈魂無處安頓的哀傷，並哀悼城裡和他自己腦子裡只有陳腐而乏生機。這種哀戚，莊之蝶是懂得欣賞的，他說塤音使人「覺得猶如置身於洪荒之中，有一群怨鬼嗚咽、有一點燐火在閃；你步入了黑黝黝的古松林中，聽見了一顆顆露珠沿著枝條慢慢滑動，後來欲掉不掉，就突然墜下去碎了。你感到了一種恐懼、一種神秘，又抑不住地湧動出要探個究竟的熱情，你越走越遠，……

但是，你卻怎麼也尋不著了返回的路線……」。結尾時，莊之蝶癱廢了，懷裡還抱著周敏那個裝塤罐的小背包。

死人的喪樂和古代遺存的樂器，表達的都是對過往歲事的傷逝以及對生機斷滅的恐懼，人的靈魂在此中無所安頓。隨著社會經濟的發展，不斷朝前滾動，城市與人都同樣無法再停留在原有的舊架構、舊思維、舊價值暨行為體系中。可是既已腐朽者事實上也生不出什麼新希望，舊路線卻又已走不回去，人便只能日益沈溺深陷，無可奈何地使生命進入頹廢。這種生命境遇，唯有那沈緩悠長，嗚嗚如夜風臨窗、古墓鬼哭的塤音或喪樂，方能形容得出。人生呀，為什麼竟會遭逢這絕望的情境？正是：「百鬼猙獰，上帝無言；星有芒角，見月暗淡」。

天地不仁，上帝無話，這是某些人面臨大陸現今社會變化時深沈的哀感罷。對經濟改革發展所造成的結果，殊不如資本主義樂觀派那樣看好，對社會現狀的描述，亦有獨特的視角。就小說藝術來講，其描述固多可議，未必就稱得上是傑作。但它所提出的問題與感受是有價值的，這個視角可使我們對大陸的社會發展有了一些認識和體會。認為它無力反映社會、未嘗刻畫時代的心靈，或犯了反時代的懷舊病，陷於自戀自瀆，則是不公平的。在上帝無言百鬼猙獰的時代，理當有此一部記錄人們之哀傷的小說；在人慾橫流的的社會，自然也會有這樣一篇刻畫人類靈魂淪喪歷程的紀錄。

〈全眞道觀與金元數學〉書後

金庸《射鵰英雄傳》二九回〈黑沼隱女〉中描述郭靖背著負了傷的黃蓉逃入黑沼，遇一女子瑛姑，自稱「神算子」，正在布算：「地上畫著許多橫直符號和圓圈，又寫著些太、天元、地元、人元、物元等字，郭靖看得不知所云」。黃蓉卻知那是天元之術，立刻就把那些算題解開了。

金庸小說中談及數學者，主要僅此一處，洪萬生教授卻想由此來談「全眞道觀與金元數學」，可能牽扯得太遠了。不過，他這篇文章是想從元代數學家李冶的經歷，講當時數學家可能獲益於全眞教所提供的學術環境。而李冶，恰好是金元時期天元術的代表人物，與郭靖黃蓉大約爲同時代人，黃蓉告訴瑛姑：「算經中共有一十九元，人之上是仙、明、霄、漢、壘、高、上、天。人之下是地、下、低、減、落、逝、泉、暗、鬼」云云，又正是李冶的話。李冶自敘他在東平得一算經，其內容即是如此，被金庸移花接木，用來做爲黃蓉炫其機巧之張本。李冶與黃蓉之間既有此等淵源，則討論李冶，發表於金庸小說國際研究會，似乎也是合宜的。

金庸對數學，當然並未精研，稗販一二，以增小說興味而已，故黃蓉所講那一兩句話，就有好幾個錯誤。天元術，是以「元」代表未知數，金庸卻說是「天、地、人、物四字即西方代數中的x、y、z、w四未知數」。殊不知此乃四元術。且以元、地、人、物爲元者，是朱世傑《四元玉鑑》所定，時代更晚於李冶，當然也晚於郭靖黃蓉。此外，黃蓉誇口：「天元四元之術何足道哉？算經中共有一十九元。……算至第十九元，方才有點不易罷啦！」此亦望文生義，以爲到第十九元算法一定比四元更深奧，其實這也只是四元術的一種罷了。

洪先生是數學史名家，也許覺得這些小錯誤無庸深究，因此他只談些大問題，例如宗教、數學與社會文化脈絡之關係：「道教思想是否在認識論上啓發了十三世紀金元學者的數學與自然哲學研究？道觀對這些學者是否提供了制度化誘因，讓他們可以自在地研究數學或自然哲學」等等。

這些大問題，都是非常不容易討論的。洪先生有其主張，我也會有些意見，談起來很費勁，所以我們還是先來看看關於李冶的部分。

洪先生對李冶的生平，描述甚詳，但論其交遊，頗重元好問，卻忘了講元好問也注解過劉汝諧的《如積釋鎖》，以及兩人在數學上是否有所切磋交流。論其數學，謂獲啓發於在東平得到的那本算經，也忽略了他引的這一段文字談的乃兩件事，前面指東平算經「以人爲太極，而以天、地各自爲元而降陟之」；後面指「太原彭澤彥材法，立天元在下」，並非該算經之法。至於說李冶談到「自然之數」與「自然之理」，「無疑受到陳摶以及其他宋儒易數理氣的影響。如果說他也受惠於全眞教徒關於易經的研究，應該也不爲過」；又說：「仙、明、霄、漢等道教術語，在認識論層面上影響天元術的如積圖式」，可能也都推論過當了。

李冶對於理數的觀念，當然可能會受當時學術風氣之影響，但洪先生在論斷其「無疑」如何如何，或要確指其爲某人某一學派之影響時，卻須有較多的論證與直接證據。目前這些均不充分。陳摶及其後學如種放、邵雍之易數學，也與李冶的數學旨趣迥異，如何說李冶係受陳摶影響使然？

宋儒易數理氣說人言言殊，李治是接近朱熹？邵雍？張載？還是接近沈括？「全眞教徒關於周易之研究」，恕我孤陋，實在未曾見著。因爲全眞教並不重視周易。除了吸收經由鍾離權呂洞賓消化的一部分《周易參同契》之說外，全眞教基本上是不談易理、更不談易數的。而仙明霄漢等，也不是道教術語，它們如何影響天元術之圖式，似尚有待洪先生進一步說明。

這種周易與數學關係的討論，洪先生曾在注解第一條有所補充，但他談的是秦九韶與清朝的焦循。焦循與李治，時代距離太遠了。秦九韶則雖與李治同時，但其術與李完全不同，是否能以秦氏之術啓發於易，來證明李治也有同樣的歷史文化脈絡，不能令人無疑。且秦氏之「大衍求一術」既稱爲大衍求一，當然取義於周易，無待考證。可是此術衍自僧一行之大衍曆法，世又或稱爲鬼谷算、隔牆算、剪管術、秦王暗點兵，到底是術啓於易，抑或是想出這種不定解析之術以後，才依託於周易的大衍餘一之數，卻須辨明。

其實這並不是太難的事。「天元」之數，本來就出自易經數學。李治所說「凡今印本『復軌』等書」的軌，也是易經數學之一端。但不是宋代的象數學，而是漢代就有的。黃宗羲《易學象數論》卷四說《乾鑿度》之術有五：「一、求所直部歲，置積等，以元歲除之，餘不滿部首歲，即爲天元。滿部首歲除之爲地元，再滿部首歲除之爲人元，不盡，以紀歲約之，即所入部之年也」，其三爲求世軌，四爲求厄數軌意。漢代論天元及軌數，類此者甚多，算法各不相同，〈易緯稽覽圖〉中就列了三家不同的推軌之數，一行的大衍曆書也是從這個傳統發展出來的。若要溯李治天元術之歷史文化脈絡，爲何不直接考諸周易數學的這個傳統呢？

再說全眞教。洪先生說全眞教理論繼承了陳摶之思想，我不太敢同意。陳摶的生平與思想至今仍待考實，與全眞教之關聯，更少文獻支持。以功法論，全眞教跟鍾呂丹法的關係可能更要緊密些。

由於全眞教講三教合一，所以洪先生推論：「三教合一是唐宋以來社會思潮發展的總趨勢」。這我也以爲不妥。因爲唐宋以來固然有不少人講三教合一，儒佛兩家之基本立場卻並不如此。理學家以「攘斥佛老」爲己任，佛教也不像道教那樣，喜談三教合一或仙佛合宗；元代道教中之玄教、太一教，亦不以三教合一爲說。故類似這樣的推論，均須謹愼。

最後，總不能不談談洪先生所想談的大問題。但因爲問題太大了，這裡只能談兩點，一是數學與理學的關係，二是數學活動與其社會文化脈絡之關係。

洪先生引述錢寶琮之說，謂元代數學因理學漸盛而衰，又考李冶之心，謂他須面對理學家鄙夷數學的態度。這顯示洪先生視理學爲數學發展之不利因素，無怪乎他會到當時存在的另一龐大文化體系中去尋找有利數學的條件了。但洪先生又說李冶之數學可能受理學家論易數理氣之影響，未免使其論點有些自我矛盾。其次，這個李約瑟式的觀點，似乎也忽略了李約瑟曾認爲宋儒的有機哲學對科學仍具正面功能，理學家之世界觀與自然科學之世界觀甚爲一致（見《中國之科學與文明》第三冊，科學思想史，16〈晉唐道家與宋代理學〉，e宋代理學家與自然科學的黃金時代）。因此，到底是不是要由「道教在一個共享的認知空間（shared cognitive space）中創造一個有利於傳播中國科學知識的另類網路（alternative networks）」，才能發展宋元之數學，實在大可商榷。

宋元數學著作，見於《遂初堂書目》者，達九十五種。最傑出的數學家李冶、秦九韶、楊輝、朱世傑，雖幾乎同時活動，卻彼此均無來往，也不相知。他們不可能都如李治那樣，獲益於所謂道教這一「另類網路」。因爲無法證明他們均與道教有密切之關聯。故其共享之認知空間不能只從道教這一點上說。必須一方面從九十五種著作共構的認知空間、知識網絡去爬梳；一方面由更寬廣複雜的社會文化脈絡去觀察才好。

E世代的金庸：金庸小說在網路和電子遊戲上的表現

金庸小說在六十年代的傳播方式，主要是報刊連載。八十年代是書籍出版，配合著電影電視的改編演出。九十年代中期以後，原有的報刊連載已不復存在，書籍出版及電影電視改編播映雖仍暢旺，但卻有了更新的型態，因爲電腦媒介已被大量運用到它的傳播情境中來了。

在電腦網路世界中，獨立的金庸小說站或附屬於武俠文學站中的金庸小說網，已越來越多。電子遊戲版也不斷推陳出新，製作技術足以與美國日本之相關電玩媲美；人物造型、劇情編製、場景繪圖，更是逐漸發展出民族特點。對於金庸小說熱，實有推波助瀾之功。武俠文學顯然已因此而進入E世紀矣。

電玩及網路的使用者，則都是E世代的青少年。他們在金庸網站上搜尋、聊天、交友、購物、點歌；在電玩中假扮、尋寶、打鬥。其心態、行爲模式、以及對金庸小說的理解，均與從前僅讀小說，間或看看改編影視者極爲不同。

對於金庸小說在網路和電子遊戲版上的表現，對於它們和使用者之間的關係，對於因此新興事物與現象而帶來的武俠文學變革，學界尚乏探討。本文初闢榛蕪，試爲發軔。一方面介紹這個學界尚不熟悉的武林，一方面探索一下E世代武俠文學的新命運。

一、電玩：學界尚不熟悉的武林

「在當年，豐富的解謎劇情、讓人熱血沸騰的戰鬥模式，以及開闊美麗的2D美術場景表現，不僅電玩遊戲大賣，並且在電視及小說搭配之下，使整個社會引起了一陣金庸的熱潮。玩家們不僅讀《倚天》、看《倚天》，更可以扮演《倚天》的主角張無忌，眞可說是當年電玩界的豪情逸事」。這是《新遊戲時代雜誌》對金庸小說電子遊戲版「倚天屠龍記」的介紹。

遙想當年，一派懷古口吻，實際上只不過是五年間的事。「想當年」，眞善美出版社少東宋德令先生由美返臺，準備重刊古龍《楚留香》時，除了找我寫一新版序之外，因他本行學電機，故另與華康科技公司合作，設計了一套電子遊戲版「楚留香」。開新書發表會時，由於是新嘗試，大家還頗爲稱奇。乃不旋踵，此事在電玩界，已成了上古史；往事陳跡，徒供憑吊而已。武俠小說在電子遊戲領域之興旺、發展之迅速，豈不令人驚嘆！

當年（一九九四）電玩界豪情逸事的金庸「倚天屠龍記」，目前已是古董，不易覓得。我家尚存有一套，但小孩子們已不再玩，嫌它「不好玩」。因爲市面上推陳出新，不斷有新的金庸小說電玩版問世。

「新倚天屠龍記」今年由霹靂碼遊戲工作室推出。故事講小無忌中了玄冥神掌、蝴蝶谷中的療傷兼學醫生涯、被朱九眞一家欺騙、光明頂上血戰六大門派、萬安寺救人……等等，完整地交代了張無忌奇遇連連的命運。但爲了使沒看過小說的玩家更能瞭解整個故事的來龍去脈，解釋張翠山夫婦爲何要自殺，遊戲更是首創倒敘的故事手法，透過與遊戲世界中的人物交談，來瞭解張無忌整個身世。此外，隨著劇情的演變，會有一些NPC角色加入隊伍，與張無忌（也就是玩家自己）一同去冒險。

這個架構與「倚天屠龍記」大同小異，但畫面處理、特殊效果及遊戲功能上已大不相同。在遊戲功能方面，新版開發了一套獨特的攻擊系統。製作羣依據他們做了六、七年的遊戲心得，與接獲不少玩家的意見，表示：遊戲的難易度是玩家評斷遊戲好不好玩的重要指標。有人認爲戰鬥要即時才能充分顯示其緊張、增加格鬥的樂趣，且戰鬥越難越刺激越好；但也有人認爲戰鬥最好不要太難，能一步步來，可以有充分的時間思考最好。究竟，遊戲到底要用哪種戰鬥方式來表現呢？製作小組乃因此嘗試讓這兩種戰鬥方法（即時與回合）同時存在於「新倚天屠龍記」中，並讓玩者自行決定用哪種方法來戰鬥。在這種玩法之下，遊戲的變化性大爲增高，玩者可選擇緊張的即時戰鬥，也能選擇動腦思考的回合策略戰鬥。但這樣子的做法等於將兩套遊戲做在一個遊戲裡，所以製作難度較高。

另外，遊戲企劃了一種醫藥與毒藥的組合系統，在遊戲中會有許多的謎題與配製物品有關。例如在蝴蝶谷中，面對許多的求醫者，該用什麼藥方醫治不同的症狀？找到藥方後，又該如何尋找藥引？在戰鬥時，會有許多敵人對你放毒，如果玩家在進入戰鬥前，沒多配一些解藥自保，可能沒多久就會掛掉。因此藥品配製系統在遊戲中佔了相當重要的份量。武功仍以金庸小說中原有者爲主，但也加上了不少自創的功夫，如火蟾劍法之類。

《倚天屠龍記》的前傳，是《神鵰俠侶》。這部小說也有電玩版。遊戲的劇情採直線方式進行，以事件觸動方式來控制玩者的遊戲流程。遊戲中有黑夜及白晝之分，很多事情解決的時刻必須要在夜晚，所以玩者要多從各個路人口中查問線索。遊戲的前半段多以冒險形式進行，因爲楊過還不會武功，只有挨打的份，這裡安排比較多的尋人尋物劇情，如半夜上鐵槍廟找歐陽鋒學蛤蟆功、去桃花島等。之後也會有此類謎題，但會慢慢插入一點練習所學武功的戰鬥場面。從破廟第一次楊過現身，主角經歷桃花島、重陽宮、活死人墓、華山、絕情谷、襄陽城等地。其中有多處因應劇情需要的地底、谷底或水底迷宮地形。在不同的地點，我們均可以見到以320x200GA256色營造的視覺效果，古墓森冷的效果和山巔空曠的感覺都很精采。

遊戲一般行走、交易及戰鬥畫面，皆是以３Ｄ斜視角度進行，這也是電玩一般採取的方式（但新的遊戲逐漸突破此一格套，見下文）。戰鬥系統採用標準回合制進行。此款電玩在人物等級、生命值、特殊攻擊消耗值、攻擊力、防禦力、速度等屬性值之外，另增加六階段的「聚氣」設計來強化戰鬥系統的變化性。劇情所至，並附帶有小型的動畫表現。除在ＮＰＣ方面會有孩童跳房子玩耍、牛吃草、老農耕地、小道士練劍等動作，主要人物也會有跪地磕頭、寬衣解帶、臉紅心跳、打哈欠等可愛的小動畫。遊戲中有銀索金鈴等數十種武器、三十多種男女不同的防具、幾十種備用物品，及絕情丹、辟蠱丸、定風珠等特殊物品。背景音樂，以ＦＭ音源、ＣＤ音源等格式製作，音效製作更是很貼切地表現遊戲當時情景，如暗夜的狼嚎、溪旁的鴨叫及老牛的哞聲都很傳神。

以冒險解謎爲主的遊戲，尚有「天龍八部之六脈神劍」。這個遊戲以段譽在雲南的遭遇爲範圍。在遊戲的過程中，玩家必須非常仔細地搜索各處，與嘗試看來沒有任何敵意的人物交談，以獲取訊息，不放過任何蛛絲馬跡，盡力找尋對冒險有幫助的東西。但因段公子是位飽讀四書五經、專研易經八卦的讀冊人，遊戲當然會有此相關的謎題。想扮段譽，可還得先念一下書哩！

雖然如此，本遊戲仍免不了要打鬥。它採即時戰鬥系統，因此一看見敵人欺身過來就要趕緊準備好招式開打，沒有任何思考或喘息的機會。由於一開始段譽並不會任何武功招式，只能以拳腳踢打對方，但是隨著遊戲的進行，段譽也將學會許多功夫。

在武功招式方面，本遊戲並不是以千篇一律的動作來表示所有的攻擊。當人物施展各種絕學攻擊敵人時，都有獨特且專門爲該動作所設計的小動畫，像持劍斜刺、砍擊、回劈、畫圓揮劍刺出等細膩的小動作，都可鉅細靡遺的展現出來。玩家可見識段正淳的一陽指、鳩摩智的火焰刀和無相劫指、刀白鳳的拂塵功等等。戰鬥非常刺激且效果驚人。這是本遊戲最被稱道的地方。

它裡面人物也有表情。人物會依照劇情所需，做他們該做的事。主角段譽的動作更是複雜多變，有跑、跳、後空翻、前翻、蹲、翻牆、凌波微步、鞠躬彎腰等動作。遊戲場景更是異常豐富，完全以64k Hi-Color所繪製而成，細膩優美。在小說中可讀到的場景如大理城、無量山、玉虛觀、萬劫谷、瑯嬛福地、天龍寺等等，均以四十五度角的的３Ｄ畫面呈現在眼前。所有的建築，甚至是裡面的擺飾，都經過細心的考究，全部都是在宋朝才能看到的建築與物品。

把金庸一部小說拆開裝成幾個電玩版的，還有「鹿鼎記Ⅰ」「鹿鼎記Ⅱ」。據魯夫子在二〇〇〇年三月號《遊戲世界》上的評價，「鹿鼎記Ⅱ」榮獲四顆半星。他認爲此片在畫面處理上最佳：

「場景雖不是很多，但卻相當遼闊。像是繁華熱鬧的北京城、遍地煙花的揚州城、大雪過後的莫斯科等在這裡均得以再現。地圖相當大，每個城鎮都是由幾組地圖拼製而成。更難得的是，製作小組對細節的處理更是下了一番功夫，遊戲中除了幾個主要地點的廚房（韋爵爺府、安阜園、莊家大宅）的佈局是一樣的以外，其他幾乎找不出兩個完全相同的房間。更妙的是連各家廳堂中懸掛的書畫都各不相同，而像是小孩子留在牆上的塗鴉、被風吹動的招牌這些細節就更不用說了。」此外，他還認為：遊戲片頭及過場動畫表現相當出色，特別是陳近南與馮錫範在瀑布邊決鬥的動畫做得相當逼真且極具氣勢。而且，不同於市面上其他遊戲的戰鬥系統都是採用一成不變的角度表現戰鬥畫面，「鹿鼎記II」的戰鬥表現彷如攝影鏡頭一般，會以旋轉角度拍攝出招角色，玩家可以從不同角度（當然是自己不能控制的）觀看發招者的各種攻擊動作，立體臨場感十足。

這個遊戲，故事延續前作「鹿鼎記之皇城爭霸」的內容，從康熙派韋小寶賜婚雲南開始，直到韋小寶告老還鄉為止。但製作小組為增加遊戲樂性，增加了不少支線任務及隱藏劇情。遊戲中最大的秘密就是蒐齊八本《四十二章經》，然後到鹿鼎山挖寶。這些支線任務對主線不會有絲毫影響，也不會改變故事結局，但對玩家的考驗與樂趣可能反而更大。以蒐集正黃旗《四十二章經》為例，玩家必須在去雲南前先到碧雲寺晃一圈，見到高媽容；從雲南回來，再去一趟敗落後的高家：然後到揚州為被賣入青樓的高媽容贖身；最後再去碧雲寺，高母才會將經書交給你。儘管這般繁瑣，但遊戲中卻幾乎毫無提示，只能憑玩家以邏輯去判斷、去推理，故對玩家的挑戰甚大。這樣的十幾條支線設計，包括情節和人物，均超出金庸原著，另具匠心。

本遊戲容量達四片光碟。容量大，固然玩起來過癮，卻因要換片，玩家會覺得有被打斷之感。

而且因容量大，戰鬥動畫採隔行抽線的方式，來增快播放速度並減少空間，以致畫面不甚清晰。這個技術問題，也導致業者與玩家思考到電玩可能要從CD-Rom的時代，進入DVD的時代了。

比「鹿鼎記II」更新的電玩，是「笑傲江湖之日月神教」。此亦廣獲好評之遊戲。這個遊戲，分成「日月神教」「五嶽劍派」兩個部分。但這只是從兩方向來做爲遊戲製作上的區隔，卻不是將小說劇情直接腰斬成兩部分，而是以不同的角度來產生這兩部獨立但關聯的劇情。玩者必須在玩完上下兩部的遊戲後，才能眞正領悟到「笑傲江湖」中的一切。製作羣也由此更設計了一個連接上下部的系統，可將上部的角色資料轉至下部。唯因下部尚未問世，故尚不得其詳。

目前大多數遊戲不是充滿美式風格，便是日式的。「笑傲江湖」則被視爲是一部純正中國風格的遊戲。但它的呈現方式，其實是以「古墓奇兵」「惡靈古堡」兩款作品爲藍本的，再加入全程運鏡手法，讓虛擬的攝影機一路上跟著角色進行，所以感覺有點像「瑪利歐六十四」的處理方式。除了能讓遊戲整體的視覺演出效果更好外，玩家也能充分感受到金庸武俠世界的身歷其境氣氛。另外，爲了使遊戲內容不要看起來充滿上述這些作品的影子，美術小組在場景上的經營也花了些氣力。從福州城到街道、樹木、商店、雜物甚至於整體的配色都參考了許多的眞實資料。故能掌握金庸原作對於場景描寫的精神，創作出符合中國風味的場景，而不會給人似曾相識的感覺。

人物部分。因遊戲中人物穿著的是中國的長袍馬掛（上衣下裳），傳統的polygon做法會讓這些衣服看起來像是一截一截的斷面。故製作羣運用了一種新的運算方式，讓這些人物模型動起來時，由裡面的骨架牽動人物模型再牽動外部的衣服。如此看起來，就好似看到一個眞人穿著衣服在表演一般，表情動作較爲自然。人物造型也請平凡爲PC Game做人物設定，同時也做了「笑傲江湖」

彩色漫畫、插圖等。其人物造型本身就很引起討論。每位角色的性別、體型、個性，其行動或武打的動作都不盡相同，男生、女生同一個走路的動作即有差別，高矮胖瘦也會有所不同，性格的差異更要藉動作表現出來。這方面，本遊戲頗受稱道。再加上運鏡得當，玩家可感受到遊戲中人物的一舉一動、所思所慮。譬如忽然對著玩家（鏡頭）發出氣功；或由上而下看著巨大壓迫般的主角；快速的轉鏡；定點的特寫鏡頭……等等，都可表現出如同電影般的緊湊壓力。

本遊戲，基本劇情固然本諸金庸原著，但不可避免亦有增刪。例如令狐沖與田伯光戰鬥後即逢青城派，林平之此刻便已與華山門下合力對抗青城派。其後林返家，令狐沖卻在大街上發現惡龍寨主的小嘍嘍綁架了翁家的小孩，並脅迫要夜明珠作爲交換。於是令狐沖解決了這些爪牙，並出福州城，進入北方「破廟」打敗了這些盜賊。又往西邊找到「惡龍寨」，在第四層的密室中找到了一把「龍形鑰匙」，開啓了第五層的密室，並打敗惡龍寨主，終於救回了小孩。此外，如令狐沖先和成不憂決鬥，卻被封不平暗算了一掌，桃谷六仙卻突然出現，並合力打死成不憂。令狐沖去見綠竹翁，獲任盈盈教琴之事，則形容爲進入「竹林迷宮」，且任盈盈打敗了金刀王元霸。後來，令狐沖又與任盈盈、向問天同闖少林、武當，並進入杭州古墓找尋廣陵散。再進入梅莊。進攻黑木崖時，先敗鰲濤堂主，再入不動堂，再解六角神像之謎，又破風雷堂迷宮、烈火堂等等，都與原著頗有出入。

交代劇情，設計小組採用近似「日式」的自動劇情陳述模式，也就是說，玩者會看到許多人物已事先排演好的內容演出一段「劇情」。爲了讓玩者能夠感受到如同電影般的運鏡手法，小組還特地撰寫一套工具，專門用來編輯這種「自動劇情」。此外也有些「參與劇情」，如令狐沖跟任盈盈學琴時，玩家就也要學琴，學不好便不能離開綠竹居了。

在遊戲方面，本款從《辟邪劍譜》《葵花寶典》上得到靈感，凡是升級後的Bonus變化、或招式的晉級，都用到了「書籍」。凡事都要在取得「書籍」並閱讀後，才能得以眞正地學習與成長。

以上所介紹的遊戲，都是以金庸一部小說（或折成其中幾個部分）來製作的，底下要談的這一部則最特殊，稱爲「金庸羣俠傳」。它是把金庸小說打散之後的重組，最多可招募正邪兩派共五人進入隊伍，呈現自由度最高、任務最豐富的角色扮演遊戲。而且本款人物屬性共有十多種，有基本的體力及各種技巧，還有關於道德及人氣等隱藏屬性，在遊戲當中做好事壞事都有影響，故玩家可以自由養成資質不同的人物。劍訣、醫書、拳術、毒經、暗器、刀譜等各種著名的武功亦任你來修煉，想試試葵花寶典也可以。

本款亦無踩地雷式戰鬥及強迫性練功，戰鬥可選擇一對一單挑，也可多人大混戰，奇招怪式別出心裁。可說是最具「解構」趣味的電玩版了。相較之下，林保淳教授那本剛出爐的新作《解構金庸》（二〇〇〇年，遠流出版公司）就實在顯得古意盎然，毫無解構性了。

二、分歧：金學研究的兩條路線

林保淳先生《解構金庸》末尾附了「金庸小說論著目錄」，搜集金著之研究論析作品多達三二九筆。可說是目前最完整的金學研究目錄了。但上述各電子遊戲版及相關評論，卻毫無齒及。不但如此，底下我所將引用到的各種網站及出版品，也都不曾在他的目錄中出現。

為什麼呢？是號稱「武林百曉生」的林保淳耳目特別固閉，或我聞見格外廣博嗎？非也！此乃「金學」有兩個面向使然。

金庸的武俠小說，本為報章連載。側身於古代通俗小說之傳統中，附麗於現代報紙新聞之副刊裡，不為學院派正規文學研究者所重。它的讀者或知音，乃是一般社會人士。偶有大學教授、留美學人亦喜讀其書，連金庸本人都會深感榮寵。

此為武俠小說在八〇年代以前之處境。當時古龍常在他的小說序文中強調他寫的是「小說」：又說許多人根本不看武俠小說卻又瞧不起寫武俠小說的人；對現代文學研究界完全不談武俠文學之事，亦深覺抑鬱。乃是那個時代的武俠小說家共同的處境。

但八十年代以後，情況日漸改變。一九七九年金庸作品解禁，在臺灣，由市井巷弄中的租書店，重返大眾傳媒。再經學者大力推薦、出版社鄭重出版修訂本（一九八〇年，遠景），倪匡亦出版《我看金庸小說》，塑建了「金學」的基本面貌。發展至今，金學雖然仍不乏林保淳所說「非專業研究者」參與、「玩票」性質尚濃的現象，但學術界認可的專業文學研究人員（文學教授、博碩士）、專業文學研究機構（文學系、所）參加金學的狀況，實已越來越盛。博碩士論文，據林保淳統計，已有二部（實則不止，我自己便指導過另一本）。專門針對金庸作品或以金庸為主的武俠文學研討會，更是越來越多。

這個現象，在香港、大陸可說基本上也是一樣的。整體的趨勢，大概可以「三化」來形容：

一、文本經典化

本屬通俗小說的金庸作品，逐漸成爲文學經典；金庸被推舉爲百年來大文學家之一。研究者則發揮傳統箋釋家評注家對經典的態度，考證版本、校定文字、批點、注釋其書。金庸本人，也不斷刪定修改作品，務期於盡善盡美，期於不朽。

二、研究專業化

研究者以研究經典（古代文學經典或現代文學經典）的心情、方法來研究金庸。林保淳批評過去金學論者「缺乏較有系統的討論體系，漫談、雜論偏多，整體評介金庸小說的理論架構，則尚未建立，甚至也鮮少是具體現成理論的援用」（頁二四九），正說明了新金學與舊金學不同的性質與方向。新金學專業化的努力，已漸使此一趨勢越來越明確。金庸作品研討會在各地不斷召開，即屬於此趨勢現象之一端。

三、論述高雅化

高雅，指對於小說題旨、創作態度、乃至（金庸的）武俠小說本身，朝崇高、脫俗、偉大、精采、值得嚮往的方向去解釋。林保淳說金學論述「贊揚多於批判」，有「歌德味道」，即屬其中之一端。不斷讚美金庸小說中顯露的俠骨柔情、俠義世界、對政治社會的批判性，認爲金庸小說體現了中華文化的具體世界等等。

一九九八年利豐出版公司出版了一系列《顚覆金庸叢書》，書前編輯語批評「現今已出版的金學研究，有幾個定向的趨勢」，其中之一，爲「議題太過正面」。認爲「傳統的金學研究叢書，因爲作者輩太文雅，……把金庸的武俠小說當作是一種學問，或者是一個議題來看待，所以研究的討論的取向就比較正面，沒有顚覆的觀點」。所指即是整個金學論述高雅化的傾向。

這個三化趨勢，在許多學術界人士眼中，尙化得不夠，期望它能再深化些，「從大眾讀者走進學術耕耘」（鑒春．杭州大學學報．一九九七．二十七卷四期）。但事實上，我們忽略了另一個脈絡的發展。武俠小說本行於市井，大眾讀者之閱讀，無論心態、行爲模式、與小說的關係，都不會跟高級文化人、學者專家相同。故而在文本經典化、研究專業化、論述高雅化之際，大眾讀者其實也正在發展另一種趨勢，朝更俗、更大眾、更散亂的方向前進。你們神聖化、崇高化金庸，我就顚覆他、戲耍他。

前述《顚覆金庸》叢書對金學研究之批評，正代表這個路向。它認爲那些研究除了「議題太過正面」之外，尙有「學術性質太深」「作者輩太過文雅」之弊：

> 武俠小說向來是壯夫不爲的雕蟲小技，不但文學評論者不屑予之、甚至連寫作者亦不願爲之。然而很奇怪這些壯夫對金庸武俠小說，非但不是不屑一顧，而是顧了再顧，甚至三顧、

> 四顧、五顧、六顧，也有人堅信「金學」會像當年「紅學」一樣，由「少」而「多」，由「淺」而「深」，以至於成爲一個非同一般的文學研究及文化研究的課題。……研究羣太文雅……大半的評論者都屬文藝界的前輩作家。

因此，他們要另編一套書，來試行顚覆。自認：「貢獻得時，因爲我們的作者都是新時代的新人類，其成長背景與《金學研究叢書》的前輩大相逕庭，其眼光與研究角度必然能夠推陳出新、別具一格。……希望用活潑有趣的思想角度，來和金庸對話，並以時下年輕人的想法和叛逆性格來『顚覆』金學的傳統思維」。它不但質疑文人學士們希望將金庸雅化深化之用心，揶揄他們太老太同質化了之外，還理直氣壯地、言之不怍地以年輕、叛逆、新人類自居，要走另一條路。這種態度、這條路，耳目心志局限於書齋學黌中的大人先生文人雅士們，大抵是不會明白的。

三、流俗：世俗化的價值與感性

顚覆金庸叢書，包含了《超High的金庸人物》《非常G車的金庸愛情》《去XX的金庸江湖規矩》《一級棒的金庸武技》《找碴的金庸錯謬》《眞的金庸幫會》《亂爽的金庸奇技淫巧》等。這些，我保證在我們這次金庸學術研討會上，有些LKK是連書名都看不懂的。同理，舉座通人學者，雖或有能將金庸小說倒背如流者，恐怕也未必曾玩過上述那此電子遊戲。即使寫過〈金庸小說版本查考〉，號稱能打通金庸版本任督二脈的林保淳，也不見得知道電子遊戲各版本及其新舊版之間的關係，不知任督二脈之外尚有此一脈，何況他人？

在這一脈中，充滿了青少年語言及思維。例如G車、突錯（凸槌）、很High、照過來、超炫、美女拳時代的人、生命中的女豬腳等等。像「笑傲江湖」的遊戲手冊裡說：「比炫我冠軍，超視覺。比酷我稱霸，超刺激。比屌我最大，超滿足。比美我第一，超養眼」；又說它的3D運鏡手法能「給玩家有如D罩杯般的驕傲滿足感」。這些話，除了炫、酷、追求感官刺激外，性意識氾濫也非常明顯。然而這卻是銷售甚廣、一般青少年男女都在玩的遊戲。金庸小說中那種含蓄、深沈、綿邈、心靈契合、刻骨銘心、廣受文人學士稱道的情愛態度，在此完全翻轉了。

因此，這不只是語言問題，而是思維、價值觀上的轉向。愛情，由心靈轉向感官、情色。俠義，也轉爲世俗。

例如《找碴的金庸錯謬》，找出了一大堆金庸小說中的破綻（黃蓉年齡應大於郭靖、柯鎮惡眼睛瞎的時間前後矛盾、少林七十二絕技或云達摩創立或云歷代累積……）。看起來固然在從前的金學叢書，甚或學者研究論文中也會有這種辨析，但不同之處在於：不是敬畏與商榷情節，而是瓦解神聖性。

金庸的神聖性，一瓦解於其情節多誤，二瓦解於它縱或不誤我也要抬槓的「說大人則藐之」方式（該書卷六爲「亂辨」，卷尾叫「辨不了也辨」，辨什麼呢？「性愛超人韋小貴」「段正淳老生女兒，奇怪」「鳳天南的黃金棍，好大」「李秋水家族好奇怪哦！」「蕭峯酒量，騙誰」「華箏是個大SPY」「滅絕師太荷爾蒙失調」「李秋水可能當眾發騷嗎」等等），三則直攻金庸的價值觀，認爲「楊康其實很可憐」「乾隆皇帝的選擇其實很正確」「陳家洛孔融讓女，遜」。把金庸小說中強調「爲國爲民，俠之大者」，描述俠客如何捨己爲人、捨身取義的超越流俗之精神價值，轉爲徹底認同世俗。所以它說：

如果我們是楊康，也面臨了與他相同的處境，大部分的人會做什麼選擇呢？這個答案如果大家不昧著良心講的話，哼！哼！起碼會有百分之六十以上的人，會和楊康一樣。……其實做這樣的選擇也不要不好意思！人類本來就有趨吉避凶的本能，哪裡有好處，就往哪裡鑽。如果你從小生長在帝王富貴之家，突然間跑出一個乞丐，說是你生身父親，又要你斷絕這個茶來伸手、飯來張口的優渥環境，你不會陷入天人交戰，不會選擇好的，那才怪咧！

一般人都嫌貧愛富、貪生怕死、趨吉避凶、見利忘義、自私自利，誰不曉得？武俠小說尤其站在這個基礎上才有得寫。因爲俠義精神正因對照著一般世俗人的此種態度，才顯得可貴、才具有對比的張力。但如今E世代的小朋友們要顛覆金庸，所顛覆的正是這一點。他們理直氣壯地批評陳家洛笨，誇乾隆精明正確，覺得楊康的選擇才合乎人性。世俗的富貴榮華與性欲滿足，成爲他們肯定的價值。

也就是說，在語言風格方面，金庸刻意採用較古典、較文雅的語句，詩詞、史事、典故，融於文中。這種語言風格，金學研究者以學術語言繼承之，結果被新世代的小朋友們批評他太文雅了。新一代的金庸論述，走的是世俗化、淺化、口語化的路子。

語言的變異，也顯示了思維和價值觀的轉變。新世代小朋友們批評黃藥師性教育不及格、嘲笑金庸的守宮砂處女觀，而喜歡韋小寶；批評陳家洛、同情楊康、讚揚乾隆，在在顯示了他們認同於世俗的價值觀。

這種價值觀更顯示在電玩ＲＰＧ（role play game）的架構裡。怎麼說呢？這些遊戲基本上以角色扮演、走迷宮、戰鬥爲主架構。角色的武器、配備、藥物、食物，大抵走出商店中購得或進入旁人房舍中逕自取得的。這其中，穿屋入戶，搜奇覓寶，涉及道德問題，俠客怎能做穿窬之雄呢？一般ＲＰＧ均不處理這個問題，一派新人類「只要我喜歡，有什麼不可以」的姿態。

有些電玩，如銷售甚佳（但非金庸小說改編）的「仙劍奇俠傳」，則安排男主角李逍遙根本就是小偷世家出身，故在敵人身上偷錢或進入屋裡偷寶均視爲平常。唯有「金庸羣俠傳」把人的道德行爲計入分數計算，偷東西是會扣分的；總評善良度越高、好人越會加入你，所以會影響到最後決戰時的團體戰力。這在道德立場上固然嚴守正邪分際，但旨在藉此進行兩方對抗。其他電玩不採此架構，故在道德態度上便有些模糊。

而商業資本主義浸潤下的社會，商事活動、金錢價值在電玩中卻比傳統武俠文學之道德問題（如忠孝俠義）更令人矚目。在古龍小說電玩版「新絕代雙驕」《完全攻略本》中，教人如何買賣藥劑者即達二十頁；各地販賣軍火武器葯材者，則超過四十處。主角在戰鬥時，隨處都要用錢去買這些東西，所以錢越多，戰鬥越能獲勝。爲了達到錢多多的目的，「新絕代雙驕」ＲＰＧ中設計了「聚財術」共九重功夫，彷彿乾坤大挪移九重神功一般。金庸小說各電玩版雖無此功夫，但基本原理是一樣的，殺死或打敗敵人常能獲得戰利金，錢多多也才能令主角能量加值。《新絕代雙驕完全攻略本》第五章對此還有番評論道：

> 眾所皆知的，本遊戲從頭玩到尾，「金錢」都扮演著一個很重要的角色，太多太多的好東西，都靠大量的錢才能買的下來。然而光靠撿打死人留下的錢，絕對是會讓玩家們叫苦連

天的，數目實在太少了！有鑑於此，編輯部樂意提供許多手段，幫助玩家們在金錢上不虞匱乏，將省下來的心力用來更深入地研究遊戲。

什麼手段呢？其中之一是去偷：「以偷竊來從敵人身上幹到一些可以賣大錢的東西，這種方法最大好處是取之不盡；相對的缺點是浪費時間，不過倒也能趁機練功就是了」，絲毫沒有一丁點道德負擔，理所當然地以此「賺大錢」，另一手段，則是去做奸商以獲暴利：「妄心園中的秘密藥商。可以實行無限金錢暴增法與無限能力提昇！只要向他買下九十九份人蔘，再買下九十九條冬蟲夏草，便可配出四十九顆的固氣丸（人蔘＋人草＋冬蟲夏草）！僅需三〇〇兩左右的本錢，即可賣得二四〇〇兩。」如此暴利，不愧為「妄心」。

世俗的價值觀之外，我們還應注意到它感性的變動。這個部分，可以審美感性來觀察。

金庸小說中原本就有配圖。圖分兩大系列，一是歷史文物圖錄、書畫、人像之類，呼喚讀者的歷史感與古雅趣味；另一系列則為章回間的插圖。作插畫的畫家很多，但整體說來，較為古拙。跟現在電玩版所呈現的甜美感，迥然異趣。

這種甜美，是符合少男少女夢幻時期的審美口味的，與少女漫畫、人物圖卡有相似的風格。我有一本舊作《中國詩歌中的季節·春夏秋冬》，原刊封面用張大千的潑彩山水，石青重墨靛藍，煙雲模糊。近被出版社重印，送來一看，令我差點昏倒，原來封面已改成了這種流行的少男少女漫畫頭像。由這個例子，便可知電玩人物之甜美或造型類似日本少男少女漫畫，亦肇因於它媚俗以求流行之故。而且由於此種甜美乃是整體的風格，不僅正派主角畫得甜美，反派人物也是如此，故「笑傲江湖之日月神教」中的田伯光就被畫成一個跟另一個美女非常像的帥哥，以致評論者認爲：「我怎麼看都覺得這個伯光兄不像是個色狼，到像是長的很帥的花花公子。不用說在哪個時代啦！以現在的審美觀點來說，其實不用他去採花，就會有女生送上門了」（《新遊戲時代》）。而「新倚天屠龍記」裡小昭、殷離、趙敏、周芷若，除了髮型與衣飾不同之外，其實也都長得一個樣。又因受日本漫畫影響，均髮如亂草。張無忌也同樣是這付模樣。

這樣的美感型態，諒非大人先生們所喜，但正標幟著新一代的世俗品味。在網路上，討論頗多的，也是「金庸羣俠選美大賽」「郭襄誰來演最合適」「金庸的人物來當藝人，誰會紅」「韋小寶的七個老婆，由那七個藝人演最適合」（均見金庸茶館網站．飛鴻雪泥．另類金庸）之類話題。似乎貌美、多金、成功、有知名度、感官享樂等世俗流行價值即爲其感性內容。故這些網站與電玩和流行青少年次文化的聯結關係也極爲密切。

四、遊獵：青少年次文化的邏輯

二〇〇〇年八月號《聯合文學》與和信電話合作推出一款廣告：訂《聯合文學》半年份，加上輕鬆打笑傲江湖電玩套裝，共一五〇〇元。這個套餐，包括輕鬆打門號卡、令狐沖儲值卡一張、笑傲江湖功力精華版電玩CD、滑鼠墊、紀念章。這樣的促銷手法，就充分體現了E世代的精神。除了《聯合文學》之外，其他的東西都是青少年次文化中的流行物，故以贈品來推銷文學雜誌（注意：不是藉《聯合文學》的讀者來促銷CD及信用卡等，而是希望使用手機、玩電玩的青少年能因此也把文學雜誌看成是與上項事務同類之物，而產生購買慾望）。

這些流行物確實也稱得上是「套裝」，因爲它們通常都聯結在一塊兒，而且其所聯結的，遠超過上述這些物項。以「笑傲江湖」爲例來做個分析。它曾舉辦一個抽獎活動，獎品有電視遊樂器、滑板車、主機板、電玩搖桿、《軟體世界》雜誌、《新遊戲時代雜誌》、《次世代遊戲雜誌》、《電腦玩家雜誌》、《X——magazine雜誌》、滾石VCD、腰間掛錶、T恤、手機座、寬頻免費上網機會等。這些獎品，其實就是與他們這個遊戲直接有關的物項，所以在它所附的《遊戲寶典》中就全是這些東西的廣告，一本遊戲指導手冊，竟編成了一本消費指南。

此外，該遊戲還另附誠泰銀行的廣告，因爲它與該銀行合作發行武俠經典信用卡，免年費。可先買電玩再申請卡，也可以先申請，再附送電玩限量試玩光碟。申請到以後，信用卡已經仿擬且替代了俠客的刀劍，它說「消費本無招，買東買西，怎麼買都優惠；刷卡本無式，橫刷直刷，怎麼刷都划算。不須一招半式，眾多優惠，立即打通消費神經，讓你內外齊修，闖蕩江湖，處處盡享禮遇」。這個仿擬與譬喻的意義，凡看過電視上張玉嬿所拍女神龍信用卡廣告的人，大抵均能會心。而拿了它這個信用卡，它建議的消費對象則有：學習英日語、兒童青少年電腦教育、專業電腦百貨公司、電腦產品、軟體、笑傲江湖周邊產品（對杯、文鎮、海報、畫冊）等。

「笑傲江湖」這款電玩同時也推薦許多電玩，如「三國志」「獸神世紀」「神兵炫奇」「伊卡斯特傳說」「聖殿詩篇」「艾薩克外傳之陽光少年遊」「銅鐵之心」「大刀」「恐龍危機」「魔鬼戰將總動員」「駭客帝國」「蘇愷廿七戰鬥機」「西元二二五〇」「裝甲元帥」「凡爾坦戰役」「文明帝國」「大航海時代」「傭兵戰場」「閻玲」，以及「霹靂麻將」「夢幻水族箱」

「水族小舖」等。從遊戲到打麻將、到養魚，色色俱全。古今中外之劇情扮演也混揉成一團。

這種情形，在網路世界中也是一樣的。依「少林寺藏經閣」這個參與者最多的網站（現已達九十五萬人次）所載，現有電子遊戲版武俠小說可考者，計有七十五款：

華義國際	俠客列傳
ORANGESOFT	魔髮奇緣
金山軟件	劍俠情緣
皇帝光碟	霹靂大富翁
詮積資訊	三國霸業
新瑞獅多媒體	敦煌
大宇資訊	魔神英雄
大宇資訊	隋唐霸
智冠科技	平妖傳
大宇資訊	殺氣充天
聖教士	千年（網路RPG）
旭力亞	刀劍笑
數位玩具	日劫2
大宇資訊	霹靂奇俠傳
智冠科技	武林盟王

日商光榮	三國志七
中華網路	網路三國（網路RPG）
日商光榮	三國志Internet
智冠科技	武林羣俠傳
智冠科技	仙狐奇緣
大點科技	閻王令
第三波資訊	神兵玄奇
華義國際	再戰江湖
華義國際	中華一番客棧
皇統光碟	天諭
宇峻科技	新絕代雙驕2
智冠科技	花花仙子
智冠科技	中華英雄
智冠科技	三國演義三
智冠科技	天子傳奇
華義國際	眞命天子
智冠科技	霹靂英雄榜
昱泉國際	笑傲江湖之日月神教2

大宇資訊	軒轅劍三２３
OK Net	春秋英雄傳
Gameone	龍神２
協和國際	太極張三豐
遊戲橘子	退魔傳說
旭力亞資訊	六道天書
歡樂盒	武狀元蘇乞兒
歡樂盒	武則天
歡樂盒	倚天屠龍記
奧汀科技	聖石傳記
協和國際	三國伏魔
旭力亞資訊	霸刀
漢堂國際	天地刼
宇峻科技	新絕代雙驕
智冠新廣部	鹿鼎記貳２３
智冠科技	地獄門２
智冠科技	新倚天屠龍記
華義國際	人在江湖（網路RPG）

大點科技	達摩
怡碩科技	三國之星海風雲2
智冠科技	破碎虛空
歡樂盒	新龍門客棧
智冠科技	風雲之天下會
智冠技技	神鵰俠侶
智冠科技	金庸羣俠傳
CDSOFT	縱橫天地——烽火三國
智冠科技	雷峰塔
智冠科技	連戰三國
奧汀科技	三國羣英傳二1
智冠科技	水滸傳
智冠科技	花神傳說
PROPILOT	新三國演義99
詮積資訊	橫世霸主
智冠科技	楚漢之光輝
華義國際	三國風雲貳
精訊資訊	俠客英雄傳三

智冠科技　新蜀山劍俠
華義國際　幻想奇俠傳
華義國際　靈劍傳奇
大宇資訊　仙劍俠傳２３４
智冠科技　天龍八部之六脈神劍

以上每款都有廣告，廣告也是五花八門，如上所述，而且還提供交友聯誼之類功能。其他一些金庸網站，則本身就雜揉著許多東西，例如：

●生活藝術

提供生活資訊、統一發票對獎、天氣預報、電視節目查詢、電子地圖、金庸古龍武俠小說、軟體下載、線上佛經、佛經桌布、免費資源。

●思考之城

提供金庸小說、倪匡小說、西遊記、三國演義等小說欣賞，同時還有廣告歌曲歌詞、漫畫等資訊。

●乾坤風雲會

提供武俠小說的創作、金庸詩集、動聽詞曲、電玩金庸圖、金庸生平記載、以及相關網路的連結。

●新金庸小館

提供金庸小說詩詞的蒐集，也提供多媒體、圖庫、流行音樂MIID等軟體的下載。另外，也有相關網路的連結。

●dophin寂靜海岸

提供金庸小說、李玟照片與新專輯歌詞、龍澤秀明照片等。

●創作夢天堂

提供網友發表文學創作的園地，也提供行動電話資訊、台東旅遊相關資訊等。其中除金庸小說外，尚有心情故事、笑話連篇、鬼話連篇等。

由這些網站以及電玩的情況來看，我們可以說青少年對金庸及其小說，是與他們整個青少年次文化生活關聯在一起的。有時金庸被視爲偶像來崇拜，但那與文學界尊崇文學巨匠的心情並不一樣，而是如彼等喜歡歌手李玟等偶像同一心情的。他們有時玩金庸小說的電玩，但那與玩其他武俠電玩，甚或玩非武俠小說電玩、玩外國的電玩，如「魔鬼戰將總動員」「駭客帝國」也沒什麼不同。金庸的網站上掛著流行音樂MIDI、卡通、漫畫、行動電話資訊、旅遊資料、廣告歌曲，不也和金庸小說電玩聯結著的東西也差不多嗎？

這些電玩、流行歌曲、卡通、漫畫、偶像崇拜、個人網址網站、聯網聊天打屁（每個金庸網站都闢有聊天區，也常可由網友申請成爲版主，闢版與人對話）、用信用卡消費、玩手機、玩滑板車、穿T恤、掛超炫掛錶、看電子遊戲雜誌、交換電腦資訊、買新軟體、學英日語……等，就是現代都市E世代新青年的生活型態。

他們以此消費、以此生活、以此交友，亦以此自處，活在廣告與消費的循環中。在廣告與消費之間，存在著的，則是一堆金庸小說電玩版這樣的遊戲。

金庸小說與古代俠義小說最大的不同之處，在於它常帶有少年成長小說的性質。許多小說的共同故事框架，都是一位少年，如何遭逢災厄、奇遇，以及種種歷練，逐漸增進武技，提升人生境界，並化解了災難、完成了愛情。它的小說主角，不再是古代俠義小說裡的中年漢子，小說主線也不再是武林逸史與幫派秘聞，而是少年成長的經過。郭靖、楊過、張無忌、令狐沖、虛竹、袁承志、石破天、胡斐，乃至韋小寶均是這樣被塑造出來的。

此類驍勇善戰之主角，或可稱爲武士（就如外國那些戰鬥遊戲中的英雄那樣）在電玩ＲＰＧ中，基本上屬於角色扮演遊戲，但是，遊戲裡卻不要求玩家獲得如小說裡主角成長那樣的經驗與意義。因此，玩家不會面臨真正的倫理危機、道德衝突、或性命之憂（電玩裡主角若死了，也可以再來重新玩一遍）；玩家也無庸在心境、修養、見識上有所成長。它的遊戲設定，只是走迷宮、尋寶，以及對敵戰鬥而已。對敵戰鬥時，提升本身的能量，固然具有「成長」的意味，但升級的，只是攻擊力、防禦力、反應、速度、智力、裝備之類，升級的指數，也是遊戲本身設定的。這怎麼稱得上是俠士呢？武俠小說中的少年俠客，在經歷過這一趟「俠客行」之後，生命有了實質的內容，得到洗禮，有了價值與方向。可是玩畢一款電玩的小孩，獲得的，則不是那些，而是遊戲一局的快感。

上網聊天打屁，也是遊戲。問的問題，本身就多戲耍；做的事，只求好玩。例如遠流出版社所架設的「金庸茶館網站」裡的一些話題是這樣的：

話題	出新招者	過招回答	最新江湖話語
如果你（妳）遇到金老，你（妳）會問他什麼問題？	藹翹	6	200-8-21 15.57:51
瘋狂笑傲派之一〔完全新笑傲紀錄手冊〕	朱七七	59	200-8-22 19: 26: 31
金庸笑話大全——笑破肚皮	十八子	36	2000-822 19: 26 36
誰能代表中華隊參加奧運？	任我不敗行	4	2000-8-22 19: 26: 31
我看吳宗憲與段正淳	書樓	36	2008-8-22 14: 07: 40
金庸羣俠傳的十大好人和壞人誰比較難打？	李白鳥人	58	2000-8-21 11: 35: 06
金庸小說中誰最適合當特使代表臺灣和大陸談判？	許韻仁	45	2000-8-21 18: 02: 24
若九陽眞經、易筋經、九陰眞經像課本一樣多，誰會看	羊毛出在羊身上	9	2000-8-19 0:28:13
誰能演好殷素素和趙敏？	綠痕	21	2000-8-18 19: 57: 48
茶館版主事件紀錄之一	無影人	71	2000-8-19 20: 49: 06

這些話，出招過招，出題答題，有什麼大義微言、深刻見解嗎？大抵只是扯淡罷了。新消費時代的青少年，事實上也在消費著金庸。他們說金庸小說，跟談歌星影星逸事緋聞、交換消費資訊、聊偶像起居、收集玩物皮卡丘凱蒂貓，正屬於同一類的活動。故玩金庸電玩會跟這些行爲或物項聯結起來，並不是沒有道理的。

五、轉折：E世代武俠的新命運

未來學家托佛勒曾描述第三波時代的人，是活在一種「彈片（blip）文化」之中，多樣化的傳播方式，構成支離破碎的知識、形象、觀念，令我們不再有統一的心靈（見《第三波》，十三章）。電玩與各種事項的聯結，或網路本身，就是彈片一樣，四散飛灑，各有所著的。但本文不擬進行文化研究，我們若扯得遠了，恐怕也就會如彈片般不知飛往何處。所以現在必須兜回本題。

金學之論述，似乎可以分成兩條徑路，一爲雅化深化，一爲俗化。深化的主要領域在學院、在傳統媒體、在大人先生的年齡層與社會階層。俗化的主要領域，在消費市場、在新興電腦媒體上、在青少年階層中。

在俗化的領域中，批評論述金庸小說的語言、感性、價值觀，都是淺俗、平俗（爲「笑傲江湖」電玩繪圖的畫家，名字就叫平凡），乃至庸俗的。拜金、重視感官之美、重視社會世俗意義的成功。其評論之內容，甚至會直接將金庸小說做爲商場企管之教戰手策。

如Y2RK家族企劃的《金庸武俠之屠龍辭典》，便以胡家刀法爲例說：苗人鳳、田歸農、范幫主結合對付胡一刀，正如美國一些軟體公司，如IBM、蓮花、網威、科瑞爾公司進行策略聯盟，以圖打敗「微軟」一樣（小心，刀劈過來囉！一九九九，亞細亞出版社，頁一六九—一七四）：雪山飛狐兩個門徒童子，用一套達摩劍法，相互配合，便能連敗幾大高手，現代企業亦應如此，如雙童所練劍陣般，內部心意相通，不斷修正劍招破洞（你敢進到這個劍陣嗎？同上，頁一八一—一八五）。

這樣的類擬，跟遊戲本身的設計一樣，都顯示了它是資本主義社會的產物，而青少年打電玩或上網，也與其消費行為有密切之關聯。金庸小說不會單獨地被玩、被談論，而是放在E世代流行文化及消費活動中去談論的。

此種遊戲，也扭轉了金庸小說本來的脈絡和意義，俠義精神世俗化、人格成長遊戲化、經典文本破裂如彈片化，被任意聯結到各種物項或網站上，即使是金庸小說的電玩版，內中也充滿了分支劇情和聯結出來的新角色新故事。這三化，相對於高雅化、經典化、專業化的那三化，實堪吾人多加注意。

至於此一趨勢，我人應如何評價，學術界的大人先生們在未多多研究之前，恐怕都無權發言。而且，我還想起臺灣一個販售手機的廣告。廣告說一位父親去店裡挑手機，想買給兒子。不料店中小姐替他選了一個他最不喜歡的型，並告訴來挑機型的老爸說：「你越看不順眼的，你兒子就越喜歡」。對E世代的金庸小說之處境，我們也許還得更花多點功夫去了解E世代年輕人，才能論斷。

（二〇〇〇，北京，金庸研討會論文）

國家圖書館出版品預行編目資料

中國小說史論

龔鵬程著. – 初版. – 臺北市：臺灣學生，
2003 [民 92]
面；公分

ISBN 957-15-1186-2 (精裝)
ISBN 957-15-1187-0 (平裝)

1.中國小說 – 歷史
2.中國小說 – 評論

820.97　　　　92011894

中國小說史論（全一冊）

著作者：龔鵬程
出版者：臺灣學生書局
發行人：盧保宏
發行所：臺灣學生書局
臺北市和平東路一段一九八號
郵政劃撥戶：○○○二四六六八號
電話：(○二)二三六三四一五六
傳真：(○二)二三六三六三三四
E-mail:student.book@msa.hinet.net
http://studentbook.web66.com.tw
本書局登記證字號：行政院新聞局局版北市業字第玖捌壹號
印刷所：宏輝彩色印刷公司
中和市永和路三六三巷四二號
電話：二二二六八八五三

定價：精裝新臺幣六六○元
平裝新臺幣五八○元

西元二○○三年八月初版

82090
有著作權・侵害必究
ISBN 957-15-1186-2 (精裝)
ISBN 957-15-1187-0 (平裝)